Diretor editorial
Henrique Teles

Produção editorial
Eliana S. Nogueira

Arte gráfica
Bernardo C. Mendes

Revisão
Mariângela Belo da Paixão

EDITORA GARNIER
Belo Horizonte
Rua São Geraldo, 67 - Floresta - Cep.: 30150-070 - Tel.: (31) 3212-4600
e-mail: vilaricaeditora@uol.com.br

DIÁRIO DE UMA VIAGEM AO **BRASIL**

Dados Internacionais de Catalogação na Publicação (CIP) de acordo com ISBD

G411d Graham, Maria

Diário de uma viagem ao Brasil / Maria Graham. - 2. ed. - Belo Horizonte - MG : Garnier, 2021.
404 p. : il. ; 14cm x 21cm.

Inclui índice.
ISBN: 978-65-86588-72-9

1. Literatura inglesa. 2. Brasil. 3. Viagem. I. Título.

2021-188

CDD 823
CDU 821.111

Índice para catálogo sistemático:

1. Literatura inglesa 823
2. Literatura inglesa 821.111

MARIA GRAHAM

DIÁRIO DE UMA VIAGEM AO
BRASIL

GARNIER
desde 1844

Copyright © 2021 Editora Garnier.

Todos os direitos reservados pela Editora Garnier. Nenhuma parte desta publicação poderá ser reproduzida sem a autorização prévia da Editora.

ÍNDICE GERAL

Advertência do tradutor... 11
Prefácio da Autora... 17

Diário de capuz viagem ao Brasil:
Introdução: Esboço da História do Brasil 21
Diário 91
Segunda visita ao Brasil 243

APÊNDICES

I — Tábuas de importação e exportação da Província do
    Maranhão.. 371
II — Artigo de Oliveira Lima acerca de Maria Graham 378
III — Notas constantes do exemplar da Autora pertencente à
    Biblioteca de Oliveira lima — (Universidade Católica
    — Washington)... 382

ÍNDICE DAS GRAVURAS

I — Valongo (sic), ou mercado de escravos no Rio............... 16
II — A Árvore do Dragão em Tenerife................................... 100
III — Vista do Portão do Conde Maurício em Pernambuco
    com o mercado de escravos.. 103
IV — A porta norte do Recife... 124
V — A Árvore da Gamela, num jardim da Bahia.................. 125
VI — Árvore no bairro da Graça (Bahia).............................. 133
VII — Jardim na Bahia.. 134
VIII — O morro da Graça... 176

7

IX — Vista do Corcovado 177
X — Laranjeiras 178
XI — Lagoa Rodrigo de Freitas 179
XII — Rua do Catete. 180
XIII — Fonte da Saudade 181
XIV — O aqueduto de Santa Teresa 182
XV — O Rio visto do Outeiro da Glória 183
XVI — Igreja de S. Francisco de Paula 184
XVII — Vista da casa de campo do Conde Hogendorp 185
XVIII — Panorama das montanhas cariocas 186
XIX — São Luís – Caminho da Gávea para Tijuca 187
XX — Saída da barra do Rio de Janeiro 223
XXI — Fazenda de Nossa Senhora da Luz 224
XXII — O Corcovado, visto do Botafogo 236
XXIII — Palácio de São Cristovão 237
XXIV — Vila de S. Francisco Xavier de Itaguaí 297
XXV — Palácio de Santa Cruz 298
XXVI — Copacabana vista do Morro de Cantagalo 306
XXVII — Fazenda dos Afonsos 307
XXVIII — Fazenda dos Afonsos 315
XXIX — Freguesia de Santo Antônio 316
XXX — Campinho 327
XXXI — D. Maria (Quitéria) de Jesus 328
XXXII — Vista da janela da casa à rua dos Pescadores
(Visconde de Inhaúma) 343
XXXIII — Cemitério dos Ingleses (Rio de Janeiro) 344

FAC-SIMILES

Carta ao Imperador 13
Frontispício da edição inglesa 15
Carta a José Bonifácio 277

GRAVURAS INÉDITAS
(não constantes na edição original)

A porta norte do Recife (da varanda da casa do Sr. Stewart).. 124
Árvore no bairro da Graça (Bahia) notável pelas parasitas.. 125
Jardim na Bahia 134
O morro da Graça – No primeiro plano o Largo do Machado... 176
Vista do Corcovado 177
Lagoa Rodrigo de Freitas 179
Rua da Saudade 181
O aqueduto de Santa Teresa 182
Igreja de São Francisco de Paula 184
Panorama das montanhas cariocas 186
São Luís – Caminho da Gávea para Tijuca 187
Saída da barra do Rio de Janeiro 223
Fazenda de Nossa Senhora da Luz 224
Vila de São Francisco Xavier de Itaguaí 297
Palácio de Santa Cruz 298
Copacabana — Vista do Morro de Cantagalo 306
Fazenda dos Afonsos 307
Fazenda dos Afonsos 315
Freguesia de Santo Antônio 316
Campinho 327
Vista da janela da casa à rua dos Pescadores
(Visconde de Inhaúma) 343

ADVERTÊNCIA DO TRADUTOR

É esta a primeira tradução integral do jornal de Maria Graham (*Maria* e não *Mary*, como insistem em escrever muitos autores). Cingimo-nos, tanto quanto possível, ao texto inglês, nem sempre muito claro, tendo em vista que se trata de um diário, redigido, muitas vezes, ao correr da pena. Limitamos as notas aos pontos em que se tornava imprescindível uma correção ou aditamento. As alterações de nomes ou frases, às vezes derivadas da má revisão, vão corrigidas em meros acréscimos entre colchetes.

A personalidade da autora está a exigir de brasileiro estudo carinhoso e digno. O mais completo trabalho na Inglaterra é o de ROSAMUND BRUNEL GOTCH, *Maria, Lady Callcott, the creator of "Little Arthur"*, London, John Murray, 1937, 319 págs., ilustr., anterior, infelizmente, à publicação dos importantes documentos ora pertencentes a nossa Biblioteca Nacional*, tão valiosos para a biografia da simpática viajante.

Merece menção, ainda, a edição chilena do *Journal of a residence in Chili, during the year of 1822 and a voyage from Chili to Brazil in 1823*. London, John Murray 1824, tradução de José Valenzuela, 2 tomos, 190-1909 reaparecida com revisão de Graciela Espinosa de Calm em 1953.

As notas somente numeradas, são da autora. As notas numeradas precedidas de asterisco, são do tradutor.

A parte relativa a Pernambuco foi cotejada com a tradução de ALFREDO DE CARVALHO, na "Revista do Instituto Arqueológico e Geográfico Pernambucano", tomo XI, 1904. Para os demais trechos servi-me igualmente dos excerptos que ocorrem nos trabalhos de C. DE MELO LEITÃO, *Visitantes do Primeiro Império,*

---

* Tais documentos compreendem uma crônica de Dom Pedro I, inédita, e uma coleção de cartas autógrafas de D. Leopoldina, seguidas de outros papeis de menor importância. Foram publicados, em português, sob o título de: *Maria Graham no Brasil; I - Correspondência entre Maria Graham e a imperatriz D. Leopoldina e cartas anexas; II - Escorço biográfico de D. Pedro I, com uma notícia do Brasil e do Rio de Janeiro*. ("Anais da Biblioteca Nacional do Rio de Janeiro", 1938, vol. LX, Rio, 1940. Existe separata).

Comp. Ed. Nacional – "Brasiliana", São Paulo, 1934, e *O Brasil visto pelos ingleses*, id., 1937.

Devo registrar os meus agradecimentos aos amigos Comte Afrânio Faria, pelos dados relativos ao porto do Recife, prof. Paulo César Machado da Silva, que me auxiliou na pesquisa das citações, Guilherme Auler, pelos esclarecimentos fornecidos relativamente a Pernambuco, e Afonso Rui de Sousa, pelas notas acerca da Bahia. É de justiça, igualmente, consignar minha gratidão à professora Aíla Martins pelo auxílio prestado na cópia e revisão do manuscrito português.

A presente edição aparece consideravelmente enriquecida com as notas constantes do exemplar da Autora, redigidas em sua segunda viagem ao Brasil, quando vinha assumir o cargo de professora da futura Rainha de Portugal. Pertence hoje este precioso volume à *Lima Library, da Catholic University of América*, de Washington. (V. Apêndice III). Aqui ficam nossos agradecimentos ao professor Manuel da Silveira Cardoso por essa valiosa cooperação.

As ilustrações desta edição exigem, ainda, uma explicação especial. Em 1845, Sir William Callcott, viuvo da autora, legou ao British Museum uma centena de desenhos relativos às viagens ao Brasil.

Em 1849 obteve o Embaixador Joaquim de Sousa Leão Filho uma coleção de fotografias desses debuxos que cedeu à Companhia Editora Nacional e aqui se publicam pela primeira vez por gentileza daquele historiador. São todos de autoria de Maria Graham.

Quanto às gravuras da edição inglesa são de Augusto Earle: *O mercado de escravos do Rio*, *O mercado de escravos do Recife* e o *Retrato de Maria Quitéria*. A respeito desse artista, apelidado *"The Wandering Artist"*, pouco se sabe. Nasceu entre 1776 e 1786 e faleceu antes de 1850. Autor de *A narrative of nine month's residence in new zeland with a journal on Tristan d'Acunha*, London, Longman, Rees etc., 1832, sabe-se que esteve no Rio em 1820, foi ao Chile, a Lima, voltou à Inglaterra, tornou ao Brasil em 1824, em caminho para a Índia, e naufragou em Tristão da Cunha, donde chegou à Austrália. Passou novamente por nossa terra em 1832, membro da expedição de Darwin, no *Beagle*, desembarcando por doente não se sabe onde.

São dados igualmente fornecidos pelo benemérito Embaixador Sousa Leão.

A. J. L.

à Saint Christophe
le 7 octobre 1824

Sire,

Quand votre Majesté Impériale
me fit l'honneur de me nommer gouver-
nante de la princesse impériale Donna Maria
da Gloria, j'ai cru que, selon la coutume
des cours de l'Europe, je serois chargée
de diriger son éducation morale et intel-
lectuelle. J'esperois que votre Majesté
sentiroit l'importance de ma charge
et que je n'aurais à prendre des
ordres que de votre majesté et de
sa Majesté l'Impératrice.

J'ose espérer que j'ai les principes
et les connoissances necessaires pour
conduire l'éducation de la princesse.
Non pour enseigner moi-même tous
les arts et toutes les sciences, parce
que cela dépasseroit les forces de
qui que ce fût; mais pour veiller à
ce qu'elle étudie avec profit pendant
l'absence des maîtres que votre Majesté voudra bien lui donner, et
prendre soin surtout que ses habitu-
des, ses manières et ses sentimens
soient dignes de sa naissance et de
son état.

Pour remplir ces devoirs importans
il est très necessaire que je tienne
de votre majesté les pouvoirs requis
pour veiller aux emplois, aux arrange-
mens et aux compagnies de la jeune

Exposição de Maria Graham ao Imperador Dom Pedro I sobre a educação da Princesa D. Maria da Glória.
(Manuscrito do arquivo do Museu Imperial - Petrópolis)

JOURNAL

OF A

VOYAGE TO BRAZIL,

AND

RESIDENCE THERE,

DURING PART OF THE YEARS 1821, 1822, 1823.

By MARIA GRAHAM.

ONCE MORE UPON THE WATERS, YET ONCE MORE,
AND THE WAVES BOUND BENEATH ME AS A STEED
THAT KNOWS HIS RIDER.

LONDON:
PRINTED FOR LONGMAN, HURST, REES, ORME, BROWN, AND GREEN,
PATERNOSTER-ROW;
AND J. MURRAY, ALBEMARLE-STREET.
1824.

Desenho de AUG. EARLE
Gravura de EDWARD FINDEN

Valongo, ou mercado de escravos no Rio
Londres, publ. por Longmam & Cia e J. Murray, 5 de abril de 1824

PREFÁCIO
da Autora

AINDA que a ideia de uma eventual publicação não tenha sido estranha à redação deste diário de uma viagem ao Brasil e de uma estada de muitos meses naquele país, muitas circunstâncias imprevistas forçaram ainda a autora a revê-lo antes de ser entregue ao prelo, bem como a cancelar muitas páginas que fixavam acontecimentos públicos e privados.

Talvez restem ainda demasiadas referências de natureza pessoal, mas o que aí fica dito é, pelo menos, honesto. Se a autora tiver de pagar pessoalmente pela sua sinceridade sofrerá com satisfação.

Talvez só haja de novo no *Diário*, relativamente aos acontecimentos públicos, a exposição em conjunto de notícias que chegaram isoladas à Europa, e ainda o registro da impressão produzida no local por ocorrências que, de longe, podiam ser apreciadas de maneira diferente. Alguns fatos foram sem dúvida deformados pelas fontes interessadas através das quais chegaram ao público; outros, pela ignorância dos informantes; e a maior parte pelo espírito partidário, que encara sempre, ora com entusiasmo, ora com malevolência, a conquista da liberdade em qualquer parte do globo.

A autora não tem pretensões à perfeita imparcialidade, pois nem sempre esta significa virtude. Mas, sabendo que nenhum bem humano pode ser alcançado sem dose de mal, espera ter sempre encarado as questões pelos dois lados, ainda que isto lhe tenha custado bastante esforço na composição.

Tudo que se diz dos naturais do país, ou dos que ficaram a seu serviço, quer permaneçam ainda nos postos, quer não mais estejam no Império, foi escrito sob a impressão do momento. A confiança da autora no bom senso e na justiça do governo e do povo brasileiro é tamanha que ela deixa esses trechos tais e quais os escreveu.

Tão graves foram os acontecimentos dos três últimos anos no Brasil que se julgou melhor não interromper-lhes a narrativa com a intercalação do que se poderia chamar a história pessoal da autora enquanto foi ao Chile. Assim é que vão impressas juntas as narrativas das duas estadas no Brasil, em seguida a uma introdução contendo um esboço da História do país antes da primeira visita. Uma notícia acerca dos acontecimentos públicos no ano de ausência, serve de ligação entre as duas viagens.

O *Diário de uma viagem ao Chile* será tema para um volume à parte[*].

Julgou-se conveniente separar completamente as narrativas referentes à América Espanhola e à América Portuguesa, já que nos países que as constituem são diferentes não só o clima e as produções quanto os habitantes por suas maneiras, sociedade, instituições e governo.

Não há nada mais interessante que a situação atual de toda a América do Sul. Enquanto a Europa se empenhava na grande luta da Revolução, aquela região alcançava silenciosamente uma posição em que se tornava impossível a submissão por mais tempo a um domínio estrangeiro. Foram fatos, e não leis, que abriram os portos do Atlântico Sul e do Pacífico. Foram também indivíduos, e não nações, que prestaram auxílio aos patriotas do Novo Mundo. Saíram mais armas de guerra e munições para armar os nativos contra os tiranos estrangeiros, ocultamente, dos armazéns comerciais que dos arsenais das grandes nações. A Família Real de Portugal ali se refugiou; e o país passou, assim, de colônia a sede do governo, e da condição de escravo à de um Estado soberano. Enquanto a corte continuava a ter sede no Rio de Janeiro, os brasileiros não tinham assim motivo algum para romper com a mãe pátria. Tudo mudou, porém, desde que o rei voltou para Lisboa e desde que as Cortes, esquecendo as mudanças operadas pelas circunstâncias na mentalidade do povo, tentaram forçar o Brasil a voltar ao estado abjeto do qual se havia libertado. Irrompeu então a luta, parte da qual teve a autora oportunidade de testemunhar e a respeito da qual pôde coligir alguns dados, que poderão servir no futuro como fontes para a história. Confia ela em que, se *toda a verdade* não for encontrada em suas páginas, não haverá ali *senão a verdade*.

Não é com pequena ansiedade que este *Diário* é lançado ao mundo. Espero que desperte interesse pelo país, tornando-o mais bem conhecido. Talvez tenha a autora sobre-estimado sua capacidade, ao tentar fixar o curso de um acontecimento tão importante como a emancipação de tamanho império do domínio da mãe-pátria. A falta de saúde,

---

(*) Journal of a residence in Chili during the year 1822 and a voyage from Chili to Brazil in 1821. Lond., 1824.

entretanto, e, às vezes, a falta de disposição, impediram a autora de utilizar-se de todos os meios que podiam ter sido postos a seu alcance para aperfeiçoar seus conhecimentos. Espera, entretanto, que não tenha havido enganos de maior importância e que o *Diário*, cuja composição a entreteve em muitas horas de solidão e tristeza, não traga aborrecimento algum a quem quer que seja.

INTRODUÇÃO[1](*)
Esboço da História do Brasil

PARA MELHOR COMPREENSÃO dos acontecimentos políticos de que fui testemunha ocular, julguei necessário antepor o seguinte esboço da História do Brasil ao meu diário de viagem.

A primeira parte da história foi quase toda extraída de Southey, embora me tivesse sido fácil basear-me em autores portugueses, já que li quase todas as fontes impressas citadas pelo cronista, além de outras que ele não menciona. O Sr. Southey[2](*), porém, foi tão fiel e criterioso no uso que fez desses autores, que seria absurdo, se não impertinente, desprezar-lhe a orientação. Desde a chegada do Rei ao Brasil, ou melhor, de sua partida de Lisboa, porém, sou responsável por tudo que afirmo; é pouco, mas espero que esse pouco esteja certo.

As condições da América Portuguesa e da América Espanhola foram muito diferentes em cada fase de sua história. No México, no Peru e no Chile, encontraram os conquistadores um povo civilizado e humano, afeito a muitas artes da vida social; povo agricultor e conhecedor de algum ofício, familiarizado com as coisas relativas ao altar e ao trono, empenhado em guerras de conquista e de glória. Os selvagens do Brasil, porém, eram caçadores e canibais. Nômades, combatiam forçados pela fome; poucas das tribos conheciam sequer o cultivo da mandioca, e menor número ainda usava qualquer espécie de vestuário, a não ser a tatuagem e as penas como ornamento. As conquistas espanholas foram mais rápidas e firmaram-se mais facilmente,

---

1 (*) Esta introdução mereceria, a rigor, sérios e longos reparos. Limitamo-nos, porém, a pequenas e indispensáveis correções, visto como a ninguém ocorrerá estudar por ela a formação colonial brasileira. É a própria autora que informa honestamente tratar-se de um simples extrato de Southey, para uso de estrangeiros. Basta, pois, esta advertência. As pequenas extravagâncias gráficas do texto inglês, provavelmente enganos de copistas e impressores, nem sempre merecem nota especial. Quando se trata de simples erros de redação, vão assinalados entre colchetes os termos corrigidos.

2 (*) ROBERT SOUTHEY, *History of Brazil*, London, printed for Longman, Hurst, Rees, and Orme, 1810—19, 3 vols. in 4° gr. O tomo primeiro foi reimpresso em 1822.

pois nos países mais avançados em civilização a derrota de um exército decide a sorte de um reino; as terras, já cultivadas, e as minas, já conhecidas e exploradas, passaram imediatamente ao poder dos conquistadores.

No Brasil as terras, que foram concedidas às léguas, *tiveram de ser conquistadas às polegadas* às hordas de selvagens que se sucediam em inumeráveis multidões. Os hábitos migratórios tornavam natural a uma tribo ocupar imediatamente o terreno de onde havia sido expulsa a sua predecessora. As histórias dos primeiros colonizadores do Brasil não apresentam, pois, aqueles esplêndidos e cavalheirescos episódios abundantes nas crônicas dos Corteses, Pizarros e Almagros. São histórias simples, constituídas muitas vezes de cenas patéticas da vida humana, cheias de paciência, de iniciativa e de perseverança. Mas a maldade, que maculou até as melhores delas, é tanto mais odiosa quanto mais sórdida.

As próprias circunstâncias, porém, que facilitavam a fundação das colônias espanholas constituíam também motivo para acelerar-lhes a independência. A ideia e a lembrança da honra nacional e da liberdade permaneceram vivas entre os mexicanos e peruanos cultos, cujo número havia diminuído em consequência das crueldades praticadas pelos conquistadores. Mas sempre restaram bastantes para perpetuar a lembrança dos pais e manter viva a tradição das profecias anunciadas no delírio dos patriotas moribundos. Assim, quando um peruano visitava Lima, não era sem a mais viva emoção que contemplava a sala dos vice-reis onde os nichos, destinados aos retratos dos titulares, iam sendo ocupados um após outro, até completar-se o número fatal[3]. E muito visionário da costa peruana, ao ver o Almirante da esquadra chilena[4(*)], terá saudado nele o louro filho da luz, destinado a restaurar o reino dos Incas[5].

Mas no Brasil, o que fora uma vez conquistado não mais seria recuperado pelos nativos, pois careciam estes da tradição que, pelo menos, lhes desse a esperança de uma era melhor. Os selvagens foram,

---

3   O salão dos retratos de vice-reis estava completo. Não havia nele lugar para o de Lacerna. [Dom José de la Serna].

4   (*) O almirante da esquadra chilena a que se refere a A. era lorde Cochrane, de quem adiante se trata.

5   Profecia registrada por Garcilaso de la Vega. Dizem que esgotados os exemplares do seus *Incas* foi impressa nova edição omitindo-se a profecia. [*Primera parte de los comentarios reales que tratan de el origem de los Incas*, Lisboa, 1609].

ou exterminados, ou subjugados totalmente. A caça aos escravos que fora sistemática no período de ocupação da terra e, especialmente, após a descoberta das minas havia diminuído e enfraquecido de tal modo os pobres Índios que foi preciso introduzir os africanos, mais vigorosos. São estes que atualmente habitam os campos do Brasil. E se aqui ou ali se encontra ainda uma aldeia indígena, sua população é miserável, num estado de civilização inferior ao dos negros, e com menos capacidade e indústria do que estes. Por isso, enquanto os mexicanos e peruanos primitivos constituem uma parcela real e importante dos pregadores da independência dos respectivos países, ao lado dos espanhóis crioulos, os índios nada representam no Brasil. Mesmo como raça mestiça, têm menos importância entre as diferentes castas do que nas colônias espanholas. Portanto, só as rivalidades entre os próprios portugueses poderiam, no período atual, conduzir os acontecimentos até a crise presente. Estas rivalidades surgiram, porém, e embora não tivessem derivado somente da transmigração e da volta da família real, foram, pelo menos, avivadas e incrementadas por esses fatos.

O Brasil foi descoberto em 1499 por um dos companheiros de Colombo, Vicente Yañez Pinzón, natural de Palos, que, em companhia do irmão, se encontrava em busca de novas terras. Após tocar nas Ilhas de Cabo Verde, navegou para o sudoeste até atingir a costa do Brasil, perto do cabo de Santo Agostinho, costeando-a até o rio Maranhão e daí à foz do Orenoco. Trouxe de volta algumas drogas valiosas, pedras preciosas e pau-brasil mas perdeu dois dos três navios na viagem. Embora não tivesse fundado ali nenhum estabelecimento, reclamou, no entanto, a terra para a Espanha.

Entrementes Pedro Álvares Cabral foi nomeado pelo rei de Portugal, D. Manuel, comandante de uma grande esquadra, destinada a retomar a rota de Vasco da Gama no Oriente. Ventos contrários, porém, conduziram a expedição de tal modo para oeste, que ela alcançou as costas do Brasil, ancorando em Porto Seguro na sexta-feira de Páscoa do ano de 1500. No domingo de Páscoa ergueu-se pela primeira vez um altar cristão no novo continente, debaixo de uma grande árvore, celebrando-se a missa, à qual assistiram atenta e prazerosamente os ingênuos nativos. Foi tomada posse da terra para a coroa de Portugal com o nome de Terra de Santa Cruz e erguida uma cruz de pedra para comemorar o acontecimento. Cabral despachou para Lisboa um navio pequeno a fim de anunciar a descoberta e, depois, sem fundar nenhuma feitoria, seguiu para a Índia.

Ao chegarem as notícias à Europa o rei de Portugal convidou Américo Vespúcio a vir de Sevilha e enviou-o com três navios para explorar o país. Chegando ao Brasil depois de uma longa e tormentosa viagem, entrou, desde logo, em contato com os íncolas, verificando que estes eram canibais. Conseguiu, no entanto, estabelecer relações com algumas tribos. Depois de costear o continente sul-americano até o grau 52 sem encontrar nem porto, nem habitantes, sofrendo frio intolerável, voltou a Lisboa em 1502.

Logo no ano seguinte partiu Américo de novo, com seis navios. Mas, tendo permanecido, por ordem superior, demasiado junto à costa d'Africa após passar as ilhas de Cabo verde, perdeu quatro navios. Não obstante, com os dois navios restantes, conseguiu chegar a um porto que denominou de Todos-os-Santos[6]. Aí ficaram cinco meses, em boas relações com os nativos, em companhia dos quais alguns homens da expedição viajaram quarenta léguas pelo interior. Erigiram um pequeno forte, e ali deixaram doze homens com armas e provisões, e, após carregarem os dois navios com pau-brasil, macacos e papagaios, voltaram a Lisboa em princípios de 1504[7(*)].

Mas, uma vez que o Brasil, — como agora começou a ser chamado, — não prometia o grande suprimento de ouro, que os espanhois haviam descoberto em suas novas terras, ouro esse que os portugueses obtinham com menos risco na África e no Oriente, a terra deixou por certo tempo de interessar ao governo. Os primeiros estabelecimentos foram efetivamente fundados por aventureiros particulares que, para garantir seus negócios, tinham interesse em manter uma espécie de agentes junto à população. Os primeiros aproveitados para essa função foram criminosos. Num país despovoado, em que nada se tivesse de fazer senão conquistar terras, essa espécie de colonos poderia ser de alguma vantagem. Mas numa terra onde havia muitos selvagens, os resultados são desastrosos, uma vez que, ou eles se degradam ao nível dos próprios nativos, quando em boas relações com eles, ou, em

---

6 Não pode ser a Bahia, porque diz ele que após costear 260 léguas chegaram a 18° S. Ora, a Bahia fica a 12°40' aproximadamente. Há uma diferença, portanto, de 120 léguas. Deve ser, pois, um porto mais ao norte.

7 (*) Aqui há confusão da Autora. O que diz Southey é que dezessete dias depois chegaram a um porto de Todos-os-Santos "que parece ser a Bahia", onde ficaram mais de dois meses. Daí saíram e, após costear 260 léguas para o Sul, desembarcaram a 18°. Aí, *nesse novo local*, permaneceram cinco meses, penetraram 40 léguas pelo sertão e levantaram um forte. Este local é, segundo VARNHAGEN, Cabo Frio. [*História Geral do Brasil*, 4ª ed. integr. S. Paulo, 1948, p. 98].

caso contrário, são capazes de praticar contra os mesmos crueldades e injustiças tais que lhes provocam o ódio, tornando difícil a colonização. E, ainda quando lhes ensinam alguma coisa, só divulgam o que há de pior na vida das nações civilizadas.

Mas, em 1508, tendo Américo Vespúcio voltado ao serviço de Espanha, o rei deste país resolveu tomar posse da nova terra que fora descoberta. Fundamentando-se nas concessões de Alexandre VI, enviou Vicente Yañez Pinzón e Juan Dias de Solis para garantir os seus direitos. Alcançaram o cabo de Sto. Agostinho, que Pinzón havia descoberto, e percorreram a costa até 40° de latitude Sul, erguendo cruzes por onde passavam. Mas surgindo desentendimentos entre os dois navegadores, voltaram eles à Espanha. Parece que as reclamações de Portugal contra esta viagem, considerada uma interferência nos seus domínios, tiveram certo peso, pois só em 1515 foi Solis enviado em segunda viagem, já então com a finalidade ostensiva de procurar uma passagem para o Grande Oceano Pacífico, descoberto por Balboa em 1513. Este extraordinário e infeliz homem foi o primeiro europeu cujos olhos pousaram sobre o grande oceano. Ouvira falar dele pelos índios e partiu resolutamente para descobri-lo, bem prevenido dos perigos e dificuldades a vencer. Depois de vinte e cinco dias de sofrimento e fadigas, avistou o Mar do Sul. Ouviu então falar do Peru, das suas minas, das lhamas, das cidades e seus aquedutos e recebeu pérolas[8] das ilhas que ficam em frente da baía de São Miguel. Foi aí que avançou de espada em punho pelo mar a dentro até a água chegar à cintura e tomou posse do mar em nome do rei de Espanha. Ninguém mais na Europa duvidava então de que o caminho ocidental para as Índias Orientais estava descoberto. Daí as grandes esperanças depositadas na expedição de Solis. Este navegador percorreu a costa do Brasil muito para o sul do cabo de Sto. Agostinho onde já estivera com Pinzón. A 1° de janeiro de 1516 descobriu a baía do Rio de Janeiro, de onde partiu para o sul e entrou no que ele esperava fosse um mar, ou estreito, pelo qual se comunicaria com o oceano. Era, porém, o rio da Prata, onde Solis e vários de seus companheiros foram mortos e devorados pelos nativos. Os navios dirigiram-se então para o cabo de Santo Agostinho, carregados de pau-brasil, retornando à Espanha.

---

8   Ilhas das Pérolas, na baía de Panamá. As areias das praias destas ilhas são de ferro, e atraídas pelo ímã tão facilmente como a limalha de aço.

O rei D. Manuel de Portugal, porém, reivindicou tais cargas e protestou de novo, com tal intensidade, contra a interferência da Espanha, que, três anos depois, quando Magalhães tocou no Rio de Janeiro, apenas pôde comprar provisões.

Nesse ínterim, diversos aventureiros franceses haviam estado no Brasil, levado sua carga de pau-brasil, macacos, papagaios, e saqueado, às vezes, alguns dos mercadores portugueses mais fracos. Em 1516 dois desses aventureiros entraram pela Baía de Todos-os-Santos e já haviam iniciado o comércio com os índios quando o comandante português Cristóvão Jaques, entrando pelo porto e percorrendo todas as suas enseadas, os descobriu e afundou-lhes os navios com tripulações e cargas. Pela mesma época, um jovem fidalgo português que havia naufragado num banco de areia fora da entrada da barra[9], e que vira uma parte de seus companheiros morrerem afogados e a outra devorada pelos índios, empreendeu a pacificação dos nativos. Havendo salvo do naufrágio um mosquete e alguma pólvora, e conseguindo alvejar um pássaro, na presença dos selvagens, ficou sendo chamado Caramuru, ou o *homem de fogo*, e, acompanhando-os numa expedição contra os inimigos Tapuias, tornou-se o favorito da tribo. Casou-se com uma índia e fixou residência no local hoje chamado Vila Velha, perto de uma excelente fonte e não longe da entrada da baía.

Caramuru, porém, sentiu saudades de sua terra natal e, aproveitando então a oportunidade oferecida pela chegada de uma nau francesa, seguiu com sua mulher para a França, onde foram bem recebidos na corte. O rei e a rainha serviram de padrinhos no batizado da mulher brasileira, cujo casamento foi então celebrado pelo ritual cristão. Caramuru não teve entretanto licença para ir a Portugal. Mas, por intermédio de um jovem português estudante em Paris[10], fez saber sua situação ao rei Dom João III a quem encareceu a necessidade de enviar uma expedição à Baía de Todos-os-Santos. Logo depois Caramuru voltou à Bahia, concordando em fretar dois navios com pau-brasil como pagamento de sua passagem, da artilharia dos navios e das mercadorias necessárias para o comércio com os índios.

Enquanto, porém, o Brasil não produzia ouro, nem proporcionava os lucros comerciais que os portugueses obtinham nos negócios da Índia, permaneceu quase inteiramente entregue a si mesmo durante os

---

9   Penso que no de Santo Antônio da Barre. [Barra]
10 Pedro Fernandes Sardinha, primeiro bispo do Brasil

primeiros trinta anos depois de descoberto. As determinações legais então adotadas pela corte não foram, talvez, as mais favoráveis ao país. A costa foi dividida por D. João III em capitanias, muitas das quais estendendo-se por cinquenta léguas. Cada uma delas foi considerada hereditária e concedida a qualquer que quisesse embarcar com meios suficientes para a aventura. A esses donatários foi concedida uma jurisdição ilimitada, tanto no crime como no cível.

A primeira pessoa a tomar posse de uma dessas capitanias, em 1531, foi Martim Afonso de Sousa, que reivindica por vezes o título de descobridor do Rio de Janeiro, embora essa designação tenha sido dada à baía por Solis quinze anos antes. Sousa foi provavelmente impedido de fixar-se nas praias desta baía pelo número e ferocidade das tribos indígenas que as ocupavam. Seguiu, por isso, para o sul, dando nome aos acidentes geográficos: Ilha Grande dos Magos encontrada no décimo segundo dia, quando

Três reis, ou, o que mais vale, três sábios

Lá vão para o ocidente em busca do verdadeiro oriente do mundo[11];

São Sebastião no vigésimo, e São Vicente no vigésimo segundo dia. Mas, depois de haver seguido para o sul até o Prata, voltou às vizinhanças de São Vicente, onde finalmente fundou sua colônia, e de onde tirou o nome para toda a capitania.

Martim Afonso de Sousa não era homem comum. Não relaxou os cuidados para com a sua colônia, mesmo depois de voltar ao reino e ser enviado como governador geral à Índia, onde já se havia notavelmente distinguido antes. Foi ele quem introduziu ali a cana-de-açúcar importada da ilha da Madeira. Foi ali, também, que se criou o primeiro gado vacum, que se espalhou por todo o continente da América do Sul. Estas coisas revelaram-se de mais valor real para a terra do que suas minas.

Pero Lopes de Sousa, irmão de Martim Afonso de Sousa, recebeu suas cinquenta léguas de costa em dois lotes: um, de Santo Amaro, ficava imediatamente ao norte de São Vicente e o outro, o de Tamaracá, ficava situado entre Pernambuco e Paraíba.

---

11 "Three kings, or what is more, three wise men went Westward to seek the world's true orient".

Pelo mesmo tempo o fidalgo Pero de Gois tentou estabelecer-se na Paraíba do Sul. Mas após dois anos de razoável prosperidade, foi atacado pelos Goaytacazes [Goitacás]. Cinco anos de guerra reduziram-no à contingência de pedir ao Espírito Santo navios para transportar seus colonos.

Vasco Fernandes Coutinho começou a colonização do Espírito Santo no mesmo ano (1531) em que as primeiras colônias foram fundadas. Reunira ele uma grande fortuna no Oriente que despendeu, na maior parte, na convocação de voluntários para sua nova colônia. Sessenta fidalgos e elementos da Casa Real acompanharam-no. Tiveram feliz viagem. Á chegada construiram um forte que chamaram de Nossa Senhora da Vitória e fundaram quatro engenhos de açúcar. Coutinho voltou a Lisboa em busca de recrutas e de aparelhamento para a mineração, já que os colonos haviam observado alguns sinais positivos de existência de ouro e pedras preciosas na terra. A capitania vizinha, Porto Seguro, foi doada a Pero do Campo Tourinho, nobre e navegador, que vendeu suas propriedades na pátria e organizou um selecionado grupo de colonos com os quais se estabeleceu em Porto Seguro, o porto onde Cabral tomara posse do Brasil. A história da colonização de Porto Seguro, como de todas as outras capitanias, está conspurcada pelas mais atrozes crueldades, não só as que os soldados cometem no calor da batalha, mas algumas frias e calculadas atrocidades, como o extermínio de homens por causa dos canaviais, esperando-se pacientemente o *fruto* do crime[12].

Ilhéus, assim chamada pelo seu rio principal, que tem três ilhas na foz, foi fundada por Jorge de Figueiredo Correia, funcionário do Tesouro no governo de D. João III, entre 1531 e 1540, e floresceu rapidamente. Era notavelmente adequada à cultura da cana-de-açúcar.

A Baía de Todos-os-Santos, com o território adjacente, foi doada a Francisco Pereira Coutinho, fidalgo que se havia distinguido na Índia. Fixou residência na Vila Velha, onde Caramuru havia formado sua

---

12 Espero que não seja verdadeira a seguinte história embora a saiba de boa fonte: Nessa mesma capitania, nesses vinte anos, uma tribo indígena havia se tornado de tal modo incômoda que o Capitão-mor resolveu desembaraçar-se dela, atacando-a. Defenderam-se os índios, porém, tão bravamente que os portugueses resolveram desistir da guerra aberta. Com fingida simplicidade depositaram em lugares onde os pobres índios provavelmente os encontrariam, enfeites e brinquedos contaminados de varíola. O plano foi bem sucedido e os selvagens de tal modo enfraquecidos foram facilmente subjugados.

pequena colônia e onde dois homens de sua comitiva se casaram com as filhas do náufrago.

A baía, ou recôncavo de Todos-os-Santos é um magnífico ancoradouro. A barra parece ter uma légua de largura, mas à direita de quem entra há um banco de areia, chamado Santo Antônio da Barra, muito perigoso para navios grandes, e, à esquerda, recifes de coral que se estendem desde Itaparica.

A terra que a circunda é tão fértil que deve ter sido objeto de permanente cobiça quer dos habitantes selvagens quer dos civilizados. Não é de espantar, pois, que três revoluções, isto é, três mudanças de ocupantes, expulsando-se mutuamente, tenham ocorrido, segundo a tradição dos índios, antes da fundação de Coutinho.

Este nobre, que passara a mocidade nas guerras da Índia Portuguesa, cruel e imprudentemente perturbou a paz reinante, com o assassínio do filho de um dos chefes. A consequência foi que, após uma guerra desastrosa, no correr da qual os engenhos de açúcar, já florescentes, foram queimados, tanto ele como Caramuru foram obrigados a abandonar a colônia e retirarem-se para Ilhéus. Logo depois, porém, Coutinho fez a paz com os índios, mas, ao voltar para o recôncavo, naufragou num recife além de Itaparica, onde foi trucidado pelos selvagens. Caramuru foi poupado e voltou a sua velha moradia.

Na colônia de Pernambuco, o primeiro donatário, Duarte Coelho Pereira, encontrou resistência não só por parte dos nativos, mas também de alguns franceses, que mantinham um comércio, irregular porém rendoso, na costa e que se aliaram então aos índios para retardar a colonização regular que, provavelmente, poria fim àquele tráfico. A colônia contudo havia sido fundada em Olinda[13], em situação tão bela quanto forte. Pereira planejou dispor algumas tribos indígenas em seu favor. A guerra foi de pequena duração, não tendo ido muito além da captura da pequena colônia de Garussa [Igaraçu], situada na mata, e próxima à enseada que separa a Ilha de Itamaracá da terra firme, mas dificultou a prosperidade da capitania.

---

13 SOUTHEY, em nota ao primeiro volume, menciona o nome de Marim dado a Olinda por Hans Staade [Staden].
Os demais brasileiros chamam ainda de *marineros* os pernambucanos do Recife. Será isto devido à cidade, a seus hábitos marítimos ou ao nome da aldeia indígena Marim, que havia nas vizinhanças?

A última colônia fundada durante esses dez anos, cheios de acontecimentos, foi o Maranhão. Três personagens aventuraram-se a esta colonização, conjuntamente. O mais célebre foi João de Barros, o historiador; os outros foram Fernão Álvares de Andrade, pai do autor da Crônica[14(*)], e Aires da Cunha.

Aires da Cunha, os dois filhos de João de Barros e mais novecentos homens partiram com dez navios para sua nova possessão, mas naufragaram nos Baixios do Maranhão. De modo que muito tempo se passou antes que fosse retomado o empreendimento. Cunha afogou-se, e os filhos de João de Barros foram mortos pelos índios. O resto dos tripulantes sobreviveu com dificuldade numa condição miserabilíssima.

Entrementes fora descoberta a passagem pelo estreito de Magalhães e os espanhois, a princípio sob o comando de Sebastião Caboto e depois de D. Pedro de Mendoza, fundador de Buenos Aires, começaram a colonização nas margens do Prata, não sem a oposição dos portugueses e uma ainda mais obstinada e fatal resistência por parte dos índios. As tribos naquelas vizinhanças parecem ter sido mais civilizadas do que as da costa do Brasil e, conseguintemente, inimigos mais perigosos das cidades nascentes. Orellana havia também realizado sua ousada viagem através do imenso rio que é algumas vezes chamado pelo seu nome. Veio ele depois a perecer ao tentar estabelecer-se em suas margens. Quase igual sorte teve Luís de Melo da Silva que tentou a mesma coisa por parte de Portugal.

Cabeza de Vacca havia feito também a sua travessia aventurosa de Santa Catarina e, depois de assumir o governo de Assunção, chefiou várias expedições descobridoras, sempre na esperança de encontrar caminho fácil para as regiões do ouro. Numa dessas excursões encontrou os sinais da passagem do aventureiro Garcia, português que, por ordem de Martim Afonso de Sousa, empreendera, com cinco companheiros, a exploração da América do Sul[15(*)]. Este homem conseguiu de tal modo a conciliação com os índios que foi acompanhado por um exército considerável deles e diz-se que penetrou até Tarija. Crê-se que pereceu às mãos de um de seus companheiros, mas não há minúcias acerca de seu destino.

---

14 (*) Refere-se a Francisco de Andrade, autor da *Crônica do muito alto e muito poderoso rei deste reino de Portugal D. João, o III deste nome*, Lisboa, 1613.
15 (*) Aleixo Garcia, que partiu de S. Vicente em 1526, atravessou o Paraná e invadiu o Peru. V. RUI DIAZ DE GUSMÁN, Argentina (1612) - B. Aires 1882.

Durante os dez anos seguintes nada de notável ocorreu em relação ao Brasil, exceto a fundação da cidade do Salvador, por Tomé de Sousa, primeiro Capitão-Geral do Brasil, que trouxe com ele os primeiros missionários jesuítas. Para sede de sua nova cidade Tomé de Sousa escolheu o morro que fica logo acima da parte mais profunda do porto da Bahia. A cidade é protegida, pela retaguarda, por um lago profundo, e fica a cerca de meia légua da Vila Velha de Coutinho e Caramuru.

Os interesses materiais da nova colônia lucraram extraordinariamente com a amizade e a assistência do patriarca Caramuru. Quanto aos espirituais, já era de fato tempo de se fazer sentir no Brasil alguma regra de fé e de moral. Os colonos não haviam tido até então como pastores senão frades, cujos costumes eram tão dissolutos quanto os deles próprios e que encorajavam neles uma depravação licenciosa, dificilmente menos chocante que o canibalismo dos selvagens. Estes últimos são acusados de comer as crianças que suas próprias filhas gerassem com os prisioneiros de guerra, — coisa tão contra a natureza que só pode ser acreditada porque, por outro lado, os portugueses vendiam como escravos até os filhos que haviam tido com as índias. O Apóstolo do Brasil, como bem pode ser chamado, e chefe dos seis jesuítas que acompanharam Sousa, foi Nóbrega, contemporâneo e rival de São Francisco Xavier no desinteresse dos serviços prestados a seus semelhantes. Foi um novo Las Casas, pelos seus ingentes esforços para proteger e bem assim converter os indígenas.

O Brasil estava-se tornando objeto de importância para a coroa de Portugal. A nova colônia da Bahia foi fundada à custa do rei e por sua conta foram enviadas 1.000 pessoas no primeiro ano de existência, 1549. Em quatro meses já havia ali cem casas e seis fortalezas. A catedral, o colégio dos jesuítas, o palácio e a alfândega estavam em início de construção; o conjunto era defendido por uma muralha de taipa. No ano seguinte chegaram recursos de todo gênero de Lisboa e, no ano seguinte, várias órfãs, de família nobre, foram mandadas para casarem-se com os funcionários, com dotes representados por negros, vacas e éguas.

Por esse tempo desgarrou uma expedição espanhola destinada ao Rio da Prata e um dos navios naufragou ao longo de São Vicente. A Hans Staade [Staden], um dos membros da tripulação que sobreviveu, e após várias aventuras caiu no poder dos índios, devemos a mais autêntica e minuciosa descrição dos selvagens brasileiros[16]. É curioso que os índios do novo mundo excedessem tanto em barbaridades todas as tribos bárbaras do velho mundo. Não se conhece entretanto nenhuma narrativa autêntica de que se tivessem trazido canibais da África, ao passo que nenhum dos que primeiro escreveram sobre o Brasil e seus habitantes deixou de insistir no amor dos índios pela carne humana, como característica da raça. O ano de 1552 notabiliza-se pela chegada do primeiro bispo ao Brasil. Sua sede foi fixada em São Salvador, ou, como é geralmente chamada, Bahia. No ano seguinte Tomé de Sousa retirou-se do governo sendo sucedido por Dom Duarte da Costa que trouxe em sua companhia sete jesuítas, entre os quais o célebre Anchieta[17]. O chefe da ordem, Loyola, ainda vivo, erigiu o Brasil em nova província e nomeou Nóbrega e Luis da Grã, que havia sido reitor em Coimbra, como provinciais associados[18](*). Desde então começaram os trabalhos dos padres para o verdadeiro bem do país. Qualquer que seja a opinião que se forme com relação à política da Companhia e

16 Na *História da Província de Santa Cruz* por Pero de Magalhães de Gandano [Gandavol], 1576, há uma descrição que bem se ajusta à que Southey extraiu de Hans Staade [Stadenl] e de Lery. Longe está, porém, de ser tão repugnante. Há uma gravura em cobre representando a condução forçada do prisioneiro amarrado e que deve ser abatido com uma clava. O autor fornece uma curta descrição das plantas então conhecidas e dos animais do Brasil e conclui fazendo votos por que as minas em cuja existência se cria, fossem logo encontradas. — Veja-se a coletânea de trechos por Barbosa Machado.

17 Anchieta não era somente um homem de extraordinária fortaleza de ânimo e real piedade, mas um político de ordem superior. Seus serviços de natureza civil ao governo português são equivalentes aos dos grandes capitães; ao mesmo tempo não conheço ninguém com quem possa comparar seus trabalhos como missionário e professor. Seus méritos como apóstolo cristão e como homem de letras desarmaram até o Sr. Southey de seu habitual rancor contra a fé Católica Romana. O livro deste excelente escritor sobre o Brasil é realmente prejudicado pela linguagem destemperada acerca do assunto em que a sensibilidade humana é menos capaz de suportar a contradição direta, de modo que a sua divulgação se tornou impossível e o bem que, por outro lado, poderia fazer à nação a que se destina, foi frustrado. O Sr. Southey deveria lembrar-se da citação que ele próprio extrai de Jeremias Taylor: "O ardor contra o erro nem sempre é o melhor instrumento para encontrar a verdade".

18 (*) Luís da Grã foi nomeado, realmente, colateral de Nóbrega na Bahia, espécie de vice-provincial, enquanto Nóbrega residia no Sul, diz o padre Serafim Leite. Esclarece, ainda, o douto historiador que o cargo de colateral não é equivalente ao de sócio do provincial, na atual organização jesuítica. O sócio é secretário, consultor e admonitor, mas ao mesmo tempo é súdito. O colateral era dado ao provincial como companheiro e auxiliar. (*Hist. da Comp. de Jesus no Brasil*, II, 472).

seus objetivos finais, não há dúvida de que os meios empregados para domar e civilizar os índios eram suaves e, assim, eficientes: enquanto visavam aos próprios objetivos, os padres faziam a felicidade de seu rebanho e, por muitos séculos, não haverá reparação para o mal causado pela sua súbita expulsão, que destruiu os liames de sociedade humanizada que começavam a unir os índios a seus semelhantes.

Em 1553 Nóbrega fundou a primeira escola no Brasil, no planalto de Piratininga, cerca de treze léguas distante da colônia de São Vicente. Anchieta foi o mestre escola. Inaugurada a escola na festa da conversão de São Paulo, o estabelecimento e a nova colônia que surgia em torno dela, receberam o nome do santo. São Paulo cresceu desde então até se tornar uma das mais importantes cidades do Brasil. Seus ricos minerais, suas explorações de ferro e outras indústrias, e, acima de tudo, a mentalidade elevada e livre de seus habitantes, que tomaram sempre a frente em todas as campanhas pelo bem do país, colocam-na acima de todas as cidades do sul do país.

Anchieta, enquanto ensinava latim a portugueses e mamalucos[19], e português aos brasileiros, aprendeu com estes a própria língua compondo uma gramática e um dicionário para os mesmos. Não havia livros para os alunos, de modo que tinha de escrever as lições diárias para cada um, em folhas avulsas e em quatro línguas diferentes. Servia ele de médico, ao mesmo tempo que de padre e de mestre-escola; exercia e ensinava as mais úteis artes domésticas. Mas a colônia, assim como todas as outras, que tinha de lutar pela própria existência, foi atacada pelos mamalucos da povoação vizinha de Santo André, que viam na instrução dos índios um passo para a abolição de sua escravidão; protestaram, assim, contra o que consideravam infração ao suposto direito que tinham ao serviço dos nativos. Com outros argumentos, conseguiram induzir algumas tribos vizinhas a ajudá-los. Foram, porém, derrotados pelos de São Paulo.

Por esse tempo surgiram algumas disputas entre o governador e o bispo e este resolveu voltar a Lisboa. Naufragou, porém, na costa, num local chamado Baixios de São Francisco, onde caiu prisioneiro, juntamente, com outras cem pessoas brancas, foi morto pelos caetés. A vingança dos portugueses foi horrível. Os caetés foram caçados, liquidados e quase exterminados.

---

19 Mamalucos eram os portugueses naturais do Brasil, na maior parte mestiços de nativos.

No ano de 1557 morre D. João III. A nomeação de Mem de Sá para governador do Brasil, antes de sua morte, impediu que o país sentisse imediatamente os males que uma regência em geral acarreta mesmo a um governo estabilizado, mas que certamente pesariam dez vezes mais sobre uma colônia nascente.

Mem de Sá era um homem de mentalidade mais esclarecida e de princípios mais humanos que a maior parte daqueles aos quais haviam sido confiadas as províncias brasileiras. Chegou à Bahia em 1558, e aplicou-se ativamente em estudar as relações recíprocas entre os portugueses, os nativos, os índios e os mestiços.

Seus primeiros atos visaram coibir aos índios aliados algumas das práticas mais brutais, induzindo-os a formarem povoações junto às dos jesuítas. Os colonos egoístas, interessados em fomentar as lutas entre os índios a fim de obter escravos, protestaram contra essas medidas considerando-as como violação da liberdade dos nativos; desgostaram-se também com as ordens expedidas no sentido de serem declarados livres todos os índios escravizados irregularmente. Só um poderoso colono, porém, se recusou a cumprir as ordens. Mem de Sá ordenou que sua casa fosse cercada e logo após arrasada. Tal medida visava certamente inspirar confiança aos índios e mostrar-lhes boas intenções em relação a eles ao mesmo tempo, com enérgicas medidas empregadas para puni-los por qualquer quebra dos compromissos assumidos, conseguia fazer-se respeitar.

Entrementes um aventureiro de rara têmpera havia fundado uma colônia na mais bela baía do Brasil, isto é, na do Rio de Janeiro. Nicolau Durand de Villegagnon era natural de Provins en Brie e cavaleiro de Malta. Em 1648 [1548] havia servido às ordens de Maria de Guise, nas intrigas da corte francesa, conduzindo à França sua filha, a jovem rainha da Escócia. Em 1651 [1551] empenhou-se na defesa de Malta, atacada por Pacha Sinã e o famoso Dragut Reis. Dois anos depois publicou um relato dessa campanha. Tendo visitado o Brasil em 1558, Villegagnon não pôde ficar insensível às vantagens que derivariam para a França em manter ali uma colônia. De volta à Europa, apresentou à corte tais memoriais acerca dessas vantagens que Henrique II lhe forneceu dois navios de 200 toneladas cada um, mais um navio transporte de 100 toneladas, para conduzir os aventureiros que quisessem deixar a França e que, neste momento, eram numerosos. Villegagnon querendo interessar Coligny proclamou que o novo estabelecimento seria um refúgio para os huguenotes perseguidos. Com isso obtinha a dupla vantagem de assegurar a amizade do almirante e ganhar um número respeitável de colonos. Assim, alcançou o Rio de Janeiro, fixando-se a princípio num penedo baixo à entrada da barra, onde há hoje um pequeno forte chamado Laje. Mas vendo que não era bastante elevado para resistir às marés mais altas, desembarcou numa ilha dentro da baía, onde só há um ancoradouro, cuja forma e posição é singularmente favorável à defesa, especialmente contra inimigos como os índios. Os do Rio estavam, porém, de há muito habituados ao tráfico com os franceses, que, se não os tinham ensinado, pelo menos os incentivavam a odiar os portugueses que Villegagnon se gabava de conseguir manter afastados com a ajuda dos selvagens.

Entretanto Coligny esforçava-se por enviar auxílios de toda a espécie: provisões, recrutas e ministros protestantes[20]. Mas Villegagnon, que já então se considerava seguro na sua colônia, tirou a máscara da tolerância. Comportou-se com tal tirania que muitos dos huguenotes foram forçados a regressar à França. Deles queixou-se Villegagnon maliciosamente, chamando-os de hereges, merecedores de morte.

Mas não há nada de vista tão curta como a perversidade. A traição de Villegagnon foi a causa da ruína da empresa. Dez mil protestantes estavam prontos a embarcar para Coligny, nome então dado à ilha hoje de Villegagnon. Mas as narrativas dos que voltaram, sustou-lhes a partida e a colônia foi deixada sem capacidade de defesa.

Afinal, despertada a atenção da Corte Portuguesa para a colônia francesa, vieram ordens ao Capitão Geral para, preliminarmente, examinar a posição e, em seguida, conquistá-la se possível.

Em virtude disso Mem de Sá, acompanhado por Nóbrega e dois outros jesuítas, atacou-a em janeiro de 1560. Villegagnon estava então na França. Foram demolidas as fortificações, mas o governador não dispunha de forças suficientes para tentar fundar uma povoação. Se Villegagnon tivesse conseguido voltar com os recrutas que esperava, teria encontrado a colônia em condições de ser restaurada facilmente e talvez pudesse ainda tomar uma desforra pessoal. Porém sua

---

20 Entre esses estava Jean de Léry — [A chamada encontra-se, no original, após a palavra *recrutas*. Mas é evidentemente um lapso tipográfico. Refere-se a nota a *ministros protestantes*, aos quais pertencia Léry. N. Trad.].

má fé impediu que os huguenotes se juntassem a ele, a guerra civil impossibilitou o governo de ajudá-los e a colônia francesa pereceu.

Em 1564 Estácio de Sá, sobrinho de Mem de Sá, foi enviado de Portugal para fundar uma cidade no Rio, mas, sem meios suficientes para enfrentar os índios chefiados pelos poucos franceses remanescentes, seguiu para São Vicente em busca de reforços. Os que obteve, porém, somente lhe permitiram sustentar a guerra, conservando-se num local por ele fortificado^{21}, não longe da entrada da baía e perto do Pão de Açúcar, penedo nu e inacessível que, de uma base de cerca de quatrocentos pés, se eleva a mil em altura, no lado ocidental da barra. Pediu então socorro ao tio que, reunindo as forças que pôde lhes assumiu o comando e chegou à baía a 18 de janeiro de 1567. No dia 20, festa de São Sebastião, os índios e franceses foram atacados no seu refúgio mais forte, então chamado Uraçumiri [Uruçumirim]. Obtida pelos portugueses uma vitória decisiva, os franceses embarcaram nos quatro navios que ainda possuíam e dirigiram-se para a costa de Pernambuco, onde tentaram conquistar o Recife, mas foram expulsos pelos portugueses de Olinda.

Mem de Sá fundou então a cidade de São Sebastião, mais comumente chamada cidade do Rio. Para sua segurança os jesuítas e seus índios fortificaram-na, dos dois lados da entrada da barra, que dista cerca de quatro milhas da cidade através da baía. Antes de se completarem essas obras, porém, ou de se erguerem os muros da cidade, os franceses tentaram por todos os modos perturbar a colônia nascente. Mas acabaram derrotados e seus canhões utilizados para fortificar a entrada da barra.

Expulsos do Rio, os franceses tentaram, no ano seguinte, fixar-se na Paraíba. Mas os índios, com os jesuítas à frente, e com pequena tropa, sob o comando de Martim Leitão expulsaram-nos.

Sob o governo de Mem de Sá a situação da colônia tinha sido tão próspera que, já ultrapassado de muito o tempo de sua governança como Capitão-General, Dom Sebastião, ao assumir o governo, conservou-o no posto por mais dois anos, quando então nomeou Luís de Vasconcelos para sucedê-lo. Este fidalgo, porém, não conseguiu

---

21 O Sr. Southey diz que o local é chamado Vila Velha. Mas não há nenhum local com este nome nas vizinhanças da cidade, nem consegui encontrar ninguém no Rio de Janeiro que se lembrasse de tal sítio. Provavelmente, devia ser no lugar atualmente chamado São João, ou no forte de Praia Vermelha, que corresponde exatamente à descrição.

chegar ao Brasil. Partiu com ele uma esquadra de sete navios trazendo, além do governador, sessenta e nove missionários jesuítas e um certo número de órfãs, cujos pais haviam morrido de peste, e que o governo enviara para casarem-se no Brasil. A esquadra, de várias unidades, caiu nas mãos de navios franceses e ingleses, e os jesuítas, com exceção de um só, para usar as suas próprias expressões, receberam a coroa do martírio. O novo governador foi morto em combate ao largo da Terceira. Logo que chegou a Lisboa a notícia de sua morte, Luís de Brito e Almeida foi nomeado para o cargo então vago. Mem de Sá viveu bastante para ver a chegada de seu sucessor. Nóbrega, porém, que iniciara o sistema dentro do qual foi organizado o singular governo dos jesuítas no Paraguai, morrera alguns meses antes. Ficou assim o Brasil privado, quase ao mesmo tempo, dos dois homens mais capazes que haviam tido contato com seu governo.

Mas Luís de Brito não sucedeu a Mem de Sá no governo de todo o Brasil. Julgou-se conveniente dividir a colônia em dois governos, ficando o Rio de Janeiro como capital da divisão meridional, que incluía Porto Seguro e tudo o que lhe ficava ao sul, enquanto a Bahia continuava como a capital das capitanias do Norte. Aí fixou residência Luís de Brito, sendo nomeado governador do sul o doutor Antônio Salerna [Salema]. Essa divisão, porém, foi logo após julgada inconveniente reunindo-se as duas partes novamente[22], cerca de 1578, ano em que chegou o novo governador, Diego Lourenço da Viega, [Diogo Lourenço da Veiga].

Foi este o ano da derrota de Dom Sebastião na África, desastre que lançou Portugal nas mãos da Espanha. O rei Filipe, ansioso por anexar esse reino para sempre à sua coroa, ofereceu o Brasil, com o título de reino, ao duque de Bragança, em troca da desistência de suas pretensões à coroa de Portugal. O duque, a cuja descendência estava destinada a realização da independência do Brasil, recusou.

A essa altura a colônia atingiu um período de grande prosperidade, posto que ainda incapaz de dispensar os auxílios da mãe-pátria. Mas já os primitivos barracões de taipa, com armação de madeira e cobertos de folhas de palmeira dos primitivos colonizadores, haviam dado

---

22 Quando se imprimiu a *História da Província de Santa Cruz* por PERO MAGALHÃES DE GADANO [Magalhães Gandavol], em 1575, vigorava ainda a bipartição. Mas um MS pertencente a Southey, datado de 1578, informa que os governos já haviam sido reunidos.

lugar a belas casas de pedra e tijolo, cobertas de telhas, como na Europa. O recôncavo da Bahia contava sessenta e duas igrejas e para mais de setenta engenhos de açúcar. A terra estava bem sortida de gado, em plena florescência todas as qualidades de laranjas e limões introduzidas pelos europeus. Abundavam no país excelentes frutas nativas e a mandioca proporcionava inexauríveis reservas de pão. Olinda gozava de todas essas vantagens e era, ela própria, a mais bem construída e a mais populosa cidade do Brasil. O Rio de Janeiro havia-se tornado um lugar de importância inferior só em relação às outras duas, sendo maiores suas vantagens naturais e mais suave o clima. As outras capitanias não iam menos prósperas.

Mas a transferência da coroa para mãos estranhas mudou o aspecto dos negócios no Brasil. Inferior às terras da América Espanhola no que se refere às minas, foi considerado útil somente para ser ocupado pelos súditos espanhois, formando, assim, uma barreira contra a intrusão de outras nações.

Por esse tempo os ingleses haviam começado a traficar na costa do Brasil e em 1577 Drake cruzara o estreito de Magalhães na sua famosa viagem à volta do mundo. Seu aparecimento nos mares do sul alarmou Filipe II, então rei tanto de Portugal como de Espanha, e, conseguintenente, senhor de Brasil. Tentou ele fundar uma colônia e manter um forte perto do estreito a fim de impedir a passagem de futuros navegadores. Disso nada resta, porém, senão o nome: *Porto da Penúria*, como atestado da sorte miserável dos colonos. O comércio inglês foi também extinto no Brasil. Alguns navios que negociavam pacificamente em São Vicente foram atacados no porto pelos espanhois com superioridade de força; um dos últimos foi posto a pique e os ingleses fugiram no dia seguinte. Em 1686 o conde de Cumberland aparelhou uma expedição na qual tomou parte Raleigh, sendo almirante Witherington [Withringtonl]. Entraram pelo recôncavo da Bahia, saquearam-no, e aí permaneceram seis semanas, sendo a cidade salva pelos arqueiros índios. Barreto, novo governador do Brasil, morreu no ano seguinte e foi sucedido pelo bispo D. Antônio Barreiros e Cristóvão de Barros, governando em conjunto. Foram em breve sucedidos pr Francisco Giraldes, que jamais veio ao Brasil. Foi nomeado Dom Francisco de Sousa em seu lugar.

Durante o governo deste, foram feitas algumas pesquisas para a descoberta de minas por um descendente de Caramuru, que se prontificou a revelar onde tinha encontrado a prata dos serviços que possuía em sua casa e na capela, com a condição de receber o título de marquês. Filipe recusou essa concessão e o segredo, se é que o homem realmente o detinha, morreu com ele.

Entrementes, o célebre Cavendish havia feito uma viagem à volta do mundo e cometido tais estragos na costa da América Espanhola que nem mesmo os costumes atrozes da guerra naval naquele tempo podiam escusar. Em 1591, embarcou numa segunda expedição, chegou em dezembro à costa do Brasil, tomou Santos e queimou São Vicente. Os navios partiram então em direção ao estreito mas, não conseguindo passá-lo, voltaram à costa do Brasil em busca de provisões. Cavendish, que era dotado de muitas grandes e boas qualidades, e que podia certamente pensar que lhe era lícito abastecer-se numa costa inimiga, tentou fazê-lo no Espírito Santo. Mas, por um erro na execução de suas ordens, não conseguiu o objetivo desejado. Partiu para a Inglaterra, mas morreu do coração durante a travessia.

A expedição inglesa mais notável na costa do Brasil foi a de Sir James Lancaster em Pernambuco. Comandava ele três pequenos navios de 240, 120 e 60 toneladas. No cabo Branco veio a saber que um rico cargueiro da Índia havia naufragado perto de Olinda e que sua carga estava armazenada em segurança no Recife. Equipou ele então cinco dentre perto de trinta pequenos navios capturados, para acompanhá-lo e construiu uma galeota para desembarque. Sua força foi ainda aumentada pelo capitão Vernon [Venner] com dois navios: uma pequena barca e um navio capturado. Partiram então direto para Recife, onde chegaram em março de 1595. Na Sexta-feira Santa desse ano a povoação foi tomada após fraca resistência. Lancaster não permitiu a menor desordem depois da tomada da praça. Fortificou o istmo de areia que liga o Recife a Olinda e procedeu então calmamente ao carregamento de seus navios com as presas feitas na cidade, arrendando os navios holandeses, encontrados no porto, como cargueiros. Chegando alguns navios particulares franceses, também os arrendou com parte do saque para ajudar a defesa da praça até terminar o carregamento dos navios. Os portugueses faziam diversas tentativas para queimar os navios de Lancaster, todas frustradas por sua prudência. Após permanecer vinte dias na posse do Recife, preparou-se para partir. Contudo, exatamente no último dia de sua estada, alguns de seus homens, tanto ingleses como franceses, avançaram demais numa sortida contra os portugueses. Foram mortos e o inimigo cantou vitória que Lancaster, já agora pronto para partir, não se animou a disputar. Este foi o último ataque feito pelos ingleses na costa do Brasil.

Os franceses, no entanto, renovaram suas tentativas. Sob o comando de Riffault e seu sucessor De Vaux, haviam conseguido fundar uma colônia na ilha do Maranhão, em 1611. Logo depois Henrique IV enviou Daniel de la Touche, senhor de La Rivardière[23] [La Ravardièrel] para examinar o país a fim de organizar uma colônia permanente. O parecer deste foi favorável. Apesar de Henrique IV ter morrido quando La Ravardière voltou à França, foi expedida uma esquadra de três navios, com 500 homens. Em 1615 chegaram eles à ilha, harmonizando-se em breve com os selvagens. A colônia prometia prosperar. Mas a corte de Madri enviou logo ordens ao governador do Brasil para atacar os intrusos. Vários acidentes prolongaram a guerra e não foi senão em 1618 que eles foram expulsos e criada uma colônia portuguesa permanente. A distância da sede do governo português levou a corte de Madri a erigir o Maranhão e o Pará em estado separado, cuja capital foi fixada em São Luís, cidade e forte construídos pelos franceses na ilha.

Por este tempo os holandeses haviam fundado a Companhia da Índias Ocidentais, certos de que estariam desde então aptos a perturbar a corte de Espanha nas suas possessões americanas como já haviam feito nas Índias Orientais. Em 1624 uma frota comandada por Jacob Willekins [Willekensl] e pelo famoso Pieter Heyne [Heynl] foi aparelhada para esse fim. Ventos contrários dispersaram os navios, e Willekens atingiu o morro de São Paulo, cerca de quarenta milhas ao sul da Bahia, onde esperou pelo resto do comboio. Quando reunidos, navegou arrojadamente para o recôncavo e São Salvador foi tomada quase sem luta. Van Dort, general holandês, começou desde logo a fortificar a praça, expedindo proclamações, prometendo liberdade e reparação de prejuízos a todos que se submetessem. Muitos índios, negros e judeus imediatamente aderiram. Mas os portugueses, que esperavam fosse objetivo dos holandeses apenas saquear a cidade, vendo que eles se estabeleciam calmamente em caráter definitivo,

---

23 Na interessante coleção de opúsculos reunida por Barbosa Machado, existente na Biblioteca do Rio de Janeiro, há uma publicação do Capitão Symão Estácio da Sylveira [Relação sumária das coisas do Maranhão] impressa em 1624. O autor tomou parte na conquista do Maranhão aos franceses e sua obra é evidentemente de propaganda para colonizadores. Afirma ele que Daniel de la Touche foi induzido a fixar-se ali por Itayuba, o *Braço de Ferro*, francês criado entre os tupinambás. Será o mesmo Riffault a que se refere o Sr. Southey?

insurgiram-se e, após alguns desentendimentos acerca de quem devia comandá-los, escolheram como chefe o bispo Dom Marcos Teixeira. Fixou este o seu quartel general no Rio Vermelho. Os holandeses enfraqueceram-se com a partida de Willekens para a Holanda e Pieter Heyn para a Angola. O plano da Companhia das Índias Ocidentais era assegurar essa colônia a fim de contar com o fornecimento de escravos para as suas novas conquistas no Brasil. Van Dort fora assassinado e não havia comandante competente. As tropas do bispo atacavam as da cidade em todas as direções e os holandeses tornaram-se presa fácil para Dom Fadrique de Toledo, enviado da Espanha com uma grande força para reconquistar a capital do Brasil. Capitularam, pois, em maio de 1625 sob a condição de serem enviados para a Holanda com armas suficientes e bagagem pessoal, deixando a cidade e os fortes como estavam.

No ano seguinte, contudo, Pieter Heyn voltou ao recôncavo. Todas as precauções contra ele foram tomadas pelo governador. Quatro grandes navios com homens e artilharia foram colocados para interceptá-lo. Mas com seu único navio, já que o resto da esquadra não pudera acompanhá-lo, passou por entre dois portugueses, pôs um a pique e forçou vários outros a encalhar. No entanto, encalhando também o próprio navio, incendiou-o. Incorporou, então, quatro navios a sua própria esquadra, carregou quatro outros com despojos, e queimou o resto. Não foi esse seu único sucesso, pois, apesar do malogro em várias tentativas na costa, enviaram para a Holanda presas bastantes para terem repercussão nacional.

Mas uma conquista de consequências infinitamente mais importantes foi feita logo em seguida: a de Olinda que, em 1630, foi tomada após uma fraca resistência por parte de Matias de Albuquerque. O comandante-chefe holandês era Henrik [Hendrikl] Loncq e o almirante Peter Ardian [Adriaanszoon]. Wardenburg [Waerdenburck] comandava as tropas. Este último desembarcou no Pau-Amarelo, três léguas ao norte, enquanto os navios bombardeavam regularmente a posição fronteira ao local. Os portugueses foram, por consequência, atacados de surpresa e as cidades e fortalezas tomada facilmente.

Mas a região em torno continuou a ser teatro da mais cruel guerra de rapina, em que se cometeram as mais atrozes barbaridades, de ambas as partes, principalmente pelos holandeses. Enquanto se passavam estas coisas, um grande número de negros havia fugido pouco a pouco para os grandes coqueirais, cerca de trinta léguas no interior, multiplicando-se de tal maneira que se diz terem ultrapassado trinta mil homens. Eram estes homens governados por um chefe que chamavam Zombi [Zumbi]. Tinham algumas leis, uma sombra de religião cristã e cultivavam o solo. Molestavam os portugueses e contribuíam com suas depredações para a miséria geral.

Por fim o governo holandês enviou o conde Maurício de Nassau para assumir o comando de Pernambuco. Chegou ele em 1537 e desfechou a guerra com tal vigor que os portugueses se retiraram da província. Determinou também a repressão de abusos entre os próprios holandeses no Recife. Estabelecendo-se finalmente nessa cidade, enviou à África um de seus oficiais, Jan Koin [Van Koinl], que tomou São Jorge da Mina, assegurando assim o fornecimento de escravos. De volta ao Recife, lá deixou uma guarnição. No ano seguinte Maurício atacou sem resultado São Salvador. Sua esquadra ancorou na baía de Tapagipe; mas, apesar de deter de início algumas posições importantes, foi finalmente repelido com perdas, e voltou para Pernambuco. Empenhou-se então em construir uma nova cidade e em erigir as duas primeiras pontes que se ergueram na América Portuguesa, além de plantar árvores e melhorar as fortificações. Em 1640 enviou o famoso guerreiro Jol ao Recôncavo para arruiná-lo. Este, de acordo com as instruções recebidas, queimou todos os engenhos de açúcar da baía. Enquanto isso, os índios, que se encontravam em boa amizade com os holandeses, investiram pelo interior da capitania, maltratando do mesmo modo os pobres colonos.

Afinal começou a corte de Madri a alarmar-se com a segurança do Brasil e aparelhou uma grande esquadra para libertá-lo. As tempestades e as doenças reduziram, porém, essa força a quase metade, antes de sua chegada. Esta parte arribou à Bahia em 1640, sob o comando de D. Jorge de Mascasentras [Mascarenhas], Marques de Monte Alvam [Montalvão][24(*)]. Antes que ele tivesse tempo, quer de fazer guerra aberta, quer de entrar em negociações, rebentou a revolução em Portugal, que colocou o [duque de] Bragança no trono de seus antepassados. O vice-rei, suspeito injustamente de partidário da Espanha, foi repatriado e nomeada para substituí-lo uma comissão composta

---

24 (*) A autora faz aqui confusão entre D. Fernando de Mascarenhas, conde da Torre – comandante da esquadra, e D. Jorge de Mascarenhas, marquês de Montalvão, vice-rei do Brasil.

por [Luís] Barbalho, [Lourenço de Brito] Correia e pelo bispo [D. Pedro da Silva de S. Paio]. Um dos primeiros atos do governo português restaurado foi promover uma trégua de dez anos com as Sete Províncias Unidas. Mas isto não impediu a continuação das hostilidades no Brasil e nas outras possessões estrangeiras de Portugal. Serigipe [Sergipe] foi atacado de surpresa, o Maranhão conquistado, bem como Luanda, em Angola, e São Tomé.

Apesar destes sucessos o governo holandês desaprovou a administração do conde Maurício. Em vez de remeter para a Holanda, seja para os Estados, seja para a Companhia, todo o dinheiro e produtos que obtivera no Brasil, despendera, não só grande parte desses recursos, mais ainda de sua fortuna particular, na fortificação das fozes dos rios e os portos, especialmente o Recife, na restauração e embelezamento das cidades, assim como em outras obras públicas, que, visando ao estabelecimento permanente dos holandeses no país, ele considerava absolutamente necessárias. Foi, por isso, demitido e voltou para a Holanda em 1644.

Depois da partida de Maurício a tirania dos holandeses tornou-se tão insuportável que, por toda a parte, começavam os portugueses a revoltar-se contra ela.

O Maranhão já havia sido arrebatado das mãos dos invasores ao tempo de sua volta. Este acontecimento pareceu o sinal para uma longa e calamitosa luta que se seguiu em Pernambuco e capitanias vizinhas. João Fernandes Vieira, natural da Madeira, havia saído muito criança de sua ilha natal com a esperança de melhorar sua fortuna no Brasil. Havia prosperado, e, no tempo de que tratamos, era um dos mais ricos portugueses de Pernambuco, muito estimado tanto pelos seus patrícios quanto pelos holandeses. Contra estes últimos, porém, impeliam-no tanto o patriotismo quanto a superstição: oprimiam eles seu povo e eram heréticos. Depois de esperar muitos anos por uma boa oportunidade para destruí-los, aproveitou os primeiros meses da ausência de Nassau, comunicando seus planos somente a dois amigos. Incumbiu um deles de conseguir socorro do próprio governo da Bahia, e esperou pacientemente a resposta. Este homem, André Vidal de Negreiros, cumpriu exatamente sua missão, e, logo depois, Antônio Dias Cardoso e sessenta soldados foram mandados a Vieira. Escondeu-os ele nos matos da vizinhança de sua casa chamada da Várzea, que ficava numa planície a oeste da cidade, e apelou para o chefe índio Camarão e para o chefe negro Henrique Dias[25] a fim de que o ajudassem e comunicassem aos vizinhos seu intento.

No início de 1645 a guerra começou, com grande intensidade. As mais chocantes atrocidades se cometeram de ambas as partes, especialmente contra os índios, que tanto eram os mais fieis aliados como, igualmente, os mais inveterados e crueis inimigos. No curso da luta, que durou até 1654, vários chefes, de ambos os lados, foram mortos, mas nenhum há tão notável como o índio Camarão. Fora ele educado pelos jesuítas. Conhecia latim, escrevia, lia, e falava português perfeitamente, mas, em todas as ocasiões de cerimônia, usava um intérprete, a fim de não fazer nada de imperfeito em público, empanando, assim, a dignidade da chefia. Tendo sido aprisionados, certa vez, alguns índios, que estavam num dos pontos fortificados pelos holandeses, verificou-se haver entre eles um parente de Camarão. Foram todos condenados à morte. Camarão não intercedeu pela vida do parente, mas salvou-lhe a honra: matou-o com as próprias mãos e enterrou-o com decência. Os demais foram enforcados pelo carrasco comum e abandonados aos abutres.

Afinal a terrível guerra terminou. As duas batalhas de Guararapes[26] decidiram a sorte dos holandeses no Brasil: mas foi a cooperação da esquadra da nova Companhia brasileira que permitiu a Vieira, o verdadeiro comandante dessa guerra, embora vários militares de fama tenham alternadamente assumido uma chefia nominal, tomar o Recife. No dia 23 de janeiro de 1654, foram entregues as chaves da cidade ao comandante real Francisco Beretto [Barreto], restaurando assim a coroa de Portugal seu império no Brasil, após nove anos da mais cruel guerra, durante a qual as fortunas particulares e o ânimo firme dos

---

25 Eis um extrato de uma das cartas do negro crioulo: "Faltamos à obediência, que nos ocupava no sertão da Bahia, por não faltarmos às obrigações da pátria, respeitando primeiro as leis da natureza, que as do império. (V.: *Castrioto Lusitano*, por frei RAFAEL DE JESUS — Lisboa, 1679).

26 *Vês Agros Guararapes, entre a negra*
Nuvem de Marte horrendo
Qual Júpiter em flegra,
Holanda o vistes fulminar tremendo. [Antônio] DINIS [da Cruz e Silva].
O leitor português deverá ler toda a bela ode a Vieira, por Antônio Dinis da Cruz e Silva, bem como a dedicada a Mem de Sá, a propósito das suas conquistas no Rio de Janeiro. O autor é um dos melhores da escola arcádica. Mas escreveu sobre temas de interesse menor, ao passo que Guidi escreveu acerca dos *Arcádia fortunate genti*, da cidade eterna, à qual todo homem civilizado se sente ligado.

indivíduos sustentaram a luta, em geral sem o apoio da coroa e, muitas vezes, em direta oposição as suas ordens. Mas os homens decididos à liberdade, ou à independência nacional, sempre acabam por dominar todos os obstáculos e vencer todas as dificuldades.

Enquanto estas coisas se passavam nas províncias septentrionais, os jesuítas haviam organizado as reduções do Paraguai, de natureza especial e tentado deter, ou ao menos limitar, a caça de escravos, por parte dos portugueses, no interior, ainda que sem êxito. A melhor parte da colônia de São Vicente havia sido transferida para São Paulo, povoação no planalto de Piratininga, e havia florescido surpreendentemente. A população tornara-se atrevida, senão feroz. Haviam-se distinguido os paulistas pela coragem e perseverança com que exploraram a terra em busca de minas, e pela atividade com que haviam trazido escravos para as novas povoações. A consciência da força despertou neles a sede de independência e, aproveitando a oportunidade do advento da Casa de Bragança ao trono de Portugal, tentaram proclamar um rei para eles próprios. A tentativa foi frustrada por Amador Bueno de Ribiero [da Ribeira] exatamente a pessoa que desejavam para monarca. Foi ele que, quando o povo gritou: "Viva Amador Bueno, rei", exclamou: "Viva Dom João IV", e, como era ágil das pernas, correu e refugiou-se no mosteiro dos beneditinos. No mesmo dia, como não havia alternativa, D. João IV foi proclamado rei por todo o povo.

O estado precário em que havia caído Portugal manifestou seus efeitos no governo do Brasil. Quando os governadores nomeados, quer por deliberação própria, quer em obediência às ordens de Lisboa, tentavam pôr em execução qualquer nova medida que não era do agrado do povo, raramente conseguiam fazer-se obedecidos e pouco auxílio podiam esperar da metrópole. Os jesuítas haviam empreendido a defesa dos índios e tentado por todos os meios restringir a prática de escravizá-los, ou mitigar a sorte dos que já estavam escravizados. Mas os franciscanos e outras ordens, obtinham iguais benefícios pecuniários com os caçadores, da venda de escravos, e, assim, opuseram-se com veemência. Os interesses estavam do lado dos frades. Deram-se então as cenas mais vergonhosas em várias capitanias entre os dois partidos. Os governadores não tinham capacidade para intervir com eficácia, ou não o quiseram.

Entretanto, acostumou-se o povo a estudar planos e a interessar-se pelas questões públicas. Os governadores, por sua vez, começaram a respeitar os brasileiros como uma parte verdadeira do Estado, pois o valor da independência e o sentimento de que seriam capazes de alcançá-la, desenvolveu-se com essas desordens.

Se tivesse sido possível ter purificado sua religião de algumas de suas práticas mais supersticiosas e reformar os hábitos morais do povo, a prosperidade do país teria sido, em breve, igual à sua riqueza. Mas onde se estabelece a escravidão, traz ela consigo dupla maldição.

Degrada ambos os lados, mesmo quando os escravos são importados. Como não se haveria de passar isso aqui, sendo os escravos caçados em seu próprio território, e todas as circunstâncias, revoltantes e iníquas, da busca, da captura e da sujeição ao jugo, passando-se diante dos olhos dos habitantes até ficarem com o coração endurecido perante o grito do órfão, as lamentações da viuva e o desespero dos pais, ao verem-se separados dos que lhes eram mais caros?

A história da missão do jesuíta Vieira ao Maranhão é tão humilhante para a natureza humana quanto honrosa para o homem que tantos e sinceros esforços despendeu pela causa dos índios sofredores. Mas nem os seus trabalhos, nem o poder do rei, puderam anular o cruel egoísmo e avareza do povo da capitania, que, em rebeldia declarada, irrompeu em defesa de suas práticas detestáveis. Ainda, quando voltou à obediência, foi através de um compromisso entre humanidade e cobiça, no qual os índios foram de novo sacrificados.

O Rio de Janeiro havia gozado de maior grau de tranquilidade durante oitenta anos desde a fundação, do que qualquer outra localidade. O comércio havia desenvolvido paralelamente sua população. A zona meridional, de sua jurisdição, mais pacífica do que a do Maranhão, não estava, porém, de nenhum modo inclinada a ouvir as queixas dos amigos dos índios. Os paulistas eram os mais difíceis de conduzir. Eram os mais ativos e ousados de todos os que se empenharam na busca de escravos, ou de minas, e não estavam dispostos a partilhar com outros, e ainda menos a abandonar, as vantagens obtidas com ingentes esforços e grandes sacrifícios. O comportamento deles na restauração de Portugal havia evidenciado mais uma aspiração do que o desejo de liberdade para a colônia. Seus vizinhos estavam ainda menos dispostos à independência. Contudo, Santos, e até o Rio, aliaram-se a eles, revelando-se dispostos a depor o governador nomeado pela coroa. Só o caráter impoluto e o comportamento firme de Salvador

Correia de Sá e Benevides (1658) puderam impedi-lo de render-se a essa inclinação.

A Bahia continuava a ser a capital do Estado do Brasil. Sua população continuava a embelezá-la com igrejas, mosteiros, conventos, ao mesmo tempo que desafiava o espírito da cristandade com a importação de africanos e com o aprisionamento de escravos índios. Pernambuco sofria ainda os miseráveis efeitos da longa e inconstante guerra que havia sustentado; todas as regras de governo se haviam desprezado durante esse período desastroso. A lei e a justiça haviam caído em desuso e, se não houvesse uma força redentora no espírito livre ainda vivo, apesar dos males entre os quais havia surgido, poderiam até arrepender-se da própria emancipação de um poder estrangeiro. Os negros refugiados em Palmares, e cujas pilhagens haviam sido desprezadas em face dos males advindos de um governo estrangeiro, tinham-se tornado uma fonte de verdadeiros suplícios para os pernambucanos. Embora cultivassem o milho, a mandioca e outras plantações, precisavam de Todos os demais suprimentos. Passaram, pois, a roubar dos colonos o gado, o açúcar, os objetos manufaturados e até as filhas mulatas e escravas. Até que enfim o governo resolveu livrar-se deles, apelando para o auxílio de uma tropa de paulistas. Dez mil negros armados estavam reunidos na aldeia principal, fortificada com muralhas de madeira, e haviam deixado desabitadas as menores. Mas o inimigo tinha a superioridade do canhão e do abastecimento de necessidades de toda ordem. Mesmo assim os negros conseguiram vencer mais uma vez os atacantes. Foram, porém, sobrepujados pelo número, e enfraquecidos pela fome. A praça foi tomada, e os habitantes feitos prisioneiros como escravos. Zombi [Zumbi], porém, e os mais resolutos de seus companheiros, atiraram-se de um rochedo quando perceberam a desesperada condição em que se encontravam. Os portugueses abusaram da vitória e assassinaram os restantes[27(*)].

Um mal, porém, afligia o Brasil em geral: o poder ao mesmo tempo demasiado e deficiente dos governadores. Tinham poder demasiado se se considera que qualquer recurso dependia deles, mas, em compensação, dispunham de autoridade deficiente desde que eram

---

27 (*) A lenda do suicídio de Zumbi está hoje desfeita com a publicação dos documentos existentes no Arquivo Histórico Ultramarino. Zumbi foi morto em combate pelo Sargento-mor André Furtado de Mendonça. (V, ERNESTO ENNES, *As guerras nos Palmares* 1º vol. — Domingos Jorge Velho e a Tróia Negra — 1687-1709 — "Brasiliana", S. Paulo, 1938).

absolutos até o fim do governo. Estavam, também, virtualmente isentos de qualquer responsabilidade. Os ensejos, vale dizer, as tentações de extorquir eram quase irresistíveis. Enfim para coroar tudo, a administração corrupta das leis emparelhava com os vícios e a corrupção do governo. Era em vão que se faziam os mais sábios regulamentos e se expediam os mais justos decretos. Os juízes eram, em muitos casos, partes interessadas; assim, por exemplo, sempre que estavam em causa negros e índios, manifestavam-se parciais, uma vez que eram possuidores de escravo de ambas as raças. Os vencimentos eram insuficientes, e as multas arbitrárias. Nada de admirar-se, pois, se a administração era corrupta!

A cultura do açúcar e do algodão havia avançado sem alarde no meio de toda esta confusão. A descoberta das minas de ouro e diamantes permitiram ao Governo, tanto no Brasil como na Metrópole, manter-se no meio dos iminentes perigos que o ameaçavam, em consequência das perdas sofridas no Oriente. Em Portugal restava uma população escassa e empobrecida, com indústrias arruinadas, e, acima de tudo, o abandono da agricultura, que o tornava dependente do estrangeiro para a obtenção de trigo. Faltava tudo, não havia nada para oferecer em troca. E no princípio do século XVIII, pode-se dizer que foi realmente o Brasil que salvou Portugal, cobrindo, com seus metais preciosos, as deficiências da balança comercial, em qualquer ramo do comércio e em qualquer departamento do governo.

Contudo, ainda que se tenha evitado a ruína total, a fraqueza da coroa tornou-a incapaz de defender suas longínquas possessões dos ataques de um inimigo ousado. Em 1710, uma esquadra francesa, sob o comando de Duclerc, apareceu no Rio de Janeiro, mas, não ousando ultrapassar as fortalezas, afastou-se, e após diversas tentativas de desembarque em várias enseadas, de onde foi expulsa pelo aparecimento da milícia local, foi bem sucedida em Guaratiba, situada entre trinta e quarenta milhas da cidade. Daí marchou sobre esta, com cerca de mil marinheiros. O governador, Francisco Castro de Morais, não fez nenhuma tentativa para deter os invasores até a chegada destes à cidade. Aí o primeiro obstáculo encontrado pelos invasores foi Frei Francisco de Meneses, frade trinitário, que aparecia em toda a parte e que fez o que deveria ter feito o governador, o qual permaneceu calmamente entrincheirado numa praça, entre dois morros, onde fica hoje o largo do Rosário. Os franceses, que se haviam dividido em dois grupos, atacaram o palácio, mas os estudantes do Colégio defenderam-no com pleno êxito. Após uma luta curta, mas desesperada, foram os franceses dominados. A vitória, porém, foi empanada pelo comportamento desumano dos portugueses. Duclerc e sua gente foram presos e tratados cruelmente. O próprio Duclerc diz-se ter sido assassinado quando dormia[28](*).

No ano seguinte o Rio de Janeiro foi teatro das represálias contra aqueles atos, tomadas pelo famoso Duguay-Trouin. Em agosto de 1711, um ano após a aventura de Duclerc, chegou à costa e, aproveitando-se do nevoeiro, então existente, invadiu a baía, não obstante o fogo das fortalezas.

O governo português, que fora avisado de seu intento, havia enviado provisões e munições para o ataque, e nomeado Gasper [Gaspar] da Costa comandante das tropas. Mas o súbito aparecimento dos franceses já dentro da baía, parece ter paralisado a ação de todas as pessoas na praia, cuja função seria a de oporem-se aos invasores. Assim, as fortalezas e a cidade renderam-se quase sem luta.

Teria sido, porém, impossível aos franceses manterem-se no Rio. Por isso Duguay-Trouin, após descansar sua tripulação, entregou a cidade mediante um resgate de 600.000 cruzados. Só o mau tempo impediu-o de assolar o recôncavo da Bahia tal como fizera no Rio. Mas, como havia cumprido os claros objetivos de sua viagem, vingando o tratamento dado a Duclerc e a seus homens, voltou à França no começo de 1712.

Estes fatos despertaram grande ansiedade no gabinete de Lisboa, em relação ao Brasil. Na paz de Utrecht, em 1713, os ministros portugueses adotaram todas as precauções a fim de evitar qualquer expressão que significasse liberdade de comércio, com qualquer potência que fosse, relativamente ao Brasil, não obstante os acordo então existentes nesse sentido. Levantaram-se discussões infindáveis entre Portugal e Espanha referentes às colônias contíguas ao Rio da Prata e foi especialmente estipulado que nenhum outro poder, especialmente a Inglaterra, teria permissão de fundar colônias ali, em virtude das facilidades que tais colônias abririam para contrabandear metais preciosos para fora do país. A principal preocupação do Brasil eram

---

28 (*) Duclerc foi tratado com toda consideração, tendo-lhe destinado o governador aposentos no Colégio da Companhia, no morro do Castelo. A seu pedido, passou a residir na casa de um oficial português, onde foi assassinado, ao que parece, por motivos particulares. (V. VARNHAGEN, *Hist. Ger.*³ III, 382).

então os metais preciosos. São Paulo havia sido elevado a cidade e o distrito das minas fora erigido em capitania. Os habitantes da costa, afluíam para o interior, onde novas cidades surgiam diariamente. Todos queriam concorrer a essa loteria em que o vulto imenso dos prêmios fazia esquecer a enorme preponderância dos bilhetes em branco. Grandes males sofreram os primeiros aventureiros mineiros, pois tantas mãos se empregaram na busca do ouro que ficaram muito poucas para cultivar o solo e prover às necessidades da vida. No entanto, essa sede insaciável de ouro é o estímulo que tem conduzido os homens a empreendimentos úteis e honrados. Não é o amor do metal, mas a posse dele que confere o poder, e este é o verdadeiro objetivo da maior parte das ambições humanas e também de todas as nações, e, como tal, é aceito como legítimo. Julgamos miseráveis ou malvados os que procuram os meios, mas admiramos os que alcançam o fim. Há uma tendência tanto por parte dos filósofos da História como dos poetas em condenarem o primeiro homem que extraiu o minério da mina. Mas haverá sempre um panegírico em prosa e verso para o heroi ou para o homem de negócios. Foi o ouro, de fato, que forneceu os meios para as conquistas dos herois e as liberalidades do capitalista; e o ouro, ou o valor do ouro, é o objetivo de ambos, quer sob a forma de um poder estável, quer sob a forma da fama que as benemerências podem trazer. Triste, realmente, tem sido o sacrifício da vida humana na pesquisa do ouro. Mas terão todas as minas juntas consumido mais homens que uma só guerra civil? E não terão as lutas religiosas entre os cristãos, com suas perseguições, mutilações e incêndios custado muito mais? Não quero justificar os descobridores de ouro; suas ações foram horríveis e atroz a sua opressão. Mas façamos-lhes justiça: o estímulo foi grande. Premido por ele realizaram grandes coisas, suportaram o frio, a fome, a fadiga, a perseguição e a morte; perseveraram, abriram caminho para terras desconhecidas, lançaram as bases para a futura civilização em terras que terão razões para abençoar-lhes as descobertas, quando o efeito de suas más ações e a memória dos costumes brutais dos selvagens, que eles tão injustamente oprimiam, já terão desaparecido.

 Mas não tenho espaço nem inclinação para seguir-lhes as aventuras e devo reportar-me à cuidadosa e excelente narrativa do Sr. Southey. Só Daniel Defoe seria capaz de fazer de uma narrativa tão triste e aborrecida algo de agradável. Não sou senão uma observadora para quem as ações do presente são mais interessantes que as passadas.

Porém, não sou insensível à influência que os dias de antigamente tiveram sobre nós.

Pernambuco havia tido tempo de restaurar-se desde o meio século decorrido a partir da expulsão dos holandeses. As plantações de açúcar haviam reaparecido e o comércio do Recife se tornado extremamente importante. Os comerciantes, especialmente os da Europa, lá se estabeleceram e a cidade havia crescido tanto que chegou a se tornar a segunda do Brasil. Enquanto isso Olinda decaía gradualmente, contando poucos habitantes, além de padres e representantes das velhas famílias da província, que poderiam ser chamadas de nobreza local. Mas o Recife não era senão uma povoação até que, em 1710, pediu e obteve a aprovação real para tornar-se vila, e ter câmara ou conselho municipal para dirigir seus negócios internos. O ciume do povo de Olinda e dos outros antigos brasileiros foi violentamente excitado por essa concessão que, entendiam eles, elevaria a classe dos comerciantes e forasteiros a um nível igual ao deles. Após diversas reuniões tumultuosas sobre o assunto, três das dez paróquias pertencentes a Olinda foram concedidas ao Recife e o governador, temendo inaugurar às claras o pelourinho, que indicava a autonomia da vila, erigiu-o de noite. Não obstante, imediatamente irromperam desordens, nas quais se envolveram alguns magistrados e não faltaram vozes para exclamar que Pernambuco já havia demonstrado que podia sacudir as correntes do jugo holandês e com a mesma facilidade poderia sacudir outras e governar-se por si próprio. As autoridades sediciosas foram presas e jogadas na prisão. Os soldados foram incumbidos de desarmar o povo. Mas os pernambucanos haviam avançado demais para serem então vencidos com facilidade. O governador ficou seriamente ferido com um tiro que recebeu e não faltaram provas de que o juiz e o bispo haviam ao menos aquiescido no atentado ao governador. Seguiram-se as mais sérias desordens. Os habitantes de todo distrito tomaram armas, correu sangue nos conflitos com os soldados. Sebastião de Castro [Caldas], o governador, enfraquecido de corpo e de espírito, foi induzido, para sua segurança, a fugir para a Bahia. Seis dos chefes pernambucanos foram então nomeados para exercer as funções de governo provisório até que se recebessem ordens de Lisboa e todos os reinois foram privados de seus cargos e comissões.

Mas o bispo, que estivera na Paraíba desde o momento em que Castro fora ferido, voltou então para reclamar o governo, que lhe competia com a saída do antecessor. Começou a exercer sua autoridade em nome do rei, e seu primeiro ato foi a anistia geral. Por outro lado parecia ele ser um tímido: querendo, mas não ousando, aderir ao partido que desejava sacudir o jugo de Portugal e, por um comportamento vacilante, traindo tanto seus amigos desse campo como a confiança nele depositada pela coroa. Afinal em 1711 cessaram os distúrbios com a chegada de novo governador Félix José Machado de Mendonça. O Brasil ainda não estava em condições favoráveis à independência, nem de fato poderia uma região tão pequena e pouco povoada como Pernambuco ter mantido sua liberdade, mesmo por um ano, sem entrar em contato com as outras capitanias.

Enquanto estas coisas se passavam nas capitanias do Brasil, os jesuítas trabalhavam no interior, para a catequese dos índios, obtendo resultados muito superiores aos meios visíveis. Algumas cidades, que desde então se tornaram importantes, foram fundadas na costa e nas praias do Prata, especialmente Montevidéu em 1733 [1726]. Mas as guerras de fronteira entre espanhois e portugueses, deflagrada por causa dessas fundações, agitaram a vizinhança por algum tempo. Tudo, porém, em breve se esqueceu nos distúrbios causados pelo tratado de limites entre Espanha e Portugal, que, forçando a emigração dos índios, os impeliu a uma vigorosa, mas curta e inútil resistência, que somente resultou no início dos males sob os quais estavam destinadas a perecer as missões jesuíticas.

O governo português, sob a administração de Carvalho, depois marquês de Pombal, havia apenas começado a preocupar-se com os abusos que existiam por todo o Brasil, procurando reprimi-los, especialmente nas capitanias e colônias recentemente fundadas, quando irrompeu a guerra entre a França e a Espanha, em 1762. Durante algum tempo, pois, a defesa contra um inimigo estrangeiro superou qualquer outra consideração. O primeiro ato de hostilidade no mundo novo foi a tomada do estabelecimento português de Colúmbia, [Colônia do Sacramento] no Prata, pelo governador de Buenos Aires, antes que chegasse a expedição enviada pelo governador Gomes Freire para defendê-la. Esta expedição consistia num navio inglês, o *Lord Clive*, de 64 canhões, comandado pelo capitão Macnamara; o *Ambuscade*, de 40 canhões, em que o poeta Penrose servia como tenente; o *Glória*, de 38 canhões. Os navios espanhois retiraram-se diante de Macnamara, que enfrentou os canhões dos fortes da Colônia a fim de retomar a praça. Tinha quase conseguido silenciar as baterias quando, por acidente ou negligência, o navio pegou fogo.

O inimigo reiniciou o ataque. Três quartos da tripulação do *Lord Clive*, entre os quais o capitão, afogaram-se. Os outros navios, quase destruídos, foram obrigados a retirar-se, mas, devido à negligência dos espanhois, puderam reabastecer-se e voltar ao Rio. Esta foi a batalha mais notável da guerra além do Atlântico e a primeira em que os ingleses se distinguiram na defesa do Brasil.

Entrementes, tendo Pombal resolvido suprimir a ordem dos jesuítas, não levou em conta, no ardor com que pôs em execução a medida, os importantes serviços que eles haviam prestado, e continuavam prestando em relação a um de seus objetivos preferidos, isto é, o melhoramento da condição dos índios. O plano de disciplina dos jesuítas havia realmente conseguido manter até então os pupilos num estado antes de inocência infantil do que de progresso viril. O erro estava em que, a fim de assegurar a obediência, haviam evitado o que poderia ser feito. O poderio deles era uma Utopia, e só poderia durar se fosse possível a expulsão de todos os europeus e todos os índios selvagens. Mas tais construções artificiais nunca podem ser de longa duração. Quaisquer perturbações, quer do exterior, quer do interior, põem-lhes termo, e com maior ruína que com a queda de governos menos estranhamente organizados. Mas os trabalhos bem intencionados haviam produzido bom e decisivo efeito: os hábitos da vida selvagem haviam sido abandonados e sentidos os benefícios da agricultura e da manufatura. O obstáculo com que se chocou a educação dos índios foi a comunidade de bens. Quando um homem nada possui, e depende da providência dos outros para a obtenção de suas necessidades diárias fica sem nenhum incentivo para um esforço particular. Não pode haver estímulo para a diligência quando não se tem esperança de ficar mais rico, nem medo de ficar mais pobre, nem ansiedade acerca da manutenção da família. Não se leva em conta sua opinião quando se trata da partilha ou distribuição de sua propriedade. Todas as qualidades e virtudes derivadas da prática da economia doméstica ficam assim embotadas. O homem assemelha-se então a uma criança. Seria fácil remediar a isso permitindo aos índios possuir gado próprio e prover à própria família após a primeira geração. Talvez os recém-vindos precisassem de ser assim tratados, mas as crianças, criadas nas aldeias, deveriam ser logo encaminhadas para o regime das propriedades particulares. Ter-se-iam assim tornado homens, e, quando se desse a transferência de sua direção espiritual, esta imensa e profunda ruína não os teria abafado, nem o Paraguai teria voltado, como aconteceu, ao estado selvagem. Os jesuítas do Brasil foram expulsos em 1760, da maneira mais cruel e arbitrária. Os das colônias espanholas oito anos depois. Quaisquer que tenham sido suas faltas, ou mesmo seus crimes em outros países, sua conduta foi aqui exemplar. Haviam sido eles os protetores de uma raça perseguida, os defensores da misericórdia, os fundadores da civilização; e a paciência com que suportaram os sofrimentos imerecidos, não foi, de modo algum, uma demonstração dos traços menos nobres de seu caráter.

A História do Brasil, nos trinta anos seguintes, resume-se na desorganização e decadência dos estabelecimentos jesuíticos, no aumento dos distritos mineiros, especialmente na direção de Mato Grosso, em algumas lutas com os franceses na fronteira de Caiena, em pacíficas ocupações de abertura de estradas e na introdução de novos ramos de comércio, ou melhoramento dos antigos.

Esta tranquilidade foi, porém, interrompida por uma conspiração na província de Minas Gerais, encabeçada por um oficial chamado Joaquim José da Silva Xavier, cognominado o *Tiradentes*. O plano dos conspiradores era constituir uma república independente em Minas e, se possível, conseguir a adesão do Rio de Janeiro. Os meios, entretanto, eram os mais impróprios para os fins em vista, e o comportamento dos conspiradores foi tão imprudente que, embora existisse um sentimento geral de descontentamento devido às taxas e outros agravos, foram todos presos antes mesmo de haverem organizado uma força capaz de oferecer resistência, quanto mais, de terem dado início à planejada revolução.

Os efeitos diretos sobre o Brasil dos primeiros treze anos da revolução na Europa cingiram-se a leves lutas referentes às fronteiras entre a Guiana Portuguesa e a Francesa, e relativas a limites, sobre os quais havia um artigo nas negociações de Lorde Cornwallis com a França, ou melhor, na paz de Amiens, em 1802.

Os efeitos indiretos foram maiores. Abandonados um pouco mais a si próprios, os colonos tiveram bastante tempo para descobrir as espécies de culturas e colheitas que melhor se adaptavam ao clima, e de maior aceitação no mercado. Alguns ramos da indústria foram introduzidos, e outros melhorados, para grande vantagem da província. Navios estrangeiros, e mesmo esquadras, começaram a se tornar frequentes ali[29]. De modo que, apesar dos portos estarem ainda fechados ao comércio estrangeiro, a entrada de navios de guerra e mercantes, que não encontrariam outros lugares para reparações, impuseram uma virtual liberdade que mais tarde seria impossível não ser reconhecida.

A corte de Portugal, entretanto, como que envaidecida pelas negociações com a França, consentiu na compra de uma deselegante neutralidade pelo preço de 1.000.000 de libras tornesas, ou seja, 40.000 libras esterlinas por mês, além de garantir a livre entrada no reino dos tecidos franceses de lã.

Foram em vão as frequentes representações feitas a respeito ao Ministério de Lisboa, chamando a atenção para o armamento concentrado em Bayonne e para a recusa da Espanha em proibir a passagem de tropas francesas pelo seu território. A atenção das forças portuguesas estava voltada para a costa, como se se temesse uma invasão inglesa, deixando, assim, o reino indefeso do lado da terra. Os portos foram fechados ao comércio inglês, por uma proclamação datada de 20 de outubro de 1807. Mas a importância de Portugal para a Inglaterra, como campo neutro, ou, na eventualidade da instalação de um governo francês na Espanha, como ponto de partida para atacar o grande inimigo, era tal, que o ressentimento que essas medidas em outra ocasião certamente ocasionariam, não foi notado. Uma forte esquadra, porém, foi sempre mantida ao longo da costa, seja para observar os acontecimentos de terra, seja para evitar que os navios portugueses saíssem e se juntassem aos franceses e espanhois.

Enquanto esse sistema de vigilância era adotado, na Europa o gabinete inglês não perdia de vista os desígnios da França em relação às colônias sul-americanas. Enquanto a Espanha e Portugal continuassem a pagar a imensa importância em dinheiro exigida pela França, as pretensões de Napoleão estavam sendo mais atendidas do que se ele se tivesse apossado de todo o território desses países e suas colônias. Mas no momento em que aqueles países não estivessem habilitados ou não quisessem mais pagar essas quantias, seria então chegado o momento da agressão e da invasão. Já em 1796, o Sr. Pitt havia examinado as vantagens que a Grã-Bretanha tiraria da posse

---

29 Por exemplo, a que veio sob o comando de Sir H. Popham, na expedição de *Sir D.* Baird ao cabo da Boa Esperança, em 1805, e a do almirante francês Guillaumez, em 1806.

de um porto na América do Sul e, particularmente, no Rio da Prata. Com o seguir dos tempos, não perdeu de vista este problema. Circunstâncias ocorridas em dezembro de 1804 chamaram sua atenção, especialmente, para o assunto, visto como tinha sido informado de que a França estava prestes a tentar a tomada de uma das colônias espanholas, na primeira oportunidade favorável. Mas estávamos então em paz com a Espanha e ainda que quiséssemos evitar tal agressão por parte da França e ajudar o General Miranda em sua projetada expedição à América do Sul, não era possível auxiliá-lo, como ele insistia com empenho junto ao gabinete, embora fossem claramente visíveis as vantagens para a Inglaterra em garantir tal mercado para suas manufaturas. Entre os oficiais que tinham sido confidencialmente consultados pelo Sr. Pitt acerca da praticabilidade de se conseguir uma colônia no Prata, achava-se *Sir* Home Popham. Foi, provavelmente, seu conhecimento das ideias há tanto tempo sustentadas por aquele Ministério, que o induziu a dar o passo ousado que foi o de deixar o Cabo da Boa Esperança, logo após ter sido ocupado pelas forças inglesas, em 1806, e conquistar Buenos Aires, sem ordens para isso. Sua razão imediata para o ato foi a informação obtida de que a esquadra do almirante francês Guillaumez tinha intenções de tocar na costa do Brasil, entrar no Prata e, se possível, tomar e estabelecer uma colônia ali. Além disso, alguns americanos do norte que ele encontrara, animaram-no a tentar o empreendimento, observando que a abertura dos portos da América do Sul seria um benefício comum a todas as nações comerciais, particularmente para a Inglaterra[30].

Em 1806, as demonstrações de hostilidade contra Portugal por parte da França eram tão evidentes que Lorde Rosslyn para lá foi enviado em missão especial, à qual se agregaram Lorde St. Vincent e o General Simcoe. As instruções que lhe foram dadas pelo Sr. Fox, então primeiro ministro, consistiam em expor ao gabinete de Lisboa o perigo iminente que ameaçava o país, assim como oferecer auxílio em homens, dinheiro e víveres da Inglaterra, a fim de pôr Portugal na defensiva, isto se o governo se decidisse a uma resistência vigorosa e efetiva. Se, por outro lado, Portugal se julgasse fraco demais para lutar com a França, deveria ser retomada a ideia já ocorrida ao

---

30 Quanto aos fins políticos e comerciais do auxílio a Miranda e da conquista de um porto para a Inglaterra na América do Sul, vide o depoimento de Lorde Melville na corte marcial sobre *Sir* Home Popham.

rei Dom Afonso de emigrar para o Brasil, estabelecendo ali a capital do Império. Prometer-se-iam então assistência e proteção para esse plano. Se, contudo, Portugal insistisse em rejeitar o auxílio inglês em qualquer caso, as tropas do General Simcoe deveriam desembarcar e ocupar as fortalezas no Tejo. A esquadra entraria pelo rio e apossar-se-ia dos navios e vasos de guerra portugueses, tomando o cuidado de convencer ao governo e ao povo de que isto se fazia para o bem da nação e nunca com o fim egoísta de engrandecimento por parte da Inglaterra. Parece, entretanto, que os preparativos de invasão por parte da França não estavam no momento tão adiantados como se supunha e, à vista dos instantes pedidos da corte de Lisboa, as tropas e a frota retiraram-se do Tejo.

A 8 de agosto do ano seguinte (1807), contudo, Mr. Rayneval, Encarregado de Negócios da França em Lisboa, recebeu ordens de sua corte para declarar ao Príncipe Regente de Portugal que tinha ordens para pedir os passaportes e declarar a guerra se, até 1º de setembro, não fosse declarada guerra à Inglaterra, despedido o Ministro inglês, e chamado o embaixador português em Londres, prendendo-se todos os ingleses residentes em Portugal, confiscando-se-lhes as propriedades, fechando-se os portos do reino à Inglaterra e, finalmente, se Portugal, sem demora, não reunisse seus exércitos e esquadras com os do resto do continente para combater a Inglaterra.

O conde da Barca, então primeiro ministro, estava certamente a par dos preparativos do governo francês. Mas com a cega obstinação que às vezes se apossa dos homens como uma fatalidade, insistiu em considerá-las simples medidas destinadas a intimidar e molestar a Inglaterra. Este fidalgo havia sido embaixador na corte de São Petersburgo, e, ao ser chamado para ocupar a chefia do gabinete de Lisboa, teve ordem de ir por mar a Londres, e dali a Portugal; mas preferiu realizar a viagem via Paris, onde viu e conversou tanto com Napoleão quanto com Talleyrand. Não pode haver a menor dúvida de que foi ludibriado por estes homens espertos. Muitos o consideram traidor. Mas a vaidade do conde, que sempre disse preferir julgar estes homens pelos próprios olhos, ainda que o faça mais fraco, tornando-o menos pernicioso, talvez tenha sido a verdadeira mola de suas ações. Foi ele que tomou as providências para a prisão dos ingleses, a confiscação das suas propriedades e o fechamento dos portos ao comércio inglês, adotando, em suma, o conjunto do sistema continental. Nas vésperas da chegada de Junot a Lisboa, porém, um jornal de Paris, escrevendo com antecipação dos acontecimentos, anunciou que *"A Casa de Bragança havia cessado de reinar"* e que os seus membros estavam relegados ao rebanho geral dos ex-príncipes, etc., sem demonstrar a menor complacência para com eles e sem revelar qualquer expectativa lisongeira para o futuro. Foi isto que abriu completamente os olhos do Príncipe Regente. Consentiu ele então em dar o passo que D. João IV e D. José já haviam planejado, isto é, transferir a sede do império para suas possessões transatlânticas.

Foi isto em novembro de 1807, mas os acontecimentos desse mês, os mais notáveis da história portuguesa desde a revolução que levou os Braganças ao trono dos antepassados, serão compreendidos melhor, com os seguintes trechos de despachos de Lorde Strangford e de *Sir* Sydney Smith então recebidos pelo gabinete inglês. A 29 de novembro de 1807, escreve o Lorde, depois de referir-se à partida do Príncipe para o Brasil:

"Eu havia declarado clara e insistentemente ao gabinete de Lisboa que a condescendência em não se sentir agravado com a exclusão do comércio britânico dos portos de Portugal havia esgotado a capacidade de paciência de Sua Majestade Britânica; que ao fazer esta concessão às circunstâncias peculiares do Príncipe Regente, Sua Majestade tinha feito tudo que a amizade e a lembrança da antiga aliança poderiam razoavelmente exigir. Mas que mais um passo além dessa linha de hostilidade moderada, até aqui aceita com relutância, conduziria infalivelmente à necessidade da guerra de fato.

"O Príncipe Regente, contudo, ousou, por um momento, esquecer-se de que na atual situação da Europa nenhum país poderá ser inimigo da Inglaterra impunemente, e por mais que Sua Majestade Britânica esteja disposta a ser compreensiva, em vista da deficiência de meios de Portugal para resistir ao poder da França, a própria dignidade inglesa e os interesses do povo não lhe permitiriam aceitar esta desculpa para uma capitulação em toda linha a exigências desarrazoadas. A 8 do corrente, Sua Alteza Real foi induzido a assinar uma ordem de detenção de vários súditos britânicos e de uma quantidade sem importância de bens ingleses que ainda permaneciam em Lisboa. Ao publicar-se tal ordem, ordenei a retirada do brasão da Inglaterra das portas de minha residência, pedi meus passaportes, apresentei uma queixa final da atitude da corte de Lisboa e dirigi-me à esquadra comandada por *Sir* Sydney Smith, que chegou às costas de Portugal alguns dias depois de eu ter recebido os passaportes. A ela recolhi-me a 17 do corrente.

"Sugeri imediatamente a *Sir* Sydney Smith o expediente de estabelecer-se um bloqueio rigoroso na foz do Tejo. Tive a grande satisfação de ver depois que me antecipara assim às intenções de Sua Majestade. De fato, os despachos que recebi a 23 me instruíam no sentido de autorizar esta medida, no caso do governo português ultrapassar os limites que Sua Majestade julgara extremos para sua tolerância e tentasse dar qualquer passo além, injurioso à honra e aos interesses da Grã-Bretanha.

"Resolvi, portanto, prosseguir no caminho para verificar o efeito produzido pelo bloqueio de Lisboa e propor ao governo português, como condição única para cessação do bloqueio, a alternativa (mencionada em seu ofício), ou de rendição da frota a Sua Majestade, ou do seu emprego imediato na transferência do Príncipe Regente e sua família para o Brasil. Em consequência pedi uma audiência ao Príncipe Regente, com devidas garantias de segurança e proteção e, à vista da resposta de Sua Alteza Real, segui para Lisboa a 27 do corrente, na chalupa de Sua Majestade, *Confiança*, que arvorara uma bandeira parlamentar. Tive imediatamente as mais interessantes comunicações com a corte de Lisboa, cujas minúcias discriminarei em próximo despacho. Basta mencionar aqui que o Príncipe Regente sabiamente teme acima de tudo um exército francês e põe todas as suas esperanças na armada inglesa; que ele recebeu de mim as mais explícitas afirmações de que Sua Majestade generosamente não levaria em conta os atos de hostilidade involuntária e momentânea extorquidos ao assentimento de Sua Alteza Real; e que prometi a Sua Alteza Real, pela fé de meu soberano, que a frota inglesa diante do Tejo seria utilizada para proteger sua retirada de Lisboa e sua viagem para o Brasil.

"Foi publicado ontem um decreto no qual o Príncipe Regente anuncia sua intenção de retirar-se para a cidade do Rio de Janeiro até a conclusão de uma paz geral, e de nomear uma regência para gerir o governo de Lisboa durante a ausência de Sua Alteza Real da Europa."

Sir Sydney Smith, por sua vez, a 1º de dezembro escreveu a seguinte carta ao Almirantado:

"Bordo do navio de S. M. *Hibérnia*, a 22 léguas a oeste do Tejo, 1º de dezembro de 1807.

"Senhor,

"Em despacho anterior, datado de 22 de novembro, com um pós-escrito de 26, comuniquei-lhe, para conhecimento dos Lordes Comissários do Almirantado, documentos constantes de vários atos do governo português, que de tal modo está influenciado pelo terror do exército francês que aquiesceu em certas exigências da França, agindo contra a Grã-Bretanha. A distribuição da força portuguesa se fez toda pela costa, enquanto a fronteira terrestre ficou totalmente desguarnecida. Súditos britânicos de todas as categorias foram detidos. Foi, pois, necessário informar ao governo português que se estavam realizando as circunstâncias em que, de acordo com minhas instruções, eu deveria declarar o Tejo em estado de bloqueio". (Aqui *Sir Sydney repete um trecho do despacho de Lorde Strangford*).

"Na manhã de 29, a frota portuguesa saiu barra fora com Sua Alteza Real o Príncipe do Brasil e toda a família real de Bragança a bordo, juntamente com muitos de seus fiéis conselheiros e aderentes, bem como outras pessoas solidárias com sua atual fortuna. Esta frota composta de oito naus de linha, quatro fragatas, dois brigues e uma escuna[31], com uma multidão de navios mercantes bem armados, colocou-se debaixo da proteção de Sua Majestade, enquanto as salvas das saudações recíprocas de vinte e um tiros anuncia-

---

31 Lista da frota portuguesa que saiu do Tejo a 29 de novembro de 1807:

	CANHÕES	COMANDANTES
NAUS *Príncipe Real*....	84	[Chefe de esquadra] Manuel da Cunha, [Souto-Maior], Cap. M. G. Manuel do Canto [Francisco José do Canto Castro e Mascarenhas).
Rainha de Portugal....	74	Cap. M. G. Francisco Manoel de Souto-Maior. *A princesa viuva e as Princesas mais moças vinham neste navio.*
Conde D. Henrique....	74	Cap. M. G. José Maria de Almeida.
Medusa...	74	Cap. M. G. Henrique [da Fonseca] de Sousa Prego.
Afonso d'Albuquerque	64	Cap. M. G. Inácio da Costa Quintela *Trazia a rainha e a família.*

NAUS		
D. João de Castro.....	64	Cap. M. G. Dom Manuel João de Souça [D. Manuel João de Lócio].
Príncipe do Brasil..	74	Cap. M. G. Garção [Francisco de Borja Salema Garção].
Martim de Freitas...	64	Cap. M. G. Dom Manuel de Meneses
FRAGATAS		
Minerva......	44	Cap. M. G. Rodrigo Lobo [Rodrigo José Ferreira Lobo].
Golfinho.....	36	Cap. de Frag. Luis d'Acunha [da Cunha Moreira].
Urania.....	32	Cap. de Frag. Tancos, conde de Viana [D. João Manuel de Meneses, da casa de Tancos, conde de Viana]
Charrua Princesa S.S...	20	Comandada por um tenente.
BRIGUES		
Voador.....	22	Ten. Francisco Maximiliano [de Sousa].
Vingança.....	20	Cap. Nicolas Kytten [Diogo Nicolau Keating].
Gaivota.....	22	
ESCUNA		
Curiosa.....	12	*Içou as cores de frança e desertou...*

Desses navios, o *Martim de Freitas* é hoje o *Pedro Primeiro*. O *Príncipe Real* é o navio de instrução no Rio. A *Rainha de Portugal* está em Lisboa, bem como o *Conde D. Henrique*. O *Medusa* é um casco abandonado no Rio. As três outras naus de guerra, ou se estragaram, ou estão prestes a se estragarem. Das fragatas, a *Minerva* foi tomada pelos franceses na Índia. O *Golfinho* foi demolido. A *Urania* naufragou nas ilhas do Cabo Verde. O *Voador* é hoje uma corveta. A *Vingança* foi demolida e a *Gaivota* é hoje o *Liberal*.

LISTA DOS NAVIOS QUE FICARAM EM LISBOA:

NAVIOS	CANHÕES	
S. Sebastião.....	64	Imprestável, sem completo reparo.
Maria Prima [Primeira]	74	Aguardando as baterias — não aparelhado
Vasco da Gama.....	74(*)	Em reparações — Quase pronto.
Princesa da Beira.	64	Aguardando baterias
FRAGATAS		
Fénix.....	48	Necessitando completo reparo (Demolida na Bahia).
Amazona.....	44	Id. (Demolida em Lisboa).
Pérola.....	44	Id. (Demolida em Lisboa).
Firtão [Tritão?].....	40	Sem conserto
Veney [?]	30	Id. sem conserto.

vam o amigável encontro daqueles que, ainda na véspera, estavam em termos de hostilidade[32](*). O espetáculo era impressionante para todas as testemunhas (exceto para os franceses, nas montanhas), presas da mais viva gratidão à Providência, por ver que ainda existia um poder no mundo capaz e decidido a proteger os oprimidos.

"Tenho a honra, etc.

W. Sydney Smith."

Estes são os relatórios públicos transmitidos por estrangeiros para a sua corte, acerca de uma das mais curiosas negociações que jamais ocorreram na história dos reinos e das cortes. Contudo, tal era o estado da Europa nesse tempo, tão grave a luta entre os grandes na imensa guerra que se travava, que a antiga Casa de Bragança deixou a sede de seus antepassados para procurar abrigo seguro além do Atlântico, quase sem repercussão e com menos formalidades do que as que exigia outrora uma excursão a seus palácios de campo.

O governo francês esperara, para invadir Portugal, que este infeliz país exaurisse seu tesouro, no pagamento das enormes somas exigidas como preço da neutralidade. A influência francesa havia retirado as tropas das passagens nas montanhas, por onde se poderia impedir a entrada das forças francesas, e o Príncipe Regente somente se declarou solidário com o sistema continental e prendeu os ingleses quando se deu a entrada simultânea de três exércitos imperiais e espanhois.

Junot invadiu o Algarve e passou o Zézere ao mesmo tempo que Solano se atirava sobre o Porto e Carafa ocupava o Alentejo e o Algarve. Nestas circunstância, o comportamento do ministério, se bem que não corajoso, foi natural, como também foi natural, quando Lorde Strangford voltou a Lisboa, que ele talvez não devesse ter deixado, que o último conselho reunido nessa capital decidisse a emigração da corte para o Brasil. Se ela tivesse permanecido em Portugal, este se teria tornado uma província francesa. O Príncipe e toda sua família seriam feitos prisioneiros daquele que não havia respeitado nenhuma coroa. Além

---

(*) Casco desguarnecido no Rio.
32 (*) A relação da esquadra aqui apresentada difere em diversos pontos das que figuram em MELO MORAIS, *Chorographia histórica*, Tomo I (2ª parte), Rio, 1863, p. 60; I. Accioli DE CERQUEIRA E SILVA, *Memórias históricas e pol. da prov. da Bahia*, rev. por Brás do Amaral, III, Bahia, 1931, p. 46 e os *Anais da Bibl. Nac.* II, 13.

disso, a Inglaterra havia prevenido que naquela hipótese ela deveria ocupar o Brasil para sua própria segurança. Emigrando para o Brasil, o Príncipe conservava em suas mãos a maior e mais rica porção de seus domínios e garantia, ao menos, a liberdade pessoal e a segurança de sua família. Ao terminar, portanto, a última reunião de seus conselheiros, o Príncipe chamou seus criados de confiança[33] e ordenou-lhes que preparassem tudo *em segredo* para o embarque da corte daí a duas noites. Um deles já recebera até ordem de providenciar quanto ao alojamento de Junot, e para ter na manhã seguinte um almoço pronto para ele em uma casa a meio caminho entre Sacavém e Lisboa. Este homem, conseguindo levar a família para bordo de um dos navios, havia passado dia e noite arranjando provisões, prataria, livros, joias, tudo que pudesse ser transportado para bordo da esquadra e, ao ficar para ser o último, teve de novo ordens de promover aquartelamento para Junot, mas foi bastante feliz em obter um barco que o levou para a esquadra, deixando em terra papeis, dinheiro e até o chapéu.

Tal é o quadro do embarque atabalhoado que nos dão alguns dos servidores da família real[34(*)].

Mal haviam as esquadras se afastado da terra quando encontraram uma violenta rajada de vento, mas a 5 de dezembro estavam todos de novo reunidos. Nesse dia *Sir* Sydney Smith após haver suprido os navios de tudo que era necessário para sua segurança, e após havê-los comboiado até 34°47' de latitude norte e 14°17' de longitude oeste, deixou-os seguir sob a proteção do *Malborough* sob o comando do cap. Moore, com a flâmula de comodoro, o *London*, o *Monarch* e o *Bedford*[35]. Continuaram sem incidente ulterior até a costa do Brasil e desembarcaram na Bahia, a 21 de janeiro de 1808[36].

---

33 Foram eles o visconde do Rio Seco, que foi quem providenciou tudo, o marquês de Vagos, gentil-homem da real câmara, o conde de Redondo, encarregado da real ucharia, Manuel da Cunha, [Souto-Maior] almirante da esquadra, o padre José Eloi, encarregado das riquezas pertencentes à igreja patriarcal.

34 (*) V.: Visconde do Rio Seco [depois marquês de Jundiaí], *Exposição analítica e justificativa da conduta, desde o dia 25 de novembro em que S. M. F. o incumbio dos arranjamentos necessários da sua retirada para o Rio de Janeiro, até o dia 15 de setembro de 1821. Rio, 1821.* A autora frequentou, como se verá adiante, a casa desse titular, seu provável informante das minúcias acima referidas.

35 Na trasladação da família de Bragança para o Brasil, *Sir* Samuel Hood e o General Beresford tomaram posse da Madeira, como depositários de Portugal, até a restauração do poder desse país.

36 O *Rainha de Portugal* e o *Conde D. Henrique*, em que viajavam a Princesa Viuva e as princesas mais moças, vieram direto ao Rio, a 15 de janeiro. O *Martim de Freitas* e o

O conde da Ponta [da Ponte] era por esse tempo o governador da Bahia e diz-se ter sido muito popular[37]. Era casado com uma senhora alemã de família de importância, que não era menos querida. Tinha ela, além das maneiras da corte, bastante beleza e talento[38(*)].

A recepção da comitiva real pelo governador e senhora foi tão agradável ao Príncipe, que ele permaneceu em São Salvador um mês. Cada dia houve uma festa e Dom João deixou com tristeza a cidade. Em comemoração da visita, abriu-se um largo perto da fortaleza de São Pedro, de onde se dominava uma bela vista de toda a linda baía, e aí se ergueu um obelisco com uma inscrição explicativa do seu objetivo. O terreno em torno foi plantado e convertido num passeio público.

Mas, por mais agradável que pudesse ser ao Príncipe a estada na Bahia, o ponto era muito inseguro para a realização dos propósitos que o haviam feito emigrar. Se for bloqueada pelo mar e a mais pequena força de terra se apossar da faixa de terra entre o Cabo e o Rio Vermelha [Rio Vermelho], fica de fato a cidade sem meios de subsistência. A entrada da barra é tão larga que nada poderá impedir que os navios entrem quando quiserem, enquanto o porto do Rio de Janeiro é facilmente defensável, não sendo possível aos navios entrarem sem se exporem ao fogo das fortalezas. Além disso tem o Rio recursos de que a Bahia não dispõe, podendo-se comunicar a qualquer momento com a província de Minas que, além dos metais, tem abundância de milho, mandioca, algodão, café, gado, porcos e mesmo de indústria grosseira como a de algodão, etc., para uso dos escravos e para uso comum.

O Rio era, pois, o local mais conveniente para asilar a casa de Bragança. Assim, a 26 de fevereiro Sua Alteza Real partiu da Bahia e chegou ao Rio de Janeiro a 7 de março.

Entrementes, as tropas francesas haviam ocupado Portugal e Junot, comandante em chefe, fixara o quartel general em Lisboa. Começou por desarmar os habitantes, e a guerra entre a França e Portugal anunciou-se formalmente oito dias antes da assinatura do tratado de Fontainebleau, pelo qual Portugal foi dividido em três grandes feudos que, sob o governo do rei da Etrúria, do Príncipe da Paz Godoy

---

Golfinho, chegados no dia 15 à Bahia com mantimentos, partiram para o Rio a 24 e aí chegaram a 30.
37 O conde morreu em maio de 1809, com 35 anos, deixando 10 filhos em más condições de fortuna. [João Saldanha da Gama Melo Tôrres Guedes de Brito, * 4 – XII – 1773, †24-V-1809, 6º conde da Ponte].
38 (*) D. Maria Constança de Saldanha Oliveira e Daun,* 21—VI-1775, † 1833 no Rio.

e de um Bragança (se este se submetesse às condições)[39], deveriam ser vassalos da coroa de Espanha. Junot lançou uma proclamação adulando o povo na proporção de suas opressões e quase o arruinou, cobrando uma contribuição forçada, para a guerra, de 3.000.000 de libras. Em aditamento ainda, fez-se uma conscrição de 40.000 homens. E assim os meios de que dispunha Portugal e que poderiam ter sido utilizados, se empregados a tempo, para salvá-lo da invasão, voltaram-se contra ele.

O primeiro ministério nomeado após a chegada da corte ao Rio foi constituído por Dom Rodriguez [Rodrigo] de Sousa Coutinho, Dom João de Almeida, [Dom João Rodrigues de Sá e Meneses] (visconde de Anadia), e o marquês de Aguiar.

A primeira decisão da corte foi publicar um manifesto, pondo em relevo o comportamento da França em relação a Portugal desde o princípio da Revolução, os esforços do governo para preservar a neutralidade e minudenciando todos os acontecimentos que haviam conduzido imediatamente à emigração da família real. O manifesto também negava ter dado qualquer auxílio, como afirmava o governo francês, à esquadra e tropas inglesas nas suas expedições ao rio da Prata, e afirmava que, tendo o governo francês quebrado a palavra empenhada a Portugal, Sua Alteza Real considerava-se em guerra com a França e declarava que só faria a paz com assentimento e conjuntamente com seu fiel aliado o rei da Inglaterra. E nisso consistiu toda interferência do Príncipe nos negócios de seu antigo reino europeu, onde uma junta de cinco pessoas foi nomeada para governar, e onde, antes do fim do ano (1808), se travou a batalha de Vimiera [Vimieiro], e assinou-se a Convenção de Sintra.

O primeiro efeito visível da chegada da família real ao Brasil foi a abertura dos portos[40]; logo no primeiro ano (1808) noventa navios estrangeiros entraram só no porto do Rio. Um número proporcional entrou nos portos de Maranhão, Pernambuco e Bahia. Os efeitos da presença da corte em breve se fizeram sentir na cidade do Rio de Janeiro. Antes de 1808 confinava-se ela em terreno pouco mais vasto do ocupado quando foi atacada por Duguay Trouen [Trouin] em 1712 [aliás 1711]; as belas

---

39 Godoy deveria receber o Alentejo e o Algarve; Etrúria receberia o Entreminho e Douro, [Entre-Douro e Minho] com a cidade do Porto, O resto seria sequestrado até a paz geral, quando um Bragança seria elevado a chefe, sob a condição da Inglaterra devolver à Espanha Gibraltar, Trinidad, etc.
40 A 28 de janeiro de 1808.

enseadas acima e abaixo dela, formadas pela baía, estavam desabitadas, exceto por alguns pescadores, enquanto os pântanos e lamaçais que a cercavam, tornavam-na extremamente suja. Um terreno perto da igreja de São Francisco de Paulo [Paula] havia sido reservado para fazer uma praça; mas apenas umas escassas doze casas se erguiam em torno e um tanque lamacento ocupava o centro; dentro dele os negros costumavam atirar todas as imundícies da vizinhança e ainda não estava aterrado. Em um dos lados da praça começara-se a construção de um teatro, não inferior aos da Europa em tamanho e em acomodações, e colocado sob o patrocínio de São João. Várias casas magníficas ergueram-se então nas vizinhanças; a praça ficou pronta; uma outra, muito maior ficava adiante dela, num dos limites da cidade. No outro lado, entre o sopé da montanha do Corcovado, com seus contrafortes e o mar, as boas posições foram ocupadas por deliciosas casas de campo. A linda enseada de Boto Fogo [Botafogo], onde antes só havia pescadores e ciganos, tornou-se em breve um subúrbio arejado e populoso.

Não está em minhas forças dar uma descrição minuciosa de toda a atividade deste importante ano. O comércio naturalmente aumentou rapidamente. O dinheiro trazido pelos imigrantes de Portugal havia provocado maiores empregos de capital e especulações comerciais. Em outubro foi autorizado um banco público no Rio, com um capital de setenta a oitenta mil libras esterlinas.

Fundou-se uma gazeta regular, para mais rápida disseminação de quaisquer notícias que chegassem de Portugal, onde haviam ficado as propriedades e os interesses da corte e da nova gente do Brasil. Ainda que a imprensa, naturalmente, não se pudesse gabar de muita liberdade, mesmo porque realmente sua liberdade por essa época não teria muita importância, foi isso o primeiro passo para despertar a curiosidade intelectual, e o gosto pela leitura, que se tornou, não somente um luxo, mas até uma necessidade em certos países e que aqui progride rápida e diariamente.

Por ocasião da chegada da corte, muitas das velhas famílias nativas correram à capital para saudar os soberanos. Os filhos e filhas dessas famílias casaram-se nas casas nobres de Portugal. A união das duas nações tornou-se íntima e permanente, e as maneiras e hábitos dos brasileiros mais polidos. Com as necessidades artificiais, surgiam novas indústrias, especialmente perto da capital. As matas e morros foram limpos. As ilhas desertas da baía tornaram-se prósperas fazendas, surgiam jardins por toda a parte e as delicadas verduras de mesa da Europa e da África foram adicionadas às riquezas nativas do solo e do clima brasileiro.

Os membros da família real proporcionavam aniversários para frequentes festas de gala; os estrangeiros rivalizavam com os portugueses nas suas festas, de modo que o Rio apresentava o espetáculo de uma festividade ininterrupta. A 17 de dezembro, aniversário da rainha, foram nomeados seis condes, isto é, Luís de Vasconcelos e Sousa foi feito conde de Figuerio [Figueiró], Dom Rodrigo de Sousa Coutinho – conde de Linhares; o Visconde de Anadia – conde Anadia; Dom João de Almeida de Melo e Castro – conde das Galveias; Dom Fernando José de Portugal – conde d'Aguiar; D. José de Sousa Coutinho – conde de Redondo. O Núncio do Papa, *Sir* Sydney Smith e Lorde Strangford[41] foram honrados com a Grã-Cruz da Torre e Espada; seis oficiais ingleses foram nomeados comendadores da ordem da Cruz, e cinco outros foram feitos cavaleiros da mesma ordem[42(*)].

O começo de 1809 foi assinalado por um acontecimento de alguma importância. Pelo tratado de Amiens, a Guiana Portuguesa havia sido cedida à França e estava, juntamente com a Guiana Francesa e a Caiena governada pelo infame Victor Hughes. Havia muito que a França não podia socorrer tais colônias. As frotas inglesas impediam a navegação e as necessidades no continente eram muito urgentes e muito grandes para que se pudesse arriscar alguma coisa para salvar uma colônia tão distante. A corte do Rio, portanto, resolveu enviar uma expedição militar sob o comando do coronel Manuel Marques, à foz do Oiapoque. O navio de guerra inglês *Confiance*, comandado pelo capitão Yeo, acompanhou-o. O ataque combinado de ambos forçou o inimigo a render-se a 12 de janeiro. Os termos foram honrosos para ambas as partes; entre os artigos chamo a atenção para o 14°, pelo qual se estipulou que o jardim botânico chamado *Gabrielle* não só seria poupado, mas ainda mantido no estado de perfeita conservação em que era entregue. A guerra é tão horrível que um traço como esse, no meio de seus males, é muito confortante para não ser mencionado.

---

41 *Sir* Sydney Smith havia acompanhado a corte portuguesa ao Rio, menos como comandante da força naval inglesa nesses mares do que como protetor dos Braganças. Lorde Strangford havia reassumido a sua posição de embaixador.

42 (*) V. em Monsenhor *Luís Gonçalves do Santos, Memórias para servir à história do reino do Brasil*, 2ª ed., Rio, 1943, I, p. 284, os nomes dos oficiais, que foram cinco: Graham Moore, comodoro, Ricardo Lee, Carlos Schomberg, Diogo Walcher, Tomás Western. Acrescente-se o secretário da legação Francisco Hill. Todos foram aliás nomeados comendadores honorários da mesma ordem da Torre e Espada e não da *ordem da Cruz*, que nunca existiu.

O resto do ano passou-se no Brasil em tranquilas, ainda que importantes operações: abriram-se muitas estradas através da terra ainda selvagem do interior; instituiu-se uma Academia Naval; fundou-se uma escola de anatomia no hospital naval e militar. O instituto vacínico, organizado no Brasil em 1804, tendo decaído, foi renovado tanto na Bahia como no Rio; inúmeras pessoas de todas as cores foram vacinadas.

Entrementes as armas portuguesas entravam em ação em outra parte do mundo. Os extensos domínios de Portugal no Oriente haviam caído, um a um, como pérolas de um colar desfeito. Contudo, Macau era ainda portuguesa. Vinte anos antes, assim como toda a costa da China, sofrera aquela cidade a praga dos piratas do mar Amarelo. Até que, afinal, o governo chinês achou necessário adotar medidas para suprimi-los e fez um tratado com o governo português de Macau, assinado pelas seguintes personagens, a 23 de novembro: Miguel de Arriga, [Arriaga] juiz, Brun [Brum] da Silva [43](*), José Joaquim Barros, general, Shin-Kei-Chi, Ches, Pom.

Por esse tratado, deviam os portugueses contribuir com seis navios de dezesseis a vinte e seis canhões, mas tendo falta de balas e outras munições foram socorridos liberalmente pela fábrica da Companhia Inglesa das Índias Orientais. O resultado foi que após uma resistência de três meses, os piratas entregaram os seus navios e prometeram tornar-se súditos pacíficos. O povo de Macau fez rezar um *Te-Deum* em honra do sucesso. Mas doze meses se haviam passado quando essas felizes notícias atingiram o Brasil.

Os grandes interesses europeus do Brasil e de seu soberano poderiam ter sido esquecidos no próprio país, durante o ano de 1810, tão tranquilo decorreu ele, se não fossem os paquetes que traziam através do Atlântico as minúcias das batalhas desesperadas, nas quais a força e o tesouro da Inglaterra estavam sendo despendidos em defesa deles na Península. A 19 de fevereiro, Lorde Strangford e o conde de Linhares, em nome dos respectivos governos, assinaram um tratado comercial no Rio, pelo qual obtinham grandes e recíprocas vantagens. Os ingleses tiveram permissão para exercer francamente o seu culto, contanto que não construíssem torres em suas igrejas e que não usassem sinos.

---

43 (*) Aqui há um equívoco da autora, quando divide em dois pedaços o nome do desembargador Miguel de Arriaga Brum da Silveira, governador de Macau.

A isso se seguiu, no mês de maio, uma comunicação formal de Lorde Strangford de que o parlamento britânico havia votado 980.000 libras para manter a guerra em Portugal. Realmente a Inglaterra havia tomado a si a luta e tinha decididamente o maior interesse em opôr-se à França. A Casa de Bragança estava, pois, à vontade para dedicar toda a atenção aos domínios americanos. Vários destacamentos escolhidos foram enviados para diferentes pontos do país a fim de repelir os índios, cujas incursões haviam destruído vários estabelecimentos portugueses; para construir estradas ligando diversas províncias entre si e, acima de tudo, para promover a civilização gradual das tribos indígenas. Foram dadas ordens estritas aos comandantes para agir pacificamente, sobretudo para com as tribos amigas. Mas as que se revelassem refratárias deveriam ser perseguidas até a exterminação. A fim de explicar os objetivos com que se haviam organizado essas expedições, publicou-se uma proclamação no mês de setembro assegurando aos que se tornassem proprietários, ou requerentes de terra na província de Minas Gerais e nas margens do rio Doce, todas as vantagens de donatários originais e senhores supremos, e prometendo que cada colônia contendo doze cabanas de índios mansos e dez casas de brancos, seria erigida em vila, com todos os seus privilégios. O destacamento enviado ao rio Doce restaurou cento e quarenta fazendas que haviam sido destruídas pelos índios, e celebrou um acordo amigável com várias tribos Puris, que já encontrou estabelecidas em aldeias, em número de quase mil. Era uma gente pacífica e não sem algumas das artes e hábitos da indústria. Mas eram pagãos e polígamos, não que a pluralidade de mulheres fosse geral, nem mesmo comum, pois havia só cento e treze mulheres para noventa e quatro maridos. Não parece que tenham sido canibais. Mas afirma-se fortemente que o eram os vizinhos Botocudos os quais, tendo obtido uma pequena vantagem sobre os portugueses, comeram quatro deles que lhes caíram nas mãos[44]. Confesso que sou cética em relação a tais antropófagos. Que os selvagens possam comer os inimigos tomados em batalha, não duvido; dentro das condições da vida selvagem a vingança e a retaliação são atraentes. Mas duvido que comam os mortos encontrados após a batalha, duvido também das caçadas humanas

---

44 Tenho em meu poder um curioso desenho, encontrado numa cabana botocuda, feito por um nativo do Brasil, de raça mestiça, onde ele aparece escondido numa gruta, seus companheiros brancos mortos, e, tanto estes como os soldados do regimento de pretos que os acompanhou, com a carne destacada dos ossos, exceto a cabeça, as mãos, e os pés. Os botocudos estão representados levando em cestas a carne. Tais selvagens aparecem todos nus, com botoques metidos nos beiços e armados de arcos e flechas.

e que comam mulheres e crianças. Das últimas atrocidades, realmente, não têm eles sido acusados nos últimos tempos. E como no tempo em que os missionários escreveram as primeiras histórias a respeito deles era político exagerar as dificuldades que esses homens beneméritos iam encontrar, de modo a encarecer-lhes os serviços, não será descaridoso acreditar que muito exagero se insinuou nas narrativas acerca dos selvagens, especialmente se atentarmos nos milagres atribuídos nessas mesmas narrativas aos próprios missionários. Além dessas medidas em relação aos índios, outros passos, não menos importantes, foram dados em benefício do país: diversas colônias, tanto de europeus como de ilhéus dos Açores, foram promovidas e animadas. As pescarias em alto mar também foram protegidas, especialmente as da ilha de Santa Catarina. Na mesma ilha foram feitas bastantes experiências a respeito da cultura do cânhamo, provando-se que bastavam tempo e indústria para obter a produção de grandes quantidades desse valioso artigo de muito boa qualidade.

O ano de 1811 foi o último da vida e do ministério do conde de Linhares, cujas vistas estavam todas voltadas para o bem do país. Conhecedor não só de sua riqueza e fertilidade, sabia também como era atrasado e pobre, em relação as suas vantagens naturais. Procurando obviar esses males, ele talvez tenha visado fazer mais do que era possível em tão curto prazo, e nas circunstâncias em que sua ativa disposição podia agir. Concebeu estradas e planejou canais, promoveu colônias, que depois fracassaram, mas deixaram após elas algumas de suas práticas nativas e algumas sementes de progresso que não desapareceram totalmente. A possibilidade de navegação tanto do rio S. Mateus como do Jequitinhonha ficou provada. Fizeram-se experiências de todas as qualidades de cultivo, até o chá foi introduzido da China. Formou-se um Jardim Botânico, no qual as especiarias do Oriente foram cultivadas com sucesso; mas talvez o maior benefício público tenha sido a fundação de uma biblioteca pública, estabelecendo-se seus regulamentos dentro dos princípios mais liberais.

Pelos fins de 1811 um decreto régio foi promulgado, concedendo 120.000 cruzados por ano, saídos da alfândega da Bahia, Pernambuco e Maranhão, durante quarenta anos, aos portugueses que haviam sofrido com a guerra dos franceses. Esta medida foi encarada já então com ciumes pelas capitanias do norte. Mas todas continuaram tranquilas no momento e pareciam estar atentas somente ao progresso interno. Novos edifícios, tanto para utilidade como para luxo, surgiram nas cidades. O Maranhão e Pernambuco melhoraram seus portos.

A Bahia, além de um belo teatro ali inaugurado em 1812, calçou as suas ruas. No Rio, uma subscrição de 30.000 cruzados foi obtida a fim de embelezar o largo do paço, completar os jardins públicos e drenar o campo de Sant'Ana.

Em 1813, surgiram algumas disputas entre a corte do Rio e a Inglaterra a propósito do tráfico de escravos. A esquadra inglesa capturara três navios ao largo da costa d'África, ao exercerem certamente a escravização ilegal. Foram apresentadas queixas e a questão ficou em suspenso até depois do Congresso de Viena, quando essa ilustre Assembleia, apesar da maior parte de seus mais altos e mais poderosos membros se terem manifestado abertamente contra esta vil prática, admitiu que ela fosse mantida. A Inglaterra consentiu então em pagar 13.000 libras para indenizar os portugueses traficantes de escravos pelo seu prejuízo (julho de 1815)!

No mesmo ano parece ter havido algumas demonstrações de descontentamento, ou suspeitas disso, nas províncias. Muitos dos salários dos funcionários, tanto civis como militares, não estavam sendo pagos; contudo, eram feitas cobranças, tanto mais opressivas, quanto irregulares, em cada departamento. A administração da justiça era notoriamente corrupta; o clero caíra em desordem e descrédito. Apesar de muita coisa útil ter sido feita, muito fora esquecido, especialmente nas províncias distantes e havia uma tal dose de descontentamento que vários oficiais que haviam vindo ao Rio, quer por interesses particulares, quer para queixar-se de erros do governo, tiveram ordem peremptória de voltar aos postos.

Nessas conjunturas foi sábio desviar a atenção pública de tais vexações por uma medida ao mesmo tempo justa e grata ao orgulho dos brasileiros: por um edito de 16 de dezembro de 1815 o Brasil foi elevado à dignidade de reino e as fórmulas e títulos modificados de modo a ficar em pé de igualdade com Portugal. Durante alguns meses, as mensagens de agradecimentos e congratulações choveram sobre o rei, de várias províncias, e as festas em regozijo por esta feliz oportunidade ocuparam o povo, afastando-o de qualquer outra consideração.

Por esse tempo, como as vitórias dos aliados na Europa, haviam exilado Napoleão na ilha de Elba, cessara a necessidade da permanência de uma esquadra inglesa no Rio. Em consequência, a estação inglesa foi extinta e as instalações vendidas. A família Bragança, de novo livro do auxílio estrangeiro, recomeçou a estabelecer suas ligações com as outras cortes da Europa.

Estas negociações sofreram uma pequena interrupção devida a um fato que há muito se esperava, isto é, a morte da rainha, a 20 de março de 1816. Seu estado, tanto de corpo como de espírito, há muito tempo a tinha excluído de qualquer participação nos negócios públicos. Foi sepultada, com grande pompa, na igreja do convento da Ajuda e, como de costume, foram cantados ofícios fúnebres em sua intenção, em todas as igrejas do reino.

No mês de junho, o marquês de Marialva foi recebido em Paris como embaixador de Portugal e do Brasil e logo depois, com o terreno preparado por um funcionário inferior, foi a Viena para negociar o casamento de Dom Pedro de Alcântara, Príncipe de Portugal e Brasil, com a arquiduquesa Maria Leopoldina, que felizmente se realizou. A 28 de novembro foi firmado o contrato de casamento em particular. A 17 de fevereiro seguinte o contrato foi feito público e a 13 de maio casaram-se por procuração, representando Dom Pedro o marquês de Marialva. Mas só a 11 de novembro chegou ela ao Rio. O navio de guerra *João VI* foi enviado a Trieste para buscar a arquiduquesa, com duas fragatas. A viagem transcorreu sem acidentes e a pessoa então mais importante para as esperanças e felicidade do Brasil foi saudada com entusiasmo por todas as classes do povo.

No outono precedente, duas das infantas de Portugal haviam-se casado com Fernando VII de Espanha e com seu irmão o infante Dom Carlos.

Mas a fronteira meridional do Brasil começou então a sofrer os efeitos das agitações que tinham há tanto tempo abalado a América do Sul espanhola. O chefe Artigas mostrava disposições de invadir a fronteira portuguesa. Por conseguinte, formou-se um corpo de voluntários para ficar de observação. O Forte de Santa Teresa fora ocupado a fim de atalhar os movimentos desse ativo líder. Durante o outono de 1816, deram-se várias escaramuças, mas com o concurso tanto das habilidades de negociar quanto das de guerrear, os portugueses obtiveram, a 19 de janeiro de 1817, as chaves de Montevidéu, entregues ao general Lecor. Com isto o tão suspirado domínio da margem oriental do Prata foi conseguido.

Entretanto, os descontentes das províncias do norte haviam rompido em revolução aberta na capitania de Pernambuco. O povo do Recife e de suas vizinhanças havia-se embebido de algumas das noções de governo democrático através de seus antigos dominadores holandeses. Lembravam-se, além disso, de que por seus próprios sacrifícios, sem qualquer auxílio do governo, haviam eles expulsado estes conquistadores e restituído à coroa a parte norte de seu mais rico domínio. Estavam, portanto, inclinados a ser particularmente invejosos das províncias do Sul, especialmente do Rio, que eles consideravam mais favorecidas que eles. Estavam aborrecidos com os pagamentos das taxas e contribuições, das quais nunca se haviam beneficiado e que só serviam para enriquecer os favoritos da corte, enquanto grassavam enormes abusos, especialmente no setor judiciário do governo, abusos que eles desanimavam de ver corrigidos jamais. Tais foram as causas provocadoras da insurreição de 1817 em Pernambuco, que ameaçou por muitos meses a paz, senão a segurança do Brasil. O exemplo dos americanos espanhois teve, sem dúvida, sua importância. Traçou-se um plano regular para se conseguir a independência. Foram convocadas e treinadas tropas, e, assegurado o domínio do Recife, foram começadas fortificações em Alagoas e no Penedo.

Os insurgentes, contudo, haviam provavelmente se enganado quanto ao grau de auxílio e assistência que encontrariam da parte de seus vizinhos. O povo de Serinhaém, logo que se conheceu a notícia da Revolução, isto é, meados de abril, colocou-se no Rio Formosa [Formoso], como uma ameaça a esta região, e as tropas reais, sob o comando do Marechal Joaquim de Melo Cogominho de Lacerda, marcharam imediatamente da Bahia. O chefe pernambucano [Antônio José] Vitoriano, [Borges da Fonseca] tendo atacado a Vila de Pedras, recebeu um golpe decisivo de um corpo de realistas, sob o comando do major [José Egídio] Gordilho [Veloso de Barbuda] que havia seguido à vanguarda por ordem de Lacerda a 21. A 29, Gordilho ocupou este porto, bem como o de Tamandré [Tamandaré], onde não tardou a receber fortes reforços comandados pelo coronel Melo.

Entrementes o chefe pernambucano Domingos José Martins empenhava-se vivamente em agremiar tropas e formar grupos de guerrilhas de modo a molestar as marchas do inimigo. Eram as tropas chefiadas por Cavalcanti, [Francisco de Paula Cavalcanti de Albuquerque] homem de recursos e de boa família, ajudado por um padre [Antônio de] Souto [Maior], audaz e empreendedor, que estava longe de ser o único partidário eclesiástico. A 2 de maio, deu-se um vigoroso ataque em Serinhaém, pela famosa divisão pernambucana do sul, até então invicta. Mas os assaltantes foram repelidos com perda da artilharia e da bagagem. Uma coluna, sob o comando de [Domingos José] Martins, que ali veio, teve a mesma sorte, com o que conduziu ele sua gente, bem como a do Sul, para o engenho Trapiche. A 6 de maio deixaram eles esta posição e, encontrando os legalistas comandados por Melo, tiveram uma completa derrota. Os chefes foram mortos ou caíram em poder do governo. Dos últimos, alguns foram exilados, outros aprisionados. Mas três deles, José Luís de Mendonça, Domingos José Martins e o padre Miguel Joaquim de Almeida [e Castro], foram enforcados na Bahia.

Nessa ocasião Luís do Rêgo Barreto foi nomeado pelo governo do Rio para o cargo de capitão-general de Pernambuco. Era ele natural de Portugal e tinha servido com distinção sob as ordens de Lorde Wellington. De inteligência firme e vigorosa, e muito cioso de sua honra de soldado, era talvez muito pouco condescendente para com o povo e com o espírito do tempo. As severas punições militares infligidas nessa ocasião certamente produziram irritação, que, apesar de não estourar imediatamente, foram a causa de muito aborrecimento depois e acarretaram ódio em relação a este elegante soldado, de que não pôde defendê-lo sua alta correção em outras situações.

Neste ano o ministério sofreu completa remodelação. O marquês de Aguiar, que sucedera ao conde de Linhares, morreu em janeiro, e o conde da Barca em junho. Tornou-se então o conde de Palmela primeiro ministro; [João Paulo] Bezerra passou a presidente do Tesouro, o conde dos Arcos secretário para os negócios de Marinha e Ultramar, o conde de Funchal conselheiro de Estado e Dom Tomás Antônio [de Vilanova] Portugal[45(*)], secretário da Casa de Bragança.

Não posso pretender falar do caráter da administração desses ou quaisquer outros ministros portugueses ou brasileiros. Minhas

---

45 (*) Não consta das principais autoridades que o respeitável ministro tivesse o título de Dom. O gabinete organizado em 1817 era composto de Tomás Antônio de Vilanova Portugal, na qualidade de Assistente ao Despacho (Chefe do Gabinete), com a pasta do Reino; João Paulo Bezerra, com a do Erário; conde de Palmela, com a da Guerra e Estrangeiros e o conde dos Arcos, com a da Marinha e Ultramar. Como Palmela se encontrava na Embaixada em Londres (donde só voltou em dezembro de 1820), o conde dos Arcos no governo da Bahia, e Bezerra faleceu antes do fim do ano, Tomás Antônio geriu, afinal, todas as pastas.

oportunidades de informação foram muito raras. Meus hábitos, como mulher e estrangeira, nunca me conduziram a situações onde pudesse adquirir o necessário conhecimento. Quero somente assinalar o curso dos acontecimentos, que, pelo encadeamento natural, foram as causas dos efeitos que se produziram sob meus olhos.

No princípio de 1818 publicaram-se no Rio algumas restrições adicionais relativas ao tráfico de escravos, com as quais havia concordado o conde de Palmela durante o último ano em Londres. Constituiu-se uma comissão mista de ingleses e portugueses para exame e decisão das causas originadas dos tratados sobre este grave assunto. Foram nomeados alguns comissários com residência em diferentes portos da África e Brasil em que o tráfico era ainda considerado legal.

Este ano abriu-se no Rio com uma festa incomum. A 22 de janeiro houve uma grande tourada em São Cristóvão, — a casa de campo real, — em honra do aniversário da jovem Princesa Real. Seguiu-se uma dança militar na qual se exibiram os vestuários de cada região dos domínios portugueses a leste e oeste. Apareceram Portugal, Algarve, África e Índia, China e Brasil para homenagear a ilustre estrangeira. A música, em que o gosto do rei era incomparável, formava uma grande parte do espetáculo e o Brasil talvez nunca tenha tido um festival tão magnífico.

A 6 de fevereiro deu-se a coroação de Sua Majestade o rei Dom João VI, e estas pacíficas comemorações caracterizaram o ano, que foi notavelmente tranquilo. O nascimento da jovem princesa D. Maria da Glória foi um grato acontecimento não somente para a corte como para os povos do Brasil. Tinham estes agora a herdeira do reino nascida entre eles, circunstância que se dispunham a saudar como um penhor de que a sede do governo não seria transferida.

Os primeiros tempos de 1820 foram perturbados por algumas irrupções dos espanhois da América, chefiadas por Artigas, no lado oriental do Prata. As tropas portuguesas, porém, expulsaram-nos logo e reforçaram as linhas pela ocupação de Taquarembó, Simar [Santa Maria] e Arroio Grande.

Entrementes a paz na Europa não havia trazido toda a tranquilidade que dela se esperava. Foi em vão que os velhos governos procuraram voltar às mesmas posições que ocupavam antes da revolução. As Cortes estavam reunidas na Espanha. Nápoles fora convulsionada por uma tentativa de obter uma Constituição semelhante à promulgada pelas Cortes Espanholas. Portugal começou então a sentir o impulso universal. Lisboa e Porto foram ambas sede de juntas de governo provisório e ambas convocaram Cortes para estudar a elaboração de uma nova constituição e a reforma dos antigos abusos. A 1º de agosto as Cortes de Lisboa haviam jurado adotar parcialmente a constituição das Cortes Espanholas, mas não foi senão no mês de novembro que o governo do Brasil tornou públicos os recentes acontecimentos da metrópole. De fato não era de esperar que o Brasil não tomasse conhecimento dos fatos da Europa. As províncias estavam todas mais ou menos agitadas. Pernambuco estava, como de costume, à frente do movimento e da sua manifestação. Uma importante reunião se realizara a cerca de trinta e seis léguas de Olinda. Declararam seus membros que os agravos eram intoleráveis e que somente uma reforma total do governo poderia reconciliá-los com o prolongamento da submissão ao governo do Rio. As tropas reais foram de novo enviadas contra eles e foram vitoriosas após uma ação de seis horas, na qual perderam seis oficiais, dezenove homens foram mortos e 134 feridos. As perdas do lado contrário foram muito maiores e, como sempre, as severas execuções militares agravaram os males da guerra civil e, ao mesmo tempo, ainda exasperaram mais o povo, preparando-o para uma resistência futura e mais obstinada [46(*)].

A Bahia estava longe da tranquilidade. O velho ciume que permanecia desde o tempo da transferência da sede do governo da cidade do Salvador para o Rio, combinado com outras causas, tendia a aumentar o desejo de um governo constitucional, do qual deviam advir todos os benefícios, e sob o qual, como se esperava, todos os abusos seriam reformados. O próprio Rio começou a manifestar os mesmos sentimentos. As províncias de São Paulo e Minas estavam sempre prontas a unir-se a qualquer causa que prometesse um aumento de liberdade. Toda a nação parecia à beira da revolução, senão da guerra civil.

O partido da Corte, porém, ainda confiava que a determinação do Rei de permanecer no Brasil em vez de voltar a Lisboa e cair sob o poder das Cortes, seria tão grata aos brasileiros que eles preferiram a perda das possíveis vantagens da constituição, à das vantagens positivas de conservar entre si a sede do governo. Mas era muito tarde. O gosto pelo progresso estava despertado. A administração

---

46 (*) Refere-se à luta entre a Junta do Recife, presidida por Luís do Rêgo e a chamada Junta de Goiana. (V. VARNHAGEN, *Hist. da Independ*. Rio, 1917, P.. 398).

fora excessivamente corrupta, as extorsões pesadas demais para serem suportadas por mais tempo, quando a reforma parecia estar ao alcance da mão.

Os próprios soldados viram-se possuídos do mesmo espírito e, ainda que isto repugnasse altamente aos sentimentos do Rei, em breve ficou evidente que era inevitável aderir aos desejos do povo e à constituição, tal como as Cortes de Lisboa a estavam elaborando.

Diz-se que os mais prudentes ministros há muito tempo impeliam Sua Majestade a ceder aos desejos do povo, mas em vão. Sua relutância foi invencível, até que enfim, percebendo que se recorreria à força; adotou uma meia-medida que provavelmente apressou exatamente o acontecimento que ele estava ansioso por evitar[47].

Em 18 de fevereiro de 1821 o rei concordou em que uma junta examinasse as partes da constituição que pudessem ter aplicação ao estado do Brasil. Compunha-se ela das seguintes pessoas:

Marquês de Alegrete – Presidente, Barão de Santo Amaro, Luís José de Carvalho e Melo, Antônio Luís Pereira da Cunha, Antônio Rodrigues Veloso de Oliveira, João Severiano Maciel da Costa, Camilo Maria Tonelet, João de Sousa de Mendonça Côrte Real, José da Silva Lisboa, Mariano José Pereira da Fonseca, Javo [João] Rodrigues Pereira de Almeida, Francisco Xavier Pires, José Caetano Gomes, e o *Procurador da Casa [de Suplicação]*: José de Oliveira Botelho Pinto Masquiera, [José de Oliveira Pinto Botelho e Mosqueira]. *Secretários:* Manuel Jacinto Nogueira da Gama, Manuel Moreira e Figueiredo; *Secretários Substitutos:* Coronel Francisco Saraiva da Costa Refoios, Desembargador João José de Mendonça.

---

47 Alguns imaginam que um panfleto publicado no Rio, escrito por um francês, e que se supõe ter sido publicado à custa do ministério de então, desejoso de manter o rei no Brasil, tenha tido grande repercussão nos acontecimentos que se seguiram; e que maiores efeitos ainda tivesse a revolução de 10 de fevereiro na Bahia. Mas os motivos eram os mesmos em todo o Brasil. Os acontecimentos do Rio processar-se-iam da mesma forma, estivesse ou não a Bahia agitada, mas talvez tenham sido precipitados por aquela circunstância (*).
(*) Denominava-se: *Le roi et la famille royale de Bragance doivent-ils, dans les circonstances présentes, retourner en Portugal, ou bien rester au Brésil?* Imprensa Régia, 1820. Sua autoria foi atribuída, ora a João Severiano Maciel da Costa, ora a Silvestre Pinheiro Ferreira. Entretanto, na correspondência de Tomás Antônio aparece o opúsculo como escrito por um francês chamado Caille, e mandado imprimir pelo ministro, por conta do Tesouro. (VARNHAGEN, *Op. cit.* p. 50).

Todas estas pessoas estavam ansiosas em reter o rei no Brasil. Pela maior parte eram brasileiros e haviam sentido a vantagem de ter no meio deles a sede do governo, e, posto que os aliados estrangeiros do rei e seus súditos portugueses insistissem junto a ele para que voltasse à Europa, o pavor que este tinha pelas Cortes de Lisboa, aliado com o natural desejo de detê-lo no Brasil, tiveram como consequência um manifesto, datado de 21, pondo em relevo a afeição que tinha pelos súditos brasileiros, e a confiança que neles depositava. Declarava que estava decidido a enviar o príncipe Dom Pedro a Lisboa, com plenos poderes para tratar em seu nome com as Cortes, que ele parecia considerar como compostos de súditos rebeldes.

O príncipe deveria também ouvir as Cortes acerca da redação de uma constituição e o rei prometia adotar os pontos que fossem achados aplicáveis às circunstâncias existentes e à situação peculiar do Brasil.

Este manifesto parece que produziu efeito muito diverso do visado. As quatro da madrugada de 26, todas as ruas e praças da cidade encontraram-se cheias de tropas. Seis peças de artilharia estavam colocadas na entrada das principais ruas e todas as partes da cidade agitadas pela mais viva sensação. Logo que estas circunstâncias foram conhecidas em São Cristóvão, o príncipe Dom Pedro e o infante Dom Miguel vieram para a cidade. A Câmara[48] estava reunida no salão nobre do teatro[49]. O príncipe, após conferenciar pouco tempo com os membros dessa corporação, apareceu na varanda para a qual dava o salão e leu para o povo e a tropa uma proclamação real antedatada de 24, prometendo a aceitação da constituição, tal como fosse elaborada pelas Cortes de Lisboa. Isto foi recebido com altos gritos de *Viva el Rei*, *Viva a Religião* e *Viva a Constituição*. O príncipe voltou então ao salão e ordenou ao secretário da Câmara que lavrasse um termo de juramento de observar a constituição e também uma lista de novo ministério a ser submetido ao povo para sua aprovação. A lista dos ministros foi primeiro lida e cada nome aprovado[50]. Sua Alteza Real

---

48 A representação municipal completa.
49 A praça em frente ao teatro, pelas suas dimensões e situação, era o local mais adequado para a Assembleia do povo e da tropa em tal ocasião.
50 Eis os novos ministros:
    Vice-almirante e comandante-chefe [Inácio da Costa] Quintela, secretário de Estado [do Reino]; [vice-almirante] Joaquim José Monteiro Tôrres, Ministro da Marinha e Secretário dos Negócios Ultramarinos; Silvestre Pinheiro Ferreira, Secretário dos Ne-

prestou então juramento em nome de seu pai, da seguinte maneira: — "Juro, em nome d'El-Rei, meu Pai e Senhor, veneração e respeito pela nossa Santa Religião; observar, guardar e manter perpetuamente a Constituição tal qual se fizer em Portugal pelas Cortes[51(*)]". O bispo apresentou-lhe, então, os Santos Evangelhos nos quais pôs a mão direita e solenemente jurou, prometeu e assinou.

O príncipe jurou, em seguida, em seu próprio nome e foi logo seguido pelo irmão, o infante Dom Miguel, após o que os ministros e uma multidão de outras pessoas se acumulou para seguir-lhes o exemplo. Entrementes o príncipe cavalgava para São Cristóvão, casa de campo do Rei, punha-o a par de tudo o que se havia passado, e suplicava sua presença na cidade, como o melhor meio de garantir a ordem e a confiança. Sua Majestade, em vista do que, partiu imediatamente e chegou à grande praça cerca de onze horas, quando o povo tirou os cavalos de sua carruagem e conduziu-o ao palácio, seguido pela tropa, que, como em dia de gala, formou na praça diante das portas. Numa das janelas centrais apareceu então o Rei, confirmou tudo o que o príncipe havia prometido em seu nome, e declarou, ao mesmo tempo, que aprovava tudo o que tinha sido feito.

A tropa então se dispersou e o Rei convocou um conselho que teve numerosa concorrência. O dia terminou no teatro da ópera, tendo o povo se reunido de novo para puxar o carro do rei para ali.

Seria curioso investigar os sentimentos dos príncipes em ocasiões tão graves para eles e para o povo. Dom João VI, apaixonado cultor da música, foi puxado por um povo, grato pela graça concedida naquele mesmo dia, para um teatro construído por ele próprio, onde toda a parte vocal e instrumental foi escolhida com gosto exímio e onde se apresentou uma peça que era sabidamente sua predileta[52]. Contudo, é lícito indagar se poderia haver em seus vastos domínios um coração menos a gosto que o seu. Todos seus sentimentos e

---

gócios Estrangeiros [e Guerra]; o conde de Louça, [Louzã] presidente do Erário; Bispo do Rio, presidente da Mesa de Consciência [e Ordens]; Antônio Luís Pereira da Cunha, Intendente Geral de Polícia; José Caetano Gomes, Tesoureiro-mor; João Fereiro [Ferreira] da Costa Sampaio, Segundo tesoureiro; Sebastião Luís Terioco [Tinoco] da Silva, fiscal [do Erário]; José da Silva Lisboa, Inspetor Geral dos Estabelecimentos Literários; João Rodrigues Pereira de Almeida, diretor do banco; Conde de Asseca, Chefe da Junta do Comércio; Brigadeiro Carlos Frederico da Cunha, comandante-chefe, etc.

51 (*) V. os termos de juramento em *Arquivo do Distrito Federal* — III, 1952, P. 13.
52 *A Cenerentola* de Rossini.

preconceitos inclinavam-se para a antiga ordem de coisas e naquele dia tais sentimentos e preconceitos haviam sido obrigados a curvar-se perante o espírito dos tempos, em face de um disseminado desejo de liberdade, diante, enfim, do que havia de mais contrário ao antigo sistema da Europa continental.

No dia seguinte[53] era tudo alegria na cidade. O grande salão encheu-se de novo de pessoas ansiosas por assinar o juramento da constituição; sucediam-se luminárias, fogos de artifício e foguetes. Na Opera levou-se à cena o *Henrique IV* de Puccito, em homenagem ao Rei. Mas estava ele muito fatigado com os acontecimentos dos dois últimos dias e quando se ergueram as cortinas do camarote real apareceram somente os retratos do rei e da rainha. Foram, porém, recebidos com fortes aclamações, como se as pessoas reais estivessem presentes.

Assim é que uma importantíssima revolução se processou sem derramamento de sangue e quase sem perturbações. A junta ocupou-se seriamente com os negócios da constituição e começou a publicar alguns decretos altamente favoráveis ao povo e, entre outros, um que garantia a liberdade de imprensa.

Por esse tempo a Bahia, movida pelos mesmos sentimentos que o Rio, havia antecipado a revolução naquela cidade. A 10 de fevereiro a tropa e o povo reuniram-se na cidade, convocaram as autoridades para jurar a adesão à nova ordem, formou-se um governo provisório e convocaram-se tropas para a manutenção da constituição, caso, a corte do Rio se opusesse a sua adoção. Nelas, a mais avançada era um pequeno corpo de artilharia formado de estudantes dos diferentes estabelecimentos da cidade. O novo governo em breve começou a manifestar o desejo de não mais se subordinar ao Rio e não reconhecer outra autoridade senão a das cortes de Lisboa. Uma comunicação do que se passara na Bahia foi imediatamente enviada a Luís do Rêgo em Pernambuco. Este reuniu as autoridades, a tropa, o povo a 3 de março, no Recife, e ali, juntamente com eles, jurou solenemente aderir à constituição, medida que causou satisfação geral. Pelo mesmo

---

53 No dia 27. Nesse dia os Srs. Thornton, Grimaldi e Maler, Ministros da Inglaterra, [da Sardenha] e da França, procuraram Sua Majestade. São raras as moções e intervenções dos membros do corpo diplomático referentes a este período. Sem dúvida que estavam eles muito ocupados. Mas circunstâncias que eles não podiam controlar, mas que eles podiam embaraçar, conduziram à revolução de 26, da qual só pretendi referir os fatos visíveis.

tempo, diversas vilas da comarca de Ilhéus também juraram defender a constituição. Parecia evidente que a nação inteira estava igualmente desejosa de uma mudança, na esperança de se libertar de vexames por que havia passado.

Mas a agitação da capital de nenhum modo havia chegado ao fim. Surgiram discussões acerca da eleição dos deputados às cortes que, afinal, terminaram pela adoção do método estabelecido na constituição espanhola. As tropas acharam necessário publicar uma declaração negando que tivessem quaisquer intenções facciosas quando se haviam reunido a 26 de fevereiro e alegando que tinham comparecido como cidadãos ansiosos pelos direitos de toda a comunidade. O povo se reuniu em diversos lugares e diz-se que insultou várias pessoas, especialmente os membros do conselho que antecedera a revolução. Para salvá-los da fúria do poviléu, três deles foram detidos por três dias e depois libertados, com uma proclamação que visava inocentá-los de qualquer acusação criminal e explicar os motivos da prisão.

Entrementes o Rei resolvera voltar a Lisboa e, assim, a 7 de março publicou uma proclamação anunciando sua resolução, juntamente com uma ordem no sentido de que os deputados eleitos ao tempo de sua partida partissem com ele, a fim de tomar parte nas cortes e prometendo transportar os demais logo que estivessem prontos.

Tudo agora parecia correr em calma. Os preparativos para a partida de Sua Majestade prosseguiam. Resolveu ele então aproveitar a oportunidade da reunião dos eleitores, a 21 de abril, destinada à escolha dos deputados às cortes, para submeter-lhes o plano que havia traçado para o governo do Brasil, a fim de receber a sua aprovação. Estes eleitores reuniram-se na Bolsa, belo edifício novo, junto ao mar, e ali se aglomeraram numerosos populares, alguns por simples curiosidade, outros desejosos de manifestar sua opinião sobre assunto tão importante, convictos de que usavam de um direito. O resultado dessa Assembleia foi o envio de uma deputação ao rei insistindo pela adoção integral da constituição espanhola. O decreto da Assembleia recebeu a assinatura do rei.

Mas os membros da Assembleia reuniram-se de novo a 22. Muitos deles não tinham título legal para estar presentes, e começaram por propor a detenção dos navios preparados para a volta do rei a Portugal. Alguns chegaram a ponto de propor um exame dos navios a fim de impedir a exportação da imensa riqueza que se sabia estar a bordo. As coisas afinal assumiram um aspecto tão alarmante que Sua Majestade revogou o consentimento dado à resolução de 21 e mandou um corpo do exército para intimidar a Assembleia. Infelizmente, uma ordem partida de algum comando, que nunca se soube qual foi, ou nunca se identificou, fez com que os soldados atirassem contra a Bolsa, onde os eleitores inocentes e inermes, e os demais ali apinhados, talvez com intenções menos puras, estavam reunidos confiantes na convocação régia, feita através do juiz do distrito. Cerca de trinta pessoas foram mortas, muitas ficaram feridas e toda a cidade se encheu de consternação indescritível. A ordem de parar tão repentino e cruel ataque sempre se atribuiu ao príncipe D. Pedro, que, nesta como em outras ocasiões, bem mereceu o título de Defensor Perpétuo do Brasil. O próprio ataque, talvez injustamente, foi atribuído ao conde dos Arcos por uns, a outras autoridades, por outros, conforme o partido ou paixão que despertava a suspeição. A verdade é que parece ter sido o resultado de ordens mal compreendidas, dadas apressadamente em momento de alarme, pois é impossível pensar, por um momento, que um homem qualquer pudesse voluntariamente irritar tão cruelmente o povo no mesmo momento em que tanto se dependia de sua tranquilidade. Este acontecimento chocante, porém, parece ter apressado a resolução do rei de deixar o Brasil. Nesse mesmo dia ele passou a direção do país a um governo do príncipe com um conselho composto do conde dos Arcos, primeiro ministro; do conde da Louça [de Louzã], ministro do interior e do brigadeiro Canler [Caula], ministro da Guerra. No caso da morte do príncipe a regência ficaria nas mãos da princesa D. Maria Leopoldina.

No dia seguinte o rei dirigiu-se publicamente às tropas, recomendando-lhes fidelidade à Coroa e à Constituição e obediência ao Príncipe Regente. Como uma mercê real, ao deixar o exército, prometeu grande aumento de soldo para todos, ficando os oficiais brasileiros no mesmo pé que os do exército português. Os ministros que aconselharam esta medida agiram com crueldade em relação ao governo que deixavam atrás deles. O tesouro ficou vazio com a partida do rei, enquanto se prometia um aumento de despesa acima de todo precedente, além de outros encargos para a renda do príncipe. Sua Majestade publicou, no mesmo dia, uma despedida aos habitantes do Rio. Não se pode imaginar que ele pudesse deixar o lugar que para ele tinha sido um posto de segurança durante a tempestade em que a maior parte de seus irmãos monarcas havia sido maltratada, sem sentir saudades, senão afeição.

O Príncipe também, ao assumir o governo, endereçou aos brasileiros uma proclamação que reproduziremos na íntegra, já que enuncia suas intenções:

PROCLAMAÇÃO
de 27 de abril de 1821

"A obrigação de atender primeiro que tudo ao interesse geral da Nação forçou meu augusto Pai a deixar-vos e a encarregar-me do cuidado sobre a pública felicidade do Brasil até que de Portugal chegue a Constituição, e a consolide.

"E julgando eu mui conveniente nas presentes circunstâncias, que todos desde já conheçam quais sejam os objetos de administração em geral, a que especialmente atenderei; não perco tempo em manifestar que o respeito austero às leis, vigilância constante sobre seus aplicadores, guerra contra as ambages com que elas desacreditam e enfraquecem, serão os objetos de minha primeira atenção.

"Altamente agradável Me será antecipar todos os benefícios da Constituição, que poderem ser conjugáveis com a obediência das nossas leis.

'"A educação pública, que atualmente exige o mais apurado desvelo do governo, será atendida com quanto eficácia couber em Meu poder.

"E porque em semelhante estado se acham a agricultura e o comércio do Brasil, não cessarei de procurar quantas facilidades poder ser a favor de tão copiosas fontes da riqueza da nação.

"Igual atenção prestarei ao interessantíssimo artigo das reformas, sem as quais é impossível promover liberalmente a pública prosperidade.

"Habitantes do Brasil. Todas estas intenções serão baldadas se uns poucos mal intencionados conseguirem sua funesta vitória, persuadindo-vos de princípios antissociais destrutivos de toda ordem, e diametralmente contrários ao sistema de franqueza que desde já principio a seguir.

PRÍNCIPE REGENTE[54(*)]"

---

54 (*) Texto original em: *Coleção das leis do Brasil* de 1821 — Parte II — Rio de Janeiro, 1889. [Proclamações, p. 5].

As cerimônias da despedida ocuparam todo o dia seguinte. A 24 a família real embarcou e, juntamente com ela, muitos dos nobres portugueses que haviam acompanhado o rei no exílio, e ainda muitos outros cuja sorte estava inteiramente ligada à corte.

Mas esta reemigração produziu males de proporções fora do comum no Brasil. Calcula-se em cinquenta milhões de cruzados, no mínimo, a soma levada do país pelos portugueses de volta a Lisboa. Uma grande soma em espécie havia sido levantada em troca de notas do governo nas tesourarias da Bahia, Pernambuco e Maranhão. Mas estas províncias, desde a revolução em fevereiro, haviam renegado a supremacia do governo do Rio e não se haviam submetido senão às cortes de Lisboa. Acima de tudo, o ministério sabia bem, já no momento em que emitiu as notas, que aquelas províncias se haviam recusado a remeter qualquer parcela de renda para o Rio. Surgiram, pois, dificuldades comerciais acima de qualquer descrição, e como dívidas antigas do governo tinham sido também pagas com essas notas, e nenhuma delas foi honrada, o mal se generalizou ainda mais, não somente entre os comerciantes nativos, mas ainda os estrangeiros. Foi de pouco proveito o fato do príncipe reconhecer as dívidas[55]. O tesouro ficou tão pobre que ele foi obrigado a adiar ou modificar o aumento dos pagamentos militares prometido na partida do rei, circunstância que provocou muita inquietação em várias províncias. Os fundos para manutenção de diversos ramos da indústria e várias obras de utilidade pública desapareceram com esse grande e repentino sangradouro. Assim, muita coisa começada com a chegada da corte e que se esperava que fosse de grande benefício para o país, cessou. Colônias, que haviam sido convidadas a instalar-se com as promessas mais liberais, pereceram por falta de apoio necessário no início de seu desenvolvimento. Não é de admirar-se que tenha havido distúrbios em vários setores após a partida do rei, mas que não tenham sido de natureza mais feroz e fatal.

O príncipe que continuava à frente do governo era merecidamente popular entre os brasileiros. Seu primeiro cuidado foi examinar e corrigir as causas das queixas, especialmente as que derivavam das prisões arbitrárias e dos métodos vexatórios de cobranças das taxas.

---

55 Foi de pouco proveito no momento. Mas logo que foi possível o governo de S. A. R. começou a fazer os pagamentos em prestações, que ainda continuam apesar da mudança de governo. Isto é altamente honroso.

Os pesados direitos sobre o sal transportado para o interior foram reduzidos. Foi feita alguma coisa para melhorar as condições dos quarteis, dos hospitais e das escolas. Permitiu-se a importação de livros sem pagamento de direitos e tudo o que poderia ser feito naquelas circunstâncias foi feito pelo príncipe para vantagem do povo e para preservar ou promover a tranquilidade pública.

Mas a questão da independência do Brasil começava então a ser publicamente agitada e desta derivavam várias outras. Deveria ele permanecer parte da monarquia portuguesa, com jurisdição separada e suprema, civil e criminal, debaixo do governo do príncipe; ou deveria voltar à situação abjeta em que estivera desde a descoberta, sujeito a todas as dilações vexatórias devidas aos tribunais distantes e às apelações além do oceano, e mais tudo aquilo que faz desagradável e degradante a condição de colônia? Outras questões: se alcançasse a independência deveria chegar até o ponto de formar um reino cuja capital seria o Rio, ou deveria haver várias províncias sem ligação, cada qual com seu governo supremo, responsável perante o rei e as cortes de Lisboa? Os que tinham tendências republicanas e que visavam a um estado federado, inclinaram-se para a última hipótese. Os mesmos faziam aqueles que temiam a separação final do Brasil da metrópole. Argumentavam que as províncias separadas poderiam ser facilmente dominadas, enquanto o Brasil unido sobrepujaria qualquer força que Portugal pudesse enviar contra ele, se surgisse qualquer luta entre os dois.

O povo, desconfiado de tudo, mas especialmente dos ministros, acusou o conde dos Arcos de traição e de querer reduzir o Brasil outra vez ao estado em que se encontrava antes de 1808. Insistiram pela sua demissão e pela nomeação de uma junta provisória que deveria estudar as melhores medidas de governo a serem adotadas até que chegasse de Lisboa a constituição das cortes. Por isso, o 5 de junho, dia de sua demissão, foi celebrado como uma festa[56].

Entretanto, embaraçado como se encontrava o governo com o Tesouro vazio, com reclamações diárias e crescentes de todos os lados,

---

56 Quando de volta à Europa o conde dos Arcos passou pela Bahia, a Junta de Governo dali, prevenida por cartas do Rio, recusou-lhe permissão para desembarcar. Passou ele pela mortificação de ser tratado como um criminoso na própria cidade que havia governado com honra, e na qual havia sido tão querido. Ao chegar a Lisboa esteve por pouco tempo preso na torre de Belém. Contudo, seus erros, se é que atingiram a tudo de que o acusavam, parecem não ter sido senão um engano de julgamento.

não podia resolver de uma vez as causas dos aborrecimentos. A nova junta estava tão certa disso que a 16 de junho, ao publicar um convite a todos para que enviassem planos e projetos de melhoramentos e dados estatísticos sobre o país, acrescentou um apelo à tranquilidade, obediência e espera paciente até serem conhecidas as deliberações das cortes, já agora acrescidas dos deputados brasileiros. Na mesma noite tanto as tropas portuguesas quanto as brasileiras ficaram de prontidão na cidade. Havia surgido violenta rivalidade entre elas e foi preciso pôr em jogo toda a autoridade e toda a popularidade do príncipe para restaurar a ordem. Na manhã de 17 Sua Alteza Real convocou os oficiais das duas nações e num pequeno discurso deu-lhes ordens como soldados, e recomendações como cidadãos no sentido de conservarem a obediência das tropas que comandavam e a solidariedade entre as forças. Ordenou-lhes que tivessem na lembrança que haviam jurado defender a constituição, e deviam confiar nela para satisfação de suas queixas.

Enquanto isso, as províncias mais longínquas haviam reconhecido a autoridade das cortes e jurado defender a constituição. Mas o Maranhão em suas manifestações públicas não tomava conhecimento de ato algum do príncipe e declarava reconhecer somente o governo de Lisboa. Em Vila Rica, quando foi proclamada a constituição, as tropas se recusaram a reconhecer a autoridade do príncipe, acusando-o de reter o pagamento prometido pelo rei. Em Santa Catarina, posto que as medidas fossem menos violentas, a recusa em reconhecer o novo governador que fora enviado, constituiu um ato de decidida insubordinação. Mas as agitações de São Paulo foram não somente de natureza mais séria, mas ainda de consequências mais graves do que em qualquer outra província.

A causa ostensiva da fermentação pública nessa cidade foi o descontentamento do regimento de caçadores por não receber o prometido aumento de soldo que, realmente, o príncipe não estava habilitado a conceder.

Aquela unidade, porém, tomou armas a 3 de junho e declarou que não as deporia senão quando recebesse o pagamento prometido. Estava em vias de ameaçar o governo municipal da cidade, quando foi detida pelo bom senso e presença de espírito do capitão José Joaquim dos Santos. O fermento, porém, aplacado por algum tempo, continuou a agitar não somente as tropas, mas o povo a um tal grau que os magistrados e os principais cidadãos acharam preciso dar logo alguns passos para regular a situação e satisfazer a tropa. Aproveitaram a oportunidade da reunião da milícia por ocasião de uma festa a 21 e, conservando-a formada, localizaram-na, na manhã de 23, na praça defronte ao paço municipal, onde se reunia a câmara. Tocou-se então o sino da câmara, o povo acorreu à praça aos gritos de *Viva El-Rei, Viva a Constituição, Viva o Príncipe Regente*. Pediram então que fosse nomeada uma junta provisória para o governo da província e que José Bonifácio de Andrada e Silva fosse feito presidente dela. Realmente este patriótico e doutíssimo cidadão era natural do país, e estava ali residindo havia alguns anos, após haver estudado, viajado e combatido na Europa. Logo que esse nome foi proclamado, foi uma comissão a sua casa a fim de conduzi-lo ao paço municipal.

Já o estandarte da câmara havia sido arvorado a uma das janelas do paço e ali se colocaram os magistrados à vista do povo. José Bonifácio apareceu em outra janela e dirigiu-se ao povo em curto, mas enérgico discurso, destinado a animá-lo e, ao mesmo tempo, inspirar-lhe calma, boa vontade e senso de ordem. Leu ele então, um por um, os nomes propostos pelos principais cidadãos para formar uma junta provisória, começando por João Carlos Augusto de Oeynhausen, que devia permanecer como general das armas da província. Cada nome era recebido com vivas[57]. Dirigiram-se em seguida à casa de José Bonifácio, para empossá-lo formalmente, como presidente e dali para a catedral, onde se cantou um *Te-Deum*. À noite iluminou-se o teatro como para um espetáculo de gala e o hino nacional foi cantado repetidas vezes. Desde então todos permaneceram tranquilos na cidade, resolvidos a defender a constituição e o Príncipe Regente, ao qual

---

57 Governo Provisório de São Paulo:
O arcipreste Felisberto Gomes de Jardim } [pelo clero]
O reverendo João Ferreira Oliveira Bueno
Antônio Lecto [Leite] Peneiro [Pereira] da Gama Lobo } [pelas armas]
Daniel Pedro Muller
Francisco Inácio [de Sousa Queirós) } [pelo comércio]
Manuel Rodrigues Jordão
André da Silva Gomes
Pe. Francisco de Paula Oliveira } [pela instrução pública)
Dr. Nicolau Perreira [Pereira] de Campos Noguerro } [pela agricultura]
[Vergueiro]
Antônio Maria Quertim [Quartim]
Martim Francisco de Andrada — [secretário do interior e fazenda].
Lázaro José Gonçalez [Gonçalves] — [secretário da guerra].
Miguel José de Oliviero [Oliveira] Pinto — [secretário da marinha].

exprimiram submissão ilimitada. Nada poderia ser mais importante para os interesses do príncipe nesse momento. Os paulistas são considerados os mais audazes, generosos e esclarecidos entre os brasileiros. Fica-lhes a terra no mais feliz dos climas. As minas de São Paulo são ricas não só de metais preciosos, mas também de úteis. Abunda o ferro, tão rico que atinge 93 por cento, e carvão. A indústria dessa província está mais adiantada que a de todas as outras. Os cereais e o gado são ali abundantes bem como todas as espécies da produção brasileira. A agricultura é também cultivada e a cidade, pela sua distância do mar, está livre dos ataques de qualquer potência estrangeira, ao mesmo passo que é totalmente independente de abastecimento externo.

Infelizmente o porto de Santos apresentava um aspecto diverso durante os primeiros dias de junho. O primeiro batalhão de caçadores, reunido diante da casa do governo, e acusando o governador e a câmara de reter-lhe os soldos, prendeu-os e aprisionou-os a fim de forçá-los a entregar o dinheiro que pediam. Vários assassínios se cometeram durante a insurreição, e vários roubos, tanto nas casas quanto nos navios no porto. Alguns navios de guerra, porém, foram rapidamente enviados do Rio, assim como um destacamento da milícia de São Paulo. Cinquenta dos insurgentes foram mortos e duzentos e quarenta feitos prisioneiros. Depois disso, tudo tornou à tranquilidade e, tomadas as medidas da maior conciliação em relação ao povo, a paz continuou.

Os três meses seguintes se gastaram quase todos em estabelecer juntas provisórias nas diferentes capitais. Muitas das capitanias haviam, à vista do juramento de defender a constituição, adotado espontaneamente essa medida. Outras, como Pernambuco, haviam sido impedidas pelos seus governadores de promover tal mudança, até que os decretos do Príncipe, de 21 de agosto, determinando essa medida, os alcançaram. Tais decretos foram seguidos por outro, de 19 de setembro, ordenando às juntas que se comunicassem diretamente com as Cortes de Lisboa. Toda a atenção do governo concentrou-se então em preservar a tranquilidade até a chegada das instruções das Cortes relativas à forma de governo a ser adotada.

Acreditava-se confiantemente que a presença de deputados brasileiros, a importância do país e a consideração de que ele tinha sido o abrigo do governo nos dias tempestuosos da revolução, induziriam as Cortes a não mais o considerarem uma colônia, mas uma parte equivalente da nação, e que ele pudesse conservar seus tribunais separados, civis e criminais, e todas as vantagens consequentes de uma pronta aplicação das leis.

Este era o estado do Brasil, de modo geral, ao chegarmos ali, a 21 de setembro de 1821. Muito do que poderia interessar, foi omitido, em parte porque não tinha um conhecimento perfeito dos fatos para me aventurar a escrever, parte porque estamos muito próximos do tempo da ação para conhecer os motivos e as molas que guiaram os atores, e, em geral, nem o meu sexo nem minha situação me permitiam informações especiais relativas aos acontecimentos políticos de um país em que as publicações periódicas são raras, recentes e, apesar de legalmente livres, de fato, devido às condições dos tempos, imperfeitas, temerosas e incertas. O que ousei escrever é, confio, correto quanto aos fatos e datas. Destina-se a ser mera introdução, sem a qual o diário daquilo por que passei durante a estada no Brasil seria dificilmente inteligível.

DIÁRIO

Cerca de seis horas da tarde de 31 de julho de 1821, após haver saudado Sua Majestade o Rei Jorge IV, que no momento embarcava para Dublin no iate *Royal George*, partimos para a América do Sul, na *Doris*, fragata de 24 canhões. Após tocar em Plymouth e visitar novamente todas as maravilhas do molhe e do novo aguadouro, partimos outra vez. Quando estávamos à altura de Ushant, fomos arrastados de novo para Falmouth por um forte pé de vento. Aí ficamos até 11 de agosto quando, com as flâmulas a meia adriça, devido à morte da rainha Carolina[58(*)], deixamos finalmente o canal, e no dia 18, cerca de meio dia, chegamos à vista de Porto Santo.

Passamos pelo lado em que fica a cidade fundada por Dom Henrique de Portugal, na primeira descoberta da ilha e muito sentimos que fosse tão tarde para chegarmos mais perto. A terra é alta e rochosa, mas perto da cidade há bastante vegetação e, mais acima na terra, extensas florestas. Produz-se ali bastante quantidade de vinho que, um pouco trabalhado em Funchal, passa por legítimo Madeira. Como de costume nas cidades coloniais portuguesas, a igreja e o convento estão em lugar de muito destaque. Ao passarmos Porto-Santo e as ilhas Desertas, para ancorar em frente do Funchal, fiquei desapontada com a calma de meus próprios sentimentos,

---

58 (*) Amélia Elisabeth Carolina (1768-1821) – infeliz mulher do rei Jorge IV da Grã--Bretanha. Dele se separou um ano após o casamento. Foi reconhecida como rainha, mas não admitida à coroação.

contemplando estas ilhas distantes com tão pequena emocão, como se tivesse passado um cabo do canal. Bem me lembro, quando vi Funchal pela primeira vez, há doze anos, da viva alegria com que recreava meus olhos sobre a primeira terra estrangeira de que me aproximava, a curiosidade com que queria ver cada pedra e cada árvore da nova terra, que mantinha minha alma numa espécie de febril alegria.

Doce memória! Conduzida por suave brisa,
Frequentemente, pela corrente do tempo acima, abria minha vela,
Para contemplar as encantadas lembranças das longas horas Perdidas,
Abençoadas por sombras mais verdes e flores mais frescas.

(ROGERS[59(*)]).

Contemplo agora abatida esses mesmos lugares. Não vejo neles mais que simples paisagens interessantes que, exatamente ao pôr do sol, no momento em que ancoramos, estavam especialmente belas. Seriam, por acaso, os poucos anos acrescidos a minha idade os responsáveis pela mudança? Ou devo antes esperar que, pelo fato de ter conhecido terras cujos monumentos eram todos históricos e cujas lembranças eram todas poéticas, apurei meu gosto e minha vista? Uma coisa nunca me cansa: o oceano, quer quando o Onipotente nele se "espelha nas horas de tempestade", quer quando sobre ele deslizam suaves as asas da paz. A sensação de que houvera uma mudança, porém, seja na paisagem, seja em mim, foi tão forte que corri à cabine e procurei um esboço que desenhara em 1809. Comparei-o com a cidade. Cada cume de montanha, cada casa, estavam idênticos. De novo Nossa Senhora do Monte, com suas brilhantes torres brancas brilhando do alto através das nuvens da tarde, parecia santificar a paisagem enquanto algumas vozes rudes da praia e dos navios vizinhos cantavam a *Ave-Maria*.

---

59 (*) Sweet Memory, wafted by the gentle gale,
Oft up the stream of time I turn my sail,
To view the fairy haunts of long lost hours,
Blest with far greener shades, far fresher flow'rs,

ROGERS [Samuel]

Logo cedo na manhã de 19, levamos uma boa parte dos guardas-marinhas a terra para gozar os primeiros prazeres de andar em país estranho. Para eles era novidade ver a palmeira, o cipreste, a yucca, juntamente com o milho, a banana, a cana-de-açúcar, cercados de parreiras, enquanto os pinheiros e castanheiras cobriam os montes. Fizemos com que os rapazes cavalgassem em mulas e dirigimo-nos à pequena matriz, em geral tomada como convento, chamada Nossa Senhora do Monte. Minha criada e eu fomos numa espécie de palanquim, ainda que adequado àqueles caminhos, que são os piores que já vi. Mas a vista compensava todas as dificuldades. O mar com as *Desertas* constituíam o fundo do quadro. Abaixo de nós ficava o ancoradouro com os navios, a cidade, os jardins, e a montanha, coberta de parreiras e árvores de todos os climas, revestida do tufo cinzento, ou basalto compacto, de que toda a ilha parece composta. Purchas que, como Bowles, acredita na lenda da descoberta da Madeira pelo inglês Masham e sua esposa moribunda[60(*)], diz que, logo depois do

---

60 (*) A lenda de Machin pode ser assim resumida:
"Um mancebo inglês chamado Machin raptara a donzela Arfet em Bristol pelos anos de 1344, e com ela se embarcou com destino para a França. Porém, por imperícia ou ventos contrários, foi arrojado à baía do sul da Madeira, que dele tomou o nome de Machico, onde desembarcou. Três dias depois soprou tão rijo vento do poente, que a embarcação desapareceu, levando alguns companheiros, o que causou tal dor à dama, que em pouco expirou e o amante lhe não sobreviveu por muitos dias. Os restantes foragidos, depois de os haver sepultado, recolheram os mantimentos que poderam e se embarcaram no lanchão do navio, que ficara varado, a tentar se encontravam alguma terra habitada, e em breve foram levados para Marrocos. Existia aí, entre os cativos cristãos, um piloto João de Morales, o qual colheu destes aventureiros todos os pormenores relativos à terra que haviam descoberto, e apenas foi resgatado os comunicou a João Gonçalves Zarco, fidalgo da casa do infante Dom Henrique. Este príncipe, por antonomásia o *descobridor e navegador*, os encarregou, junto com outro fidalgo Tristão Vaz Teixeira, de irem descobrir essa terra. Fizeram-se, pois, a vela em junho de 1419, e em breve chegaram à ilha do Porto Santo, já descoberta havia quase dois anos, e a qual D. João I dera em donataria a Bartolomeu Perestrelo, fidalgo da casa do infante D. João, seu filho.
"Divisava-se daqui a grande distância um contínuo negrume, que nada deixava enxergar, e a superstição do tempo figurava como objeto sobrenatural, que ninguém tentava investigar. Os dois nautas, contudo, a 2 de julho do mesmo ano acometeram contra a dita cerração, bem que com grande temor, e já cercados foram descobrindo altos picos cobertos de bastíssimo arvoredo na base dos quais foram surgir. Na manhã seguinte separaram-se para colher informações dessa terra virgem, e brevemente depararam com as sepulturas dos dois ingleses e se identificaram na certeza de que se achavam numa grande ilha".
(PAULO PERESTRELLO DA CAMARA, *Dicionário geográfico, histórico, político e literário do reino de Portugal e seus domínios*, Rio, s. d. I, 316 e 317). Sobre esse tema escreveu D. Francisco Manuel de Melo uma novela incluída nas *Epanáforas*. "Investigações recentes tornam plausível que o descobrimento da Madeira tivesse sido efetuado pelos ingleses". (E. PRESTAGE, *Descobridores portugueses*, Lisboa, 1943, 59).

fato, as florestas pegaram fogo com tal fúria que os habitantes tiveram de rumar para o mar a fim de escapar às chamas. As florestas estão, porém, bastante espessas e uma espécie de mogno inferior é usado para mobílias. O pinheiro é macio demais para a maioria dos fins. Encontramos nos jardins uma grande hidranja azul muito comum; as sebes são geralmente feitas com fúcsias. Juntamente com esse esplêndido arbusto, aloés, opúncias, eufórbias e o cactus eram empregados para as cercas mais rudes. A presença desses estranhos vegetais juntamente com inúmeros lagartos e insetos, anuncia-nos a aproximação dos trópicos.

Passamos um dia muito alegre na aprazível casa de campo do Sr. Wardrope. Nossa cavalgada para a cidade à noite foi deliciosa. Os rapazes montados como antes juntamente com muitos cavaleiros que se tinham agregado a nós em casa do sr. Wardrope, gozaram a novidade de cavalgar para casa à luz de tochas. Á medida que descíamos morro abaixo, as vozes dos almocreves respondendo-se mutuamente, ou animando seus animais com uma cantilena rude, completavam a cena. A noite foi boa e a luz das estrelas admirável. Embarcamos em dois botes na porta da alfândega e depois de ter sido devidamente chamados à fala pelo navio de guarda, estranha máquina, armada de um velho morteiro ferrugento de 6 libras, chegamos em breve ao navio.

20 — Andamos bastante pela cidade e entramos na catedral com algum sentimento de respeito, pois uma parte dela, ao menos, foi construída por Dom Henrique de Portugal, que fundou e dotou o colégio contíguo. O interior da igreja é em algumas partes bizarro e há uma grade de prata de algum valor. O teto é de cedro, ricamente lavrado, e lembra-me algumas das velhas igrejas de Veneza, que ostentam um estilo meio gótico, meio sarraceno. Perto da igreja fez-se ultimamente um jardim público, onde se colocaram, com grande sucesso, algumas curiosas árvores exóticas.

Vagando pela cidade, indagamos naturalmente pela capela dos crânios, cuja feiura nos havia chocado quando da primeira passagem e não ficamos tristes ao saber que este horrível monumento de mau gosto está-se arruinando rapidamente. Não posso compreender como tais fantásticos horrores puderam jamais ser abençoados, mas o fato é que o foram. O faquir indiano, que amarra um crânio verdadeiro ao pescoço, o peregrino romano que pendura um modelo de um ao seu rosário, e o frade que reveste seu oratório com mil deles, são todos movidos pela mesma superstição, ou vaidade espiritual, procurando chamar a atenção mesmo à custa de excentricidades nojentas.

Nos últimos anos a superstição tem sido usada como instrumento de não pequeno poder nas várias espécies de revoluções. Mesmo aqui teve seu lugar. Uma pequena capela dedicada a São Sebastião tinha sido mudada pelo governo português, a fim de se construir uma praça de mercado, onde se venderiam todos os artigos de consumo diário, cobrando-se uma pequena taxa dos possuidores de lojas. Esta inovação foi naturalmente desagradável ao povo. Na noite da revolução, no último mês de novembro, alguns oradores acusaram o mercado de ter sido a causa da falência dos vinhedos, pela expulsão violenta de São Sebastião, e constituir uma ameaça de ruína da ilha. O mercado, imediatamente amaldiçoado, em poucos segundos foi destruído e uma capela de São Sebastião começada. Homens, mulheres e crianças trabalharam a noite toda e as paredes se ergueram pelo menos até dois terços da altura planejada. Mas o dia trouxe o cansaço e talvez a brisa da manhã tivesse refrescado a febre do entusiasmo. Os trabalhadores voluntários não trabalharam mais, nem se levantou nenhuma subscrição para o contrato operários. De modo que a nova igreja de São Sebastião permaneceu sem teto e o sacerdote diz suas missas sem outro dossel senão o dos céus.

Outras e melhores consequências, porém, surgiram da revolução de novembro. As queixas dos habitantes da Madeira eram severas. Os filhos das melhores famílias eram presos arbitrariamente e mandados servir no exército da Europa ou do Brasil; era difícil obter licença para fabricar qualquer artigo, mesmo necessário; até as tochas, feitas de erva torcida e resina, tão necessárias para viajar nessas estradas das montanhas após o pôr do sol, vinham todas de Lisboa; qualquer espécie de plantação, salvo da uva, era descorçoada. Nessas condições, todas as classes aderiram, de coração e de fato, à revolução. Foram enviados deputados às Cortes; remeteram-se petições acerca do estado da agricultura, da indústria e do comércio. Muitas das faltas, talvez a maior parte, foram corrigidas, ou, ao menos, aliviadas.

Até o ano de 1821 nunca tinha havido tipografia na Madeira. Os promotores da revolução encomendaram uma na Inglaterra. Está agora instalada em Funchal. A 2 de julho de 1821 apareceu o primeiro jornal, com o nome de *Patriota Funchalense*. Continha uma apresentação patriótica bem escrita; o primeiro artigo é uma declaração dos direitos dos cidadãos e das pretensões da nação portuguesa, sua religião, governo, família real, tal como adotados pelas Cortes como bases da constituição a ser elaborada. O jornal continuou a ser publicado duas vezes por semana. Contém uns poucos discursos e alocuções políticas, informações do estrangeiro, alguns artigos passáveis sobre distilaria, agricultura, manufaturas e tópicos semelhantes, algumas peças humorísticas em prosa e verso, poemas de circunstância e, no fim do mês, um quadro da receita e despesa do governo. Entre os anúncios observo um que informa o público onde podem ser compradas sanguessugas, por cerca de dois *shillings e seis pence* cada uma. Achei curioso registrar esta interessante alvorada da literatura e da política na pequena ilha. Há certamente bastantes anglicismos no jornal, indicando a pátria provável de alguns dos escritores. Há também, como se poderá pesquisar, alguns traços da passagem das forças inglesas pela colônia. Mas, em geral, o jornal honra os editores e parece ser útil à ilha. Ouço que os artigos sobre a fabricação de vinhos e aguardentes foram muito comentados. Madeira, porque fica no melhor clima do mundo, bela e fértil, e facilmente acessível a estrangeiros, não deveria ser somente uma simples colônia semicivilizada.

23 — Partimos ontem do Funchal, e em breve perdemos de vista a
Filha do oceano
Do undoso campo flor, gentil Madeira. (DINIS).

Á noite, sentei-me por longo tempo no tombadilho, ouvindo as canções marítimas com as quais a tripulação se distrai durante a vigilância da noite. Apesar das alegres canções terem sido bem aplaudidas, as tristes e patéticas pareciam as preferidas, o coro da *Morte de Wolfe* foi reforçado por muitas vozes. Oh! Quem poderá dizer que a fama não é um bem verdadeiro. E duplamente abençoada abençoa o que a merece e o que a concede — para parodiar as palavras de Shakespeare. Aqui, no largo oceano, longe da terra do nascimento de Wolfe, e da sua morte cavalheiresca, estava sua história enlevando e enternecendo os corações dos rudes homens e excitando o amor da pátria e da glória com o simples enunciado de seu nome. Merece pois ser chamado benfeitor da pátria aquele que, aumentando a lista das canções patrióticas dos marinheiros, elevou aqueles sentimentos e energias a um grau que coloca a casa da Grã-Bretanha "sobre a montanha da onda e suas fronteiras sobre o abismo."

Os encantos da noite num clima meridional têm sido cantados por poetas viajados (considero poesia os escritos de Madame de Staël) e também por prosadores. Mas só Lorde Byron esboçou, com conhecimento e com amor, o espetáculo do luar numa fragata em plena marcha. A vida de um homem do mar é essencialmente poética: mudanças, novas situações, perigos, quadros que vão da calma quase da morte até as mais loucas combinações do horror —, eis a suma de todo o sentimento romântico e a prática de todo o poder do coração e da inteligência. O homem, naturalmente fraco, desafia os elementos, e assiste de novo a este milagre de sua invenção, o navio em que embarca, atirado de um lado para outro, como a mais leve pena do pássaro do mar, enquanto nada pode fazer senão resignar-se à vontade d'Aquele que é o único capaz de dominar as orgulhosas ondas e de cujo coração, inteligência e sentimento, tudo depende.

25 — Não há nada mais belo do que a aproximação de Tenerife[61], especialmente num dia como este: o pico ora surge através das nuvens flutuantes, ora é envolvido por elas. Enquanto bordejávamos perto da costa, a baía, ou antes o ancoradouro de Oratava, cercado de uma singular mistura de rochas, florestas e vilas dispersas, surgiu de repente do meio das brumas, que pareciam separá-lo do pico, cuja cor azul claro formava um forte contraste com o vermelho brilhante e o amarelo que o outono já espalhara nos planos inferiores.

Ancoramos em quarenta braças d'água pela nossa sonda, já que o fundo é muito rochoso, exceto no ponto onde um belo e largo rio, agora seco, rola uma considerável massa d'água para o mar na estação chuvosa, formando um leito de lama preta. Há muitas pedras na baía, com uma a três braças e de nove a dez a prumo. A agitação constante das ondas é muito grande e torna a ancoragem pouco confortável.

26 — Fomos a terra com Mr. Dance, o segundo tenente e dois dos jovens guardas-marinhas, com a intenção de ir a cavalo até a vila de Orataya, que fica no local da antiga capital dos Guanchos. Desembarcamos no porto de Oratava, a algumas milhas da vila. E defendido por algumas pequenas baterias, em uma das quais fica o dificílimo embarcadouro, guarnecido por uma baixa linha de pedras que vai até longe e dá lugar a uma pesada ressaca. Levei minha própria sela e, montando uma boa mula, começamos todos nossa viagem para o morro. A estrada é áspera, mas foi feita evidentemente outrora com sacrifícios, e pavimentada com lava porosa. Mas as chuvas do

---

61 O Chinerfe dos Guanchos.

inverno há muito que a destruíram e não parece que ninguém esteja ocupado em restaurá-la.

O primeiro quarto de milha de cada lado apresentava um quadro tão negro e seco que fiquei surpreendida ao saber que havíamos passado por terras de cereais; a ceifa estava passada e o restolho secava no terreno. A produção aqui é escassa, mas como está muito perto do porto, paga o esforço e a despesa da lavoura. Vimos o jardim botânico, tão louvado por Humboldt; mas está em triste desordem. Esteve mesmo por algum tempo completamente abandonado. Contudo esta própria situação introduz novas plantas e talvez as naturalize. A palmeira sagu, os plátanos e o tamarindo, tanto quanto as flores e vegetais do norte da Europa, florescem aqui tão bem que prometem aumentar permanentemente as riquezas desta rica ilha. Á medida que subimos em direção à vila, a vista melhorava, os vinhedos apareciam com maior beleza, enquanto as outras produções ainda se viam nos vales luxuriantes. Os cumes rochosos das montanhas estavam cobertos de florestas e tudo brilhava com vida. O trigo, a cevada, alguma aveia, milho, batatas e caravansas crescem aqui livremente. A alimentação da gente média consiste principalmente de polenta, ou farinha de milho, usada quase como os escoceses usam a farinha de aveia, em bolos, em papas ou sopas. Deixa-se ficar frio, e é, geralmente, cortada em fatias e torrada. Depois do milho as batatas constituem o alimento predileto, juntamente com o peixe salgado. A batata está sempre na estação, podendo ser plantada todos os meses e, consequentemente, produz uma colheita mensal. A pesca ocupa de quarenta e cinco a cinquenta barcos de setenta a noventa toneladas, só da ilha de Tenerife. Os peixes são pescados na costa d'África e salgados aqui.

Para um estrangeiro a vista de paredes negras de lava porosa, em forma de terraços sustentando a terra vegetal, é impressionante, mas os muros não podem ser chamados de feios, visto como as vinhas em cachos e as abóboras que se espalham trepam por eles acima e neles se apoiam. Em breve porém desapareceram e de novo encontramos campos e jardins cercados. Após uma cavalgada agradável, mas quente, chegamos à vila ao meio dia e fomos para a casa do Sr. Dom Antônio de Monteverde, que nos acompanhou aos jardins do Sr. Franqui, a fim de ver uma das maravilhas da ilha, a famosa Árvore do Dragão. Humboldt celebrizou esta árvore quando estava em pleno vigor. È hoje uma nobre ruína. Em julho de 1819 a metade de sua nobre copa caiu. A ferida foi coberta com massa. A data do desastre está ali assinalada. Como se toma muito cuidado com o venerável vegetal isto o garantirá pelo menos por outro século. Sentei-me para fazer um desenho[62](*). Enquanto desenhava ouvi do Sr. Galway a seguinte história da família de seu proprietário, que com certa graça de linguagem e um pouco de adorno sentimental poderia servir de tema de uma novela moderna. Cerca de 1760 o marquês Franqui, devido a algum aborrecimento, confiou suas propriedades ao irmão e emigrou para a França, onde permaneceu até 1810, recebendo regularmente o rendimento de suas propriedades em Tenerife. Entrementes, durante o período inicial da Revolução, casou-se e teve uma única filha. Este casamento, contudo, foi somente um contrato civil, de acordo com a lei vigente na França, e com uma mulher divorciada, cujo marido era vivo. Mas nem a validade do casamento, nem a legitimidade da criança foram postas em dúvida. E o marquês Franqui, ao voltar para sua terra natal, trouxe consigo a filha, apresentando-a e tratando-a como sua herdeira. Parecia que tinha sido recebida como tal pela família. Ao morrer nomeou o marquês administradores de confiança para ela e para as propriedades, um dos quais o pai de seu marido. Apenas morto o marquês, porém, seu irmão reivindicou a propriedade, alegando que a Igreja não sancionara jamais o casamento do marquês e que a filha, por consequência, como ilegítima, não poderia ter nenhuma pretensão às terras. Iniciou, pois, uma ação contra os administradores e que prossegue ainda. Durante esse tempo a justiça recebe as rendas, o jardim, principal ornamento da cidade, vai-se tornando selvagem e a casa está abandonada.

A Árvore do Dragão é o vegetal de crescimento mais vagaroso. Parece também ser o mais lento na decadência. No século XV, a de Oratava havia atingido a altura e tamanho que ostentava até 1819. Pode ser que já tivesse atingido a flor da idade alguns anos antes. Dificilmente menos de um milênio decorreu até que ela alcançasse o tamanho completo. Com exceção das Árvores do Dragão da Màdeira, a única palmeira de múltiplas cabeças que vi antes foi a de Mazagong em Bombaim. É coroada, porém, por uma folha como a de palmito. Mas os tufos da do Dragão parecem com a *yucca* no crescimento. A palmeira de Mazagong, como a adansônia em Salsette, diz-se que

---

62 (*) *A árvore do dragão* da ilha de Tenerife foi destruída em 1868. Era considerada tão velha quanto as pirâmides do Egito.

Desenho de Maria Graham
Gravura de Edward Finden

A Árvore do Dragão, em Tenerife
Londres, publicado por Longman & Cia e J. Murray, 25 de março de 1824

foi ali levada por um peregrino da África, provavelmente do Alto Egito, onde os últimos viajantes assinalam esta palmeira.

Na nossa volta do jardim para a casa de Dom Antônio fomos gentilmente recebidos por sua mulher e sua filha. A última executou excelentemente uma longa e difícil peça de música. Era uma ária inglesa, em homenagem a nós, ainda que tivéssemos preferido alguma canção nacional da terra. Após a música fomos levados a uma mesa que se estendia na galeria que circunda o pátio aberto no centro da casa, coberta de frutas, doces e vinhos que nos foram oferecidos com instância e com a maior hospitalidade. Até que, sendo tempo de voltar, ambas as moças me beijaram e começamos nossa viagem morro abaixo, visitando primeiro as igrejas, que são belas e espaçosas, bastante no estilo das da Madeira, porém mais bonitas.

Enquanto caminhávamos, observamos um grande convento dominicano, o único agora da ilha. A recente lei aprovada pelas Cortes espanholas, de supressão das casas religiosas, foi aqui estritamente cumprida. Cada ordem só tem permissão de manter um convento. Criaram-se grandes dificuldades para a profissão de novos membros. Quanto à revolução aqui, os habitantes souberam por fontes autênticas, posto que não oficiais, aquilo que se passara na mãe pátria, três semanas antes de terem recebido qualquer comunicação de qualquer tribunal ou assembleia. Quando chegou a notícia, os magistrados reuniram o povo, leram as ordens e tomaram os juramentos de defender as Cortes. O povo aplaudiu e fez fogueiras. No dia seguinte proclamou-se a mudança das formas legislativas e judiciárias, os tribunais procederam de acordo com elas e tudo voltou à calma.

As ilhas Canárias orgulham-se de possuir dois bispados, ambos atualmente vagos; contudo não possuem um só jornal. A única tipografia ficou tanto tempo em desuso que não há ninguém que possa utilizá-la na terra. Não pude saber se há manufaturas em Tenerife. Se as há concluo que devem ficar nas vizinhanças de Laguna ou Santa Cruz. Oratava parece ser o distrito dos cereais e do vinho.

Voltamos ao porto por um caminho mais longo do que aquele pelo qual viéramos. Nas sebes, os rapazes, com não pequeno prazer, colheram belas amoras maduras, que cresciam entre opúncias e outras plantas tropicais. Os campos, vinhedos e pomares que víramos da primeira estrada eram agora atravessados por esta, e como havia uma festa, vimos os camponeses com suas melhores roupas em suas pequenas barracas de barro, bem varridas e enfeitadas. Parecem amáveis e espertos, não mais escuros que os nativos do sul da Europa, e se há mistura de sangue guancho transparece somente nos ossos salientes das maçãs, queixos estreitos e mãos e pés delgados, que, em poucos distritos, parecem indicar uma raça diferente de homens. Lamento não ter tido tempo para ver mais coisas da gente e do país. Mas como não somos viajantes por curiosidade, mas estamos em serviço, no qual devemos observar a mais estrita obediência, nem ousamos pensar em excursão mais longa.

A meio caminho da descida, entramos num fosso, leito seco de uma torrente de inverno, onde havia arruda, alfazema, opúncias, hipericão e titímalo, mas nem uma folha de grama havia sobrevivido à seca do verão. Passamos por um montão de cinza preta que, em qualquer outro lugar, que não fosse a base do pico, seria chamado de respeitável montanha. Ainda não está bastante frio para que ele seja disfarçado pela vegetação. Se bem que de um lado o vinhedo comece a vestir a sua superfície enrugada, a maior parte é terrivelmente estéril. Logo após passá-lo, chegamos à casa-jardim do Sr. Galway. Encontramos aí sua mulher, espanhola de origem irlandesa, pronta para receber-nos. Tal como vira em algumas velhas casas escocesas, o melhor quarto de dormir servia de sala de visitas. Mas o quarto de vestir é separado, a frente da casa abre para um agradável terraço, que domina uma vista encantadora. Nosso jantar foi uma mistura de cozinha e costumes ingleses e espanhois. A parte espanhola consistiu em parte de um esplêndido peixe-lança, branco, mas parecido no gosto com salmão, com molho feito de pequenas lagostas, azeite, vinagre, alho e pimenta, alguns excelentes guisados, misturas de verduras, e codornizes assadas em folhas de parreira. Todo o resto foi inglês. Os vinhos, produção da ilha, e os gelados estavam deliciosos[63]. Nem os abacaxis, nem as melancias crescem em Tenerife, mas as últimas vêm em abundância da Grã-Canária. Todas as frutas comuns dos jardins da Europa florescem aqui, mas não se dá muita atenção à horticultura. Esta ilha, ou, ao menos, a parte que visitei, pertence evidentemente a uma nação que foi grande outrora, mas está atualmente pobre demais para impulsionar suas possessões estrangeiras. Algumas belas casas iniciadas estão inacabadas e parecem assim estar há anos. Outras, ainda que em

---

63 O gelo é tirado de uma grande caverna perto do cone do pico. Está quase cheia do melhor gelo durante todo o ano.

Desenho de Aug. Earle
Gravura de Edward Finden

Vista do Portão do Conde Maurício em Pernambuco, com o Mercado de Escravos.
Londres, publicado por Longman & Cia e J. Murray, 5 de abril de 1824

ruína, nem foram reconstruídas nem reparadas. As únicas coisas que dão a impressão de prosperidade atual são as casas de campo inglesas.

Era já o pôr do sol antes de alcançarmos os barcos que nos deviam levar aos navios. Tivemos alguma dificuldade tanto em largar quanto em alongar com a fragata devido à grande agitação das águas. Mas a noite foi bela e a paisagem avivada pelas luzes nos barcos de pesca, que, como no Mediterrâneo, são usadas para atrair os peixes. Em terra as luzes dos portos e da vila e as fogueiras dos fabricantes de carvão brilhavam através das sombrias e inclinadas florestas de pinheiros. As dos fornos de cal, na direção de Laguna, pareciam uma brilhante iluminação. Como não havia uma nuvem, o perfil do pico se destacava bem nítido no azul escuro do céu da noite.

27 — Hoje, alguns de nossos novos amigos, tanto espanhois como ingleses, vieram a bordo, mas a ressaca estava tão forte que só um escapou do enjoo. A senhora Galway, com medo de ficar enjoada, não veio, mas enviou-me algumas das contas encontradas nos sepulcros dos guanchos; são de argila dura e cozida. O Sr. Humboldt, cuja imaginação estava naturalmente cheia da América do Sul, conjeturou que elas poderiam ter sido usadas para o mesmo fim que os *quipos* do Peru. Mas elas são grandes em demasia para tal uso. Não são diferentes das contas de Belzoni encontradas nas covas de múmias do Egito, mas parecem-se muito com algumas das muitas espécies de contas com que os brâmanes contaram o tempo imemorial de *muntras*. O costume oriental de desfiar uma conta para cada oração feita, adotado pelos cristãos do oeste, e ainda vivo nos países Católicos Romanos, parece a esse respeito banal demais para merecer a atenção de viajantes filosóficos; preferem, portanto, supor que os pastores guanchos, ou os reis das manadas de cabras, tal como os polidos peruanos, fixavam os anais de seus reinos com contas de argila, em vez de aceitar que contavam com elas suas orações, tal como os brâmanes do Ganges, os pastores da Mesopotâmia ou os anacoretas da Palestina e do Egito, só porque os frades atuais fazem o mesmo. As múmias guanchas são agora encontradas muito raramente. Durante os primeiros tempos do governo espanhol na ilha, os sepulcros eram cuidadosamente escondidos pelos nativos. Mas agora, os casamentos com os conquistadores, e consequentes mudanças de religião e de costumes, tornaramnos descuidosos deles, e estão, em geral, realmente esquecidos. Só são descobertos acidentalmente quando se planta um novo vinhedo ou se cava um novo campo.

28 — Deixamos esta manhã a "tranquila e irritante" baía de Oratava, e, antes do pôr do sol vimos Palma e Gomera. As ilhas Canárias, que se supõe serem as Ilhas Afortunadas dos antigos, foram descobertas por acaso em 1405. Um francês chamado Betancour tomou possessão delas para a Espanha. Mas os nativos eram bravos e consumiram muito sangue, tanto aos espanhois quanto aos portugueses, que as dominaram alternadamente, como também muito dinheiro para conquistar o país e exterminar o povo, porque as guerras resultavam em nada menos que isso. Purchas lamenta não ter podido obter a narrativa de algumas viagens de um inglês que visitou o Pico. A curiosidade deste bom peregrino foi fortemente excitada pelas minúcias que ele recolhera em livros e diários de alguns de seus amigos que haviam viajado e que ele relatou cuidadosamente; são tais que me fazem lamentar que ele não tenha registrado mais coisas e que eu não as possa mais ver. Trouxemos conosco de Oratava uma das mais belas cabras que já vi. Presumo que seja uma descendente do rebanho primitivo que o deus supremo dos guanchos criou para ser propriedade somente dos reis. É parda, com chifres longos e torcidos, e com uma notabilíssima barba branca e a maior teta que jamais vi.

29 — Passamos a ilha do Hierro, ou do Ferro, antigo primeiro meridiano, honra que usufruiu por ter sido considerada como a terra mais ocidental do mundo até a descoberta da América. Passamos muito próximo da terra e todos concordamos nunca ter visto um lugar tão rebarbativo e inacessível. Vimos algumas belas florestas, poucas casas esparsas, e uma vila pendurada sobre um morro, ao menos a 1.500 pés acima de nós. O pico de Tenerife é ainda visível acima das nuvens.

1º [de setembro] — Os peixes voadores tornaram-se muito numerosos e frotas inteiras de medusas passaram por nós. Içamos algumas, além de um muito belo caracol vermelho do mar. Este peixe tem quatro chifres, como um caracol, a concha é esplendidamente tinta de púrpura e há uma substância esponjosa ligada ao peixe que eu pensei que o ajudasse a nadar. É mais volumosa que o peixe todo. Um deles forneceu um quarto de onça bem cheio de líquido purpúreo tirado da parte inferior. Um belo gafanhoto amarelo e uma andorinha caíram a bordo. Como pensamos estar a quatrocentas milhas da terra mais próxima, o cabo Blanco, não cessamos de admirar a estrutura das asas que os conduziram tão longe.

Nossa escola para os rapazes de bordo, está agora bem organizada, com grande honra para o Sr. Hyslop, nosso mestre-escola. A dos guardas-marinhas vai muito bem; funciona na cabine de frente, às vistas do comandante. A presença deste é não somente uma ameaça à vadiação e ao barulho, mas um incentivo ao esforço.

Ele está muito ansioso por torná-los aptos a serem oficiais e homens do mar capazes e bons cavalheiros, tanto no mar como em terra. Felizmente todos dão grandes esperanças; mas se G. nos desapontar, não acredito mais em talento de mocidade, habilidade, ou em bondade. Nossos dias passam rápidos, porque ocupados. O trabalho regular do navio, a escola, as observações astronômicas, o estudo da história, das línguas modernas, e a atenção em observar tudo o que se passa, enchem completamente o nosso tempo.

Diz Lorde Bacon: "É estranho que nas viagens marítimas em que não há nada que se ver, a não ser céus e mares, os homens costumam escrever diários, mas nas viagens por terra, onde há tanta coisa para ser observada, a maioria os omite, como se a fortuna fosse mais digna de registro que a observação". Contudo, desta vez, o nobre Lorde não viu, ou, talvez, não disse tudo. O céu e o mar precisam ser observados para podermos saber as leis que regulam suas grandes mudanças ou acidentes. A observação das obras do homem, como cidades, instituições, etc., podem ser omitidas porque conhecemos seus autores e podemos recorrer a eles, seus motivos, suas histórias, quanto quisermos. Mas as grandes operações da natureza estão tão acima de nós, que devemos humildemente registrá-las e tentar fazer de sua história uma parte de nossa experiência, de modo a passar em salvamento através de suas vicissitudes. Daí acontece que as mais corriqueiras minúcias dos primeiros navegadores, o nascer e o pôr do sol, as rações diárias de comida e de água, são lidas com mais profundo interesse que a mais viva viagem por países civilizados e cidades populosas. A passagem de Byron pela Chiloe continua a excitar a mais profunda simpatia, enquanto as agudas opiniões de Moore sobre a sociedade e os costumes da França ou da Itália são hoje raramente ou frouxamente lidas. A incerteza, o mistério da natureza, mantêm uma perpétua curiosidade; suspeito que se soubéssemos o desenvolvimento e a dependência das suas operações como conhecemos as do arquiteto, ou do pedreiro, a história da construção de um teatro ou de uma residência, poderia competir em interesse com a de uma viagem.

Os livros que desejamos sejam lidos por nossos rapazes são: — história, particularmente da *Grécia, Roma, Inglaterra e França*; um esboço da história geral, viagens e descobertas; alguma poesia; e literatura geral em francês e inglês; Delolme, com o capítulo final de Blackstone sobre a história da lei e da constituição da Inglaterra; depois o primeiro volume de Blackstone, os Ensaios de Bacon, e Paley. Temos somente três anos para trabalhar, e como a tarefa da vida deles é aprender a profissão, incluindo matemática, álgebra, astronomia náutica, teoria e prática de navegação, e deveres dos oficiais, com todos os aperfeiçoamentos técnicos a ela ligados, isto é tudo quanto ousamos propor.

5 — Já começamos a planejar o festival dos homens do mar pela passagem da linha. Não sei de onde deriva o costume, mas os árabes o observam com cerimônias não muito diferentes das usadas pelos nossos marinheiros. Hoje uma carta, com um esquema do festival projetado, e com os agradecimentos pela permissão de realizá-lo, já foi mandada ao comando. Vou copiá-la, bem como a resposta. Venho a saber que alguns capitães preferem distribuir dinheiro no próximo porto a permitir este dia de desordem. Talvez tenham razão, e talvez com o tempo o costume fique esquecido; mas será melhor assim? E a única festa do marinheiro. Gosto deste festival; põe o coração à larga para a gente se divertir. A monotonia de ver sempre uma classe que detém a inteligência; outra que entra com os braços, a trabalhar todos os dias em direções, senão opostas, ao menos diversas, é quebrada. Numa festa todos os corações batem do mesmo modo. Está claro que não as faria muito frequentemente porque

Se todos os dias fossem de folga,

Os divertimentos se tornariam tão tediosos quanto o trabalho[64(*)].

Mas lá diz o provérbio: "Só trabalhos sem divertimentos, fazem de Jaques um menino triste[65(*)]" Voltemos, porém, as nossas cartas:

"Os filhos de Netuno, do navio de Sua Majestade Doris, comandado pelo capitão T. G., afirmam a V. S. os seus mais sinceros agradecimentos pelo seu gentil consentimento em garantir-lhes o favor que lhes foi outorgado desde tempos imemoriais, ao cruzar o

---

64 (*) If every day were playing holiday, To sport would be as tedious as to work [SHAKESPEARE, Henry IV].

65 (**) All work and no play, makes Jack a dull boy [Provérbio inglês].

equinócio nos domínios de nosso pai Netuno, quando, esperamos, a distribuição dos papéis abaixo merecerá a aprovação de V. S. tal como figura na margem:

Thomas Clark, quartel-mestre .... Netuno
J. Ware, do castelo de proa .... Anfitrite
W. Knight .... Filho de Anfitrite
W. Sullivan, 2º capitão de cesto da
  gávea grande .... Tritão
C. Brisbane (negro) .... Cavalo de Tritão
J. Thompson, ajudante de artilheiro .... Xerife-mor
J. White, do castelo de proa .... Subxerife
W. Sinclair, capitão do castelo de proa .... Barbeiro
J. Smith, J. Forster e Michael Jaque .... Ajudantes de barbeiro
J. Gaggin .... Escrivão
W. Bird, capitão de cesto do traquete .... Mordomo-mor

Nove assistentes

J. Duncan, guardião .... Cocheiro
J. Clark .... Sota
J. Leath .... Lacaio
J. Speed .... Pintor
W. Lundy .... Servidor dos vinhos
W. Williamson .... Satã
J. Williams .... Juiz-advogado

Oito cavalos marinhos

Temos assim fornecido a Vossa Senhoria uma relação completa quanto possível de nossas fracas possibilidades.

Creia, honrado capitão, que lhe desejamos toda a felicidade que a vida pode fornecer, incluindo nesses votos sua digna Senhora; subscrevemo-nos, etc.

Filhos da Bretanha."

Resposta

"Recebi vossa carta com a lista dos personagens que devem comparecer no séquito do Pai Netuno ao cruzarmos a linha. Aprovo-a inteiramente. Devo agradecer-vos os bons votos tanto por minha mulher quanto por mim e afirmar-vos que o maior prazer que posso sentir no comando deste navio é promover a alegria e o conforto de todos os filhos da Bretanha a bordo do Doris.

Crede-me, vosso sincero amigo,

Thos. Graham

A bordo do navio de Sua Majestade *Doris*, 5 de setembro de 1821.

Aos filhos da Bretanha — Navio de S. M. *Doris.*"

Seria interessante investigar a origem desta comemoração alegre na passagem da linha. Como os árabes, povo de astrônomos, a mantêm, há talvez alguma relação com a agora esquecida devoção deles aos corpos celestes. Tal como nós, eles põem fogo em alguma matéria combustível, ou outra, e deixam-na flutuar, mas acrescentam alguma comida como se tivesse havido outrora um sacrifício acompanhando o festival. Tal, pelo menos, ao que me foi assegurado por diversos cavalheiros, bons conhecedores dos comerciantes árabes no mar do Oriente, é o costume entre eles.

18 — Não fizemos senão navegar com o tempo mais variado, nos últimos treze dias.

De mundo a mundo, nossa rápida carreira mantemos
Ligeiros como os ventos roçam as águas
Em meio à multidão muda do purpúreo oceano[66(*)].

Uma noite observamos o aspecto luminoso do mar, que é tão frequentemente descrito. Mas não estava tão brilhante como me lembro de ter visto uma vez em latitude próxima a que estamos. Na manhã seguinte encontramos a temperatura do mar, à superfície, dois graus mais alto que a da atmosfera; às 8 horas da noite, passamos a linha. Hoje, conseguintemente, nossa Saturnália se realizou.

---

66 (*) From world to world our steady course we keep,
   Swift as the winds along the waters sweep,
   Mid the mute nations of the purple deep.

Cerca de seis horas da tarde, o oficial de quarto foi informado de que havia um barco com luzes alongado com o navio e foi solicitado a colher as velas. O capitão foi logo para o tombadilho e Netuno gritou da parte dianteira da cordoalha – "Qual é este navio"? — "Doris" — "Quem comanda?" — "Capitão T. G." — "De onde vem?" — "De Whitehall" — "Para onde vai?" —"Para um cruzeiro de navio de guerra". Ao que Tritão, montado em um cavalo marinho, admiravelmente representado, apareceu como portador de uma carta contendo os nomes de todos que não haviam ainda cruzado a linha e que deviam, em consequência, ser iniciados nos mistérios do deus do mar. Tendo dado desempenho a sua comissão, Tritão retirou-se, e não foi visto senão às 8 horas da manhã de hoje, quando, ao anunciar-se Netuno, o capitão foi ao tombadilho recebê-lo.

Primeiro veio Tritão, montado como dantes; depois um séquito de deuses marinhos ou mordomos, vestidos de estopa e de esfregões, mas com os braços e ombros de fora, recobertos de tinta. Netuno, de tridente e coroa, tendo Anfitrite a seu lado e o filho aos pés, apareceu num carro puxado por oito cavalos marinhos e guiado por um deus do mar. Seguia-se um cortejo composto de juristas, barbeiros e pintores. O préstito estava bem vestido e ia em procissão. Era tão pitoresco como qualquer antigo triunfo ou cerimônia religiosa. As belas formas de alguns dos atores impressionaram-me extraordinariamente. Nunca vi mármore mais belo do que algumas costas e ombros então expostos. A vestimenta curiosa para imitar os peixes com saias de algas, que todos haviam adotado, levaram-nos séculos para trás, para o tempo em que tudo isto era religião.

Depois de andar em volta do tombadilho, de uma conferência com o capitão e de uma libação sob a forma de um cálice de aguardente, no qual o deus e a deusa rivalizavam em devoção, a brincadeira começou. Era preciso fazer a barba de brincadeira ou pagar uma taxa para que os candidatos fossem admitidos às boas graças do pai aquoso; e enquanto ele fiscalizava o negócio, todo o resto das pessoas do navio, oficiais ou não, começou a batizar-se mutuamente e sem piedade. Nenhum, a não ser as mulheres, escapou e, estas mesmas, por se refugiarem na minha cabine. O oficial de quarto, as sentinelas, os quarteis-mestres e os que eram absolutamente necessários para vigiar o navio, são naturalmente considerados sagrados, de modo que alguma ordem ainda se conserva. Parecia realmente que a loucura dominava, mas, no momento marcado, onze e meia, tudo cessou. Ao meio dia todo o mundo estava a postos, os tombadilhos secos e o navio restituído à boa ordem do costume. Todos os nossos oficiais de carreira jantaram conosco e envaidecemo-nos de ter terminado o dia tão alegremente como o havíamos começado[67].

20 — As calmarias longas e cansativas, e as lindas noites enluaradas próximo ao equador foram bastante comentadas e descritas para que já saibamos tudo a respeito delas. Basta mencionar a passagem da linha e o espírito evoca logo um mar que parece interminável, triste e espelhante, velas caídas, um pássaro solitário afundando com o calor, ou um tubarão erguendo-se preguiçosamente para pegar um peixe; na melhor das hipóteses, uma noite calma e quente, com um macio luar de prata brilhando sobre o traiçoeiro abismo, ocultando aos espectadores, que deveriam estar amando, se não estão, os perigos das pedras que possam ocultar-se nas profundezas. Mas nosso *belo ideal* não era passar a linha: tínhamos brisas frescas de dia, trovoadas e raios à noite; víamos raros pássaros tropicais, e estes muito vigorosos; peixes mais vivos que tubarões, ou mesmo molas, das quais, porém, vimos uma quantidade razoável. Eu já vi uma vez a calmaria tropical, e, na verdade, após experimentar a ambas, prefiro a tempestade de ventos e trovões. Na noite passada tivemos uma, tal como fala Milton:

Either tropic now

'Gan thunder, and both ends of heav'n the clouds

From many a horrid rift abortive poured

Fierce rain with lightning mixt, water with fire In ruin reconciled; nor slept the winds

Within their stoney caves, but rush'd abroad

---

[67] Frezier, que passou a linha a 5 de março de 1712, diz: "Quando não se podia mais pôr em dúvida de que estávamos ao sul da linha, a louca cerimônia celebrada por todas as nações não foi omitida. As pessoas que deviam passar pela cerimônia são amarradas pelos pulsos com cordas estendidas adiante e atrás, no segundo tombadilho, diante do mastro para os marinheiros. Depois de muitas momices e macaquices são libertadas e levadas, uma após outra, ao mastro principal onde são forçadas a jurar diante de uma carta marítima que farão com os outros o que fizeram com elas, segundo as leis e estatutos da navegação. Pagam então uma taxa para escapar da molhadura, mas sempre baldadamente, pois que os próprios capitães não são poupados de todo. *[A voyage to the south-sea, and along the coast of Chili and Peru, in the years 1712-1714* — London, 1717]. Jacques le Maire, o primeiro que navegou em torno do cabo Horn, menciona em seu diário, a 8 de julho de 1615, o batismo dos marinheiros ao chegarem aos *Barrels.* Tem isto alguma coisa que ver com a cerimônia da passagem da linha?

From the four hinges of the world, and fell
On the vext wilderness.

Nunca vejo uma tempestade de raios no mar sem me lembrar da visão de Ezequiel:

As labaredas de safira
A cuja contemplação tremiam os anjos[68(*)].

É terrível e esplêndida por toda a parte: medonha na planície, sublime entre as montanhas. Mas aqui no oceano, sem nada para interceptar suas cadeias, o horror é acrescido e os anjos devem ficar mais ou menos como os homens, sem poder concentrar suas ideias durante sua duração.

Sexta-feira, [21 de setembro][69(*)]. – Afinal estamos à vista da costa do Brasil, que é aqui verde e baixa, cerca de dois graus ao norte do ponto primeiramente descoberto por Vicente Pinzón em 1500[70]. O tempo está muito ventoso, e o mar muito grosso. Estamos ancorados a cerca de oito milhas de Olinda, capital de Pernambuco, com quinze braças de fundo, mas apesar de termos dado mais de um tiro de canhão, pedindo um piloto, não parece que venha nenhum.

Aspecto de Pernambuco, visto da ilha dos Cocos, dentro do Recife.

---

68 (*) "The sapphire blaze,
 Where angels tremble while they gaze"
69 (*) Seguimos, em relação à estada em Pernambuco, as notas de ALFREDO DE CARVALHO em sua tradução que, sob o título – *O assédio do Recife em 1821 (Impressões duma senhora inglesa)* publicou na "Revista do Instituto Arqueológico e Geográfico Pernambucano", Tomo XI – n. 60, XII – 1903 – Recife, 1904 – e segs.
70 Foi Cabral que tomou posse, pela primeira vez, da terra, por ele chamada de *Santa Cruz*, para a coroa de Portugal. Américo Vespúcio, em 1504, chamou-a de Brasil por causa da madeira desse nome.

Pernambuco 22 de setembro de 1821. — Às nove horas o intendente da marinha deste lugar, cujas funções são um misto de almirante do porto e de comissário, veio a bordo com o capitão do porto e o navio foi guiado pelo último até o ancoradouro, que fica a cerca de três milhas da cidade com oito braças de fundo. O ancoradouro é completamente desabrigado e encontramos aqui uma agitação muito forte. Não é de admirar que os nossos tiros não tivessem sido respondidos, nem percebidos à noite. O Sr. Dance, que foi enviado A terra com cartas oficiais para o governador e para o cônsul inglês em exercício, encontrou a cidade em estado de sítio, e trouxe com ele o coronel Patronhe, [João Antônio Patrone] ajudante de ordens do governador, que nos fez o seguinte relato do estado atual de Pernambuco.

Além da disposição para a revolução, que estávamos prevenidos existir há muito em toda parte no Brasil, havia também rivalidade entre portugueses e brasileiros, situação que os últimos acontecimentos haviam agravado em não pequeno grau. A 29 de agosto cerca de 600 homens da milícia e outras forças nativas haviam tomado posse da vila de Goiana, um dos principais lugares da capitania, e tomado à força a Câmara Municipal, onde haviam proclamado o fim do governo de Luís do Rêgo. Passaram então a eleger um governo provisório de Goiana, para entrar em função até que a capital da província pudesse estar em condições de estabelecer uma junta constitucional. A fim de acelerar este acontecimento, haviam concentrado forças de toda espécie, e entre elas várias companhias de Caçadores, que haviam desertado do comando de Luís do Rêgo. Com essas tropas, tais e quais, haviam marchado para Pernambuco. Na noite passada haviam atacado os dois pontos principais: Olinda, ao norte, em quatro lugares diferentes, e Afogados, ao sul. Foram, porém, rechassados pelas tropas reais, comandadas pelo governador, com a perda de quatorze mortos e trinta e cinco prisioneiros, enquanto os realistas tiveram dois mortos e sete feridos. Esta manhã o alarma do povo da cidade foi aumentado pelo encontro de diversos homens armados ocultos nos campanários das igrejas, para onde haviam também transportado vários depósitos de armas. Luís do Rêgo é um soldado e fiel à causa do rei. Serviu por muito tempo com o exército inglês em Portugal e na Espanha, e, se não me engano, distinguiu-se no cerco de S. Sebastian. É homem bastante severo e, especialmente entre os soldados, mais temido que amado. Grande parte do regimento de caçadores o havia abandonado para juntar-se aos patriotas, constituindo os corpos mais eficientes no ataque da última noite. A gente da cidade tinha sido organizada em milícia, razoavelmente armada e treinada. A cidade está regularmente abastecida de farinha de mandioca, carne seca e peixe salgado, mas os sitiantes impedem a chegada de qualquer provisão fresca. Todas as lojas estão fechadas e toda alimentação escassa e cara. A maior parte das pessoas que têm propriedades de valor em baixelas ou joias, encaixotou-as e depositou-as em casa dos comerciantes ingleses. Muita gente, com suas mulheres e famílias, deixou as casas nos arredores da cidade e refugiou-se junto aos ingleses. Os últimos que, na maior parte, dormem pelo menos, em casas de campo das vizinhanças, chamadas **sítios**, abandonaram-nas e concentraram-se nos escritórios junto ao porto. Tudo, em resumo, está em alarma e incerteza.

Domingo, 23 [de setembro]. — A noite passou em calma, bem como o dia. Trocamos várias mensagens com a terra, mas não pude desembarcar. Temos excelentes laranjas, e verduras toleráveis da cidade. Divertimo-nos bastante ao observar os pequenos e curiosos barcos, canoas, catamarans e jangadas, que navegam, remam e vogam em torno do navio. A jangada não se parece com coisa alguma do que já vi antes. Seis ou oito toras são ligadas por meio de traves transversais; em um extremo ergue-se um banco elevado, no qual se coloca um homem para dirigi-la, já que é dotada de uma espécie de leme. Às vezes o assento é bastante grande para admitir dois ocupantes. Outro banco ao pé do mastro, imenso para o tamanho da embarcação, contém as roupas e as provisões, ou há um poste fixado numa das toras, e dela pendem estas coisas. Uma grande vela triangular de tecido de algodão completa a jangada, na qual os intrépidos marinheiros brasileiros se aventuram ao mar, com as ondas cobrindo-os constantemente, transportando em segurança cargas de algodão, ou outras mercadorias, e ainda, em caso de necessidade, cartas e despachos, a centenas de milhas.

Cerca de três horas um grande barco, com dois oficiais patriotas, aproximou-se, para certificar-se de que éramos realmente ingleses, e se tínhamos vindo, como se dizia, para ajudar os realistas, ou se ajudaríamos a eles. Os homens, debaixo da influência de fortes sentimentos, são tão capazes de duvidar da perfeita indiferença da parte dos outros, que eu duvido muito tenham eles crido na estrita neutralidade que professamos.

Deixaram-nos, contudo, sem revelar nenhuma ansiedade especial e tomaram um caminho curvilíneo para voltar, a fim de evitar o cruzeiro do Recife, que vigiava os barcos vagabundos ou os navios, de qualquer natureza, pertencentes aos patriotas.

Segunda-feira, 24. — O coronel Patronhe [Patrone] chegou esta manhã cedo, para solicitar que o paquete inglês levasse a Lisboa os despachos do governo. Ficamos satisfeitos por proibirem as normas estritas do serviço ao capitão dar tal ordem ao comandante do paquete. Seria uma quebra imediata da neutralidade que prometemos observar e, na minha opinião, em auxílio da pior causa. O coronel, prevenindo que a cidade estava em estado de sítio, e que era incerto o novo ataque quer quanto ao tempo, quer quanto ao lugar, recomendou-me instantemente que ficasse a bordo. Mas eu nunca tinha visto uma cidade em estado de sítio e por isso resolvi desembarcar. Por conseguinte o Sr. Dance, único oficial a bordo que falava português ou francês, foi incumbido de acompanhar-me. Levei também dois guardas-marinhas, Grey e Langford, para procurar a Senhora Luís do Rêgo.

O nome de Pernambuco, que é o da capitania, é agora geralmente aplicado à capital, que consiste em duas partes: 1ª a cidade de Olinda, que foi fundada pelos portugueses, no governo de Duarte Coelho Pedreiro [Pereira] cerca de 1530 ou 1540. Como o nome dá a entender, é uma linda localidade, onde os morros moderados, mas abruptos, um belo rio, e uma espessa floresta, combinam-se para o encanto dos olhos. Mas a chegada por mar deve ter sido sempre difícil, se não perigosa. — 2ª a cidade do Recife de Pernambuco, feita pelos holandeses, no governo de Maurício de Nassau, e chamada por eles cidade Maurícia. É uma localidade singular, adequada para o comércio. Fica em diversos bancos de areia, separados por angras de água salgada e pela foz de dois rios de água doce, ligados por três pontes e divididos em igual número de bairros: Recife, acertadamente chamado, onde estão as fortificações, o arsenal e o comércio; Santo Antônio, onde estão o palácio do Governo, as duas igrejas principais, uma para os brancos e outra para os pretos; e Boa Vista, onde moram os comerciantes mais ricos, ou os habitantes mais desocupados, entre os seus jardins e onde os conventos, as igrejas e o palácio do bispo dão um ar de importância às habitações muito elegantes em torno deles.

Tudo isso sabia eu antes de desembarcar e pensava estar bem preparada para ver Pernambuco. Mas não há preparação que evite o encantamento de que se é tomado ao entrar neste porto extraordinário. Do navio, ancorado a três milhas da cidade, vemos os navios ancorados além do recife contra o qual o mar se quebra continuamente; mas até penetrar dentro deste recife, não tinha menor ideia da natureza do fundeadouro. A corrente que tocava para a praia, parecia tremenda se não estivéssemos prevenidos e não tivéssemos feito demoradamente nosso percurso de três milhas. Aproximamo-nos da praia arenosa entre Olinda e Recife tão de perto que pensei que íamos desembarcar ali. Foi quando ao chegar em frente a uma torre numa rocha, onde o mar se quebrava com violência, fizemos uma curta volta e encontramo-nos dentro de um quebra-mar natural. Ouvíamos o troar das ondas lá fora, víamos a espuma, enquanto navegávamos calma e maciamente, como num açude.

A rocha de que é formado o recife, diz-se que é de coral. Mas está tão revestida de ostras e lepas, camadas sobre camadas, que nada posso ver senão os restos das conchas por muitos pés de profundidade, tão fundo quanto possam penetrar nossos martelos. Prolonga-se por um bom pedaço, desde o norte da Paraíba até Olinda, onde mergulha sob a água e depois surge abruptamente no Recife e corre até o cabo de Santo Agostinho, onde é interrompido pela cabeça lisa de granito que se atira através dele no oceano. Reaparece então e continua, sem interrupção, para o Sul. A largura do ancoradouro aqui, entre o recife e a terra firme, varia de algumas braças até três quartos de milha. A água é funda junto à rocha e ali costumam os barcos fundear. Há uma barra na entrada do porto, na qual, em marés ordinárias, há dezesseis pés d'água, de modo que os navios de tonelagem considerável podem ali fundear[71]. O brigue de S. M. *Alacrity*, jazeu algum tempo dentro do recife. Dois pés a mais teriam permitido à *Doris* entrar, ainda que, pelo que pude observar, não haveria lugar para fazê-la voltar se quisesse sair de novo. O recife é certamente uma das maravilhas do mundo; tem escassamente dezesseis pés de largura ao alto. Inclina-se mais violentamente que o quebra-mar de Plymouth, até uma grande profundidade para o lado de fora, e é perpendicular, pelo lado de dentro, por muitas braças. Aqui e ali, umas poucas irregularidades, ao alto, devem ter outrora perturbado o porto nas marés altas ou nos ventos fortes. Mas o conde Maurício remediou a isso, colocando imensos blocos de granito nos lugares das falhas. Mantém assim o nível superior e o porto está sempre garantido. O conde pretendia construir

---

71 Em 1816, no governo de [Miranda] Montenegro, o porto foi limpo e dragado, especialmente na barra.

armazéns ao longo do recife, mas sua transferência do governo não permitiu que realizasse este plano. Um pequeno forte, junto à entrada, defende-a. É de fato necessário, tão estreita e repentina é a passagem. Perto dele, um farol parece que ficará pronto em breve, bem na extremidade do recife. Estas são as duas únicas construções nessa extraordinária linha de rocha. Passamos pelo porto através de barcos de todas as nações, com a cidade de um lado e o recife de outro, até que chegamos a um dos largos rios sobre o qual os holandeses construíram uma bela ponte de pedra, agora em ruína. Ficamos assaz surpreendidos com a beleza da paisagem. As construções são bastante largas e brancas, a terra baixa e arenosa, salpicada de tufos verdes de vegetação e ornada de palmeiras. Há poucos anos uma enchente violenta quase destruiu a maior parte do centro da ponte. Contudo os arcos ainda servem para sustentar as leves galerias de madeira de cada lado, e as casas e portões ainda permanecem de cada lado. Desembarcamos bem junto à ponte e fomos recebidos pelo coronel Patronhe [Patrone], que apresentou as desculpas do governador por não ter podido receber-nos, porque estava reunido o conselho[72]. O coronel conduziu-nos ao palácio do governo, prédio muito belo, diante de uma praça, e com uma torre, e entramos no que havia sido evidentemente um esplêndido vestíbulo. A douração e a pintura ainda permaneciam em alguns pontos do teto e das paredes, mas agora está ocupado por cavalos, que permanecem arreados, soldados armados, prontos para montar ao mais pronto aviso, tudo alerta, canhões à frente com morrões acesos, e um ar de alvoroço e importância entre os soldados, que provocava uma espécie de curiosidade simpática em relação ao possível e imediato destino deles. Ao subir encontramos quase a mesma confusão, já que o governador que residia até então nos arredores da cidade, acabara de chegar à casa de Santo Antônio, que era outrora o colégio dos jesuítas, não só para ficar no centro dos acontecimentos como para garantir a sua família, no caso de acidente, visto como os postos avançados dos sitiantes ficavam muito perto de sua antiga residência.

---

72 O Conselho, ou Junta Provisória de governo, compunha-se de dez membros, presididos por Luís do Rêgo. Estavam redigindo uma proclamação aos habitantes do Recife, assegurando-lhes garantia e proteção; realçando as vantagens obtidas naquela noite, afirmando que havia provisões em abundância na cidade, e encorajando-os em nome do rei e das cortes a defenderem a cidade contra os insurgentes, que eram, evidentemente, estigmatizados com os nomes de inimigos do rei e da nação.

Achei Madame do Rêgo uma senhora agradável, bem bonita, e falando inglês como uma nativa, o que ela explicou, informando-me que sua mãe, a viscondessa do Rio Seco, era irlandesa. Nada poderia exceder a gentileza e a amenidade das suas maneiras, e as das duas filhas do general Rêgo, cujo ar e cujos modos são os das senhoras bem educadas. Uma delas é muito bonita. Depois de conversarmos por algum tempo, serviram-se refrescos e, logo depois, apareceu o próprio governador, com bela aparência militar. Parecia doente, sofrendo ainda os efeitos da ferida recebida havia alguns meses, quando passeava pela cidade com um amigo. Sempre se afirmou desde então que o instigador do crime fora um certo Ouvidor que ele transferiu logo depois de assumir o governo. O assassino atirou duas vezes. Luís do Rêgo recebeu vários estilhaços, mas o ferimento mais grave foi no seu braço esquerdo. A vida de seu amigo esteve por algum tempo em estado desesperador, mas estão hoje ambos quase bons. Quando o crime foi cometido, o executante foi detido mais de uma vez por algumas das testemunhas, mas, outras tantas vezes, empurraram uma cesta de padeiro entre ele e seus detentores. Ele atirou fora as pistolas e fugiu[73].

Tendo retribuído a visita do governador, começamos a andar pela cidade. As ruas são calçadas em parte com seixos azulados da praia e parte com granito vermelho ou cinzento. As casas são de três ou quatro andares, feitas de pedra clara e são todas caiadas, com as molduras das portas e janelas de pedra parda. O andar térreo consiste em lojas ou alojamentos para negros ou cavalariças, o andar de cima é geralmente adequado para escritórios e armazéns. Os apartamentos para residência são mais acima, ficando a cozinha geralmente no alto. Por este meio a parte inferior da casa conserva-se fresca. Fiquei surpreendida por verificar quanto era possível sair de casa sem sofrer os malefícios do calor estando tão próximo ao equador, mas a constante brisa marítima que aqui se faz sentir diariamente às dez horas, mantém uma temperatura sob a qual é sempre possível fazer exercício. A parte quente do dia é das oito, quando falha a brisa terrestre, até às

---

73 Luís do Rego não foi o primeiro governador alvejado. Em 1710 quando Sebastião de Castro, em conformidade com as ordens de Lisboa, ergueu um pelourinho e declarou vila o Recife, Santo Antônio do Recife, os olindenses atingiram-no ao passar para a Boa Vista, em quatro lugares. O Ouvidor era um dos conspiradores. O bispo também tomou parte nesta ação não cristã. O objetivo do povo de Olinda e do partido assassino era confinar Recife a um simples bairro, indo até Afogados, de um lado, e ao forte do Brum, de outro.

10. Quando devíamos passar a ponte de pedra, para voltar ao barco, que tivera ordem de vir ao nosso encontro na ponte do Recife, porque a maré vazante o deixaria a seco na angra em que desembarcáramos, deixamo-la de lado e dirigimo-nos para Santo Antônio, em direção a Boa Vista. Quando chegamos à ponte de madeira, com 350 passos de comprimento, que a liga a Santo Antônio, vimos que ela havia sido cortada pelo meio e que agora só podia ser atravessada por meio de duas tábuas facilmente retiráveis no caso dos sitiantes ocuparem a Boa Vista. Não pode haver nada mais belo no gênero do que o vivo panorama verde, com o largo rio sinuoso através dele, e que se avista de cada lado da ponte, e as construções brancas do Tesouro e Casa da Moeda, os conventos e as casas particulares, a maioria das quais com seu jardim. A vegetação é deliciosa para os olhos ingleses. Não tenho dúvidas que os prados planos e os rios que fluem vagarosamente atraíram particularmente os holandeses, fundadores do Recife. Voltamos atrás pela ponte de pedra, que tem de comprimento 280 passos, como pretendíamos. Procuramos em vão pelas lojas. Nenhuma estava aberta, visto que todos os comerciantes estavam convocados para o serviço militar. Formam eles a milícia, e como muitos deles são europeus, e como esperam ser saqueados no caso dos brasileiros da terra tomarem a cidade pela força, são os mais zelosos nos deveres militares.

No fim de cada rua encontramos um canhão leve, e nas cabeceiras das pontes, dois, com morrões acesos. Em cada posto éramos interpelados pela guarda. No fim da ponte de pedra, no *ponto das Três Pontes [Pontas]*[74], adiante do Recife, os guardas eram mais numerosos e severos. Neste bairro, estão depositadas as principais riquezas da cidade e é ponto de mais fácil defesa. É cercado de água quase inteiramente, as casas são altas, fortemente construídas e junto umas às outras, as ruas são muito estreitas e os fortes redutos em cada extremidade da ponte podem dar tempo para demoli-la completamente. Esta parte da cidade torna-se assim garantida, exceto pelo banco de areia que a liga a Olinda, e que é defendido por dois fortes consideráveis.

Não tínhamos dado cinquenta passos no Recife quando ficamos inteiramente perturbados com a primeira impressão de um mercado de escravos. Era a primeira vez que tanto os rapazes quanto eu estávamos num país de escravidão, e por mais que os sentimentos sejam penosos e fortes quando em nossa terra imaginamos a servidão, não

---

74 Pequeno forte que defende a entrada do Recife.

são nada em comparação com a visão tremenda de um mercado de escravos. Estava pobremente abastecido, devido às circunstâncias da cidade, que faziam com que a maior parte dos possuidores de novos escravos os conservassem bem fechados nos depósitos. Contudo cerca de cinquenta jovens criaturas, rapazes e moças, com todas as aparências da moléstia e da penúria, consequência da alimentação escassa e do longo isolamento em lugares doentios, estavam sentados e deitados na rua, no meio dos mais imundos animais. O espetáculo nos fez voltar ao navio com o coração pesado e com a resolução "não ruidosa, mas profunda" de que tudo o que pudéssemos fazer no sentido da abolição ou da atenuação da escravatura seria considerado pouco.

Sexta-feira 27. — Fui à terra hoje para passar alguns dias com Miss S., [Stewart] a única inglesa da cidade. Ela vive agora na casa do irmão na cidade, onde ficam o escritório e os armazéns, porque a casa de campo está ao alcance dos patriotas. Fico ardendo por andar a pé ou a cavalo nos tentadores morros verdes em volta da cidade, mas, já que isto não pode ser, contento-me com o que está dentro das linhas de defesa. Hoje, ao virmos da Boa Vista, encontramos uma família de sertanejos, que havia trazido provisões para a cidade há alguns dias, e voltava para o *sertão [no orig. Certam]*, ou região selvagem do interior. Os sertanejos constituem uma casta de homens rudes e ativos, na maior parte agricultores. Trazem milho e cereais, toucinho e doces, às vezes couros e sebo. Mas o açúcar, o algodão e o café, que formam os produtos principais de Pernambuco, exigem terras mais quentes, mais ricas, junto à costa. O algodão, contudo, é também trazido do sertão, mas é uma colheita precária, dependente inteiramente da quantidade de chuva na estação, e às vezes não chove no sertão durante dois anos. A família que encontramos formava um grupo muito pitoresco: os homens vestidos de couro dos pés à cabeça. A jaqueta leve e as calças são tão apertadas como as roupas dos mármores de Egina, e produzem mais ou menos o mesmo efeito; o pequeno chapéu redondo tem a forma do petaso de Mercúrio. Os sapatos e polainas da maior parte eram excelentemente adaptados para a defesa das pernas e dos pés no cavalgar por entre as asperezas. O tom geral do conjunto era um belo castanho queimado. Fiquei aborrecida porque a mulher do grupo vestia uma roupa evidentemente à moda francesa. Estragava a unidade do grupo. Ia montada por trás do homem principal, num dos pequenos e espertos cavalos da terra. Vários cavalos de carga seguiam atrás, carregados de objetos caseiros e outras coisas obtidas em troca de suas provisões; roupas, tanto de lã como de algodão, louças de barro e outros artigos manufaturados, especialmente facas, é o que eles geralmente trazem de volta; contudo vi algumas alfaias, com pretensões a elegância entre as mercadorias da família que encontrei. Depois dos cavalos veio um grupo de homens, alguns a pé, acompanhando o passo dos animais, outros a cavalo e carregando as crianças. A procissão terminava com um homem corpulento e de boa aparência, que passou a fumar, e que se distinguia por um par de calças verdes de baeta.

Á tarde saímos a cavalo. Não sei se porque havíamos ficado muito tempo a bordo do navio, sem fazer exercício, não sei se por causa da particular doçura e frescura da tarde, após um dia tropical e sufocante que havíamos acabado de aguentar, a verdade é que nunca apreciei tanto uma hora ao ar livre. Cavalgamos para fora da cidade através de algumas belas casas de campo, chamadas *sítios*, até um dos postos avançados no Mondego, outrora residência do governador. O tamarindo, a paineira[75] e a palmeira abrigavam-nos, e um milheiro de elegantes arbustos adornavam os muros dos jardins. É impossível descrever o tom delicioso e fresco daquela tarde, que dava repouso e saúde após um dia terrível. Ficamos muito tristes por ter de voltar para casa, mas o sol se fora, não havia luar e ficamos com medo de que os guardas nos vários postos de defesa nos pudessem deter. Ao voltarmos fomos interpelados em todos os postos, mas as palavras *amigos ingresos [ingleses]* eram o nosso passaporte, e voltamos ao Recife quando os negros e mulatos nas ruas cantavam, áspera e pouco musicalmente, as *ave-marias*. Porém tudo que reúne os homens num sentimento comum é interessante. As portas da igreja estavam abertas, os altares iluminados, e o próprio escravo sentia que se estava dirigindo a uma divindade, com o mesmo direito que o seu senhor. É uma tarde que nunca hei de esquecer.

Sábado, 28 [de setembro]. — Esta manhã, antes do café, olhando pela janela da casa do Sr. Stewart, vi uma mulher branca, ou antes um demônio, surrando uma pobre negra e torcendo seus braços cruelmente enquanto a pobre criatura gritava angustiadamente, até que nossos homens interferiram. Bom Deus! Como pode existir este tráfico e estes hábitos de escravidão! Perto da casa há dois ou três depósitos de escravos, todos moços. Em um vi uma criança de cerca de dois

---

75 *Bombex Pentandrium* —JAQUIN.

anos à venda. As provisões estão agora tão raras que nenhum bocado de alimentação animal tempera a massa de farinha de mandioca, que é o sustento dos escravos, e mesmo isso estas pobres crianças, com seus ossos salientes e faces cavadas, revelam que eles raramente recebem suficientemente. Agora, o dinheiro também está tão escasso que não se encontra com facilidade um comprador. Mais uma angústia se acrescenta à escravidão: o desejo vão de encontrar um senhor! Vintenas dessas pobres criaturas são vistas em diferentes cantos das ruas com todos os sinais de desespero. E se uma criança tenta arrastar-se por entre eles, em busca de um divertimento infantil, a única simpatia que ele pode provocar é um olhar de piedade. Estarão errados os patriotas? Eles puseram armas nas mãos dos *novos* negros, enquanto as lembranças da pátria, do navio negreiro e do mercado de escravos, lhes estão frescas na memória.

    Fui hoje ao mercado, onde há pouca coisa: carne de vaca rara e cara, não há carneiro, poucas aves, escassos porcos, repugnantes, porque são alimentados na rua, onde se atira tudo, e onde eles e os cães são os únicos encarregados da limpeza. O bloqueio é tão estrito que até as verduras dos terrenos particulares dos moradores, a duas milhas das sentinelas, são detidas. Não se encontra leite. O pão com farinha de trigo americana é, pelo menos, duas vezes mais caro que na Inglaterra, e os bolos de mandioca cozidos com leite de coco não estão ao alcance da gente pobre para que possa abastecer-se suficientemente. A lenha está extravagantemente cara, o carvão raro. Os negros fazem as compras, poucos por conta própria, na maior parte por conta dos senhores. O vestuário dos negros livres é igual ao dos portugueses nativos da terra: jaqueta de linho e calças. Nos dias de cerimônia, uma jaqueta de pano e um chapéu de palha compõem tanto um negro como um cavalheiro branco. As mulheres em casa usam uma espécie de camisola que deixa demasiado expostos os seios. Quando saem usam ou uma capa, ou uma manta; esta capa é frequentemente de cores vivas. Também os sapatos, que são o sinal de liberdade, são de todas as cores, menos o preto. Correntes de ouro para o pescoço ou para os braços e brincos, com uma flor no cabelo, completam o vestuário da mulher pernambucana. Os negros novos, tanto homens quanto mulheres, não usam nada senão um pano em torno dos rins. Quando são comprados é costume dar às mulheres uma camisa e uma saia e aos homens ao menos uma calça, mas isto muitas vezes se suprime.

Ontem a variedade de chapéus dos habitantes portugueses foi vantajosamente exibida numa surtida através das ruas, feita por uma espécie de milícia suplementar. Tratava-se de forçar o fechamento de todas as lojas e a prisão de todos os escravos, por causa de um alarma de que o inimigo estava atacando a cidade pelo sul. O oficial que chefiava o grupo estava de fato vestido *en militaire*, com uma espada desembainhada em uma das mãos e uma pistola na outra. Era seguido de uma companhia, que Falstaff dificilmente engajaria. Estava devidamente armada mas ostentava grande variedade de bonés e chapéus, conforme os ofícios a que pertenciam os possuidores. A retaguarda era formada por uma figura singular, com um pequeno barrete em forma de tambor no alto da cara rija e pálida, com uma capa de encerado, tendo à mão esquerda uma imensa espada de Toledo desembainhada, que ele carregava voltada para cima. Os milicianos são mais bem uniformizados e estão agora empregados no serviço regular, alternando com as tropas reais, que desertam para os patriotas diariamente.

Passando pelo palácio esta manhã soubemos que uma centena de índios estão sendo esperados na cidade para auxiliar a guarnição. Usam as vestimentas aborígines e são armados de fundas, arcos e flechas. Disseram nos que suas ideias de governo consistem em acreditar que devem obediência tanto ao rei como aos padres. A aguardente é o incentivo pelo qual fazem qualquer coisa; uma oitava dessa bebida e um punhado de farinha de mandioca é a única alimentação que exigem quando vêm à cidade.

Esta tarde, como não há cavalos para se alugar, pedimos alguns emprestados a alguns amigos ingleses e franceses e cavalgamos para Olinda através do istmo arenoso que a liga ao Recife. Este é o istmo em que *Sir* John Lancaster se fortificou com uma paliçada durante sua permanência no Recife, que ele saqueou[76]. A praia é defendida por duas fortalezas, bastante fortes quando se considera a posição: de um lado uma ressaca furiosa quebrando em suas bases, de outro um profundo estuário e um terreno plano, de modo que não podem ser dominados. O areal é em parte coberto por arbustos; há um que é lindo, com folhas grossas e flores vermelhas em forma de campainha; muitos são como os do mundo oriental; muitos são de todo novos para mim. Fiquei surpreendida com a extrema beleza de Olinda, ou

---

76 V. Introdução, p. 24.

Pintura em sépia de MARIA GRAHAM
Coleção do Museu Britânico

A porta norte do Recife (da varanda da casa do Sr. Stewart)

Desenho de Maria Graham
Gravura de Eward Finden

A Árvore da Gamela, num jardim da Bahia.
Londres, publicado por Longman & Co. e J. Murray, 25 de março de 1824.

antes, dos seus restos, porque agora está num melancólico estado de ruína. Todos os habitantes mais ricos há muito se estabeleceram na cidade baixa. Como as rendas do bispado são agora reclamadas pela coroa, e os mosteiros foram suprimidos pela maior parte, cessou até mesmo o esplendor fictício das pompas eclesiásticas. O próprio colégio onde os jovens recebiam de algum modo educação, ainda que imperfeita, está quase arruinado[77] e é raro encontrar de pé uma casa de qualquer tamanho. Olinda jaz em pequenos morros, cujos flancos em algumas direções caem a prumo, de modo a apresentarem as perspectivas rochosas mais abruptas e pitorescas. Estas são circundadas de bosques escuros que parecem coevos da própria terra: tufos de esbeltas palmeiras, aqui e ali a larga copa de uma antiga mangueira, ou os ramos gigantescos de copada barriguda, que se espalha amplamente, erguem-se acima do restante terreno em torno, e quebram a linha da floresta; entre esses, os conventos, a catedral, o palácio episcopal, e as igrejas de arquitetura nobre, ainda que não elegante, colocam-se em pontos que poderiam ser escolhidos por um Claude ou um Poussin; alguns ficam nos lados íngremes das rochas, alguns em campos que se inclinam suavemente para a praia; a cor deles é cinzenta ou amarelo pálido, com telhas avermelhadas exceto aqui e ali quando um campanário é adornado com telhas de porcelana azul e branco. Logo que chegamos ao ponto mais alto da cidade, olhando através do vale arborizado em torno do qual se agrupam as colinas, o fumo de um dos postos avançados chamou-nos a atenção. Os soldados estavam em pé ou deitados em torno e as armas ensarilhadas. Estavam à sombra de altas árvores que ficavam atrás; entre os seus troncos os raios coados do sol poente espalhavam uma luz moderada que o próprio Salvador Rosa não desdenharia. Estes soldados, porém, limitaram-nos o passeio. Pretendíamos voltar pelo caminho do interior, mas não nos foi permitido passar por ali, já que parte dele, ao menos, estava sem vigias. Fomos assim forçados a voltar pelo caminho pelo qual viéramos.

No lugar em que a presente guarda está localizada e onde, de fato, uma forte guarda é especialmente necessária, o rio Bibiriba [Beberibe] cai no estuário que era primitivamente o porto de Olinda. Uma

---

77 Este foi o colégio dos jesuítas fundado na administração do admirável padre Nóbrega e seu companheiro Luís da Grã. Aqui, com oitenta anos de idade o célebre Vieira deu aulas de retórica e compôs comentários a alguns clássicos, que infelizmente se perderam no curso das guerras civis.

represa foi construída sobre ele com comportas, que estavam na ocasião abertas. Na represa há uma belíssima arcada aberta, onde os habitantes da vizinhança estavam acostumados a ir em tempos de paz à noite para comer, beber e dançar. É desta represa que toda a boa água usada no Recife é conduzida diariamente em canoas de água, que chegam sob a represa chamada Varadouro, e se enchem por meio de vinte e três torneiras colocadas de modo a carregar as canoas depressa, sem trabalho demais. Vimos vinte e sete desses botinhos carregados, levados pelo rio em direção à cidade. Um único remo, que funciona mais como leme do que como remo, guia a embarcação para o meio da corrente, onde flutua em direção ao destino.

O sol já ia baixo muito antes de termos alcançado sequer o primeiro dos dois fortes em nosso caminho de volta para a cidade. Os cães já haviam começado uma tarefa abominável. Eu vi um que arrastava o braço de um negro de sob algumas polegadas de areia, que o senhor havia feito atirar sobre os seus restos. E nesta praia que a medida dos insultos dispensados aos pobres negros atinge o máximo. Quando um negro morre, seus companheiros colocam-no numa tábua, carregam-no para a praia onde abaixo do nível da preamar eles espalham um pouco de areia sobre ele. Mas a um negro novo até este sinal de humanidade se nega. E amarrado a um pau, carregado à noite e atirado à praia, de onde talvez a maré o possa levar. Estas coisas nos fizeram chegar em casa tristes e sem ânimo, não obstante as paisagens agradáveis entre as quais havíamos estado cavalgando.

Domingo, 29 [de setembro]. A festa de S. Miguel fez sair as senhoras portuguesas, das quais não havíamos visto ainda uma só passar pelas ruas. O traje preferido parece ser o negro, com sapatos brancos e fitas brancas ou coloridas e flores no cabelo, uma manta de seda ou gaze preta ou branca. Vimos alguns padres, também, pela primeira vez. Penso que o edito em que se determina que se conservem dentro dos muros dos respectivos conventos origina-se do fato de estarem eles entre os fomentadores do espírito de independência. A apropriação de tão grande parte da renda da igreja pela corte de Lisboa torna-a evidentemente impopular entre o clero do país; não é difícil aos padres convencer o povo daquilo que é de fato verdade, isto é, que a remessa de tantos tesouros do país para sustentar Lisboa, que não pode agora nem governá-lo, nem protegê-lo, é um bom fundamento para queixas. Diz-se que os costumes do clero aqui são os mais depravados. Isto é provavelmente verdade. Os membros do clero romano, impedidos pelos votos, de exercerem as caridades ativas da vida social, só dispõem dos recursos da ciência e da literatura contra as paixões e os vícios. Mas aqui até os nomes da literatura e da ciência são quase desconhecidos. O colégio e a biblioteca de Olinda estão em decadência. Não há um só livreiro em Pernambuco e a população de suas diversas freguesias sobe a 70.000 almas! Um jornal toleravelmente bem escrito, do qual não consegui arranjar o primeiro número, fundou-se em março. Sob o título de *Aurora Pernambucana*, e com a seguinte epígrafe de Camões:

Depois de procelosa tempestade,

Noturna sombra e sibilante vento,

Traz a manhã serena claridade

Esperança de porto e salvamento[78],

alude à chegada das notícias da revolução em portugal, a 26 daquele mês e ao juramento do governador, magistrados, etc., de aderirem à constituição estabelecida pelas cortes. Sinto dizer que a publicação deste único jornal está interrompida nos dois últimos meses por ter o editor, ao que parece, assumido a secretaria do governo[79(*)] e não ter mais tempo para dirigir a impressão[80].

Segunda-feira, 30 [de setembro]. – As tropas dos patriotas atacaram durante quatro horas a linha de defesa de Olinda na última noite, mas não acredito que tenha havido perdas de nenhum dos lados. Esta manhã uma fragata portuguesa, a *Dom Pedro*, chegou com tropas da Bahia. O reforço de 350 homens, parte europeus, parte baianos, trouxe aos habitantes, do governador para baixo, grande animação. De modo que, por uma vez, vemos Pernambuco ativo, animado, vivo.

---

78 [*Lus.* .IV, 1].

79 (*) *A Aurora Pernambucana*, impressa na Oficina do Trem, com licença da Polícia, apareceu a 27 de março de 1821. O último número – 30 – saiu a 10 de setembro. Criado sob os auspícios do governador Luís do Rêgo Barreto, era redigido exclusivamente pelo seu secretário Rodrigo da Fonseca Magalhães, mais tarde figura culminante da política portuguesa. V. ALFREDO DE CARVALHO, "Estado de Pernambuco" in *Anais da Imprensa Periódica Brasileira* (Rev. do Inst. Hist. Geogr. Bras., Tomo consagrado à Exp. Comem. do 1º Centenº. da Imprensa Periódica do Bras.), p. 391.

80 Atualmente não só este jornal recomeçou a sair, mas outros começaram a ser publicados no Recife.

Homens e mulheres, nos mais alegres trajes, saíram à rua, os militares correm e cavalgam em todas as direções, não pouco satisfeitos por terem quem com eles se reveze na constante vigilância e guarda.

Entre outras coisas, aprendi pela observação enquanto os mais velhos das famílias estavam entretidos nas ruas com os recém-chegados, que os jovens pernambucanos são tão destros no uso de sinais como os próprios amantes turcos, e que frequentemente um namoro é mantido desta maneira, e termina em casamento sem que as partes tenham sequer ouvido as respectivas vozes. Contudo o hábito comum é combinarem os pais as bodas dos filhos sem levar em linha de conta senão a conveniência financeira.

Hoje diversos oficiais e guardas-marinhas da *Doris* acompanharam-nos a jantar em casa do governador às quatro e meia da tarde. Nossa recepção foi a mais cordial. Sua Excelência ocupou uma das cabeceiras da mesa, um ajudante de ordens a outra. Eu fiquei sentada entre o Sr. e a Sra Luís do Rêgo. Ele parecia contente por falar de seus velhos amigos ingleses da guerra da península, com muitos dos quais eu me dava. A Sra. tinha muita coisa que perguntar sobre a Inglaterra, aonde ela estava ansiosa por ir. Pediram desculpas por oferecer tão poucos pratos, mas as belas baixelas estavam encaixotadas num armazém inglês juntamente com as joias e outras coisas preciosas de Sua Excelência. A cozinha era um misto de comida francesa e portuguesa. Após a sopa, passou à roda uma travessa de carne magra cozida, fatias de carne de porco gorda e salgada e linguiças. Com este prato, arroz feito em azeite e verduras frescas. Serviu-se *roast beef*, em atenção aos ingleses, muito pouco assado. Saladas e peixes de várias qualidades foram servidos de maneira singular. As aves e as demais coisas, à moda francesa.

A sobremesa foi servida em outra mesa. Além de nossas sobremesas europeias de frutas, bolos e vinho, havia todos os pudins, pastelões e tortas. Estava arreada de flores e havia uma profusão de confeitos de açúcar de todas as qualidades. Os convidados levantaram-se da mesa de jantar e dirigiram-se à outra que Madame Rêgo disse-me que deveria ter sido servida em peça separada, mas que eles haviam tomado posse da casa havia tão pouco tempo, que ainda não tinham nenhuma adequada àquele fim. O governador e seus convidados propuseram muitos brindes alternadamente ao rei da Inglaterra, ao rei de Portugal, à marinha inglesa, ao rei da França[81], a Luís do Rêgo, à capitania de Pernambuco, etc. Quando todos nos levantamos da mesa, alguns dos convidados voltaram para bordo, mas muitos passaram à sala de visitas, peça bem montada, com mobília estofada de cetim azul adamascado, onde nos reunimos aos oficiais franceses do navio de Sua Majestade Cristianíssima *Sapho*, e diversas senhoras e cavalheiros da cidade. Tivemos excelente música. Madame do Rêgo tem uma voz admirável e havia diversos bons cantores e pianistas. Foi uma noite agradável e polida como não pensara passar em Pernambuco, ainda mais agora, em estado de sítio.

Quarta-feira, 3 [de outubro]. — Fui a bordo na segunda-feira e, nem de propósito, os patriotas escolheram exatamente esta noite para fazer um ataque ao posto avançado de Affogadas [Afogados]. Não pude, assim, ver o governador à frente das tropas a marchar ao encontro deles, nem pude ouvir o hino nacional cantado pelos regimentos ao desfilarem de volta de uma surtida bem sucedida[82]. Ontem nada ocorreu digno de menção. Tivemos o cônsul inglês e comerciantes patrícios para jantar a bordo, e o dia se passou como estes dias costumam passar.

Sabendo que os patriotas se recusavam a permitir que a roupa pertencente ao navio, enviada a terra para lavar, voltasse à cidade, decidiu-se que nos dirigíssemos ao comando deles, para nos queixarmos dessa maneira muito inconveniente de prejudicar o porto.

---

81 O Sr. Lainé, cônsul de França, tão agradável e distinto, estava presente.
82 Depois de escrever o meu diário vi o relatório oficial desse ataque da Vila de Afogados. Foi uma expedição bem planejada. Mas as tropas improvisadas foram facilmente expulsas da vila, de que já se haviam apossado, com o lançamento de uma ponte sobre braço do Capibaribe, pelos veteranos de Luís do Rêgo.
Nessa mesma manhã, isto é, 1º de outubro, a Junta Provisória de Pernambuco dirigira um manifesto à dos patriotas de Goiana, oferecendo a paz, e dizendo-lhes que se o fim a que se propunham era a demissão de Luís do Rêgo, este estava pronto a retirar-se; que por duas vezes se prontificara a sair perante o Conselho do Recife, e além disso havia se dirigido às Cortes pedindo-lhes que lhe designassem um sucessor e lhe permitissem retirar-se. Que o movia a estes atos o desejo de paz e de proporcionar a tranquilidade da provícia, tão perturbada por essas lutas civis. Informava também aos patriotas que a *Dom Pedro* havia chegado, afirmando que as tropas chegadas naquela fragata só seriam empregadas na defesa do Recife. Insinuava também que contava com o apoio das fragatas inglesas e francesas fundeadas ali, e que tal assistência tinha sido oferecida para proteger as propriedades inglesas e francesas na cidade. Sei agora que tal assistência não foi pela fragata inglesa. Fora solicitada, mas o governo recomendara a mais estrita neutralidade. Recusou-se, assim, toda interferência e não se prometera mais que a proteção *pessoal* tanto a ingleses como a franceses e portugueses; conseguintemente, a proteção à propriedade inglesa era a missão da fragata ali, e isso estava naturalmente compreendido por todos os partidos.

Consegui partir em companhia dos emissários e, por isso, desembarcamos todos logo depois do almoço. Nosso primeiro trabalho foi obter passaportes e informarmo-nos das senhas.

Em seguida o capitão Graham e o coronel Cottar, principal ajudante de ordens do governador, dirigiram-se conosco ao posto avançado, onde os deixamos, com a intenção de voltar para jantar com o Sr. Stewart, a fim de encontrar a família de Luís do Rêgo. Nosso grupo consistia no Sr. Caumont, que fazia de intérprete, o Sr. Dance, que levava a carta, meu primo Sr. Glennie, como meu cavalheiro, e eu. Era a primeira vez que eu tinha a oportunidade de passar as linhas. Sentimo-nos como meninos de colégio em gazeta e estávamos na melhor disposição. A paisagem estava fresca e encantadora e o dia mais belo possível.

Pernambuco não é uma cidade murada, mas está cercada de rios largos e rápidos e vastos estuários. Só é acessível pelas estradas e aterrados; as trincheiras erguidas para a defesa atual são de molde a poder deter a cavalaria brasileira por alguns minutos, ou permitir abrigo para a mosquetaria; mas a melhor defesa é o pântano na boca do Capibaribe, que se inunda na preamar, e que se estende até quase o Beberibe. Na beira do pântano há uma paliçada de madeira onde deixamos os últimos postos dos realistas, e despedimo-nos de nossos amigos que nos haviam acompanhado até tão longe. Após cavalgar através do pântano, por sinal que bem conveniente para plantio do arroz, e circundado por coqueiros e tamarindeiros, chegamos à corrente principal do Capibaribe, profunda, larga e muito rápida; suas margens são íngremes e a água lindamente clara[83]: as margens são guarnecidas de casas de campo, adornadas de pomares e jardins, no momento abandonadas pelos proprietários, refugiados no Recife.

As sebes de cada lado do caminho são trançadas de folhas de palmeira e, onde não são muito novas, estão cobertas de toda espécie de trepadeiras; o maracujá, as clematites brancas, azuis e amarelas; o jasmim, a rosa-china e muitas outras, tão alegres como agradáveis.

As valas também estavam cheias de colorido, mas íamos muito depressa para parar e colher plantas; limitei-me a tomar comigo

---

83 O Capibaribe tem um curso de cerca de 50 léguas, mas é navegável somente até cerca de seis milhas do mar, devido às cachoeiras na parte superior; tem duas bocas, uma no Recife e outra em Afogados. (*Chorographia Brasílica*, do P. AIRES DO CASAL. Lisboa, 1817).

mesma o compromisso de, em algum momento futuro, colher uma que parecia o trevo dos charcos, mas de cor purpúrea e brilhante.

Cerca de duas milhas adiante do último posto avançado das tropas de Luís do Rêgo, chegamos ao primeiro posto dos patriotas, em uma casa de campo numa encosta, com armas ensarilhadas à frente, e uma espécie de guarda esfarrapada, consistindo num negro de olhar alegre, com uma espingarda de caça, um brasileiro com um bacamarte, e dois ou três sujeitos de cor dúbia com cacetes, espadas, pistolas, etc., que nos disseram haver ali um oficial. Após alguns minutos de conversa, verificamos que ele não tinha autorização para receber nossa carta, de modo que marchamos sob a direção do velho brasileiro de bacamarte, que ia a pé, e ameaçou atirar-nos se tentássemos andar mais depressa do que ele. O passo lento com que andávamos deu-nos ensejo para notar as belezas da primavera brasileira. Plantas brilhantes, com pássaros mais brilhantes ainda voando sobre elas, flores de agradável cheiro, laranjas e limões maduros, formavam um belo primeiro plano para as belíssimas árvores das florestas que cobriam as planícies e revestiam os flancos dos morros baixos na vizinhança de Pernambuco. Aqui e ali abre-se um pequeno espaço para a plantação da mandioca, que nesta estação é verde exuberante: as cabanas de madeira dos plantadores são geralmente à beira da estrada e, pela maior parte, cada uma tem seu pequeno pomar de mangueiras e laranjeiras. Numa dessas pequenas propriedades de família, encontramos uma bela e grande casa de guarda, colocada na encruzilhada de quatro caminhos. Aí o nosso guia a pé nos deixou; um jovem e elegante oficial de caçadores brasileiros passou a cavalgar a nosso lado. Conversou conosco chamando Luís do Rêgo de tirano, e atribuindo o sítio de Pernambuco inteiramente à obstinação do governador em não unir-se ao povo da província para derrubar o domínio do seu senhor. Em torno da casa de guarda um grupo de jovens negras, de largos e rasos cestos na cabeça, vendiam frutas e água fresca. Tinham os cabelos lanudos ornados de guirlandas feitas de alteia escarlate, bem como as beiradas das cestas. Seus xales de azul claro ou brancos estavam atirados com graça por sobre os escuros ombros e as saias brancas. Era um quadro tal como os antigos espanhois imaginariam o Eldorado.

Após cavalgar algumas milhas, chegamos, de repente, ao pé de um morro abrupto, em cujos flancos havia raros grupos das árvores mais estupendas que eu jamais vira. Aí veio ao nosso encontro uma pequena força militar, que, após entendimentos com o nosso guia, deu antes

Desenho de MARIA GRAHAM, datado de 19 de outubro de 1821
Coleção do Museu Britânico

Árvore no bairro da Graça (Bahia) notável pelas parasitas

Desenho a lápis de MARIA GRAHAM
Coleção do Museu Britânico

Jardim na Bahia

uma ordem, do que fez um convite para que cavalgássemos adiante. Em alguns segundos, chegamos a um barranco de areia íngreme e amarelo, ensombrado de um lado por altas árvores e aberto de outro para um lago cercado de morros cobertos de florestas, no mais distante dos quais as construções brancas de Olinda brilhavam como neve. No alto do barranco, e no ato de o descerem, estava um grupo de quarenta cavaleiros; um dos que vinham na frente trazia uma bandeira branca; diversos estavam vestidos com esplêndidos uniformes militares, outros com as roupas simples dos proprietários rurais. Era uma deputação da Paraíba que ia propor condições a Luís do Rêgo. Acabavam de deixar o quartel general do exército sitiante, onde se instalara o governo provisório de Goiana, e estavam acompanhados de uma guarda de honra; após trocarmos cortesias, parte da guarda voltou conosco e os deputados seguiram seu caminho. Chegando ao alto do morro, encontramos cerca de cem homens razoavelmente bem armados, mas estranhamente vestidos, que nos esperavam. Aí ficamos parados até que nosso guia avançou para pedir licença, a fim de que fôssemos conduzidos ao quartel general. Quanto lamentei não ter meios de esboçar nenhum fragmento do panorama! Além dos aspectos impressionantes que mencionei antes, apresentava este agora um largo rio, sobre o qual havia uma ponte de pedra branca com diversos arcos; de um lado, uma grande casa, mais com o ar de palácio, com seus arcos, seus corredores, e o acampamento do exército com os piquetes de cavalaria; enfim, uma confusão e animação que raramente acontece adornarem uma cena tão bela! Nosso guia voltou logo com dezoito ou vinte soldados montados, cuja aparência era mais selvagem que militar: a guarda apresentou armas quando a deixamos. Em breve galopamos morro abaixo, em direção ao corpo principal das tropas. Não ultrapassavam duzentos os que tinham as armas e os apetrechos de soldados; havia trajos e armas de todas as qualidades: couro, pano grosso e linho; jayquetas curtas e grandes capas escocesas, e toda espécie de tons de cor nas suas faces, desde o pálido europeu ao ébano africano. Estes regimentos esfarrapados prestaram-nos honras militares e fomos conduzidos à praça do palácio, onde o Sr. Dance e o Sr. Caumont apearam. Determinei aguardar com meu primo o resultado da conferência no pátio.

Isso, porém, não nos foi permitido. Dentro de breves minutos um homenzinho simpático, falando razoavelmente o francês, chegou e disse-me que o governo desejava a minha companhia. Suspeitei um erro no emprego da palavra governo por governador e tentei declinar a honra; mas nenhuma recusa foi aceita; o homenzinho informou-me ser ele o secretário do governo; em consequência ajudou-me a apear e mostrou-me o caminho do palácio. O saguão estava cheio de homens e cavalos, como uma estrebaria de acampamento, exceto um canto que servia de hospital para os feridos nas últimas escaramuças. Os gemidos dos últimos misturavam-se estranhamente às bulhentas e alegres vozes dos soldados. As escadas estavam tão apinhadas que subimos com dificuldade. Vi então que iria defrontar com a plena força do governo provisório. Ao fim de um longo e sujo quarto, que fora em tempos belo, como indicavam a forma das janelas e o estuque dos paineis em que havia traços de cor e de douração, estava um velho sofá de crina no centro do qual fui colocada, com Mr. Dance de um lado e Mr. Glennie de outro. Junto a Mr. Dance sentou-se o pequeno secretário e adiante dele nosso intérprete, em cadeiras de espaldar alto à moda antiga. O resto do mobiliário da peça consistia em nove assentos de diferentes tamanhos e formas, colocados em semicírculo em frente ao sofá. Em cada um sentou-se um dos membros da junta do governo provisório que fazem o papel de senadores, ou generais, conforme exigem as circunstâncias. Fui apresentada a cada um deles. Os nomes de Albuquerque, Cavalcanti e Broderod [Borba][84(*)], chamaram-me a atenção, mas ouvi mal e esqueci a maior parte deles. Alguns usavam belos uniformes militares, outros o humilde trajo de fazendeiros. Informaram-me amavelmente que não leriam a carta enquanto eu estivesse esperando fora, mas logo que se sentaram o secretário leu-a alto. Em vez de tomar qualquer conhecimento do conteúdo, o secretário começou um longo discurso, expondo a injustiça do governador português e do governo em relação ao Brasil em geral e aos pernambucanos em particular; para resistir a essa injustiça, haviam eles formado o presente e respeitável governo, em face da junta, sem intenção de provocar o menor detrimento dos direitos do rei; certamente não poderiam ser chamados de rebeldes, já que marchavam sob a bandeira real de Portugal, mas Luís do Rêgo poderia com razão ser acusado como tal, pois que havia atirado contra aquela bandeira. E prosseguiu numa longa arenga acerca dos princípios gerais de governo. Mas como eu entendia pouco a língua, perdi muitas coisas, tanto

---

84 (*) Deve referir-se ao membro da junta José Vitorino Delgado de Borba Cavalcanti de Albuquerque. O secretário era Filipe Mena Calado da Fonseca.

quanto meus companheiros. Mas não tenho dúvidas que se destinavam a impressionar a respeitável junta com uma alta ideia acerca da capacidade e eloquência do seu secretário. O discurso lembrou-me, outrossim, alguns dos mais bem escritos manifestos dos carbonários da Itália. Havia qualquer coisa no ar, nos modos e na cena, não muito diversa do que se imagina a respeito dos comícios de Barraca, daqueles povos mal conduzidos e mal empregados[85]. Falamos então bastante ao secretário, em francês, e ele repetia cada palavra à respeitável junta. Enfim conseguimos que ele aceitasse uma proposta para liberar a nossa roupa e outra para o fornecimento de provisões frescas ao navio. Estávamos pagando quarenta dólares por novilho na cidade. Concordaram em que o preço deles não excederia a dez, desde que enviássemos barcos ao rio Doce, ou ao Paratije [Paratibe] para buscá-los[86]. E um estuário de um pequeno rio ao norte de Olinda[87(*)]. Não devo deixar de mencionar que ofereceram licença para levar provisões frescas para nossos amigos ingleses e franceses na cidade.

A junta estava extremamente ansiosa por saber se havia probabilidade de reconhecimento pela Inglaterra da independência do Brasil, ou se ela tomaria alguma participação na luta. Muitas foram as perguntas, feitas de formas muito diversas, que o secretário nos dirigiu a respeito. Seus componentes são naturalmente violentos na linguagem em relação a Luís do Rêgo, na medida em que ele cumpriu seu dever militar, mantendo-os em aperturas com um punhado de homens. E, como todas as oposições, discorrem facilmente sobre princípios gerais, porque não têm de enfrentar os embaraços da realidade e os choques dos interesses privados quando se está na posse e no exercício de um cargo.

---

85 Lamento muito que eu fosse então de tal maneira ignorante da língua. Fora informada de que havia muitas causas de queixa naquela província. Não pretendo falar desrespeitosamente das reuniões políticas no Brasil. Todas tinham em vista os mais altos objetivos: a independência nacional e a liberdade civil sob leis reformadas. O primeiro lhes foi assegurado pelo Imperador Constitucional. O segundo está-se processando sob seu governo. Só o tempo poderá aperfeiçoá-lo. Seria feliz a Itália se os seus comícios populares tivessem tido o caráter brando dos do Brasil, e ainda mais feliz se tivesse encontrado no seu príncipe um defensor e protetor.
86 No rio Doce, desembarcaram Brito Freire e Pedro Jaques para ajudar Vieira na restauração de Pernambuco. V. *Introdução*, p. 29.
87 (*) O rio Doce, que tem suas vertentes no município de Olinda, faz confluência no rio Paratibe 12 km acima de sua foz, junto à povoação do Rio Doce, à qual ele dá esta denominação. (VASCONCELOS GALVÃO, *Dic. Corogr, Hist. e Est. de Pernambuco*, I, Rio, 1908, p. 214).

Eu estava sentada em frente a uma das janelas da sala do conselho e observava desde algum tempo que o sol estava declinando muito. Levantei-me, pois, para voltar. Recebi então do secretário uma nota para os oficiais dos postos avançados, no sentido de não levantarem obstáculos à passagem de coisa alguma pertencente à fragata de Sua Majestade *Doris*.

Mas não nos deixaram partir sem um cordial convite para cear e passar a noite. Trouxeram um imenso copo e uma garrafa de vinho com cerca de metade de água misturada. Fui então servida em primeiro lugar e, em seguida, todas as quatorze pessoas cada uma por sua vez. Por esse tempo a guarda estava formada, a banda tocou o hino nacional, a que todos assistimos descobertos, e assim montamos no meio dos homens de aspecto rude, naquela estranha, ainda que deliciosa vista, exatamente no momento em que a névoa da noite começava a velar as terras mais baixas e o sol vermelho vivo da tarde dourava os ramos mais altos da floresta.

Nossa viagem de volta foi muito mais rápida que a de ida. A noite estava fria, e os cavalos ansiosos por chegar. Mas não encontramos o Sr. Stewart senão duas horas após o pôr do sol, quando viemos a saber que, após haver esperado até seis horas, o capitão Graham insistira em que jantassem. O governador ficou inquieto e ofereceu-se a mandar um grupo de caçadores à procura — como ele gentilmente disse da minha pessoa. Mas isto foi, naturalmente, recusado. O capitão assegurou a Sua Excelência que se os patriotas detivessem o seu tenente ele o iria buscar com os seus próprios homens. Quanto a mim, como estava com meus dois companheiros, não tinha o menor receio a meu respeito. Fomos acompanhados pelo mesmo oficial que havia sido nosso companheiro na cavalgada para o posto de comando, quase até as linhas da cidade. Quando dissemos isso ao governador, ficou triste por não sabermos seu nome, para, no caso de eventualmente ter oportunidade de demonstrar-lhe gentileza, poder fazê-lo. Uma agradável conversa sobre nossa excursão, uma ceia cordial e um pequeno concerto encerraram o dia que, no conjunto, para mim foi dos mais agradáveis.

Quinta-feira, 4 [de outubro], — Recebi a bordo a visita de Madame do Rêgo, uma de suas filhas, Miss Stewart e varios cavalheiros. A maior parte dos convidados ficou enjoada com o jogo do navio, causado pela pesada ressaca na ancoragem. Eles estavam, contudo, encantadíssimos com a visita, especialmente com os foguetes com que por ocasião da partida saudamos as senhoras, que nunca tinham visitado uma fragata britânica.

Sexta-feira, 5 [de outubro]. — Obedecendo ao acordo feito com os oficiais patriotas na quarta-feira, uma lancha e a segunda embarcação foram ao rio Doce para receber novilhos e outras provisões. Os oficiais e os marinheiros foram recebidos da maneira mais amável e voltaram com muitos presentes de provisões frescas e verduras, que os patriotas obrigaram a aceitar. Uma banda militar aguardava-os em terra e levou-os ao lugar do encontro com os chefes.

O Srs. Biddle e Glennie, ao examinar a costa perto do cabo de Santo Agostinho[88], foram detidos como prisioneiros por algumas horas por um destacamento patriota; mas, como parecem ter agido só pelo intuito de obter dinheiro, e sob a direção de um subalterno, não se levou em conta o incidente.

Sábado, 6 [de outubro]. — A fragata levantou âncora para um cruzeiro e, se possível, encontrar melhor ancoragem. O Sr. Dance, com um grupo, foi buscar mais provisões no Rio Doce. A ressaca no lugar do desembarque estava tão forte que eles foram obrigados a entrar em canoas e deixar os barcos aferrados a certa distância da praia. Uma guarda de honra e uma banda militar os aguardava, como no dia antecedente, e além disso foram instados a jantar com o comandante do posto, o que fizeram com prazer. A sala de jantar era uma longa cabana feita de madeira e folhas de palmeira trançadas. Ao centro estava uma mesa comprida coberta com uma toalha belíssima e limpa. As raras cadeiras existentes no local foram destinadas aos estrangeiros. O resto do grupo ficou de pé durante a refeição. Aos estrangeiros, também, foram dados colheres e garfos, mas a falta de talheres não pareceu embaraçar os brasileiros. Cada pessoa recebeu um pequeno prato fundo de bom caldo de carne *bien doré*. Quanto ao resto todo o mundo pôs a mão no prato. Dois pratos principais ocupavam o centro da mesa. Um deles, uma terrina contendo farinha de mandioca crua. O outro, um pilha de peixes preparados com azeite, alho e pimenta. Cada pessoa começava por derramar uma quantidade de farinha no caldo até ele atingir a consistência de um pirão, depois, servindo-se do peixe, que estava partido em pedaços convenientes, mergulha-

---

88 A parte mais oriental da América do Sul. Tem dois modestos ancoradouros para pequenos navios, cada um dos quais defendido por um pequeno forte. Há ali uma capela famosa de N. Srª de Nazaré.

va-os no mingau e comia com os dedos. Em volta dos dois pratos principais havia outros da mais saborosa natureza: enguias fritas com ervas aromáticas, mariscos preparados com vinho e pimenta e outros da mesma espécie. Dentro desses também cada homem punha sua mão indiscriminadamente, e metendo seu bocado no prato fundo, ensinaram aos nossos oficiais como comer este substituto do pão de trigo e engolir sem preocupação de ordem ou limpeza. Todas as espécies de pratos foram misturadas e tocadas por todas as mãos. Depois do jantar um escravo passou em volta uma bacia de prata com água e toalhas, após o que beberam-se alguns brindes e a função terminou com vivas. A guarda e a banda acompanharam os oficiais até os barcos, onde os novilhos estavam prontos para embarcar e os escravos a postos para carregar os ingleses através da ressaca até as canoas que os levaram até os barcos. Quando voltaram, vi pela primeira vez a pitanga, uma baga da qual se faz excelente conserva. Cresce num belo arbusto, que dificilmente se distingue da murta, quer pela flor, quer pelas folhas, que são largas. A baga é do tamanho de uma avelã, dividida e colorida como um tomate grande. O Sr. Dance trouxe-me também um lindo periquito verde, o mais manso e adorável que já vi. Tinha as costas verdes e olhos brilhantes[89].

Domingo, 7 [de outubro]. — Continuamos a cruzar em frente a Olinda e Recife alarmando alguns de nossos amigos de terra por navegar em torno do banco chamado do Inglês, coisa considerada impossível até aqui para um navio grande.

Segunda-feira, 8 [de outubro]. — Soubemos hoje, ao ancorar, que se havia chegado a um acordo com os patriotas, pelo qual terão eles representantes no conselho e parte igual na administração. Em compensação terão de retirar as tropas invasoras e deixar Luís do Rêgo à frente dos negócios militares até a chegada dos novos despachos de Lisboa. Estas disposições pacíficas foram obtidas pela delegação da Paraíba com a qual nos encontramos na quarta-feira.

Terça-feira, 9 [de outubro]. O Sr. Dance, o Sr. Glennie e eu fomos indicados para tomar conta de um grande grupo de guardas-marinhas, que ainda não puderam dar uma volta pela praia. Vamos passar o

---

89 Toda a tribo dos papagaios no Brasil é linda; mas nem os papagaios nem os periquitos falam bem. Contudo nenhum navio de escravos chega da África sem trazer um ou dois papagaios cinzentos de modo que nas cidades eles são quase tão numerosos quanto os pássaros nativos, e muito mais barulhentos, pois falam incessantemente.

dia na ilha dos Coqueiros que fica a boa distância pelo porto a dentro, no interior do recife de Pernambuco. Enquanto navegávamos ao longo da rocha, observamos que ela é coberta de ouriços, polipos, bernaclas, patelas e revestida de conchas bivalves menores do que as ostras ou bribigões, mas contendo um peixe *[sic]* não diverso do último na aparência e do primeiro no sabor. Não tínhamos calculado exatamente o efeito da maré tão ao fundo do porto como a ilha dos Coqueiros. Em consequência encalhamos no canal exterior, a boa distância da costa. Os marinheiros empurraram-me na lancha sobre um banco de areia raso e depois carregaram-me para a praia; os guardas-marinhas vadearam o banco, e os oficiais com os botes e suas tripulações foram em busca de uma passagem mais funda onde pudessem aproximar-se com as nossas provisões. Entrementes os rapazes e eu tivemos bastante vagar para examinar a ilha. É perfeitamente rasa e recoberta de areia branca, a praia semeada com fragmentos de conchas e coral. Como o nome indica, é um bosque de coqueiros exceto onde o atual ocupante abriu espaço para uma horta e para viveiros de peixes. Os últimos são muito extensos e, como asseguram o fornecimento de peixe quando o mar forte impede as canoas de sair, dão esplêndido lucro ao empreendedor. A horta produz verduras, tanto europeias como brasileiras, com grande perfeição. Também vicejam muito bem as árvores frutíferas[90].

Nos cortes feitos para os tanques de peixes observei que por baixo da areia há uma rica terra escura, cheia de plantas em decomposição. E isto que provavelmente torna esta terra, aparentemente areenta, tão fértil. Os tanques estavam meio cobertos com o lírio branco aquático e outras plantas aquáticas da terra. Toda a ilha abunda em alegres arbustos e flores bizarras[91] onde o *Humming bird* (chupa-mel), aqui chamado beija-flor, com asas de safira e peito de rubi, balança-se no ar continuamente, e as vivas borboletas competem com ele nas flores, nas cores e na beleza. Até os répteis são aqui belos. As cobras e os lagartos o são singularmente, ao menos na cor. Encontramos uma lagarta imensa e peluda, da qual cada tufo é dividido em cinco ou seis ramos, os aneis do corpo são vermelho, amarelo e castanho. O povo acredita que elas fazem mal aos úberes das vacas, estancando-lhes o

---

90 Toda a tribo da laranja e do limão, mamões, cajueiros, melões e abóboras, romãzeiras, goiabeiras, etc.
91 A perriwinkle de Madagascar é a mais comum. Há muitas parasitas e quase todas as trepadeiras papilionáceas e em forma de sino. Os maracujás são também comuns.

leite, quando nem sequer os chupa. São por isso muito malvistas aqui, porque a ilha inteira, onde não há plantação, é pasto, e fornece grande parte do leite ao mercado do Recife.

Enquanto tentávamos esquecer nossa fome examinando a ilha, bebendo leite de coco e imaginando uma porção de coisas banais, mas novidades para olhos jovens e não viajados, como eram os da maior parte do bando, nossos barcos tomavam um caminho circular e afinal às 10 horas desembarcaram nossas provisões. Fizemos então um cordial almoço, sentados numa vela aberta à sombra dos coqueiros. Os rapazes mais velhos com suas espingardas acompanharam então o Sr. Dance e um comandante de navio mercante que se ofereceu a servir de cicerone, e foram caçar. Os mais moços ficaram comigo para colher flores, reunir plantas e, com ajuda dos marinheiros dos barcos, dirigir os preparos para o jantar. Ás 4 horas os caçadores voltaram trazendo picanços de crista vermelha, fringilídeos de várias cores, beija-flores, pegas pretas e amarelas, e outras de plumagem alegre e formas delicadas, de todo novas para nós todos. Um grupo mais alegre certamente nunca se reuniu, mas o melhor passeio ainda estava por vir. A maré estava agora favorável e resolvemos fazer uma coisa de interessante. Em vez de descer pelo porto abaixo, o que nos faria ultrapassar o tempo que nos fora concedido, entramos por uma passagem no Recife chamada *"das gaivotas"*, porque poucas coisas além dos pássaros pensariam em transpô-la[92(*)]. O barco das bagagens passou primeiro, nossa lancha em seguida. Ia eu sentada na popa do barco que devia passar em segundo lugar. Era belo, mas um tanto temível, vê-lo lançar-se nas vagas borbulhantes entre as rochas e erguer-se acima das ondas, livrando-se além delas. Nem foi menos complexa a sensação quando chegou nossa vez. Há sempre alguma coisa de triunfante na sensação de navegar sobre as ondas. Mas quando elas estão insolentes pela tempestade, ou ficam ameaçadoras pelas rochas ou bancos de areia, o triunfo aproxima-se do sublime; há nele um secreto temor, ainda que não das águas, e uma elevação da alma até Aquele que criou o oceano e deu ao homem inteligência para

---

92 (*) *Passagem das gaivotas,* chama ALFREDO DE CARVALHO, *(Rev. do Inst. Arqueológico e Geográfico Pernambucano* nº 60, 1904, sob o título "O assédio do Recife em 1821 Impressões de uma senhora inglesa"). A tradução literal seria "das procelárias", nome da ave que corresponde à *"Mother Cary".* PEREIRA DA COSTA na mesma *Revista* (nº 119, 1923, p. 38) refere-se à passagem do barco de Maria Graham pelo "buraco do francês" (a barreta).

dominá-lo. Não me envergonho de confessar que tive um momento, se bem que só um momento, de estranha ansiedade quando, ao olhar meus jovens companheiros, ouvi o Sr. Dance dizer: "Fique quieta e não diga nada", e então caminhando para a proa do barco gritou alto para o timoneiro: "Firme."! Mas passamos num instante e em breve nos alongávamos com a fragata, onde fomos louvados por termos realizado o que poucos haviam feito antes, e por havermos demonstrado a possibilidade de fazer com segurança o que em algum tempo futuro pode vir a ser importante saber que é possível.

Quarta-feira, 10 [de outubro]. — Fomos à terra cedo pela primeira vez desde o armistício. Os canhões foram retirados das ruas e raras lojas reabriram; os negros não estão mais encerrados portas a dentro e os padres reapareceram. Seus chapéus largos e amplos mantos dão-lhes importância no meio do povo, agora ocupado e ativo e, ao que parece, disposto a ressarcir o tempo perdido para o comércio devido ao sítio. Fiquei impressionada com a grande preponderância da população negra. Pelo último censo a população de Pernambuco, incluindo Olinda, chegava a setenta mil, dos quais não mais de um terço era de brancos. Os demais são negros ou mulatos. Os mulatos, em geral, são mais ativos, mais industriosos e mais espertos que qualquer das outras classes. Acumularam grandes fortunas em muitos casos, e estão longe de ficar para traz na campanha pela independência do Brasil. Poucos negros, mesmo entre os livres, conseguiram ficar muito ricos. Um negro livre, quando sua loja ou seu jardim corresponde ao seu esforço, vestindo-o e a sua mulher com um belo fato preto, um colar e pulseiras para a senhora, e fivelas nos joelhos e sapatos para adornar as meias de seda, raramente se esforça muito mais, e contenta-se com sua alimentação diária. Muitos, de todas as cores, quando conseguem comprar um negro, descansam, dispensando-se de demais cuidados. Fazem com que o negro trabalhe para eles, ou esmole para eles, e assim, desde que possam comer seu pão tranquilamente, pouco se importam em saber como foi ele obtido.

Os portugueses europeus ficam extremamente ansiosos por evitar o casamento com os naturais do Brasil e preferem antes dar suas filhas e fortunas ao mais humilde caixeiro de nascimento europeu do que aos mais ricos e meritórios brasileiros. Estão convencidos das prodigiosas dificuldades, senão malefícios que fizeram a si próprios com a importação de africanos. Sem dúvida encaram agora com pavor a hipótese da revolução, que libertará os escravos da sua autoridade e, declarando-os iguais aos outros, autorizá-los-á a tomarem como agravos os insultos que suportaram pacientemente por tanto tempo.

Quinta-feira, 11 [de outubro]. — Como tudo parece resolvido entre os chefes monarquistas e patriotas, estamos-nos preparando para deixar Pernambuco, e não sem tristeza, porque fomos tratados amavelmente pelos portugueses e recebidos com hospitalidade pelos nossos compatriotas. Fomos a terra para obter coisas necessárias ou agradáveis para nossa viagem adiante. Entre as últimas comprei excelentes doces[93], que são feitos no interior e trazidos para o mercado em belos barriletes de madeira, cada um contendo seis ou oito libras. E espantoso ver a carga transportada de duzentas ou trezentas milhas de distância pelos cavalos pequenos e fracos, mas rápidos, que há na terra. Os cavalos de carga não são ferrados, tal como os de montaria: os últimos são quase em toda parte treinados num passo rápido, fácil, mas não muito agradável no primeiro momento para os que estão acostumados com os cavalos ingleses. Vi e provei hoje a carne-seca, charqui [charque], da América do Sul Espanhola. Parece, quando pende em mantas nas portas das lojas, com feixes de couro grosso em tiras. Prepara-se cortando a carne em tiras largas, extraindo os ossos, salgando levemente, comprimindo e secando ao ar. Assim bem poderia servir de recheio dos selins dos bucaneiros, já que a tradição diz que eles arrumavam a carne sob as selas. Como quer que seja, a carne é gostosa. O modo comum de usá-la aqui é de parti-la em pedacinhos e cozê-la na sopa de mandioca, que é o principal alimento da gente pobre e dos escravos.

Após terminar minhas compras, fui procurar uma família portuguesa, e como fosse a primeira casa portuguesa em que ia entrar, estava curiosa em verificar a diferença entre ela e as casas inglesas daqui. A construção e a distribuição das peças são as mesmas. O salão só diferia em ser mais bem mobiliado e com todos os artigos ingleses, até mesmo um belo piano Broadwood. Mas a sala de jantar era completamente estranha. O solo estava forrado com um tecido estampado e as paredes cheias de gravuras inglesas e pinturas chinesas, sem distinção de assunto ou tamanho. Numa ponta da sala havia uma mesa comprida, coberta com uma caixa de vidro, na qual havia uma peça

---

93 Os conventos são, em geral, os lugares onde se fazem conservas mais delicadas. As que eu comprei eram de goiaba, caju, cidra e lima. As de caju são particularmente boas. São chamadas pelo nome genérico de DOCE.

religiosa de cera: um presépio completo, com os anjos, os três reis, musgo, flores artificiais, conchas e contas, tudo envolvido em gaze e tarlatana de seda, semeado de ouro e prata, e com Santo Antônio e São Cristóvão de guarda, à direita e à esquerda. O resto da mobília consistia em cadeiras e mesas comuns e uma espécie de consolo ou aparador. Do teto pendiam nove gaiolas de pássaros, cada qual com seu ocupante. Os canários, as patativas, rivais dos primeiros na beleza do canto, e as belas *viúvas*, eram os favoritos. Em gaiolas maiores, num quarto de passagem, havia mais papagaios e periquitos do que eu poderia julgar agradável numa casa. Mas são bem educados e raramente gritam juntos. Não estávamos sentados por muito tempo na sala de jantar quando passaram em volta biscoitos, bolo, vinho e licores, os últimos em pequenos cálices. Ofereceram-nos em seguida um copo d'água e fomos instados a prová-la, dizendo-nos que era a melhor do Recife. Provém de uma fonte no jardim do convento de Jerusalém, a duas milhas da cidade e o único cano dessa fonte dirige-se ao jardim de um convento de freiras daqui. Soube pela senhora que as jarras porosas para refrescar a água que encontramos aqui são todas feitas na vizinhança da Bahia, e que não há indústria aqui, exceto de algodão grosso para vestimenta de escravos. O ar e as maneiras da família que visitamos, ainda que não fossem ingleses nem franceses, eram de perfeita educação, e os vestidos mais belos que da Europa civilizada, com a diferença que os homens usavam jaquetas de algodão em vez de casacos de casimira e estavam sem colarinho. Quando saem, porém, vestem-se como os ingleses.

Ao voltar de nossa visita encontramos o enterro de um monge conduzido por vários irmãos de hábito, com círios, livros e campainhas, e todas as solenidades que o sentimento humano inventou para consolar seus próprios temores e aflições, sob o pretexto de honrar os mortos e, para os quais a Igreja Romana, em casos como este, acrescentou todo o seu fausto. Não me pude impedir de contrapô-lo aos enterros na praia de Olinda, e de sorrir diante das vaidades que nos acompanham até à corrupção.

"But man, vain man, Plays such fantastic tricks before high heaven, as make the angels weep[94(*)]".

---

94 (*) "Mas o homem, o homem vão, pratica tão fantásticos embustes perante o alto céu que faz os próprios anjos chorarem".
A citação é de SHAKESPEARE:
"But man, proud man

Mas os cavalos estavam a nossa espera, e deixamos a indignação e a piedade pelas tolices de uns e as misérias de outros, para gozar pela primeira vez, desde que as barreiras estavam abertas, o ar do campo. Quando fôramos ao Bibiriba [Beberibe] os soldados nos haviam detido a todo o momento para nos interrogar. Pilhas de armas e cavalos prontos à porta de cada casa importante, mostravam que os postos militares haviam tomado o lugar dos prazeres das casas de campo e explicavam o abandono das estradas. Agora, a cena está mudada. Os caminhos estão cheios de negros, moços e velhos, com suas belas vestimentas, ainda que bizarras, com cestas de frutas, peixes e outras provisões à cabeça. Pequenos carros, dos quais não havíamos visto nenhum, começam a aparecer e os belos bois que os puxam não formam um contraste desagradável com os novilhos meio famintos da cidade. Era uma tarde fresca e o sol estava bastante baixo para dourar as copas das palmeiras e outras árvores altas que se erguiam com as suas sombras escuras na luz suave e pura, produzindo um efeito que o próprio lápis de paisagem de um Ticiano não conseguiu fixar. Nosso passeio foi até a casa de campo do Sr. Stewart que está, creio eu, no mesmo plano que as outras da redondeza, e que só posso comparar com um *bungalow* do Oriente: um só pavimento, traçado muito comodamente, com uma varanda em torno e localizada no meio de um pequeno campo, parte do qual é plantação e parte pasto, geralmente cercado de limoeiros e rosas e ensombrado de árvores frutíferas. Tal é a descrição geral dos sítios campestres perto de Pernambuco. Há diferenças derivadas do gosto do habitante, ou das possibilidades do terreno. O aluguel baixo desses agradáveis pequenos parques é espantoso; mas deriva em grande parte da indolência, e consequente pobreza, dos possuidores das primitivas concessões das terras aqui: enquanto suas fazendas e seus escravos os sustentaram, não prestaram atenção às pequenas áreas que, ficando perto da cidade, poderiam ter sido sempre produtivas. Agora que a cultura do açúcar e do algodão não está em tão grande desenvolvimento, quase metade das fazendas estão arruinadas, mas o temperamento do povo se tornou tão indolente

---

Drest in a little brief authority
Most ignorant of what he's most assured
His glassy essence, like an angry ape
Plays such fantastic tricks before high heaven
As make the angels weep."
(Measure for Measure, II, 2).

que em vez de procurar salvar suas propriedades eles preferem alugar uma pequena porção delas por uma ínfima anuidade.

Em caminho para o sítio paramos numa espécie de taverna chamada venta [venda]. É como a pequena loja inglesa e tem um pouco de tudo: roupa e velas, frutas e toucinho, vinho e pimenta, tudo a retalho, sem lucro exorbitante, para os pobres; o vinho servido é realmente bom: Porto de excelente qualidade, sem a quantidade de aguardente exigida pelo mercado inglês. Ao passarmos de volta, paramos ali de novo. Muito negro estava ali gastando as economias de um dia e ficando tão alegre quanto o vinho permitia; muito viajante se estava regalando com pão, alho e sal, preparando-se para estender a esteira e deitar-se ao ar livre durante a noite. A noite sob os trópicos é sempre mais alegre e mais intensa do que entre nós. O calor do dia contém muita gente dentro de casa todo o dia. A tarde e a noite tornam-se os momentos preferidos para passeios. Ao voltarmos pela Boa Vista encontramos muita gente gozando como nós o ar livre, e vagueando sem ter o que fazer diante dos reflexos das casas brancas e das árvores que se balançavam dentro d'água; enquanto os vagalumes, voando de arbusto em arbusto, pareciam fragmentos de estrelas descidos para adornar o luar.

Sexta-feira, 12 [de outubro]. —Aniversário do Príncipe Real. Há uma recepção em palácio. Os convidados curvam-se primeiro diante do governador, em seguida diante do retrato do príncipe que está colocado no meio do salão de recepção para receber as honras devidas. Segue-se o *beja mano* [beija-mão]. Os fortes e os navios salvaram. Nós, está claro que fizemos o mesmo, e o povo, em roupas de gala, foi à missa, como em dia santo. Uma coisa contribuiu, contudo, em não pequena escala, para a alegria do dia. As tropas, que haviam chegado ultimamente da Bahia, reembarcaram para voltar. O comportamento delas, em geral, fora mau. As bebedeiras e desordens durante os dez dias que ficaram aqui desgostaram bastante o povo, ao mesmo passo que a disposição que mostravam em juntar-se aos patriotas, as tornou auxiliares um tanto suspeitas ao governador.

Sábado, 13 [de outubro]. — Despeço-me de meus amáveis amigos no palácio. Madame do Rêgo deu-me várias amostras de ametistas e a pedra chamada *minha nova [sic]* (semelhante à água marinha), além de um belo exemplar de minério de ouro da província. Disse-me que Luís do Rêgo havia remetido para o reino muitos e belos minerais da capitania, bem como alguns fósseis. Descreveu os enormes ossos, que poderiam ter pertencido ao elefante ou ao mamute, encontrados não muito longe do Recife, ao cavar um poço e, tanto quanto pude compreender, em solo como o que eu observara sob a camada de areia na ilha dos Cocos[95].

Os comerciantes ofereceram hoje um grande jantar ao capitão e oficiais. O governador e outras autoridades da cidade aderiram. Soube que foi um belíssimo jantar, que havia toda espécie de vinhos em quantidade, e nada poderia exceder a amigável polidez do governador e seu grupo. Eu fiquei na casa de Mr. Stewart, onde a maior parte da gente me visitou após o chá.

Despedimo-nos então de Pernambuco, onde havíamos recebido tantas gentilezas e tivéramos, ao menos, o gosto da novidade. O espetáculo de nosso embarque foi muito bonito. Nossos amigos acompanharam-nos ao embarcadouro. E nossos barcos, vogando à luz do belo luar, com os marinheiros subindo e descendo, nos preparativos da partida, o cais e as embarcações duplicadas pelo claro reflexo na água parada, aumentavam e espalhavam o brilho das ondas que se arremessavam contra o forte exterior e o farol. Através delas caminhamos e alcançamos o navio, onde de novo tomei posse de minha cabine e arrumei-a para viagem.

Deixamos Pernambuco com a firme convicção de que pelo menos esta parte do Brasil nunca mais se submeterá ao jugo de Portugal. Se a firmeza de comportamento de Luís do Rêgo falhou em manter a capitania em obediência, será inútil a outros governadores tentá-lo, especialmente enquanto o estado da metrópole for tal que não possa lutar com as colônias, nem por elas, e enquanto as considerar simplesmente como regiões tributáveis de seus territórios, obrigados a sustentá-la em sua fraqueza[96].

---

95 O morro de Pão de Açúcar, na serra da Priaca, cerca de oito léguas a N. O. da vila de Penedo, tem um lago no seu declive meridional, onde se encontraram ossos enormes. No lado norte há uma caverna medonha. [V. M. Aires de Casal, *Chorogr. brasílica* — 2ª ed. Rio, 1845, II, 143].
96 Deixamos Pernambuco a 14 de outubro de 1821. Antes de 18 de novembro do mesmo ano, as Cortes de Lisboa chamaram Luís do Rêgo e todas as tropas europeias, depois arrependeram-se desta convocação, deram contra ordem, e enviaram reforços. Mas ao tempo em que chegaram, o capitão-geral já havia embarcado em navio francês para a Europa e a junta, após dar provisões aos navios com as tropas, proibiu-lhes o desembarque e enviou-as ao Rio de Janeiro.

*Escravos carregando uma pipa nas ruas de Pernambuco
(aliás Rio de Janeiro – V. retificação da autora em pg. 393)*

Domingo, 14 [de outubro]. — Levantamos âncora depois do almoço e em breve perdemos de vista Pernambuco. Todo domingo, segunda e terça-feira, navegamos à vista das costas do Brasil. São montanhosas e com muita madeira; o verde das encostas é muitas vezes interrompido por manchas brancas brilhantes que pareciam de areia. Na noite de terça-feira 16 ancoramos na Baía de Todos-os-Santos, em frente à cidade do Salvador, comumente chamada Bahia. Já era bem escuro antes de entrarmos de modo que perdemos estreia da vista desse magnífico porto. Mas as luzes espalhadas revelam-nos a grande extensão e a alta colocação da cidade.

Quarta-feira, 17. — Esta manhã, ao raiar da aurora, meus olhos abriram-se diante de um dos mais belos espetáculos que jamais contemplei. Uma cidade, magnífica de aspecto, vista do mar, está colocada ao longo da cumeeira e na declividade de uma alta e íngreme montanha. Uma vegetação riquíssima surge entremeada com as claras construções e além da cidade estende-se até o extremo da terra, onde ficam a pitoresca igreja e o convento de Santo Antônio da Barra. Aqui e ali o solo vermelho vivo harmoniza-se com o telhado das casas. O pitoresco dos fortes, o movimento do embarque, os morros que se esfumam a distância, e a própria forma da baía, com suas ilhas e promontórios, tudo completa um panorama encantador; depois, há uma fresca brisa marítima que dá ânimo para apreciá-lo, não obstante o clima tropical.

Muito cedo mudamos nossa ancoragem para mais perto da costa. Então, a convite de Mr. Pennell, cônsul britânico, fomos à terra a fim de passar o dia com ele. Desembarcamos no Arsenal, onde não há nada da limpeza que se observa em nossa terra. A primeira coisa que vimos, contudo, foi uma bela fragata de 58 canhões nos estaleiros, cujo modelo vi elogiar como belo pelos entendidos. Não há ali mais nada digno de ser visto, além do novo navio e algumas belas peças de velhos canhões de bronze. Tudo está visivelmente, ou em suspenso, ou em decadência. Não haverá provavelmente progresso, até que se defina a situação política do Brasil. Encontramos as coisas aqui, ainda que não tão desassossegadas como em Pernambuco, contudo tendendo para o mesmo caminho.

A rua pela qual entramos através do portão do arsenal ocupa aqui a largura de toda a cidade baixa da Bahia, e é sem nenhuma exceção o lugar mais sujo em que eu tenha estado. É extremamente estreita; apesar disso todos os artífices trazem seus bancos e ferramentas para a rua. Nos espaços que deixam livres, ao longo da parede, estão vendedores de frutas, de salsichas, de chouriços, de peixe frito, de azeite e doces, negros trançando chapéus ou tapetes, cadeiras, (espécie de liteiras) com seus carregadores, cães, porcos e aves domésticas, sem separação nem distinção; e como a sarjeta corre no meio da rua, tudo ali se atira das diferentes lojas, bem

Cadeirinha, na Bahia

como das janelas. Ali vivem e alimentam-se os animais. Nessa rua estão os armazéns e os escritórios dos comerciantes, tanto estrangeiros quanto nativos. As construções são altas, mas não tão belas nem tão arejadas como as de Pernambuco.

Chovia quando desembarcamos. Por isso, como as ruas que conduzem para fora da imunda cidade baixa não permitem o emprego de veículos de roda, em virtude da violência da subida, alugamos cadeiras e as achamos, se não agradáveis, ao menos cômodas. Consistem numa poltrona de vime, com um estribo e um dossel coberto de couro. Cortinas, geralmente de melania, com debruns dourados e forradas de algodão ou linho, estão dispostas em torno do dossel, ou abertas, como se queira. Tudo é suspenso pelo alto por um único varal, pelo qual dois negros a carregam a passo rápido sobre os ombros, dando, de vez em quando, do direito para o esquerdo[97].

A medida que subíamos, cada passo nos trazia à vista um belo espetáculo, em geral enquadrado pela baía e pelas embarcações. Há qualquer coisa no panorama daqui de particularmente agradável. A verdura, a floresta, as íngremes bordas, e os campos docemente inclinados, geralmente abrindo-se para o mar ou para a lagoa, atrás da cidade, têm uma frescura e uma amenidade que dificilmente me lembro de ter visto antes. Não vimos senão pouco da cidade alta, mas esse pouco era belo, em nosso caminho para a casa do cônsul. Sua casa, como todas as dos comerciantes ingleses, fica um pouco longe da cidade, no subúrbio da Vitória, que ocupa a maior parte de um estreito espigão, que se estende da cidade até Santo Antônio. Entre ele e a cidade fica o forte Pedro [de São Pedro], construído, penso eu, primitivamente de barro pelos holandeses[98](*). Foi recoberto de pedra na retomada da Bahia aos holandeses, começo do último século. Encontramos o cônsul e sua filha prontos a nos receberem em sua muito agradável casa-jardim, que se dependura literalmente sobre a baía; flores e frutas misturam seus encantos até junto ao mar, enquanto

Seaborn gales their gelid wings expand
To winnow fragrance round the smiling land.

---

97 Quando Frezier passou por aqui usava-se uma simples rede de algodão com dossel.
98 (*) Há realmente quem sustente que o forte foi construído primitivamente de terra, pelos holandeses, como, p. ex., LUÍS DOS SANTOS VILHENA (*Recopilação de Notícias Soteropolitanas e Brasílicas*, ed. rev. e anot. por Brás do Amaral, Bahia, 1922). Verifica-se, porém, pelo exame dos documentos, que a primitiva trincheira, que deve ter sido realmente de barro, foi construída pelos portugueses, por ocasião da invasão de 1624. O governador Teles da Silva determinou a construção do forte de pedra, só terminado, porém, em 1723. (J. DA SILVA CAMPOS, *Fortificações da Bahia*, "Publ. do Serv. do Patr. Hist. e Art. Nac.", n.º 7, Rio, 1940, p. 135).

Ansiosos por aproveitar uma oportunidade para passear, depois de nossa viagem, aceitamos o amável oferecimento de Miss Pennell para mostrar-nos algumas das redondezas antes do jantar e acompanhamo-la até a igreja dedicada a N. Sr.ª da Graça. Foi a primeira oferta piedosa, creio eu, ao culto cristão, por uma nativa do Brasil.

Quando o famoso Caramuru naufragou em Itaparica, juntamente com o donatário Coutinho, este foi morto, mas Caramuru, querido pelos nativos, foi poupado e voltou a sua velha povoação da Vila Velha. Sua mulher, Catarina Paraguaza [Paraguaçu], que o havia acompanhado à França, teve então uma visão no campo dos índios. Pensando que se tratava de uma senhora europeia, Caramuru seguiu na direção apontada por sua mulher. Descobriu, segundo dizem, em uma das cabanas, uma imagem de N. Sr.ª da Graça, e, de acordo com as instruções que sua mulher recebera na visão, construiu e dedicou-lhe a igreja, doando-a, bem como uma casa junto a ela, aos beneditinos. Era a princípio de barro, mas logo depois foi feita de pedra.

Quinta-feira, 18 [de outubro]. — Passeamos antes do almoço através de uma paisagem tão bela que aspirávamos por um poeta ou um pintor a cada passo. Ás vezes entrávamos pela floresta selvagem e densa, através dos vãos cheios de arbustos, em seguida surgíamos em claros campos, com coqueiros esparsos, entre os quais se viam casas de campo, granjas e plantações. De cada elevação via-se a baía, o mar, ou o lago, completando o panorama. Aqui e ali a imensa gameleira[99] surgia como uma torre, adornada, além de suas próprias folhas, com inúmeras parasitas, desde o rijo cactus até a tilândsia[100]; a presença constante de uma torre de igreja ou de mosteiro suaviza e enobrece as feições da terra.

Mr. Pennell fez amavelmente aos nossos rapazes um convite amplo para sua casa. Em consequência, hoje diversos deles ali jantaram, e tivemos uma reunião à noite. Algumas senhoras tocaram quadrilhas, enquanto outras dançavam.

---

99 A gameleira, como a banyam (ficus bengalensis), lança raízes facilmente em outras árvores, e seus galhos trançam-se entre si da mesma maneira. É a árvore de que se fazem as canoas do Brasil. Além disso serve para gamelas de várias espécies.
100 Tilândsia ou planta aérea, da qual há várias espécies. A *Tillandsia lingulata* é a maior, e confere com a gravura de Jacquin. As outras são diferentes das descritas por ele e são muito mais bonitas. [Nikolaus Joseph von Jacquin (1727-1817), barão austríaco, autor de várias obras de botânica]. (N. T.)

Sexta-feira, 19 [de outubro]. — Acompanhei Miss Pennell numa série de visitas a seus amigos portugueses. Como não é costume deles visitar ou serem visitados na parte da manhã, não era lá muito elegante levar uma estrangeira a vê-los. Mas minha curiosidade, ao menos, foi bem paga. Em primeiro lugar, as casas, na maior parte, são repugnantemente sujas. O andar térreo consiste geralmente em celas para os escravos, cavalariças, etc., as escadas são estreitas e escuras e, em mais de uma casa, esperamos em uma passagem enquanto os criados corriam a abrir portas e janelas das salas de visitas e a chamar as patroas que gozavam os trajes caseiros em seus quartos. Quando apareciam, dificilmente poder-se-ia acreditar que a metade delas eram senhoras de sociedade. Como não usam nem coletes, nem espartilhos, o corpo torna-se quase indecentemente desalinhado, logo após a primeira juventude; e isto é tanto mais repugnante quanto elas se vestem de modo muito ligeiro, não usam lenços ao pescoço e raramente os vestidos têm qualquer manga. Depois, neste clima quente, é desagradável ver escuros algodões e outros tecidos, sem roupa branca, diretamente sobre a pele, o cabelo preto mal penteado e desgrenhado, amarrado inconvenientemente, ou, ainda pior, em papelotes, e a pessoa toda com a aparência de não ter tomado banho. Quando, em qualquer das casas, o estrondo de abrir as janelas cobertas de teia terminava, e a família se reunia, por duas ou três vezes, os criados tinham que transportar pratos de açúcar, mandioca e outras provisões, que tinham sido colocados nas melhores salas para secar. Há geralmente um sofá em cada extremidade da peça e, à esquerda e à direita, uma longa fila de cadeiras como se, nunca pudessem ser mudadas de lugar. Entre as duas filas de assentos há um espaço que, disseram-me, é muito usado para dançar; e em cada casa vi, ou um violão ou um piano, e geralmente ambos. Gravuras e pinturas, as últimas os piores borrões que nunca vi, decoravam geralmente as paredes. Há, além disso, crucifixos e outras coisas no gênero. Algumas casas, porém, são mais bem arranjadas. Uma, que penso pertencer a um capitão da marinha, era empapelada, o soalho tapetado e as mesas ornamentadas com bela porcelana da Índia e de França. A senhora, também, usava elegantemente um vestido francês. Outra casa, pertencente a um magistrado, estava também limpa, e com aparência mais distinta que o resto, ainda que o morador não fosse nem rico nem de alta posição. Lustres de vidro pendiam do teto, belos espelhos alternavam com as gravuras e as pinturas; boa quantidade de bela porcelana chinesa exibia-se em torno da sala. Mas as jarras, tal como as cadeiras e mesas, pareciam fazer parte inseparável das paredes. Éramos em toda parte convidados, após sentar por alguns momentos no sofá, a ir às sacadas das janelas para gozar a vista, a brisa ou, ao menos, divertirmo-nos com o que se passava na rua. E contudo não era porque faltasse assunto para conversa. O tópico principal, contudo, era o elogio da beleza da Bahia; vestidos, crianças e doenças, creio que enchiam o resto. E, para falar a verdade, a maneira de falar no último assunto era tão repugnante quanto o vestuário. Isto era pela manhã. Dizem-me que as senhoras são diferentes ao jantar. Casam-se muito cedo e em breve perdem a frescura. Não vi hoje uma só mulher toleravelmente bela. Mas quem poderá resistir à violenta deformação como a que o sujo e o desleixo exercem sobre uma mulher?

Sábado, 20 [de outubro]. — Como os mapas desta costa até agora publicados são muito errados, o capitão pediu permissão ao governo para fazer sondagens e plantas da baía. Foi isso recusado, por motivo político, como se pudesse ser político conservar ocultos escolhos e pedras tanto para os navios próprios como para os dos outros.

Andei pela maior parte da cidade. A parte baixa se estende muito além do que pude ver no dia em que desembarquei. Contém poucas igrejas, uma delas, pertencente a um mosteiro *d'A Conceição*[101(*)], é muito bela, mas o cheiro do interior é repugnante. O soalho é formado de quadriláteros de pedras, e dentro de cada um há uma almofada de madeira de cerca de nove pés por seis; sob cada almofada há uma sepultura na qual os mortos são lançados despidos até que alcancem certo número, quando, com um pouco de cal viva, a catacumba é coberta por uma laje e abre-se novo quadrilátero, e assim rotativamente. Desta igreja, passando o portão do arsenal, seguimos a rua de baixo até três quartos de milha além, quando se alarga consideravelmente: aí estão os mercados que parecem estar bem sortidos, especialmente de peixe. Aí fica também o mercado de escravos, cena que ainda não

---

101 (*) Equívoco da Autora. A Igreja de Nossa Senhora da Conceição da Praia, atual basílica, jamais pertenceu a qualquer mosteiro. Foi mandada fundar em 1549 pelo primeiro Governador Geral. É mantida por uma *Irmandade*, cujo compromisso foi aprovado em 1645. Daí, talvez, a confusão. O templo atual foi inaugurado em 1765. (V. MARIETA ÁLVES, *Igreja de N. Sr.ª da Conceição da Praia* — Pequeno guia das igrejas da Bahia, Bahia, 1954 — n. XV).

aprendi a ver sem vergonha e indignação[102]. Adiante fica uma série de arcadas com lojas de ourives, joalheiros e de armarinho e suas mercadorias miudas; além, casas de melhor aparência; mas há falta de limpeza e dessa arte de fazer com que as coisas pareçam bem, que atrai o comprador na Inglaterra e na França. Existe na cidade baixa uma livraria, onde os livros eram estranhamente caros, e outra na subida para a cidade alta.

A cidade alta é magnificamente situada na cumeeira entre o mar e o dique. Pela sua elevação e pela grande inclinação da maior parte das ruas, é incomparavelmente mais limpa que o porto. A catedral, dedicada a S. Salvador[103(*)], é uma bela construção e fica de um lado da praça onde estão o palácio, a cadeia e outros edifícios públicos. O mais belo destes, o colégio dos jesuítas, com colunas de mármore que vieram da Europa já cortadas, está transformado agora em quartel. O mais útil é o hospital de Nossa Senhora da Misericórdia[104], fundado por Juan [João] de Matinhos[105(*)], cuja estátua em mármore branco, com uma cabeleira como a de Sir Cloudesley Shorel, na abadia de Westminster, e que fica no primeiro patamar da escada, é a mais feia peça de escultura que já vi.

Este hospital, além de seu uso como refúgio para doentes, dos quais há geralmente cerca de 120, mantém 50 moças de famílias

---

102 Frezier diz da Bahia: "Quem acreditaria? Há armazéns cheios destes pobres desgraçados que ali estão expostos completamente nus, e são comprados como gado, sobre quem os compradores têm o mesmo poder, tanto que, ao menor aborrecimento, podem matá-los, quase sem medo de punição, ou, ao menos, tratá-los tão cruelmente como queiram. Não sei como tal barbaridade possa ser conciliada com as máximas da religião que os faz membros do mesmo corpo que os brancos, quando são batizados e os eleva à dignidade de filhos de Deus — *todos filhos do Onipotente*. Faço aqui esta comparação porque os portugueses são cristãos que fazem grande exibição de religião". [*A voyage to the Sorth-Sea, and along the coasts of Chili and Peru, on the years 1712-1714 by Monsieur Frezier* — London, 1717].
103 (*) A atual Sé Catedral, Basílica do Salvador, foi, até a expulsão dos jesuítas, a capela do colégio da Companhia de Jesus, cedida ao arcebispado em 1765. Não foi dedicada a *São Salvador*. (V. *Pequeno guia das igrejas da Bahia*: I - "Catedral Basílica", Prefeitura do Salvador, 1949).
104 Parte dos fundos para o sustento deste e de outros hospitais provém das loterias. Vejam-se os anúncios nos vários jornais da Bahia.
105 (*) Refere-se a João de Matos Aguiar, vulgo o Matinhos, falecido a 26 de maio de 1700, que não foi o fundador do hospital, que data do século XVI, mas o benemérito doador dos fundos com que se inaugurou o recolhimento para mulheres, a 29 de junho de 1716. V. a nota da autora n.º71. (V. MARIETA ALVES, "A Santa Casa da Misericórdia e sua Igreja", *Pequeno guia das igrejas da Bahia*. XI, Prefeitura do Salvador, 1952).

decentes às quais fornece educação conveniente e um dote de 200 mil reis conferido ao se casarem[106]. O prédio da Misericórdia é um belo exemplar do estilo dos conventos, dos edifícios públicos e das melhores casas nobres: antes nobre que elegante. Compreende uma grande área, subdividida em pátios menores; a escadaria é de mármore, embutida de estuque colorido, e os lados são cobertos de azulejos, formando arabescos frequentemente com desenhos muito belos. É um revestimento ao mesmo tempo fresco e limpo, especialmente para um hospital. As salas principais são também decoradas da mesma maneira, e muitas das frontarias e cúpulas das igrejas estão cobertas de azulejos semelhantes, cujo efeito é muitas vezes extremamente agradável, quando vistos entre as árvores e os edifícios mais baixos da cidade. A capela pertencente ao hospital é bela, porém um pouco bizarra. O teto é pintado respeitosamente. E provavelmente trabalho de um frade amador do século dezessete. O tratamento dos doentes é humano. Recebem boa comida e outras necessidades, mas a prática da medicina, ainda que muito melhorada nos últimos anos, não é a mais esclarecida.

Há uma grande desconfiança de estrangeiros no presente governo; daí não ter conseguido entrar em muitos edifícios públicos. O Tesouro do Governo era um dos que eu queria ver, mas houve objeções. O Tesouro aqui era antigamente considerado subordinado ao do Rio de Janeiro; conseguintemente pagava com parte de suas receitas as contas sacadas mensalmente pelo tesoureiro da capital sobre este e os de outras províncias. Mas desde a revolução de 10 de fevereiro, o Governo Provisório tomou a si recusar pagamento sob o fundamento de que é completamente independente do Rio, até que a vontade das Cortes de Lisboa seja conhecida. As rendas derivam de taxas diretas sobre a terra e mantimentos, tarifas sobre exportação e importação, e direitos portuários. A terra é sujeita a uma taxa de um décimo do total da produção, e, desde a revolução, as terras da igreja estão sujeitas à mesma lei. O clero é pago pelo governo.

Os impostos sobre os mantimentos são anualmente arrendados aos que mais alto lançam; recaem sobre a carne, peixe fresco, farinha e

---

106 João de Matos Aguiar, geralmente chamado João de Matinhos, por causa de sua pequena estatura, foi o fundador deste recolhimento. Legou 800.000 cruzados para as mulheres recolhidas, 400.000 para os doentes, um para cada qual que deixa o hospital, e 400.000 de dote para 38 raparigas cada ano, na ocasião da fundação, 1716.

verduras. Cada freguesia tem seu arrematante separado, que paga a quantia de seu contrato ao Tesouro e depois realiza o mais que pode de suas cobranças.

Os direitos de importação e exportação são pagos na Alfândega. Entre esta e o Tesouro faz-se uma prestação de contas mensalmente. As taxas portuárias para navios estrangeiros são de 2.000 reis por dia, uma ninharia para o farol, e taxas bem pesadas de entrada, limpeza, etc. Os navios portugueses e brasileiros não pagam ancoragem, mas estão sujeitos a tonelagem.

Terminamos nossa perambulação pela cidade, indo de noite à ópera[107]. O teatro é colocado na parte mais alta da cidade e o patamar diante dele domina o mais belo panorama imaginável. E um belo edifício e muito confortável, tanto para os espectadores como para os atores. Interiormente é muito grande e bem traçado, mas sujo, e precisando muito ser pintado de novo. Os atores são muito maus como tais; um pouco melhor como cantores, mas a orquestra é muito tolerável. A peça era uma tragédia muito mal representada, baseada no *Maomé* de Voltaire. Durante a representação os cavalheiros e damas portugueses pareciam decididos a esquecer o palco, e a rir, comer doces e tomar café, como se estivessem em casa. Quando os músicos, porém, começaram a tocar a ouverture do *ballet*, todas as vistas e vozes voltaram-se para o palco. Seguiu-se a exigência de tocar-se o hino nacional e só depois de tocá-lo e repeti-lo duas vezes permitiu-se que o *ballet* continuasse. Durante a algazarra provocada por isso, um capitão do exército foi preso e expulso da plateia, dizem uns que por ser batedor de carteiras, outros por estar empregando linguagem imoderada em assuntos políticos quando se estava a exigir o hino nacional.

Entrementes um dos nossos guardas-marinhas teve sua espada roubada, com habilidade, do canto do camarote, ainda que não percebêssemos que houvesse entrado alguém. Chegamos à conclusão de que um cavalheiro fardado no camarote vizinho entendeu que ela lhe conviria e então afivelou-a ao voltar para casa.

A Polícia aqui está num estado de desbarato. O uso do punhal é tão frequente que os assassínios secretos geralmente atingem duas centenas por ano, compreendendo as duas cidades, a alta e a baixa. Para

---

107 Foi começado pelo conde da Ponte e terminado pelo conde dos Arcos após a chegada do rei ao Brasil. Foi inaugurado a 13 de maio de 1812.

esse malefício contribuem grandemente a escuridão e a inclinação das ruas, que proporcionam uma quase certeza de fuga. O intitulado *Intendente de Polícia* é também juiz superior em matéria criminal. Não há lei, contudo, que estabeleça os limites de sua jurisdição, ou dos seus poderes, nem do Tenente-coronel de Polícia. Este convoca alguns soldados de qualquer guarnição sempre que tem de agir, e designa patrulhas militares também tiradas dos soldados em serviço. Acontece frequentemente que pessoas acusadas perante esse formidável funcionário são detidas e aprisionadas por anos, sem nunca serem levadas a julgamento; uma informação maliciosa, quer falsa quer verdadeira, sujeita a casa particular de um homem a ser aberta pelo coronel e seu bando. Se o dono escapa da prisão ainda é bom, posto que a casa raramente escape da pilhagem. Nos casos de conflitos e brigas na rua, o coronel geralmente ordena aos soldados que descarreguem as bengalas e surrem o povo à vontade. Sendo tal o estado da Polícia, é ainda mais admirável que os assassínios sejam tão poucos do que sejam tantos. Onde há pouca, ou nenhuma justiça pública, a vindita privada toma o seu lugar.

Domingo, 21 [de outubro]. — Fomos à capela inglesa, e ficamos encantados com a maneira digna com que se processou o ofício. O capelão é o Rev. Robert Synge, homem de maneiras alegres e sociáveis, mas extremamente atento, tanto como capelão quanto como protetor de seus patrícios pobres. Tanto a capela quanto o clero são mantidos pelo fundo de contribuição, como também o hospital para ingleses, marinheiros e outros, e o seu cirurgião, o Sr. Dundas. Tanto o hospital quanto a capela ficam sob o mesmo teto. Fiquei surpreendida, talvez sem razão, ao ouvir o Sr. Synge rezar por "Dom João de Portugal, soberano destes domínios, por cuja graciosa permissão nos é permitido reunirmo-nos e cultuar a Deus segundo nossa consciência", ou palavras semelhantes. Não tínhamos a mesma cortesia em Roma, lembro-me bem, para rezar por Sua Santidade, ainda que tivéssemos a mesma razão,

Voltando da capela, vimos grande parte das tropas formadas em ordem de revista, no pequeno campo entre *Buenos-Aires* (nome do Hospital) e o forte Pedro [São Pedro]. Todo português, ao que parece, nasce soldado, e não há nada que isente um homem dos deveres militares, a não ser um cargo público. Há seis corpos de milícia na cidade da Bahia: 1º — uma companhia de nobres de cavalaria, que forma a guarda de honra do governo; 2º — um esquadrão de artilharia montada; 3.º e 4.º — dois regimentos de brancos, quase todos comerciantes; 5.º — um regimento de mulatos e 6.º — um de negros livres, atingindo todos reunidos 4.000 homens, bem armados e equipados; mas o regimento de negros é sem dúvida o mais treinado e mais ativo, como corpo de infantaria ligeira. Os regimentos de Milícia do interior, como os de Cachoeira, Piaja, [Pirajá] etc., são muito mais fortes e, juntamente com os da cidade, atingem a cerca de 15.000 homens. Os oficiais são escolhidos entre as famílias mais respeitáveis e, com exceção dos majores e ajudantes, que são de linha, não recebem pagamento. As tropas da capital são em geral passadas em revista ou inspecionadas nos domingos e algumas vezes as tropas regulares portuguesas são passadas em revista com elas. Há sempre alguma coisa de alegre e animador nos ruídos marciais e nos espetáculos militares. O bom tempo, o belo panorama e, acima de tudo, a ideia de que em um ou dois dias, ou mesmo naquela mesma noite, aqueles mesmos soldados poderiam ser convocados para a ação, não tornava a cena menos interessante. A artilharia nativa constituiu durante muito tempo a guarnição de alguns fortes. Parece que as tropas reais de Portugal pretendem certa supremacia e, acima de tudo, requisitaram os fuzis e a munição das outras; há assim uma disputa em que tomam parte realistas e independentes e todos os dias esperam-se hostilidades; mas ambos os partidos parecem tão desejosos de ficar em paz que confio em que o negócio terminará sem derramamento de sangue.

Segunda-feira, 22 [de outubro]. — Esta tarde houve uma grande reunião social tanto de portugueses quanto de ingleses na casa do cônsul. Nas mulheres bem vestidas que vi à noite tive grande dificuldade em reconhecer as desmazeladas da manhã de outro dia. As senhoras[108(*)] estavam todas vestidas à moda francesa: corpete, fichu, enfeites, tudo estava bem, mesmo elegante, e havia uma grande exibição de joias. As inglesas, porém, ainda que quase de segunda categoria, ou mesmo da nobreza colonial, arrebataram o prêmio de beleza e da graça, porque afinal os vestuários, ainda que elegantes, quando não são usados habitualmente, não fazem senão embaraçar e estorvar os movimentos espontâneos e, como nota Mademoiselle Clairon[109(*)]

---

108 (*) Em português no original.
109 (*) Pseudônimo de Claire Josèphe Hippolyte Léris de la Tude (1723-1803) — atriz e escritora francesa, autora das *Mémoires d'Hippolyte Clairon*. publicadas em 1799.

"para poder representar de fidalga em público, é preciso que a mulher o seja na vida privada".

Os homens portugueses têm todos aparência desprezível. Nenhum parece ter qualquer educação acima da dos escritórios comerciais e todo o tempo deles é gasto, creio eu, entre o negócio e o jogo. Do último as mulheres participam largamente depois de casadas. Antes desse período feliz, quando não há dança de noite, ficam em volta das mesas de cartas e, com olhos ansiosos, acompanham o jogo e esperam ardentemente o momento em que também poderão tomar parte nele. Não me admiro dessa tendência. Sem educação e consequentemente sem os recursos do espírito, e num clima em que o exercício ao ar livre é de todo impossível, é preciso ter um estímulo. E o jogo, tanto para o civilizado quanto para o selvagem, sempre foi recurso para tornar mais rápido o curso da vida. No momento, tivemos medo de que os jovens ficassem desapontados com a dança, porque os rabequistas, depois de esperar algum tempo, foram-se embora, dizendo que não lhes tinham dado chá bastante cedo. Mas algumas das senhoras se ofereceram para tocar piano e o baile durou até depois de meia noite.

Terça-feira, 23 [de outubro]. — Passeei a cavalo com o Sr. Dance e o Sr. Ricken pelas margens do dique, decididamente a mais bela paisagem deste belo país, e depois através de florestas selvagens, em que todos os esplendores da vida animal e vegetal do Brasil se exibem. A esplêndida plumagem dos pássaros, a brilhante cor dos insetos, o tamanho e forma, cor e fragrância das flores e plantas que via na maior parte pela primeira vez, encantaram-nos e tornou nosso pequeno passeio às grandes plantações de pimenteiros às quais nos dirigíamos, delicioso. As sebes estão, nesta estação, alegres com a florada de café, mas é muito cedo para a pimenta ou algodão atingirem seu esplendor. Não há muitos anos que Francisco da Cunha e Meneses[110(*)] mandou a pimenteira de Goa para estas plantações, que foram, mais tarde, ampliadas por ele, quando se tornou governador da Bahia. Daqui se enviaram exemplares para Pernambuco, que pegaram no Jardim Botânico.

Das plantações de pimenta, seguimos para um convento na mais longínqua extremidade da cidade, dominando ambas as enseadas, acima e abaixo da península do Bonfim, ou N. Sr.ª do Mont Serrat. É

---

110 (*) Francisco da Cunha e Meneses foi governador da Bahia de 1802 a 1805.

chamado da Soledade¹¹¹⁽*⁾, e as freiras são famosas pelos seus pratos delicados e pela feitura de flores artificiais, formadas de penas de aves coloridas do país. Admirei acima de tudo o lírio da água, ainda que a flor da romã, o cravo e a rosa sejam imitados com a maior exatidão. O preço de todas estas coisas é exorbitante. Mas como os conventos perderam muito do patrimônio desde a revolução, as freiras são forçadas a refazer-se, com o produto desta indústria inferior, das privações que lhes foram impostas pela redução das rendas.

Quarta-feira, 24 [de outubro]. — O Sr. Pennell, sua filha e poucos amigos mais, vieram conosco num passeio a Itaparica¹¹², uma grande ilha que forma o lado ocidental da Baía de Todos-os-Santos. Dela parte um banco pelo mar a dentro e há recifes de rochas coralinas nas diferentes partes da sua costa. A distância da cidade ao desembarcadouro mais próximo na ilha é de cinco milhas, que a tripulação de nossos barcos venceu a remo em menos de duas horas. Arribamos entre dois recifes num pequeno molhe pertencente à fazenda de Aseoli [Accioli] ou Filisberti, ambos os quais foram sócios do estabelecimento comercial de Jerônimo Buonaparte aqui¹¹³(*). Não

---

111 (**) Antigo convento das Ursulinas (regra de Santa Ângela de Brescia), erigido em 1739 pelo célebre jesuíta padre Gabriel Malagrida.
112 (71) *Itapa* é o nome indígena; a terminação portuguesa *Rica* indica a fertilidade da ilha. Nesta ilha Francisco Pereira Coutinho, primeiro donatário, foi morto pelos selvagens. Ele havia fundado sua vila perto da praia chamada Vila Velha, perto do atual forte da Gamboa, e não longe da casa do aventureiro Caramura [Caramuru]. O primeiro estabelecimento cristão foi fundado aqui em 1561, quando os jesuítas reuniram numa aldeia alguns dos nativos(*).
(*) A interpretação etimológica do nome Itaparica pela autora não é confirmada pelos modernos tupinólogos. A forma antiga, segundo Teodoro Sampaio, é Itapari, que ele interpreta como *ita-pari*, cercado de pedras. (*O Tupi*, 2.ª, São Paulo, 1914, p. 231).
113 (*) Refere-se a autora, certamente, ao Marechal José Inácio Acciovoli, que depois se assinou Accioli. Era natural do Sergipe e fez carreira militar reformando-se em 1818 no posto de Marechal de Campo. Faleceu na Bahia em 1826. Reuniu considerável fortuna e tratava-se à lei da nobreza. Recebeu em sua casa o príncipe Jerônimo Bonaparte, de passagem pela Bahia em 1806 e presenteou-o com uma valiosa espada de ouro. O príncipe, por sua vez, ofereceu-lhe rica baixela de ouro e prata, que passou aos herdeiros do Marechal, Barros Pimentel e Pedroso. [V. CARVALHO JÚNIOR, *Biogr. do Marechal José Inácio Acciavoli de Vasconcelos Brandão*, "Revista do Inst. Histórico e Geográfico do Sergipe" – Vol. II, fasc. I, 1914 ps. 60-62].
Quanto a *Filisberti* parece evidente tratar-se de Felisberto Caldeira Brant, futuro marquês de Barbacena, também militar e igualmente grande comerciante na Bahia e a quem o príncipe Jerônimo ofereceu uma espada. [V. A. A. DE AGUIAR, *Vida do Marquês de Barbacena*, Rio, 1896, p. 101.
Tanto Accioli quanto Brant concorreram para a recepção e para o fornecimento de víveres à esquadra do príncipe Jerônimo. Não conseguimos apurar, porém,

há cidade em Itaparica, mas sim uma vila, ou aldeia, com um forte na *Punto* [Pontal] *de Itaparica* que domina a passagem entre ela, o continente e também a foz do rio, na qual fica *Nazaré da Farinha*, assim chamada pela abundância da produção deste artigo. Há também muitas fazendas que, com suas construções para escravos e gado, podem ser consideradas como outras tantas povoações. Cada fazenda de açúcar, ou *engenho*, como as fazendas são mais geralmente chamadas aqui, tem sua pequena comunidade de escravos em torno; e nas suas cabanas podem usufruir alguma coisa semelhante às bençãos da liberdade, nos laços e benefícios da família, que eles não estão impedidos de manter. Entrei em várias das cabanas e achei-as mais limpas e mais confortáveis do que esperava. Cada uma contém quatro ou cinco quartos e cada quarto parecia abrigar uma família. Estes escravos de fora da casa, pertencentes aos grandes engenhos, estão em geral em condição muito superior aos escravos pertencentes aos senhores cuja posição é mais próxima à deles, porque "Quanto mais o senhor está distante de nós em lugar e categoria, mais liberdade usufruímos, menos são inspecionadas e controladas nossas ações, e mais pálida fica a cruel comparação entre nossa própria sujeição e a liberdade, ou mesmo o domínio de outro". Mas, na melhor das hipóteses, os confortos dos escravos serão precários. Aqui não é raro conceder a um escravo a alforria quando ele está muito velho ou muito doente para trabalhar, isso é, pô-lo pela porta a fora para mendigar ou morrer de fome. Há poucos dias, ao voltar de um pic-nic, um grupo de cavalheiros encontrou uma pobre negra em estado miserável, jazendo à margem da estrada. Os cavalheiros ingleses recorreram aos companheiros portugueses para que lhe falassem e a confortassem, pensando que ela os entenderia melhor. Mas eles disseram: "Oh! É só uma negra, vamos embora!" E assim fizeram, sem querer saber mais dela. A pobre criatura, que era uma escrava despedida, foi levada para o hospital inglês, onde morreu dentro de dois dias. Suas doenças eram idade e fome[114]. Os escravos que vi trabalhando na distilaria,

---

qual seria o *estabelecimento comercial* do príncipe de que ambos seriam sócios; *"both of whom were Partners in Jerome Buonaparte's commercial establishment here"*, diz a Autora. (V. F. BORGES DE BARROS, *Novos documentos para a História colonial*. Primeira parte: Jeronymo Bonaparte. Sua estadia na Bahia – Bahia, 1932; DONATELLO GRECO, *Napoleão e o Brasil*, Jerônimo Bonaparte na Bahia, Rio, 1939 p. 61).

114 "O costume de expor os escravos velhos, inúteis ou doentes numa ilha do Tibre para ali morrer de fome, parece ter sido assaz comum em Roma. Os que se salvassem após terem sido assim expostos, tinham a liberdade concedida por um edito do Imperador

pareciam magros, e, deveria dizer, esgotados. Mas informam-me que só durante os meses de distilação eles parecem assim, e que nas outras épocas são tão gordos e alegres como os da cidade, o que será muito bom. Eles têm aqui uma igrejinha e um cemitério, e como veem que a sorte deles é a sorte de todos, ficam tão consolados quanto podem ficar os escravos.

O açúcar é o produto principal de Itaparica, mas a maior parte das aves, verduras e frutas consumidas na Bahia vêm também da ilha. Extrai-se também cal em quantidade considerável das madréporas e corais encontrados na praia. Esta ilha costumava fornecer cavalos à vizinhança. Quando a frota e o exército ingleses passaram pela Bahia, a caminho do Cabo da Boa Esperança, os cavalos para os regimentos de cavalaria foram comprados aqui[115(*)]. Contudo não há nada notável em Itaparica a não ser a fertilidade. A paisagem tem o mesmo aspecto que a da Bahia, ainda que em estilo mais modesto. Mas é fresca, verde e agradável. Após jantar num bosque de palmeiras e andar por perto até sentirmo-nos cansados, reembarcamos para voltar. Mas a maré estava desfavorável; vagueamos então por entre os rochedos nos quais Francisco Pereira Coutinho, o primeiro fundador da colônia da Bahia, naufragou e, em seguida, foi trucidado pelos nativos, e onde nós, em consequência, gastamos quatro horas para voltar para casa.

Os dias 26, 27 e 28 passamos em agradável convívio com os patrícios. E como nenhum de nós estava disposto a desembarcar, nossos amigos vieram a nós. Há dezoito casas de comércio inglesas na Bahia, duas francesas e duas alemãs. O comércio inglês se faz principalmente com Liverpool, que fornece produtos manufaturados e sal, em troca de açúcar, aguardente, tabaco, algodão, muito pouco café e melaço. Ultimamente embarcou-se açúcar por conta dos ingleses para

---

Cláudio, no qual era proibido matar qualquer escravo somente por velhice ou doença". "Podemos imaginar o que fariam outros, quando Catão, o antigo, professava a máxima que se devia vender os escravos demasiado velhos por qualquer preço, em vez de conservar uma carga inútil". *Discursos sobre o Povoamento das Antigas Nações.*

115 (*) A 9 de novembro de 1805 arribou à Bahia. uma esquadra inglesa comandada pelo almirante Home Popham, constando de 60 velas e conduzindo uma tropa expedicionária chefiada pelo general David Baird. Recebeu dos negociantes da Bahia, inclusive o coronel Felisberto Caldeira Brant, os socorros mais urgentes e provisões frescas. A sua derrota apesar de todos os segredos e cautelas, soube-se que era o Cabo da Boa Esperança, que foi realmente ocupado militarmente. (INÁCIO ACCIOLI DE CERQUEIRA E SILVA, *Memórias históricas e políticas da província da Bahia*, ed. rev. por Brás do Amaral, III, 1931, p. 36).

Hamburgo, em grande quantidade e penso que em retorno vieram roupas de lã alemãs ou prussianas. A província da Bahia, pelo seu desprezo das manufaturas, depende inteiramente do comércio. Mas a distância do mar em que fica a província de Minas Gerais, induziu os habitantes a tecer não somente roupa bastante para consumo interno, mas também a fazer disso um artigo de comércio com outras capitanias,

Na província do Espírito Santo, fazem-se velas de pano, mas o principal comércio desse lugar é o de escravos. Este ano não menos de setenta e seis navios de escravos partiram sem contar os contrabandistas neste gênero.

Domingo, 28 [de outubro]. — O Sr. Pennell fixou gentilmente o dia de hoje para dar-nos uma festa no campo. Por isso alguns de nossos moços tiveram de ir antes e ajudar a armar as barracas, etc.; mas um engano quanto às marés e ao tempo, e um erro quanto à praticabilidade de desembarque num lugar da praia além do farol, ocasionou uma série de aventuras e acidentes, sem os quais sempre ouvi dizer que nenhuma *fête-champêtre* poderia ser perfeita. Apesar dos pesares, nossa festa foi alegre. Em vez das tendas utilizamos uma casa de campo chamada *a Roça [sic]*, onde a beleza da situação e a elegância da construção e do jardim supriram o que poderíamos ter achado de romântico nas tendas, se tivessem sido erguidas. É costume pavimentar os pátios das casas de campo com seixos escuros e formar no pavimento uma espécie de mosaico com as conchas brancas. Os jardins são traçados em aleias, um pouco ao gosto oriental. Os milhões de formigas que às vezes numa só noite deixam a melhor das laranjeiras despida de folhas e flores, tornaram preciso cercar cada árvore com um pequeno muro de massa, ou antes um rego com água, até que sejam bastante fortes para resistir. No jardim da *Roça*, cada arbusto de valor, seja pelos frutos seja pela beleza, estava assim cercado, e havia bancos, canais de água, e jarros de porcelana que me faziam quase julgar-me no Oriente. Mas há uma nota de novidade em cada coisa aqui, uma falta de interesse em relação ao que já foi, que se sente visivelmente. No máximo podemos ascender ao selvagem despido que devorava seu prisioneiro e se adornava com ossos e penas. No Oriente a imaginação se liberta para divagar pelas grandezas passadas, na sabedoria e na polidez. Monumentos de arte e de ciência encontram-se a cada passo. Aqui, cada coisa, a própria natureza, tem um ar de novidade e os europeus ficam tão evidentemente estranhos ao clima, com seus escravos africanos —, que repugnam a quaisquer sentimentos saudáveis—, que assumem claramente o tom de intrusos, e em desacordo com a harmonia da cena. Contudo a *Roça* é bela e todos esses graves pensamentos não nos impediram que nos deleitássemos com a bela paisagem de

Hill and valley, fountain and fresh shade

nem de gozar o aroma da espirradeira, do jasmim, da angélica e da rosa, ainda que sejam adventícias, e não nativas do solo.

Quanto à sociedade portuguesa daqui, sei dela tão pouco que seria presunçoso dar uma opinião a respeito. Encontrei dois ou três homens do mundo bem informados e algumas mulheres vivamente conversáveis, mas ninguém, em nenhum sexo, que me lembrasse os homens e senhoras bem educadas da Europa. Aqui o estado da educação geral é tão baixo que é preciso mais do que o talento comum e o desejo de conhecimentos para alcançar um bom nível. Conseguintemente os homens capazes são sagazes, e às vezes um pouco vaidosos, sentindo-se muito acima de seus concidadãos, e a quota de leitura de livros é escassa. Dos que leem assuntos políticos, a maior parte é discípula de Voltaire e excede-se nas doutrinas sobre política e igualmente em desrespeito à religião; por isso, para a gente moderada, que tenha passado pela experiência das revoluções europeias, suas dissertações são às vezes revoltantes. Os portugueses raramente jantam uns com os outros; quando o fazem, é em alguma grande oportunidade, para justificar uma festa esplêndida. Encontram-se todas as noites, seja no teatro, seja nas casas particulares, e no último caso para jogar muito forte. A sociedade dos ingleses é exatamente o que se poderia esperar: alguns comerciantes, não de primeira ordem, cujas reflexões giram em torno do açúcar e do algodão, com exclusão de todos os assuntos públicos que não tenham referência direta com o comércio particular, e de todas as matérias de ciência ou informação geral. Nenhum sabia o nome das plantas que cercam a própria porta; nenhum conhecia a terra dez léguas além do Salvador; nenhum sequer me sabia informar onde ficava a bela argila vermelha da qual se faz a única indústria aqui existente: a cerâmica. Fiquei, enfim, inteiramente desesperada com esses fazedores de dinheiro destituídos de curiosidade. Estou sendo, talvez, injusta para com meus patrícios. Ouso pensar que há muitos que me *poderiam* ter fornecido estes dados, mas o fato é que nenhum o fez, como também é verdade que pedi estas informações a todos com que me encontrei. Talvez porque uma mulher não é considerada digna de saber alguma coisa através desses personagens do comércio. Os ingleses, contudo, são hospitaleiros e sociáveis entre si. Jantam juntos frequentemente. As mulheres gostam de música e dança e alguns homens jogam tanto quanto os portugueses. De um modo geral, a sociedade está aqui em nível muito baixo entre os ingleses. Boa comida e boa bebida eles se podem permitir, já que a carne, o peixe e as aves são boas, as frutas e as diversas verduras excelentes e o pão, dos melhores. Seus escravos — porque na verdade todos os ingleses se servem de escravos — comem uma espécie de pirão de mandioca com pedacinhos de carne-seca espalhados dentro, ou, como grande luxo, frangos assados, e isto é, ao que parece, a alimentação principal das classes baixas, mesmo dos habitantes livres. No tempo das frutas, as abóboras, as jacas, os cocos e os melões quase tomam o lugar da mandioca. As cabanas dos pobres são feitas de estacas verticais com galhos de árvore trançados entre elas, cobertos e revestidos seja com folhas de coqueiros, seja com barro. Os tetos são também cobertos de palha. As melhores casas são feitas ou com uma bela pedra azul, tirada da praia da Vitória, ou de tijolo. São todas caiadas; onde o chão não é calçado de madeira, há um belo tijolo vermelho, de seis por nove polegadas e três de grossura; são cobertas com telhas vermelhas redondas. As casas são geralmente de um só andar, com um ou dois quartos em cima como sótão. Em baixo da casa há geralmente uma espécie de porão no qual vivem os escravos. Realmente fiquei às vezes a imaginar como é que entes humanos poderiam existir em tais lugares.

Sexta-feira, 2 [de novembro]. — Diversos dos nossos homens cederam à tentação de alguns vagabundos da cidade, que induzem os marinheiros a desertar de modo que eles recebam depois o prêmio oferecido pela descoberta de desertores. Foram a nado para a praia. A fragata movimentou-se, pois, para acima do porto, indo até Bonfim, e quer-se ainda conduzi-la mais acima. Estou contente com a oportunidade de ver mais coisas desta bela baía e tentarei descer na Ilha do Medo, ou na ponta de Itaparica, onde os primeiros aventureiros da Europa suportaram durezas que não parecem críveis em nossos dias. Queremos também examinar o porto dentro do funil, ou passagem entre as duas ilhas, e na qual desemboca o rio, ou riacho de Nazaré, que fornece a maior parte da farinha de mandioca consumida na Bahia.

Sábado, 3 [de novembro]. — Nosso plano de prosseguir mais além na baía está suspenso no momento. As discussões entre os portugueses da Europa e os brasileiros da cidade parecem estar a pique de chegar a uma crise. Esta manhã, cedo, soubemos que se estavam reunindo as tropas de todos os bairros e que portanto seria de bom conselho, para a proteção da propriedade inglesa e das pessoas dos comerciantes, que o barco voltasse a sua posição em frente à cidade.

A primeira Junta Provisória perdeu vários de seus membros; dois deles foram como deputados a Lisboa, e os outros estão ausentes por doença ou incompatibilidades. O partido que se opõe a esta junta fala claramente em independência e quer que ao menos metade do governo provisório seja de brasileiros nativos. Queixam-se também amargamente de que, em vez de remediar os males de que sofriam antes, a Junta os agravou por vários atos arbitrários, e afirmam que um de seus membros, que possui uma grande fazenda de criação, obteve um monopólio pelo qual nenhum homem pode fornecer o mercado de carne sem sua permissão, e assim a cidade está mal abastecida. Este gênero de queixas sempre excitará a indignação popular e parece atingir agora o máximo. Já houve algumas escaramuças, nas quais, contudo, ouço dizer que só houve três homens mortos.

A artilharia brasileira ocupa o forte de São Pedro, o governador e o que resta da Junta têm a cidade e o palácio. O governador realmente prendeu diversas, parece que dezessete pessoas, de maneira arbitrária, entre estas, duas de meu conhecimento, o coronel Salvador[116] e o Sr. Soares[117(*)], e os pôs, alguns a bordo da *Dom Pedro*, outros a bordo dos transportes na baía a fim de serem levados para Lisboa. Algumas dessas pessoas não têm permissão de ter qualquer comunicação com a sua família, outras, mais favorecidas, tiveram permissão para levá-la com eles. Não são esses os modos de conciliação. Mandamos gente a terra para oferecer abrigo às senhoras e o capitão Graham combinou com o cônsul certos sinais, para o caso de aumentar o perigo para sua família.

Domingo, 4 [de novembro]. — Ao olharmos para terra, ao romper desta manhã, vimos a artilharia em posição e as tropas formadas na praça em frente ao teatro. Resolvi desembarcar para ver

---

116 O coronel Salvador, posto que nascido em Portugal, tem todas as suas propriedades e relações no Brasil. Serviu com brilho na guerra da Península. O Sr. Soares, brasileiro, esteve longo tempo na Inglaterra.
117 (*) Coronel Salvador Pereira e o feitor da alfândega José Soares. (V. H. BRÁS DO AMARAL, *História da Independência na Bahia*, Bahia, 1923, pgs. 34 e 53).

se Miss Pennell, sua irmã, ou qualquer de nossos outros amigos, viriam para bordo. Mas eles naturalmente preferem permanecer até o fim com seus pais e maridos. Não obstante os movimentos militares desses dois dias, parece mais provável que os chefes dos partidos opostos concordarão em aguardar a decisão das Cortes de Lisboa, em relação as suas queixas, e ao menos uma paz temporária sucederá esta perturbação.

Parece, contudo, mais que impossível que as coisas fiquem como estão. A extrema inconveniência de ter tribunais superiores de justiça a uma distância como Lisboa torna-se cada vez mais sensível, à medida que o país cresce em população e em riqueza. Os deputados às Cortes estão muito distantes de seus constituintes para serem orientados em suas deliberações por eles, e o estabelecimento de tantas juntas de governo, cada qual responsável somente perante as Cortes, poderá ser a causa de desordem interna, se não de guerra civil em tempo não distante.

Segunda-feira, 5 [de novembro]. — Dia de chuva tropical e pesada, que forçou ambos os partidos a guardarem as armas e a desistirem no momento de qualquer hostilidade mais. O governador, porém, continua as suas prisões arbitrárias. É curioso como a antiga autoridade impõe medo aos homens. Certamente é o hábito da obediência ao nome do rei e o temor da palavra rebelião que impede os brasileiros, armados como estão, de resistirem a estas coisas.

Terça-feira, 6 [de novembro]. — O *Morgiana*, sob o comando do capitão Finlaison, chegou do Rio de Janeiro. Pertence à estação da África, e veio ao Brasil por causa de algum negócio de presa ligado ao comércio de escravos. O capitão Finlaison conta-me coisas que me fazem gelar o sangue acerca de horrores cometidos, especialmente nos navios negreiros franceses: jovens negras, metidas em barricas e atiradas ao mar quando os navios são perseguidos; negros presos em caixas quando o navio é revistado, com uma remota possibilidade de sobreviver à prisão. Mas uma vez que se admite o tráfico, não admira que o coração se torne duro para os sofrimentos individuais dos escravos. Outro dia tomei alguns jornais velhos da Bahia, exemplares da *Idade do Ouro*, e encontrei na lista dos navios entrados durante três meses deste ano os seguintes dados:

navios negreiros	entrada	vivos	mortos
1. Navio de Moyanbique [Maçambique]	25 de março, com	313	180
1. *id.*	6- março	378	61
1. *id.*	30- maio	293	10
1. *id.* de Molendo [Malembo]	29- junho	357	102
1. id	26- junho	233	21
		1.574	**374**

De modo que da carga desses cinco navios, calculada assim acidentalmente, mais de um quinto morreu na travessia.

Parece que os vasos de guerra ingleses na costa d'África estão autorizados a alugar negros livres para completar seus quadros, quando deficientes. Há vários agora a bordo do *Morgiana*, dois dos quais são oficiais inferiores, e são considerados auxiliares utilíssimos. Recebem o pagamento e a ração tal qual nossos marinheiros[118].

Quinta-feira, 8 [de novembro]. — Fomos a bordo do *Morgiana* procurar Mrs. Macgregor, espanhola viva e inteligente que, juntamente com seu marido, o coronel Macgregor, é passageira do navio. Ela acompanhou-me em visitas a terra, onde as únicas notícias são que o governador continua a prender todas as pessoas suspeitas de favorecer a independência.

9 [de novembro.] — Os brasileiros que ocupam o forte de S. Pedro e Sta. Maria ameaçaram atirar sobre a *Dom Pedro*, se ela tentasse levantar âncora com os presos políticos a bordo. Contudo durante a noite ela enfunou as velas e partiu cedo, levando, dizem, vinte e oito cavalheiros que foram detidos sem nenhuma razão

---

118 Os negros da nação *Cru* chegam a Sierra Leone de muito longe e alugam-se para qualquer espécie de serviço por seis, oito ou dez meses, às vezes por um ano ou dois. Já aprenderam então o bastante para voltar para casa e viver como fidalgos vadios durante pelo menos o dobro deste período; depois voltam a trabalhar. Quando os contratos a bordo de vasos de guerra estão cumpridos, eles recebem quitações e certificados regulares.

ostensiva. São tidos como tendo-se manifestado a favor da independência do Brasil. Vários de nossos oficiais foram a terra para juntos com os sócios do clube inglês, que se reúne uma vez por mês, comerem um jantar muito bom e beberem uma quantidade imoderada de vinho em honra da Pátria.

Terça-feira, 13 [de novembro]. — Temos tido, desde dez dias, um dos aguaceiros mais pesados que me lembro de ter visto. Saindo e voltando ao navio, temo-nos em geral molhado completamente. Contudo alguns de nossos amigos aventuraram-se a vir hoje a bordo para jantar conosco, entre os quais o coronel e Sra. Macgregor.

Estavam um pouco atrasados devido a uma escaramuça entre portugueses e brasileiros que se deu perto da casa deles no momento em que estavam saindo. Ao que parece não tinha sido premeditada, porque os grupos estavam lutando com paus e pedras, e também com espadas e armas de fogo. Os combatentes não permitiriam passar nenhum oficial com uniforme português, de modo que o coronel Macgregor foi obrigado a voltar e mudar de roupa antes de vir. Tudo isso parece derivar mais de falta de polícia do que de qualquer outra causa.

16 [de novembro]. — Vários de nossos moços e eu própria, começamos a sentir as más consequências de expormo-nos demais ao sol e à chuva. Ontem eu me estava sentindo tão mal que tive de pôr um cáustico por causa da tosse e da dor de lado. Diversos outros tiveram alguns graus de febre. Mas, de modo geral, a gente do navio tem tido notavelmente boa saúde.

Sexta-feira, 16 [de novembro]. — O capitão Graham foi tomado de uma doença súbita e alarmante. Para a tarde ficou melhor e pôde resolver um caso dolorosíssimo. Na última noite um homem pertencente à *Morgiana* foi assassinado e um cabo de fuzileiros, pertencente ao navio, gravemente ferido em terra. Parece que nenhum destes homens tinha sequer visto o assassino antes. Este estivera bebendo numa peça interior de uma venda com alguns marinheiros, quando brigou com um deles; imaginando que os demais iam agarrá-lo, tirou a faca para intimidá-los e disparou furiosamente para fora. A vítima estava na porta da rua esperando um dos companheiros que ainda estava dentro do estabelecimento. O assassino, vendo-o aí, imaginou que ele também queria detê-lo e por isso apunhalou-o no coração. Nosso cabo, que estava de passagem, viu o fato e naturalmente procurou prender o assassino e, na tentativa, recebeu um grave ferimento. Diz-se, não sei com que verdade, que o capitão Finlaison é tão odiado aqui por causa de sua atividade contra o tráfico de escravos, a que nenhuma dessas pessoas é estranha, que a morte do pobre homem é atribuída a essa razão; mas parece antes o resultado de uma briga de bêbedos. A cidade, porém, revela estar num lamentável estado de desordem. Além de nossos dois homens, um oficial brasileiro foi ferido perigosamente no escuro e três soldados brasileiros e seu cabo foram encontrados mortos na última noite. O capitão Graham mandou um de seus oficiais para representá-lo na ocasião e reclamar, uma satisfação[119] através do cônsul britânico, da autoridade policial, Francisco José Pereira[120(*)]. O capitão piorou visivelmente desde que se viu forçado a dedicar-se a este doloroso caso. As desordens deste clima estão lamentavelmente enfraquecendo-o, atacam-lhe tanto a alma como o corpo, produzindo uma dolorosa sensibilidade ao mais leve incidente.

18 [de novembro]. — Nossos doentes foram dolorosamente perturbados com os foguetes soltados, desde a madrugada, da igreja de N. Sr.ª da Conceição[121], cuja festa é a 8 de dezembro. Mas nos três domingos que a precedem a igreja e convento estão enfeitados, pregam-se sermões, soltam-se foguetes, arrecadam-se contribuições e os navios no porto salvam ao amanhecer, ao meio dia e ao pôr do sol. A despesa anual em foguetes e outros fogos é enorme. Os usados no Brasil vêm todos das Índias Orientais e da China. Algumas vezes, quando os produtos manufaturados são aqui invendáveis, o comerciante embarca-os a bordo de um navio português que vai à Índia e

---

119 Em consequência o Sr. Pennell escreveu ao Perreira *[sic]*, expondo os fatos, mencionando também que o prisioneiro tinha sido detido.

A autoridade afirmou-lhe que havia levado ao conhecimento do Governo Provisório a sua comunicação e que o castigo previsto pela lei seria aplicado; juntamente manifestou seu maior sentimento pelo fato. O coronel Madeira, comandante da polícia militar em atividade, também afirmou a Mr. ..., tenente da *Doris*, pela sua honra, que o assassino seria levado a julgamento. Mas isto não se deu enquanto estivemos no Brasil e é provável que não aconteça. A situação política da Bahia dificilmente deixaria ensancha para um tal assunto.

120 (*) Francisco José Pereira era tenente-coronel do batalhão de infantaria 12. Mais tarde foi promovido a coronel comandante do mesmo regimento. Em Portugal foi, mais tarde, elevado a visconde, com o título de Vilar Torpim. Pereira era membro da Junta do Governo, representando a classe militar. O coronel Madeira, referido na nota marginal, é o célebre Inácio Luís Madeira de Melo, comandante do regimento de infantaria 12, mais tarde promovido a brigadeiro e nomeado comandante das armas. (V. BRÁS DO AMARAL, *Op. cit.*, pgs. 23 e 25).

121 Uma das duas paróquias da cidade baixa.

obtém em troca foguetes que nunca deixam de dar lucro. Eu vi um jogo de cristal lapidado enviado a Calcutá para esse fim, ou um candelabro, bonitos demais para os compradores brasileiros.

Ontem a lancha do navio, que se ausentara durante cinco dias com o mestre, meu primo Glennie, e o moço Grey, voltou. Tinha seguido a examinar o rio Cachoeira, e voltaram altamente encantados com a excursão, ainda que tenham tido um pouco de mau tempo. Mas com lonas, capas, e um ou dois cobertores, que eu insisti em que levassem, houveram-se tão bem que voltaram com boa saúde.

Cachoeira, a cerca de cinquenta milhas da Bahia, é uma boa cidade, onde há somente um comerciante inglês residente. é populosa[122] e ativa, pois é o lugar em que se reúne a produção de um distrito considerável, especialmente algodão e fumo, a fim de ser embarcado para a Bahia é dividida em duas partes desiguais pelo rio Paraguaçu. Sua igreja matriz é dedicada a N. Sr.ª do Rosário. Tem dois conventos, quatro capelas, um hospital, um chafariz e três pontes de pedra sobre os rios pequenos Pitanga e Caquende, nos quais há muitos e grandes engenhos. Há cais dos dois lados do rio. As ruas são bem calçadas, e as casas feitas de pedra e telhas. A região é plana, mas agradável. O rio não é navegável mais que duas milhas acima da cidade. Aí se estreita e fica interrompido por pedras e cachoeiras, e há uma ponte de madeira sobre ele. Cerca de cinco milhas de Cachoeira há um morro cônico isolado, chamado da Conceição, de onde são ouvidos frequentemente ruídos como de explosão. Estes ruídos são considerados nesta terra como indicativos da existência de metais. Perto deste lugar foi encontrada uma porção de cobre nativo, pesando para cima de cinquenta e duas arrobas. Está agora no museu de Lisboa.

Nossa expedição exploradora desembarcou em diversas ilhas ao subir o rio, e foi em toda parte recebida com grande hospitalidade. Ficou encantada com a beleza e a fertilidade da terra.

22 [de novembro]. — Afinal todos os doentes, salvo eu, estão melhores; mas com um novo cáustico, posso fazer pouco mais que escrever, ou olhar pela janela da cabine, e, quando olho, estou certa de ver alguma coisa desagradável. Neste momento mesmo, há um navio negreiro desembarcando sua carga, e os escravos estão cantando enquanto vão para a praia. Deixaram o navio e percebem que vão para terra firme. E assim, ao comando de seu feitor, estão a cantar uma

---

122 Em 1804 contava 1088 almas.

das canções de sua terra em um país estranho. Pobres desgraçados! Pudessem eles antever o mercado de escravos, a separação de amigos e parentes a que ali se procederá, a marcha para o interior, o trabalho nas minas e nos engenhos de açúcar, e a canção deles seria um grito lamentoso. Mas aquela graça da "cegueira quanto ao futuro", concede-lhes umas poucas horas de amarga alegria. Este é o principal porto de escravos no Brasil; e os negros me parecem ser de uma raça mais bela e mais forte do que qualquer outra já vista. Um dos membros da Junta Provisória é o maior comerciante de escravos daqui. Contudo, digo com prazer que a imprensa da Bahia chegou ultimamente a imprimir um panfleto contra o comércio de escravos. Durante o último ano setenta e seis navios partiram deste porto para a costa d'África, e é sabido que muitos deles tomarão escravos ao norte da linha, a despeito dos tratados em contrário. Mas o sistema de documentos falsos está tão hábil e tão geralmente organizado que a apreensão está longe de ser fácil e são tais as dificuldades que surgem para se obter a condenação de qualquer navio negreiro, que só por acaso é possível detê-los. Um proprietário, contudo, fica bem satisfeito se um carregamento em cada três chega a salvamento, e oito ou nove viagens fazem uma fortuna. Muitos portugueses no Brasil não têm outra ocupação: aplicam uma soma de dinheiro em escravos; estes escravos saem todos os dias e devem trazer uma certa soma cada noite. São canoeiros, carregadores de cadeirinhas, carregadores e tecedores de esteiras e chapéus, que se podem alugar nas ruas e mercados, e que assim sustentam seus senhores.

24 [de novembro]. — A *Morgiana* partiu ontem para Pernambuco, de onde retornará à costa d'África. Hoje entrou a *Antígona*, fragata francesa, comandada pelo capitão Villeneuve, sobrinho do almirante deste nome que esteve em Trafalgar. Sempre que a França e a Inglaterra não estão em guerra, é certo que os franceses e ingleses logo se procuram, e apreciam-se mais que qualquer outras duas nações. Não sei porque elas assumem a posição de dois chefes de partido e as outras nações alinham-se por uma ou por outra, como se não houvesse no mundo outro motivo para divergências senão os franco-ingleses. Outros que expliquem o fato. Agrada-me que seja assim, e sempre que encontramos um francês em tempo de paz em país distante, temos um prazer próximo ao encontro de um patrício, especialmente se é o caso de homens do mar. O intercâmbio frequente de qualquer espécie, mesmo o de guerra, produz uma semelhança de hábitos, de costumes e de ideias.

Assim, suponho, tornamo-nos semelhantes pela luta e seremos possivelmente novos adversários.

Dizem, mas creio que infundadamente, que há cartazes pela cidade, ameaçando todos os europeus, especialmente os portugueses, que não deixarem a cidade antes de 24 de dezembro, de serem massacrados. Dou ouvidos a estas coisas porque os boatos, mesmo falsos, sempre revelam alguma coisa do espírito dos tempos.

8 [de dezembro]. — Este lugar está agora tão tranquilo que os comerciantes se sentem em plena segurança. Portanto vamos deixar a Bahia. Despedi-me de várias pessoas hospitaleiras que foram muito atenciosas conosco. Mas minha saúde está tão ruim que se não fosse em obediência a esse dever de civilidade a que me julgo obrigada, não teria voltado a terra. Mas tudo está feito, e estamos no momento de levantar âncora.

9 [de dezembro]. — Ao sairmos da baía, divertimo-nos a conjeturar a possível localização do estabelecimento de Robinson Crusoe na baía de Todos-os-Santos. Os que estiveram em Cachoeira entenderam que deveria ser naquela direção, enquanto que os que se haviam limitado às vizinhanças da cidade opinavam por diversos sítios, todos, ou quase todos, satisfazendo a esse propósito. O encanto dos trabalhos de Defoe dificilmente se encontra realmente, a não ser nos *Pilgrim's Progress*. A linguagem é tão simples, que não se avalia o teor poético do pensamento, e as duas coisas juntas formam uma

A Igreja e o Convento de Santo Antônio da Barra, na Bahia, vistos da Roça.

tal realização que a alegoria e o romance fixam-se juntos na inteligência como verdade. E, afinal, que é a verdade? Certamente não são os simples atos exteriores da vida ordinária, mas as percepções morais e intelectuais pelas quais nosso julgamento, ações e motivos são dirigidos. Por conseguinte, as caminhadas ao léu de Cristiana e Mercy, ou os sofrimentos do náufrago marinheiro, não serão verdades, no sentido exato da palavra? Sê-lo-ão tanto quanto as sublimes criações de Milton e as visões corporificadas de Miguel Ângelo, porque têm a sua base e seu fundamento no coração e na alma do homem racional.

Mas estamos outra vez no oceano, a rapaziada está outra vez a observar as estrelas e a medir as distâncias dos planetas. Aflijo-me porque um dos mais esperançosos deles está agora hospedado em minha cabine, num estado de saúde muito delicado.

12 [de dezembro]. — Fizemos ontem sondagens que indicaram a vizinhança de Abrolhos, e labutamos a noite inteira a fim de nos poder assegurar da exata posição desses perigosos escolhos, que à distância de três léguas, em direção NO para O, se assemelhavam a uma ilha, escabrosa e extensa em direção a oeste, e duas menores, muito baixas, a leste. Os bancos se estendem até longe para leste. Há uma passagem profunda entre elas e o continente. Com um pouco de esforço, poder-se-ia instalar ali uma pescaria muito rendosa.

O Pão de Açúcar, na entrada da baía do Rio de Janeiro.

Desenho a lápis MARIA GRAHAM
Da Coleção do Museu Britânico

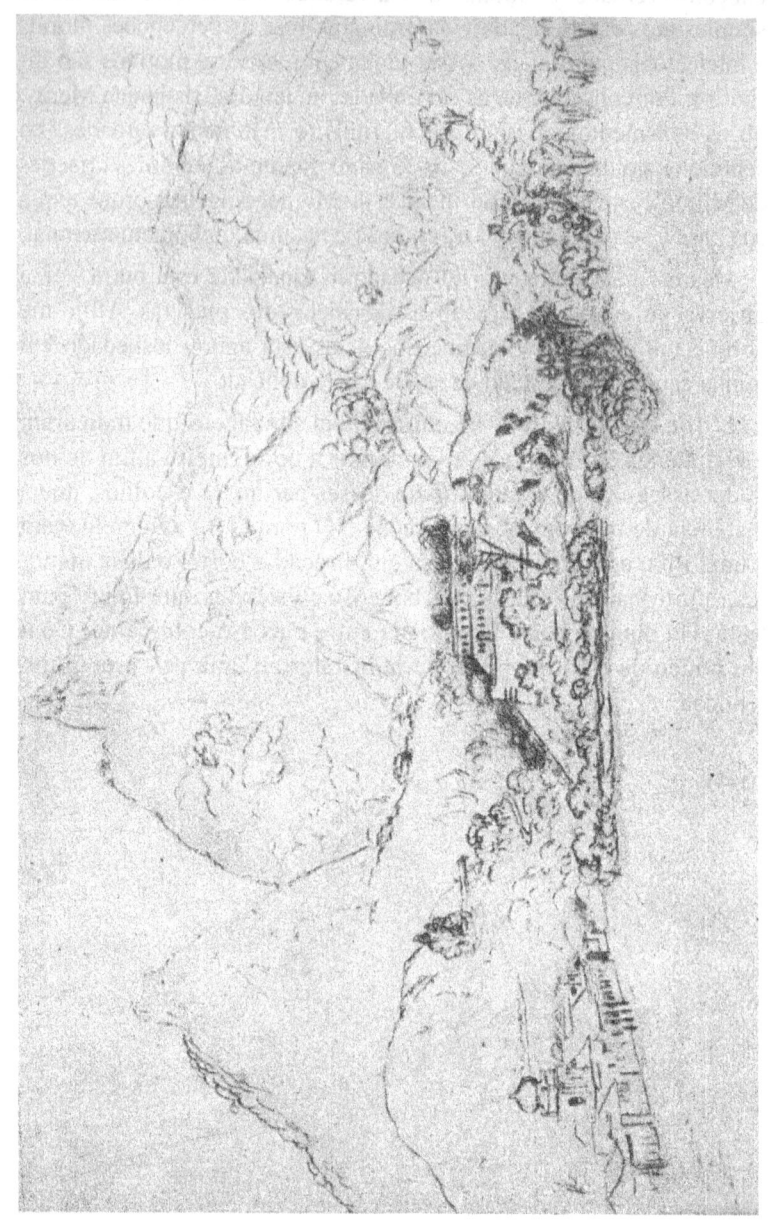

O morro da Graça — no primeiro plano o *Largo do Machado*

Desenho de MARIA GRAHAM, datado de 18 de outubro de 1824.
Coleção do Museu Britânico

Vista do Corcovado

Desenho de Maria Graham
Gravura de Edward Finden

Laranjeiras
Londres, publicado por Longman & Cia. e J. Murray, 25 de março de 1824.

Desenho de Maria Graham, datado de 21 de dezembro de 1821
Coleção do Museu Britânico

Lagoa Rodrigo de Freitas

Desenho de Maria Graham
Coleção do Museu Britânico

Rua do Catete — caminho para a Glória

Desenho de Maria Graham
Coleção do Museu Britânico

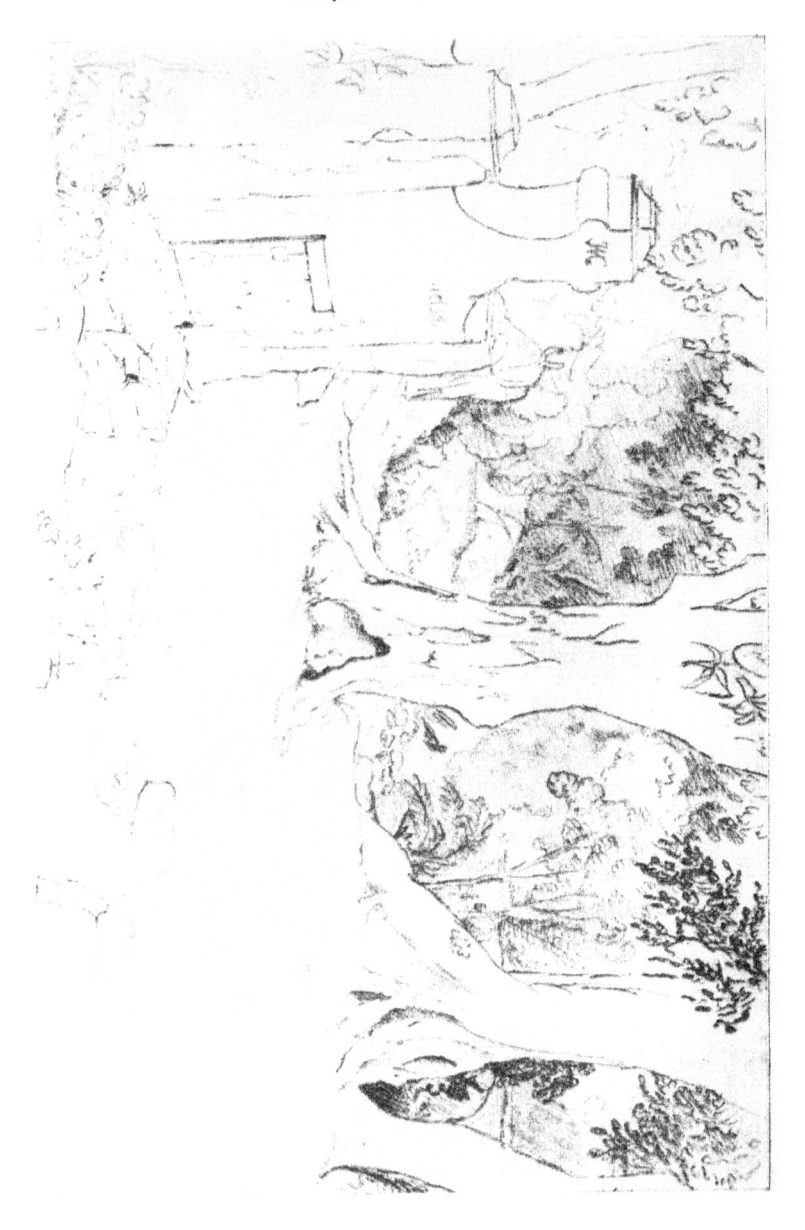

Fonte da Saudade

Desenho a pena e sépia por Maria Graham
Coleção do Museu Britânico

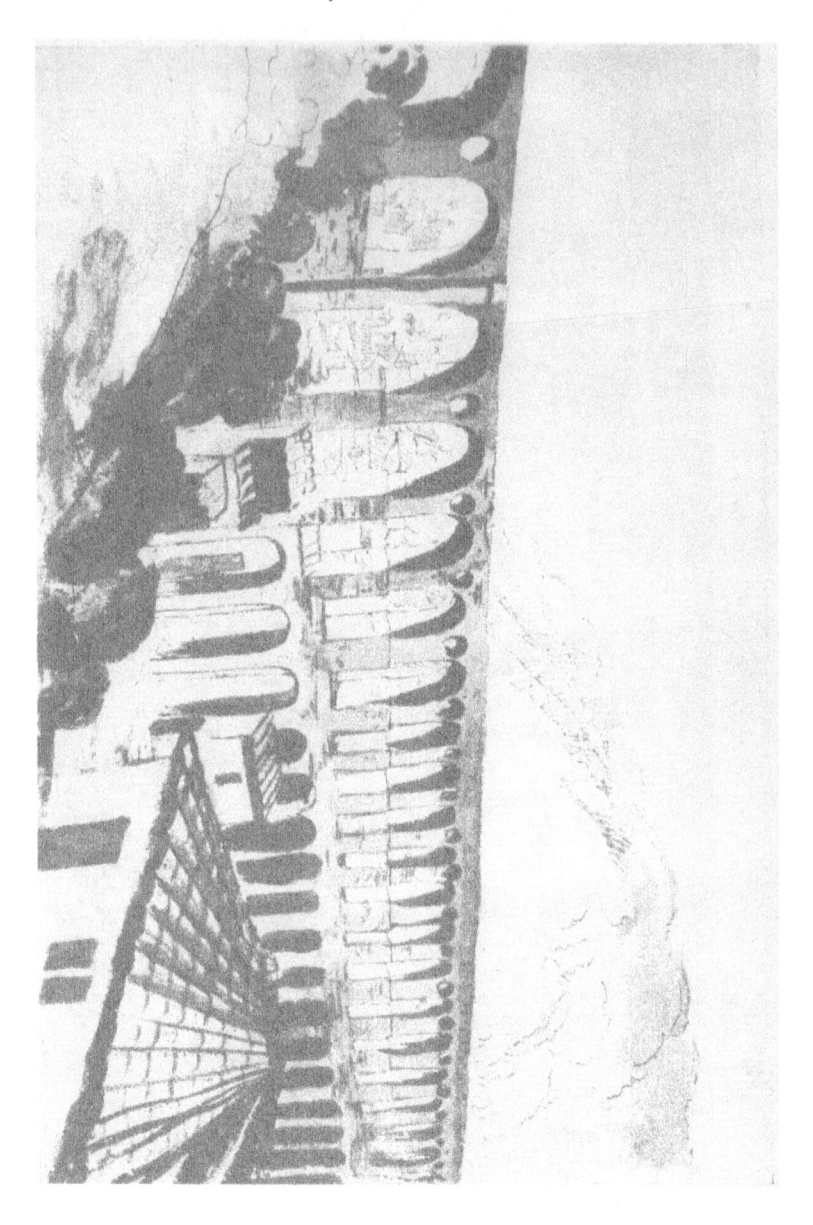

O aqueduto de Santa Tereza

Desenho de Maria Graham
Gravura de Edward Finden

O Rio visto do outeiro da Glória.
Londres, publicado por Longman & Cia. e J. Murray, 5 de abril de 1824

Desenho a lápis de MARIA GRAHAM
Coleção do Museu Britânico

Igreja de S. Francisco de Paula

Desenho de MARIA GRAHAM
Gravura de EDWARD FINDEN

Vista da casa de campo do Conde Hogendorp.
Londres, publicado por Longman & Cia. e J. Murray, 25 de março de 1824

Desenho a lápis de MARIA GRAHAM
Coleção do Museu Britânico

Panorama das montanha cariocas

Desenho a lápis de MARIA GRAHAM, datado de 16 de maio de 1825
Coleção do Museu Britânico

São Luís — Caminho da Gávea para Tijuca

Rio de Janeiro, sábado, 15 de dezembro de 1821. — Nada do que vi até agora é comparável em beleza à baía. Nápoles, o Firth of Forth, o porto de Bombaim e Trincomalee, cada um dos quais julgava perfeito em seu gênero de beleza, todos lhe devem render preito porque esta baía excede cada uma das outras em seus vários aspectos. Altas montanhas, rochedos como colunas superpostas, florestas luxuriantes, ilhas de flores brilhantes, margens de verdura, tudo misturado com construções brancas, cada pequena eminência coroada com sua igreja ou fortaleza, navios ancorados, ou em movimento, e inúmeros barcos movimentando-se em um tão delicioso clima, tudo isso se reúne para tornar o Rio de Janeiro a cena mais encantadora que a imaginação pode conceber. Ancoramos primeiro junto a uma pequena ilha chamada Villegagnon, cerca de duas milhas da entrada do porto. Esta ilha, ainda que pequena, foi a sede da primeira colônia fundada pelo francês Villegagnon, sob o patrocínio de Coligny, que ele traiu. O almirante planejara-a como um refúgio para os perseguidos huguenotes, mas quando Villegagnon conseguiu, por seu intermédio, fundar a colônia, começou a persegui-los também. A colônia entrou em decadência e tornou-se presa fácil de Mem de Sá, capitão-mor português do Brasil.[123]

Mudamos deste ponto para outro mais cômodo, mais próximo da cidade e mais ao fundo do porto, na parte da tarde, que em breve se tornou tão chuvosa que perdi todas as esperanças de ir a terra. Fiquei realmente desapontada por ver que meu excelente amigo, o capitão honorário S., havia deixado o porto com sua fragata antes de nossa chegada. Tive, contudo, o prazer de receber dele uma amável carta. Ele me deixava, igualmente, um exemplar do grande dicionário espanhol. Quem sempre viveu em sua terra não pode avaliar o valor de uma delicadeza como essa numa terra estranha.

Domingo, 16 [de dezembro]. — Tive o prazer de ver a bordo o Sr. W. May, que reside há muito no Brasil, e com quem passei muitos bons momentos em outros tempos. O prazer que estes encontros proporcionam são da natureza mais pura e saudável. Acalma as paixões pela própria tranquilidade, e ao recordar todos os inocentes e amáveis sentimentos da mocidade, faz-nos quase esquecer aquelas ásperas emoções que o trato do mundo e o uso do interesse, da paixão e do sofrimento despertam.

---

123 V. Introdução, pg. 18.

Segunda-feira, 17 [de dezembro]. — Com o auxílio de alguns amigos de terra, obtivemos uma casa confortável num dos subúrbios do Rio, chamado Catete, do nome de um rio que corre por ele até o mar. Para esta casa trouxe meu pobre guarda-marinha doente, Langford. Confio em que o ar livre, o exercício moderado e uma dieta de leite curá-lo-ão. Fomos visitados por diversas pessoas, que todas parecem hospitaleiras e amáveis, especialmente o cônsul-geral em exercício, coronel Cunningham, e senhora.

18 [de dezembro]. — Comecei a tomar conta da casa em terra. Encontramos verduras e aves muito boas, mas não baratas; as frutas são muito boas e baratas, a carne verde é barata, mas ruim; há um açougueiro monopolista e ninguém pode matar um animal, sequer para seu próprio uso, sem pagar-lhe uma licença; consequentemente, não havendo concorrência, ele fornece o mercado a sua vontade[124]. A carne é tão má que três dias em quatro mal pode ser empregada sequer em sopa de carne. A que é fornecida no navio é tão má quanto esta. O carneiro é raro e mau. A carne de porco é muito boa e bonita. Os porcos se alimentam principalmente de mandioca e milho perto da cidade. Os mais distantes têm a vantagem da cana de açúcar. O peixe não é tão abundante como o deveria ser, em vista da quantidade que existe em toda a costa, mas é muito bom. As ostras, os camarões e os caranguejos são tão bons como em toda a parte. O pão de trigo usado no Rio é feito principalmente de farinha americana e, de um modo geral, bem bom. Nem a capitania do Rio, nem as do Norte produzem trigo, mas nas terras altas de São Paulo e Minas Gerais e nas províncias do Sul, é cultivado em boa escala e com grande sucesso. O grande artigo de alimentação aqui é a farinha de mandioca. Usa-se sob a forma de um bolo largo e fino como um requinte. Mas o modo habitual de comê-la é seca. Na mesa dos ricos é usada em todos os pratos que se comem, tal como comemos pão. Os pobres empregam-na de todas as formas: sopa, papa, pão. Nenhuma refeição está completa sem ela. Depois da mandioca, o feijão é a comida predileta, preparado de todas as maneiras possíveis, porém mais frequentemente cozido com um pedacinho de carne de porco, alho, sal e pimenta. Como gulodice, desde os nobres até os escravos, doces de

---

[124] Não se dava mais isso na minha segunda visita ao Rio. Tudo que se referisse a comestíveis estava muito melhorado.

todas as espécies, desde as mais delicadas conservas e confeitos até as mais grosseiras preparações de melaços, são devoradas em grosso.

Alugamos um cavalo para o nosso doente e tomamos um emprestado para mim. Estes animais são bem bonitos no Rio, mas estão longe de ser fortes. São alimentados com milho e capim, ou grama da Guiné, introduzida há poucos anos no Brasil, e que se desenvolve extraordinariamente. Pega de muda; os caules e folhas são tão grandes quanto as da cevada e atinge, às vezes, a altura de seis ou sete pés. A flor é um grande panículo solto. A quantidade necessária para cada cavalo por dia custa cerca de oito pence e o milho mais ou menos o mesmo. Os cavalos comuns vendem-se aqui de vinte a cem dólares. Os belos cavalos de Buenos Aires alcançam um preço muito mais elevado. Os burros são usados geralmente para carruagens; são mais resistentes e mais capazes de suportar o calor do verão.

19 [de dezembro.] — Passei a cavalo, ao lado de Langford, por um dos pequenos vales ao pé do Corcovado. E chamado Laranjeiros [Laranjeiras], por causa das numerosas árvores de laranjas que crescem dos dois lados do pequeno rio que o embeleza e o fertiliza. Logo à entrada do vale, uma pequena planície verde espraia-se para ambos os lados, através da qual corre o riacho sobre seu leito de pedras, oferecendo um lugar tentador para grupos de lavadeiras de todas as tonalidades, posto que o maior número seja de negras. E elas não enriquecem pouco o efeito pitoresco da cena. Geralmente usam um lenço vermelho ou branco em volta da cabeça, uma manta dobrada e presa sobre um ombro e passando sob o braço oposto, com uma grande saia. É a vestimenta favorita. Algumas enrolam uma manta comprida em volta delas, como os indianos. Outras usam uma feia vestimenta europeia, com um babadouro bem deselegante amarrado adiante. Em torno da planície das lavadeiras, sebes de acácias e mimosas cercam os jardins, cheios de bananeiras, laranjeiras e outras frutas, que cercam cada vila. Além destas, as plantações de café estendem-se até bem alto na montanha, cujos cumes pitorescos limitam o cenário. As casas de campo não são aqui nem grandes nem luxuosas, mas são decoradas com varandas e têm geralmente uma bela escadaria até a casa de residência do dono, junto à qual estão, ou os paiois, ou as casas dos escravos. Todas têm portão, qualquer que seja a casa, e este portão geralmente conduz ao menos a uma aleia onde se cultivam todas as espécies de flores. O Brasil é especialmente rico em esplêndidas trepadeiras e arbustos. Estes são entremeados com flores de laranja e limão, o jasmim e a rosa do oriente, de modo que o conjunto é uma massa de beleza e fragrância. E difícil saber quem mais apreciou esta manhã, se eu, ou o meu doente. Com poucas delas creio que não há doença que não desapareça.

20 [de dezembro]. — Passei o dia pagando e recebendo visitas na vizinhança. As casas são construídas em grande parte como as do sul da Europa. Há geralmente um pátio, de um lado do qual fica a casa de residência. Os outros lados são formados pelos serviços e pelo jardim. Algumas vezes o jardim fica logo junto à casa. E o que se dá geralmente nos subúrbios. Na cidade muito poucas casas ostentam sequer o luxo de um jardim. Estes jardins assemelham-se mais às plantações de flores do Oriente, mas casam bem como o clima. As flores dos canteiros da Europa crescem ao lado das plantas e arbustos mais alegres do país, à sombra das laranjeiras, bananeiras, árvores de fruta-pão (já quase naturalizada aqui) e as palmeiras, entre aleias retas de limas, sobre cujas cabeças o cinamomo da África agita suas flores lilazes. Nos canais de água elevados, colocam-se vasos de louça da China cheios de aloés e tuberosas. Aqui e ali uma estatueta se entremeia. Nestes jardins há às vezes fontes e bancos debaixo das árvores, formando lugares nada desagradáveis para repouso neste clima quente.

Sexta-feira, [21 de dezembro]. — O Sr. Hayne, um dos comissários da comissão de tráfico e sua irmã propuseram uma excursão ao Jardim Botânico. Partimos logo após o nascer do sol e fomos de carro até a casa deles na baía de Boto Fogo [Botafogo], talvez a mais bela vista nos arredores do Rio, cidade tão rica em belezas naturais. Seu encanto é realçado pelas numerosas e belas casas de campo que a circundam agora. Todas surgiram com a chegada da Côrte de Lisboa. Antes disso este lugar encantador era habitado somente por alguns poucos pescadores e ciganos, com talvez uma ou duas vilas em suas margens junto aos pomares. Além da baía, caminhamos por um lindo caminho até a Lagoa de Rodrigo de Freitas. É esta quase circular e tem cerca de cinco milhas de circunferência. Está cercada de montanhas e florestas exceto onde uma pequena barra arenosa permite um desaguamento ocasional para o mar, quando a lagoa enche a tal ponto que ameaça prejudicar as plantações circunvizinhas. É impossível conceber algo de mais rico do que a vegetação que vem até a borda da água em volta do lago.

Devíamos comer no jardim, mas como o clima agora está quente, resolvemos primeiro passear por ele. E traçado em quadras adequadas;

as aleias têm plantados, de cada lado, uns castanheiros que crescem muito depressa, trazidos originalmente de Bencoolen, e agora aclimatados aqui. Seu fruto e tão gostoso quanto a avelã e maior que o fruto da nogueira e produz óleo abundante; a folha tem o tamanho mais ou menos da do sicômoro e é de forma não muito diferente. A madeira é também útil. A rapidez do crescimento dessa árvore é sem exemplo entre essências; sua altura e beleza a distinguem de todas as outras. As sebes entre as divisões são de um arbusto que eu tomaria pela murta, mas cujas folhas, ainda que fortes, não são cheirosas. Este jardim foi destinado pelo Rei para cultivo de especiarias e frutos orientais e, acima de tudo, para o do chá, que ele mandou vir da China juntamente com algumas famílias acostumadas a sua cultura. Nada pode ser mais próspero do que o conjunto das plantas. O cinamomo, a cânfora, a noz moscada e o cravo da Índia crescem tão bem quanto no solo natal. A fruta-pão produz o fruto admiravelmente, e da mesma sorte as frutas orientais, tal como foram trazidas para cá, amadurecem tão bem quanto na Índia. Notei particularmente o jambo *(jumbo malacca)* da Índia, e a longona *(Euphoria Longona)*, espécie de litchi da China. Fiquei desapontada por não encontrar nenhuma coleção de plantas indígenas. Contudo, já se fez muita coisa para se ter esperanças de desenvolvimento futuro, quando o estado político do país for mais tranquilo para permitir dar atenção a estas coisas.

O rio que banha o jardim corre através de um vale encantador, onde está instalada a Real Fábrica de Pólvora. Mas, como estava com medo de que fosse um esforço demasiado para Langford, adiamos para outro dia nossa visita a este estabelecimento e voltamos ao portão do jardim para almoçar. Sua Majestade El-Rei D. João VI construiu ali uma pequena casa, com três ou quatro quartos para acomodar a comitiva real quando visitava o jardim. Nosso almoço foi servido na varanda de tal casa, da qual tínhamos uma vista encantadora da lagoa, com as montanhas e as matas, o oceano com três ilhotas ao largo, e no primeiro plano uma capelinha[125], e um vilarejo na extremidade de uma pequena e suave planície verde[126(*)].

---

125 Dedicada a S. João Batista. Não estou certa se é esta ou a de N. Sr.ª da Cabeça que é a Matriz. O mesmo sacerdote oficia em ambas.
126 (*) Refere-se à matriz provisória da paróquia de São João Batista. Criada a Fábrica de Pólvora em 1808, junto à Lagoa Rodrigo de Freitas, erigiu-se em 1809 nova paróquia, com o título de São João Batista. Tinha sede na capela de Nossa Senhora da Conceição, construída antes de 1732, e que pertencia ao antigo engenho, incorporado à Fábrica, A

Depois de esperar em companhia de nossos agradáveis e bem informados amigos que começasse a soprar a a brisa marítima, voltamos parte do caminho ao longo da lagoa, depois subimos ao curato de N. Sr.ª da Cabeça, onde se juntaram a nós várias outras pessoas que ali tinham vindo para jantar conosco. O padre Manuel Gomes recebeu-nos muito amavelmente e nosso piquenique se espalhou pela ampla varanda de seu curato. Atrás da varanda três quartinhos serviam de quarto de dormir, cozinha e despensa. Meia dúzia de casinholas no campo contíguo abrigam os negros de aspecto saudável que trabalham em seus cafezais e um enxame de crianças de todas as tonalidades, entre o branco e o preto. Numa pequena eminência no meio delas fica a capela de N. Srª., que é a matriz de uma extensa paróquia. E extremamente pequena; mas serve de sede onde os sacramentos são ministrados, e concedidas as licenças para casamentos, enterros e batizados. Os proprietários de fazendas têm geralmente capelas privadas, onde se diz missa diariamente em proveito de sua população, de modo que a igreja matriz só é procurada nas ocasiões acima referidas. A cerca de um arremesso de pedra atrás da capela, um claro riacho despenha-se montanha abaixo, saltando de pedra em pedra, em mil cascatas pequenas, e formando, cá e lá, esplêndidos locais para banhos. Também não está sem habitantes, que aumentam o luxo simples da mesa do padre. Ele me informa que os caranguejos de seu rio são melhores que os outros da vizinhança. A própria água é pura, clara e delicada.

Afinal, estando reunidos todos os nossos amigos, voltamos à varanda para jantar. A julgar pelo cardápio da festa, tão misturadas eram as produções de cada clima, dificilmente poderíamos dizer em que parte do mundo estávamos, não fosse a profusão de abacaxis e bananas, comparada à pequena quantidade de maçãs e peras para no-la lembrar. Como é comum em tais ocasiões, os mais velhos habitantes do Brasil preferiram o que vinha de fora, enquanto nós todos demos preferência às produções do país.

---

atual igreja matriz de São João Batista foi construída em terreno doado em 1831 por Joaquim Marques Batista de Leão.
A capela de Nossa Senhora da Cabeça, cuja antiguidade se ignora, ficava na rua do Jardim Botânico e também não mais existe.
(J. DE S. AZEVEDO PIZARRO E ARAÚJO, *Memórias históricas do Rio de Janeiro,* 2ª ed. Inst. Nac. do Livro, vol. V, Rio, 1946, pg. 237; – A. ALVES FERREIRA DOS SANTOS, *A arquidiocese de S. Sebastião do Rio de Janeiro,* Rio, 1914, pg. 183).

Em breve fui atraída para fora da mesa pela beleza da vista, que tentei esboçar. Os cafezais são os únicos terrenos cultivados na redondeza e são intercalados tão densamente com laranjeiras, limoeiros e outros altos arbustos, que parecem antes uma variedade das matas do que a mescla de terreno cultivado com terreno selvagem, que seria de esperar tão perto de uma grande cidade, onde contamos ver o trabalho humano aplicando-se razoavelmente sobre a beleza rude da natureza. Mas aqui a vegetação é tão exuberante que até as árvores podadas e tratadas crescem como se fosse na floresta.

Como todo o mundo estava disposto a se divertir, ficamos todos tristes quando chegou a hora da separação. Mas Burns já fez todas as considerações possíveis acerca do fim de uma reunião alegre:

Pleasures are poppies spread,—

You seize the flower, the bloom is shed;

Or like the snow-falls in the river,—

A moment white, then lost for ever;

Or like the rainbow's fleeting form,

Evanishing amid the storm;

Or like the boralis race,

That flit ere you can Point their place.

No man can tether time or tide:

The hour approaches, — we must ride.

 E assim fizemos — Andamos até o pé do morro e cada qual tomou um transporte diverso: o coronel e a Sra. Cunningham, a sua confortável carruagem inglesa; o Sr. e a Sra. Hayne, o seu belo carro descoberto a dois cavalos; e eu em minha caleche, ou sege, *[sic]* — carruagem feia, mas cômoda, muito pesada, mas bem adaptada às estradas rudes que ligam o jardim à cidade. Os homens vieram todos a cavalo e quase todos nós trouxemos algo para casa. Alguns preferiram frutos e flores, Langford conseguiu certo número de besouros *(entimus imperialis)* e uma magnífica borboleta, e eu um esboço imperfeito da paisagem da casa do padre.

 Dezembro, 27. — Desde a excursão ao Jardim Botânico, alguns de nossos doentes começaram a melhorar; outros, que estavam bem, adoeceram. Eu não fiz senão passear a cavalo e conversar com eles, contemplar as belas vistas da vizinhança e conhecer um pouco mais os habitantes, dos quais, os mais divertidos, tanto quanto pude ver até agora, são certamente os negros que transportam as frutas e verduras para vender. Os guardas-marinhas fizeram amizade com alguns. Um deles tornou-se até amigo da casa, e depois de vender as frutas de seu senhor, ganha uma pequena gratificação para ele próprio, pelos seus contos, suas danças e suas cantigas. Sua tribo, ao que parece, estava em guerra com um rei vizinho. Ele partiu para a luta ainda menino, foi feito prisioneiro e vendido. Esta é provavelmente a história de muitos, mas o nosso amigo a conta com movimento e ênfase, mostra as feridas, dança sua dança de guerra, grita sua canção bárbara, de modo que, de escravo selvagem, transforma-se em objeto de tocante interesse.

Estive até uma hora da noite em ambiente muito diferente: um baile dado pelo Sr. B., respeitável comerciante inglês. As moças portuguesas e brasileiras são de aspecto decididamente superior às da Bahia: parecem de classe superior. Talvez a permanência da corte aqui por tantos anos as tenha polido. Não posso dizer que os homens gozem da mesma vantagem. Mas eu não posso ainda falar português bastante bem para ousar julgar o que os homens e mulheres são na realidade. Quanto aos ingleses, que posso dizer? São tais e quais todo o mundo os vê em sua terra, na classe a que pertencem. E as senhoras, muito boas pessoas, sem dúvida, precisariam da pena de Miss Austen[127(*)] para torná-las interessantes. Contudo, como parecem não ter pretensões a coisa alguma senão ao que realmente são, apresentam-se a mim bem humoradas, hospitaleiras e, portanto, agradáveis.

Segunda-feira, 31 de dezembro de 1821. — Fui à cidade pela primeira vez. O caminho segue através do subúrbio do Catete cerca de meia milha. Há algumas boas casas de ambos os lados. Os intervalos são preenchidos por lojas e pequenas casas habitadas pelas famílias dos lojistas da cidade. Chegamos então ao outeiro chamado da Glória, do nome da igreja dedicada a N. Sr.ª da Glória, na eminência que domina o mar próximo. O morro é verde, coberto de matas e ornado de casas de campo. E quase insulado e o caminho passa entre ele e outro morro, ainda mais alto, exatamente onde uma abundante fonte deriva de um aqueduto (feita, penso eu, pelo conde de Lavradio[128(*)],

---

127 (*) JANE AUSTEN (1775-1817), célebre escritora inglesa, autora de romances que têm por assunto a sociedade de seu país, vários deles traduzidos para o português.
128 (*) Refere-se ao chafariz da Glória, contíguo à chácara de Manuel Álvares da Fonseca Costa, inaugurado em 1772, no vice-reinado do marquês de Lavradio, (Dom Luís de Almeida Portugal Soares de Alarcão Eça e Melo Silva Mascarenhas, 4.º conde de Avin-

e traz, para esta região da cidade, saúde e refresco das montanhas das vizinhanças. Adiante, depois de passar a praia da Glória, voltamos para a esquerda e entramos na parte nova da cidade, por baixo dos arcos do grande aqueduto construído em 1718 pelo vice-rei Albuquerque[129(*)]. Este fornece água a quatro copiosos chafarizes. O maior é o da Carioca[130], perto do convento de Santo Antônio. Tem doze bocas e é, ele próprio, muito pitoresco. Está constantemente cercado de escravos, com seus barris d'água e por animais que bebem. Logo adiante estão tanques de granito onde uma multidão de lavadeiras está sempre ocupada[131(*)]. E adiante, defronte delas, estão colocados bancos, nos quais estão sempre sentados negros novos para a venda. O chafariz das Marrecas fica defronte do Passeio Público e perto dos novos quarteis[132(*)]. Além das bicas de água para os habitantes, há dois tanques sempre cheios para os animais. O terceiro é um muito belo, no largo do paço[133(*)] e o quarto, chamado do Mouro, não vi[134(*)].

---

tes e 2.º marquês de Lavradio). (NORONHA SANTOS, *Fontes e chafarizes do Rio de Janeiro*, "Revista de Patrimônio Histórico e Artístico Nacional", 10 – Rio, 1946, p. 61).

129 (*) Os atuais arcos de Santa Teresa, iniciados pelo governador Aires de Saldanha e Albuquerque, foram terminados sob o governo do vice-rei Gomes Freire de Andrada, depois conde de Bobadela. Durante o governo do marquês de Lavradio foram feitas, porém, importantes reparações. (NORONHA SANTOS *"Aqueduto da Carioca"*, "Revista do Serviço do Patrimônio Histórico e Artístico Nacional", nº. 4, Rio 1940).

130 A alcunha dos habitantes do Rio é Carioca, derivado desse chafariz.

131 (*) É o antigo chafariz da Carioca, no largo do mesmo nome. Era revestido de mármore, com dezesseis bicas de bronze. Foi demolido em 1829 e substituído por outro em 1840. Este, por sua vez, foi demolido durante a prefeitura do Sr. Alaor Prata, para ampliação do largo. (NORONHA SANTOS, *Aqueduto da Carioca*, loc. cit. p. 10),

132 (*) O chafariz chamado *das Marrecas*, devido a cinco marrecas de bronze que nele lançavam água pelos bicos, ficava na rua dos Barbonos (atual Evaristo da Veiga), entre o quartel e a roda das crianças abandonadas, exatamente em frente à rua das Belas Noites (depois rua das Marrecas e hoje rua Juan Pablo Duarte). Colocava-se, assim, em face do portão principal do Passeio Público. Foi destruído em 1902, para ampliação do Quartel de Polícia, antigo Quartel dos Granadeiros, localizado exatamente onde ficava o convento dos Capuchinhos Italianos, chamados Barbonos. (V. Nota de NORONHA SANTOS, as *Memórias para servir à História do Brasil*, de Monsenhor Luís Gonçalves dos Santos, Rio, 1943, I 168; Vieira Fazenda, *Antiqualhas e memórias do Rio de Janeiro*, "Rev. do Inst. Histórico Bras". Tomo 86, Rio, 1921, pg. 462).

133 (*) É o chafariz, ainda existente à Praça Quinze de Novembro. Foi inaugurado pelo vice-rei Luís de Vasconcelos em 1789. O primitivo chafariz, inaugurado pelo conde de Bobadela em 1753, localizado no centro da praça, viera feito de Portugal. (NORONHA SANTOS, *Fontes e chafarizes do Rio de Janeiro*, cit. 44).

134 (*) Refere-se ao chafariz do largo *do Moura* (nome derivado do regimento português de Moura, ali aquartelado). Foi construído pelo vice-rei conde de Resende em 1794 e destruído no princípio do século XX. O largo do Moura ficava ao fim da rua Dom

O aqueduto é de tijolo e é sustentado por duas filas de arcos através do vale entre dois dos cinco morros da cidade. Os edifícios públicos do Rio nada têm de muito notável. Até as igrejas não apresentam beleza arquitetônica e devem o bom efeito que produzem na vista geral, ao tamanho e à colocação. Há sete paróquias e numerosas capelas dependentes de cada uma. A primeira e mais antiga paróquia é a de S. Sebastião. A igreja que lhe é dedicada é a Capela Real, a única que hoje vi. É bela interiormente, ricamente dourada, e as pinturas do teto longe de serem desprezíveis, mas não posso louvar a do altar-mor, em que Nossa Senhora está cobrindo com o seu manto a Rainha Dona Maria e toda a família real, na sua chegada ao Brasil. O coro é mantido de maneira que não envergonharia a Itália. Assisti às vésperas, e raramente ouvi mais agradável música no ofício da tarde. Isto a capela deve à residência da Família Real, cuja paixão e vocação para a música são hereditárias. Anexos a esta capela ficam a Igreja e convento dos Carmelitas, que formam parte do palácio[135(*)] dentro do

---

Manuel, em frente do Mercado. (VIEIRA FAZENDA, *Antiqualhas e Memórias do Rio de Janeiro,* "Rev. do Inst. Hist. Bras." t, 88, pg. 253).

135 (*) A autora refere-se provavelmente só às paróquias da cidade, porque, incluindo os subúrbios, já se elevavam elas, em 1821, a dezesseis. Também não é exato que a Capela Real, depois Capela Imperial, fosse dedicada a São Sebastião e sim a Nossa Senhora do Carmo, a cujo convento pertencia antes da chegada da Família Real. Todo o território restante dos demembramentos da antiga e única freguesia de São Sebastião, outrora sediada no morro do Castelo, pertencia ao Curato do Santíssimo Sacramento da Antiga Sé, cuja matriz é a Igreja do SS. Sacramento, na atual Avenida Passos. A jurisdição da antiga Capela Real, depois Capela Imperial e hoje Santa Igreja Catedral Metropolitana, restringia-se à igreja e suas dependências. (Monsenhor ANTÔNIO ALVES FERREIRA DOS SANTOS, *op. cit.* pgs. 131 e 178).
Há confusão em dizer que a Igreja e convento do Carmo ficavam anexos à Capela Real. A Capela Real era a antiga Igreja do Convento, como se disse. O próprio convento estava incorporado ao palácio, ao qual fora ligado por um passadiço que cobria a rua da Misericórdia. Nele funcionavam diversas repartições. O antigo cláustro era denominado, então, Páteo da Ucharia. Anexa à Capela Real ficava realmente a Igreja da Ordem Terceira do Carmo, como até hoje.
O painel a que se refere a autora em termos pouco lisonjeiros é o célebre quadro de José Leandro de Carvalho ali mandado colocar por Dom João VI. Representava a Família Real genuflexa e, sobre uma sucessão de nuvens, Nossa Senhora do Carmo cobrindo-a com o seu manto. Em 1831, atendendo à exaltação de ânimos, o quadro foi alterado pelo próprio autor, que ocultou sob espessa camada de goma as figuras reais. Em 1850 o pintor João Caetano Ribeiro restaurou a grande tela, que Gonzaga Duque considerava a obra-prima do artista. Em 1889 foi enviada à Imperial Academia de Belas Artes para restauração. Ainda lá se encontrava em 1890. Daí por diante, nada se sabe a seu respeito. (FRANCISCO MARQUES DOS SANTOS, *Artistas do Rio Colonial*, "Anais do Terceiro Congresso de História Nacional", vol. VIII, Rio, 1942, pg. 529).

qual fica a Biblioteca Real de 70.000 volumes, em que todos os dias, salvo os feriados, o público tem ingresso para estudo, de nove até a uma hora da tarde e de quatro horas até o pôr do sol[136(*)]. Esta parte do palácio ocupa um lado de uma bela praça; o próprio palácio ocupa um outro; o terceiro lado é de casas particulares, construídas uniformemente com o palácio; além fica o mercado do peixe, e o quarto lado é aberto para o mar. A beira do mar é fechada com um belo cais de granito e degraus, cujos blocos são presos com cobre. No centro do cais há um chafariz abastecido com o aqueduto de Albuquerque. No conjunto, o aspecto do largo do Paço é extremamente belo. Fomos daí a uma rua por traz dele e vimos a fachada do Senado[137(*)], que é ligado com o Paço, e as catacumbas da Igreja dos Carmelitas, que são mais belas do que costumam ser os cemitérios de igreja[138(*)]. No centro de um pequeno quadrilátero há uma cruz e junto dela um cipreste novo. Em volta há flores e plantas odoríferas, com vasos de porcelana contendo rosas e aloés colocados em pequenos pedestais e numa parede larga e baixa que circunda o quadrado. A primeira vista procurei em vão os túmulos, afinal reparei nesses muros baixos e nos mais altos no círculo exterior, indicações nas abóbadas, cada uma delas numerada. Estes são os lugares destinados aos mortos, ali emparedados com cal. De tempos a tempos os ossos e as cinzas são retirados para

---

136 (*) A Biblioteca Nacional, então Biblioteca Real, foi instalada primitivamente nas salas do hospital da Ordem Terceira do Carmo, nos fundos da Igreja. Constituia-se inicialmente da Real Biblioteca da Ajuda trazida pelo rei. Em 1812, consideravelmente acrescida, estendeu-se ao pavimento térreo, removendo-se os doentes para o Recolhimento do Parto à rua dos Ourives (trecho hoje chamado Rodrigo Silva) esquina de São José. (TEIXEIRA DE MELO, *Resumo Histórico.* "Anais da Biblioteca Nacional do Rio de Janeiro", v. XIX, Rio, 1897, pg. 219),

137 (*) Pela rua da Misericórdia, passou a Autora sob o passadiço e viu o antigo prédio do Senado da Câmara (Câmara Municipal) do Rio de Janeiro, e Cadeia, a esse tempo também incorporado ao palácio por meio de outro passadiço. Mais tarde foi adaptado por D. Pedro I para nele funcionar a Assembleia Constituinte. Nele funcionou a Câmara dos Deputados do Império e da República. No mesmo local ergue-se hoje o Palácio Tiradentes.

138 (*) Refere-se às antigas catacumbas, destruídas em 1850, quando o governo imperial proibiu os cemitérios dentro da cidade. Os primeiros enterros de irmãos terceiros fizeram-se nas cavas subterrâneas, existentes sob o templo atual. Foram estas, porém, por causa de graves inconvenientes, abandonadas. Em 1782 a Mesa Conjunta deliberou que se fizessem jazigos com catacumbas em galerias sobre o solo, no lugar da Capela velha, já muito arruinada. Ficava esta junto à Igreja dos terceiros, no fundo da Igreja do Convento, dentro da respectiva cerca. Foram benzidas em 1785. (Comendador BENTO JOSÉ BARBOSA SERZEDELLO, *Archivo Histórico da Venerável Ordem Terceira de Nossa Senhora do Monte do Carmo. Rio de Janeiro*, 1872).

fazer lugar para outros. No momento da retirada, se o morto tiver um amigo que deseje guardá-los, os restos são recolhidos em urnas, ou outros receptáculos, e colocados numa construção apropriada, ou onde o amigo quiser. Aliás, irão para o depósito geral e desaparecem totalmente pela adição de mais cal. Esta é, não duvido, a maneira mais saudável de dispor dos mortos, e mesmo sob o ponto de vista humano, melhor que os horríveis enterros na Bahia, onde devem infectar o ar. Mas parece-me tão pouco sentimental esta maneira de se desembaraçar depressa dos restos de alguém que outrora nos foi caro, que saí aborrecida.

A cidade do Rio é uma cidade mais europeia do que Bahia ou Pernambuco. As casas são de três ou quatro pavimentos, com tetos salientes, toleravelmente belas. — As ruas são estreitas, pouco mais largas do que o Corso em Roma, com o qual uma ou duas têm um ar de semelhança, especialmente nos dias de festa, quando as janelas e balcões são decorados com colchas de damasco vermelho, amarelo ou verde. Há duas praças muito belas, além da do Paço. Uma, outrora Roça [Rossio], hoje da Constituição, à qual dão uma aparência muito nobre o teatro, alguns belos quarteis e belas casas, atrás dos quais os morros e montanhas dominam dos dois lados. A outra, o Campo de Sant'Ana, é extremamente extensa[139], mas está inacabada. Duas das ruas principais cruzam-na desde o lado do mar até a extremidade da cidade nova, com perto de uma légua; novas ruas, largas, estão-se estendendo em todas as direções. Mas estava muito cansada por sair no calor do dia para fazer mais que uma visita rápida a essas coisas. Não tive ânimo nem mesmo de ver o novo chafariz, abastecido por um novo aqueduto[140(*)].

Há na cidade um ar de pressa e atividade bem agradável aos nossos olhos europeus. No entanto todos os portugueses fazem a sesta após o jantar. Os negros, tanto livres quanto escravos, parecem alegres e felizes no trabalho. Há tanta procura deles que se encontram em pleno emprego e têm, naturalmente, boa paga. Lembram aos outros aqui o

---

139 Tem 1713 pés quadrados.
140 (*) Refere-se ao chamado chafariz de Paulo Fernandes [Viana] no próprio campo de Sant'Ana, depois praça da República. Fora inaugurado em 1818. Abastecia-se não do aqueduto da Carioca, mas de outro, que captava as águas dos rios Catumbi e Maracanã. O mesmo aqueduto abastecia o chafariz do Lagarto. (NORONHA SANTOS, – *Fontes e chafarizes do Rio de Janeiro* – "Revista do Patrimônio Histórico e Artístico Nacional" n. 10, 1946, págs., 76 e 99).

menos possível a triste condição servil, a não ser quando se passa pela rua do Valongo. Então todo o tráfico de escravos surge com todos os seus horrores perante nossos olhos. De ambos os lados estão armazéns de escravos novos, chamados aqui *peças*, e aqui as desgraçadas criaturas ficam sujeitas a todas as misérias da vida de um negro novo, escassa dieta, exame brutal e açoite.

Terça-feira, 1º de janeiro de 1822. — Fui pagar uma segunda visita a um ilustre exilado, o conde Hogendorp, um dos generais do Imperador Napoleão; minha primeira visita foi acidental[141(*)]. Uma manhã da semana passada, andando a cavalo com dois de nossos guardas-marinhas, chegamos a uma agradável casa de campo de aspecto simpático, no alto da encosta do Corcovado; e à porta vimos uma figura muito impressionante, à qual imediatamente pedi desculpas por invadir seus terrenos, dizendo que éramos estrangeiros, e que havíamos chegado ali por acaso. Ele imediatamente, com modos que denotavam não ser uma pessoa ordinária, saudou-nos e perguntou-nos o nome, e ao sabê-lo disse que ouvira falar de nós e que, se não estivesse doente, ter-nos-ia procurado. Insistiu em que apeássemos, visto que se aproximava uma carga d'água, e que nos abrigássemos sob seu teto. Por esse tempo percebi que ele era o conde Hogendorp e perguntei se havia acertado na minha adivinhação. Ele respondeu que

---

141 (*) O general conde de Hogendorp escreveu preciosas memórias (a que aliás se refere Maria Graham), em francês, e copiadas por Theodoro Taunay, mais tarde Cônsul Geral da França no Brasil. Remetidos os originais à família, foram publicadas em Haia, em 1887, pelo seu neto o conde D. A. C. van Hogendorp, sob a direção de F. A. G. Campbel. Em 1890, informa AFONSO d'E. TAUNAY (*História do Café no Brasil*, II, 1939, pg. 215), apareceu em Amsterdão uma biografia do heroi por J. A. Sillem, baseada em documentos inéditos. Mais recente é a biografia de PIERRE MÉLON, *Le général Hogendprp, gouverneur à Java, aide de camp de Napoléon I, ermite à Rio de Janeiro*, Paris, 1938. A respeito da estada de Hogendorp no Rio de Janeiro, existem curiosos depoimentos de: JACQUES ARAGO, *Souvenirs d'un aveugle, Voyage autour du monde*, Paris, 1839; THEODOR VON LEITHOLD, *Meine Ausflucht nach Brasilien Oder Reise von Berlin nach Rio de Janeiro*, Berlim, 1820; e JULIEN DE LA GRAVIÈRE, *Souvenirs d'un Amiral*, Paris, 1872. Estudou-os ALFREDO DE CARVALHO no artigo *O solitário da Tijuca* na "Revista Americana" de maio de 1911, pg. 337; o ministro da Holanda no Brasil, Tel B. Pleyte, em conferência realizada no Instituto Histórico em 1923 e publicada no "Jornal do Comércio" de 27 de novembro de 1938 e na "Revista do Inst." vol. 173, relativo a 1938, Rio, 1940, pg. 818; o prof. AFONSO d'E. TAUNAY, no trabalho citado; e DONATELLO GRIECO, no capítulo "O gen. Hogendorp e seu exílio no Rio de Janeiro" de seu livro *Napoleão e o Brasil*, Rio, 1939. A propósito da conferência do ministro holandês Pleyte, escreveu o prof. Taunay à redação do "Jornal do Comércio" uma importante carta que ocorre na "Revista", cit. pg. 834.

sim e juntou algumas palavras significando que os seguidores de seu chefe, mesmo no exílio, conservavam qualquer coisa consigo que os distinguia dos outros homens.

O conde é uma ruína de um outrora belo homem; mas não perdeu o ar marcial. É alto, mas não magro demais; os olhos cinzentos brilham de inteligência e a linguagem pura e enérgica é ainda transmitida em voz clara e bem timbrada, ainda que um pouco gasta pela idade. Conduziu-nos a uma varanda espaçosa, onde passa a maior parte do dia, e que é mobiliada com sofás, cadeiras e mesas. Mandou então que o criado nos trouxesse almoço. Tivemos café, leite e manteiga fresca, tudo produção de sua própria fazenda. E ao sentarmo-nos assistimos à passagem do aguaceiro por nós e depois através do vale que conduz a vista à baía lá em baixo. O general entrou francamente em conversa não só durante o almoço como enquanto durava a pancada d'água, falando quase incessantemente de seu Imperial Senhor. Entrara para o exército muito moço, como soldado aventureiro, sob o comando de Frederico da Prússia. De volta à terra natal, a Holanda, foi aproveitado pelos Estados sucessivamente como governador da parte oriental de Java e como enviado a uma das cortes germânicas. Durante a residência em Java, visitou muitos dos estabelecimentos ingleses em terra firme da Índia e aprendeu o inglês, que falava bem.

Quando da anexação da Holanda à França, entrou a serviço dos franceses no posto de coronel. Teve sempre as preferências de Napoleão a quem sua honestidade e desinteresse em matéria de dinheiro pareceram preciosas, à medida que estas qualidades escasseavam entre seus seguidores. A devoção do conde a Napoleão é excessiva, eu diria mesmo inexplicável, se ele não me tivesse mostrado uma carta que lhe foi escrita do próprio punho do Imperador, sobre a morte de seu filho, na qual, além de uma amabilidade rotineira, há realmente uma nota de carinho que eu não esperava encontrar. Durante a desastrosa expedição à Rússia, Hogendorp foi incumbido do governo da Polônia e manteve sua corte em Wilna. Seu último serviço público foi prestado na defesa de Hamburgo onde era lugar-tenente governador. Ele teria acompanhado gostosamente o Imperador ao exílio. Mas como não conseguiu permissão, veio para aqui, onde com a maior economia, e, penso eu, com algum auxílio do príncipe, que tem por ele grande respeito, vive principalmente da produção de sua pequena fazenda.

Muitas destas circunstâncias aprendi dele próprio, enquanto descansava e me abrigava da chuva, que durou quase uma hora. Ele mostrou-me então a casa, que é de fato pequena, consistindo apenas de três peças, além da varanda; seu escritório com poucos livros, em que dois ou três modelos de antigos baixos-relevos e alguns mapas e gravuras indicavam o retiro de um cavalheiro; seu quarto de dormir, cujas paredes, de gosto caprichoso, eram pintadas de preto e exibiam, sobre este fundo escuro, esqueletos de tamanho natural, em todas as atitudes alegres, lembrando a *Dansa da Morte* de Holbein; e um terceiro quarto, ocupado com barris de vinho de laranja, e potes de licor feito de grumaxama [grumixama], pelo menos tão gostoso como a aguardente de cerejas, com que aliás se parece. São os produtos de sua fazenda, cuja venda, juntamente com o seu café, ajuda sua pequena renda.

O general, como ele gosta de ser chamado, conduziu-nos em torno de seu jardim e exibiu com orgulho seus frutos e suas flores, louvou o clima, somente culpou o povo, que pela negligência e falta de indústria, desperdiça metade das vantagens que Deus lhe deu. Ao voltar à casa apresentou-me seu velho criado prussiano, que tomou parte com ele em muitas campanhas, e seus negros, que ele libertou ao comprar. Ele induzira uma mulher a usar uma joia no nariz, à moda de Java, o que lhe parece trazer um prazer especial. Fiquei triste por ter de deixar o conde, mas fiquei com medo que em casa se alarmassem a nosso respeito e por isso disse-lhe adeus.

Esta tarde, fiz-lhe outra visita e encontrei-o descansando na varanda após o jantar. Tivemos uma boa conversa sobre o estado deste país, do qual, com prudência, tudo de bom se pode esperar. Disse-me então o conde que estava empenhado em escrever suas memórias, de que me mostrou um trecho, dizendo-me que tencionava publicá-las na Inglaterra. Não tenho dúvida de que serão escritas com fidelidade e fornecerão um capítulo interessante da história de Napoleão. Fiquei triste por ver o velho sofrendo tanto, Sua idade e enfermidades parecem ameaçá-lo com rápida terminação de sua vida ativa[142].

---

142 O conde Hogendorp morreu quando eu estava no Chile. Napoleão deixou-lhe em testamento cinco mil libras esterlinas, mas o velho não viveu bastante para ter conhecimento desta prova de gratidão de seu antigo chefe. Ao aproximar-se o seu fim, o Imperador Dom Pedro deu-lhe a assistência e a atenção que sua posição exigia ou permitia, e havia dado ordens relativas ao enterro. Verificou-se, porém, ao morrer, que ele era protestante, e um dos cônsules protestantes, portanto, promoveu o seu conveniente enterro no cemitério dos ingleses. Ao despi-lo, após a morte, viu-se que seu corpo estava tatuado como o dos nativos das ilhas orientais. Nunca mais vi o conde depois do primeiro de janeiro.

8 de janeiro de 1822. — A única alteração na minha vida tranquila desde o dia primeiro, foi proporcionada por uma agradável festa em casa de Miss Hayne. Vi ali uma abundância de joias de cabeça e de pescoço nas mais velhas senhoras portuguesas, de beldades e alguma elegância entre as mais moças, que começo agora a compreender bem. Tivemos um pouco de boa música, muita dança e não pouco jogo de cartas.

Hoje deixamos a casa em terra e estamos de novo instalados a bordo da *Doris*, com todos os nossos doentes bem melhor. Tendo instalado todo o mundo confortavelmente, fui a terra para a ópera, visto como é noite de benefício de um artista favorito, Rosquellas, cujo nome é conhecido em ambos os lados do Atlântico. O teatro é muito bonito, em tamanho e proporções, e alguns de nossos oficiais julgam-no tão grande quanto o de Haymarket, mas é diferente deste. Foi inaugurado a 12 de outubro de 1813, dia dos anos de Dom Pedro. Os camarotes são confortáveis, e dizem-me que a parte não vista do teatro é cômoda para os atores, vestiários, etc.; mas a maquinaria e decorações são deficientes[143(*)]. O divertimento da noite consistiu numa comédia portuguesa muito estúpida, alternada com os atos e cenas de uma ópera de Rossini pelo Rosquellas[144(*)], depois da qual ele desperdiçou uma boa dose de boa execução com música muito má.

Quarta-feira, [9 de janeiro.] — O dia de hoje, espera-se que seja decisivo no destino do Brasil. É preciso, porém, começar pela chegada de uma mensagem das Cortes de Lisboa ao Príncipe, intimando-o de que aprouve às ditas Cortes que ele partisse imediatamente para a Europa a fim de iniciar sua educação e empreender uma viagem incógnito pela Espanha, França e Inglaterra. Esta mensagem despertou

---

143 (*) Trata-se do Real Teatro de São João. Incendiou-se a 25 de março de 1824, durante um espetáculo em homenagem ao juramento da Constituição do Império. Sua lotação, na plateia, era de 1020 pessoas e possuía 112 camarotes em quatro ordens. Foi reconstruído em 1826 e novamente incendiado em 1851. Outra vez reconstruído, incendiou-se, pela terceira vez, em 1856 e foi reaberto em 1857. Chamou-se sucessivamente Imperial Teatro São Pedro de Alcântara, Constitucional Fluminense, de novo São Pedro de Alcântara e, finalmente, João Caetano. (V. CERNICCHIARO, *Storia della musica nel Brasile*, Milano, 1926, pg. 87; LAFAYETTE SILVA, *História do teatro brasileiro*, Rio, 1938, pg. 24).

144 (*) Os Rosquellas (Andrés e Pablo) eram dois célebres violinistas espanhois. O primeiro, muito mais conhecido que o segundo, foi primeiro violino da Real Câmara espanhola. Nasceu e morreu em Madri (1781-1827). O segundo, Pablo, foi o que se transferiu para o Brasil e, ao que parece, aqui morreu. *(Enciclopédia Universal*, Espasa-Calpe, t. 52, pg. 426).

a mais viva indignação, não somente no ânimo de Sua Alteza Real, mas no dos brasileiros de ponta a ponta do reino. O Príncipe está desejoso de obedecer às ordens do pai e das Cortes, mas, ao mesmo tempo, não pode deixar de sofrer, como homem, a inconveniência da mensagem, vendo-se, dessa maneira, compelido a voltar a casa, especialmente sendo-lhe proibido levar consigo quaisquer guardas, ao que parece por temerem que elas tenham contraído demasiada dedicação a sua pessoa. Os brasileiros consideram este passo como uma preliminar para extinguir neste país os tribunais de justiça que, durante quatorze anos, se mantiveram aqui, transferindo-se assim as causas para Lisboa, por cujo meio o Brasil será de novo reduzido à condição de uma colônia dependente, em vez de gozar de direitos e privilégios iguais aos da mãe-pátria, o que é uma degradação a que eles não estão dispostos, de maneira alguma, a se submeter.

Os sentimentos do povo estão bastante claros na mensagem enviada ao Príncipe há poucos dias, 24 de dezembro, de São Paulo, do teor seguinte:

"*Senhor* — Tínhamos já escrito a V. A. R. antes que pelo último correio recebêssemos a *Gazeta Extraordinária* do Rio de Janeiro, de 11 do corrente; e apenas fixamos nossa atenção sobre o primeiro decreto das Cortes, acerca da Organização dos Governos das Províncias do Brasil, logo ferveu em nossos corações uma nobre indignação, porque vimos nele exarado o sistema da anarquia e da escravidão; mas o segundo, pelo qual V. A. R. deve regressar para Portugal, a fim de viajar incógnito somente pela Espanha, França e Inglaterra, causou-nos um verdadeiro horror.

"Nada menos se pretende do que desunir-nos, enfraquecer-nos, até deixar-nos em mísera orfandade, arrancando do seio da grande família brasileira o único pai comum, que nos restava, depois de terem esbulhado o Brasil do benéfico Fundador deste Reino, o Augusto Pai de V. A. R. Enganam-se; assim o esperamos em Deus, que é o vingador das injustiças; Ele nos dará coragem e sabedoria.

"Se pelo artigo 21 das Bases da Constituição, que aprovamos e juramos, por serem princípios de Direito Público Universal, os deputados de Portugal se viram obrigados a determinar que a Constituição, que se fizesse em Lisboa, só obrigaria por ora aos portugueses residentes naquele reino, e quanto aos que residem nas outras três partes do mundo, ela somente se lhes tornaria comum quando seus legítimos representantes declarassem ser esta a sua vontade; como agora esses deputados de Portugal, sem esperarem pelos do Brasil, ousam já legislar sobre os interesses mais sagrados de cada província e de um reino inteiro? Como ousam desmembrá-lo em porções desatadas e isoladas, sem lhes deixarem um centro comum de força e de união? Como ousam roubar a V. A. R. a lugar-tenência que seu Augusto Pai, nosso Rei, lhe concedera? Como querem despojar o Brasil do Desembargo do Paço e Mesa da Consciência e Ordens, Conselho da Fazenda, Junta do Comércio, Casa de Suplicação e de tantos outros estabelecimentos novos, que já prometiam futuras prosperidades? Para onde recorrerão os povos desgraçados a bem de seus interesses econômicos e judiciais? Irão agora, depois de acostumados por doze anos a recursos prontos, a sofrer outra vez, como vis colonos, as delongas e trapaças dos Tribunais de Lisboa, através de duas mil léguas do oceano, onde os suspiros dos vexados perdiam todo o alento e esperança? Quem o crera depois de tantas palavras meigas, mas dolorosas, de recíproca igualdade e felicidades futuras?!

"Na sessão de 6 de agosto passado disse o deputado das Cortes Pereira do Carmo (e disse uma verdade eterna), que a Constituição era o pacto social em que se expressavam e declaravam as condições pelas quais uma nação se quer constituir em corpo político; e que o fim desta Constituição é o bem geral de todos os indivíduos, que devem entrar neste pacto social. Como pois ousa agora uma mera fracção da grande Nação Portuguesa, sem esperar a conclusão deste solene Pacto Nacional, atentar contra o bem geral da parte principal da mesma, qual o vasto e riquíssimo Reino do Brasil, despedaçando-o em míseros retalhos e pretendendo arrancar por fim do seu seio o representante do Poder Executivo e aniquilar de um golpe de pena todos os Tribunais e estabelecimentos necessários a sua existência e futura prosperidade? Este inaudito despotismo, este horroroso perjúrio político, decerto não o merecia o bom e generoso Brasil. Mas enganam-se os inimigos da ordem nas Cortes de Lisboa, se se capacitam que podem ainda iludir com vãs palavras e ocos fantasmas o bom siso dos honrados portugueses de ambos os mundos.

"Note V. A. R. que, se o reino da Irlanda, que faz uma parte do Reino Unido da Grã-Bretanha (apesar de ser infinitamente pequeno em comparação do vasto Reino do Brasil) e estar separado da Inglaterra por um estreito braço de mar, que se atravessa em poucas horas, todavia conserva um Governo Geral, ou Vice-Reinado, que representa o Poder Executivo do Rei do Reino Unido, como poderá vir à cabeça de alguém que não seja, ou profundamente ignorante, ou loucamente atrevido, pretender que o vastíssimo Reino do Brasil haja de ficar sem centro de atividade e sem representante do Poder Executivo; como igualmente sem uma mola de energia e direção das nossas tropas, para poderem obrar, rapidamente e de mãos dadas, a favor da defesa do Estado, contra qualquer imprevisto ataque de inimigos externos, ou contra as desordens e facções internas, que procurem atacar a segurança pública e a união recíproca das províncias.

"Sim, Augusto Senhor, é impossível que os habitantes do Brasil, que forem honrados, e se prezarem de ser homens, e mormente os paulistas, possam jamais consentir em tais absurdos e despotismos; sim, Augusto Senhor, V. A. R. deve ficar no Brasil, quaisquer que sejam os projetos das Cortes Constituintes, não só para nosso bem geral, mas até para a independência e prosperidade futura do mesmo Portugal. Se V. A. R. estiver (o que não é crível) pelo deslumbrado e indecoroso decreto de 29 de setembro, além de perder para o mundo a dignidade de homem e de Príncipe, tornando-se escravo de um pequeno número de desorganizadores, terá também que responder, perante o Céu, do rio de sangue, que decerto vai correr pelo Brasil com a sua ausência; pois seus povos, quais tigres raivosos, acordarão de certo do sono amodornado em que o velho despotismo os tinha sepultado, e em que a astúcia de um novo maquiavelismo constitucional os pretende agora conservar.

"Nós rogamos, portanto, a V. A. R., com o maior fervor, ternura e respeito, haja de suspender a sua volta para a Europa, por onde o querem fazer viajar como um pupilo rodeado de aios e de espias; nós lhe rogamos que se confie corajosamente no amor e fidelidade dos seus brasileiros, e mormente dos seus paulistas, que estão todos prontos a verter a última gota do seu sangue e sacrificar todos os seus haveres para não perderem o Príncipe idolatrado em que têm posto todas as esperanças bem fundadas da sua felicidade e de sua honra nacional. Espere pelo menos V. A. R. pelos deputados nomeados por este governo e pela Câmara desta capital, que devem quanto antes levar a Sua Augusta Presença nossos ardentes desejos e firmes resoluções, dignando-se acolhê-los e ouvi-los com o amor e atenção, que lhe devem merecer os seus paulistas.

"À Augusta Pessoa de V. A. R. guarde Deus muitos anos".

"Palácio do Governo de São Paulo, 24 de dezembro de 1821. *João Carlos Augusto Oeynhausen*, presidente, *José Bonifácio de Andrada e Silva*, vice-presidente, *Martim Francisco Ribeiro de Andrada*, secretário, *Lázaro José Gonçalves*, secretário, *Miguel José de Oliveira Pinto*, secretário, *Manuel Rodrigues Jordão, Francisco Inácio de Sousa Queirós, João Ferreira de Oliveira Bueno, Antônio Leite Pereira da Gama Lobo, Daniel Pedro Muller, André da Silva Gomes, Francisco de Paula e Oliveira, Antônio Maria Quartim*[145]"

Esta mensagem ao príncipe exprime os sentimentos de toda a região meridional do Brasil e, até um certo ponto, os das capitanias setentrionais também. As últimas são, por certo, tão contrárias quanto as primeiras à transferência das cortes de justiça para Lisboa, mas prefeririam uma cidade mais ao norte para capital, enquanto aqui há desejo, entre considerável número de pessoas, no sentido de mudar a capital para S. Paulo devido à segurança e à vizinhança das minas, onde está situada a maior proporção das riquezas, da indústria e da população do Brasil. S. A. R. não exprimiu ainda sua resolução. Os oficiais das tropas de Lisboa falam alto que ele é obrigado a cumprir o seu dever e obedecer à ordem das Cortes. Os brasileiros esperam ardentemente que ele possa ficar e alguns há que anteveem a possibilidade de se declarar ele abertamente pela independência desta terra. Qualquer que seja sua resolução, teme-se que haja muito tumulto, se não uma guerra civil. Nossos comerciantes ingleses estão se reunindo, penso que com o fim de requerer a permanência deste navio, ao menos até que chegue uma força equivalente, temendo que suas pessoas e propriedades não fiquem em segurança, e todo o mundo parece um pouco ansioso.

Quinta-feira, 10 [de janeiro]. — Houve ontem uma reunião da Câmara do Rio e, após uma curta deliberação, os seus membros foram em procissão, acompanhados de grande concurso de povo, ao Príncipe, com uma enérgica petição contra sua saída deste país e uma viva súplica para que ele ficasse no meio de seu fiel povo. S. A. R. recebeu-os gentilmente e respondeu que, desde que parecia ser a vontade de todos, e para o bem de todos, ele permaneceria. Esta declara-

---

145 O príncipe respondeu a 4 de janeiro, assegurando aos paulistas que havia transmitido a mensagem a Lisboa e que S. A. R. esperava da sabedoria das cortes que elas tomassem medidas adequadas ao bem e à prosperidade do Brasil.

ção foi recebida com gritos e com entusiasmo, correspondidos com descarga de artilharia e com todos os sinais de regozijo público.

O dia, como de costume em qualquer ocasião de interesse público, findou no Teatro. Infelizmente não pude desembarcar, contudo alguns dos oficiais o fizeram. O edifício estava iluminado. O príncipe e a princesa apareceram em grande gala no camarote real, que é no centro da sala. Foram recebidos com entusiasmo pelo povo, cantou-se o hino nacional e, no intervalo dos atos, o público chamou vários de seus oradores favoritos a fim de que falassem ao Príncipe e a todos sobre o acontecimento do dia. Este apelo foi atendido por diversos oradores e alguns dos discursos foram impressos e distribuídos pelo teatro. O melhor, ou, ao menos, o mais aplaudido, foi o seguinte, por Bernardo Carvalho[146(*)]:

"— Agora é preciso só recomendar-vos a *União e Tranquilidade*!!![147] Expressões realmente sublimes e que contêm toda a filosofia política. Sem *União* não poderemos ser fortes, sem força não poderemos determinar a *tranquilidade*. Portugueses. Cidadãos. Tendes um Príncipe que vos fala com gentileza de suas próprias funções; que vos convida a unirmo-nos com ele em torno à Constituição, que vos recomenda aquela força moral que compreende a justiça e que se identifica com a razão, e que só ela pode completar a grande obra iniciada. Hoje quebrastes os laços que vos ameaçavam sufocar. Hoje assumis a verdadeira atitude de homens livres. Mas nem, tudo ainda está feito. A intriga e a discórdia, o ânimo murmurador, talvez agora mesmo esteja meditando novos planos, e ainda tentará cavar a divisão e derrubar os troféus que acabais de erguer à glória e à honra nacional. O próprio entusiasmo mal dirigido poderá produzir os maiores crimes. Concidadãos. *União e Tranquilidade*. A irreflexão partidária é indigna de homens livres. Cumpri vossos deveres. Atendei à amável exortação de vosso Augusto Príncipe, mas em compensação dizei-lhe: — Senhor. *Energia e Vigilância*. Energia para promover o bem. Vigilância para evitar o mal. O mundo inteiro tem agora os olhos voltados para V. A. Os passos que V. A. está para dar, poderão levar V. A. ao templo da memória, ou confundir V. A. no número dos príncipes fracos, indignos

---

146 Bernardo Teixeira Coutinho Álvares de Carvalho, magistrado, desembargador no Rio de Janeiro. Não encontramos o texto português do discurso.
147 Alusão ao discurso do Príncipe ao resolver ficar no Brasil, que terminava por essas palavras.

das honras que os exornam. Talvez V. A. influencie os destinos do mundo inteiro. Talvez mesmo a Europa, ansiosa e suspensa, repouse em V. A. suas esperanças. Príncipe. Energia e vigilância. A glória não é incompatível com a juventude, e o heroi de 26 de fevereiro pode-se tornar o heroi de 9 de janeiro. Univos com um povo que vos ama, que vos confia os bens, a vida, tudo enfim. Príncipe. Como é doce assistir à expansão cordial dos sentimentos de homens livres. Mas como é penoso testemunhar a crestação em botão de esperanças tão justamente fundadas. Bani, Senhor, para sempre do Brasil a lisonja multiforme, a hipocrisia dúplice, a discórdia com sua língua viperina. Ouvi a verdade, submetei-vos à razão, atendei à justiça. Sejam atributos vossos a franqueza e a lealdade. Seja a constituição a estrela polar que vos guie. Sem ela não pode haver felicidade nem para vós, nem para nós. Não procureis reinar sobre escravos, que beijam as cadeias da ignomínia. Reinai sobre corações livres. Assim sereis a imagem da divindade entre nós — assim correspondereis às nossas esperanças. *Energia e Vigilância,* e nós cumpriremos a vossa recomendação: *União e Tranquilidade*". Um padre, um dos prediletos do povo, foi chamado a falar repetidamente. O hino nacional[148] foi cantado várias vezes e o Príncipe e a Princesa, que se notou estarem cercados principalmente de oficiais brasileiros, foram de novo calorosamente aclamados. E tudo na cidade, que estava brilhantemente iluminada, correu na maior harmonia.

Não há nada mais belo no gênero do que tal iluminação vista do mar.

Os numerosos fortes à entrada do porto, nas ilhas e na cidade, ficam cada um com suas fachadas desenhadas em luz; tornam-se assim castelos encantados de fogo, e as luzes espalhadas da cidade e dos vilarejos ligam-nos com um milhão de brilhantes correntes.

Hoje nossos amigos comerciantes estão de novo alarmados e fizeram uma requisição formal ao capitão para permanecer no porto. Com essa triste mentalidade que passa por *diplomática,* o cônsul-deputado e os comerciantes, em vez de dizerem aquilo de que têm medo, dizem somente: "Senhor, estamos com medo, e as circunstâncias nos levam a isso, e esperamos que ficareis até" etc., o que vale dizer: "Sois responsável pelos malefícios, se eles ocorrerem". Mas estão demasiado medrosos para ousar dizer porque. Não me preocupo agora acerca de seus relatórios oficiais, que compreendo agora serem

---

148 Composto pelo príncipe.

grandes folhas de papel com grandes selos, sem uma palavra que não possa ser publicada em cada parede de igreja, pelo seu teor insípido. Considero-os, antes, absurdos e perniciosos, porque tendem a excitar a desconfiança e alarmar onde não há perigo. Na verdade agora pode haver algum motivo para temor. Mas porque não o dizem francamente? A linguagem dos oficiais portugueses é a mais violenta. Falam em levar o Príncipe pela força para Lisboa e fazê-lo assim obedecer às Cortes apesar dos brasileiros. Ambos os lados estão tão violentos que provavelmente entrarão em luta. Nessa luta haverá sem dúvida perigo para a propriedade estrangeira. Porque, porém, não dizer assim? Porque não falar assim no caso? Contudo o homem mais prudente dos tempos modernos[149] há muito tempo que pôs em segundo plano os que não são capazes de ser francos e sinceros em matéria de negócios. Vou, pois, abandoná-los.

Sexta-feira, 11 [de janeiro]. — Desembarquei na noite passada para ir à Opera, pois era nova récita de gala e esperava poder assistir à recepção do Príncipe e da Princesa. A viscondessa do Rio Seco[150(*)] convidou-me amavelmente para o seu camarote, que era junto ao deles. Mas depois de esperar algum tempo, chegou a notícia de que o príncipe estava tão ocupado em escrever para Lisboa que não poderia vir. A guarda dobrada foi despedida e o espetáculo começou. Tive, contudo, o prazer de ver o teatro iluminado, ouvir o hino nacional, e de ver as senhoras mais bem vestidas do que até agora tivera oportunidade.

Há uma grande dose de mal-estar hoje. O comandante português das tropas, general Avilez[151(*)], pediu e obteve demissão. Diz-se, talvez sem fundamento, que as queixas ao príncipe contra sua permanência aqui foram grosseiras e inconvenientes. Ouço dizer que as tropas não consentirão em sua substituição. Elas estão particularmente excitadas com a ideia de que a escolha do sucessor recairá no general Curada

---

149 BACON, *Essay on dissimulation and simulation*
150 (*) D. Maria Carlota Miliard, casada com Joaquim José de Azevedo, visconde do Rio Seco e depois (em 1826) marquês de Jundiaí, tesoureiro da Casa Real e uma das primeiras figuras da corte de D. João VI. Era irlandesa, e sogra de Luís do Rêgo, governador de Pernambuco, como acima se referiu. (V. o diário de 24 de setembro de 1821) D. Carlota faleceu em 1831 no Rio de Janeiro e o marquês de Jundiaí casou-se novamente com D. Mariana Pereira da Cunha, filha do marquês de Inhambupe.
151 (*) General Jorge de Avilez Zuzarte de Sousa Tavares, mais tarde conde de Avilez, em Portugal.

[Curado]¹⁵²⁽*⁾, brasileiro que, ao que se diz, será chamado de São Paulo para suceder Avilez. E um veterano, que comandou com distinção em todas as campanhas da fronteira do sul, e suas ações são mais conhecidas entre seus patrícios que aquelas longínquas batalhas da Europa, de que se gabam os oficiais portugueses de todos os postos aqui, por mais leve que tenha sido a sua participação nelas, para aborrecer os brasileiros.

Sábado, 12 [de janeiro]. — Ontem estourou a questão do comando militar das tropas daqui, e Curado foi nomeado Comandante-Chefe e Ministro da Guerra. O general português Avilez compareceu aos quarteis dos soldados europeus para despedir-se deles. Armaram-se para recebê-lo e juraram não partir com ele, nem obedecer a outro comandante, e com dificuldade conformaram-se em prometer, ao menos, tranquilidade para aquele dia. Foi dito que, como se percebeu que elas demonstraram algum ciume porque a guarda de honra da ópera havia sido, nas duas últimas noites, composta de brasileiros, o Príncipe ordenara aos quarteis portugueses que dessem guarda na última noite. Eles, porém, se recusaram, dizendo que, sendo S. A. R. tão favorável aos brasileiros, era melhor que continuasse a ser guardado por eles. Não estou certa se isto é verdade, mas à vista das circunstâncias do dia, não é improvável.

A casa da ópera foi de novo iluminada brilhantemente. O príncipe e a princesa compareceram e foram tão bem recebidos como no dia 9. Cerca de 11 horas, porém, o príncipe foi chamado para fora de seu camarote e informado de que corpos de vinte a trinta homens das tropas portuguesas estavam percorrendo. as ruas, a quebrar janelas e insultar os transeuntes em seu percurso de quartel a quartel, nos quais tudo tinha a aparência de um motim organizado. Ao mesmo tempo, ao chegarem as notícias desses fatos ao teatro, os espectadores começaram a se levantar para voltar a casa, quando o Príncipe, após tomar as providências necessárias, voltou ao espetáculo, e apresentando-se com a princesa, então próxima ao parto, à frente do camarote, dirigiu-se ao povo e afirmou que não havia nada de grave; que ele já havia dado ordens para reconduzir os soldados amotinados, que se haviam empenhado em briga com os negros, de volta a seus quarteis, e

---

152 (*) Joaquim Xavier Curado, depois barão e conde de S. João das Duas Barras. (PRETEXTATO MACIEL DA SILVA, *Os generais do exército brasileiro*, 2.ª ed., Rio, 1940 .— I, 177).

apelou para que não deixassem o teatro, aumentando assim o tumulto e lotando as ruas, mas que permanecessem até o fim da peça, como ele pretendia fazer. Até então, ele não tinha dúvida, tudo estaria tranquilo. A serenidade e a presença de espírito do Príncipe, sem dúvida, preservaram a cidade de muita confusão e miséria. No momento em que a ópera se acabou as ruas estavam bastante livres para permitir a cada um ir para casa em segurança[153(*)].

Entrementes as tropas portuguesas, com 700 homens, haviam marchado para o alto do morro do Castelo, que domina as principais ruas da cidade, e tendo levado com elas quatro peças de artilharia, ameaçavam saquear a cidade. As peças de campanha pertencentes aos brasileiros, que haviam ficado na cidade depois de 26 de fevereiro, haviam sido enviadas à sede habitual da artilharia, no Jardim Botânico, não havia senão uma semana, de modo que elas não temiam aquela arma[154(*)]. Mas ficaram desapontadas em sua expectativa de receberem a adesão por parte da tropa portuguesa aquartelada em São Cristóvão. Esta alcançava cerca de 500 homens[155] que alegaram ter recebido do Rei a incumbência de guardar a pessoa do Príncipe, e que não tinham mais nada que fazer, declaração que foi encarada pelos brasileiros como suspeita[156(*)].

---

153 (*) A autora narra estes mesmos fatos, com algumas minúcias mais, em seu *Escorço biográfico de D. Pedro*, ("Anais da Bibl. Nac.", LX, Rio, 1940, pgs. 81—84).
154 (*) No *Escorço biográfico* cit., acrescenta a autora esta circunstância valiosa:
"O espetáculo continuou e quando caiu o pano a princesa foi conduzida do camarote por um dos oficiais de serviço de sua Casa e instalada em uma carruagem de viagem, para Ela preparada, com uma escolta, que a levou a São Cristóvão. Dom Pedro ficou no teatro até que todos saíssem e, então, montando a cavalo, dirigiu-se ao Jardim Botânico, a cerca de seis milhas de distância, onde estava postado o corpo principal de artilharia e, depois de colocar os paióis de pólvora e a fábrica em segurança, *trouxe os canhões grandes para defesa da cidade*. Passou a noite toda a reunir os diferentes corpos da milícia e as tropas nativas brasileiras, a fim de proteger a praça da ameaça de saque pelos portugueses."
Esta informação que, nota OCTÁVIO TARQUÍNIO DE SOUSA (*A Vida de D. Pedro I*, Rio, 1952, I, 355), não consta em outros autores, deve ter sido obtida através dos oficiais ingleses da corveta, ou de sua amiga, a Viscondessa do Rio Seco.
155 Não garanto a exatidão desses algarismos, mais creio que se aproxima da verdade.
156 (*) O batalhão 3 de caçadores, português, não se solidarizou com os outros corpos lusos. Cabia-lhe a guarda do Palácio da Boa Vista e, atendendo a um apelo do Regente, ficou em posição neutral, embora lhe tenham sido atribuídos propósitos traidores de fazer embarcar o príncipe compulsoriamente na fragata *União*." (OCTÁVIO TARQUÍNIO DE SOUSA, *Op. cit.* I, 352).

Enquanto os portugueses se apossavam de sua nova e ameaçadora posição, os brasileiros não estavam ociosos. Todos os cavalos e burros da cidade foram requisitados; despacharam-se expressos a todos os regimentos de milícia e outras tropas do Brasil, bem como ao Quartel General da Artilharia. O Príncipe foi incansável, de modo que pelas quatro horas da manhã do dia 12 ele se encontrou à frente de uma tropa de quatro mil homens, no Campo de Sant'Ana, não somente prontos, mas ansiosos para a ação, e, ainda que deficientes quanto à disciplina, formidáveis pelo número e pela disposição.

Os portugueses de modo algum esperavam tal prontidão e decisão. Além disso, não tinham levado provisões para o Morro e convenceram-se de que não seria difícil serem reduzidos pela fome em vista da imensa superioridade numérica dos que estavam no Campo de Sant'Ana. Dispuseram-se então a obedecer à ordem que lhes mandou cedo o príncipe, de transferirem-se para a Praia Grande[157(*)], do outro lado da baía, com a condição única de conservarem as armas. S. A. R. desejaria colocá-los imediatamente a bordo de transportes para serem conduzidos a Lisboa, mas o comandante do porto disse que não havia condução nem provisão prontas para esse fim. Tiveram, pois, de aquartelar-se na Praia Grande, até que se providenciassem estas coisas.

Desembarquei com um oficial logo que pude, principalmente com o objetivo de ver as tropas do Campo de Sant'Ana. Em consequência, porém, da requisição dos cavalos e burros, levou muito tempo até que eu pudesse obter uma sege que me levasse ali porque estava muito quente para ir a pé. Afinal consegui uma e resolvi procurar a viscondessa do Rio Seco, no meu caminho, para oferecer-lhe abrigo na fragata[158(*)]. Encontramo-la em vestidos caseiros brasileiros e com ar ansioso e fatigado. Ficara no teatro até o Príncipe sair, na última noite, correra então para casa para providenciar quanto à segurança da família e quanto às joias. Despachara a família para a fazenda, na roça. Quanto às joias empacotou-as em pequenos embrulhos, pretendendo fugir com eles ao nosso encontro, disfarçada ela própria, em caso de um ataque sério à cidade. Havia ainda deixado muita prataria à vista em diversas partes da casa para entreter os soldados na primeira

---

157 (*) Vila Real da Praia Grande é a atual cidade de Niterói.
158 (*) O palacete do visconde do Rio Seco ficava no então largo do Rocio, depois praça Tiradentes, esquina da rua do Conde, hoje Visconde do Rio Branco, no local onde está o edifício onde funcionou o Ministério da Justiça até 1930. Era, portanto, caminho para Campo de Santana.

investida[159](*). Tudo, porém, parece melhor agora. Asseguramos-lhe que havíamos visto o primeiro destacamento de um dos regimentos de Lisboa, pronto para embarcar, no momento em que desembarcávamos. Prometemos-lhe que, quando ela fizesse um sinal da casa dela, ou mandasse um recado, teria logo proteção. Ela parece muito apreensiva quanto ao perigo da soltura dos presos concedida pelos brasileiros durante a noite, e disse que há temores de que os portugueses possam tomar as fortalezas do outro lado da baía e as conservem até a chegada dos reforços esperados diariamente de Lisboa. Isso poderia, realmente, ser desastroso, mas creio que o medo é mal fundado.

Havendo encorajado minha amiga quanto podia, fomos para o Campo e encontramos os brasileiros instalados, na maior parte, em alguns prédios inacabados. Os homens, posto que franzinos, pareciam saudáveis, ativos e cheios de ânimo; seus cavalos eram os melhores que vi no país; e pode ser imaginação minha, mas deram-me a ideia de homens resolutos em seus propósitos e determinados a defender seus direitos e seus lares.

O Campo apresentava os aspectos mais diversos. Dentro do recinto em que a artilharia fora instalada, tudo era gravidade e atenção ao trabalho; os soldados estavam alerta e os oficiais, em grupos, comentavam os acontecimentos da noite precedente e as circunstâncias do dia. Aqui e ali, tanto dentro quanto fora do círculo, estacionava um orador com seu grupo de ouvintes, atentos às discussões políticas ou arengas patrióticas. Na parte aberta do campo vagavam alguns soldados ou companhias inteiras, fugindo ao ardor da multidão dentro do cercado, bem como cavalos, burros e jumentos, muitos dos quais deitados, pela evidente fadiga. Vinham negros de todas as direções, carregados de capim ou milho para os cavalos, ou levando à cabeça bebida fresca ou doces para os homens. Num canto, um grupo de soldados, exaustos pela viagem e pela vigilância, jazia dormindo. Num outro, brincava um círculo de moleques. Em suma, viam-se todas as maneiras de

---

159 (*) Na narrativa, que vimos citando, acrescenta ainda Maria Graham algumas minúcias a esse episódio: "Madame de Rio Seco afirmou a uma amiga que, logo que chegou a casa, de volta do Teatro, tirou todas as suas joias, pô-las no vestido da criada e, procurando toda a roupa suja da casa, pôs um colar de brilhantes dentro de uma meia, outro dentro de uma touca de noite, e assim por diante. Amarrou tudo numa trouxa e resolveu, se a casa fosse arrombada, deixar bastante prata pelas salas, a fim de ocupar os saqueadores, enquanto ela, como se fosse uma lavadeira branca, procuraria fugir com a roupa suja na cabeça, atirar-se ao primeiro barco de pesca que encontrasse e dirigir-se ao navio inglês mais próximo". (Anais da Bibl. Nac.", LX, 83).

enganar o tempo enquanto se espera por um grande acontecimento, desde aqueles que aguardavam a hora silenciosa e pacientemente, com solene temor do que poderia ocorrer, até os que simplesmente desejavam ocupar-se e enchiam o intervalo com o que poderia fazê-lo passar mais suavemente. Fiquei bem impressionada com o ambiente que encontrei no Campo, e melhor ainda à medida que o dia passava, porque demorei-me algum tempo para assegurar-me de que tudo se resolveria sem derramamento de sangue, salvo duas ou três pessoas mortas acidentalmente durante a noite.

Ao voltarmos para o navio fomos detidos por algum tempo no Largo do Paço por uma grande massa de povo reunida para assistir à entrada da primeira guarda brasileira no Palácio, enquanto saía a guarda portuguesa em meio a grandes vivas da multidão. Ao chegarmos às escadarias onde devíamos embarcar encontramos o último grupo de um regimento e o primeiro de outro, que se transferiam para a Praia Grande, de modo que a cidade poderá dormir tranquila esta noite.

Os habitantes em geral, mas especialmente os comerciantes estrangeiros, estão bem satisfeitos por ver as tropas de Lisboa despedidas, porque por muito tempo foram tiranicamente brutais com os estrangeiros, com os negros e, não raramente, com os próprios brasileiros, e nas muitas semanas passadas a arrogância delas foi revoltante tanto com o Príncipe quanto com o povo[160].

O aspecto da cidade é bastante melancólico. As casas estão fechadas, as patrulhas percorrem as ruas e todo mundo parece angustiado. Os caixeiros estão todos convocados na milícia; andam com cintos e boldriés de couro cru sobre as roupas habituais, mas as armas e munições estavam todas em bom estado. Exceto eles e os ingleses, não vi ninguém fora de casa.

Domingo, 13 [de janeiro]. — Tudo parece quieto hoje. Vimos do navio o resto das tropas que ia para a Praia Grande. Contudo, há naturalmente uma grande dose de ansiedade entre todas as classes de pessoas. Algumas pessoas enviaram alguns de seus valores para bordo da fragata por segurança. Chegou-nos uma mensagem, não sei de que autoridade, indagando se o Príncipe, a Princesa e a Família poderiam

---

160 O andar pesado da infantaria portuguesa valeu-lhe o apelido de pé de chumbo, agora generalizado a todos os partidários de Portugal.

ser recebidos e protegidos a bordo. A resposta, naturalmente, foi que, ainda que o navio deva observar a mais estrita neutralidade entre as partes, estamos prontos imediatamente para receber e proteger a Princesa e os infantes, e também, caso ele tenha razão para temer algum perigo pessoal, o próprio Príncipe. Minha cabine está, assim, pronta. Espero que eles não sejam forçados a vir para bordo. Quanto mais puderem confiar nos brasileiros, melhor para eles e para a causa dessa independência que é agora tão inevitável, que a única questão é saber se será obtida com sangue, ou sem ele.

Resolvemos dar um baile a bordo depois de amanhã, a fim de que possamos conhecer as pessoas da sociedade, e então, se alguma coisa ocorrer que torne aconselhável refugiarem-se entre nós, saberão com quem terão de entrar em contato.

Segunda-feira, 14 [de janeiro]. — As lojas abriram e os negócios se fazem como de costume. O Príncipe está concedendo demissões tanto a oficiais como a soldados dos regimentos portugueses que queiram ficar no Brasil em vez de voltar a Portugal. Isto tem sido estigmatizado pelos portugueses como uma deserção autorizada dos exércitos do Rei e das Cortes; qualquer que seja o nome, estou convencida de que a medida contribui para a tranquilidade presente da capital. A Princesa e os infantes foram para Santa Cruz, fazenda no campo, pertencente antigamente aos jesuítas e agora à Coroa, a 14 léguas na estrada que vai para São Paulo[161].

15 [de janeiro]. — Nosso baile correu muito bem; tivemos mais estrangeiros do que ingleses e, como havia música excelente da orquestra da Opera e muita dança, a mocidade divertiu-se muito. Eu também deveria tê-lo feito, mas o capitão Graham estava tão atacado de gota, que eu teria preferido suspender a dança. Eu havia encarregado a viscondessa do Rio Seco e algumas outras senhoras de trazer suas amigas portuguesas, o que elas fizeram, e tivemos uma quantidade de belas e agradáveis senhoras e diversos homens de aparência distinta, além de nossos amigos ingleses.

Uma dança a bordo é sempre agradável e pitoresca: há alguma coisa de espantoso no próprio contraste proporcionado pelo cenário

---

161 Esta viagem foi muito desastrosa e causou a morte do jovem principe. [D. João Carlos Pedro Leopoldo, Príncipe da Beira, nascido em 6 de março de 1821 e falecido a 4 de fevereiro de 1822].

de um tombadilho de navio de guerra e as personagens e a ação de um baile,

"*O Pequeno mundo belicoso,*
Os canhões bem guarnidos e limpos"

todos ornados de folhagens e flores, a ondular sobre as cabeças das jovens alegres e seus sorridentes pares, sugerem logo combinações próprias à poesia e ao romance, e que a gente precisa ser de fato estoico para contemplar sem emoção. Não gostei nunca de dançar, talvez porque nunca fui exímia nisso, contudo, uma sala de baile é, para mim, uma cena interessante. Há caras alegres, e corações não menos alegres, como demonstram as ansiosas palpitações que se elevam de vez em quando; há esperanças, e todos os sentimentos amáveis de mocidade e da natureza. Se, no meio disso, surge uma alegria um pouco fora de propósito e provoca um sorriso, de minha parte, inclino-me a respeitar a juventude de um coração que resiste às preocupações e humilhações da vida, e que consegue aderir sem se perturbar, à hilaridade dos moços.

17. — Nada de notável ontem ou hoje, a não ser o perfeito sossego da cidade. O príncipe continua a despedir os soldados.

19. — Hoje os novos ministros chegaram de São Paulo[162(*)], o primeiro dos quais, tanto em posição quanto em talento, é José Bonifácio de Andrada e Silva. Segundo o juízo que dele faz o povo aqui, diria que Cowper o descreveu quando disse:

"*Great Offices Will have*
Great talents. And God gives to every man
The virtue, temper, understanding, taste,
That lift him into life, and lets him fall
Just in the niche he was ordained to fill.
To the deliverer of an injured land
He gives a tongue to enlarge upon, a heart
To feel, and courage to redress her wrongs[163(*)]".

---

162 (*) O ministério de 16 de janeiro era assim organizado: Reino, Justiça, e Estrangeiros — José Bonifácio de Andrada e Silva; Fazenda — Caetano Pinto de Miranda Montenegro (depois marquês de Vila Real da Praia Grande); Guerra — General Joaquim de Oliveira Álvares; Marinha — Almirante Manuel Antônio Farinha (conde de Sousel).

163 (*) "Os grandes postos exigem grandes talentos. E Deus dá a todos os homens a virtude, o temperamento, a compreensão, o gosto, que os elevam para a vida. Deixa-os

Foi enviado ainda moço do Brasil para estudar em Coimbra, onde ficou doente quando da partida do rei de Lisboa. Depois, durante o tempo dos franceses, não conseguiu meios de voltar à terra natal. Mas logo que se deu a primeira reação nos distritos em torno do Porto e Coimbra, pôs-se à frente dos estudantes da Universidade em sua bem sucedida resistência a Junot; depois serviu na campanha contra Soult. Quando voltou a Lisboa, creio eu, entrou para o exército regular, pois que após estar em armas contra Massena, vejo que no fim da guerra tinha a graduação de tenente-coronel, na qual voltou ao Brasil em 1819. Mas a sua estada na Europa não foi gasta em assuntos de guerra: viajou e ficou amigo de várias personalidades mais notáveis da Inglaterra, França e Itália e contraiu uma estima particular em relação a Alfieri. O objeto de suas viagens era antes ver e aprender o que pudesse ser útil a sua própria terra, do que o meio prazer de visitar as diversas partes do mundo. Estou informada de que se dedicou especialmente aos ramos da ciência que podem desenvolver a agricultura e a mineração do Brasil.

Um de seus irmãos, Martim Francisco, possui um pouco menos de talento. Sua família, seu caráter e a estima de que gozam, pesam não só a favor deles mas do governo que os emprega[164(*)].

Dobraram-se as guardas e patrulhas nas estradas pelas quais eles e o veterano general Corado [Curado] alcançaram o Rio, porque se temeu que os portugueses, que desde o dia 12 se haviam separado completamente dos brasileiros, pudessem impedir sua chegada. Mas tudo correu tranquilo.

20 [de janeiro]. — A *Aurora* chegou de Pernambuco e Bahia; em ambos os lugares parece que tudo vai sossegado. Mas como a reunião da câmara da Bahia deve se dar no princípio do mês que vem, para

---

ocupar exatamente o nicho que lhes ordenava preencher. Ao libertador de uma terra injuriada concede uma língua para nela espandir-se, coração para senti-la e coragem para corrigir-lhe os erros".

164 (*) Maria Graham, segundo se verifica no *Escorço biográfico*, que vimos citando, frequentou a casa dos Andrada e foi admiradora fervorosa das altas qualidades desta família. Os dados biográficos que alinha, provavelmente recolhidos em conversas com os parentes do Patriarca, são imprecisos e confusos. Sobre José Bonifácio e seus irmãos há uma imensa bibliografia. Mencionemos especialmente a obra de ALBERTO SOUSA, *Os Andradas*, São Paulo, 1922, 3 vols.; e OCTÁVIO TARQUÍNIO DE SOUSA, *José Bonifácio* (1763-1838), Rio, 1945.

o fim de escolher novo governo provisório¹⁶⁵(*), os ingleses temem alguma perturbação e portanto devemos voltar para ali a fim de proteger nossos amigos em caso de necessidade.

21. — Fui a terra fazer compras com Glennie. Há muitas casas inglesas, tais como seleiros e armazéns, não diferentes do que chamamos na Inglaterra um armazém *italiano*, de secos e molhados; mas, em geral, os ingleses aqui vendem as suas mercadorias em grosso a retalhistas nativos ou franceses. Os últimos têm muitas lojas de fazendas, armarinho e modistas. Quanto a alfaiates, penso que há mais ingleses do que franceses, mas poucos de uns e outros. Há padarias de ambas as nações, e abundantes tavernas inglesas, cujas insígnias com a bandeira da União, leões vermelhos, marinheiros alegres, e tabuletas inglesas, competem com as de Greewinch ou Depford. Os ourives vivem todos numa rua, chamada, por causa deles, *Rua dos Ourives,* e suas mercadorias estão expostas em quadros suspensos de cada lado da porta ou da janela da loja, à moda de dois séculos passados. A manufatura de suas correntes, cruzes, botões e outros ornamentos é curiosa e o preço do trabalho, calculado sobre o peso do metal, moderado.

As ruas estão, em geral, repletas de mercadorias inglesas. A cada porta as palavras *Superfino de Londres* saltam aos olhos: algodão estampado, panos largos, louça de barro, mas, acima de tudo, ferragens de Birmingham, podem-se obter um pouco mais caro do que em nossa terra nas lojas do Brasil, além de sedas, crepes e outros artigos da China. Mas qualquer coisa comprada a retalho numa loja inglesa ou francesa é, geralmente falando, muito caro.

Divirto-me com a visível apatia dos caixeiros brasileiros. Se estão empenhados, como atualmente não é raro, em falar de política, ou a ler jornais, ou simplesmente a gozar fresco nos fundos da loja, preferirão dizer, na maior parte das vezes, que não têm a mercadoria

---

165 (*) Procedeu-se no dia 21 de janeiro de 1822 à eleição da nova Junta de Governo, de acordo com o decreto das Cortes Portuguesas de 29 de setembro, a qual foi empossada a 2 de fevereiro. Foram escolhidos: Francisco Vicente Viana (depois barão do Rio das Contas), presidente; desembargador Francisco Carneiro de Campos, secretário, e como vogais Francisco Martins da Costa Guimarães, capitão-mor Francisco Elesbão Pires de Carvalho e Albuquerque (depois barão de Jaguaripe), tenente-coronel Manuel Inácio da Cunha Meneses (depois visconde do Rio Vermelho), cônego José Cardoso Pereira de Melo e dr. Antônio da Silva Teles, ouvidor em Ilhéus. No próprio dia 2 foi declarado governador das armas o brigadeiro Manuel Pedro de Freitas Guimarães. (BRÁS DO AMARAL, *Hitória da Independência na Bahia,* Bahia, 1923, pg. 37).

pedida a se levantar para procurá-la. E se o freguês insistir e apontá-la na loja, é friamente convidado a apanhá-la ele próprio e deixar o dinheiro. Isto aconteceu várias vezes enquanto procurávamos algumas ferramentas em nosso percurso ao longo da rua Direita, onde em cada duas casas há uma loja de ferragens com fornecimentos de Sheffield e Birmingham.

22 [de janeiro]. — O aniversário da Princesa foi celebrado com tiros de canhão, uma revista militar e uma recepção. O cap. Prescott, da *Aurora* e o cap. Graham compareceram. Parece que o Príncipe tomou pouco conhecimento, ou nenhum, dos ingleses. Acho mais provável que os brasileiros estejam desconfiados de nós por causa de nossa longa aliança com Portugal. Além disso eles invertem a máxima: "os que não estão contra nós estão conosco", e pensam que, pelo fato de não estarmos por eles, estamos contra eles[166].

24 [de janeiro]. — Partimos pela madrugada para a Bahia. Foi uma das belas manhãs deste belo clima, e a notável serra que fica por trás do Pão de Açúcar, via-se melhor e com mais realce à luz matutina. A extrema beleza desta terra é tal que é impossível deixar de falar e pensar nela para sempre; não há curva que não apresente algum panorama tão belo quanto novo; e se um país montanhoso e pitoresco tem, realmente, mais que os outros, o poder de atrair seus habitantes, os fluminenses deveriam ser tão grandes patriotas quanto quaisquer outros no mundo.

8 [de fevereiro], Bahia. — Depois de uma quinzena de viagem, cujos dois primeiros dias foram calmos, segui, dos de um vento rijo, que durou perto de três dias, ancoramos hoje na baía de Todos-os-Santos, que nos pareceu tão alegre como sempre. A eleição do novo Governo Provisório se deu ontem, em plena paz, e dos sete membros da junta só um é nascido em Portugal.

Observo que a linguagem dos escritores de gazetas é muito mais ousada que a do Rio, e penso que há aqui um espírito realmente republicano em número considerável de pessoas. Se ele se estende através

---

166 Soube depois disso que algumas expressões calorosas de atenção pessoal e simpatia empregadas por um oficial inglês (que, porém, não pertencia quer à *Aurora*, quer à *Doris*) a um português, com o qual tinha um ligeiro conhecimento, na ocasião de seu embarque para a Praia Grande, havia levado os portugueses a crerem que elas tinham uma significação maior e que, em caso de necessidade, os ingleses se juntariam aos portugueses. Isto ao menos foi sussurrado na cidade e muito naturalmente agravou a desconfiança mantida contra nós.

da província, não posso julgar; afirmam-me, porém, que o desejo de independência e a decisão de conquistá-la, é universal.

10 [de fevereiro]. — Fomos a terra ontem. O avanço da estação amadureceu as laranjas e mangas desde que deixamos a Bahia, mas aumentou o número de insetos, de modo que as noites não são mais silenciosas. O assobio, o chilrear, e o zumbido dos grilos, besouros e gafanhotos não cessam da manhã ao pôr do sol. E durante o dia inteiro as árvores e flores estão cercadas de miríades de brilhantes asas. Os insetos mais destrutivos são as formigas. Todas as variedades delas que podem prejudicar a vida vegetal se encontram aqui. Algumas formam ninhos, como imensos cones pendentes entre os galhos das árvores. Uma galeria recoberta de barro sobe pelo tronco acima desde o solo. Outras circundam os troncos e galhos maiores com seus ninhos. Muitas mais moram sob a terra. Eu vi, numa única noite, a mais florescente das laranjeiras ser destituída de todas as folhas por esta maligna criatura.

16 [de fevereiro]. — Partimos da Bahia, deixando cada coisa, segundo todas as aparências, quieta[167], e como os ingleses não mantinham nenhuma apreensão[168(*)], houve um baile dado pelo cônsul, outro por Mrs. N., e um terceiro por Mrs. R., a cada um dos quais compareceram tantos de nossos rapazes quantos puderam desembarcar e gostaram muito. Tivemos alguns passeios a cavalo muito agradáveis no interior. Eu pretendia, se possível, visitar uma imensa massa, que dizem ser semelhante às pedras meteoríticas caídas em diferentes partes do mundo, de modo que se pensa que é também uma delas, ainda que pese muitas toneladas. Esperava obter um pedaço dela. Mas verifiquei que ficava perto de Nazaré da Farinha, do outro lado da baía e muito longe para a nossa atual visita à Bahia. Da primeira vez que vim à Bahia não pude sequer saber onde ela estava, tão pouco interessados são aqui. meus patrícios sobre coisas que não dão lucro[169(*)].

---

167 Muito pouco tempo depois de partirmos, creio que um dia ou dois, romperam os distúrbios na Bahia, que duraram até 2 de julho de 1823.

168 (*) A reunião da Junta em que romperam as hostilidades entre o brigadeiro Inácio Luís Madeira de Melo e o partido brasileiro deu-se a 18 de fevereiro. (BRÁS DO AMARAL, *Op. cit.*, pg. 61).

169 (*) Parece referir-se ao meteorito Bendegó. As informações obtidas pela Autora continuaram, porém, imprecisas. Este meteorito foi localizado em 1784, nos sertões de Monte Santo, e não perto de Nazaré. Tentou-se transportá-lo no ano seguinte, sem êxito. Foi examinado, em 1810, por A. F. Mornay e por Spix e Martius em 1820. Trans-

24. Rio de Janeiro. — Nada de notável ocorreu na nossa ida à Bahia. Os estudos prosseguem muito bem, tanto em relação aos mestres quanto aos estudantes. Como estamos todos com saúde tolerável, encaramos com não pequeno prazer nossa viagem ao Chile para qual nos estamos preparando. Durante nossa ausência o Príncipe Dom Pedro foi muito ativo, e licenciou todas as tropas portuguesas. Recusaram-se elas a embarcar nos navios destinados a conduzi-las à Europa. Ao que S. A. R. fez com que uma fragata carregada ancorasse em frente aos quarteis delas e foi para bordo, ele próprio, na noite antecedente à manhã marcada por ele para o embarque. O barco a vapor destinava-se a rebocar os transportes em caso de necessidade e diversos barcos armados estavam colocados de modo a dominar os acampamentos dos regimentos rebeldes, enquanto um corpo de soldados brasileiros estava estacionado nas vizinhanças. O Príncipe passou a maior parte da noite em seu barco, e dispôs tudo de modo a cumprir sua ameaça de que, se os portugueses não estivessem todos embarcados às oito horas da manhã seguinte, ele lhes daria um tal almoço de balas brasileiras que os tornaria felizes por deixarem o país. Isto ele foi levado a dizer por causa de uma mensagem dos oficiais e dos soldados portugueses, entregue insolentemente nessa mesma noite, pedindo mais tempo para prepararem a viagem. Vendo S. A. R. numa tal atividade, que dificilmente poderiam acreditar, acharam eles mais prudente fazer como lhes era mandado e, em consequência, embarcaram, para não pequena satisfação dos brasileiros, que há muito os detestavam cordialmente.

Sexta-feira, 1º [de março]. — O tempo está agora extremamente quente, o termômetro chega raras vezes abaixo de 88^0, e tivemos a bordo 92º Fahrenheit. O cap. Graham teve um leve ataque de gota, razão pela qual não desembarquei desde a nossa volta da Bahia; mas como ele está hoje um pouco melhor, insistiu em que eu acompanhasse um grupo de nossos rapazes numa excursão pela baía para ver uma fazenda e um engenho.

Á uma hora, nosso, amigo Sr. N. procurou-nos com uma grande embarcação do país, melhor para esses fins que os nossos barcos de

---

portado para o Rio de Janeiro, por iniciativa da Sociedade de Geografia e benemerência do visconde de Guaí, figura hoje no Museu Nacional. Há interessante relatório do comandante José Carlos de Carvalho sobre os trabalhos do transporte. *Revista do Museu Nacional*, nº. 3, abril de 1945, pg. 4.

Desenho de MARIA GRAHAM, datado de 24 de janeiro de 1822
Coleção do Museu Britânico

Saída da barra do Rio de Janeiro

Pintura em sépia da MARIA GRAHAM, datado de 3 de março de 1822
Coleção do Museu Britânico

Fazenda de Nossa Senhora da Luz

bordo. Aquelas embarcações têm um toldo alto e dois remos grandes, triangulares, são manobrados, conforme o tamanho, por quatro, seis, oito ou mais negros, além do homem do leme. Os remadores erguem-se a cada remada e depois atiram-se de costas em seus assentos. Creio ter ouvido de atuais oficiais de marinha ser esta a maneira de remar antigamente os barcos de almirante na Inglaterra. Os remadores são aqui negros por toda a parte, alguns livres, e donos de seus barcos, outros escravos, que são obrigados a levar para casa uma quantia diária fixa, que passa para os patrões. Estes passam uma vida de total indolência, e são assim alimentados pelos seus escravos.

O lugar para onde estamos indo é Nossa Senhora da Luz, cerca de doze milhas do Rio, para o fundo da Bahia, perto da boca do rio Guaxindiba, rio esse que nasce na serra de Taipu, e ainda que seu curso direto seja somente de cinco milhas, suas voltas medem vinte ou mais. E navegável e suas margens são espantosamente férteis[170(*)].

A tarde estava encantadora e passamos através de muitas ilhas risonhas e promontórios alegremente arborizados, coalhados de jardins e casas de campo e de onde partem cada manhã para a cidade provisões, em inúmeros barcos e canoas através da baía. Nossa primeira impressão de N. Sr.ª da Luz foi uma alta margem vermelha, meio coberta de grama e árvores, erguendo-se sobre a água no sol da tarde, tal como Cuyp171(*) teria escolhido para um quadro. No momento em que eu estava desejando alguma coisa para dar-lhe animação, surgiram os bois pertencentes ao engenho e desceram para beber e refrescar-se na baía, completando assim a cena. O gado é aqui grande e bem conformado, um tanto como a nossa raça Lancashire, e de cores

---

170 (*) O rio Guaxindiba, que "nasce na serra de Taipu, recebe à esquerda o Alcântara e, depois de um curso de quatro milhas, a maior parte navegável, vai desaguar uma légua e meia acima do precedente". (Augusto Fausto de Sousa, "A baía do Rio de Janeiro", *Rev. do Inst. Hist. e Geogr. Bras.* Tomo XLIV, parte II, pg. 88).
O porto de N. Sr.ª da Luz fica ao sul da foz do Guaxindiba, na ponta de Itaocara. Aí existia uma residência de jesuítas, hoje propriedade particular. (A. MOREIRA PINTO, *Apontamentos para o Dicionário Geográfico do Brasil*. Rio, 1896, 11, pg. 139).
O rio Guaxindiba foi visitado, pelo príncipe de Wied-Neuwied que a ele se refere em seu livro de viagens. (*Reise nach Brasilien*, Francfort, 1820; trad. brasil. de E. Sussekind de Mendonça e Flávio Poppe de Figueiredo, Comp. Editora Nacional, São Paulo, 1940, pg. 44.) Também o menciona JOHN LUCCOCK, *Notes on Rio de Janeiro and the southern parts of Brazil*, Londres, 1820; trad. brasileira de Milton da Silva Rodrigues, São Paulo, 1942, pg. 206.
171 (*) Albert Cuyp (1605-1691), famoso paisagista holandês. Vários quadros seus figuram na *National Gallery* de Londres.

variadas, ainda que predominantemente vermelho. Ao dobrar um promontório à margem, chegamos a uma igrejinha branca, com algumas árvores veneráveis em torno[172(*)]; além dela ficava a casa, com uma comprida varanda, sustentada por colunas brancas, e, ainda adiante, o engenho de açúcar, a cerâmica e a olaria. Desembarcamos junto à casa; mas como a praia é rasa e lamacenta fomos carregados para a praia pelos negros. Não há nada mais belo que a paisagem aqui. Da varanda, além do primeiro plano doméstico e pitoresco, vemos a baía manchada de ilhas rochosas. Uma delas, chamada Itaoca, é notável por ter sido, na opinião dos índios, a residência de uma pessoa divina. Está ligada às tradições relativas ao benfeitor Zome [Sumé], que lhes ensinou o uso da mandioca e em quem os primeiros missionários aqui imaginaram ver o apóstolo S. Tomé[173(*)]. Consiste em uma imensa pedra rachada de alto a baixo e um pequeno espaço de terra e areia em volta, no qual há árvores e arbustos da mais fresca verdura; algumas outras ilhotas são lisas e outras têm, de novo, casas e lugarejos. O conjunto da cena é limitado pela Serra dos Órgãos, cujos cumes enroscados e fantásticos, atraindo as nuvens que passam, proporcionam uma permanente mudança para os olhos.

Verificamos que devido a nossa negligência em mandar previamente um aviso de nossa visita, nem o proprietário, nem sua house-keeper estavam em casa. Contudo, o Sr. N., como velho amigo, dirigiu-se ao galinheiro e deu ordens para uma excelente refeição. Enquanto ela se preparava, fomos ver a cerâmica, que faz somente rude louça vermelha. A roda usada aqui é a mais grosseira e primitiva que já vi e o oleiro é obrigado a sentar-se ao lado dela. O barro tanto para os potes como para os tijolos é extraído do local. É rude e vermelho, e amassado com os pés dos bur-

---

172 (*) Ao descrever as margens da baía de Guanabara, escreve FAUSTO DE SOUSA (loc. cit.) que, a partir da praia da Luz, a margem volta-se para o norte, apertada entre morros e "chegando à velha capela, curva-se para formar a aprazível enseada de Itaoca, apresentando um arco de círculo cujo centro é a ilhota conhecida pelo nome de Itaoquinha, e termina no promontório de Itaoca, do cimo do qual se descortina admirável vista sobre o fundo da baía e arquipélago de Paquetá". Dessa ponta em diante a praia é baixa e lodosa e vai ter à embocadura do Guaxindiba, cerca de uma légua para o nordeste.

173 (*) Refere-se à lenda de Sumé, personagem misterioso que, antes do descobrimento, teria transmitido aos índios noções de agricultura e preceitos de moral. Os primeiros jesuítas aventaram sua identificação com o apóstolo São Tomé. Em vários lugares do Brasil existem marcas em pedra atribuídas à passagem desse personagem. (LUÍS DA CÂMARA CASCUDO, *Dicionário do folclore brasileiro Rio*, Inst. Nac. do Livro, 1954, pg. 589).

ros, mas em tudo que usamos ferramentas são empregadas aqui as mãos nuas dos negros. Os fornos para assar os tijolos e potes são em parte escavados no morro e fechados na frontaria com tijolos.

Deixando a olaria, galgamos o morro que assinala a primeira aproximação de Nossa Senhora da Luz; ao subirmos o íngreme e rude flanco, nossos cães perseguiram um rebanho de carneiros, de modo tão pitoresco e precioso como o próprio Paul Potter[174(*)] o teria desejado. Eles haviam estado jazendo em volta da raiz de uma imensa acácia velha, decorada de inúmeras parasitas, algumas das quais penduradas como hera do tronco e outras trepando até os altos ramos e dali caindo em guirlandas sedosas e cinzentas, ou como as tilândsias, adornando-a com centenas de flores cor-de-rosa e brancas. No meio disto muitas formigas e abelhas haviam feito ninho e tudo estava transbordando de vida e beleza.

A lua ia alta muito antes de voltarmos de nossa excursão e muito antes da chegada de nosso hospedeiro. Se o embaixador de Nápoles que disse a Jorge III que a lua de seu país valia o sol da Inglaterra tivesse estado no Brasil, eu quase poderia perdoar a hipérbole. A luz clara e suave agindo em tal cenário e a fresca e confortadora brida da tarde, depois de um dia de calor intolerável, tornam, de fato, a noite o momento de prazer neste clima. Nem eram desagradáveis os rudes cantos dos negros, a carregarem os barcos que deviam estar prontos para zarpar para o porto com a brisa de terra matutina.

Quando estávamos olhando a baía, apareceu um barco maior: aproximou-se da costa e nosso hospedeiro, Sr. Lewis P., que administra a fazenda, desembarcou e recebeu benevolamente nossas desculpas por virmos sem aviso prévio. A visita fora há muito combinada, mas nossa estada no Rio anunciava-se agora tão curta que, se não tivéssemos vindo hoje, talvez não pudéssemos mais fazê-lo. Conduziu-nos ele ao jardim, onde ficamos até que o jantar ficou pronto. Os guardas-marinhas nunca haviam encontrado tantas laranjas e fizeram-lhes ampla justiça. As frutas e verduras da Europa e América, das zonas temperada e tórrida, encontram-se aqui. Nem estão esquecidas suas flores; por cima de pequeno canteiro, uma laranjeira e um tamarindeiro ensombravam um agradável banco; junto a ele, um tanto à manei-

---

174 (*) Paul Potter (1625-1654), famoso animalista holandês. Vários de seus quadros encontram-se na Galeria Real de Haia.

ra oriental, ergue-se o muro do poço rebocado de branco e coroado com potes de flores, cheios de rosas e ervas.

Sábado, 2 [de março]. — Acordei de madrugada e andei a cavalo com Mr. N. pela fazenda, enquanto Mr. Dance, meu primo Glennie e dois rapazes iam caçar no pântano à beira do rio.

Cada volta em nosso passeio revelava um novo e variado panorama à nossa vista: ao pé, o canavial luxuriante, adiante as laranjas amadurecendo e as palmeiras; em torno e espalhados pela planície arejada pelos ventos de Guazindiba [Guaxindiba], os limoeiros, as goiabeiras e um milheiro de esplêndidos e odorosos arbustos alindavam o caminho. Mas tudo é novo aqui. As linhas extensas das casas de fazenda, que aqui e ali ressaltam da solidão da natureza, não sugerem nenhuma associação com qualquer ideia de melhoria, tanto no passado como no presente, nas artes que civilizam ou que enobrecem o homem. As mais rudes manufaturas, mantidas por escravos africanos, metade dos quais importados recentemente (isto é, ainda sofrendo com a ausência de tudo que dá valor à casa, mesmo de um selvagem), são os únicos sinais de aproximação do progresso. E, ainda que a natureza seja ao menos tão bela como na Índia ou na Itália, a falta de qualquer relação com o homem, como ser intelectual e moral, retira-lhe metade do encanto. Voltei contudo bem satisfeita de meu passeio, e encontrei meus jovens esportistas não menos satisfeitos com a excursão da manhã; não que tivessem matado narcejas, como pretendiam, mas tinham caçado um enorme lagarto *(Lacerta Marmorata)*, de uma espécie que não haviam visto até então. Tinham encontrado o grande caranguejo de terra *(Ruricola)* e haviam trazido uma ave de contramestre, espécie de pelicano *(Pelicanus Leucocephalus)*, que pretendiam empalhar. Em consequência, depois do almoço, como o tempo estava muito quente para prosseguir, o pássaro e o largato foram ambos esfolados e as espingardas limpas. Eu fiz um esboço da paisagem.

À tarde fiz um longo passeio a um ponto de onde se avista distintamente toda a baía com a cidade ao longe. No caminho paramos numa casa de campo onde o Sr. P., que é aqui literalmente "rei, sacerdote e profeta", tinha uma investigação a fazer em relação à saúde dos moradores. Eram eles dois negros envelhecidos a serviço da fazenda e hoje inúteis. Vi exemplos de alguns nesse caso serem libertados, isto é, jogados portas a fora para morrer de fome. Estes aqui teriam direito, pelas regras da fazenda, se não pela lei, a receber diariamente a ração dos negros que trabalham, mas eles não o quiseram. De fato vivem numa cabana em terras do senhor, mas sustentam-se com a criação de algumas aves e com a fabricação de cestas: tão caro é o sentimento de independência, mesmo na idade madura, na doença e na escravidão.

Domingo, 3 [de março]. — Saí antes do almoço em companhia de um carpinteiro negro como guia. Este homem, de alguma instrução, aprendeu seu ofício de modo a ser não só um bom carpinteiro, mas também um razoável marceneiro. Em outros assuntos revela uma rapidez de percepção que não dá fundamento à pretendida inferioridade da inteligência negra. Fiquei muito grata às observações que ele fez sobre muitas coisas que achei novidades, e à perfeita compreensão que parecia ter de todos os trabalhos de campo. Depois do almoço, assisti à revista semanal de todos os negros da fazenda. Distribuíram-se camisas e calças limpas aos homens; blusas e saias às mulheres, de algodão branco muito grosso. Cada um, à medida que entrava, beijava a mão do Sr. P. e curvava-se diante dele dizendo: "A bênção, meu pai" ou "Louvados sejam os nomes de Jesus e Maria" e recebia em resposta respectivamente: "Deus te abençoe" ou "Louvados sejam". Este é o costume nas velhas fazendas: é repetido de manhã e à noite e parece estabelecer uma espécie de parentesco entre o senhor e o escravo. Deve diminuir os males da escravidão quanto a um, a tirania do patrão quanto a outro, reconhecer assim, acima de todos, o Senhor, do qual ambos dependem.

À medida que cada escravo era passado em revista, faziam-se algumas perguntas relativas a ele próprio, sua família, se ele a tinha, e seu trabalho. Cada um recebia uma quantidade de rapé ou tabaco, segundo a preferência. O Sr. P. é uma das poucas pessoas que encontrei a conversar no meio dos escravos, e que parece ter feito deles objeto de atenção racional e humana. Contou-me que os negros crioulos e mulatos são muito superiores em diligência aos portugueses e brasileiros, os quais, por causas não difíceis de serem imaginadas, são, pela maior parte, indolentes e ignorantes. Os negros e mulatos têm fortes motivos para esforçar-se em todos os sentidos e serem, por consequência, bem sucedidos naquilo que empreendem. São os melhores artífices e artistas. A orquestra da ópera é composta, no mínimo, de um terço de mulatos. Toda pintura decorativa, obras de talha e embutidos são feitos por eles; enfim, excelem em todas as artes de engenho mecânico.

Á tarde acompanhei o Sr. P. para ver os negros receberem a ração diária de comida. Consistia em farinha, feijão e carne-seca, uma quantidade fixa de cada coisa por pessoa. Um homem pediu duas rações em vista da ausência do vizinho, cuja mulher pedira que lhe fosse enviada sua quota para estar preparada quando ele voltasse.

Algumas perguntas feitas pelo Sr. P. acerca dessa pessoa, induziram-me a perguntar sua história. Parece que é ele um mulato remador, o escravo de mais confiança da fazenda, e rico, porque foi tão industrioso que conseguiu uma boa porção de propriedade privada, além de cumprir seus deveres para com o senhor. Na sua mocidade, e ainda não é velho, havia-se ligado a uma negra crioula, nascida, como ele, na fazenda; mas não se casou com ela senão quando obteve bastante dinheiro para comprá-la, de modo que seus filhos, se os tivesse, nascessem livres. Desde esse tempo enriqueceu bastante para comprar a sua própria liberdade, mesmo pelo alto preço que um escravo como ele deve alcançar, mas o seu senhor não lhe quer vender a alforria, por serem os seus serviços valiosos demais para dispensá-los, apesar de sua promessa de ficar trabalhando na fazenda. Infelizmente, esta gente não tem filhos. Portanto, pela morte deles, a propriedade, agora considerável, reverterá ao senhor. Se tivessem filhos, como a mulher é livre, eles poderiam herdar a propriedade materna e não há nada que possa impedir ao pai transferir à esposa tudo o que possui. Gostaria de ter o talento de escrever uma novela a respeito dessa história de escravos; mas os meus escritos, como os meus desenhos, não conseguem ir além da descrição da natureza e permito que melhores artistas possam aproveitar o assunto.

A noite foi muito tempestuosa. Nuvens pesadas haviam coberto a serra dos Órgãos; fortes relâmpagos, chuva violenta e vento ruidoso ameaçaram a fazenda com uma noite de terror. Mas tudo passou, como visão da grande e brilhante beleza de uma tempestade elétrica numa terra montanhosa; quando a lua rompeu através das nuvens, a noite parecia, em contraste com as últimas poucas horas, ainda mais encantadora do que antes.

"*Sable clouds*
Turned forth their silver lining on the night,
And cast a gleam over the tufted grove[175(*)]".

---

175 (*) "As nuvens negras avançavam o seu revestimento prateado na noite e lançavam um raio de luz sobre a alameda copada"

Foi então, quando ouvi sons de música, não exatamente como um eco do poema de Milton com a melodia de Henry Lawes[176](*), com que a noite e o espetáculo me haviam feito sonhar, mas a voz dos escravos, em noite de férias, enganando seus sofrimentos com cantigas estranhas tocadas em rudes instrumentos africanos. Tomando um de meus companheiros de bordo, fui logo às cabanas dos escravos casados, onde se realizava a função e encontrei os grupos a brincar, a cantar e a dançar à luz da lua. A veneração supersticiosa por este belo planeta dizem ser bem generalizada na África, tal como pelas Plêiades entre os Índios do Brasil; provavelmente os escravos, ainda que batizados, dançam para a lua lembrando-se de casa. Quanto aos instrumentos, são as coisas menos artificiais que jamais produziram sons musicais. E contudo não produzem efeito desagradável. Um é simplesmente composto de um pau torto, uma pequena cabaça vazia e uma só corda de fio de cobre. A boca da cabaça deve ser colocada na pele nua do peito, de modo que as costelas do tocador formam a caixa da ressonância, e a corda é percutida com um pauzinho[177(*)]. Um segundo tem mais a aparência de um violão: a cabaça vazia é coberta com uma pele; tem um cavalete e duas cordas; é tocado com os dedos. Um outro, da mesma classe, é tocado com um arco; não tem senão uma corda, mas é trasteado com os dedos. Todos eles são chamados gourmis *[sic.]*. Havia, além deles, tambores feitos de escavações em troncos de árvores, de quatro ou cinco pés de comprido, fechados de um lado com madeira e recobertos de pele do outro lado. Para tocá-los, o tocador põe o instrumento no chão, monta em cima, e bate o ritmo com as mãos para seu próprio canto ou para o som dos gourmis[178(*)]. A pequena marimba tem um som muito doce. Em uma peça chata de madeira sonora, fixa-se um pequeno cavalete e a este se amarram pequenas chapas de ferro, de diversos tamanhos, de

---

176 (*) Henry Lawes (1596-1662), músico inglês. Musicou o poema *Comus* de Milton em 1634.
177 (*) A descrição confere com o berimbau de barriga, ainda encontrado em várias regiões do Brasil, como Bahia, Maranhão e Minas Gerais. É o instrumento dos capoeira (L. DA CÂMARA CASCUDO, *Op. cit.*, pg. 99).
178 (*) Os "grandes tambores cilíndricos, de tronco escavado", eram "chamados em Angola *ngomba* ou *ongomba* e na Luanda *Angoma*, com vários tipos" Havia também o *mondo*, feito de um cilindro de madeira escavado. (ARTUR RAMOS, *Introdução à antropologia brasileira*, 1º vol. Rio, 1943, pg. 449). Tambores do tipo descrito pela autora ainda viu o tradutor em uso, no Estado do Rio, com o nome de *caxambu*, – nome, aliás, que também se atribui à dança para a qual são ultilizados.

modo que ambos os lados vibrem sobre a tábua, sendo um mais largo e mais elevado que o outro. Este lado largo é tocado com os polegares, sustentando-se o instrumento com ambas as mãos. Todos eles são tocados de modo peculiar e com grande nitidez, especialmente a marimba[179], mas como não sou música não sei explicar os seus métodos.

4 [de março]. — Fiquei realmente muito triste esta manhã pelo nascer do sol, ao ver os barcos prontos para levarem-nos de N.Sr^a. da Luz onde havia aproveitado nossos três dias tanto quanto possível, em boa companhia, com um amável anfitrião, o tempo livre e sem nenhuma obrigação, tal como poderia convir aos habitantes do castelo da indolência, "onde cada qual vagabundeava da maneira mais agradável".

"There freedom reigned without the least alloy;
Nor gossip's tale, nor ancient maiden's gall,
Nor saintly spleen, durst murmur at our joy,
And with envenomed tongue our pleasures pall.
For why? There was but one great rule for all;
To wit, that each should work his own desire[180(*)]*."*

Voltamos ao navio por caminho diferente do que viéramos, através do arquipélago de lindas ilhas na parte oriental da baía. Tive o

---

179 O mais simples desses instrumentos de corda e duas espécies de marimbas encontram-se na obra do jesuíta BONNANIS, *Gabinetto Armonico*, impressa em Roma, 1772 e dedicada ao Santo Rei Davi. A marimba grande consiste num grande quadro de madeira, no qual certo número de canas ocas, com cerca de nove polegadas, se colocam com a boca para cima. Através desses extremos abertos colocam-se pedaços de madeira sonora, que tocadas com outras produzem um som agradável como as harmônicas de madeira de Malaca. O conjunto é suspenso ao pescoço, como o saltério do velho na *Dança da Morte*. Cada nação de negros tem seus instrumentos peculiares, que seus exilados introduziram aqui. Cada tribo elege anualmente um rei ao qual o povo presta obediência, um pouco à maneira da monarquia cigana. Antes de 1806 a eleição se processava com grande cerimônia e festas, e às vezes, briga, no Campo de Sant'Ana, e o rei de todos ficava sentado durante o dia no centro da praça sob um imenso guarda-sol oficial. O festival foi hoje abolido.
180 (*) "Reinava ali a liberdade em toda pureza.
Nem a palração, nem o enfaramento das solteironas,
Nem a beatice melancólica, podia murmurar contra nossa alegria.
E, com língua venenosa, estragar nossos prazeres.
Por quê? Não havia senão uma grande regra para todos:
Agir com sabedoria, de modo que cada um realizasse o seu desejo".

prazer de encontrar o capitão realmente melhor, ainda que com os pés ainda um pouco fracos.

6 [de março]. — O navio de Sua Majestade, *Slaney*, sob o comando do capitão Stanhope, partiu do Rio.

7 [de março]. — O *Superb* chegou de Valparaíso; não traz nenhuma notícia de importância. Mesmo que tivesse trazido, estamos em difícil situação de providenciar: passamos toda a noite com B., um de nossos guardas-marinhas, que está gravemente doente.

8 [de março]. — Como o cap. Graham não se está sentindo capaz de deixar o navio, fui com o cap. Prescott, da *Aurora*, visitar o comodoro francês Roussin, a bordo do Amazonas. Poucas vezes fiquei tão satisfeita. Os comandantes dos outros navios franceses ali estavam para receber-nos. A urbanidade dos franceses, reunida à deliciosa franqueza própria da profissão, asseguravamos uma boa recepção. O mesmo navio, em todas as partes que visitamos, é um modelo de tudo que pode ser feito, seja nos estaleiros de nossos países, seja por oficiais embarcados, para conforto, saúde e limpeza, além de ser bom como navio de guerra. O capitão, contudo, é um homem superior, e é preciso visitar os navios de todas e quaisquer nações para encontrar quem lhe seja semelhante. Gostaria que fosse possível introduzir em nossos navios o forno no tombadilho inferior, que fornece pão fresço duas vezes por semana para toda a gente do navio, não somente por causa do pão, mas pelo aquecimento que deve arejar e ventilar o navio.

9 [de março]. — A esquadra portuguesa que veio de Lisboa, com um reforço de tropas, chegou ao porto. As guarnições dos fortes na entrada foram reforçadas e os navios foram impedidos de entrar, mas prometeram-lhes mantimentos e água para conduzi-los a Lisboa[181(*)].

---

181 (*) A esquadra era comandada pelo chefe de divisão Francisco Maximiliano de Sousa e as tropas pelo coronel Antônio Joaquim Rosado. Constava da nau *D. João VI*, da fragata *Real Carolina*, duas charruas e dois transportes, com 1 250 praças. Recebeu ordem de fundear entre as fortalezas e logo mandou Dom Pedro que viessem apresentar-se em palácio os dois chefes. Ali assinaram um termo em que se comprometeram a reconhecer a autoridade do Príncipe e a não se envolverem nas disposições governativas sob pena de não obterem mantimentos para o regresso. Ordenou-lhes, ainda, Dom Pedro que entregassem a *Real Carolina* e permitiu o desembarque dos oficiais, mas não dos soldados, a não ser os que preferissem passar para os corpos do Brasil. (VARNHAGEN, *Hist. da Independ*. cit. pg. 166; EUGÊNIO DE CASTRO, "Cente-

Estive em terra o dia inteiro ocupada com preparativos de nossa partida para Valparaíso. Como o capitão Graham não estava bem para se aventurar fora do navio, assumiu o encargo de servir de enfermeiro em meu lugar. Voltei tarde. Encontrei B. gravemente doente e o capitão Graham muito incomodado.

Recebi muitas pessoas a bordo e despedi-me de muitas outras.

Extremidade de uma ilha na baía do Rio de Janeiro

10 [de março]. — Partimos do Rio, ao raiar do dia com plena esperança de que o tempo fresco que encontraremos ao contornar o cabo Horn e o bom clima do Chile nos farão bem a todos. Não durmo há três noites; meus doentes estão em tal estado que a vigilância durante a noite lhes é necessária.

13 [de março]. — Em acréscimo as nossas outras preocupações, o primeiro tenente caiu perigosamente doente. Mas o capitão Graham parece melhor, posto que não possa ainda vir ao tombadilho.

16 [de março]. — Ontem à tarde o mercúrio do barômetro desceu, num espaço de tempo muito curto, uma polegada inteira e tivemos ventania. O frio aumentou sensivelmente. O termômetro Fahrenheit

---

nário da chegada ao Rio de Janeiro da esquadra portuguesa, chefiada por Francisco Maximiliano de Sousa" *Revista do Inst. Histórico e Geogr. Bras*. Tomo especial: *O ano da independência*, Rio, 1922, pg. 133).

ficava frequentemente a 92° no ancoradouro do Rio; está agora a 68° e temos muitos doentes. B. vai melhor.

17 [de março]. — O vento e o mar melhoraram, e o barômetro subiu ainda uma vez. O mercúrio permanece a 30 polegadas e dois décimos. Deitei-me às quatro horas estas duas manhãs, porque Glennie amavelmente me substituiu nessa hora em minha vigilância. Tiramos os tampões das janelas das cabines.

18 [de março]. — Tudo vai melhor. A rapaziada de novo nos estudos. Foram tomadas algumas observações da lua. Estamos a 36°55' de latitude Sul e o termômetro está a 68°, o barômetro a 30-2.

A 19 e 20° mercúrio do barômetro desceu gradualmente de 30 a 29-02 e subiu como dantes a **21**. Soprou vento forte. O termômetro caiu a 58 na latitude de 42° S, Há muitos albatrozes e aves de S. Pedro (*Petrels*) em torno do navio.

22. — Latitude 46°25' S. Longitude 52°40' W. O clima muito frio, posto que o termômetro esteja a 56° e o barômetro a 29-08; grande agitação. Grande número de pombos do cabo em torno do navio.

24. — Latitude 50°30'; termômetro à 44° de manhã e à noite. Ao meio dia 47°. Vendo hoje dois pinguins pensamos que havia terra próxima, mas não encontramos fundo a cem braças. O clima frio parece ter um bom resultado em nossos doentes. O termômetro caiu subitamente e seguiu-se um forte vento SO. Alegramo-nos em acender fogo na cabine.

Estou triste por termos passado tão longe da vista das ilhas Falkland, terra virgem de Sir John Hawkins[182(*)]. A ideia de ver uma cidade abandonada, no estado que estava, por todos os seus habitantes ao mesmo tempo a ponto dos animais domésticos se tornarem selvagens, tem algo de romântico. Pareceria a realização do conto árabe do Príncipe de Mármore e, como curiosidade verdadeira, acompanha de perto a descoberta dos estabelecimentos perdidos na Groenlândia. Não conheço nada que mais agrade a imaginação do que as situações que, aproximando períodos distantes de tempo, os coloca como se estivessem imediatamente ao nosso alcance. Lembro-me que há alguns anos passados, ao passar um dia inteiro em Pompeia, sem outra companhia que o meu guia, tornei-me tão íntima dos antigos romanos,

---

182 (*) Navegador do tempo da rainha Elisabeth I. Nasceu em cerca de 1520. Detém o triste título de ter sido o primeiro inglês que se empenhou no tráfico de escravos da África para as Índias Ocidentais.

Desenho de Maria Graham
Gravura de Edward Finden

O Corcovado, visto do Botafogo
Londres, publicado por Longman & Cia. e J. Murray, 25 de março de 1824

Desenho de Maria Graham
Gravura de Edward Finden

Palácio de São Cristovão
Londres, publicado por Longman & Cia e J. Murray, 25 de março de 1824

de seus caminhos e seus hábitos, que me senti, quando voltei para casa em Nápoles, com seus *lazzaroni* e seus viajantes ingleses, como suponho que se sentisse um dos sete que dormem se fosse comprar pão, com moeda de há cinco séculos. Quanto às cidades de mármore da África Muçulmana, quando consideramos estarem expostas ao siroco, e lemos as experiências de Dolomeu sobre a atmosfera, durante a duração desse vento em Malta, encontramos uma razão mais que provável para sua existência, tal como é referida.

25 [de março]. — Latitude $51°58'$, longitude $51°$ O, termômetro a $41°$. Ventos fortes de SO e mar grosso. Enquanto nossos amigos na Inglaterra estão esperando a primavera, seus dias alegres e claros e primeiras flores, estamos a navegar para regiões geladas, onde a própria cobiça foi forçada a desistir de colônias semiformadas por causa da severidade do clima. Estamos envolvidos por um mar escuro e violento. Acima de nós um céu frio, denso e escuro. O albatrós, a procelária e a procelária pintada são nossos companheiros. Contudo, há um prazer em vencer as ondas que parecem irresistíveis e em lutar assim com os elementos. Esqueço-me de qual é o escritor que observa que o sublime e o ridículo são contíguos. Estou certa de que muito se aproximam no mar. Se olho para fora, vejo o objeto mais grandioso e mais sublime na natureza — o oceano que ruge com toda sua força e o homem, com toda a honra e dignidade, com ele, e a dominá-lo. Depois olho para dentro, em torno do meu pequeno lar da cabine, e cada jogo do navio causa acidentes irresistivelmente burlescos. Apesar dos aborrecimento que trazem consigo, ninguém pode evitar o riso. Às vezes, apesar de todas as precauções usuais, de acolchoados e toalhas, a mesa do almoço é de repente despojada de metade de sua carga, que se localiza nos buracos dos costados dos navios de sotavento, para onde o cesto de carvão e seu conteúdo tinham sido lançados momentos antes. Vinham depois os desastres da sala de aula, com tinteiros emborcados, ardósias quebradas, livros rasgados e lugares perdidos, a perda de muitos cálculos penosos e outros males estranhos em sua espécie, mas extremamente risíveis, especialmente como o que aconteceu agora mesmo, quando o professor ficou estendido a fio comprido no tombadilho, no momento em que repreendia os alunos pelo mau trato que davam aos livros e às ardósias nestas caprichosas circunstâncias.

28 [de março]. — Latitude $52°26'$ S, longitude $56°11'$ O. O Capitão Graham e o primeiro tenente ainda bem doentes ambos. À uma hora esta madrugada o mercúrio do barômetro desceu a 28-09; às sete subiu de novo a 29-01. O termômetro está a 38° Far., e temos rajadas de neve e granizo e mar pesado. Há bandos de pássaros muito pequenos em torno do navio e vimos muitas baleias.

30 [de março]. — Latitude 56°51' S, Longitude 59° W; o termômetro a 30° esta manhã e a 32° ao meio dia. Violento vento de SO, a única vez que tivemos vento rijo desde que deixamos a Inglaterra. Almoçamos deitados no tombadilho da cabine e não foi possível firmar nada na mesa. Clarke, um dos quartéis-mestres, quebrou duas costelas numa queda do tombadilho, e Sinclair, homem fortíssimo, após uma hora ao leme, foi transportado como doente. Fizemos luvas para os homens do leme, de linho grosso, forrado de fazenda grossa. A neve e as refregas de vento com saraiva são muito severas: forma-se gelo em cada dobra das velas. Isto é duro para os homens, especialmente logo depois de deixar o Rio, no momento mais quente do ano.

Ontem de manhã, uma hora antes do nascer do sol, viu-se um brilhante meteoro a sudoeste. Pensou-se primeiro que fossem sinais luminosos de um navio grande e depois o oficial de quarto pensou que fosse uma luz azul, e não tivemos dúvida que fosse *Sir* T. Hardy na *Crede*. Ficou muito tempo estacionário, depois perdeu-se por trás das nuvens e reapareceu entre elas cerca de $10°$ de altura, quando desapareceu[183].

1.º [de abril]. — Latitude 57°46'. O clima muito mais suave e moderado. Nossos rapazes apanharam certo número de aves, especialmente procelárias; a *P. Pelagica*, ou galinha de *Mother Cary's*, é a menor; a *P. Pintada* é a mais alegre na água; mas a *P. Glacialis*, ou *fulmer*, é a mais bela quando trazida para bordo. Não cesso de admirar a beleza delicada das penas brancas como neve, secas e imaculadas no meio das ondas salgadas. Os poetas não se conformavam com serem as regiões polares, tanto árticas como antárticas,

"A bleak expanse,

Shagg'd o'er with wavy rocks, cheerless and void

Of ev'ry life[184(*)];

contudo, ao aproximar-se do polo norte o Cap. Parry verificou que tal solidão era fremente de vida, e quanto mais ao extremo sul navega-

---

183 Frezier refere ter visto o tal meteoro na latitude 57°30' S e longitude 69° O. em 1712.
184 (*) "Uma fria imensidade, recoberta de rochas flutuantes, *tristes e destituídas de qualquer vida*".

mos, mais vida encontramos nas águas. Ontem o mar estava coberto de albatrozes e quatro espécies de procelárias: o pinguim se aproxima de nós, enxames de peixe-porco estão constantemente adejando por nós, e as baleias vêm subindo à superfície e soprando no flanco do navio.

Com o termômetro não abaixo de 30°, sentimos frio excessivo. Ontem de manhã a cordoalha principal estava encaixada em gelo, e as cordas tão geladas depois da saraiva da noite que era difícil lidar com elas. Nunca vi estas coisas, mas lembro-me de descrição feita por Thomson[185(*)] da tentativa de *Sir* Hugh Willoughby[186](*) de descobrir a passagem do noroeste, quando

"*He with his hapless crew,*
Each full exerted at his several task,
Froze into statues; to the cordage glued
The sailor, and the pilot to the helm[187(*)]"

Alegrei-me quando foram tirados hoje os tampões das escotilhas, e pude ver o mar azul brilhante, mas ainda violento, agitando-se em amplas vagas, coroadas de topos de neve aos raios do sol. Há muitos dias que não víamos o sol e as aves brancas, a voarem e chilrearem, ou a lutarem com as ondas, enquanto o navio, semelhantemente, ora sobe bravamente ao topo mais alto das ondas, e ora desce tranquilamente com elas. Estas são as coisas que contemplamos "os que vão pelos mares nos navios e ocupam cargos nos grandes mares". Ninguém pode imaginar, se não sentir, a alegria dos espíritos produzida por um dia claro de sol no mar, depois de uma semana de chuva e neve.

2 [de abril]. — Alguns minutos depois de meio-dia foi assinalado um *iceberg* a sotavento. Como nunca tinha visto nenhum, fui para o tombadilho, pela primeira vez desde que saí do Rio, para vê-lo[188]. Sua aparência era a de um morro cônico moderadamente alto, parecendo

---

185 (*) James Thomson (1700-1748). Poeta inglês, precursor do romantismo, autor do poema *As estações*.
186 (*) Sir Hugh Willoughby tentou a passagem do noroeste em 1553.
187 (*) "Ele, com sua desgraçada tripulação, cada um inteiramente dedicado a seu encargo, gelam como estátuas. A corda gruda-se ao marinheiro, e o piloto ao leme".
188 No dia 8 passamos por outro, que Glennie avaliou em 410 pés de altura. Estava bastante próximo para vermos as ondas quebrarem-se nele. Conversando a respeito com os oficiais depois disso — porque no momento estava de fato incapaz de raciocinar a respeito — achei que há motivos para pensar que, em vez de um *iceberg*, vimos terra

muito branco sob o céu cinza pálido. Podia estar a doze milhas de nós. A temperatura da água era de 36⁰ do termômetro Fahrenheit, a do ar 38°, no momento em que o gelo estava mais perto.

Durante alguns dias o balanço violento do navio, causado pelo mar grosso, tornou a escrita e o desenho aborrecidos, pois como diz a canção de Lorde Dorset[189(*)]:

"Our Paper, pens, and ink, and we
Roll up and down our ships at sea[190(*)]

Contudo não estamos ociosos. Como na cabine há sempre bom fogo, é ela o ponto de encontro dos doentes e os guardas-marinhas entram e saem como querem, como na sala de estudo. Num canto Glennie guarda seus aparelhos para tirar a pele e dissecar os pássaros que apanhamos; e temos constantemente ocasião de admirar as belas invenções da natureza provendo as suas criaturas. Estes imensos pássaros do mar que encontramos tão longe de qualquer terra, têm de cada lado grandes bolsas de ar colocadas abaixo das asas, e nelas se apoiam o fígado, a moela e as entranhas. Em cada moela dos que já abrimos, havia duas pequenas pedrinhas de tamanho desigual, e a moela é muito áspera por dentro. Encontramos mais alimentação vegetal que animal em seus estômagos.

20 de abril, 1822. — Chegamos hoje à costa do Chile. Continuei a escrever meu diário regularmente, mas ainda que perto de dois anos se tenham passado desde que o escrevi, não tenho ânimo para copiá-lo. O de 3 de abril em diante tornou-se o registro de um agudo tormento. De minha parte esperanças e temores alternados através de dias e noites de escuridão e tempestades, que agravam a desgraça dessas horas desgraçadas. Na noite de 9 de abril, pude despir-me, e ir para a cama pela primeira vez desde que deixei o Rio de Janeiro. Estava tudo acabado; dormi longamente e descansei; quando acordei foi para tomar consciência de que estava só, e viuva, com um hemisfério entre mim e meus parentes.

---

no dia 8. Foi visto na latitude de uma ilha visitada por Drake, assinalada em mapas antigos.
189 (*) Thomas Sackville, 6° conde de Dorset e 1° conde de Middlesex — (1638-1706). Poeta e cortesão inglês. Seu mais famoso poema — *To all you Ladies, now at land* — foi escrito durante a guerra naval contra a Holanda em 1665.
190 (*) "Nossos papeis, nossas penas, nossa tinta e nós mesmos. Rolamos acima e abaixo nos navios".

Muitas coisas dolorosas ocorreram. Mas tive também conforto. Encontrei simpatia e auxílio fraterno em alguns, e não fui insensível ao comportamento afetuoso de meus rapazes, como eram chamados os guardas-marinhas. Tive o consolo de sentir que nenhuma mão estranha havia fechado os olhos de meu marido, ou amaciado o travesseiro.

Mr. London e Mr. Kift, o cirurgião e o assistente de cirurgião, nunca deixaram a beira do leito e, quando minhas forças falharam, meu primo Mr. Glennie e Mr. Blatchly, dois guardas-marinhas já aptos para promoção, fizeram tudo que é possível a amigos fazerem.

O Sr. Dance, o segundo tenente, apesar de, por doença do primeiro tenente, ter todos os negócios do navio entregues a ele, encontrou tempo para estar perto do leito de morte de seu amigo, e quer ao meio-dia, quer à meia-noite, nunca estava ausente onde fosse preciso mostrar gentileza.

Mas que poderia fazer-me qualquer gentileza humana? Minha consolação precisa vir d'Aquele que, a seu tempo, "tirará todas as lágrimas de nossas faces"[191(*)].

---

191 (*) 23 de abril é a data inicial do *Journal of a residence in Chile during the year 1822.*

SEGUNDA VISITA AO BRASIL

ANTES DE COMEÇAR O DIÁRIO de minha segunda visita ao Brasil, do qual estive ausente um ano e três dias, será necessário dar uma curta narrativa dos principais acontecimentos que ocorreram durante este ano e que mudaram o governo do país.

O Príncipe Regente enviara em vão às Cortes as mais prementes representações em favor do Brasil. Nenhuma atenção foi dada aos seus despachos e o governo de Lisboa continuou a legislar para o Brasil como se este fosse uma colônia na costa da África selvagem. Os ministros que tinham servido com Dom João haviam conhecido bastante a terra durante a permanência aqui para se convencerem de que o Brasil, unido, seria, em qualquer tempo, capaz de libertar-se de toda sujeição à mãe-pátria. O objetivo, portanto, passou a ser dividi-lo. Em consequência, delineou-se um esquema para o governo do Brasil pelo qual cada capitania seria governada por uma junta, cujos atos seriam totalmente independentes uma das outras, e responsáveis somente perante as autoridades de Portugal; o Príncipe teve ordem de voltar à Pátria de modo peremptório e o mais inconveniente. Mencionei em meu diário o acolhimento recebido por tais ordens, e a resolução tomada por Sua Alteza Real de ficar no Brasil. Logo que esta resolução foi conhecida nas províncias, choveram mensagens e deputações de todos os lados, de cada cidade e capitania, exceto da cidade da Bahia e da província do Maranhão, que sempre tivera um governo independente do resto do Brasil. Em dezembro de 1821 o Rei nomeou o general Madeira governador da Bahia e comandante das forças. Tomou posse em fevereiro e pouco depois a primeira guerra de fato entre os portugueses e brasileiros começou na cidade do Salvador, a 6 daquele mês, sendo os brasileiros derrotados com algumas perdas[192].

---

192 No dia 25 de maio seguinte rezou-se missa solene pelas almas dos que haviam caído de ambos os lados, encomendada pelos baianos residentes no Rio, na igreja de São Francisco de Paula. O catafalco erguido na igreja estava circundado de inscrições em

Entrementes a província de São Paulo tinha feito todo esforço para convocar e armar tropas, e já em fevereiro 1.100 homens marchavam para o Rio para porem-se à disposição do Príncipe. Alguns recrutas para marinheiros e fuzileiros navais foram mobilizados e estabeleceu-se uma Academia Naval, tudo visando evitar a ida do Príncipe à força. Julgou-se então conveniente que o Príncipe visitasse as duas províncias mais importantes, São Paulo e Minas, e no dia 26 ou 27 de março ele partiu do Rio com esse fim, deixando o governo nas mãos do ministro José Bonifácio. Sua Alteza Real foi recebido em toda parte com entusiasmo, até que chegou à última etapa, no caminho para Vila Rica, capital da província de Minas Gerais; aí recebeu informações de uma conspiração organizada para impedir sua entrada pelo juiz de fora, apoiada por um capitão de um dos regimentos de caçadores. Imediatamente fez com que algumas tropas se reunissem às que o acompanhavam[193(*)]. Ficou, então, onde estava e mandou dizer à Câmara da cidade que poderia entrar nela à força, mas que tinha vindo a eles antes como amigo e protetor. Várias mensagens se expediram; os conspiradores descobriram que o Príncipe estava, realmente, bastante forte para dominá-los; além disso não encontraram o apoio que esperavam da parte dos magistrados ou do povo. Sua Alteza Real entrou então em Vila Rica a 9 de abril e ao ser saudado pelos magistrados e pelo povo[194(*)], dirigiu-lhes a seguinte fala: "Briosos mineiros. Os ferros do despotismo começados a quebrar no dia 24 de agosto, no

---

    latim e português; uma das que mais chamavam a atenção era: "Glória eterna aos que deram sangue pela pátria". ("He quha dies for his cuntre. Sal herbyrit intil hewyn be", diz Barbour). [John Barbour, poeta e historiador escocês – 1316-1395].
    Era um desses dias chuvosos que, no Brasil, dão a impressão de que vem novo dilúvio. Mas o Príncipe e a Princesa foram os primeiros a chegar.
193 (*) Chegando a Paraíba do Sul, recebeu o Príncipe notícias de que haveria resistência à entrada na capital de Minas. Expediu então ordens aos quatro regimentos de milícias do Rio das Mortes para reunirem-se a ele. Até então viajara somente acompanhado de um Ministro (Estêvão Ribeiro de Resende, futuro marquês de Valença), do vice-presidente Teixeira de Vasconcelos (futuro visconde de Caeté), de José de Resende Costa e o padre Belchior Pinheiro (ambos deputados às Cortes), do guarda-roupa José Maria da Gama Freitas Berquó (depois marquês de Cantagalo), de um criado particular, de um moço da estribeira e três soldados. "Raros particulares viajariam com tanta modéstia" (TOBIAS MONTEIRO — *A elaboração da independência*, 1927, pg. 468).
194 (*) Chegando ao capão do Lana, a 7 de abril de 1822, Dom Pedro tinha as suas ordens quatro regimentos de milícias. Entrou na cidade de Ouro Preto, porém, escoteiro, seguido apenas da comitiva civil, sem piquete nem soldado algum. "Esse golpe de audácia transformou em entusiasmo as prevenções entretidas contra ele". (TOBIAS MONTEIRO, op. cit. pg. 471).

Porto, rebentaram hoje nesta Província. Sois livres. Sois constitucionais. Uni-vos comigo e marchareis constitucionalmente. Confio tudo em vós; confiai todos em mim. Não vos deixeis iludir por essas cabeças que só buscam a ruína de nossa província e da nação em geral. Viva El-Rei constitucional. Viva a Religião. Viva a Constituição. Vivam todos os que forem honrados. Vivam os mineiros em geral[195(*)]"

No dia seguinte o Príncipe convocou uma reunião geral e permaneceu onze dias em Vila Rica. A única punição infligida aos conspiradores foi a suspensão dos cargos. Esta visita real ligou a ele a província tão firmemente como a de São Paulo e Rio.

Voltou ao Rio de Janeiro a 25, onde foi recebido da maneira mais linsonjeira e onde se tornou cada dia mais popular. A 13 de maio, dia dos anos do rei Dom João VI, o Senado e o povo conferiam-lhe o título de Defensor Perpétuo do Brasil, e daí por diante seu tratamento passou a ser Príncipe *Regente Constitucional e Defensor Perpétuo do Reino do Brasil*.

A impossibilidade de continuar unido a Portugal tornava-se cada dia mais evidente. Todas as províncias do sul estavam ardentes por declarar a independência. Pernambuco e suas dependências há muito manifestavam sentimentos semelhantes, e a província da Bahia estava igualmente inclinada à libertação, apesar da cidade estar cheia de tropas portuguesas sob o comando de Madeira, recebendo constantemente reforços e suprimentos de Lisboa.

As Cortes pareciam resolvidas a levar as coisas ao extremo; a linguagem usada em suas sessões com referência ao Príncipe era altamente inconveniente. Os comandantes, que em mar ou terra lhe houvessem obedecido, a não ser forçados, foram declarados traidores. Ele próprio foi chamado à pátria de novo, dentro de quatro meses, sob pena de se submeter a futura decisão das Cortes. Decretaram que todos os meios do governo deveriam ser empregados para forçar a obediência a estas ordens. Os deputados brasileiros bem que relutaram e protestaram formalmente contra essas decisões, mas foram derrotados, e os espectadores nas galerias, uma vez chegaram a gritar: "Abaixo os brasileiros".

---

195 (*) Texto original da fala extraído das *Efemérides Mineiras* de JOSÉ PEDRO XAVIER DA VEIGA, II, Ouro Preto, 1897, pg. 44.

Nos meses de junho e julho Madeira começou a fazer surtidas nas terras em torno da Bahia como se ela estivesse na posse de um inimigo; e, realmente, ele em breve o encontrou – e formidável. A vila de Cachoeira, grande e populosa, e intimamente ligada com os rudes habitantes do sertão, tornou-se em breve a cabeça de multidões de patriotas que ali reunidos resolveram expulsar os portugueses de sua capital.

Começaram a formar tropas regulares, mas, apesar de serem abundantemente abastecidos de carne e outras provisões, faltavam-lhes armas e munições, e mandaram uma representação ao Rio a fim de expor ao Príncipe a situação e pedir-lhe a assistência. Tinham, também, grande falta de sal para conservar as provisões. Quanto a uniformes, o couro cru fazia as vezes de quase tudo. Um farmacêutico de Cachoeira[196(*)] começou em breve a ferver água do mar em caldeiras de açúcar para obter sal e em pouco tempo baixou o preço deste artigo, de modo que a quantidade que se vendia por dez patacas (dezoito *shillings*) caiu a sete vinténs (sete *pence*). O mesmo farmacêutico, reunindo todo o salitre da vizinhança, dedicou-se à fabricação de pólvora, e uma feliz descoberta de umas cem barricas, contrabandeadas para Itaparica por alguns ingleses, foi de uso essencial para eles. Mas faltavam canhões, bem como chumbo para as balas de seus mosquetes e espingardas de mecha. O chumbo, e uma quantidade de espingardas, os amigos, que estavam dentro da cidade, remeteram por contrabando. Os fuzis foram obtidos da maneira seguinte: em cada engenho havia sempre uma ou duas espingardas elhas a fim de servir de reserva para algumas peças do maquinismo. Foram mandadas imediatamente para Cachoeira onde, limpas e renovadas por hábil ferreiro, tornaram-se utilizáveis. Com estas armas os patriotas aventuraram-se a enfrentar os partidários de Madeira, mesmo antes da chegada de qualquer auxílio do Rio.

Enquanto isso chegavam ao Rio as notícias desses procedimentos, bem como dos decretos das Cortes de Lisboa. O Príncipe e o povo não hesitaram mais. Sua Alteza Real, juntamente com o Conselho, expediu as proclamações de 3 de junho, convocando uma Assembleia representativa e legislativa, a ser composta de membros de cada província

---

196 (*) Parece referir-se a João Batista Massa, "o boticário revolucionário" de que fala BRÁS DO AMARAL (Op. cit. pgs. 248 e 251).

e vila, a reunir-se no Rio[197(*)]; e a 1.º de agosto publicou aquele nobre manifesto no qual afirma abertamente a independência do Brasil, expõe claramente os fundamentos de suas queixas e exorta o povo a não ouvir outra voz senão a da honra e que não ressoe outro grito, do Amazonas ao Prata, que não seja de "independência[198(*)]" No mesmo dia foi expedido um decreto para resistência às hostilidades de Portugal, contendo os seguintes artigos: 1) Todas as tropas mandadas ao Brasil por qualquer país que seja, sem autorização dada pelo Príncipe, serão consideradas inimigas; 2) Se vierem em paz, deverão permanecer a bordo de seus navios e não ter comunicação com a terra, mas, após receber mantimentos, deverão partir; 3) Em caso de desobediência serão repelidas pela força; 4) Se elas forçarem um desembarque em algum ponto desarmado, os habitantes deverão retirar-se para o interior com tudo que puderem transportar e a milícia fará luta de guerrilhas contra os estrangeiros; 5) Todos os governadores e autoridades militares e civis deverão fortificar seus portos, etc; 6) Dever-se-ão elaborar logo representações sobre o estado dos portos do Brasil para esse fim.

Este último decreto já tinha sido antecipado pelos pernambucanos, que haviam feito marchar um corpo de tropas para ajudar os patriotas de Cachoeira, e uma guerra muito devastadora havia começado contra os portugueses em S. Salvador. Estes últimos haviam recebido um reforço de 700 homens a 8 de agosto, mas tinham tido pouco tempo para rejubilar-se com a chegada deles, porque uma esquadra do Rio de Janeiro desembarcou em Alagoas 5.000 fuzis, 6 canhões de campanha, 270.000 cartuchos, 2.000 lanças, 500 carabinas, 500 pistolas, 500 espadas e 260 homens, principalmente oficiais, sob o comando do brigadeiro-general Lebatu [Labatut][199], que em breve se

---

197 (*) Refere-se à representação do Conselho dos procuradores das províncias do Brasil, de 3 de junho de 1822 e ao decreto do Príncipe, da mesma data, anuindo à representação, e convocando uma *Assembleia Constituinte e Legislativa do Reino do Brasil*. *(V. Correspondência oficial das Províncias do Brasil durante a legislatura das Cortes Constituintes de Portugal nos anos de 1821-1822*, 2.ª ed., Lisboa, 1872, pg. 94).

198 (*) É o famoso manifesto que começa pelas palavras; "Está acabado o tempo de enganar os homens", e termina; "É minha glória reger um povo brioso e livre, Dai-me o exemplo das vossas virtudes e da vossa união. Serei digno de vós". (Ibi. pg. 118).

199 Este cavalheiro fora oficial de Napoleão na guerra da Espanha. Demitido por alguma irregularidade militar, foi perdoado, sob a condição de viver em Caiena, e fornecer informações ao governo francês. Deixou aquela terra, porém, e estabeleceu-se no Brasil, onde, com exceção de um pequeno período passado a serviço de Bolívar, vivera sossegada e respeitavelmente até a presente conjuntura.

uniu aos patriotas, fixou seu quartel-general em Cachoeira, e estendeu uma linha de tropas através da península na qual a cidade está localizada[200(*)]. Cortou assim o fornecimento de provisões por esse lado. Mas como o mar estava ainda aberto, os víveres eram abundantes, vindos não somente do estrangeiro, como da terra fronteira de Itaparica. Este fértil distrito, porém, foi em breve ocupado pelos brasileiros e Madeira ficou reduzido aos fornecimentos marítimos, a menos que pela força pudesse expulsar os brasileiros de suas posições nessa ilha.

O gabinete do Rio de Janeiro compreendeu que era preciso obter uma força naval, se se quisesse preservar o reino de futuros ataques de Portugal, ou desalojar o inimigo de sua fortaleza na Bahia. Em consequência, os agentes do governo na Inglaterra foram incumbidos de engajar oficiais e marinheiros: alguns foram obtidos no local; outros, como o capitão David Jewett, de Buenos Aires e da América, foram imediatamente empregados; todos os esforços foram feitos para reparar alguns dos navios abandonados pelo rei Dom João VI que pudessem suportar reparos.

Afinal, a 12 de outubro, aniversário do Príncipe, estando as tropas como de costume reunidas no grande Campo de Santana, e presente grande massa de povo, o Príncipe foi de repente aclamado Imperador do Brasil. O reino mudou de título e de tratamento; toda dependência ou ligação com Portugal foi para sempre abjurada.

Este acontecimento pareceu dar novo alento à guerra da Bahia: tanto exasperou os portugueses como encorajou os brasileiros, agora certos da independência. Madeira, resolvido a conseguir, se possível, uma comunicação com Nazaré, situada no rio mais fértil do Recôncavo, e que fornece abundante farinha, enviou cem homens de um batalhão de caçadores, sob o comando do coronel Russel, para tentar a conquista da ilha do Medo, que domina o Funil, ou a passagem entre a terra firme e Itaparica, em caminho de Nazaré. Mas os barcos encalharam e eles tiveram que esperar a maré montante. Então os brasileiros, que são excelentes atiradores, e que estavam ocultos entre os arbustos da margem, visaram-nos à vontade[201(*)]. Outra expedição,

---

200 (*) Sobre o general francês, v. Herman Neeser, "Ensaio de um resumo cronológico-biográfico sobre Pedro Labatut, marechal de campo do Exército brasileiro", Rev. do Inst. Geogr. e Hist. da Bahia, n°. 68, 1942, pg. 173.

201 (*) O chamado combate do Funil feriu-se a 29 de julho pela madrugada. "Por infortúnio para os portugueses tornou-se contrário o vento para as canhoneiras e, apesar de engrossarem a cada minuto em número os defensores da posição, teimou o comandante

igualmente infeliz, foi a enviada a Cachoeira. Um navio armado chegou até em frente à praça pública, exatamente quando estava repleta de povo que aclamava o Imperador. Os canhões começaram a atirar sobre a multidão, mas a maré estava baixa e os tiros, em vez de atingir o povo, só abalavam o cais, e fizeram pouco dano. Os soldados brasileiros então concentraram-se no desembarcadouro e daí começaram um fogo tão vivo contra o inimigo que o comandante do navio se retirou apressadamente sem matar um homem, apesar de perder muitos[202(*)]. Nesta ação distinguiu-se Dona Maria [Quitéria] de Jesus, pois o espírito patriótico não se havia confinado aos homens[203].

A expedição mais importante de Madeira foi a enviada à Ponta de Itaparica, cuja posse se estava tornando cada dia mais importante, à medida que diminuíam as provisões da cidade. Com esse objetivo, 1.500 homens embarcaram a bordo do *Prontadão* [*Prontidão*] e outros dois brigues de guerra. Deviam desembarcar metade de um lado e metade de outro da pequena península que forma a Ponta, na qual há um pequeno forte e uma vila, que as tropas deviam tomar enquanto os brigues bombardeavam o forte. A viagem da Bahia a este ponto dura geralmente seis ou sete horas no máximo, contando-se com vento contrário; mas estes barcos levaram dois dias para alcançá-lo. Nesse meio tempo os brasileiros haviam erguido montes de areia, atrás dos quais se esconderam deitados, e fizeram com segurança fogo sobre os portugueses que passavam e cometeram uma grande mortandade, sem a perda de um só homem, ainda que tivessem vários feridos. Esta batalha, se pode ser assim chamada, deu-se a 2 de janeiro de 1823 e durou de meio dia ao pôr do sol[204(*)].

Entrementes a parte Continental da cidade tinha sido atacada por contínuos combates, e as tropas estavam esgotadas pela vigilância permanente, pois os brasileiros estavam sempre a percorrer as florestas em torno, rufando marchas e fazendo com que seus clarins tocassem o sinal de ataque durante a noite e desaparecendo no momento em que

---

expedicionário [Taborda] em esperar ali a preamar, porque não podiam aproximar-se as barcas para saltar em terra a tropa". Afinal resolveu retirar-se o capitão português, com grande desapontamento de seu partido. (BRÁS DO AMARAL, *Op. cit.*, p. 251).
202 (*) O combate de Cachoeira durou três dias e terminou com a rendição da canhoneira portuguesa. (PEDRO CALMON, *História da Independência do Brasil*, Rio, 1928, pg. 115).
203 A respeito dela, vide adiante este Diário.
204 (*) O combate final de Itaparica deu-se a 13 de janeiro de 1823, Está minuciosamente descrito pelo barão do Rio Branco (*Efemérides*, Rio, 1946, pg. 13).

o inimigo podia chegar ao local. A 18 de novembro de 1822, porém, Madeira fez uma surtida e chocou-se com os brasileiros em Pirajá, entre duas a três léguas da cidade; houve então uma grande batalha, com algumas perdas dos dois lados, ambos proclamando-se vencedores. Mas como os lusitanos se retiraram para a Bahia e os brasileiros tomaram novas posições junto às portas da cidade, as vantagens sem dúvida devem ter sido do lado dos últimos[205(*)]. Entretanto a escassez de provisões frescas era tal que todos os comerciantes estrangeiros que tinham famílias e que podiam mudá-las, fizeram-no. Todas as casas de campo foram abandonadas e o povo ficou acumulado na cidade. As contribuições mais pesadas foram cobradas de todos, nativos e estrangeiros; as misérias do sítio estavam-se aproximando da cidade.

O Rio de Janeiro, porém, apresentava aspecto muito diferente. Os habitantes estavam decorando a cidade com arcos triunfais para a coroação do seu Imperador, o qual, a 1º de dezembro, foi solenemente coroado na capela do palácio, que serve de catedral, e não há exagero em dizer que todo o sul do Brasil apresentava uma impressão de alegria.

Os ministros eram queridos não menos que os monarcas. As finanças começaram a assumir um aspecto florescente; grandes subscrições choviam de todos os cantos para equipamento da esquadra e havia-se enviado um convite a Lorde Cochrane para comandá-la. O Imperador havia aceito a renda mais modesta com que jamais se contentara uma testa coroada, a fim de poupar o seu povo[206]. Ele visitava em pessoa os estaleiros e arsenais; atendia aos negócios de toda ordem; encorajava os melhoramentos em cada departamento, e o Brasil havia começado a assumir o aspecto mais florescente. Tal era o estado de coisas quando cheguei pela segunda vez ao Brasil, juntamente com Lorde Cochrane, a 13 de março de 1823.

13 de março de 1823.[207(*)] — *A bordo do "Col. Allen", ancorado no Rio de Janeiro* — Um dos dias mais ventosos e chuvosos que jamais me lembro de ter visto no Brasil; de modo que o magnífico panorama da baía está inteiramente perdido para os estrangeiros do Chile e não posso desembarcar nem para providenciar a hospedagem

---

205 (*) O combate de Pirajá feriu-se a 8 de novembro de 1822.
206 Menos de vinte mil libras esterlinas por ano.
207 (*) *O Diário da Viagem ao Chile* encerra-se igualmente a 13 de março, com a frase, "Ancoramos na baía do Rio de Janeiro".

para mim e meu doente²⁰⁸, ou para ajudar meus amigos de qualquer maneira. Quando o oficial do barco da visita chegou a bordo, o capitão do navio trouxe-o para a cabine e deixou-o comigo. Vi que ele

Presos incumbidos de carregar água no Rio de Janeiro

falava inglês e imediatamente comecei a interrogá-lo acerca das novidades do Rio. Falou ele primeiro na coroação do Imperador e, em seguida, na guerra da Bahia; a respeito disso interroguei-o muito minuciosamente, com a autoridade de quem visitou anteriormente o local. Parece que só na noite passada os navios de Sua Majestade Imperial *União* (agora *Piranga*), *Niterói* e *Liberal*, seguidos de uma esquadra de transportes, voltaram de Alagoas, onde desembarcaram reforços para o general Labatut, cujo quartel-general é em Cachoeira, e que está atacando a cidade da Bahia de perto. O general Madeira tem uma poderosa força de soldados portugueses, além de 2.000 marinheiros que podem eventualmente servir em terra, e uma força naval considerável²⁰⁹. Mas parece que os marinheiros estão a pique de se amotinarem por falta de

---

208 Meu primo, Sr. Glennie, adoecera na *Doris*, tendo-lhe rebentado um vaso sanguíneo.
209 *Dom João VI*, 80 canhões; *Constituição*, 56; Corveta *10 de Fevereiro*, 29; *Ativo*, 22; *Calipso*, 22; *Regeneração*, 22; um navio armazém, 28; o brigue *Audaz*, 18; *Prontidão*, 16; sumaca *Emília*, 8 e *Conceição*, 8. Navios mercantes armados: *São Domingos*, 20 canhões; *Restauração*, 24; *São Gualtério*, 26; *Bizarra*, 18.

pagamento. Depois de me contar tanta coisa o oficial passou a interrogar-me por seu turno:

Vinha eu do Chile? Conhecia Lorde Cochrane? Vinha ele para o Rio? Porque todos os olhos se voltavam para ele. Quando ele soube que o Lorde estava realmente a bordo, voou para sua cabine e suplicou-lhe que lhe permitisse beijar-lhe as mãos. Depois arrebatou o chapéu e, dizendo ao capitão que fizesse o que bem entendesse e ancorasse onde quisesse, sem cerimônia, saltou fora para ser o primeiro, se possível, a levar ao Imperador esta agradável notícia. Quase a mesma cena se representou quando o comandante Perez, capitão do porto, veio a bordo, e, dentro de poucos minutos, o capitão Garção, do *Liberal*, veio apresentar os seus respeitos, e logo depois, o capitão Taylor, da *Niterói*, de quem soubemos algo mais a respeito da situação da esquadra de Sua Majestade Imperial. A *Pedro Primeiro*, outrora *Martim de Freitas*, havia sido deixada pelo rei por necessitar de uma reparação geral; isto se fizera e ela tinha saído dos estaleiros ontem; diz-se que navega bem. A *Carolina* é uma bela fragata, mas não utilizada por falta de homens. A *União* é um navio muito belo, mas precisa de cobre, e é comandada pelo capitão Jewett[210](*). A *Niterói* é uma corveta bem lançada e bem reparada, mas pesada; a *Maria da Glória* é uma bela corveta; está sob o comando de um oficial francês, capitão Beaurepair [Beaurepaire][211](*). A grande dificuldade com que a marinha tem aqui a lutar é a falta de homens[212]. Os marinheiros portugueses são os piores; poucos brasileiros são sequer marinheiros, e os franceses, ingleses e americanos são raros. O Imperador está entusiasmado com a marinha e muito ativo em inspecionar cada departamento. Aparece frequentemente nos estaleiros de madrugada e a Imperatriz geralmente o acompanha.

---

210 (*) David Jewett, americano do norte. Foi o primeiro oficial contratado para a nossa marinha.
211 (*) Teodoro Alexandre de Beaurepaire (1787—1849), depois vice-almirante brasileiro.
212 O pagamento dos marinheiros não é senão escasso. Um anúncio de fevereiro, pedindo homens para equipar a *Pedro Primeiro*, é o seguinte: Para marítimos habilitados 8 mil de gratificação (bounty); 4.800 para homens comuns. Pagamento mensal, 8 mil para marítimos habilitados, 6.500 para os ordinários, 4.800 para os outros e 3.000 para os bisonhos. Exatamente hoje, 13 de março, a mensalidade de um marítimo habilitado foi elevada para 10.000, a dos ordinários para 8 mil. Logo depois fez-se uma melhoria a mais e os oficiais inferiores receberam um pagamento extra, o que não havia sido feito até então. A gratificação foi também acrescida. O pagamento no regimento Bellard's, de estrangeiros, é de 8 mil de gratificação, 80 reis por dia, 40 reis em dinheiro estrangeiro (tudo junto 6 d. esterlinos), 24 onças de pão, 1 libra de carne e vestuário.

Segundo todos os depoimentos. Suas Majestades parecem ser extremamente populares. A mocidade, a graça, a situação singular em que estão colocados, tudo interessa. E raro que um príncipe herdeiro ouse pôr-se à frente da causa da libertação ou independência, e o fato de um filho da Casa de Bragança e uma filhada Casa d'Austria encaminharem para o caminho da independência este grande império, não pode senão excitar tanto o amor quanto a admiração de seus felizes súditos.

O tempo clareou à tarde e desci a terra para ver se poderia encontrar alguns de meus velhos amigos, ou ouvir alguma novidade, mas todos os ingleses haviam partido para as casas de campo e a ópera, lugar adequado para a palração, está fechada, por estarmos na quaresma. Voltei então para o brigue e encontrei Lorde Cochrane pronto para desembarcar a fim de esperar o Imperador, que havia vindo de São Cristóvão para encontrá-lo no palácio da cidade. O Lorde e o capitão Crosbie, que foi com ele, só voltaram tarde, mas então muito satisfeitos com a recepção.

14 [de março]. — Novo dia de chuva, tão forte que não tive possibilidade de desembarcar o meu doente. O Sr. May veio a bordo e me disse que eu poderia obter a casa de Sir T. Hardy por poucos dias, até poder arranjar uma para mim. Dá também boas notícias do governo, das finanças, etc..

Foram embargados hoje todos os navios, para impedir a chegada à Bahia da notícia da vinda de Lorde Cochrane.

15 [de março]. — Fui cedo a terra para preparar o desembarque. Observo dois, dos arcos sob os quais passou o Imperador no dia da coroação, desenhados com extremo bom gosto e bem executados. São, naturalmente, provisórios. Alguns trabalhos mais sólidos foram feitos desde que vi o Rio pela última vez. Novos chafarizes se inauguraram, repararam-se aquedutos; todas as fortalezas e outras obras públicas melhoraram visivelmente, e as ruas foram calçadas de novo. Além disso há por toda parte um ar de trabalho. Levei Glennie para terra à tarde, e fui bastante tola para me entristecer por ter de abandonar meus companheiros de viagem, e mais tola ainda por me incomodar com a completa indiferença com que me viam partir: ambas as coisas talvez bastante naturais. Estou de novo sem ninguém a quem me arrimar, e sozinha no mundo, com minha carga de melancolia; eles têm diante de si os negócios e o prazer.

Foi uma bela noite e a pequena viagem de barco para Botafogo parece que fez bem a Glennie; mas tivemos o desgosto de verificar que nem as provisões que eu comprara haviam chegado, nem o empregado, que um de meus amigos prometera enviar-me. De modo que ficamos sós e sem jantar, mas, Deus louvado, não sem socorro. Nas minhas excursões já aprendi o bastante para não ser dependente; e assim, após algum tempo, consegui da venda próxima um chá aceitável para dar ao doente, e mandei-o deitar-se de ânimo bem levantado. Não tive tempo para sentir-me bastante abatida.

20 [de março]. — Empreguei estes dias passados em procurar uma casa, o que consegui, e em receber e pagar visitas de meus velhos conhecimentos, e em não me sentir nada bem.

Ouço dizer que não há nada decidido sobre o comando de Lorde Cochrane. Todo o mundo diz que lhe pediram que servisse sob o comando de dois almirantes portugueses, com vencimentos em moeda portuguesa. Está claro que são condições que ele não pode nunca aceitar. Não estive com ele, de modo que não tenho certeza a respeito disso. Suponho, porém, que seja verdade, porque de outro modo ele não estaria ainda a bordo desse pequeno brigue imundo em que chegou.

21 [de março]. — Quaisquer que tenham sido as dificuldades com relação ao comando de Lorde Cochrane, estão resolvidas. Recebi dele um bilhete anunciando que içará sua flâmula às 4 horas da tarde, a bordo da *Pedro Primeiro*[213].

22 [de março]. — O capitão Bourchier, do navio de Sua Majestade *Beaver*, ofereceu-me amavelmente o barco para me transportar, e ao meu primo e minhas coisas, para minha casa de campo, no outeiro da Glória, perto da de Mr. May e não muito longe da casa que o governo deu a Lorde Cochrane como residência provisória. É agradável para mim por muitos motivos: é fresca e há um caminho de sombra para o doente. E quase cercada pelo mar, que arrebenta contra a muralha, e como não fica junto de nenhum caminho, estaremos perfeitamente tranquilos.

Sexta-feira, 28. — Esta foi uma semana trabalhosa, tanto para mim quanto para meus amigos que estão apressando tudo para em-

---

213 Muito se falou, tanto entre os ingleses como entre brasileiros, das condições excessivas do lorde. Tenho razões para pensar (não por informações) que o seu pagamento e dos oficiais ingleses é somente igual aos postos correspondentes na Inglaterra.

barcar o mais depressa possível, já que isto é das mais graves consequências para libertar a Bahia do inimigo.

Sábado, 29. — O navio de Sua Majestade *Tartar*, comandado pelo capitão Brown, chegou hoje da Inglaterra, e não trouxe qualquer boa notícia de nenhuma espécie, Em primeiro lugar, Lorde Cochrane está no mais profundo desespero ao saber que Lady Cochrane e sua filha pequena estão a caminho do Chile, de modo que terão que realizar a perigosa passagem em torno do cabo Horn duas vezes antes que ele as veja; além disso, o capitão Brown dá notícias formidáveis de uma esquadra portuguesa destinada à Bahia, que ele encontrou aquém da linha. Confio em que ele esteja enganado quanto à última notícia e procuro consolar Lorde Cochrane quanto à primeira parte da informação, lembrando a probabilidade, senão a certeza, de que o navio em que vem Lady Cochrane tocará neste porto. Mas sua natural ansiedade não pode ser dominada.

Segunda-feira, 31 [de março]. — Ontem a *Pedro Primeiro* ancorou na baía na altura de Boa Viagem. Fui hoje a bordo dela com Lorde Cochrane. Soubemos que o Imperador e a Imperatriz haviam estado a bordo de madrugada. Ao ouvir as queixas dos oficiais portugueses de que os marinheiros ingleses se haviam embriagado na véspera, a Imperatriz disse: "Oh! É o hábito do norte, de onde vêm os bravos. Os marinheiros estão debaixo de minha proteção, cubro-os com meu manto".

A *Pedro Primeiro* é um belo barco de duas cobertas, sem tombadilho de popa. Tem um belo tombadilho de canhões, mas não pude vê-lo melhor porque estava ainda recebendo provisões e tripulação. As cabines estão magnificamente decoradas, com bela madeira e almofadas de marroquim verde, etc. Disseram-me que o Imperador tem grande orgulho dela. O capitão Crosbie comanda-a e três tenentes, que vieram conosco do Chile, foram nomeados para ela.

1º [de abril]. — Esperava o almirante para almoçar comigo, mas tive o grande desapontamento de ver o navio levantar ferro e partir. Soube depois que o Imperador e a Imperatriz estavam a bordo e que o acompanharam fora da baía até o farol, de modo que ele não pôde desembarcar. A manhã estava triste e escura quando a *Pedro Primeiro*, a *Maria da Glória*, a *União* e a *Liberal* levantaram âncora, mas exatamente quando a pequena esquadra passava diante de Santa Cruz e a fortaleza começou a salvar, o sol rompeu de detrás de uma nuvem e um jorro de luz amarela e brilhante desceu sobre o mar por trás dos navios. Parecia então que eles flutuavam na glória; e esta foi a última visão que tive de meu amável amigo.

10 [de abril]. — Nada digno de nota ou de anormal aconteceu durante estes dez dias. Glennie está ganhando terreno. Eu leio, escrevo e o acompanho. A *Niterói* parte amanhã para encontrar Lorde Cochrane ao largo da Bahia, com três morteiros a bordo, dois de 10 e um de 13 polegadas. Vejo com surpresa que os cartuchos são ainda feitos aqui de lona e não de flanela; e temo que os navios não estejam tão bem armados como gostaria que estivessem: grande parte das velas e do cordame esteve dezessete anos guardada e tenho medo que esteja em parte podre. Mas tudo isso não é nada comparado ao perigo de ter portugueses na tripulação. Não é natural que combatam os seus patrícios.

Tenho tido o prazer de ler, durante estes poucos dias, *Peveril of the Peak.* E uma espécie de retrato histórico, como *Kenilworth*, em que o duque de Buckingham, aquele que

"*no período de uma lua,*
Era heroi, rabequista, estadista e bufão".

tem o papel principal; Carlos II e o resto da corte fazem o papel de negrinho e de papagaio, enquanto a história de Peveril não é mais que uma frisa esculpida em madeira no cenário muito condigno em que ele foi colocado[214(*)].

14 [de abril]. — A *Fly*, chalupa de guerra, e o paquete inglês chegaram trazendo as notícias da guerra entre a França e a Espanha. Estas notícias, naturalmente, interessam aqui, já que Portugal é considerado como implicado nas disputas da Europa, de modo que o partido que a Inglaterra tomará, as consequências disso sobre este país são assuntos de ansiosas suposições. As notícias de natureza mais doméstica não são muito agradáveis. O general do Império Lecor, no Sul, teve algumas perdas em luta com os portugueses; mas não são consideradas bastante graves para produzir sério mal-estar[215(*)]. O mesmo

---

214 (*) Peveril of the Peak. A mais longa novela de Walter Scott. Data de 1823. O heroi é Julian Peveril e há mais de cem personagens no entrecho, entre os quais Carlos II, o duque de York, o príncipe Rupert e o duque de Buckingham.
215 (*) A 20 de janciro de 1823 0 general Lecor, barão de Laguna, e futuro visconde, declarou bloqueada Montevidéu, onde o general D. Álvaro da Costa comandava algumas tropas fieis a Portugal. A 18 de novembro de 1823 rendeu-se o comandante português.

navio que trouxe as notícias de Lecor, também informa que tendo ochefe do governo de Buenos Aires, Rodriguez, avançado contra algumas tribos indígenas, que ultimamente fizeram grandes razias em seus territórios, um dos ex-chefes tentou subverter o governo, sendo felizmente malsucedido[216](*). Digo felizmente porque estou convencida de que cada semana e mês passados sem alteração, são de consequencias infinitas tanto para o presente quanto para o futuro bem--estar das colônias espanholas. Enquanto elas tinham ainda de lutar pela independência, enquanto tinham de corrigir os abusos do antigo governo, eram inevitáveis as mudanças frequentes, mas naturais; mas agora que estão independentes e que têm constituições que, se não são perfeitas, contêm os princípios da liberdade e do progresso, estes princípios precisam de tempo e de paz para crescer e adaptar-se ao caráter do povo.

15 [de abril]. — Glennie tem ganho tantas forças ultimamente que resolveu ir ao encontro do comodoro na Bahia; e hoje deixou-nos para embarcar no navio de Sua Majestade *Beaver*. Acompanhei-o por seis meses. Depois de me ter acostumado com o convívio de um amigo inteligente, sinto-me tão isolada, que penso ter de abandonar meus hábitos sedentários e fazer algumas visitas aos vizinhos.

25 [de abril]. — Um brigue de guerra francês veio hoje da Bahia. Soubemos agora que os navios avistados pelo *Tartar* eram somente uma fragata e um comboio de transporte de tropas, a bordo do qual havia um reforço para Madeira de 1.500 homens. Não farão senão aumentar a desgraça da guarnição, que se tem como muito grande, já que não trouxeram provisões.

28 [de abril]. — Passei o dia com Miss Hayne, e acompanhei-a à noite a fim de cumprimentar Dona Ana, mulher do Sr. Luís José de Carvalho e Melo[217](*), pelo seu aniversário. A família estava em sua casa de campo em Botafogo. E uma bela casa, construída com muito gosto e ricamente mobiliada. As paredes são decoradas com papeis

---

A 14 de fevereiro de 1824 Lecor entrou solenemente em Montevidéu. (V. RIO BRANCO, *Efemérides*, 82).

216 (*) O general Dom Martin Rodriguez fora eleito governador de Buenos Aires em 1820. Voltava-se contra o caudillo José Miguel Carrera, que, conluiado com os índios, atacara o *pueblo del Salto*, quando se viu a braços com a rebeldia de Ramirez, de Entre Rios, afinal derrotado e decapitado. (VICENTE FIDEL LOPEZ, *Manual de la Historia Argentina*, B. Aires, 1934, pg. 354).

217 (*) Futuro visconde da Cachoeira, grande figura política da época.

franceses e molduras douradas, tudo no mesmo nível. Mas a melhor decoração nessa noite foi a presença de uma quantidade das mais belas mulheres que já vi no Brasil, pela maior parte irmãs, primas ou sobrinhas da dona da casa, cuja mãe, a baronesa de Campos[218(*)], pode orgulhar-se de possuir uma das mais belas famílias do mundo. A filha do casal, D. Carlota[219(*)] distingue-se aqui pelo talento e cultura acima de suas companheiras. Fala e escreve francês bem e fez progressos não pequenos em inglês. Conhece a literatura de sua terra, desenha corretamente, canta com gosto e dança graciosamente. Várias de suas primas e tias falam francês correntemente, de modo que tive o prazer de conversar livremente com elas e receber boa cópia de informações sobre assuntos que só interessam a mulheres. Logo após se haverem reunido todos, as senhoras sentadas juntas em círculo cerimonioso e os homens de pé, geralmente em outras peças, começou a cerimônia de tomar chá e foi dirigida mais lindamente do que na Inglaterra; os criados serviam em torno chá, café e bolos em grandes salvas de prata. Mas todas nos sentamos e tomamos nossos alimentos à vontade, em vez de ficarmos de pé com as xícaras em nossas mãos, e acotovelando-nos para abrir caminho através de uma multidão de pessoas que parecem todas muito ocupadas e dificilmente podem ter tempo de reconhecer o conhecido que passa. Passamos, então, à sala de música, onde o mestre de música[220] se prestou a acompanhar as senhoras, muitas das quais cantaram extremamente bem; mas quando chegou a vez de Dona Rosa só me ocorreu dizer como Comus[221(*)]

"Can any mortal mixture of earth's mould
Breathe such divine enchanting revishment?"

Terminada a música, quem não estava triste por ter chegado o fim? Começou a dança e os que não dançam como eu, sentaram-se para conversar fiado. Mas um inglês, que morou neste país por muitos anos, vendo-me cheia de admiração pelas belas e alegres criaturas diante de mim, começou a fazer-me uma tal descrição da

---

218 (*) D. Ana Francisca Maciel da Costa, viuva de Brás Carneiro Leão, era baronesa de São Salvador dos Campos dos Goitacazes.
219 (*) D. Carlota Carvalho e Melo, casada depois com o conselheiro Gustavo Adolfo de Melo Matos. (Sobre esta recepção, v. WANDERLEY PINHO, *Salões e damas do segundo reinado*, S. Paulo 1942. pg. 17).
220 Este homem é irmão do professor da Catalani. [Angelica Catalani, famosa cantora lírica - 1779 -1849].
221 (*) Comus, drama pastoral escrito por Milton em 1634 para o conde de Bridgewater.

moral privada no Brasil, que chegou a obscurecer a atitude delas e a diminuir-lhes o brilho do olhar. Felizmente ele avançou demais e ousou apostar (que é a maneira que um inglês tem de afirmar) que havia naquela sala pelo menos dez senhoras providas do bilhete que escorregariam na mão de seus galãs, e que tanto as casadas como as solteiras eram a mesma coisa; reportou-se ao meu amigo M., [May?] I que há muito está aqui e conhece bem o povo. Olhou lentamente em torno da sala e comecei a tremer, mas afinal ele disse: "Não, aqui não; mas não nego que tais coisas se passam no Rio. Mas, Mrs. Graham, sabe a senhora, tanto quanto eu, que em todas as grandes cidades, no seu país e no meu, tanto quanto neste, uma certa porção de cada classe da sociedade é sempre menos moralizada que o resto. Em alguns países a imoralidade é realmente mais refinada, e quando as maneiras perdem a sua rudeza, perdem evidentemente a metade dos seus vícios. Mas, suponha que as mulheres, ainda as solteiras, sejam menos puras aqui do que na Europa. Lembre-se de que entre nós, além da mãe de família, há uma ama, ou uma governante, ou mesmo uma camareira para cada moça, que deve ser bem educada, de bom caráter e de boa moral. Tudo isso são freios para o comportamento e forma uma proteção só inferior à das mães. Mas no Brasil os serviçais são escravos, e por conseguinte inimigos naturais de seus senhores, dispostos a decepcioná-los e desejosos disso, e de assistir a corrupção de suas famílias". Eis, pois, uma outra praga da escravidão. Esta exposição do assunto abriu-me os olhos para vários aspectos para os quais até agora minha atenção havia perpassado igualmente.

Havia diversos oficiais de marinha franceses hoje à noite e poucos, muito poucos, ingleses. Conversei com alguns brasileiros delicados e bem educados, de modo que nem pensei no adiantado da hora quando deixei meus jovens amigos ainda a dançar à meia-noite.

Estava ainda no baile, quando me contaram a trágica história de duas moças encantadoras. Ainda crianças, haviam acompanhado a mãe a um espetáculo de gala. Mas ao voltar, à noite, no momento em que saía da carruagem, a mãe foi alvejada por tiros partidos da varanda de sua própria casa. As investigações do assassínio resultaram infrutíferas; mas imaginam-se duas hipóteses para o crime: — a primeira, o ciúme de uma mulher que parece ter sido injuriada e que esperava suceder sua rival como mulher do homem que amava. (Ele, porém, não se casou de novo); a outra hipótese é de ter ela conhecimento de alguns segredos políticos. Como quer que seja, as meninas desde então viveram com a avó, que não pode dormir enquanto elas não estão ambas no quarto com ela[222(*)].

As ligações de família são aqui uma beleza; são tão estreitas e íntimas como as de um clã da Escócia. Mas têm o seu lado mau nos constantes casamentos entre parentes próximos como tios com sobrinhas, tias com sobrinhos, etc., de modo que os casamentos em vez de alargar as ligações, difundir a propriedade e produzir maiores relações gerais no país, parecem estreitá-las, acumular fortunas e concentrar todas as afeições num círculo fechado e egoísta.

30 [de abril]. — Fui cedo à cidade e vi que o paquete inglês havia chegado. Encontrou-se com a esquadra de Lorde Cochrane na Bahia de modo que o Lorde já deve estar lá desde muito tempo. Traz notícias de que o partido monarquista está ficando forte demais em face das Cortes de Lisboa.

Passei o dia com a Sr.ª Rio Seco. Sua casa é realmente magnífica. Tem salão de baile, salão de música, uma gruta e fontes, além de aposentos extremamente belos de várias espécies, tanto para uso da família como das visitas, com louças da China e relógios franceses em número bem maior do que pensaríamos em exibir, mas que não combinam mal com as cortinas de seda e as molduras douradas.

O jantar foi pequeno, já que só havia três pessoas, mas servido excelentemente. Consistiu em sopa de ave selvagem, uma série de pássaros pequenos e doces do país, que eram para mim raridades. O resto do jantar, que poderia ser inglês ou francês, foi servido em baixela

---

222 Refere-se a um famoso assassínio ocorrido na família da baronesa de São Salvador dos Campos dos Goitacazes, a 28 de outubro de 1820. A vítima foi uma nora da baronesa, D. Gertrudes Angélica Pedra Carneira Leão, casada com José Fernando Carneiro Leão, diretor do Banco do Brasil, barão de Vila Nova de São José em 1825, elevado a conde em 1826.
Paira um mistério em torno de tal fato. A vítima voltava da procissão de N.ª Sr.ª das Dores quando foi alvejada por um assassino, segundo se disse, a mando da rainha D. Cartola. O inquérito a respeito, porém, teia sido destruído por ordem do rei. A duas filhas de D. Gertrudes, referidas por Maria Graham, e que foram criadas pela avó paterna, baroinesa de Campos, chamavam-se Guilhermina e Elisa. A primeira, que, por ter assistido à cena terrível ficou, durante algum tempo, com a razão perturbada, foi mais tarde marquesa de Maceió, pelo seu casamento com D. Francisco Maurício de Sousa Coutinho, filho do conde de Linhares. D. Elisa foi mais tarde viscondessa de Campos pelo casamento com seu tio, José Alexandre Cardeira Leão, conde de Vila Nova, de São José, era irmão da viscondessa da Cachoeira, acima referida. (V. Tobias Monteiro, *A Elaboração da Independência*, Rio, 1927, pg; 87; *Anuário Genealógico Brasileiro*, S. Paulo, III, 1941, pags 411 e 542).

de prata. Ouvi grande número de anedotas hoje, de muitas pessoas de todas as categorias, pelas quais o Sr. Dutens daria qualquer preço para enriquecer os *Souvenirs do Voyageur qui se repose*[223(*)], mas que não escreverei, porque não acho honesto, nem feminino, aceitar a proteção das leis e as boas graças de um país estrangeiro e, em seguida, registrar as fraquezas de seus habitantes para dar a outros a oportunidade de rir deles. Bem conhecemos os pontos fracos da natureza humana; se forem tratados com delicadeza podem-se emendar. O vício realmente exige o chicote, mas a fraqueza e a doudice devem encontrar indulgência. Numa sociedade em formação como esta, estou convencida de que os homens podem ser estimulados à virtude. Se um general chama de bravos os seus soldados antes da batalha, torna-se um ponto de honra comprová-lo. Estivesse em meu poder, e eu antes persuadiria os brasileiros de que possuem todas as virtudes debaixo do céu. E isto melhor do que fazê-los habituados com a última de suas fraquezas, a ponto de perder o horror dela.

1.º [de maio]. — Vi hoje o Val Longo [Valongo]. E o mercado de escravos do Rio. Quase todas as casas desta longuíssima rua são um depósito de escravos. Passando pelas suas portas à noite, vi na maior parte delas bancos colocados rente às paredes, nos quais filas de jovens criaturas estavam sentadas, com as cabeças raspadas, os corpos macilentos, tendo na pele sinais de sarna recente. Em alguns lugares as pobres criaturas jazem sobre tapetes, evidentemente muito fracos para sentarem-se. Em uma casa as portas estavam fechadas até meia altura e um grupo de rapazes e moças, que não pareciam ter mais de quinze anos, e alguns muito menos, debruçavam-se sobre a meia porta e olhavam a rua com faces curiosas. Eram evidentemente negros bem novos. Ao aproximar-me deles, parece que alguma coisa a meu respeito lhes atraiu a atenção; tocavam-se uns nos outros para certificarem-se de que todos me estavam vendo e depois conversaram no dialeto africano próprio com muita vivacidade. Dirigi-me a eles e olhei-os de perto, e ainda que mais disposta a chorar. Fiz um esforço para lhes sorrir com alegria e beijei minha mão para eles; com tudo

---

223 (*) DUTENS, L0U1s (1730 - 1812), filólogo, numismata e historiador francês a serviço do rei da Inglaterra, foi diplomata e eclesiástico anglicano. Autor de livros paradoxais, de bastante sucesso, combateu tanto o catolicismo quanto a filosofia do seu tempo. As *Mémoires d'un voyagewr qui se repose* (1806, 3 vols.), autobiográficas, tiveram grande repercussão.

isso pareceram eles encantados; pularam e dançaram, como que retribuindo as minhas cortesias. Pobres criaturas! Mesmo que pudesse eu não diminuiria seus momentos de alegria, despertando neles a compreensão das coisas tristes da escravidão; mas, apelaria para os seus senhores, para os que compram e para os que vendem, e lhes imploraria que pensassem nos males que traz a escravidão, não somente para os negros, mas para eles próprios e, não somente para eles, mas para suas famílias e para suas descendências.

Afinal de contas, os escravos são os piores e mais caros empregados, e uma prova disso é o seguinte: — O pequeno terreno que cada um é autorizado a cultivar para seu próprio uso em muitas fazendas geralmente produz, pelo menos, o dobro em proporção do que a terra do senhor, apesar das poucas horas de trabalho que lhe são dedicadas[224]. Desde então procurei, sem êxito, obter um quadro correto do número de escravos importados em todo o Brasil. Temo realmente que será difícil para mim consegui-lo, em vista das distâncias de alguns portos; mas não descansarei até que obtenha, ao menos, um quadro do número das entradas nas alfândegas daqui durante os últimos dois anos. O número de navios da África que vejo constantemente entrando no porto, e as multidões que se atropelam nas casas de escravos nesta rua, convencem-me de que a importação deve ser muito grande. A proporção ordinária das mortes na travessia é, estou informada, cerca de um em cada cinco.

3 [de maio]. — Esta manhã cedo o capitão da marinha francesa *La Susse* procurou-me para levar-me em seu barco para a cidade a fim de ir à casa do Sr. Luís José, na rua do Ouvidor[225(*)], para ver passar o Imperador, que foi, em grande gala, abrir a Assembleia Constituinte e Legislativa. Seguiam-no todos os grandes oficiais de Estado, todos os gentis-homens da Casa, a maior parte da nobreza e diversos regimentos. Marchavam primeiro os soldados, em seguida os coches da nobreza e outras pessoas que tomavam parte na cerimônia, nenhum atrelado a mais de

---

224 Só na minha volta à Inglaterra vim a conhecer o resultado das atividades de Josué Steele em Barbados. Não preciso acrescentar uma palavra nesta parte do assunto; mas forneço ao leitor os quadros seguintes da entrada de negros na alfândega do Rio nos anos de 1821 e 1822:

225 (*) A casa do conselheiro Luís José de Carvalho e Melo na cidade ficava à rua do Ouvidor, no sobradão onde foi depois o Hotel Ravot, em frente à *Notre Dame de Paris*. (WANDERLEY PINHO, *Salões e damas*, pg. 17).

1821

janeiro	fevereiro	março
Moçambique......483	Cabinda..............193	Quilemani........311
Moçambique......337	Cabinda..............342	Quilemani........385
Ambris................352	Cabinda..............514	Quilemani........342
Cabinda..............409	Moçambique......277	Quilemani........257
Cabinda..............348	Moçambique......600	Quilemani........260
Luana.................549	1926	Quilemani........291
Bengela..............396		Quilemani........287
2874		Angola.............345
		Angola.............433
		Angola.............259
		3170

Abril	Maio	Junho
Angola...............430	Angola..............342	Angola.............680
Quilemani..........280	Angola..............361	
Cabinda..............287	Angola..............231	**Agosto**
Cabinda..............451	Quilemani..........225	Luanda.............514
1448	Moçambique......122	Luanda.............460
	1281	Luanda.............734
		Luanda.............304
		Luanda.............227
		Bengela............339
		2578

Setembro	Novembro	Dezembro
Angola...............685	Ambris..............220	Angola.............516
	Bengela............390	Angola.............523
Outubro	Angola..............579	Angola.............309
Angola...............452	Angola..............544	Moçambique....394
Angola...............375	Angola..............388	Moçambique....330
Bengela..............510	Quilemani..........446	Cabinda...........562
1337	2567	2634

Resumo de 1821

Janeiro	2914
Fevereiro	1926
Março	3170
Abril	1448
Maio	1281
Junho	680
Agosto	2578
Setembro	685
Outubro	2567
Novembro	2567
Dezembro	2634
	21199

1822

Janeiro		Fevereiro		Março	
Cabinda	744	Moçambique	421	Cabinda	667
Cabinda	417	Moçambique	419	Cabinda	400
Cabinda	459	Moçambique	399	Quilemani	504
Cabinda	144	Moçambique	520	Quilemani	487
Moçambique	305	Angola	406	Quilemani	406
Moçambique	278	Angola	400	Moçambique	452
	2347	Angola	406	Moçambique	455
		Quilemani	436	Angola	305
		Quilemani	446	Angola	354
		Bengela	420	Angola	371
			4273		4401

Abril	Maio	Junho	Julho
Quilemani....323	Angola........398	Cabinda.....432	Cabinda.....427
Quilemani....203	Benguela.....388	Cabinda.....533	Angola........691
Angola.........519	786	Angola........302	1118
Angola.........418		Angola........761	
Cabinda........291		Benguela...390	
Cabinda........377		2418	
2131			

Setembro	Outubro	Novembro	Dezembro
Angola.......572	Luanda........467	Cabinda.....417	Luanda........514
Angola.......534	Benguela....428	Cabinda.....499	Cabinda......534
Cabinda.....466	Cabinda......434	Launda.......561	Quilemani..450
Benguela...524			1498
Benguela...298	Cabinda......337	Benguela...425	
2394	1666	1902	

Resumo de 1822

Janeiro 2347
Fevereiro 4373
Março 4401
Abril 2131
Maio 786
Junho 2418
Julho 1118
Setembro 2394
Outubro 1666
Novembro 1902
Dezembro 1498
29.934

dois (tal foi a ordem expressa do Imperador a fim de que os ricos não humilhassem os pobres), depois as carruagens reais, que conduziam os membros da Casa, as damas de honra, a jovem princesa D. Maria da Glória, e, enfim, o Imperador e a Imperatriz, em coche de gala puxado a oito burros. A coroa ia no assento da frente. O Imperador ostentava a grande veste de gala, de penas amarelas sobre o manto verde. A Imperatriz, muito abatida em virtude de indisposição recente, estava sentada junto dele e o préstito encerrava-se com mais tropas.

As carruagens exibidas hoje constituiriam uma curiosa coleção para um museu em Londres ou Paris. Algumas eram a indescritível espécie de caleche usada aqui. No meio dessas havia um imponente carro de cor verde-ervilha e prata, evidentemente feito na Europa, muito leve, com ornamentos de prata, arruelas de prata nas rodas, prata onde se poderia usar qualquer espécie de metal e belas placas de prata lavrada nos arreios das bestas. Muitas outras carruagens de gala pareciam ter sido feitas no tempo de Luís XIV. Havia coisa demais colocada nos tirantes de couro e toda espécie de pendericalhos selvagens, além de pinturas e dourados; mas de vez em quando viam-se lindos arreios de prata, ou de prata e ouro. Depois havia esplêndidas librés, e toda espécie de ostentação, não sem algum gosto.

As casas ostentavam todas as colchas de damasco e cetim de várias cores de que podiam dispor; os balcões exibiam senhoras em cujos olhos brilhantes se sentia o entusiasmo, vestidas com roupas de gala, com plumas e diamantes em profusão; na passagem das carruagens reais, acenávamos com os nossos lenços e esparzíamos flores sobre os ocupantes.

Quando o préstito passou, verifiquei que devíamos aguardar sua volta, coisa que eu estava encantada por fazer. Minha jovem amiga Dona Carlota ganha com o conhecimento; e como começo a ousar falar o português, estou-me tornando íntima da parte mais velha da família. Fui levada ao escritório e pela primeira vez vi a biblioteca particular de um brasileiro. Como ele é juiz[226(*)], naturalmente a maior parte é de Direito, mas também há História e literatura geral, principalmente francesa, e alguns livros ingleses. Travei conhecimento com diversos autores portugueses e Dona Carlota, que lê admiravelmente bem, fez-me o favor de ler alguns dos mais belos versos de

---

226 (*) O cons. Luís José de Carvalho e Melo, desembargador da Relação do Rio de Janeiro, era deputado pela Bahia na Assembleia Constituinte, que se instalava.

Dinis[227(*)] e emprestar-me suas obras. Quando voltamos ao nosso posto à janela, e vimos voltar o préstito, na ordem em que tinha vindo, nosso agradável grupo dispersou-se.

Ontem, tendo a Assembleia terminado as suas sessões preparatórias, enviou uma deputação, encabeçada por José Bonifácio, a Sua Majestade o Imperador, para convidá-lo a honrar a Assembleia com sua presença na primeira reunião como corpo legislativo e ele aprouve designar as onze e meia de hoje para esse fim[228]. Por isso, esta manhã, o povo do Rio de Janeiro atapetou o caminho com folhagens, plantas cheirosas e flores, desde a ponte fora da cidade, pela rua de S. Pedro, Campo de Santana, agora Praça da Aclamação, Praça do

---

227 (*) Antônio Dinis da Cruz e Silva, acima referido.

228 Vários decretos de 3 e 19 de junho e de 3 de agosto de 1822, e de 20 e 22 de fevereiro de 1823 foram publicados convocando a assembleia ou regulando a eleição dos deputados pelas províncias do Brasil. Já em abril de 1823 o maior número daqueles que se poderiam reunir nas circunstâncias presentes do país haviam chegado à capital. A 14 desse mês o Imperador fixou a primeira reunião para 17. Em consequência, a 17 de abril de 1823, os deputados, em número de 52, entraram na casa que lhes fora destinada às 9 horas da manhã e procederam à eleição de um presidente e um secretário interinos, sendo eleito presidente Dom José Caetano da Silva Coutinho, bispo capelão-mor e secretário Manuel José de Sousa França.

A primeira decisão foi nomear duas comissões: uma, de cinco membros, para verificar a eleição dos deputados em geral e outra, de três, para verificar a eleição dos outros cinco. Este importante assunto, e alguma discussão dele consequente, tomaram toda a primeira sessão e a maior parte da segunda; para o fim da última aprovou-se a fórmula de juramento exigido dos membros, que foi a seguinte:

"Eu, F., deputado à Assembleia Extraordinária Constituinte e Legislativa do Império do Brasil, juro aos Santos Evangelhos exercer as augustas funções de que sou encarregado pelo voto da Nação, com toda a franqueza e boa fé que ela de mim exige, sem respeitar outro fim que não seja o bem público e geral da mesma Nação, mantendo em todas as minhas deliberações a religião Católica Romana, a integridade e independência do Império, o trono do sr. Dom Pedro, primeiro imperador, e sucessão da sua dinastia, segundo a ordem que a Constituição estabelecer".

A terceira sessão foi ocupada com a regulamentação do cerimonial da Assembleia. O trono deveria ser colocado no fundo da sala; no primeiro degrau do lado direito, o presidente terá sua cadeira quando o Imperador presida; a não ser assim, a cadeira ficará em frente ao trono com uma mesinha separada da mesa dos deputados, e, sobre ela, um livro dos evangelhos, um exemplar da Constituição e uma lista dos deputados. Quando o Imperador abre a Assembleia, seus oficiais-mores podem acompanhá-lo, e os ministros sentar-se-ão a sua direita; serão reservados lugares adequados para embaixadores e uma galeria será destinada aos estrangeiros. Outras cerimônias, como a recepção do Imperador, ou do regente, ou de um ministro comissionado por ele, foram também reguladas. A 1º de maio foi decidido então que a Assembleia iria incorporada à Capela Real e, após assistir à missa do Espírito Santo, faria os seus juramentos. A 2 foi nomeada uma comissão para procurar o Imperador e informá-lo de que estavam prontos para a 3, e com seu auxílio, iniciar os importantes negócios para os quais se haviam reunido.

Teatro e ruas do Ouvidor e Direita até o Palácio. Havia tropas alinhadas por todo o percurso. As casas estavam enfeitadas e as bandas dos diferentes regimentos substituiam-se umas às outras à medida que Suas Majestades Imperiais passavam. Notei que os brasileiros nunca dizem *O* Imperador, mas *nosso* Imperador e *nossa* Imperatriz e raramente falam em um deles sem um epíteto de afeição.

No palácio da Assembleia, estava preparado um trono para o Imperador e à direita uma tribuna para a Imperatriz, a Princesa e suas damas. Logo que se soube que a comitiva imperial havia chegado, uma deputação da Assembleia veio à porta recebê-la e conduziu o Imperador com sua coroa na cabeça[229] ao trono; a Imperatriz, a Princesa e as damas foram, ao mesmo tempo, conduzidas à tribuna.

O Imperador, após entregar a coroa e o cetro ao oficial competente, recebeu o juramento de vários deputados e falou da maneira que se segue. Notou-se que a fala, longe de ter o ar de uma coisa lida ou de um papel estudado, foi pronunciada tão livremente como se fosse uma efusão espontânea do momento, e despertou um equivalente sentimento em seu favor:

"É hoje o dia maior que o Brasil tem tido; dia em que ele pela primeira vez começa a mostrar ao mundo que é Império, e Império livre. Quão grande é meu prazer vendo juntos representantes de quase todas as províncias fazerem conhecer umas às outras seus interesses e sobre eles basearem uma justa e liberal constituição que as reja. Deveríamos já ter gozado de uma representação nacional; mas a nação não conhecendo há mais tempo seus verdadeiros interesses, ou conhecendo-os, e não os podendo patentear, visto a força e predomínio do partido português que, sabendo muito bem a que ponto de fraqueza, pequenez e pobreza Portugal já estava reduzido, e ao maior grau a que podia chegar de decadência, nunca quis consentir (sem embargo de proclamar liberdade, temendo a separação) que os povos do Brasil gozassem de uma representação igual àquela que eles então tinham. Enganaram-se nos seus planos conquistadores e deste engano nos provém toda a nossa fortuna.

---

[229] A coroa é de veludo púrpura cravejada de diamantes. Houve um certo engano ou equívoco a respeito do uso da coroa na abertura da Assembleia. Como se trata somente de um símbolo cerimonioso de dignidade, deveria ter sido usado durante a cerimônia, mas devido ao engano aludido, não o foi. [Engano da autora. O barrete interior da coroa era de veludo verde e não púrpura. N. R.].

O Brasil, que por espaço de trezentos e tantos anos sofreu o indigno nome de colônia, e igualmente todos os males provenientes do sistema destruidor então adotado, logo que o Sr. Dom João VI, Rei de Portugal e Algarves, meu augusto pai, o elevou à categoria de reino pelo decreto de 16 de dezembro de 1815, exultou de prazer: Portugal bramiu de raiva, tremeu de medo. O contentamento, que os povos deste vasto continente mostraram nessa ocasião, foi inaudito; mas atrás desta medida política não veio, como devia ter vindo, outra, qual era a convocação de uma Assembleia que organizasse o novo reino.

O Brasil, sempre sincero no seu modo de obrar, e mortificado por haver sofrido o jugo de ferro por tanto tempo antes, e mesmo depois de tal medida, imediatamente que em Portugal se proclamou a liberdade, o Brasil gritou *Constituição Portuguesa*, assentando que por esta prova que dava de confiança a seus pseudoirmãos, seria por eles ajudado a livrar-se dos imensos vermes que lhe roíam suas entranhas, não esperando nunca ser enganado.

Os brasileiros, que verdadeiramente amavam seu país, jamais tiveram a intenção de se sujeitarem a uma constituição em que todos não tivessem parte, e cujas vistas eram de os converter repentinamente de homens livres em vis escravos. Contudo, os obstáculos, que antes de 26 de abril de 1821 se opunham à liberdade brasileira, e que depois continuaram a existir, sustentados pela tropa europeia, fizeram. com que estes povos, temendo que não pudessem gozar de uma Assembleia sua, fossem, pelo amor da liberdade, arrastados a seguir as infames Cortes de Portugal, para ver se, fazendo tais sacrifícios, poderiam deixar de ser insultados pelo seu partido demagógico, que predominava neste hemisfério.

Nada disso valeu: fomos maltratados pela tropa europeia de tal modo que eu fui obrigado a fazê-la passar a outra banda do rio, pô-la em sítio, mandá-la embarcar e sair barra fora, para salvar a honra do Brasil e poderemos gozar daquela liberdade que devíamos e queríamos ter, para a qual debalde trabalharíamos para possuí-la, se entre nós consentíssemos um partido heterogêneo a verdadeira causa.

Ainda bem não estávamos livres destes inimigos, quando, poucos dias depois aportou outra expedição que de Lisboa nos era enviada para nos proteger; eu tomei sobre mim proteger este Império, e não a recebi. Pernambuco fez o mesmo, e a Bahia, que foi a primeira em aderir a Portugal, em prêmio da sua boa fé e de ter conhecido tarde qual era o verdadeiro trilho que devia seguir, sofre hoje crua guerra dos vândalos e sua cidade, só por eles ocupada, está a ponto de ser arrasada, quando nela se não possam manter.

Eis, em suma, a liberdade que Portugal apetecia dar ao Brasil; ela se convertia para nós em escravidão e faria a nossa ruína total se continuássemos a executar suas ordens, o que aconteceria a não serem os heroicos esforços, que, por meio de representações, fizeram primeiro que todos, a junta do governo de São Paulo, depois a Câmara, desta capital, e após destas todas, as mais juntas de governos e câmaras, implorando a minha ficada. Parece-me que o Brasil seria desgraçado se eu as não atendesse, como atendi; bem sei que este era o meu dever, ainda que expusesse minha vida; mas como era em defesa deste Império, estava pronto, assim como hoje, e sempre se for preciso.

Mal tinha acabado de proferir estas palavras — *Como é para o bem de todos e felicidade geral da nação diga ao povo que fico* recomendando-lhe, ao mesmo tempo, *união e tranquilidade*, comecei imediatamente a tratar de nos pormos em estado de sofrermos os ataques de nossos inimigos, até aquela época encobertos, depois desmascarados, uns entre nós existentes, outros nas *democráticas Cortes Portuguesas*; providenciando por todas as secretarias, especialmente pela do Império e Negócios Estrangeiros, as medidas que dita a prudência que eu cale agora, para vos serem participadas pelos diferentes secretários de Estado, em tempo conveniente.

As circunstâncias do Tesouro Público eram as piores pelo estado a que ficou reduzido e, mui principalmente, porque até quatro ou cinco meses foi somente provincial. Visto isto, não era possível repartir o dinheiro para tudo quanto era necessário, por ser pouco para se pagar aos credores, a empregados em efetivo exercício e para sustentação da minha casa, que despendia uma quarta parte da de El-Rei meu augusto pai. A dele excedia quatro milhões e a minha não chegava a um. Apesar da diminuição ser tão considerável, assim mesmo eu não estava contente quando via que a despesa que fazia era mui desproporcionada à receita a que o Tesouro estava reduzido, e por isso me limitei a viver como um simples particular, percebendo tão somente a quantia de 110:000$000 para todas as despesas da minha casa, excetuando a mesada da Imperatriz, minha muito amada e prezada esposa, que lhe era dada em consequência de ajustes de casamento.

Não satisfeito com fazer só estas pequenas economias na minha casa, por onde comecei, vigiava sobre todas as repartições, como era minha obrigação, querendo modificar também suas despesas e obstar seus extravios. Sem embargo de tudo, as rendas não chegavam; mas com pequenas mudanças de indivíduos não afetos à causa deste Império e só ao infame partido português, que continuamente nos estavam atraiçoando, por outros, que de todo seu coração amavam o Brasil, uns por nascimento e princípios, outros por estarem intimamente convencidos que a causa era a da razão, consegui (e com quanta glória o digo) que o Banco, que tinha chegado a ponto de ter quase perdido a fé pública, e estar, por momentos, a fazer bancarrota, tendo ficado, no dia em que o Senhor Dom João VI saiu à barra, duzentos contos em moeda, única quantia para troco de suas notas, restabelecesse seu crédito de tal forma que não passa pela imaginação a indivíduo algum que ele possa voltar ao triste estado a que o haviam reduzido; que o Tesouro Público, apesar de suas demasiadas despesas, as quais deviam pertencer a todas as províncias, e que ele só fazia, tendo ficado desacreditado e exausto totalmente, adquirisse um crédito tal, que já soa na Europa, e tanto dinheiro que a maior parte de seus credores, que não eram poucos, nem de pequenas quantias, tenham sido satisfeitos de tal forma que suas casas não tenham padecido; que os empregados públicos estejam em dia, assim como os militares em efetivo exercício; que as mais províncias que têm aderido à causa santa, não por força, mas por convicção que eu amo a justa liberdade, tenham sido fornecidas de todos os petrechos de guerra para sua defesa, grande parte deles comprados, e outra dos que existiam nos arsenais. Além disto têm sido socorridas com dinheiro, por não chegarem suas rendas para as despesas que deviam fazer.

Em suma, consegui que a província rendesse 11 para 12 milhões, sendo o seu rendimento anterior à saída de meu augusto pai, de seis a sete quando muito.

Nestas despesas extraordinárias entram também fretes de navios das diferentes expedições que deste porto regressaram para o de Lisboa, compras de algumas embarcações e consertos de outras, pagamentos a todos os empregados civis e militares que, em serviço, aqui têm vindo, e aos expulsos das províncias por paixões particulares e tumultos que nelas têm havido.

Grandes foram, sem dúvida, as despesas; mas contudo ainda se não lançou mão da caixa dos dons gratuitos e sequestros das propriedades dos ausentes por opiniões políticas, da caixa do empréstimo que se contraiu de 4000:000$000 para compra de vasos de guerra, que se faziam urgentemente necessários para defesa deste império, tudo existe em ser, e da caixa da administração dos diamantes.

Em todas as administrações se faz sumamente precisa uma grande reforma: mas nesta da Fazenda, ainda muito mais, por ser a principal mola do Estado.

O Exército não tinha nem armamento capaz, nem gente, nem disciplina: de armamento está pronto perfeitamente, de gente vai-se completando conforme o permite a população; e de disciplina, em breve chegará ao auge, já sendo em obediência o mais exemplar do mundo. Por duas vezes tenho mandado socorros à província da Bahia, um de 240 homens, outro de 735, compondo um batalhão com o nome de *Batalhão do Imperador*, o qual em oito dias foi escolhido, se aprontou, embarcou e partiu. Além disto foram criados um regimento de estrangeiros e um batalhão de libertos, que em breve estarão completos.

Nos Arsenais do Exército tem-se trabalhado com toda a atividade, preparando-se tudo quanto tem sido preciso para defesa das diferentes províncias, *e todas, desde a Paraíba do Norte até Montevidéu*, receberam os socorros que pediram.

Todos os reparos de artilharia das fortalezas desta corte estavam totalmente arruinados; hoje acham-se prontos; imensas obras de que se carecia dentro do mesmo arsenal se fizeram. Pelo que toca a obras militares, repararam-se as muralhas de todas as fortalezas e fizeram-se algumas totalmente novas. Construiram-se em diferentes pontos os mais apropriados para neles se obstar a qualquer desembarque e, mesmo em gargantas de serras, a qualquer passagem do inimigo, no caso de haver desembarcado (o que não será fácil), entrincheiramentos, fortins, redutos, abatizes e baterias rasas. Fez-se mais o Quartel da Carioca; prepararam-se todos os mais quarteis; está quase concluído o da Praça da Aclamação e, em breve, se acabará o que se mandou fazer para granadeiros.

A Armada constava somente da fragata *Piranga*, então chamada *União*, mal pronta; da corveta *Liberal* só em casco; e de algumas mui pequenas e insignificantes embarcações. Hoje acha-se composta da nau *D. Pedro I*, fragatas *Piranga, Carolina* e *Niterói*, corvetas *Maria da Glória* e *Liberal*, prontas; e de uma corveta nas Alagoas que em breve aqui aparecerá com o nome de *Maceió*, dos brigues de guerra *Guarani*, pronto, *Cacique* e *Caboclo* em consertos, diferentes em comissões, assim como também várias escunas. Espero seis fragatas de

50 peças prontas de gente e armamento, e de tudo quanto é necessário para combate, para cuja compra já mandei ordem. Parece-me que o custo não excederá muito a 300:000$ segundo o que me foi participado.

Obras no Arsenal da Marinha fizeram-se as seguintes: consertaram-se todas as embarcações que atualmente estão em serviço; fizeram-se barcos, canhoneiras e muitos mais que não enumero por pequenos, mas que, contudo, somados, montam a grande número e importância.

Pretendo que este ano no mesmo lugar em que se não fez por espaço de treze mais do que calafetar, tingar e atamancar embarcações, enterrando somas considerabilíssimas de que o governo podia mui bem dispor com suma utilidade nacional, se ponha a quilha de uma fragata de 40 peças que, a não falharem os cálculos que tenho feito, as ordens que tenho dado e as medidas que para isso tenho tomado, espero que seja concluída por todo este ano, ou meado do que vem, pondo-se-lhe o nome de *Campista*.

Quanto a obras públicas, muitas se têm feito. Pela Polícia reedificou-se o palacete da Praça da Aclamação; privou-se esta extensa praça de inundações, tornando-se um passeio agradável, havendo-se calçado por todos os lados, além das diferentes travessas, que se vão fazendo para mais embelezá-la. Consertou-se a maior parte dos aquedutos da Carioca e Maracanã. Repararam-se imensas pontes, umas de madeira, outras de pedra; e, além disto, têm-se feito muitas totalmente novas; também se consertaram grande parte das estradas. Apesar do exposto, e de muito mais, em que não toco, seu cofre, que estava em abril de 1821 devedor de 60:000$000, hoje não só não deve, mas tem em ser 60 e tantos mil cruzados.

Por diferentes repartições fizeram-se as seguintes obras: aumentou-se muito a Tipografia Nacional, consertou-se grande parte do Passeio Público, reparou-se a casa do Museu, enriqueceu-se muito com minerais e fez-se uma galeria com excelentes pinturas, umas que se compraram, outras que havia no Tesouro Público e outras minhas, que lá mandei colocar.

Tem-se trabalhado com toda a força no cais da Praça do Comércio, de modo que está quase concluído. As calçadas de todas as ruas da cidade foram feitas de novo e em breve tempo fez-se esta Casa da Assembleia e todas as mais, que a ela estão juntas, foram prontificadas para este mesmo fim.

Imensas obras, que não são do toque destas, se têm empreendido, começado e acabado, que eu omito, para não fazer o discurso nimiamente longo.

Tenho promovido os estudos públicos quanto é possível, porém necessita-se para isso de uma legislação particular. Fez-se o seguinte: comprou-se para engrandecimento da Biblioteca Pública uma grande coleção de livros dos de melhor escolha; aumentou-se o número de escolas e algum tanto o ordenado de seus mestres, permitindo-se, além disto, haver um sem número delas particulares; conhecendo a vantagem do ensino mútuo, também fiz abrir uma escola pelo método lancasteriano.

O seminário de São Joaquim, que seus fundadores tinham criado para educação da mocidade, achei-o servindo de hospital da tropa europeia; fi-lo abrir na forma da sua instituição e, havendo eu concedido à Casa da Misericórdia e à roda dos expostos (de que depois falarei) uma loteria para melhor se poderem manter estabelecimentos de tão grande utilidade, determinei, ao mesmo tempo, que uma quota parte desta mesma loteria fosse dada ao Seminário de São Joaquim, para que melhor se pudesse conseguir o útil fim para que fora destinado por seus honrados fundadores. Acha-se hoje com imensos estudantes.

A primeira vez que fui à roda dos expostos achei, (parece impossível) sete crianças com duas amas; nem berços, nem vestuários. Pedi o mapa e vi que em treze anos tinham entrado perto de 12.000 e apenas tinham vingado 1.000, não sabendo a Misericórdia verdadeiramente onde eles se achavam. Agora, com a concessão da loteria, edificou-se uma casa própria para tal estabelecimento, onde há trinta e tantos berços, quase tantas amas quantos expostos e tudo em muito melhor administração. Todas estas coisas, de que acima acabei de falar, devem merecer-vos suma consideração.

Depois de ter arranjado esta província e dado imensas providências para as outras, entendi que devia convocar, e convoquei, por decreto de 16 de fevereiro do ano próximo passado, um Conselho de Estado, composto de procuradores gerais, eleitos pelos povos, desejando que eles tivessem quem os representasse junto a mim e, ao mesmo tempo, quem me aconselhasse e me requeresse o que fosse a bem de cada uma das respectivas províncias. Não foi somente este o fim e motivo por que fiz semelhante convocação; o principal foi para que os brasileiros melhor conhecessem a minha constitucionalidade, o quanto me lisonjearia governando a contento dos povos, e quanto desejava em meu paternal coração (escondidamente, porque o tempo não permitia que tais ideias se patenteassem de outro modo) que esta leal, grata, briosa e heroica nação fosse representada numa Assembleia geral, constituinte e legislativa, o que, graças a Deus, se efetuou em consequência do decreto de 3 de junho do ano pretérito, a requerimento dos povos, por meio de suas câmaras, seus procuradores gerais e meus conselheiros de Estado.

Bem custoso seguramente me tem sido que o Brasil até agora não gozasse de representação nacional; e ver-me eu, por força de circunstâncias, obrigado a tomar algumas medidas legislativas. Elas nunca parecerão que foram tomadas por ambição de legislar, arrogando um poder em o qual somente devo ter parte; mas sim que foram tomadas para salvar o Brasil, visto que a Assembleia, quanto a umas não estava convocada, quanto a outras, não estava ainda junta e residiam, então, de fato e de direito, visto a independência total do Brasil de Portugal, os três poderes no chefe supremo da nação, muito mais sendo ele seu defensor perpétuo.

Embora algumas medidas parecessem demasiadamente fortes, como o perigo era iminente, os inimigos, que nos rodeavam imensos (e prouvera a Deus que entre nós ainda não existissem tantos), cumpria serem proporcionadas.

Não me tenho poupado, nem pouparei a trabalho algum, por maior que seja, contanto que dele provenha um ceitil de felicidade para a nação.

Quando os povos da rica e majestosa província de Minas estavam sofrendo o férreo jugo do seu deslumbrado governo, que a seu arbítrio dispunha dela, e obrigava seus pacíficos e manso habitantes a desobedecerem-me, marchei para lá com os meus criados somente, convenci o governo e seus sequazes do crime que tinham perpetrado e do erro em que pareciam querer persistir; perdoei-lhes porque o crime era mais em ofensa a mim do que mesmo à nação, por estarmos ainda naquele tempo unidos a Portugal.

Quando em São Paulo surgiu dentre o brioso povo daquela agradável e encantadora província, um partido de portugueses e brasileiros degenerados, totalmente afetos às Cortes do desgraçado e encanecido Portugal, parti imediatamente para a província, entrei sem receio porque conheço que todo o povo me ama, dei as providências que me pareceram convenientes, a ponto que a nossa independência lá foi primeiro que em parte alguma proclamada, no sempre memorável sítio do *Piranga*,

Foi na pátria do fidelíssimo e nunca assaz louvado Amador Bueno da Ribeira onde pela primeira vez fui aclamado Imperador.

Grande tem sido, seguramente, o sentimento que enluta minha alma por não poder ir à Bahia, como já quis e não executei, cedendo às representações de meu Conselho de Estado, misturar meu sangue com o daqueles guerreiros que tão denodadamente têm pelejado pela pátria. A todo custo, até arriscando a vida, se preciso for, desempenharei o título com que os povos deste vasto e rico continente em 13 de maio pretérito me honraram, de Defensor Perpétuo do Brasil. Este título penhorou muito mais meu coração do que quanta glória alcancei com a espontânea e unânime aclamação de Imperador deste invejado Império.

Graças sejam dadas à Providência, que vemos hoje a nação representada por tão dignos deputados. Oxalá que há mais tempo pudesse ter sido; mas as circunstâncias anteriores ao decreto de 3 de junho não o permitiam, assim como depois as grandes distâncias, a falta de amor à Pátria em alguns e todos aqueles incômodos que em longas viagens se sofrem, principalmente em um país tão novo e extenso como o Brasil; são quem tem retardado esta apetecida e necessária junção, apesar de todas as recomendações que fiz de brevidade por diferentes vezes.

Afinal raiou o grande dia para este vasto império, que fará época na sua história. *Está junta a Assembleia para construir a nação. Que Prazer! Que fortuna para todos nós!*

Como Imperador Constitucional e mui especialmente como Defensor Perpétuo deste Império, disse ao povo no dia 1º de dezembro do ano próximo passado, em que fui coroado e sagrado, que com a minha espada defenderia a pátria, a nação e a constituição, se fosse digna do Brasil e de mim. Ratifico hoje mui solenemente perante vós esta promessa e espero que me ajudeis a desempenhá-la, fazendo uma constituição sábia, justa, adequada e executável, ditada pela razão e não pelo capricho, que tenha em vista somente a felicidade geral, que nunca pode ser grande, sem que esta constituição tenha bases sólidas, bases que a sabedoria dos séculos tenha mostrado que são as verdadeiras para darem uma justa liberdade aos povos, e toda força necessária ao Poder Executivo. Uma constituição em que os três poderes sejam bem divididos de forma que não possam arrogar direitos que lhe não compitam, mas que sejam de tal modo organizados e harmonizados que se lhes torne impossível, ainda pelo decurso do tempo, fazerem-se inimigos, e cada vez mais concorram, de mãos dadas, para a felicidade geral do Estado. Afinal, uma constituição que pondo barreiras inacessíveis ao despotismo, quer real, quer democrático, afugente a

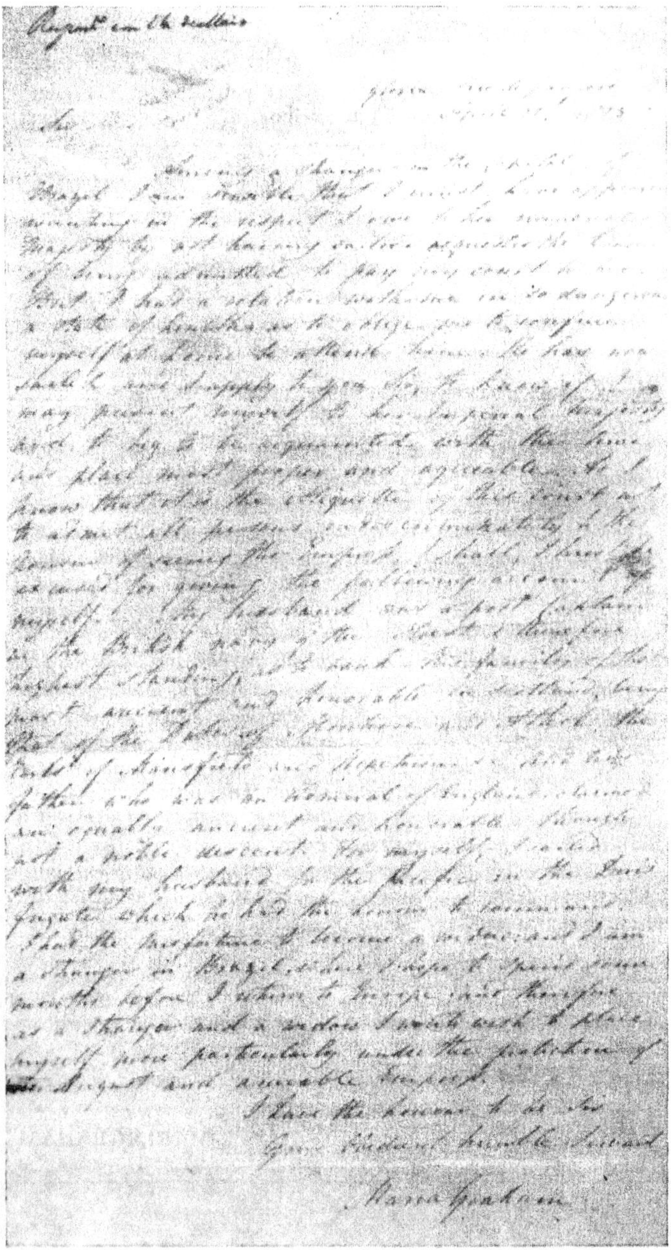

TRADUÇÃO

Glória, Rio de Janeiro, 21 de abril de 1823

Senhor

Ao chegar como estrangeira à Capital do Brasil, reconheço que devo ter dado a impressão de falta do respeito devido a S. M. a Imperatriz, por não ter a mais tempo solicitado a honra de me ser permitido prestar-lhe minhas homenagens. Estava, porém, com o encargo de acompanhar um parente em estado grave, e fui obrigada a encerrar-me em casa para assisti-lo.

Tendo ele partido, venho recorrer ao seu intermédio para saber se posso apresentar-me a S. M. a Imperatriz e rogai que me sejam comunicados local e hora convenientes e agradáveis. Como sei que os usos desta corte não permitem que qualquer pessoa seja indiscriminadamente admitida à honra de avistar-se com a Imperatriz, confio que serei perdoada por fornecer os seguintes dados acerca de minha pessoa.

Meu marido era capitão de carreira da Armada Britânica, da classe mais antiga e, portanto, mais elevada quanto ao nível. Sua família, das mais antiga e respeitáveis na Escócia é a dos duques de Monthoses e Athol e dos condes de Mansfield e Hopetown etc. E meu pai, que era almirante de Inglaterra, reivindicava uma ascendência igualmente antiga e honrosa, ainda que não de origem nobre.

Quanto a mim, embarquei com meu marido em busca do Pacífico na fragata Doris, que ele tinha a honra de comandar. Tive a infelicidade de ficar viúva e sou hoje uma estrangeira no Brasil, onde espero passar alguns meses antes de voltar à Europa. É, pois, como estrangeira e como viúva que quereria colocar-me especialmente sob a proteção de sua Augusta e Amável Imperatriz.

Tenho a honra de ser sua humilde e obediente criada

MARIA GRAHAM

anarquia e plante a árvore da liberdade, a cuja sombra deve crescer a união, tranquilidade e independência deste Império que será o assombro do mundo novo e velho.

Todas as constituições que, à maneira das de 1791 e 92 têm estabelecido suas bases e se têm querido organizar, a experiência nos tem mostrado que são totalmente teoréticas e metafísicas e, por isso, inexequíveis, assim o provam a França, a Espanha e, ultimamente, Portugal. Elas não têm feito, como deviam, a felicidade geral, mas sim, depois de uma licenciosa liberdade, vemos que em uns países já apareceu, e em outros ainda não tarda a aparecer, o despotismo em um, depois de ter sido exercitado por muitos, sendo consequência necessária ficarem os povos reduzidos à triste situação de presenciarem e sofrerem os horrores da anarquia.

Longe de nós tão melancólicas recordações; elas enlutariam a alegria e júbilo de tão faustosos dias. Vós não as ignorais, e eu, certo que a firmeza nos verdadeiros princípios constitucionais, que têm sido sancionados pela experiência, caracteriza cada um dos deputados que compõem esta ilustre Assembleia, espero que a Constituição que façais mereça a minha imperial aceitação, seja tão sábia e tão justa quanto apropriada à localidade e civilização do povo brasileiro; igualmente que haja de ser louvada por todas as nações que até os nossos inimigos venham a imitar a santidade e sabedoria de seus princípios e que, por fim, a executem.

Uma Assembleia tão ilustrada e tão patriótica olhará só a fazer prosperar o Império e cobri-lo de felicidades; quererá que seu Imperador seja respeitado não só pela sua, mas pelas mais nações; e que o seu Defensor Perpétuo cumpra exatamente a promessa feita no 1º de dezembro do ano passado e ratificada hoje solenemente perante a nação legalmente representada".[230(*)]

Quando o Imperador terminou sua fala, o bispo da diocese, na qualidade de presidente da Assembleia[231(*)], fez uma curta resposta de agradecimento, louvor e promessa, após o que todos os membros, os espectadores nas galerias, o povo na rua, aclamaram estusiasticamente Sua Majestade Imperial e o préstito voltou a São Cristóvão na ordem em que tinha vindo.

---

230 (*) Texto original em: *Fallas do Throno* — Rio, 1889, pg. 3.
231 (*) Dom José Caetano da Silva Coutinho, bispo do Rio de Janeiro e Capelão-Mor da Casa Imperial.

As cerimônias do dia encerraram-se naturalmente com um espetáculo de teatro e como minha amiga, Madame Rio Seco, me oferecera gentilmente uma cadeira em seu camarote, lá fui pela primeira vez desde minha volta ao Brasil. Ela estava num grande entusiasmo porque, nesse dia, o Imperador havia conferido ao marido a ordem do Cruzeiro e, por isso, foi realmente em grande gala ao teatro. Os seus diamantes, usados nessa noite, podem ser avaliados em 150.000 libras esterlinas e muitas joias esplêndidas ainda permaneceram guardadas no cofre forte. Quanto a mim, tinha ido à cidade com o vestido de manhã; fui, por isso, a uma modista e comprei um enfeite de cabeça simples e de crepe, de luto fechado, tal como exigem os costumes do lugar, e, envolvendo-me em meu chale, acompanhei minha magnificente amiga. O aspecto da casa era esplêndido, pela iluminação e pela decoração. As senhoras ostentavam todas diamantes e plumas. Havia algumas decorações novas desde o ano passado, e uma boca de cena alegórica tinha sido pintada. A Imperatriz não compareceu devido a sua moléstia recente, mas o Imperador lá estava, com ar pálido e um pouco fatigado. Foi recebido com aplausos delirantes. Os membros da Assembleia estavam sentados, metade a sua direita e metade à esquerda, em camarotes especialmente destinados a eles, e logo que todos ocuparam seus lugares, a prima-dona recitou um poema sobre a oportunidade, no qual havia algumas boas passagens, que provocaram grandes aplausos. Creio que foi Gresset que em uma de suas odes *Au Roi* disse:

"*Le cri d'un peuple heureux est la seule éloquence
Qui sait parler des rois*[232(*)]".

Realmente esta eloquência foi poderosa nessa noite. Não posso conceber situação mais cheia de interesse para ambos, Príncipe e povo.

Nada houve a notar na peça principal, representada naquela noite porque era uma grosseira tradução da Lodoïska[233(*)], sem as canções.

---

232 (*) GRESSET, Jean Baptiste Louis (1709-1777) – poeta francês membro da Academia, gozou de grande popularidade.
233 (*) LODOÏSKA, nome de duas óperas estreadas em 1791. A primeira, letra de Fillette - Loreaux e música de Cherubini, é uma comédia heroica. A segunda, com o subtítulo de *Les tartares*, é dramática, letra de Dejaure e música de Kreutzer. Pela notícia publicada no *Diário do Governo*, de 5 de maio, foi a segunda ópera que foi apresentada, ao que parece. Eis a publicação confirmativa da narração da autora: ... "Esteve à noite iluminada toda a cidade com profusão de luzes extraordinárias, e pelas oito horas da

Mas a peça final despertou muita emoção: era chamada *A Descoberta do Brasil*. Apareciam Cabral e seus oficiais logo após o desembarque: haviam descoberto os indígenas do país e, segundo o costume dos descobridores portugueses, haviam erguido a bandeira branca com a cruz vermelha de Cristo, em homenagem à qual haviam dado o primeiro nome à terra. Aos pés desse símbolo ajoelhavam-se em adoração e procuravam induzir os selvagens brasileiros a unirem-se a eles nos ritos sagrados. Estes, por sua vez, procuravam persuadir Cabral a reverenciar os corpos celestes e a dissensão parecia prestes a perturbar a união dos novos amigos, quando, por meio de uma máquina grosseira, desceu do alto um pequeno gênio e saltando de seu carro desfraldou a nova bandeira imperial com a inscrição: *Independência ou Morte*. Isto era completamente inesperado pela casa que, por um momento, pareceu cair eletrizada, em silêncio. Creio que fui eu que bati palmas em primeiro lugar, mas a explosão de sentimentos que rompeu de todos os cantos do teatro durou muito tempo. Não sei de coisa que seja tão dominadora como essa espécie de expressão unânime de profundo interesse de qualquer grande massa de homens. Comovi-me e, quando deveria estar acenando com meu lenço do camarote do camareiro-mor da Casa Imperial[234](*), estava escondendo

---

noite apareceu S. M. I. no Teatro, onde foi recebido com iguais aclamações. Ali achavam-se também quatro camarotes a cada um dos lados do de S. M. I., ornados com o maior asseio e destinados para os nossos deputados. Principiou o espetáculo pela recitação de um excelente elogio dirigido a S. M. I. e à Assembleia; seguiu-se-lhe a representação da peça intitulada *Os tártaros na Polônia*, concluindo o divertimento uma soberba dança alegórica, em que se representou o *Descobrimento do Brasil por Pedro Álvares Cabral*, de que o dia de hoje é aniversário. Quando baixou o gênio com a bandeira do Império e a desenrolou sobre o teatro, todos os espectadores subitamente se puseram de pé, e as aclamações, os vivas ao Império do Brasil, a nossa independência foram, e com tal entusiasmo, pronunciados, que seria impossível à mais hábil pena descrevê-los". (V. nota de RODOLFO GARCIA ao *Esforço biográfico* cit. pg. 88).

234 (*) O visconde do Rio Seco, depois marquês de Jundiaí, não foi *camareiro-mor* e sim *porteiro-mor* da Casa Imperial, por decreto de 11 de dezembro de 1822, [Códice 67 do *Arquivo da Superintendência*, de Petrópolis]. Exercia, aliás, desde 15 de setembro de 1808 os cargos de *"Escrivão dos Filhamentos*, com o expediente de todas as repartições que a ele se acham anexas, e *Tesoureiro da Casa Real, Consignação Real e Moradias*, vencendo o ordenado anual de trezentos mil reis" [*Arq. Superint.* Códice 641. Em alvará de 5 de setembro do mesmo ano, ao conceder ao mesmo servidor o foro de fidalgo cavaleiro, o então Príncipe Regente justifica longamente tal mercê, citando os valiosos serviços por ele prestados à Casa Real por ocasião da transferência da Corte, "tomando a seu cargo não só este importantíssimo artigo, mas também o de fazer embarcar os criados e famílias deles que tiveram a honra de Me acompanhar, chegando a sua probidade e amor pelo seu Real Serviço a adiantar os seus cabedais

com ele minha face e chorando de todo coração. Quando a casa silenciou de novo, olhei para Dom Pedro; ele se tornara muito pálido e, tendo puxado uma cadeira para perto da dele, arrimava-se as suas costas. Ficou muito sério até o fim da peça, pondo a mão diante dos olhos por algum tempo, e, de fato, seus vivos sentimentos não poderiam escapar à emoção que atingia até estrangeiros.

Ao encerrar-se a peça houve altos gritos de "Viva a Pátria" e "Viva o Imperador", "Viva a Imperatriz", "Vivam os Deputados", todos partidos do centro da casa. Então Martim Francisco Ribeiro de Andrada surgiu à frente de um dos camarotes dos deputados e gritou: "Viva o povo leal e fiel do Rio de Janeiro", saudação que foi vivamente correspondida, especialmente pelo Imperador e amavelmente recebida pelo povo. E assim terminou um dia tão importante.

6 [de maio]. — Fui hoje a São Cristóvão através de uma região muito bela. O palácio, que pertenceu outrora a um convento[235(*)], é situado em terreno elevado, e construído um tanto em estilo mourisco, pintado de amarelo com molduras brancas. Tem um magnífico panorama, uma portada de pedra de Portland e o pátio plantado com salgueiros chorões, de modo a formar um conjunto de grande beleza no fundo do vale, cercado de montanhas altas e pitorescas, a maior das quais é o Beco do Perroquito [Pico do Papagaio][236]. A vista do palácio abrange uma parte da baía, e domina uma agradável planície, flanqueada por férteis colinas, uma das quais é coroada por belos quarteis que foram outrora um estabelecimento de jesuítas. Contornando o palácio, e indo mais para o fundo, alcancei uma plantação, que me

---

para mantimentos da referida esquadra"; menciona ainda os relevantes serviços prestados por ocasião do incêndio do Paço da Ajuda, em 10 de novembro de 1794, em que salvou valiosos cabedais, e ainda no incêndio da Real Fábrica de Pólvora de Barcarena, a 14 de agosto de 1805, onde sua atividade raiou pelo heroísmo. [*Arq. da Superint.* Códice 65]. Azevedo era Oficial efetivo da Casa Real desde 1.0 de junho de 1810 [Cód. 63] – (V. *Exposição analítica e justificativa da conduta e vida pública do visconde do Rio Seco, desde o dia 25 de novembro de 1807, em que S. M. F. o incumbiu dos arranjamentos necessários da sua retirada para o Rio de Janeiro, até o dia 15 de setembro de 1821.* Rio, 1821).

235 (*) S. Cristóvão não era um convento, mas uma simples *residência* dos jesuítas, dependente do Colégio do Rio de Janeiro (do morro do Castelo). Foi sequestrada, por ocasião da expulsão dos jesuítas, como *Fazenda de S. Cristóvão*. Vendida, foi mais tarde doada a D. João VI pelo negociante Elias Antônio Lopes, já muito reduzida. Foi este que edificou o palacete. (A. LAMEGO, A *Terra Goytacá*, III, Bruxelas, 1925, pgs. 154 e 159).

236 Cerca de 2.000 pés de altura.

pareceu em boa ordem, e a vila dos escravos, com sua igrejinha, que me pareceu mais confortável do que poderia crer que fosse possível. A Família Imperial vive agora toda aqui e só vai à cidade para negócios oficiais ou motivos de Estado.

12 [de maio]. — Não, pude fazer nada porque estive passando bem mal e só hoje tomei conhecimento da chegada da fragata *Júpiter*, com Lorde Amherst em caminho para a Índia e o rumor de que ele tinha algum caráter oficial junto a esta Corte[237(*)],

16 [de maio]. — Lorde Amherst e sua comitiva foram recebidos na Corte com tal cerimônia que o povo foi levado a acreditar que ele tem, de fato, um caráter diplomático aqui. O *Alacrity* chegou de Valparaíso e me trouxe algumas cartas atrasadas da Inglaterra que contribuíram, com minha doença, para deprimir-me o ânimo. Afinal de contas é triste estar sozinha e doente numa terra estranha. A *Doris* também chegou da Bahia. Não teve nenhuma comunicação direta com a pequena esquadra de Lorde Cochrane, mas parece que com seus seis navios ele mantém em xeque a esquadra de quinze barcos do inimigo. A cidade da Bahia parece estar numa situação desesperada por falta de provisões. Os escravos morrem pelas ruas. Algumas casas, depois de ficarem fechadas por alguns dias, foram abertas pelos funcionários da polícia, que verificaram terem os donos fugido e os escravos morrido. Duas vezes por dia abriam-se os portões para permitir a saída de mulheres e crianças. Alguns oficiais da *Doris* tiveram a curiosidade de assistir a algumas dessas ocasiões e viram quinhentas pessoas, carregadas com a mobília e a roupa que o estado de fraqueza e inanição permitia aguentar, deixarem a cidade. A pequena quantidade de provisão fresca que consegue penetrar na cidade é exorbitantemente cara. O general Madeira proclamou a lei marcial na praça, requisitou alguma cevada e trigo de um navio neutro e levantou empréstimos forçados de todas as classes, tanto de nativos quanto de estrangeiros.

O navio trouxe dois ou três jornais da Bahia. Como era de esperar, respiram o mais violento e obstinado espírito contra o governo Imperial e todo o mundo a seu serviço, chamando o Imperador de déspota

---

237 (*) William Pitt, conde de Amherst d'Arakan (1773-1857), foi embaixador da Inglaterra na China e, em seguida, Governador Geral da Índia. Passou pelo Rio em 1823. Para evitar a atenção da Europa, Canning incumbira Amherst de entender-se reservadamente com D. Pedro e José Bonifácio sobre as negociações do reconhecimento e da abolição do tráfico. (V. nota de RODOLFO GARCIA à crônica de Maria Graham, *Escorço biográfico de D. Pedro I*, cit., pg. 90).

turco, sultão, etc., e José Bonifácio de vizir tirânico. Lorde Cochrane, naturalmente, não escapa, e, a todas as velhas calúnias contra ele, ajuntam agora que é um covarde, por cujos amáveis cumprimentos parece que terão de pagar caro, segundo penso. O suplemento da *Idade do Ouro*, de 25 de abril, dá a lista das duas esquadras organizadas com o fim de inspirar confiança aos portugueses, avaliando por baixo a força dos navios de Lorde Cochrane, e apresentando-os como mal preparados — ainda que, segundo eles, as mais opressivas medidas tenham sido tomadas para equipá-los — e como incapazes de enfrentar os portugueses. No entanto acharam conveniente apelar para todos os navios do Funil e outras estações onde tinham pequenos barcos localizados, a fim de reforçar a sua esquadra[238] para equipá-

---

238 NAVIOS BRASILEIROS:

Navio de linha de batalha *D. Pedro I* .... 64 canhões — de fato		78
Fragata *União* .... 44 canhões — de fato		50
Fragata *Carolina* .... 36 canhões — de fato		44
Fragata *Sucesso* (hoje *Niterói*) .... 36 canhões — de fato		38
Corveta *Maria da Glória* .... 32 canhões — de fato		32
Corveta *Liberal* .... 22 canhões — de fato		22
Escuna *Real* [*Pedro*] .... 16 canhões — de fato		16
Escuna *Nightingale* .... —		20
Total .... 250 —		300

Além disso há um brulote e uma barca canhoneira.

NAVIOS DA ESQUADRA PORTUGUESA
Navio de linha de batalha
D. João VI .... 74 canhões — Comte. Cap. de Fragata Joaquim José da Cunha.

Fragata *Constituição* ..... 50 canhões — Cap. Frag. Joaquim Maria Bruno de Morais

Dita *Pérola* .... 44 canhões — Cap. Frag. José Joaquim d'Amorim.

Corveta *Princesa Real* .. 28 canhões — Cap. Tte. Francisco Borja Pereira de Sá.

Dita *Calipso* .... 22 canhões — Cap. Tte. Joaquim Antônio de Castro.

Dita *Regeneração* .... 26 canhões — Cap. de Frag. João Inácio Silveira da Mota.

Dita *Dez de Fevereiro* ... 26 canhões — Cap. de Frag. Miguel Gil de Noronha.

Dita *Ativa* .... 22 canhões — Cap. Tte. Isidoro Francisco Guimarães.

Brigue *Audaz* .... 20 canhões — Cap. Tte. João da Costa Carvalho.

Corveta *S. Guálter* .... 26 canhões — 1.º Tenente Graduado Manuel de Jesus.

-los. Publicaram uma carta circular, apelando para todos os oficiais e tripulações a fim de que se esforçassem, prometendo-lhes a destruição da esquadra brasileira, e no mesmo dia, 24 de abril, o almirante João Félix Pereira de Campos, sob o pretexto de doença, passou o comando a outro oficial.

Estas medidas foram tomadas em consequência das notícias da chegada de Lorde Cochrane ao Brasil, levadas ao general Madeira pelo navio de Sua Majestade Britânica *Tartar*, o único que partiu do Rio durante o tempo do embargo. Estamos ficando realmente muito aflitos por notícias do Lorde: correm muitos boatos, mas como não houve nenhuma comunicação direta da esquadra, somente aumentam a ansiedade geral.

17 [de maio]. – Logo depois que cheguei aqui, em março, ou, antes, logo que meu parente Glennie me deixou, senti que, na qualidade de estrangeira, e na posição em que me encontro, estava extremamente desamparada; por conseguinte, falei ao ministro José Bonifácio, narrando-lhe meus sentimentos, e mostrando o desejo, dado o temperamento sensível da Imperatriz, de ter permissão para contar com o apoio dela e considerá-la minha protetora enquanto permanecesse no Império. Em consequência, ela me prometeu marcar um dia para receber-me, mas uma severa indisposição desde aí a prendeu ao quarto. Agora, porém, como Lady Amherst requereu uma audiência a Sua Majestade Imperial, marcou-se para isso o dia de depois de amanhã, e eu recebi uma comunicação de que seria recebida no mesmo dia, já que a Imperatriz não deseja receber nenhuma estrangeira antes de mim. Isto é polido, ou antes, é mais: é delicado.

19 [de maio]. — Apesar de estar sofrendo demasiado esta manhã, resolvi comparecer perante a Imperatriz ao meio dia, em São Cristóvão. Para isso fui obrigada a tomar uma boa porção de ópio. Contudo cheguei na hora marcada; e, tal qual me recomendaram,

---

Corveta *Príncipe Real*... 26 canhões — Tenente Antônio Feliciano Rodrigues.

Dita *Restauração*............26 canhões — 1.º Tte. Graduado Flores.

Sumaca *Conceição* .... 8 canhões — 2.º Tte. Carvalho.

TOTAL .... 398 canhões

procurei a Camareira-mor, irmã de José Bonifácio[239(*)], e fui encaminhada à sala de recepção, onde encontrei esta senhora, *Lady* Amherst, *Miss* Amherst e *Mrs.* Chamberlain. A Imperatriz chegou pouco depois, com um belo vestido de manhã, de cetim púrpura com enfeites brancos, e com aparência muito boa. *Mrs.* Chamberlain apresentou *Lady* e *Miss* Amherst, e Sua Majestade Imperial falou durante alguns minutos com Sua Excelência. Depois disso fez sinal para que eu me aproximasse, o que fiz.

Falou comigo com a maior amabilidade, e disse, da maneira mais lisonjeira, que há muito me conhecia de nome, e diversas outras coisas que ditas por pessoas de sua categoria se tornam agradáveis pela voz e pela maneira de dizer. Deixei-a com a mais agradável das impressões. Ela é extremamente parecida com diversas pessoas que vi da família Imperial da Áustria, e tem uma expressão notavelmente doce.

Os corredores por que passei, desde os degraus do palácio até a sala de audiências, são simples e belos. Como foi uma audiência que se poderia chamar de particular, não havia guardas, oficiais, nem assistentes, exceto a Camareira-mor.

O Imperador está agora na sua casa de campo de Santa Cruz, de modo que o Paço de São Cristóvão parecia a casa de um particular, tão sossegado estava[240(*)],

Sábado, [7 de junho]. — Desde o dia em que fui a S. Cristóvão, fiquei presa em meu quarto em total abatimento tanto de espírito como de corpo, atacada por uma severa indisposição. A *Creole* veio da Bahia, para tomar provisões, preparatórias da viagem de volta. O comodoro ofereceu-me passagem e escreveu-me a respeito; mas não estou em estado de embarcar para uma longa viagem. As notícias da Bahia são mais aborrecidas do que nunca em relação aos baianos, ainda que favoráveis à causa imperial; a miséria dos pobres habitantes é realmente grande.

---

239 (*) D. Maria Flora Ribeiro de Andrada (1764—1851), nomeada Camareira-mor em 1822, deixou o cargo ao deixarem os irmãos o governo e retirou-se para sua terra natal, onde faleceu solteira. (Marina de Andrada Procópio de Carvalho, ''A família Andrada'', *Rev. do Inst. Heraldico-Genealógico*, n.º 9, 1942-43, pg. 581).
240 (*) Esta mesma entrevista é narrada com outros pormenores no *Escorço biográfico* cit., pg. 89. Ao que ali se diz, a atenção da imperatriz para com a Autora despertou fortes ciumes de Mrs. Chamberlain, esposa do cônsul inglês.

12 [de junho]. — Estivemos durante três dias agitados pelas notícias de que a Bahia havia caído e vários boatos a isso relativos: todos se originam de uma *ruse de guerre* de Madeira, que, forçado a enviar um pequeno navio para um porto da costa a fim de obter farinha, declarou que o mandava a Lorde Cochrane, espalhando esta notícia para encobrir o seu propósito real.

13 [de junho]. — Um brigue, presa da esquadra, chegou, como também a *Sesóstris*, navio mercante destinado a Valparaíso, a cujo bordo estavam Lady Cochrane e família, em caminho do Chile. Graças a Deus, ao chegar aqui soube onde está Lorde Cochrane; poupou-se assim à cansativa viagem, e, ao excelente marido, muita ansiedade a seu respeito.

14 [de junho]. — Afinal temos notícias verdadeiras tanto de Lorde Cochrane quanto do que tem feito. Escrevi a Lady Cochrane, pedindo desculpas devido à doença, por não visitá-la; ela procurou-me amavelmente ao desembarcar. Alguns minutos depois recebi cartas do almirante e de outros oficiais da esquadra.

Como era de se esperar, dada a pressa com que foi equipada a esquadra, os navios tiveram de vencer algumas dificuldades a princípio. Algumas velas e cordas que haviam sido armazenadas durante dezessete anos, verificou-se estarem quase imprestáveis. Os canhões de alguns dos navios estavam sem fechos, visto como os portugueses não os haviam adaptado; os cartuchos eram, na maioria, feitos de lona; mas o grande inconveniente era o número de portugueses — tanto marinheiros quanto oficiais, — nas tripulações, o que as mantinha em estado de contínuo descontentamento, senão de amotinamento.

Lorde Cochrane havia escolhido, como base da esquadra, o porto detrás do morro de São Paulo, cerca de 30 milhas ao sul da Bahia, que domina o canal atrás de Itaparica, região com bastante água e lenha, dispondo nas vizinhanças de todos os mantimentos frescos necessários. Há ali boa e abrigada ancoragem, de sete a vinte braças de água e, de um modo geral, estava bem adaptada para seus fins. Logo que se soube que o Lorde partira para a Bahia, a esquadra portuguesa saiu barra fora, e estendeu-se ao longo da costa norte da baía. Lorde Cochrane, que esperava em vão, no lugar de encontro no mar, por dois brulotes que deviam vir do Rio, armara um de seus pequenos navios, a escuna *Real*, [*Pedro*] como brulote e pretendeu voar em direção à Bahia a 4 de maio, quando se chocou com a frota portuguesa, em número de trinta navios[241], dispondo ele só de cinco navios, um brigue e um brulote. Investiu imediatamente através da linha deles, separando os quatro navios mais atrasados. Se os homens houvessem cumprido o dever, nada poderia salvar o primeiro navio com que ele se alongou, mas eles dispararam cedo demais, e apesar de o fogo ter produzido grandes efeitos, ferindo e matando muitos (tanto a bordo desse navio quanto o *Dom João VI*, que ficou logo na direção donde soprava o vento), o almirante ficou desapontado. A marcha lenta da *Piranga* e da *Niterói* colocou-as bem mais distantes da *Pedro I* do que seus bravos comandantes desejariam. Os outros foram forçados a permanecer afastados, dizem, pela convicção de que suas tripulações não poderiam merecer confiança combatendo portugueses. Quanto à tripulação do navio do almirante, dois dos marinheiros portugueses puseram-se na entrada do paiol e, com espadas desembainhadas, impediram a subida da pólvora. As esquadras separaram-se depois disso. Lorde Cochrane resolveu atacar os portugueses de novo no dia seguinte. O capitão Crosbie, o tenente Shepherd e onze outros estavam feridos, mas nenhum outro dano sofrera a esquadra imperial, enquanto os europeus haviam sofrido muito, tanto na tripulação quanto nos aprestos do navio.

Na manhã de 5, Lorde Cochrane procurou em vão o inimigo. Este estava evidentemente satisfeito com a escaramuça de 4 e tinha procurado abrigo no porto, de modo que o Lorde voltou para o morro de São Paulo, com a única satisfação de haver expelido o inimigo do alto mar. Entrementes o Exército Imperial brasileiro, postado atrás da cidade, aproveitando a vantagem da ausência da esquadra e, conseguintemente, dos dois mil marinheiros que serviam na artilharia em terra, avançou da localidade de Brotas, onde estava fixado o seu centro, em direção à cidade. Madeira marchou ao encontro deles e feriu-se uma batalha inteiramente favorável aos imperiais. Dizem que a armada real foi chamada em consequência do desastre[242(*)].

---

241 Um navio de linha, cinco fragatas, cinco corvetas, um brigue e uma escuna.
242 (*) Após entendimentos com o almirante, através de intermediários, "esboçou Labatut outra investida para a cidade [a 3 de maio], avançando pelo Cabula a divisão de caçadores a pé, sob o comando do sargento-mor José Antônio da Silva Castro, e pelo lado de São Gonçalo o batalhão da Paraíba, comandado pelo capitão Teodoro Barreto André. O grosso do exército pacificador se postou na Conceição, a fim de apoiar o ataque dos dois corpos citados, que avançavam pelas elevações... O coronel Felisberto Caldeira chegou, também, pelos lados de Brotas até a roça de Joaquim Silveira, onde os portugueses se entrincheiraram fortemente... Diz Accioli que o general Madeira as-

Lorde Cochrane, logo que chegou ao morro de São Paulo, tomou as providências em relação à esquadra que julgou prudentes para o serviço público. O navio que chegou aqui trouxe de volta alguns dos portugueses mal intencionados. Todos, creio, pelas informações do oficial que chegou no navio apresado, foram demitidos da *Pedro I*.

Lorde Cochrane passou os oficiais e marinheiros ingleses da *Piranga* e da *Niterói* para bordo da *Pedro I*, de modo a ter ao menos um navio em que possa confiar. Trocou os canhões de dezoito libras do tombadilho principal pelos de vinte e quatro da *Piranga* e colocou canhões pelos baileus. Confiamos que, nas próximas notícias, viremos a saber de algo favorável à causa da independência.

Tudo quanto o governo aqui poderia fornecer à esquadra para assegurar seu bom êxito foi feito da maneira mais liberal, e as falhas, tal como se deram, deveram-se às circunstâncias particulares dos tempos e do país, que não permitiam controle. Era de se esperar que algumas coisas ficassem imperfeitas, mas que tanta coisa se houvesse feito, e bem feito, desperta admiração. E que o Imperador aprecia o bravo que comanda sua esquadra, e enquanto isso durar, logo que for sentida uma dificuldade, será obviada[243(*)].

19 [de junho]. — Minha saúde vai de mal a pior. A *Creole* partiu hoje. Diverti-me estes dois dias com alguns jornais ingleses. Se alguma coisa puder reerguer minha saúde serão certamente as notícias da Inglaterra.

Lorde Althorp fez, vejo eu, um vivo mas inútil esforço para rejeição da lei de alistamento dos estrangeiros, assunto do maior interesse neste país. Vejo com prazer o reconhecimento virtual pelos ministros ingleses da independência da América Espanhola.

---

sistiu à ação em Brotas e que dali se retirou pela iminência do perigo que corria, tendo, na volta para a cidade, caído do cavalo e perdido nessa ocasião o chapéu, atravessando algumas ruas sem ele, o que aumentou o terror da população que estava na cidade. Acrescenta que por um desertor constou ser de cem homens a perda dos portugueses. Os independentes tiveram 7 homens mortos e 13 feridos". (BRÁS DO AMARAL, *Op. cit.* pg. 353).

243 (*) Em carta, datada de 5 de maio, e dirigida a José Bonifácio, o almirante Cochrane descrevera longamente as operações. (V. EDMUNDO WILLIAMS MUNIZ BARRETO – "Pródromos da independência e papel da armada na formação autônoma do Brasil" – V. *Anais do I Congresso Intern. de Hist. da América* – 1922, vol. VII, pg. 127 – *Rev. Inst. Hist. Geogr. Bras.*, Tomo Especial).

22 [de junho]. — Estamos na véspera de S. João, na qual as moças do Brasil praticam alguns ritos, tal como as escocesas em Halloween [véspera de Todos-os-Santos], para verificar o destino dos seus amores. Queimam nozes juntas, põem as mãos, de olhos fechados, sobre uma mesa, com as letras do alfabeto, e fazem muitos encantamentos simples. Creio que me lembro de ter visto, há muito tempo, as criadas de uma casa em Berkshire colocarem uma erva, penso que uma espécie de erva dos telhados, atrás da porta, chamando-a de homens de São João. Era para prender o jovem predileto quando entrasse. Quanto a mim só desejo que a gota de *nucca* dos árabes caia esta noite, para que eu possa colhê-la e livrar-me da minha esgotante doença[244(*)].

26 [de junho]. — Como meu amigo Dr. Dickson, que me tratou durante todo este tempo com uma amabilidade constante, me aconselhou a mudar de ares, ele e o Sr. May arranjaram-me uma casinha na praia de Botafogo, com sobrado, o que é considerado vantagem aqui, visto como o andar térreo é frequentemente um pouco úmido. Hoje o capitão Willis, do Brazen, trouxe-me em seu barco para minha nova moradia. Meus bons amigos, o coronel Cunningham e Sra, procuram, com amável hospitalidade, evitar que eu sinta demais a perda de meus amigos, o Sr. e Sra. May, que foram o mais possível amáveis durante minha estada na Glória.

A baía de Botafogo é certamente um dos panoramas mais belos do mundo, mas até os últimos anos suas margens eram pouco habitadas pelas classes superiores da sociedade. No ponto mais afastado há uma garganta entre a montanha do Corcovado e as montanhas que poderíamos chamar do grupo do Pão de Açúcar, garganta que conduz à lagoa de Rodrigo de Freitas, através da qual um riacho de bela água fresca corre para o mar[245(*)].

Exatamente na sua foz há um lugarejo habitado por ciganos, que encontraram o caminho para aqui, e preservam muito da peculiaridade do aspecto e do caráter em seu novo lar transatlântico.

---

244 (*) Parece que caiu esta noite, a balsâmica *nucca*, rocio celestial que caiu sobre o Egito e fez desaparecer todas as pragas. (*Diário de uma residência no Chile*, 24 de junho de 1822).

245 (*) O Rio Berquó, que desembocava aproximadamente no local do antigo Pavilhão Mourisco. A maré enchente tornava-o navegável até a rua Real Grandeza. Aí havia uma olaria, que deu nome à região. Os produtos dessa indústria eram transportados em faluas para o centro da cidade. (AFONSO VÁRZEA, "Rios de Botafogo", *Boletim Geográfico* — C. N. G. N.º 106 — Janeiro e fevereiro 1952, pg. 52).

Conformam-se com a religião do país em todas as coisas exteriores e pertencem à paróquia de que o cura de Nossa Senhora do Monte é pastor. Mas esta conformidade não parece ter influenciado seus costumes morais. Usam seus escravos como pescadores. Uma parte de sua família reside habitualmente nos seus domicílios, mas os homens vagueiam pelo país e são grandes mercadores de cavalos nesta parte do Brasil. Alguns deles dedicam-se ao comércio e muitos são extremamente ricos, mas são ainda considerados ladrões e trapaceiros, e chamar um homem *Zíngaro* [cigano] equivale a chamá-lo de velhaco. Conservam o seu dialeto particular, mas não consegui ficar pessoalmente bastante conhecida deles para formar qualquer juízo sobre o grau em que a mudança de país e clima afetou os hábitos originais.

O navio de Sua Majestade Beaver chegou há dois dias da Bahia. Parece que Madeira, incapaz de manter o país por mais tempo, está resolvido a deixá-lo. Está sendo compelido ao extremo pela esquadra de Lorde Cochrane, que lhe corta as provisões, pelos contínuos alarmes mantidos na costa devidos à simples presença do Lorde no mar e ainda pelos preparos que ele está fazendo no Recôncavo para um ataque à cidade por meio de brulotes e canhoneiras. Espera-se, portanto, que Madeira abandone a praça logo que possa obter embarcações suficientes para embarcar as tropas. Afirma-se ainda que fixou o dia, o de S. Pedro, para evacuar a praça. A seguinte proclamação é certamente preparatória para fazer isso, mas, como a época depende de contingências, não se pode fixar a data:

"Habitantes da Bahia. A crise em que nos achamos é perigosa, porque faltam os meios de subsistir e não pode haver certeza alguma sobre a entrada de mantimentos. O meu dever, como militar e como governador, é fazer todos os sacrifícios para conservar esta cidade; mas é igualmente do meu dever tudo prevenir para, em um extremo caso de apuro, não ver sacrificada a tropa que comando, a esquadra e vós mesmos. Eu emprego, pois, todos os meios para preencher estes dois deveres. Não vos persuadais que medidas de prevenção sejam sempre seguidas de desares: já uma vez tomei essas medidas; elas vos assustaram, mas vós conhecestes depois que nada tinham de extraordinárias. Ainda no meio de formidáveis exércitos se tomam diariamente tais providências, porque nem sempre se triunfa e é preciso preparar-se para os infortúnios. Vós podeis, portanto, estar certos de que as medidas que tomo não são por ora senão de prevenção, mas que me cumpre comunicar-vos; pois, se chegássemos a ter de abandonar esta cidade, muitos de vós a deixariam também e eu seria muito responsável à nação e a El-Rei se vos não prevenisse com antecipação. Quartel General da Bahia, 28 de maio de 1823[246(*)]"

A proclamação aumentou o alarma geral no mais alto grau. Os próprios editores dos jornais portugueses usam da linguagem mais violenta. Um deles diz "Nos últimos dias, assistimos nesta cidade a um doloroso espetáculo, que deve tocar ao coração até dos mais insensíveis: um terror pânico apossou-se do ânimo de todos os homens, etc.[247]" E prossegue antecipando os horrores de uma cidade deixada sem protetores, e de famílias cujos pais, obrigados a fugir, devem ser abandonadas como órfãos, deixando a propriedade como presa para os invasores. Estes temores decresceram um pouco a 2 de junho, quando entrou na Bahia um navio com 3.000 alqueires de farinha, e o ânimo das tropas se reergueu devido a uma pequena vantagem obtida no dia 3 sobre os patriotas. Mas o alívio foi de curta duração. Numa busca rigorosa não se encontraram na cidade provisões para mais de seis semanas além das necessárias para os navios e o general iniciou seus preparativos para abandonar o Brasil. Permitiu então aos magistrados reassumirem as funções suspensas pela lei marcial e publicou uma carta do Rei nomeando cinco pessoas para formar um governo provisório. Ainda que alguns deles não estivessem dispostos a aceitar os cargos, fez com que prestassem juramento e entrassem imediatamente em exercício.

Os preparativos de Madeira para a partida foram acelerados por um ataque feito por Lorde Cochrane na noite de 12 de junho só com a *Pedro I*. O almirante português estava em terra jantando com o general Madeira, quando às dez horas da noite se ouviu um tiro. "Que é isso?" exclamou o último ao emissário que entrou alarmado na sala. — "É o navio de linha de Lorde Cochrane em meio de nossa esquadra". — "Impossível!" disse o almirante, "nenhum navio grande pode subir com a maré vazante". A angústia e desordem na preparação foi tal como se a esquadra inglesa tivesse entrado de maneira hostil. A *Pedro Primeiro* estava de fato alongada com a *Constituição*, mas o almirante desdenhou uma presa tão pequena e avançou para a *Dom João VI*.

---

246 (*) Texto original em PEREIRA DA SILVA, *História da Fundação do Império* – vol. 7, Rio, 1868, pg. 129.
247 *Semanário Cívico* de 5 de junho

Se a tivesse alcançado teria trazido toda a esquadra com ele, mas exatamente quando estava a ponto de fazê-lo, a brisa que o havia trazido contra a maré falhou e caiu em calmaria; por esse tempo todos os navios estavam em movimento, os fortes começaram a atirar e, relutantemente, a *Dom Pedro* retirou-se da Bahia com a maré, intocada pelo inimigo.

A ousadia desta tentativa encheu os portugueses de admiração e sobressalto e agora, mais do que nunca, estão querendo abandonar a Bahia. A prata da Igreja[248(*)] e todo o depósito que pôde ser coletado, crê-se que está a bordo dos navios de guerra ingleses[249].

1.º [de julho]. — Uma forte sensação causou hoje uma notícia de natureza antes dolorosa. O Imperador caiu do cavalo e quebrou duas costelas e, além disso, ficou muito contundido; contudo sua mocidade e força impedem qualquer preocupação pelas consequências deste acidente[250(*)]. Não há novidades públicas; estou doente demais para me preocupar com quaisquer outras notícias. Estrangeira, só, e muito doente, tenho bastante lazer para ver o valor do mundo para os ricos,

---

248 (*) O deão José Fernandes da Silva Freire, que então governava o arcebispado vacante como vigário capitular, embarcou, de fato, para Portugal com as tropas de Madeira «na expectativa de ver restaurada a boa ordem do sossego público» e declarando que entregaria ao Sr. D. João VI "a quem de direito pertencem", os "restos de ouro e prata de que, antigamente, por ordem régia, se mandou meter na fundição da Casa da Moeda, pertencente ao despojo dos jesuítas". (V. BRÁS DO AMARAL, *Hist. da Indep. na Bahia*, pg. 508).

249 Isto me foi contado somente. Nunca perguntei, nem, creio eu, teria recebido resposta se interrogasse qualquer oficial inglês sobre essas coisas. A disposição geral entre eles é evidentemente em favor do velho governo; mas o comportamento deles é, ou deveria ser, estritamente neutro.

250 (*) O boletim médico, assinado pelo dr. Domingos Ribeiro dos Guimarães Peixoto (depois barão de Igaraçu), Cirurgião da Imperial Câmara e assistente de S. M. o Imperador, datado de 8 de julho de 1823, informa que "vindo S. M. I. de sua chácara denominada Macaco no dia de segunda-feira, último de junho, quase pelas seis horas da tarde, aconteceu que ao chegar à ladeira perto do paço de S. Cristóvão, como corresse o selim tanto para a garupa do cavalo em que vinha, pela razão de estarem as silhas traseiras mui largas, que estas ficaram nas virilhas do animal que se corcovava e desabridamente corria, S. M. I. receando resvalar juntamente com o selim e ser, em consequência, maltratado pelos muitos e violentos coices, sobretudo faltando-lhe o apoio da clina, por se ter esta arrebentado e à qual lançara mão, tomou a resolução de deitar-se abaixo. O que fez para o lado esquerdo". Da desastrada queda resultaram, segundo o dito boletim, uma fratura direta na 7.ª costela esternal direita, fratura indireta na 3.0 costela esternal esquerda, diástese na clavícula esquerda e grande contusão no quadril, com dores agudíssimas. (V. H. RAFFARD, "Apontamentos acerca de pessoas e coisas do Brasil" — *Rev. Inst. Hist.* Tomo LXI, Parte II, Rio, 1899, pg. 89).

ou que o pareçam, a exibição e a parada; e sentir que se eu dispusesse de todos os recursos não poderia relevar a cabeça nem o coração dos que estão doentes ou tristes.

Creio que me tornei egoísta; não consigo interessar-me pelas pequenas coisas da vida dos outros, como costumava fazer. Preciso o forte estímulo do interesse público para despertar minha atenção. Há muito tempo que não sou capaz de sair no meio do belo cenário daqui para gozar os encantos da natureza.

11 [de julho]. — Mais uma vez começo a sentir-me melhor e sair um pouco ao ar livre. Toda espécie de gente apinha-se diariamente para ver o Imperador, que está melhorando, mas ainda preso em casa. Pela primeira vez nestas muitas semanas, fiz um passeio de carro hoje e fui mesmo até São Cristóvão para indagar da saúde de Sua Majestade Imperial e deixar meu nome. O caminho tanto na ida quanto na volta, estava apinhado de carruagens e cavaleiros com a mesma missão. Além de ser realmente amado pelo povo, sua vida é da maior importância para a própria existência do Brasil como nação independente, no presente, e, em todo caso, em paz.

13 [de julho]. — Travei conhecimento com dois ou três agradáveis brasileiros, e um ou dois da melhor categoria de portugueses que adotaram a nacionalidade brasileira[251]. Não haverá mais de cinco fidalgos efetivos e estes antigos nobres são objeto de ciume dos novos, em número de cerca de doze, que os excedem infinitamente em riquezas, de modo que temos as maledicências costumeiras e os escândalos das cortes e cidades, em que as mulheres, por serem as mais ativas, são também as que mais sofrem. Os nossos ingleses também não ficam atrás de maneira alguma. Não há muitas visitas formais entre os ingleses, mas toma-se muito chá tranquilamente, e uma vez ou outra, formam-se grupos para jantar ao ar livre em tempo fresco. Enfim, meus conterrâneos formam aqui um grupo discreto e sóbrio com uma proporção bem razoável entre bons e maus. Vão regularmente à igreja nos domingos, porque temos uma capela protestante muito bonita

---

251 A 9 de março publicou-se um decreto imperial, determinando que todos os que não se conformassem com as leis do Império deixassem-no em dois meses, se morassem na costa e quatro, se no interior, sob pena de perder a propriedade. Daí por diante todos os bons cidadãos usaram no braço uma rosácea verde e o galão de ouro com o mote gravado: *Independência ou Morte*.

no Rio, servida por um respeitável pastor[252](*); encontram-se depois da igreja para almoçar e palrar: alguns vão depois à ópera, outros jogam cartas, outros, raros, ficam em casa ou passeiam com os seus e instruem-se, com suas famílias pela leitura. Tudo isso muito semelhantemente ao que se passa na Europa. Contudo, são todos muito amáveis comigo, e porque hei de notar-lhes os defeitos ou chocar-me com as histórias absurdas que contam a meu respeito porque não me conhecem? Além disso, não é grande afronta ser chamada mais sábia do que outro.

14 [de julho]. — Chegaram várias presas do Morro de São Paulo. Um desses navios trouxe notícias do Morro que só registro pela metade. Depois da visita à Bahia, na noite de 12 de junho, empenhou-se Lorde Cochrane, nos oito dias seguintes, em amadurecer um plano para um ataque posterior, que parecia de sucesso garantido quando, a 20[253], "uma pessoa malvada ou descuidada pôs fogo num barril de álcool, que se comunicou a outros barris e criou um tal terror que mais de cem pessoas saltaram fora do navio, algumas das quais se afogaram. Calculou-se que teríamos explodido se o fogo durasse uns três minutos mais. Sua extinção deve ser atribuída principalmente à presença de espírito e à atividade pessoal do Lorde em pessoa que, pesa-me acrescentá-lo, sofreu tanto com o calor das labaredas e seus próprios esforços que se sentiu doente demais esta manhã para deixar o leito".

17 [de julho]. — Afinal a Bahia caiu. Madeira, em prosseguimento dos planos anunciados em sua proclamação de 28, havia preparado todos os seus navios de guerra e um grande número de mercantes com provisões, munições e armazenagem, mais a prata, o dinheiro, as joias, (que transferiu dos navios ingleses para o próprio). Acreditava-se que partiria a 3 de julho. Lorde Cochrane, informado a respeito, viera só com a *Dom Pedro Primeiro* para observar a Bahia na manhã de 2, quando viu a esquadra portuguesa toda soltar as velas de mezena e preparar-se para pôr-se em movimento. Esta manobra

---

252 (*) Pelo artigo XII do tratado de Comércio com a Inglaterra, de 1810, foi estabelecido que Portugal manteria aos súditos ingleses perfeita liberdade de culto "nas suas particulares igrejas e capelas" que ele permitiria edificarem-se em seus domínios "contanto que externamente se assemelhem a casas de habitação" – Em agosto de 1819, pois, lançaram os ingleses a pedra fundamental de sua igreja à rua dos Barbonos (hoje Evaristo da Veiga). Este templo, há pouco tempo demolido, foi o primeiro templo protestante da América do Sul. V. J. C. RODRIGUES, *Religiões acatólicas no Brasil*. 2.ª ed., Rio, 1904 pg. 106).

253 Extrato de uma carta que me foi escrita de bordo a 21, por um amigo.

não foi considerada pelos ingleses dentro da baía como decisiva, porque havia sido praticada diariamente durante algum tempo. O Lorde, contudo, fez imediatamente sinais para a *Maria da Glória* e a *Niterói* virem juntar-se a ele a toda pressa. A *Piranga*, inútil pela má navegação, devido ao estado de seu cobre, fora enviada ao Rio. Ela e a *Liberal*, ambas chegadas hoje, são as portadoras da informação oficial. Lorde Cochrane, cuja amabilidade não falha, escreveu-me nos seguintes termos:

"Minha cara senhora — Tive pena em saber de sua doença, mas é preciso ficar boa, já que lhe comunico que expulsamos o inimigo para fora da Bahia. As fortalezas foram abandonadas esta manhã e os navios de guerra, em número de 13, com cerca de 32 barcos de transporte e navios mercantes, estão em caminho. Acompanhá-los-emos (isto é, a *Maria da Glória* e a *Pedro Primeiro*) até o fim do mundo. Repito, espere novas notícias. Creia-me sempre seu amigo sincero e respeitoso

Cochrane

2 de julho de 1823, a oito milhas ao norte da Bahia".

Soube, pelos oficiais dos navios chegados, que os canhões estavam todos cravados e as reservas explodidas no Port Pedro [Forte de São Pedro], mas, por outro lado, tudo foi deixado em ordem na cidade e, por ocasião da entrada das tropas brasileiras, não houve a menor desordem, nem se perdeu uma só vida, circunstância altamente honrosa para todas as partes.

Ainda que o almirante mencione quarenta e cinco navios, parece que houve muito mais, atingindo, no mínimo, a oitenta, que aproveitaram a oportunidade de sair com a frota.

Quando a *Piranga* deixou o morro, já havia chegado ali um reforço de homens para o almirante e a *Niterói* estava a se equipar e preparar para segui-lo em poucas horas.

Estas notícias foram muito bem recebidas aqui exceto por uma classe de pessoas, ou porque estejam secretamente ligadas, ou porque tenham interesses na causa de Portugal. Estão sempre murmurando e dizendo: "Não basta a Lorde Cochrane ter expulsado os pobres soldados da Bahia, e será ainda preciso persegui-los?" e assim por diante. Outros afetam desprezar o que chamam de fácil serviço. Mas o governo sabe que não foi serviço fácil guardar o mar com uma esquadra

Desenho de Maria Graham
Coleção do Museu Britânico

Vila de S. Francisco Xavier de Itaguaí

Desenho de Maria Graham, datado de Sábado, 23 de agosto de 1823
Coleção do Museu Britânico

Palácio de Santa Cruz
Apontamento de Maria Graham: *"Beirais das janelas amarelos.
Portas, salvo as da igreja, verdes".*

tão pequena, tão recentemente organizada, contra uma frota completamente armada e equipada, composta de navios de primeira classe; menos ainda cortar as provisões do inimigo de modo a reduzi-lo à necessidade de abandonar sua cidade.

Há hoje luminárias e espetáculo de gala à noite, mas como o Imperador ainda não pode ir, sua imagem, bem como a da Imperatriz, estarão em lugar deles. E um velho costume português, creio eu, exibir um retrato do monarca, na sua ausência, nas ocasiões de cerimônia.

18 [de julho]. — A cidade entrou em grande agitação hoje por se saber que o ministério dos Andradas havia caído ontem. Parece que há poucos dias, creio que a 16, um desconhecido entregou uma carta na portaria do Palácio e disse ao empregado, que a recebeu, que sua vida não estaria segura se ela não fosse entregue na própria mão do Imperador[254(*)]. Entregue, pois, a carta, e lida, o Imperador mandou chamar José Bonifácio. Ficaram fechados por certo espaço de tempo e o resultado da conferência foi que José Bonifácio resignou o seu cargo; o Brasil perdeu um hábil ministro e o Imperador um servidor zeloso. Diz-se que a carta era escrita de São Paulo e continha pelo menos 300 assinaturas de pessoas queixosas da conduta tirânica dos Andradas naquela província, particularmente por prenderem pessoas que se haviam oposto à eleição de certos membros da Assembleia, e por mandarem outros para o Rio, sob vários pretextos, mantendo-os afastados das famílias.

Estas coisas, porém, são passíveis de interpretação favorável e em tempos tão tempestuosos, é difícil julgar se foi necessário alguma severidade, ou, se, de fato, o zelo do ministro foi levado longe demais[255].

Como quer que seja, a renúncia de José Bonifácio é certa, e não menos certa a de seu irmão Martim Francisco, cuja honestidade

---

254 (*) À entrega dessa carta também se refere Melo Morais na *História do Brasil-Reino e Brasil-Império:* "0 Imperador teria recebido uma denúncia relativa às perseguições dos Andradas por uma carta anônima, entregue por um desconhecido a Plácido Antônio de Abreu, tesoureiro da Casa Imperial, que foi ameaçado se não a fizesse chegar no mesmo dia às mãos do soberano. O fato é que no *Diário do Rio de Janeiro* de 16 de julho de 1823 apareceu a seguinte publicação: "Plácido Antônio Pereira de Abreu faz saber que entregou a S. M. o Imperador a carta que recebeu para lhe ser entregue no dia 15 de julho de 1823".
Sobre as minúcias do rompimento com os Andradas, v. RAFFARD, "Pessoas e coisas do Brasil", loc. cit., pg. 90. V., a nota do A. no exemplar de O Lima. (Apêndice III).
255 As discussões na Assembleia a 9 de maio lançam muita luz sobre esse acontecimento.

irrepreensível à frente do Tesouro não será facilmente substituída. As conjecturas, raciocínios e notícias sobre estes assuntos são naturalmente variados. A ideia mais geral é a de que os Andradas foram sobrepujados por um partido republicano da Assembleia que, apesar de pequeno, tem um plano traçado, e age de acordo com ele; e, o que é estranho, a queda, dizem que foi provocada por uma tentativa, por parte deles, de desembaraçarem-se dos velhos homens da monarquia. Moniz Tavares, homem capaz, cujo nome será lembrado nas bancadas das Cortes de Lisboa como defensor do Brasil, propôs, numa das primeiras reuniões da Assembleia, a 22 de maio, a expulsão absoluta do Brasil de todos os nascidos em Portugal. A proposta deu origem a uma acalorada discussão e foi recusada. A derrota foi o sinal para todo o partido português (e ele não é fraco). Reuniu-se aos republicanos para derrubar os Andradas e o conseguiu. Esta é a impressão deste negócio por parte de muitas pessoas inteligentes. Qualquer que seja o fato, a manifestação do Imperador desaprovando toda tirania, ou conivência com ela, é digna de louvor; mas quem deseje o bem do Brasil deve ter licença para desejar que homens de tal valor tivessem provado cabalmente a sua inocência e mantido suas situações. Esta tarde o Imperador fez circular a seguinte proclamação ao povo:

"PROCLAMAÇÃO DE 15 DE JULHO DE 1823

Detesta o despotismo e assegura os sagrados direitos dos cidadãos.

Habitantes do Brasil!

"O Governo Constitucional, que se não guia pela opinião pública, ou que a ignora, torna-se o flagelo da humanidade. O monarca, que não conhece esta verdade, precipita-se nos abismos, e ao seu reino, ou ao seu império, em um pélago de desgraças uma após d'outras. A Providência concedeu-me o conhecimento desta verdade, baseei sobre ela o meu sistema, ao qual sempre serei fiel.

"O despotismo, e as arbitrariedades são por mim detestadas; há pouco vos acabei de dar uma prova, entre as muitas, que vos tenho dado. Todos podemos ser enganados; mas os monarcas poucas vezes ouvem a verdade, e, se não a procuram, ela nunca lhes aparece. Quando a chegam a conhecer, devem-na seguir; eu a conheci, isto fiz. Ainda que por ora não tenhamos uma Constituição, pela qual nos governemos contudo temos aquelas bases estabelecidas pela razão, as quais devem ser invioláveis; são elas os sagrados direitos da segurança individual, e de propriedade, e da imunidade da casa do cidadão. Se até aqui elas têm sido atacadas e violentadas, e violadas, é porque vosso Imperador não tinha sabido que se praticavam semelhantes despotismos, e arbitrariedade, impróprias para todos os tempos, e contrárias ao sistema, que abraçamos. Ficai certos de que elas serão de hoje em diante mantidas religiosamente — vós vivereis felizes, seguros nos seios de vossas famílias, nos braços de vossas ternas esposas, e rodeados de vossos caros filhos. Embora incautos queiram denegrir a minha constitucionalidade, ela sempre aparecerá triunfante, qual sol dissipando o mais espesso nevoeiro. Contai comigo assim como eu conto convosco, e vereis a democracia, e o despotismo agrilhoados por uma justa liberdade.

IMPERADOR [256(*)]"

O apelo foi bem recebido, e talvez esses incidentes que, num tempo como o presente, aproximam ainda mais o monarca do povo conduzam realmente à harmonia e estabilidade do sistema político em geral. Entrementes José Joaquim Carneiro de Campos é o primeiro ministro[257](*) e Manuel Jacinto Nogueira da Gama[258](*) está à testa do Tesouro; homem bastante rico para ficar acima de qualquer tentação cujo caráter, quanto à integridade, está escassamente abaixo do de seu predecessor.

23 [de julho]. — Havia algum tempo que eu prometera à imperatriz desenhar um esboço de São Cristóvão; hoje resolvi levar-lho. Assim o fiz e, pelo caminho, almocei com minha boa amiga a viscondessa do Rio Seco. Dirigi-me depois ao Palácio e primeiro subi para saber notícias da saúde do Imperador. Estava eu escrevendo meu nome quando ele, percebendo da janela minha chegada, mandou-me dizer amavelmente que me receberia. Em consequência fui conduzida à sala de audiências pelo veador Dom Luís da Ponte[259](*). Vi ali minis-

---

256 (*) Texto original na *Colleção das leis do Império do Brazil* de 1823 – Parte I, Rio, Imp. Nac., 1887. ("Proclamações e manifesto", pg. 5).
257 (*) 1.º visconde e marquês de Caravelas. Natural da Bahia, e um dos autores da Constituição de 1824, ministro do Império e de Estrangeiros em 1823, foi, mais tarde, senador do Império e membro da Regência Provisória em 1831.
258 (*) 1.º visconde e marquês de Baependi, foi nomeado ministro da Fazenda. Oficial de marinha, natural de Minas Gerais. Foi Senador do Império.
259 (*) Dom Luís de Saldanha da Gama Melo e Tôrres Guedes de Brito, filho do 6.º conde da Ponte. Foi, mais tarde, marquês de Taubaté. Era veador da Imperatriz. Diplomata de carreira, foi ministro na Toscana; na França, na Rússia e na Dinamarca.

tros e generais, todos em grande gala. O Imperador estava num pequeno quarto interno, onde tinha seu piano, seus apetrechos de caça, etc. Estava com uma roupa caseira de algodão, com o braço numa tipoia, mas com boa aparência, apesar de mais magro e mais pálido que antes: perguntou pelo quadrinho, de que pareceu muito satisfeito. Falou, depois, comigo por algum tempo, muito polidamente, em francês; fiz uma cortesia e retirei-me. Fui então ao apartamento da Imperatriz; ela tinha saído, mas pediram-me que esperasse o seu regresso do passeio. No meio tempo vi as jovens princesas, que são extremamente belas, e parecidas com Sua Majestade Imperial, especialmente a mais velha, D. Maria da Glória, que tem uma das caras mais inteligentes que já vi. A Imperatriz chegou logo, e conversou comigo muito tempo sobre vários assuntos, interessando-se muito amavelmente pela minha última doença. Pondo de parte a consideração pela sua alta categoria, não foi pequeno o meu prazer em encontrar uma mulher tão bem cultivada e bem educada; fiquei muito triste por deixá-la sem dizer isto: ela é, sob todos os pontos de vista, uma mulher amável e respeitável. Nenhuma pessoa miserável jamais recorre a ela em vão; e seu comportamento, tanto público como privado, inspira justamente a admiração e o amor de seus súditos a sua família; suas atividades pessoais exornariam a posição de qualquer dama particular; sua paciência, prudência e coragem, tornam-na digna de sua alta posição. No caminho de volta para a cidade, parei numa casa de campo pertencente ao Sr. visconde do Rio Seco. É chamada de Rio Comprido e é famosa pelo jardim. A sebe exterior é como um caramanchão encantado que antes poderia adornar os jardins de Armida. Uma sebe da altura do peito, constituída de murta e outras folhagens, é sobrepujada por arcadas de rosas sempre abertas, entre as quais um jasmim, ou uma trepadeira púrpura ou escarlate se enrosca ocasionalmente, enriquecendo a cornija florida dos pilares entre os quais ficam os caminhos da entrada. A parte interna poderse-ia desejar menos afetada, mas enfim tudo é mantido em tal ordem, cheio de flores tão ricas e belos arbustos, que a gente duvida que seja possível qualquer alteração vantajosa. A casa é baixa e agradável para o clima; o pomar, a horta e os gramados atrás, deliciosos e o conjunto cercado de vista magnífica. O padre José, capelão, é também o administrador da propriedade, combinação de funções que vejo ser habitual aqui.

Após passar ali algumas horas com meus hospitaleiros amigos, voltei à cidade, fiquei uma hora com minha amiga D. Carlota de

Carvalho e Melo e encontrei algumas senhoras da família, entre elas sua tia, mulher de Manuel Jacinto, novo ministro da Fazenda, uma das mulheres mais simpáticas que vi no Brasil[260](*). Tive 0 prazer de cumprimentar o pai de D. Carlota, que acabava de receber a missão de representar a Bahia na Assembleia, agora que ela está livre[261](*). Eu deveria, na verdade, ter cumprimentado a Bahia por uma escolha tão judiciosa. Voltei cedo para casa, não obstante as insistências de minha jovem amiga para que eu ficasse, já que ela considerava a noite apenas começada.

A família é tão grande que em casa de um ou de outro, há sempre uma sociedade agradável para a noite. Os homens conversam separado até a hora do chá, depois do qual a música ou a dança faz com que, pelo menos os mais jovens, se juntem às moças e é raro que se separem antes de meia-noite.

25 [de julho]. — Nosso grupo de Botafogo foi enriquecido com a chegada do comodoro *Sir* T. Hardy[262](*), que ocupa a casa do desembargador França. O comodoro não é somente alegre e sociável ele próprio, mas ainda provoca alegria em torno de si. Os oficiais de seu navio e os do resto da esquadra são naturalmente grandes aquisições para as festas no Rio; vejo-os pouco, porém. Minha triste casa e minha mais triste pessoa não oferecem nenhum atrativo, exceto para os guardas-marinhas de meu velho navio, que me visitam constantemente. Comprei um cavalinho[263] para fazer exercício, e às vezes acompanhar os rapazes nos passeios noturnos. Na última noite fui com dois deles à Praia Vermelha, e, ao encontrar o oficial da guarda no portão do forte, pedimos licença para entrar, o que, sendo concedido, entramos e passeamos por ali admirando o panorama. Era a primeira vez que eu via a pequena enseada Vermelha do lado de terra. O forte é construído exatamente sobre o istmo que une o Pão de Açúcar a terra firme. Ficamos ali sem pensar no tempo até que o sol se pôs com esplendor; voltamos então ao portão e encontramo-lo fechado, sendo

---

260 (*) D. Francisca Mônica Carneiro da Costa e Gama, filha da baronesa de S. Salvador dos Campos dos Goitacazes.
261 (*) O visconde da Cachoeira, como acima se disse.
262 (*) Sir Thomas Hardy, comandante da esquadra inglesa. Foi ele que, pela primeira vez, saudou a bandeira imperial brasileira como estrangeiro, a 4 de julho de 1823, na Bahia. (V. RIO BRANCO, *Efemérides*, cit. pg. 313).
263 Por este animal que realmente não presta para nada, senão para ser cavalgado por uma doente como eu, paguei 35 mil reis, preço pelo qual, no Chile, se poderia comprar um belíssimo cavalo.

que as chaves haviam sido levadas ao comandante. De modo que tive de me dirigir ao oficial de guarda que, compreendendo o que se passara, mandou que a guarda ficasse de armas na mão e foi ele próprio buscar as chaves, conduzindo-nos com a maior gentileza para fora do forte. Onde quer que estejam brasileiros, dos mais importantes aos mais ínfimos, devo dizer que sempre encontrei a maior amabilidade; desde o fidalgo, que me procura em trajes de corte, até o camponês, ou o soldado comum, todos têm me dado oportunidade de admirar-lhes a cortesia e de lhes ser grata.

1.º de agosto de 1823. — O paquete inglês chegou hoje e traz notícias de que o partido monárquico em Lisboa dominou o das Cortes[264(*)]. A notícia é tida aqui como muito importante, porque espera-se que a corte possa agora ser facilmente induzida a reconhecer a independência do Brasil e diz-se que as autoridades da Madeira já têm ordens para receber e tratar amistosamente os navios com a bandeira brasileira. O tom geral da política aqui é menos agradável do que foi. Tem havido discussões desagradáveis na Assembleia, passou uma proposta recusando o veto ao Imperador; e dizem que o partido republicano está tão ensoberbecido no momento que pensa apresentar uma proposta recusando-lhe o comando das armas. Os monarquistas estão naturalmente indignados com tudo isso. Contudo veremos o que acontecerá quando a deputação da Assembleia levar a notícia da resolução ao Imperador, o que, segundo se diz, será na próxima semana, quando o soberano estiver bem restabelecido para recebê-la. Ele já está agora tão bem que quer, dentro de dez dias, ir à igreja de N. Sr.ª da Glória para dar ações de graças e pensa no mesmo dia passar revista às tropas em São Cristóvão. Já se estão concentrando para esse fim. Vi a artilharia marchando para ali hoje quando estava na cidade, aonde fui para comprar alguns jornais, particularmente o *Diário da Assembleia*. Acho muito aborrecido que as senhoras não possam assistir às reuniões da Assembleia. Sei que não há qualquer proibição formal, mas a coisa é considerada tão inadmissível que não posso ir. Há uma galeria, para os estranhos, pouco maior em proporção que a da Câmara dos Comuns na Inglaterra, e os debates são publicados. Os deputados falam das próprias bancadas; são um pouco mais

---

264 (*) A 27 de maio de 1823 0 infante D. Miguel pôs-se à frente de um movimento militar, partido de Vila Franca de Xira (a *Vilafrancada*), dissolveu as Cortes Gerais e restituiu ao Rei o poder absoluto.

cerimoniosos no vestuário do que os comuns na Inglaterra, mas não têm nenhum uniforme particular. O presidente muda mensalmente.

3 [de agosto]. — Tomei chá em casa da baronesa de Campos e lá encontrei uma grande reunião de família que se realiza sempre aos domingos para tributar homenagens à velha senhora. O chá foi feito por uma das moças com o auxílio da irmã, tal como se daria na Inglaterra. Uma grande urna de prata, bules de chá também de prata, jarras de leite e pratos de açúcar, com elegantes porcelanas da China, estavam colocados numa grande mesa, em volta da qual se reuniam diversas moças. De lá mandavam servir o chá em torno de nossa roda, que estava sentada a distância. Toda qualidade de pão, bolos, torradas com manteiga e roscas eram servidos com o chá. Em seguida, ofereceram-se doces de todas as espécies, após o que todo o mundo tomou um copo d'água.

6 [de agosto]. — Partiu hoje o navio de Sua Majestade *Beaver*, tendo meu amigo o Sr. Dance como capitão; diz todo o mundo que ele conduz alguns despachos muito importantes relativos ao comércio da Inglaterra com as províncias independentes do Prata, mas como o mundo frequentemente diz o que não é verdade, e o que é verdade nunca é confessado por aqueles que o sabem oficialmente, nunca me preocupo em perguntar estas coisas. Entristeço-me por ver um dos meus últimos amigos deixar o posto antes de mim; mas estou agora tão acostumada a ver partir, de um modo ou de outro, todos aqueles que se ocuparam eventualmente comigo,ou manifestaram qualquer amabilidade a meu respeito, que espero em breve criar calos para a dor que esse sentimento ainda desperta. E em vão que eu me orgulho de ter recobrado a firmeza de ânimo. Estou ainda sujeita a fraquezas por qualquer pequeno incidente, e sou obrigada a fugir de meus sentimentos particulares, interessando-me ultimamente, e com empenho, pelos negócios deste país. Um coração humano pode, sem dúvida, interessar-se pelos fatos em que está em causa a felicidade de milhões de seus semelhantes.

Esta manhã *Sir* T. Hardy, que está sempre ansioso por prestar amáveis serviços, fez com que eu procurasse a Sr.ª Chamberlain[265(*)].

---

265 (*) Henry Chamberlain cônsul inglêsy exerceu em 14 de abril de 1826 as funções de encarregado de negócios.

Desenho de MARIA GRAHAM, datado 10 de agosto de 1825
Coleção do Museu Britânico

Copacaba — vista do Morro de Cantagalo

Desenho de Maria Graham
Coleção do Museu Britânico

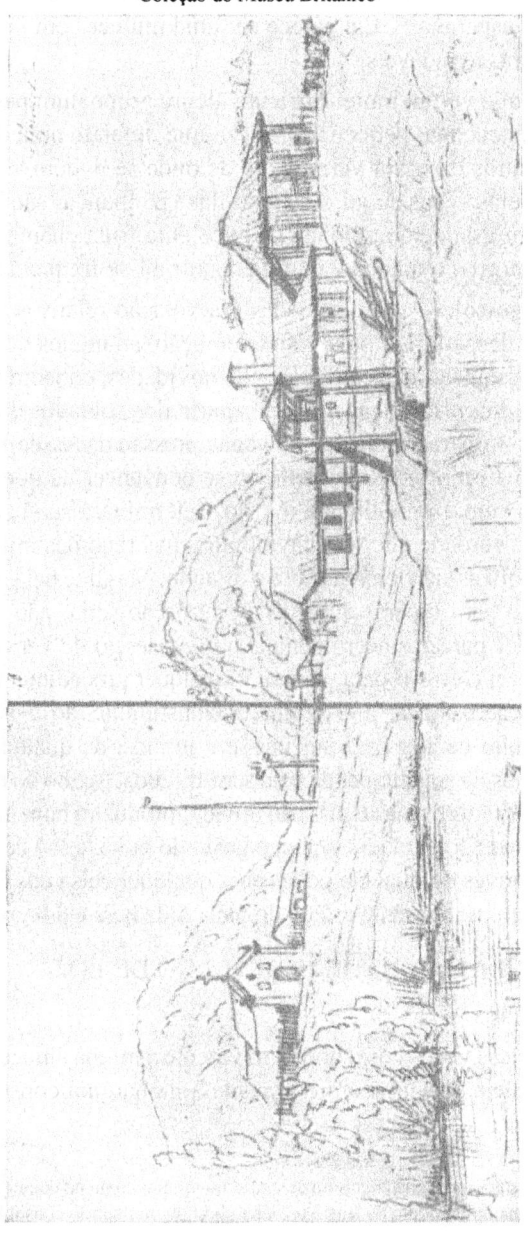

Fazenda dos Afonsos

Devo dizer, na verdade, que se soubesse de suas ideias a respeito de etiqueta eu a teria procurado antes, ficando satisfeita por fazer o que de mim se esperava[266]. Ela parece ser uma mulher bem informada, e tem maneiras agradáveis.

Depois que voltei, juntei-me a um alegre grupo num passeio a cavalo a Copacabana, pequena fortaleza que defende uma das pequenas baías atrás da praia Vermelha e de onde se podem ver algumas das mais belas vistas daqui. As matas das vizinhanças são belíssimas e produzem grande quantidade de excelente fruta chamada cambucá, e nos morros o gambá e o tatu encontram-se frequentemente.

8 [de agosto]. — As discussões e a votação relativas ao veto do Imperador despertaram uma grande emoção, ao menos oratória, e os ingleses, pesquisadores e difusores de novidades, concordam em que haverá alguma insurreição séria por parte dos soldados a fim de defenderem o Imperador de alguma vaga opressão da Assembleia. Confio em que a própria Assembleia, ao se convencer de que a votação relativa ao veto é impolítica e injusta, determinará sua revogação; é igualmente verdade que tem havido algumas reuniões militares cuja linguagem foi assaz violenta sobre o assunto. Mas que haja o mais leve fundamento para esperar qualquer perturbação séria, não posso crer. O Imperador parece sincero demais no seu desejo de ver prosperar o mais possível o Brasil para encorajar qualquer procedimento violento no sentido de esmagar a Assembleia Constituinte. ao mesmo tempo ele tem muito caráter para sujeitar-se a termos, de qualquer origem, derrogatórios de sua dignidade e de seus direitos. Acabo de receber sua proclamação sobre o caso que, não duvido, produzirá bom efeito. Estas proclamações são agradáveis para o gosto do povo, e são de fato o único canal através do qual ele pode saber qualquer coisa das disposições do Imperador no presente estado do país. A de hoje é a seguinte:

"PROCLAMAÇÃO DE 19 DE JULHO DE 1823

"Brasileiros

Não poucas vezes vos tenho feito patente a minha alma e o meu coração; naquela veríeis sempre gravada a monarquia constitucional e

---

[266] Não obstante as circunstâncias especiais, tanto minhas como do doente que eu acompanhava na minha volta ao Rio, Mrs. Chamberlain, mulher do cônsul britânico, não tomou conhecimento de minha chegada. Aprendi depois que as mulheres, tanto quanto os homens, devem procurar os seus cônsules. Eu não estava a par disso, pois, em casos semelhantes, já havia recebido as primeiras visitas anteriormente.

neste a vossa felicidade. Quero, porém, dar-vos mais um testemunho dos meus sentimentos e do quanto detesto o despotismo, quer de um, quer de muitos.

"Algumas câmaras das províncias do Norte deram instruções aos seus deputados, em que reina o espírito democrático. Democracia no Brasil! Neste vasto e grande império é um absurdo; e não menor absurdo o pretenderem elas prescrever leis aos que as devem fazer, cominando-lhes a perda ou derrogação de poderes que lhes não tinham dado, nem lhes compete dar.

"Na cidade de Porto Alegre a tropa e o povo, a Junta do Governo e as autoridades civis e eclesiásticas acabam de praticar também um atentado que firmaram, ou antes, agravaram, com solene juramento. A tropa, que só deve obedecer ao monarca, tomando deliberações; autoridades incompetentes definindo um artigo constitucional que compete à Assembleia Geral Constituinte e Legislativa, qual é o *veto*, ou absoluto ou suspensivo, são absurdos mui escandalosos e crimes dignos do mais severo castigo, a não serem sugeridos pela ignorância, ou produzidos por indignas aliciações.

"Não acrediteis, pois, aos que lisonjeiam ao povo, nem aos que lisonjeiam ao monarca: uns e outros são indignos, e movidos pelo próprio e vil interesse e com a máscara do liberalismo ou do servilismo, só procuram edificar, sobre as ruínas da pátria, sua orgulhosa e precária fortuna. Os tempos em que vivemos estão cheios de tristes exemplos. Sirvam-nos de farol os acontecimentos de países estranhos.

Confiai, brasileiros, no vosso Imperador e Defensor Perpétuo, o qual nem quer alheias atribuições, nem deixará jamais usurpar as que de direito lhe devem competir e que são indispensáveis para que sejais felizes e para que este Império possa encher os altos destinos que lhe são marcados pelo imenso Atlântico e pelos soberbos Prata e Amazonas. Esperemos ansiosos a Constituição do Império e esperemos que ela seja digna de nós. O Supremo Árbitro do universo nos conceda união e tranquilidade, força e constância e será consumada a grande obra da nossa liberdade e independência.

IMPERADOR[267(*)]"

---

267 (*) Texto original na *Collecção das leis do Império do Brazil de 1823*, Parte I Rio, Imp. Nac. 1887 – (Proclamações e manifesto, pg. 6).

9 [de agosto]. — O dia para o qual os *Pés de Chumbo* haviam predito uma insurreição passou em perfeita tranquilidade, salvo quanto a um melancólico acidente. Suas Majestades Imperiais, como foi mencionado, foram à igreja da Glória dar graças pela cura do Imperador. Foram seguidos pelas autoridades e por tantos oficiais dos diferentes regimentos quantos podiam acompanhar. No momento em que a comitiva estava toda de joelhos, e exatamente quando as campainhas anunciavam a elevação da hóstia, o camarista Magalhães foi tomado de apoplexia e morreu[268(*)].

12 [de agosto]. — Hoje, como ontem, e anteontem, houve luminárias e representaram-se óperas por causa da cura do Imperador; à noite um navio, presa feita pela esquadra, chegou do norte trazendo notícias de sua boa situação e da chegada de muitas presas na Bahia e em Pernambuco. Como os oficiais e marinheiros dos navios imperiais não podem ser desperdiçados para conduzir as presas aos portos, Lorde Cochrane assegura-se de sua ida para ali racionando a água, deixando apenas o suficiente para um certo número de dias, e cortando fora o mastro principal e o da mezena, de modo que eles precisarão procurar quanto antes os portos de sotavento. Os marinheiros hão de apreciar isto.

14 [de agosto]. — Fui com o Sr. Plasson, francês muito inteligente, a quem devo boa cópia de informações sobre esta terra, ao museu, que havia visto apressadamente na minha primeira visita ao Rio. Melhorou grandemente desde que aqui estive, tanto externa quanto internamente. Os minerais da terra formam a parte mais rica da coleção. Os diamantes, tanto os incolores, como os negros, ultrapassam tudo o que já vi, mas creio que os cristais de ouro são os artigos mais preciosos aqui. Há diversas peças de ouro nativo, pesando três ou quatro onças, e alguns belos espécimens de prata, tão belos e delicados como uma *aigrette* de senhora. Confesso que o cobre, lindamente colorido, e o ferro, belamente granulado, agradaram-me tanto quanto a maioria

---

268 (*) Joaquim José de Magalhães Coutinho, guarda-roupa do Imperador, apesar de doente fez questão de comparecer à missa em ação de graças pelo restabelecimento de D. Pedro I. Ao ajoelhar-se por ocasião da elevação caiu fulminado por uma congestão cerebral. Deixou viuva D. Mariana Carlota de Verna Magalhães Coutinho, mais tarde Camareira-mor, aia de D. Pedro II, e condessa de Belmonte. O filho de D. Mariana, Ernesto Frederico de Verna Magalhães Coutinho, foi mais tarde camarista de D. Pedro II e a filha, D. Maria Antônia de Verna Magalhães, dama da princesa D. Francisca. (V. RAFFARD, "Pessoas e coisas do Brasil", *Loc. cit.*, pg. 137).

das coisas: alguns espécimens do último contêm 99 partes de ferro. São das minas de São Paulo. Mostraram-me alguns espécimens de carvão, tão fino quanto o carvão escocês, que foi recentemente descoberto na vizinhança imediata daquelas mesmas minas. As ametistas, topázios, quartzos de todas as cores, são inumeráveis. Há lindos jaspes com veios de ouro, e magníficos trabalhos da natureza, dignos da caverna de Aladim. Os insetos, especialmente as borboletas, seriam capazes de adejar por eles. Mas os outros ramos da história natural não são ricos aqui. De pássaros, há poucos de nota, além de uma esplêndida coleção de tucanos. De quadrúpedes, alguns poucos macacos, duas corças, como o veadinho europeu[269], e alguns tatus muito curiosos, são tudo o que me lembro. A coleção de armas indígenas e vestuários é incompleta e necessita arrumação. É pena porque, pouco a pouco, a medida que os selvagens adotam hábitos civilizados, estas coisas serão inatingíveis. As curiosidades africanas são pouco mais bem conservadas, mas algumas delas são muito interessantes na espécie. Uma muito notável é uma roupa de rei feita de tripas de boi, não no estado descrito por Le Vaillant[270(*)], mas cuidadosamente limpas e secas, como fazemos com as bexigas. São então esticadas longitudinalmente e as peças cosidas junto; cada costura é feita com penachos, ou antes franjas de penas de púrpura, de modo que a vestimenta é leve, impermeável à chuva e altamente ornamental pelas suas ricas bandas coloridas. Há uma outra, feita inteiramente de ricas plumas azul Mazarino; um cetro muito engenhosamente lavrado, com penas vermelhas, e um barrete de casca de madeira, com uma imensa ponta proeminente na frente e uma quantidade de penas coloridas e de cabelo atrás, ornamentado de contas. Além dessas coisas todas, há o trono de um príncipe africano, de madeira, lindamente lavrado. Desejaria, desde que a situação do Brasil é tão favorável para colecionar os trajes africanos, que houvesse uma sala adequada a essas coisas, tão interessantes para a história do homem.

15 [de agosto]. — O dia da Assunção de Nossa Senhora, aqui chamada N. Sr.ª da Glória, padroeira da filha mais velha do Imperador, é celebrado hoje, e, naturalmente, toda a família real assistiu à missa de manhã e voltou à tarde. Passei o dia com *Mrs.* May, em sua agradável casa do outeiro da Glória e combinamos ir à tarde ver a

---

269 Comi esta caça e é como a corça da Europa.
270 (*) *François Le Vaillant,* viajante e naturalista francês — (1753-1824).

cerimônia. A igreja é colocada em uma plataforma, um pouco acima da metade da altura de uma íngreme eminência, dominando a baía. A nave é um octógono de trinta e dois pés de diâmetro. Entramos entre uma grande multidão de pessoas e colocamo-nos no coro. Pouco depois a comitiva imperial entrou. Não tive uma surpresa desagradável ao ver-me amavelmente reconhecida. A benção, que é como se chama este serviço da tarde, foi bem executada quanto à música, e é muito curta. Depois dela ouvi pela primeira vez um sermão em português. Era, naturalmente, sobre a oportunidade. O texto, (*1 Reis, II,* 19): "O rei levantou-se para a vir receber, e saudou-a com profunda reverência, e sentou-se no seu trono; e foi posto um trono para a mãe do rei, a qual se sentou a sua mão direita". A aplicação do texto à lenda da Assunção é óbvia e compreendeu a primeira parte do sermão. A segunda parte consistiu numa aplicação da história do período inicial do reinado de Salomão às presentes circunstâncias do Brasil; a restauração do reino, o triunfo sobre as facções e a instituição das leis constituíram a base da comparação. Todo o povo do Brasil foi convocado a juntar-se nas ações de graças e orações à Virgem da Glória para agradecer-lhe ter dado à nação, como legisladores, os descendentes dos Manueis, dos Joões e dos Henriques de Portugal e das Maria Teresas d'Áustria e pedir-lhe que continue a dispensar a esses sua graciosa proteção, e muito especialmente à princesa mais velha, esperança do Brasil, que tem Seu nome e a Ela é consagrada. Tudo foi feito com gravidade e decência, com o mínimo de aparência de adulação às pessoas ilustres presentes, e não durou mais que quinze minutos. Nesta ocasião os veadores e outras pessoas, que acompanhavam a Família Imperial, usavam opas de seda branca e carregavam tochas nas mãos.

Fui à noite a um baile e concerto em casa da baronesa de Campos. Ao entrar fui recebida pelas moças da família e conduzida à avó delas. Depois de lhe fazer meus cumprimentos fui colocada entre os membros da família, onde tinha maiores relações. Havia ali somente duas inglesas além de *Lady* Cochrane e eu, e eram a mulher do cônsul e a do comissário para os negócios da escravidão. Observou um cavalheiro estrangeiro que, apesar de sermos apenas quatro, dificilmente conversávamos juntas. Era perfeitamente exato. Quando estou numa sociedade estrangeira, gosto de falar com estrangeiros, e não penso que seja sensato, nem delicado, formar então grupos de pessoas de sua própria nação. Havia várias salas franqueadas ao jogo de cartas. As apostas, imagino, eram muito altas. Logo que se encheu a sala de chá, passaram as xícaras a circular de mão em mão. Percebi que alguns dos velhos criados, com grande respeito aliás, falavam com os convidados com os quais se davam. Depois do chá tive o prazer de ouvir de novo cantar D. Rosa e quase praguejei, com escândalo de minhas companheiras mais alegres, contra o baile, que rompeu, por encerrar aquele "despertar da delícia" que a música inspira em todos, e especialmente naqueles que conheceram a tristeza. Não sou música, mas os sons doces, especialmente os da voz humana, seja falando, seja cantando, têm um poder singular sobre mim.

Logo que acabou a primeira dança, andamos pela casa toda e encontramos uma sala de jantar magnífica pelas dimensões, mas escassamente mobiliada em comparação como o resto da casa. Os quartos de dormir e de vestir das senhoras são simples e elegantemente dispostos, com mobília inglesa e francesa, e tudo o mais diferente possível das casas que vimos na Bahia. Informaram-me que são também diferentes do que eram há vinte anos e bem posso acreditar; mesmo durante os doze meses de minha ausência do Rio, vejo que um maravilhoso polimento se processou e tudo está adquirindo um tom europeu.

Tomei a liberdade de observar a uma das senhoras a extrema juventude de algumas das crianças que acompanhavam suas mães naquela noite, e disse-lhe que na Inglaterra consideraríamos isso maléfico para elas, sob todos os pontos de vista. Perguntou-me o que fazíamos delas. Disse que algumas estariam na cama, e outras com as amas e governantes. Respondeu-me que éramos felizes neste ponto; mas que aqui não havia tais pessoas e que as crianças ficariam entregues ao cuidado e ao exemplo dos escravos, cujos hábitos eram tão depravados e cujas práticas eram tão imorais que seria a perdição delas; e que aqueles que amam seus filhos precisam tê-los debaixo da vista onde, se é verdade que podem correr o perigo de haver excesso nesse sentido, ao menos não podem aprender nenhum mal. Apraz-me reunir estas provas dos males da escravidão mesmo aqui, onde ela existe de modo mais suave que na maior parte dos países. Deixei os dançarinos muito entretidos à meia-noite, e soube que continuaram o baile até três. Não há nenhuma peculiaridade na dança aqui, já que as senhoras do Rio são, como nós, discípulas dos franceses neste ramo das belas artes.

19 [de agosto]. — *Sir* T. Hardy deu um baile e uma ceia para ingleses, franceses e brasileiros, onde tudo era belo e bem arrumado, e todos se divertiram.

20 [de agosto]. — Há muito que desejava ver um pouco mais dos arredores do Rio, do que o fizera até aqui, e resolvi cavalgar ao menos até Santa Cruz, cerca de quatorze léguas da cidade. Como a estrada é muito trafegada para se temerem acidentes extraordinários, e eu não sou tímida quanto aos embaraços habituais, resolvi contratar um empregado negro e ir sozinha. Esta resolução, porém, foi superada por *Mr.* e *Mrs.* May, cujo irmão, *Mr.* Dampier, gentilmente se ofereceu para escoltar-me. Confesso que tive muito prazer em ser aliviada da responsabilidade absoluta de minha pessoa, e não fiquei pouco satisfeita por ter a companhia de um jovem bem educado e inteligente, cujo gosto pelas belezas pitorescas da natureza concorda com o meu. Penso que se há um ponto em que os companheiros de viagem concordam decididamente, posto que divirjam em idade, temperamento ou disposição, poderá sempre haver paz e conversação agradável, mais especialmente se, como no nosso caso, viajam a cavalo. Evita-se muito facilmente uma divergência de opinião com uma referência a um cavalo, que pode sempre ir depressa ou devagar demais, com o emprego da língua, ou do chicote, sem ofensa ao companheiro bípede. Fomos bem provados hoje. Tinha-me convencido de que, após haver adiado nossa excursão de semana para semana, por um motivo ou por outro, se não a começássemos hoje nunca mais partiríamos: e, por isso, apesar da tarde ser o mais possível pouco prometedora, deixamos a casa do Sr. May às 4½ de modo a chegar a Campinha [Campinho]271(*), primeira parada, para dormir, já que, ai de nós! Os animais não são como os meus cavalos chilenos, que me transportariam vinte léguas num dia sem queixa. Montamos, pois, o Sr. Dampier num cavalo alto e baio, de ossos grandes, com uma cinta de pistolas afivelada em torno de si, um imenso chapéu de palha e uma jaqueta curta, eu num cavalinho cinza, meu capote de marinheiro sobre a sela, e, a não ser isso, vestida como habitualmente, com um chapéu de palha de passeio e um costume cinza escuro. Nosso pajem, Antônio, o mais alegre dos negros, ia numa mula, com o porta-casacos de

---

271 (*) O largo do Campinho é o ponto inicial da Estrada Real de Santa Cruz, que tem 40 km de extensão. (V. MOACIR SILVA, *Kilômetro zero — Caminhos antigos — Estradas modernas,* Rio, 1934, pg. 32).

Desenho de Maria Graham
Coleção do Museu Britânico

Fazenda dos Afonsos

Desenho de Maria Graham
Coleção do Museu Britânico

Freguesia de Santo Antônio

Mr. Dampier atrás e minha mala diante. Começamos pela parte alta da cidade e percorremos a bem trafegada estrada para São Cristóvão; depois de cruzar o pequeno morro à esquerda do Palácio[272(*)], entramos numa região completamente nova para mim. Da parte ocidental da entrada do Rio de Janeiro uma serra montanhosa se estende junto ao mar até a baía de Angra dos Reis, formada pela ilha Grande e pela de Marambaia. Na parte setentrional dessa serra há uma planície, aqui e ali interrompida de morros baixos, que se estende quase até a região mais interior do Rio de Janeiro, e alcança, numa curva, a baía de Angra dos Reis. Esta planície deve ter sido, em época não muito remota, coberta de água, ligando essas duas baías, e insulando as montanhas acima referidas. Através desta planície desenrola-se nossa estrada entre um cenário grandioso de um lado e uma vista suave e linda de outro; mas à noite ficou tudo escuro e nevoado. Os topos das montanhas estavam cobertos de nuvens que despencavam impetuosamente pelos flancos e através de suas pedras, e mesmo, uma vez ou outra, vinha delas um ruído surdo do vento ainda que as rajadas ainda não nos alcançassem. Sob esta espécie de nuvem passamos o pitoresco Pedregulha [Pedregulho][273(*)], e o pequeno porto de Benefica [Benfica][274(*)], formado por um riacho. Em breve alcançamos a Praia Pequena[275(*)], onde uma boa cópia de produtos são embarcados para a cidade. As nuvens haviam-se adensado ali tristemente e as névoas das grandes montanhas haviam mudado de aspecto. Ainda assim fomos adiante, abandonando completamente a baía. Passamos primeiro por Venda Grande[276(*)], onde se deve comprar tudo que é preciso para o cavalo ou para o viajante; depois Capon [Capão] do Bispo, bela aldeia, onde as nuvens, de chuva fizeram com que desejasse parar; depois a ponte de pedra do Rio [de] Ferreira, onde a chuva, afinal, começou

---

272 (*) Morro da Mangueira.
273 (*) Morro do Pedregulho, rodeado pelas ruas São Luís Gonzaga e da Alegria. Um dos pontos mais aprazíveis dos arrabaldes do Rio, pela bela paisagem que dele se descortina. Nele está localizado hoje um dos mais importantes reservatórios de água da cidade.
274 (*) Pequena povoação na freguesia de Engenho-Novo. Informa MILLIET DE SAINT-ADOLPHE (*Dicion,, geogr. hist. e descrit. do Imp. do Brasil*, Paris, 1845, I, 139) que seus moradores abriram um canal que ia ter à baía, por onde navegavam na maré montante, fazendo um ativo comércio dos gêneros que se consomem na capital.
275 (*) A Praia Pequena, no Engenho Novo, principiava na segunda ponte da Estrada Real de Sta. Cruz e ia até a Estrada da Penha.
276 (*) Venda Grande ficava a duas léguas do Rio. "Por ficar à beira-mar e poderem os barcos carregar em seu porto café e outros gêneros para o Rio de Janeiro, é de muito trato", diz MILLIET DE SAINT-ADOLPHE, *Op. cit.*, pg. 762.

a cair em grandes e frias bátegas. Depois tremendos golpes de vento começaram a soprar das gargantas das montanhas e muito antes de alcançarmos Casca d'ouro [Cascadura] a proteção de capas e guarda-chuvas tinha cessado de ter valor. Poderíamos ter parado ali; mas como nos haviam dito que a venda de Campinho era o melhor lugar para repouso, resolvemos continuar, e, com algumas penas infligidas a meu cavalo para avançar, alcançamos a venda. Mas, se é delicioso, depois de uma longa viagem a cavalo sob a chuva numa noite escura e tempestuosa, chegar a um lugar de repouso, é, pelo menos, tão desesperador ser recusado na porta em que se esperava encontrar abrigo, com as roupas gotejantes e as pernas a tremer de frio; e tal foi a nossa sina. Não havia nada que comer, nem lugar para nós, nada para os cavalos, e assim saímos de novo a enfrentar a tempestade impiedosa. Poucas jardas além, contudo, surgiu-nos uma casa de campo baixa à beira da estrada e aí batemos. Um criado mulato veio cautelosamente dos fundos da casa para reconhecer-nos. Tendo-se certificado de que éramos realmente viajantes ingleses, molhados e surpreendidos pela noite, abriu-nos a porta da frente e nos encontramos diante de uma senhora de meia idade, muito simpática e de sua filhinha.

Chamava-se Maria Rosa d'Acunha [da Cunha]. O marido e o filho estavam ausentes, a negócio, e ela e a menina estavam sozinhas. Logo que mudamos nossas roupas molhadas e providenciamos quanto aos cavalos, que nossa hospedeira pusera numa construção vazia, deu-nos ela café quente, pão e queijo e estendeu seus cuidados hospitaleiros ao nosso negro. Deu a Mr. Dampier a cama do filho e preparou uma cama para mim no quarto em que ela e a criança dormiam. Esta gente pertencia à classe mais pobre dos fazendeiros, já que não possuíam acima de quatro ou cinco escravos, trabalhando duramente eles próprios. Parecem, porém, felizes, e, asseguro, são muito hospitaleiros.

21 [de agosto]. — Esta manhã parecia ao menos tão ameaçadora como ontem, mas resolvemos ir até o engenho dos Afonsos[277](*) para cujo dono, Sr. João Marcos Vieira, tínhamos cartas de apresentação de um amigo na cidade. Em consequência, despedimo-nos de nossa amável anfitriã, que havia feito café cedo para nós, e metemo-nos por uma légua de estrada bem bonita em direção aos Afonsos. No lugar onde esta fazenda limita com Campinho há um grande pouso com telhas, onde encontramos um grupo de viajantes, vindos

---

277 (*) Atual Campo dos Afonsos, onde está sediada a Escola de Aviação Militar.

evidentemente de Minas, que secavam suas roupas e bagagem depois da tempestade da última noite. Um padre, e dois outros homens, evidentemente acima do comum, pareciam ser os chefes do grupo. A bagagem estava empilhada de um lado do abrigo e as armas fincadas nas cordas que as amarravam. Havia uma grande fogueira no centro, onde um negro fervia café, e diversas pessoas em volta secavam as roupas. De um modo geral, os homens que encontramos, vindos das minas, são de raça fina e bela, de feição leve e ativa. Suas vestes são muito pitorescas. Consistem numa capa oval, forrada de cor brilhante, como rosa ou verde-maçã, usada como os hispano-americanos usam o poncho. Os lados são frequentemente levantados para os ombros e deixam ver, por baixo, uma jaqueta de cor brilhante. Os calções são frouxos e alcançam o joelho. As botas são largas, de couro amarelo, e são vistas geralmente nos mais ricos, ainda que seja muito comum encontrar esporas sobre o calcanhar nu, e nenhuma bota ou calçado de qualquer espécie. As classes superiores têm geralmente belas pistolas e grandes facas. As outras contentam-se com um bom cacete. Uma rápida légua, desde a última casa de Campinho, trouxe-nos a Afonsos, onde apresentamos nossa carta e fomos recebidos do modo mais amável. A fazenda pertence de fato à avó viuva do Sr. João Marcos, que é nativo de Sta Catarina. Sua mãe, irmã e irmão, e duas primas mudas, todos residem aqui, mas ele é somente um visitante ocasional, pois é casado e vive com a família da mulher. As moças mudas, que já não são jovens, são muito interessantes. Muito inteligentes, compreendem a maior parte do que se diz pelo movimento dos lábios, de modo que o primo falava em francês quando queria dizer qualquer coisa a respeito delas. Faziam-se compreender por sinais, muitos dos quais, posso mesmo dizer, a maior parte, seriam perfeitamente inteligíveis para os alunos de Sicar ou Braidwood. São parte de uma família de oito crianças, quatro das quais são mudas; as mudas e as falantes nasceram alternadamente. Uma delas fez para nós a primeira refeição, que consistiu em café e várias espécies de pão e manteiga.

Depois do café, como o tempo continuava frio e chuvoso, fomos facilmente convencidos pelo nosso hospedeiro de que deveríamos permanecer o dia todo em Afonsos. Fiquei realmente contente com a oportunidade de despender um dia inteiro com uma família do campo. O primeiro lugar que visitamos após o café foi o engenho de açúcar, que é movido por burros. A maquinaria é bastante rude, mas parece corresponder aos intuitos.

A fazenda emprega 200 bois e 180 escravos como lavradores, além dos que fazem o serviço da família. A produção é de cerca de 3.000 arrobas de açúcar e 70 pipas de aguardente. As terras se estendem desde Tapera, onde encontramos os viajantes, e onde há 200 anos havia uma aldeia de índios mansos, até cerca de uma légua em direção a Piraquara. Há cerca de quarenta foreiros brancos, que mantêm vendas e outras úteis lojas nas margens das estradas e exercem as atividades manuais mais necessárias. Só uma pequena porção da fazenda, porém, é realmente cultivada. O resto está ainda coberto com a floresta primitiva. Esta é utilizada como combustível para as fornalhas de açúcar, madeira para maquinaria e, às vezes, para vender. Os proprietários de fazendas preferem contratar ou negros livres, ou negros alugados pelos senhores[278] para os serviços nas florestas, por causa dos numerosos acidentes que ocorrem na derrubada de árvores, especialmente nas posições escarpadas. A morte de um negro da fazenda é uma perda de valor; a de um negro alugado só dá lugar a uma pequena indenização; a perda de um negro livre significa frequentemente até a economia de seus salários, se ele não tiver filho para reclamá-los.

O trigo não medra nesta parte do Brasil ainda que nos distritos meridionais e montanhosos do interior viceje admiravelmente. O luxo do pão de trigo está introduzido por toda parte, com farinha proveniente da América do Norte. Por qualquer parte que se viaje nestas vizinhanças, pode-se estar certo de encontrar excelente pão duro em qualquer venda, ainda que o pão macio seja raro.

As canas de açúcar são plantadas aqui durante os meses de março, abril, maio, e mesmo junho e julho. Nas filas entre elas plantam-se pés de milho e de feijão, cujo cultivo é favorável à cana-de-açúcar. O feijão é colhido primeiro, quando o solo é mondado, limpo e afrouxado em torno das raízes das canas; em seguida é arrancado o milho, fazendo-se nova mondação e limpeza. Só depois disso o açúcar está bastante alto para ensombrar o terreno e evitar o nascimento de ervas más.

As primeiras canas ficam maduras em torno de maio. A cana Caiena produz mais e medra em terrenos baixos, e em solos mistos de areia e barro. A cana creoula ocupa o morro e, apesar de menos produtiva, supõe-se que produz açúcar de melhor qualidade. Os meses frios, de maio a setembro, são os mais propícios para ferver o açúcar.

---

278 O salário é de uma pataca e meia a duas patacas por dia, além da comida.

Depois de outubro as canas fornecem menos caldo, cerca de um oitavo, às vezes um quarto, e portanto perde-se mais argila para branquear o açúcar. Os potes de três arrobas não voltam, após a operação, com mais de duas e meia no máximo. O barro usado para refinação do açúcar é extraído perto do engenho. Dá a sensação de macio e grosso nos dedos. E colocado numa selha de madeira com uma quantidade de barrela feita pela embebição dos ramos de um pequeno arbusto com uma espécie de soda[279], e funciona para cima e para baixo com uma máquina, um pouco como a batedeira de manteiga, até que fica da consistência de um creme grosso, quando está pronto para o uso. Penso que o principal trabalho de espremer o caldo, fervê-lo, secar os açúcares, bem como clareá-lo, é feito aqui como em toda parte do mundo, apesar de que provavelmente possa haver alguma diferença em cada país, ou mesmo em cada engenho. Também a distilação dos espíritos não pode ser muito diferente. Nada se desperdiça numa casa de açúcar; o bagaço que resta depois de espremidas as canas, quando seco, serve de combustível para aquecimento das fornalhas; a água doce refugada, que corre do alambique, é avidamente bebida pelos bois, que sempre parecem engordar com ela.

Quando acabamos de examinar o engenho de açúcar e ver o jardim, eram duas horas, e fomos chamados para jantar. Tudo estava excelente no gênero, somente com um pouco mais de alho do que é usado na cozinha inglesa. Na mesa lateral havia uma grande travessa de farinha seca, que a parte mais velha da família pediu e usou em vez de pão. Eu preferi o prato de farinha umedecida com caldo, não muito diferente da papa de aveia, que foi oferecido com o cozido e linguiça em fatias, depois da sopa. O carneiro era da fazenda, pequeno, e muito macio. Tudo foi servido em baixela inglesa azul e branca. As toalhas e guardanapos eram de algodão lavrado, e havia bastante prata usada, mas não exposta. Após o jantar alguns membros da família retiraram-se para a sesta; outros dedicaram-se a bordados, que são muito belos e o resto entregou-se às ocupações da casa e à direção das escravas domésticas que, pela maior parte, nasceram na fazenda e foram educadas na casa da senhora. Vi crianças de todas as idades e cores, correndo de um lado para outro, que pareciam ser tão carinhosamente tratadas como se fossem da família. A escravidão,

---

[279] É trazida aos engenhos da região da lagoa de Jacarepaguá. Não tive ocasião de ver a planta inteira.

nestas condições, é muito aliviada e se aproxima antes da dos tempos patriarcais, quando a criada comprada se tornava, para todos os fins, uma pessoa da família. O grande mal está nisto: ainda que os senhores não tratem mal seus escravos, têm o poder de fazê-lo e o escravo está sujeito ao pior dos males contingentes, isto é, o capricho dos semieducado, ou de um senhor mal-educado. Fossem todos os escravos bem tratados como os escravos domésticos dos Afonsos, onde a familia reside constantemente e nada confia a estranhos, e a situação dessas pessoas poderia ser comparada, com vantagem, à dos criados livres. Mas o melhor é impossível, e o pior mais que provável, desde que um poder incontrolável de um ser falível pode se exercer sem censura sobre seus escravos.

Uma das mudas fez o chá e depois passamos um par de horas numa roda de jogo de cartas onde as irmãs se sentiram em perfeita igualdade com os falantes e, conseguintemente, divertiram-se. Lembro-me de uma narrativa feita pelo bispo Burnet[280(*)], em suas viagens, de uma muda que descobrira um modo de comunicar-se com a irmã mesmo no escuro, antes da instrução de tal classe de pessoas desgraçadas se tornar um assunto de interesse público. Alguns desses métodos possuem estas senhoras, pois falam-se mutuamente, e fazem-se entender por sua jovem prima, menina inteligente, que está sempre a mão, para interpretá-las. Elas inventaram também sinais convencionais para os nomes das flores e plantas do jardim, sinais conhecidos por toda a família. Fiquei encantada com a rapidez e a precisão com que conversavam sobre qualquer assunto de seu conhecimento.

O jogo abrira caminho para a ceia, refeição quase tão cerimoniosa e tão constante como o jantar. Depois dela, foi servido queijo assado, com rodelas de bolo de farinha, torradas de fresco e untadas com muito pouca manteiga irlandesa; são a mesma coisa que o pão de Casava das Índias Ocidentais, mas preparados aqui aproximam-se mais dos bolos de aveia escoceses. Quando fui para meu quarto à noite, entrou uma bela e jovem escrava com uma grande bacia de água morna e uma toalha franjada sobre o braço e ofereceu-se para lavar-me os pés. Pareceu desapontada quando lhe disse que nunca permitia que ninguém me fizesse isso, ou me ajudasse a despir em qualquer tempo, De manhã ela voltou, e tirando o banho dos pés, trouxe toalhas novas,

---

280 (*) Gilbert Burnet (1643-1715), natural de Edinburgo, bispo de Salisbury, historiador e filantropo.

uma grande bacia de prata lavrada e um jarro, cheio de água morna, que deixou sem dizer palavra. Disse a sua senhora que eu era uma pessoa muito sossegada e que, pensava ela, não gostava de ninguém, a não ser de seu povo e, portanto, não me incomodaria.

Sexta-feira, 22 [de agosto]. — O dia estava tão belo quanto possível, e depois do café prosseguimos nossa viagem a Santa Cruz. A estrada tornava-se cada vez mais bela à medida que avançávamos.

"Here lofty trees to ancient song unknown,
The noble sons of potent heat, a floods
Prone rushing from the clouds, rear'd high to heav'n
Their thorny stems, and broad around them threw
Meridian gloom."

E, acima de todas estas coisas, as montanhas erguiam-se na distância. Mais perto de nós estavam montes mais baixos, entre os quais se estendiam amplos vales em que se perdia nosso olhar. Os flancos próximos estavam cheios de gigantescos aloés, regatos e lagoas. Manadas de gado passavam com seus guias pitorescamente vestidos. Perto de Campo Grande, o cenário muda: são diversas pequenas planícies verdes, só com algumas árvores isoladas, aqui e ali, decoradas de epífitas em flor e trepadeiras vermelhas. Para diante fica um dos mais belos lugares que jamais vi, isto é, Viaga[281(*)], onde rochas, árvores, campinas e construções tudo parece arrumado para ser admirado. Após vaguear um pouco para poder gozar o panorama, cavalgamos para a nova freguesia de St.º Antônio, onde paramos em uma venda muito limpa para descansar e alimentar nossos cavalos. A igreja fica num pequeno morro, dominando uma região muito bonita e uma limpa povoação, mas a parte mais vasta da paróquia fica muito distante. Enquanto os animais comiam o seu milho, obtivemos para nós um pouco de pão seco, queijo de Minas, exatamente o queijo grande escocês, e vinho do Porto de barril, de excelente qualidade. Estas provisões sempre se encontram, com feijão, toucinho e carne-seca. Mas a hospitalidade num albergue brasileiro não compreende a cozinha para viajantes, que geralmente transportam consigo os utensílios para esse

---

281 (*) Parece tratar-se de *Vargem*, ou *Vargem dos Padres Bentos*, conforme se vê na *Carta Geographica da Capitania do Rio de Janeiro*, de autoria do Sargento-mor Manuel Vieira Leão, copiada em 1801, pertencente ao Estado Maior do Exército, e reproduzida em MOACYR SILVA, *Kilometro zero*, Rio, 1934, pg. 257.

fim e que, nalgum telheiro acostado à hospedaria, cozinham para si mesmos, e geralmente dormem no mesmo abrigo. Em Santo Antônio há quartos de dormir decentes, providos de bancos e tapetes aos quais os hóspedes ajuntam a dormida que lhes agrada; mas os viajantes em geral envolvem-se em suas capas e assim ficam. Logo que nossos cavalos ficaram prontos, cavalgamos para a Mata da Paciência, engenho de D. Mariana, a filha mais velha da baronesa de Campos, e para a qual tínhamos uma carta de apresentação. Tivemos aqui uma recepção das mais polidas por parte de uma bela mulher, de tom senhoril, que encontramos na direção de seu engenho, o que é de fato interessante. Fomos recebidos primeiro pelo capelão, pessoa polida e bem informada; com ele estava o capelão de Santa Cruz que, por ter sido antes professor no colégio do Rio, é geralmente conhecido pelo nome de padre-mestre[282(*)].

D. Mariana conduziu-nos ao engenho, onde nos deram bancos colocados perto da máquina de espremer, que são movidos por um motor a vapor, da força de oito cavalos, uma das primeiras, senão exatamente a primeira instalada no Brasil. Há aqui 200 escravos, e outros tantos bois, em pleno emprego. A máquina a vapor além dos rolos compressores no engenho, move diversas serras, de modo que ela tem a vantagem de ter a sua madeira aparelhada quase sem despesa. Enquanto estávamos sentados junto à máquina, D. Mariana quis que as mulheres que estavam fornecendo as canas, cantassem, e elas começaram primeiro com algumas de suas selvagens canções africanas, com palavras adotadas no momento, adequadas à ocasião. Ela lhes disse então que cantassem os hinos à Virgem. Cantaram, então, com tom e ritmo regular com algumas vozes doces, a saudação angélica e outras canções. Acompanhamos D. Mariana dentro de casa onde verificamos que, enquanto nos ocupávamos em observar a maquinaria, as caldeiras e a distilaria, preparava-se o jantar para nós, apesar de já estar passada, há muito, a hora da família. A nossa partida fomos ins-

---

282 (*) O cura de Santa Cruz, nomeado a 18 de dezembro de 1822, era o padre frei Antônio da Virgem Maria, franciscano. Cf. Mons. ANTÔNIO ALVES FERREIRA DOS SANTOS, *A arquidiocese de S. Sebastião do Rio de Janeiro*, Rio, 1914, pg. 172. O "colégio do Rio", a que se refere a autora, deve ser o curso superior, "primeiro ensaio de ensino universitário entre nós", que os franciscanos fundaram em 1776 no convento de Santo Antônio. O alvará de II de junho de 1776 aprovou esta criação. (Cf. Publicações do Arq. Nacional, vol. XX, 1922, pg. 181) e FREI BASÍLIO RÖWER, *Os franciscanos no sul do Brasil durante o século XVIII* [e outros estudos] 2.ª ed., Petrópolis, 1954, pg. 79.

tados amavelmente a voltar, em nossa viagem de retorno ao Rio, coisa que nós, sem nenhuma repugnância, prometemos fazer.

Estava completamente escuro muito antes de chegarmos a Santa Cruz, e extremamente frio. Lá chegados, encontramos com facilidade a casa do cavalheiro para quem tínhamos uma carta de apresentação, o capitão de fragata João da Cruz dos Reis, que é o superintendente do palácio e da fazenda. O visconde do Rio Seco havianos fornecido amavelmente esta carta e explicado que o objetivo de nossa viagem era pura curiosidade, de modo que o capitão nos disse que no dia seguinte faria tudo para satisfazer-nos. Logo após a nossa chegada diversas pessoas procuraram-nos para uma conversa por meia hora, entre outros um cirurgião que vem do Rio uma vez por ano, para vacinar as crianças nascidas durante doze meses na Fazenda. O padre-mestre e um outro frade também vieram. Em breve verifiquei que Santa Cruz tem sua política e sua tagarelice tanto quanto a cidade, e toda diferença consiste num refinamento maior ou menor. Nada pode ultrapassar a hospitalidade bem humorada de nossos hospedeiros, que logo fizeram com que nos sentíssemos à vontade, e, quando terminou o chá, estávamos bem iniciados em todos os caminhos da casa e da vila.

Sábado, 23 [de agosto]. — A manhã estava excessivamente fria, mas clara, e a vista das extensas planícies de Santa Cruz, com os rebanhos de gado, é magnífica. Os pastos estendem-se por muitas léguas de cada lado do pequeno morro em que estão colocados o Palácio e a povoação; são aqui e ali interrompidos por tufos de floresta natural; por um lado o horizonte estende-se até o mar; por todos os outros lados a vista é limitada por montanhas ou morros cobertos de florestas. O próprio Palácio ocupa o lugar do velho Colégio dos Jesuítas. Três alas são modernas: a quarta contém a bela capela dos reverendíssimos padres e uns poucos aposentos aceitáveis. A parte nova foi feita pelo rei D. João VI, mas os trabalhos se interromperam com sua partida. Os apartamentos são belos e mobiliados com conforto. Neste clima as tapeçarias de parede, quer de papel, quer de seda, estão sujeitas a rápido estrago por causa da umidade e dos insetos. As paredes são pois rebocadas com um ótimo barro branco-amarelado rico e grosso, chamado Taboa Tinga [Tabatinga][283] e as cornijas e barras pintadas a fresco. Algumas destas são extremamente belas quanto ao

---

[283] Taboa tinga, argila branca muito bela, própria para fazer porcelana muito abundante no Brasil, e, tanto quanto posso julgar, a mesma que se contra nos vales do Chile.

desenho. Geralmente são muito bem executados os arabescos das frisas, compostos de frutas, flores, pássaros e insetos do país. Uma das salas representa um pavilhão: e entre as pilastras abertas, está pintada a paisagem em torno de Santa Cruz, não muito bem, realmente; mas a peça é agradável e alegre. Os artistas empregados eram principalmente mulatos e negros crioulos.

Depois do café cavalgamos pela estrada calçada, que cruza a planície de Santa Cruz, até a aldeia indígena de São Francisco Xavier de Itaguaí, geralmente chamada Taguaí, fundada pelos jesuítas não muito tempo antes da expulsão[284(*)]. A situação da aldeia e da igreja é muito bela; no cume de um morro, domina uma rica planície, banhada por um rio navegável e cercada de montanhas. Entramos em várias cabanas de índios que compreendi serem da nação guarani. Perguntei a uma das mulheres em cuja cabana me sentei se sabia de onde tinha vindo sua tribo. Ela disse que não, que ela havia sido trazida, quando simples criança, de uma grande distância de Taguaí, pelos padres da Companhia, que seu marido morrera quando ela era moça; e que ela e suas filhas sempre haviam morado ali; mas que seus filhos e netos, quando os padres da Companhia se foram, haviam voltado para seu país, com o que ela queria dizer que haviam reassumido a vida selvagem. Isto não causa surpresa. Os índios aqui precisam trabalhar para outros e tornarem-se criados, situação que eles dificilmente distinguem da escravidão. Além disso há escravos bastantes, e o negro é mais resistente que o índio, seu trabalho é mais rendoso; portanto, um índio desejoso de trabalhar nem sempre encontra senhor. O produto de seu pequeno terreno, ou de sua pescaria, é raramente suficiente para a família, e sem a ajuda do padre, cuja principal proteção consistia em obter-lhe ocupação permanente, o selvagem semidomesticado desanima, e volta de novo para a liberdade de sua floresta, para sua caça e para sua pesca descontrolada. Os índios chilenos raramente, ou nunca, voltam às florestas uma vez organizadas suas aldeias, mas isto depende de circunstâncias que nada têm de comum com o estado do Brasil. Muitas das mulheres índias casaram-se com os portugueses crioulos; os casamentos entre mulheres crioulas e índios são mais raros. As crianças de tais uniões são mais belas e parecem mais in-

---

284 (*) A vila de Itaguaí foi originariamente aldeia dos índios Tupiniquins que o governador Martim de Sá trouxe de Porto Seguro em 1615, quando veio tomar conta do governo. A atual localização data de 1719. Foi elevada a vila em 1815 por D. João VI. (MILLIET DE St. ADOLPHE, Op. cit., I, 482).

Desenho de Maria Graham
Coleção do Museu Britânico

Campinho

Desenho de AUGUSTO EARLE
Gravura de EDWARD FINDEN

Dona Maria (Quitéria) de Jesus

teligentes do que as de raça pura de qualquer dos lados. As cabanas indígenas de Taguaí são muito pobres, escassamente suficientes, nas paredes e teto, para defender do clima, e dotadas de pequenas redes para dormir e utensílios de cozinha. Contudo por toda parte éramos convidados a entrar e sentar. Todos os chãos estavam varridos com limpeza e havia geralmente um cepo de madeira, ou um banco rude, para assento do estrangeiro, enquanto os próprios habitantes se acocoravam no chão.

Ao pé do morro de Taguaí há um belo engenho vendido por D. João VI a Fuão de Barros; os cilindros são movidos por uma roda d'água horizontal de cerca de vinte e dois pés de diâmetro, acionada pelo pequeno rio Taguaí. A quantidade de açúcar fabricado em um dado tempo é pouco maior do que a produzida pelo engenho a vapor da Mata Paciência, sendo igual o número de escravos empregados.

Após haver admirado bastante a limpeza do engenho e a beleza da situação, deixamos Taguaí para voltar a Santa Cruz e passamos novamente o rio Guandu, onde há uma guarda a cavalo junto à ponte. Exigem-se ali salvo-condutos dos viajantes ordinários, mas como tínhamos conosco um empregado de Santa Cruz, não fomos interrogados. O Guandu nasce na serra de Marapicu, no baronato de Itanhae [Itaguaí?], e, após receber o Tingui[285(*)], passa pelo engenho de Palmares, ocupado pelo visconde de Merendal; há ali um cais onde a produção da vizinhança é embarcada e transportada para Sepetiba, pequeno porto na baía de Angra dos Reis, e dali é despachada para o Rio. O transporte para o Rio leva geralmente vinte e quatro horas.

Em 1810 houve a intenção de unir o Guandu com o Itaipu [Taipu][286(*)] por um curto canal. Por esse meio, não somente a produção deste distrito, mas da da ilha Grande, seria transportada diretamente para o Rio, sem o risco da navegação fora da baía. Não sei porque o projeto foi abandonado.

Todas as vezes que passo por um bosque no Brasil, vejo plantas e flores novas, e uma riqueza de vegetação que parece inexaurível.

---

285 (*) O rio Guandu é formado pelo rio Santana e pelo ribeirão das Lajes, O Guandu-mirim, afluente da margem esquerda, é que nasce na serra de Gericinó' antiga freguesia de Marapicu. Não conseguimos identificar o rio que a autora denomina Tingui. Talvez seja o próprio Itaguaí (ou Taguai), assim reproduzido por erro tipográfico, com o qual se liga o Guandu por meio de um canal, construído por benemerência do capitão-mor Manuel Pereira Ramos.

286 (*) O rio Taipu, que, após regar a freguesia de Santo Antônio de Jacutinga, deságua no Iguaçu que desemboca na baía de Guanabara.

Hoje vi flores de maracujá de cores que dantes nunca observara: verdes, róseas, escarlates, azuis; ananases selvagens de belo carmezim e púrpura; chá selvagem, ainda mais belo que o elegante arbusto chinês; palmeiras do brejo e inúmeras plantas aquáticas novas para mim. Em cada lagoazinha patos selvagens, frangos d'água e variedades de marrecos, nadam por ali com orgulho gracioso. A cada passo sentia-me inclinada a dizer com o poeta:

"Oh nature, how in every charm supreme!
Whose votaries feast on raptures ever new:
Oh, for the voice and fire of seraphim
To paint thy glories with devotion due!"

Depois do jantar passeei um pouco na aldeia dos negros. Há, creio eu, cerca de mil e quinhentos na fazenda, a maior parte dos quais pertence às fazendas em torno, ou feitorias, das quais creio que há três, Bom Jardim, Piperi e Serra: estas produzem café, feijão e milho[287(*)]. A vizinhança imediata de Santa Cruz é adequada para criação de gado, dos quais existem este ano cerca de quatro mil cabeças. Uma boa quantidade de pastagens é anualmente arrendada. Os negros de Santa Cruz não são alimentados e vestidos pelo Imperador, mas têm pequenos trechos de terra, e dispõem de metade de sexta-feira, todos os sábados, todos os domingos, e todos os feriados para trabalhar para si próprios, de modo que, no máximo, dedicam ao senhor quatro dias em troca da casa e da terra; alguns são dispensados até dos sinais externos da escravidão e as famílias alimentam-se e vestem-se sem a interferência do senhor. O Imperador adaptou grande parte de uma cômoda construção erigida por seu pai, destinada às cavalariças reais, para instalação de um hospital. Visitei-o e encontrei um cirurgião branco e um assistente negro, camas decentes e quartos bem ventilados. A cozinha estava limpa e o caldo,

---

287 (*) A fazenda Imperial de Santa Cruz tinha três feitorias que lhe eram subordinadas: a de Peri-peri, a de Bom Jardim e a de Serra (ou Santarém). "A 1.ª achava-se estabelecida na baixada, a 2.º numa garganta e a última nos altos da Serra do Mar. O Peri-peri, no distrito de Marapicu, foi aldeia de índios. Em 10 de março de 1824, meses, portanto, após a visita de Maria Graham, foi nomeado administrador desta feitoria Felício Pinto Coelho de Mendonça, nada menos que o marido da marquesa de Santos, subordinado ao citado João da Cruz dos Reis. Cf. ALBERTO RANGEL, *D. Pedro I e a marquesa de Santos, Rio*, 1916, pgs. 129, 384, n° 85.

que foi tudo que encontrei cozido na hora da noite em que lá estive, estava bom. Havia cerca de sessenta doentes, a maior parte deles de simples feridas nos pés, alguns de pústulas, outros, de uma espécie de lepra causada pelo trabalho em terrenos úmidos, e uns poucos com elefantíase; as febres são muito raras, as doenças do pulmão não tão raras. Diversos hóspedes do hospital estavam ali unicamente pela velhice; um estava louco e havia uma grande sala de mulheres com crianças, de modo que, no total, considero o hospital como uma prova da saúde dos negros de Santa Cruz.

Domingo, 24 [de agosto]. — O dia de hoje provocou uma Assembleia muito importante que demandou a capela de Santa Cruz. Compareceram todos os funcionários pertencentes ao palácio, com suas mulheres e crianças, também os lojistas da aldeia e vizinhanças, além de uma boa quantidade da população negra; todos mais bem vestidos que as pessoas da mesma classe em qualquer parte nesta região do Brasil.

Fui às plantações de chá, que ocupam muitos acres de um morro cheio de pedras, tal como suponho que seja o *habitat* favorito da planta na China. A introdução da cultura do chá no Brasil era um projeto favorito do rei Dom João VI, que trouxe as plantas e os tratadores da China com grande despesa. O chá produzido aqui e no Jardim Botânico é tido como de qualidade superior. Mas a quantidade é tão pequena que até agora não há a mais leve promessa de pagar a despesa com a cultura. Contudo estão as plantas tão viçosas, que não tenho dúvida de que em breve se espalharão e provavelmente ficarão como nativas. Sua Majestade construiu portões chineses e cabanas para corresponder ao destino destes jardins; colocados onde estão, entre os belos arbustos da erva, cujas folhas escuras e brilhantes e flores semelhantes à murta, as fazem adequadas para um canteiro, não produzem efeito desagradável. Os caminhos são bordados de cada lado de laranjeiras e rosais, e as sebes são de uma linda espécie de mimosa. De modo que a China de Santa Cruz é realmente um delicioso passeio. O imperador, porém, que compreendeu ser mais vantajoso vender café e comprar chá, do que obtê-lo com tais despesas, não continuou a plantação[288(*)].

---

288 (*) Acerca da tentativa de uma colônia chinesa, vinda de Macau, em Santa Cruz, por iniciativa do conde de Linhares, v. OLIVEIRA LIMA, *Dom João VI no Brasil*, Rio, 1908, pg. 1 000.

Nossos amigos hospedeiros, o capitão e sua senhora, não nos permitiram abandoná-los até depois do jantar, e convidaram várias pessoas para nos fazerem sala e para um banquete suntuoso que prepararam, onde havia todas as coisas boas que podemos enumerar. Contudo, após honrar devidamente a mesa, despedimo-nos e cerca de quatro horas, pouco mais ou menos, partimos para a mata da Paciência, onde chegamos um pouco antes do pôr do sol.

Ao chegarmos fomos com D. Mariana e o capelão para o jardim, que reúne as plantações de flores, a horta e o pomar. Laranjas e rosas, repolhos e tabaco, melões e alhos-porrós se avizinhavam como se pertencessem ao mesmo clima, e todos vicejavam no meio de numerosas ervas más, das quais o salutífero *calliloo* e o esplêndido bálsamo mais me atraíam o olhar. Uma porta lateral levou-nos a um lindo campo, para onde se levaram cadeiras para que pudéssemos sentar e gozar a frescura da tarde. Dominando este campo há um morro íngreme cujo flanco se desbastou bastante: os jardins e os lotes de café dos negros ocupam o terreno da floresta. Este dia — bendito seja a instituição do sábado — é livre para os negros. Depois da missa pela manhã, estão livres para fazer o que quiserem. A maior parte deles corre para o morro para colher o café ou o milho, ou para preparar o terreno para estes, ou outros vegetais. Estavam exatamente começando a voltar da mata, cada qual com sua cestinha carregada de alguma coisa própria, coisa em que o senhor não tinha qualquer parte; e cada vez que um passava por mim e exibia com olhos brilhantes o pequeno tesouro, eu bendizia o sábado, dia de liberdade do escravo. Apareciam agora os últimos retardatários. O sol neste momento dourava somente os cumes dos morros. O gado acercava-se do pasto e abaixava-se impacientemente na porteira do curral; abrimo-la, entramos com eles, e cruzamos o pátio em que vivem os negros. Tudo era ali movimento, estavam em tratos com um espertalhão que, conhecendo a hora oportuna, tinha chegado para comprar o café recém-colhido. Alguns venderam-no assim. Outros preferiram guardá-lo e secá-lo e, então, aproveitando a oportunidade de um portador da Senhora à cidade, mandá-lo para ali, onde ele obtém preço mais alto. Não me lembro de ter passado uma tarde tão agradável.

Depois da ceia tive uma longa conversa com D. Mariana sobre o preparo do açúcar, o cultivo da cana e os escravos, confirmando o que aprendi nos Afonsos. Ela também me diz, como ouvira antes, que os crioulos são menos dóceis e menos ativos que os negros novos. Penso que ambos os fenômenos podem ser explicados sem se recorrer à influência do clima. O negro novo tem a experiência do navio negreiro, do mercado, e do açoite empregado para exercitá-lo, de modo que, quando comprado, é dócil pelo medo e ativo por hábito. O crioulo é uma criança estragada, até que fica bastante forte para trabalhar; então, sem nenhum hábito prévio de atividade, espera-se que ele seja industrioso; tendo passado a existência a comer, beber e correr por aqui e ali, nos termos da igualdade familiar, espera-se que seja obediente; e sem que tenha cultivado nele nenhum sentimento moral, espera-se que revele logo sua gratidão pela indulgência e afinal sua fidelidade. Diz-me D. Mariana que nem metade dos negros nascidos na sua fazenda vivem até alcançar dez anos. Seria importante inquirir das causas deste mal, e se é generalizado.

Conversei também por muito tempo com o capelão sobre o estado geral do país. E ele natural de Pernambuco e, como é natural, resolutamente independente. E inútil dizer que tudo na maneira de viver da Mata da Paciência não é somente agradável, mas ainda elegante. E se as histórias dos velhos viajantes sobre a vida do campo dos brasileiros são verdadeiras, a mudança não só foi rápida, mas completa.

25 [de agosto]. — Fiquei muito triste por deixar esta manhã a Mata da Paciência, já que era tempo de voltar. Mas, como chegou a hora, partimos para os Afonsos.

Paramos no caminho para fazer alguns esboços e, no Campo Grande, para refrescar os animais; ficamos satisfeitos, porque o dia estava bem fresco, em partilhar um bom bife com a boa mulher da casa que nos acolheu, cozido de acordo com as nossas instruções. Foi o primeiro que ela viu na vida, lamentando todo o tempo que o seu jantar já estivesse acabado e que não houvesse tempo de cozinhar ou assar para nós. Mas a hospitalidade parece o caráter da terra.

Na nossa chegada aos Afonsos fomos recebidos como velhos amigos e muito instados a ficar uns dois dias, a fim de fazer excursões a alguns lugares pitorescos da vizinhança, que eu teria feito com prazer, mas meu jovem amigo, Mr. Dampier, não podia perder tempo. Tive, pois, de contentar-me em ouvir falar das belezas da lagoa de Jacarepaguá, Nossa Senhora da Pena, etc.

26 [de agosto]. — Deixamos Afonsos a tempo esta manhã, e logo depois encontramos um grupo de viajantes de aspecto original. Vinha primeiro uma mulher antes bonita que feia, com um casaco de montaria azul e chapéu preto largo, montada como homem, depois três cavalheiros em fila indiana, todos com aspecto de Falstaffs, com enormes chapéus de palha e montados em cavalos bem arreados; seguia-se a criada, também escanchada com o *porte-manteaux* de sua senhora afivelado atrás dela, depois o criado, com três sacos de couro pendentes do arreio por longas correias, de modo que balançavam na altura dos estribos, e cujo tamanho e forma denotavam a presença de, pelo menos, uma camisa limpa, e, finalmente, um escravo descoberto com dois burros, um carregado de bagagens e provisões, e o outro como sobresselente. Todos saudaram-nos gravemente e cortesmente ao passar e imaginei que estava entre alguns dos viajantes de Gil Blas, na vizinhança de Oviedo ou Astorga, tão diferentes eram eles de qualquer coisa entre nós.

Paramos, naturalmente, em Campinho, para ver nossa amável hospedeira, Senhora Maria Rosa, e encontramo-la na casa de um vizinho, para onde fomos procurá-la e a surpreendemos cercada por quatro das mais belas mulheres que vi no Brasil. Da varanda em que nos sentamos falando com elas durante algum tempo, tivemos ensejo de admirar o campo em torno de Campinho, que estava inteiramente escondido pela chuva da primeira vez que passamos. É do mesmo gênero de beleza do resto que havíamos visto, distinguindo-se por um novo forte de barro, agora em construção num outeiro isolado, que domina a estrada para a capital através dos morros e da planície. A falta de um tal ponto de defesa foi sentida quando Duclerc desembarcou na baía de Angra dos Reis, no começo do último século, e marchou sem parar para a cidade.

Depois de alimentar os cavalos na muito linda estação de Rio Ferreira, dirigimo-nos para casa, e chegamos à residência de *Mr.* May a tempo de jantar, tendo feito uma excursão agradabilíssima e, quanto a mim, conhecendo melhor o Brasil e os brasileiros, nesses poucos dias passados mais inteiramente fora do alcance dos ingleses, do que em todo tempo que estive aqui antes.

Ao chegar em casa encontrei notícias de Lorde Cochrane, datadas de 9 de julho; estava a 6° de latitude sul e 32° de longitude oeste, quando metade da força, bandeiras, munições e armazenamento de Madeira, lhe haviam caído nas mãos, e ele ainda perseguia o resto, pretendendo depois seguir a *D. João VI* e as fragatas. Se ele pudesse separá-las, certamente as apresaria; mas sozinho, nas circunstâncias em que está, contra forças tão armadas e tripuladas, temo que seja impossível.

Ele já fez mais do que se poderia esperar, ou talvez mais que qualquer comandante, a não ser ele, poderia ter feito. Ele atribui muito à imprudência e à imbecilidade do inimigo, cujo plano de salvar um exército ele compara com o lençol de mármore de Sterne. Contudo os outros lhe fazem bastante justiça para sentir que não há faltas do inimigo que diminuam seu mérito, ou obscureçam a coragem necessária para seguir, atacar e tomar ao menos metade de uma esquadra de setenta navios[289] bem armada e provisionada e cheia de tropas veteranas.

Há uma carta de Lorde Cochrane às autoridades de Pernambuco publicada na gazeta. O Lorde, após mencionar seu bom êxito, e mencionar sua falta de tripulantes, diz: "Precisamos de marinheiros para terminar a guerra. Se Vossas Excelências pagarem 24 mil reis de prêmio, como no Rio de Janeiro, animando o governo a fazer o mesmo, prestarão um grande serviço ao país. Não falo em marinheiros portugueses, que são inimigos, mas marinheiros *de qualquer outra nação*".

O Lorde explica adiante, em suas cartas para Pernambuco, as suas razões para perseguir, antes dos navios de guerra, os transportes, que constituíram os objetivos que tinha mais a peito; era o temor de que as tropas desembarcassem, como haviam ameaçado, em qualquer outro porto do Brasil, e cometessem novas hostilidades no Império. E conclui anunciando que envia diversas bandeiras tomadas do inimigo.

29 [de agosto]. — Recebi hoje uma visita de D. Maria de Jesus, jovem que se distinguiu ultimamente na guerra do Recôncavo[290(*)]. Sua vestimenta é a de um soldado de um dos batalhões do Imperador, com a adição de um saiote escocês, que ela me disse ter adotado da pintura de um escocês, como um uniforme militar mais feminino. Que diriam a respeito os Gordons e os Mac Donalds? O traje dos velhos celtas, considerado um atrativo feminino ?! — Seu pai é um português, chamado Gonçalves de Almeida[291(*)], e possui uma fazenda no

---

289 Está agora certo que João Félix [Pereira de Campos) dispunha pelo menos deste número.
290 (*) Maria Quitéria de Jesus. Trata-se do mais importante depoimento pessoal acerca da famosa heroína baiana. Quase todos os estudos sobre este vulto são "vasados sobre o escrito da ilustre inglesa" [Maria Graham], diz o seu biógrafo. Cf. FERNANDO ALVES, *Biografia de Maria Quitéria de Jesus*, Salvador, 1952.
291 (*) Gonçalo Alves de Almeida. Era brasileiro, conforme declara em seu testamento, e não português. FERNANDO ALVES, *Op. cit.*, pg. 66.

rio do Pex [Peixe], na paróquia de S. José, no Sertão[292(*)], cerca de 40 léguas para o interior de Cachoeira. Sua mãe era também portuguesa; contudo as feições da jovem, especialmente os olhos e a testa, apresentam os mais acentuados traços dos índios. Seu pai tem outra filha da mesma mulher, depois de cuja morte ele se casou de novo; a nova mulher e as crianças faziam com que a casa não fosse muito confortável para D. Maria de Jesus. A fazenda do Rio do Peixe é principalmente de criação, mas o proprietário raramente sabe ou conta as suas cabeças. O Senhor Gonçalves, além do gado, planta algum algodão, mas como no sertão passa às vezes um ano sem chover, a produção é incerta. Nos anos de chuva ele pode vender quatrocentas arrobas, por 4 a 5 mil reis; nas estações secas dificilmente pode colher acima de sessenta ou setenta arrobas, que podem alcançar de seis a sete mil reis. Sua fazenda emprega vinte e seis escravos.

As mulheres do interior fiam e tecem para sua casa, como também bordam lindamente. As moças aprendem o uso de armas de fogo, tal como seus irmãos, seja para caçar seja para defenderem-se dos índios brabos.

D. Maria contou-me diversas particularidades relativas a suas próprias aventuras. Parece que, logo no começo da guerra do Recôncavo, percorreram o país em todas as direções emissários do governo para inscrever voluntários; que um desses chegou um dia à casa de seu pai, na hora do jantar: que seu pai o havia convidado a entrar e que depois da refeição ele começou a falar sobre o objetivo de sua visita. Começou ele a descrever a grandeza e as riquezas do Brasil e a felicidade que poderia alcançar com a Independência. Atacou a longa e opressiva tirania de Portugal e a humilhação em submeter-se a ser governado por um país tão pobre e degradado. Ele falou longa e eloquentemente dos serviços que Dom Pedro prestara ao Brasil, de suas virtudes e nas da Imperatriz, de modo que, afinal, disse a moça: "Senti o coração ardendo em meu peito". Seu pai, contudo, não partilhava em nada seu entusiasmo. Era velho, e disse que nem poderia juntar-se ao exército, nem tinha um filho para ali enviar; e quanto a dar um escravo para as tropas, que interesse tinha um escravo em bater-se pela independência do Brasil? Ele esperaria com paciência o resultado da guerra e seria um pacífico súdito do vencedor. Dona Maria escapuliu então de casa para a casa de sua irmã, que era casada e morava a pequena dis-

---

292 (*) S. José de Itapororocas. *Ib.*.

tância. Recapitulou o grosso do discurso do visitante e disse que desejaria ser homem para poder juntar-se aos patriotas. "Pelo contrário", disse a irmã, "se não tivesse marido e filhos, por metade do que você diz, eu me juntaria às tropas do Imperador". Isto foi bastante. Maria obteve algumas roupas pertencentes ao marido da irmã, e como seu pai estava para ir a Cachoeira a fim de negociar algum algodão, resolveu aproveitar a ocasião e partir atrás dele, bastante perto para ter proteção em caso de acidente na estrada, bastante longe para escapar de ser presa. Afinal, à vista de Cachoeira, parou; e saindo da estrada, vestiu-se à moda masculina e entrou na cidade.

Isto foi sexta-feira. No domingo ela arranjou as coisas tão bem que já havia entrado no Regimento de Artilharia e montado guarda. Ela era muito fraca, porém, para esse serviço e transferiu-se para a infantaria, onde está agora. Foi enviada para aqui, creio eu, com despachos, e para ser apresentada ao Imperador que lhe deu o posto de alferes e a ordem do Cruzeiro, cuja condecoração ele próprio impôs em sua túnica.

Ela é iletrada, mas inteligente. Sua compreensão é rápida e sua percepção aguda. Penso que, com educação, ela poderia ser uma pessoa notável. Não é particularmente masculina na aparência; seus modos são delicados e alegres. Não contraiu nada de rude ou vulgar na vida do campo e creio que nenhuma imputação se consubstanciou contra sua modéstia. Uma coisa é certa: seu sexo nunca foi sabido até que seu pai requereu a seu oficial comandante que a procurasse.

Não há nada de muito peculiar em suas maneiras à mesa, exceto que ela come farinha com ovos ao almoço e peixe ao jantar, em vez de pão, e fuma charuto após cada refeição, mas é muito sóbria.

8 de setembro de 1823. — Fui com *Mr.* Hoste e *Mr.* Hately, do navio de S. Majestade Briton, à Praia Grande, para ver um grupo de índios Botocudos que lá estão agora em visita. Como se deseja civilizar esta gente por todos os modos possíveis, quando eles manifestam o desejo de visitar a vizinhança da cidade, são sempre encorajados e gentilmente recebidos, amplamente alimentados, e recebem roupas, enfeites e ornamentos como gostam. Vimos cerca de seis homens e dez mulheres com algumas crianças. As fisionomias são antes quadradas, com os ossos das maçãs muito elevados e as testas baixas e contraídas. Algumas das moças são realmente belas, de cor de cobre claro, que brilha toda quando coram; dois dos rapazes eram decididamente belos, com olhos muito escuros (a cor habitual dos olhos é a de nogueira) e narizes aquilinos; os outros estavam tão desfigurados pelos orifícios abertos em seus lábios inferiores e nos ouvidos para receber seus bárbaros ornamentos que dificilmente podemos dizer com que se pareciam. Eu pensava que o privilégio de embelezar dessa maneira o rosto era reservado aos homens[293], mas as mulheres deste bando estão igualmente desfiguradas. Compramos, de um dos homens, uma peça da boca, medindo uma polegada e meia de diâmetro. Os ornamentos usados por esse povo são peças de madeira perfeitamente circulares que se inserem na fenda do beiço ou da orelha, como um botão e os tornam extremamente apavorantes, especialmente quando comem. Dão à boca a aparência de uma de macaco, e a careta especial que elas provocam é tão horrendamente anormal que leva a gente a acreditar, se é que não sugeriu originalmente, nas lendas do canibalismo[294]. A boca é ainda mais feia sem a peça nos lábios, quando aparecem os dentes e a saliva fica escorrendo.

Quando entramos na peça onde os selvagens estavam hospedados, muitos deles estavam deitados em tapetes no chão, alguns de frente, outros de costas. Três das mulheres estavam dando de mamar aos filhos, e estavam vestidas somente com uma saia de algodão grosseiro; o resto das mulheres tinha camisolões de algodão; os homens camisas e calças, dadas por ocasião da chegada aqui. Como eles estão geralmente nus no mato, estas vestimentas pareciam assentar-lhes mal; os seus movimentos normais pareciam lentos e preguiçosos; mas quando se ergueram, revelaram uma elasticidade, dificilmente cabível na criatura humana, em tudo que fizeram. Pediram dinheiro e

---

293 V. a *História do Brasil* de SOUTHEY acerca dos hábitos dos Tupayas [tapuiasl. Não entendo bem de filiação das tribos de índios para saber o parentesco que têm os botocudos com os tapuias.

294 Talvez todos os índios tenham sido considerados canibais por terem provado a carne de prisioneiros tomados na batalha, ou de vítimas oferecidas aos deuses; mas não posso crer que qualquer deles jamais se alimentasse habitualmente de carne humana por muitas razões. Mas seus detratores tinham suas razões para inventar e propagar as mais atrozes falsidades, como uma espécie de desculpa para a sua própria barbaridade em matá-los e escravizá-los. Estas práticas eram realmente tão perversas e tão notórias que em 1537 o dominicano frei Domingos de Becançao, provincial da ordem no México, enviou a Roma frei Domingos de Menaja para pleitear a causa dos índios perante o papa Paulo II [aliás III] que ouvidos ambos os lados, decidiu que: "Os índios da América são homens dotados de alma racional, da mesma natureza e espécie que todos os outros, capazes de receber os sacramentos da Santa Igreja e, por conseguinte, naturalmente livres, e senhores de suas próprias ações". [Breve de 28 de maio de 1537, dirigido ao cardeal-arcebispo de Toledo e bula *Veritas ipsa* de 9 de junho de 1537].

quando sacamos de alguns vinténs, as mulheres se aglomeraram em torno de mim e me puxavam gentilmente para me atrair a atenção. Haviam aprendido umas poucas palavras de português, que dirigiam a nós, mas falavam entre si na língua nativa, que parecia uma série de sons meios articulados. Haviam trazido alguns de seus arcos e flechas, da mais rude feitura. O arco é de madeira dura com somente duas empolgadeiras para a corda. As flechas são de cana, algumas apontadas somente com madeira dura, outras com um pedaço chato de cana amarrado com casca de árvore ao final da madeira dura: estas flechas têm cinco pés de comprido; vi uma delas penetrar várias polegadas no tronco de uma árvore quando lançada por um índio com seu arco. Comprei um arco e duas flechas. A maior parte desta gente usava o cabelo cortado rente, exceto um tufo na parte dianteira da cabeça, e os homens que haviam furado os lábios também tinham arrancado as barbas. Os dois belos rapazes haviam cortado os cabelos, mas não tinham cortado os lábios nem arrancado as barbas. Procurei saber se isso representava um passo para a civilização, ou se somente eles não haviam atingido a idade em que a cerimônia de furação do lábio, etc., é praticada, mas o intérprete que os assistia não era capaz de explicar coisa alguma, senão o que se referia a suas necessidades e atos mais comuns.

9 [de setembro]. — Convidei dois rapazes brasileiros muito bonitos, que estão para entrar para a Marinha Imperial, para passar o dia no Jardim Botânico, que parece estar em estado de conservação muito melhor do que quando o vi há dois anos. As sebes de *Bencoolen* castanha (*Vernilzia Montana*) cresceram extraordinariamente: o Pinheiro da ilha de Norfolk transformou-se em um pequeno gigante. Fiquei contente por ver muitas das plantas indígenas que haviam sido plantadas aqui: tais como a *andraguoa*, a noz de que se tira o mais forte purgativo conhecido; o *cambucá*, cujo fruto, tão grande como uma maçã *russet*, tem o gosto subácido de groselha, com a qual sua polpa tem uma forte semelhança; a japatee-caba [*jabuticaba*], cujo fruto é pouco inferior ao damasco; e a grumachama [*grumixama*], donde se extrai um licor, tão bom como os de cerejas; estas três últimas são como o loureiro e tão belas quanto úteis. Levei meus jovens amigos para ver a fábrica de pólvora, que não está funcionando agora, por estar em conserto, mas eles aprenderam a maneira de fabricar pólvora, desde a primeira pesagem dos ingredientes até o enchimento dos cartuchos; depois tivemos nossa mesa armada num ponto pitoresco do jardim, à sombra de uma árvore de jumbu e fizemos com que o jardineiro chefe, holandês muito engenhoso, participasse de nosso lanche; logo que este terminou ele nos mostrou a caneleira que foi descascada aqui e outras espécies de especiarias; os cravos são muito bonitos e a canela poderá ficar também; mas o pau que eles descascaram é geralmente muito velho e eles não conhecem ainda o método de descascar os rebentos; isto eu procurei explicar tal como vi fazer em Ceilão. A árvore da cânfora cresce aqui muito bem mas não sei se a goma já foi recolhida. Os dois rapazes ficaram altamente encantados com a excursão, e eu não menos. Pobrezinhos! estão entrando em um serviço duro, e Deus sabe se os dois primos da Costa não se recordarão desse dia passado com uma estrangeira, como uma brilhante "mancha azul num céu tormentoso".

13 [de setembro]. — Fui de novo a cavalo ao Jardim Botânico com *Mr.* Hoste e *Mr.* Hatel. Nosso principal objetivo desta vez era a fábrica de pólvora. Depois de andar em torno do jardim avançamos pelo vale da fábrica. Lugar tão belo e isolado, ao pé dos montes, certamente nunca foi escolhido antes para fábrica de um artigo tão destrutivo: suponho que a grande necessidade de água para o maquinismo é a principal razão para localizá-la aqui. A pólvora é misturada pelos pilões em almofarizes de pau-rosa e os pilões recobertos de cobre; contudo os arcos dos almofarizes são de ferro, o que me parece um estranho engano. Não entendo destas coisas, mas o maquinismo interessou-me: é extremamente simples e a madeira usada na construção muito bonita. O moinho principal explodiu há alguns meses e está agora em conserto, de modo que tivemos a oportunidade de ver os cursos d'água, as represas, rodas, etc., que de outra maneira não poderíamos apreciar. Não pudemos saber a força relativa da pólvora. Ouvi dizer, entretanto, que é boa. A que eu vi é tão fina em grão quanto a que chamamos na marinha de escorva. Enquanto estávamos passeando por ali fomos convidados a entrar em várias casas pelos superintendentes e outras pessoas empregadas nos serviços, e instados a comer e beber com grande hospitalidade. A maior liberalidade com estrangeiros existe de fato em todos os estabelecimentos públicos aqui. Por exemplo, no Jardim Botânico há sempre um viveiro das plantas mais raras e úteis que são oferecidas, tanto a nativos quanto a estrangeiros, de modo que não somente os jardins do Brasil são abastecidos com os mais raros produtos do Oriente, mas eles são levados para diversos países da Europa, preparados por este país mais frio para uma ulterior transplantação.

14 [de setembro]. — Observei na praia hoje uma linha vermelha parecendo arenosa, estendendo-se todo ao longo da costa e tingindo o mar a vários pés da margem. À noite a linha vermelha tornou-se luminosa; recordo-me agora de que, quando da viagem à Índia em 1809, ao observar um estranho fenômeno luminoso no mar, colhemos um jarro d'água e ao observá-lo, na manhã seguinte, encontramos uma substância granulosa vermelha, semelhante a esta, que flutuava nele. E a primeira vez que a vejo aqui e acho que ninguém prestou qualquer atenção a isto. Talvez não seja digno de menção, mas estou tão sozinha que me tornei mais e mais atenta a todas as aparências da natureza inanimada. Além disso, preciso reunir muita observação da terra, porque dentro em alguns dias tenho que mudar minha residência para uma das ruas estreitas e pequenas do Rio, e isto não por minha escolha. E costume aqui, e é dos mais naturais e agradáveis, que cada família que pode, passe a viver no campo todo o verão, de modo que as casas, de toda espécie, nos arrabaldes, são muito procuradas. O prazo do aluguel daquela em que moro expirou e estou portanto obrigada a deixá-la. Minha ida para a cidade talvez possa ser evitada, mas há talvez algumas coisas que provavelmente aprenderei mais perfeitamente vivendo ali: além disso não é Lorde Bacon que aconselha, para aproveitar bem uma viagem, não somente mudar-se de cidade para cidade, mas ainda "mudar a instalação de um ponto extremo da cidade para outro"?

A última quinzena foi extremamente enevoada e mesmo fria; e tivemos terríveis trovoadas elétricas, que pareciam quase abalar as montanhas e ameaçar jogá-las em cima de nós.

16 [de setembro]. — Afinal estou instalada à rua dos Pescadores[295(*)] n.º 79, no primeiro andar de uma excelente casa pertencente a meu amável amigo Dr. Dickson, que, ele próprio, mora numa vila fora da cidade, onde tem uma fazenda, um jardim, uma coleção de minerais e insetos, e toda espécie de coisas agradáveis e úteis que ele cede aos outros com a maior boa vontade. Devo a *Sir* Thomas Hardy uma agradável mudança para a cidade, vindo de Botafogo; transportou-me em sua carruagem, e em seus barcos, a bagagem; assim, em poucas horas mudei de casa e, provavelmente, despedi-me de toda

---

295 (*) Atualmente rua Visconde de Inhaúma.

sociedade inglesa, à vista do medo que todo o mundo tem do calor da cidade. Contudo, como antevejo minha ida para a Inglaterra em poucos meses, talvez em poucas semanas, quanto mais tempo der ao Brasil melhor. Meus negócios particulares ocuparam-me tanto tempo que dificilmente tive tempo para pensar no povo. Contudo, no curso da última semana, o projeto de Constituição, elaborado pelo comitê nomeado, foi enviado pela Assembleia ao Imperador, e ontem a sua discussão, artigo por artigo, começou no plenário.

17 [de setembro]. — Uma vantagem já apareceu em minha mudança para a cidade. Fui eu que recebi as primeiras notícias da chegada de um navio de Lisboa com os comissários por parte do Rei de Portugal ao Imperador. Vi também que em Lisboa podem publicar notícias falsas, tanto quanto em outros países da Europa. A cidade se iluminou em consequência das notícias de que Lorde Cochrane fora derrotado e a marinha imperial destruída pela esquadra da Bahia. E estas luminárias devem ter-se dado exatamente ao tempo em que Madeira estava evacuando a cidade e fugindo diante da bandeira Imperial do almirante. Quanto à recepção que os comissários devem receber, é coisa duvidosa[296(*)]. Há alguns dias o brigue *3 de maio* [*13 de Maio*] chegou aqui trazendo a bordo Luís Paulino como sucessor de Madeira, o qual, vendo que não podia penetrar na Bahia, veio ao Rio para apresentar, ao que se diz, sua designação como governador da Bahia a Sua Majestade Imperial como Príncipe Regente; disse-se também que ele era o portador de algumas cartas. Mas como nenhuma delas lhe reconhecia o título de Imperador, ou a independência do Império do Brasil, não foram recebidas e o navio já partiu de volta para Lisboa. Crê-se que a mesma sorte espera os atuais comissários, Vieira e seu colega, se de fato o próprio navio não for condenado como presa. Mas até agora naturalmente nada se sabe.

---

296 (*) É a chamada *Missão Rio Maior*, composta do conde do Rio Maior e do desembargador Francisco José Vieira, aos quais se deveria juntar o marechal Luís Paulino Pinto da França, incumbido de uma missão pacificadora na Bahia. Este, que chegara a 7 de setembro, antes dos outros, por não mais encontrar Madeira no governo da Bahia, desembarcou, por motivo de saúde, com pleno consentimento da Assembleia, e foi residir com um cunhado.
A 17, como narra Maria Graham, chegou a corveta *Voadora*, com os dois comissários acima referidos. Como, porém, entrou com a bandeira portuguesa, e não a parlamentária, foi forçada a arriar o pavilhão, a retirar o leme e a não se comunicar com a terra. Cf. HEITOR LYRA, "A Missão Rio-Maior", em *História diplomática e política internacional*, Rio, 1941, pg. 71.

Desenho de Maria Graham
Coleção do Museu Britânico

Vista da janela da casa à rua dos Pescadores (Visconde de Inhaúma)

Desenho de Maria Graham
Gravura de Edward Finden

Cemitério dos Ingleses (Rio de Janeiro)
Londres, publicado por Longmam & Cia. e J. Murray, 25 de março de 1824

Outro navio também chegou com informações de alguma importância de Buenos Aires. Parece que o capitão do navio de Sua Majestade *Brazen* entrou em conflito com as autoridades dali por causa do velho assunto do direito de abordagem nos navios, cuja prioridade os buenairenses reclamam para a lancha da saúde deles. O comodoro pretende ir ali pessoalmente para resolver o caso e não tenho dúvida de que tudo ficará bem e razoavelmente regulado.

18 [de setembro]. — Fui hoje à Biblioteca Pública para indagar acerca de alguns livros e fui convidada a frequentá-la e usar do que quiser ali. Os bibliotecários são todos extremamente polidos e a biblioteca está aberta a todas as pessoas por seis horas diárias.

Também andei bastante pela cidade, e visitei de novo os arsenais, nos quais se fizeram grandes melhoramentos e ainda estão sendo feitos, especialmente abrigos para trabalhadores. Em face de um arsenal inglês, para ser exata, a falta de maquinismos e todo o requinte do acabamento é evidente; mas o trabalho é bem feito e me lembra o que eu costumava observar sob a direção dos velhos construtores parsis, em Bombaim. Estão lançando novos navios e consertando velhos. Só queria que pudessem formar um viveiro de marinheiros porque o Brasil precisa ter navios para guardar suas costas. As colônias de pesca de Abrolhos e de Sta. Catarina talvez possam fazer alguma coisa neste sentido. Do arsenal subi o morro que o domina imediatamente, onde está a igreja de S. Bento; aí, dizem, há uma boa biblioteca, mas não acessível às mulheres. A situação do convento é deliciosa, dominando as duas secções da baía, toda a cidade e as serras muitas léguas além. Não estou certa se é preferível a um claustro ou uma prisão dominar um belo panorama a não ter nenhum; se a contemplação de uma bela cena é, ela própria, um prazer bastante para minorar a prisão; ou se não aumenta a angústia pela liberdade, da mesma maneira que uma bela melodia recordada desperta uma nostalgia, até a morte, pela casa em que foi ouvida pela primeira vez; parece-me que se um dia for prisioneira, quebrarei toda ligação com a liberdade e pouparei a meus olhos olhar para onde meus membros não me podem transportar. Contudo, suponho realmente que alguns possam ser, ou tenham sido felizes no convento. Não posso invejá-los; quisera não desprezá-los.

19 [de setembro]. — Nosso pequeno mundo inglês no Rio está sofrendo um luto comum pela morte de uma das mais jovens e certamente a mais querida de nossas patrícias aqui. Bela e alegre, e ultimamente casada e querida mulher de um dos mais ricos homens. *Mrs.* N. faleceu pouco tempo após o nascimento de sua primeira filha. Parecia estar-se restabelecendo mas recaiu e morreu. E um destes acontecimentos que desperta simpatia nos mais duros e comiseração nos mais frios.

23 [de setembro]. — Não estive bem outra vez mas acho que ficar em casa não me cura. Por isso, tanto ontem quanto hoje, fui à biblioteca, onde um pequeno gabinete agradável e fresco me foi destinado; qualquer livro que peço me é ali trazido, e ali tenho pena, tinta e papel à mão para tomar notas. Isto é uma gentileza e uma atenção a uma mulher, e estrangeira, para a qual não estava preparada. A biblioteca foi trazida para cá, de Lisboa, em 1810 e colocada na atual instalação que foi outrora o hospital pertencente aos Carmelitas[297(*)]. Este hospital foi transferido para uma situação mais saudável e mais cômoda e as salas, admiravelmente adaptadas para essa finalidade, receberam os livros que alcançam entre sessenta a setenta mil. A maior parte dos livros é de teologia e direito. Há uma boa coleção de história eclesiática e, especialmente, todas as narrativas dos jesuítas acerca da América do Sul. Não faltam História Geral e Civil e há boas edições dos clássicos. Há alguns belos trabalhos de História Natural; mas, exceto esses, nada de moderno; raros livros foram comprados desde sessenta anos. Mas uma importante contribuição foi trazida ao estabelecimento com a compra da biblioteca do conde da Barca, na qual há alguns trabalhos modernos dos mais valiosos e uma lindíssima colegão de impressos topográficos de todas as partes do mundo[298(*)].

Comecei a ler diligentemente todo fragmento de História do Brasil que possa encontrar. Comecei por uma coleção de opúsculos, jornais e algumas cartas e proclamações manuscritas, desde 1576 até 1757, encadernadas juntas[299]. Alguns destes estudos são mencionados

---

297 (*) A biblioteca foi instalada, a princípio, no antigo hospital da Ordem, Terceira carmelita, com frente para a atual rua do Carmo. Cf. J. A. TEIXEIRA DE MELO, "Resumo Histórico", *Anais da Bibliot. Nacional*, vol. XIX— 1897 pg. 219.
298 (*) Falecido o conde da Barca em 1817, foi a leilão sua rica biblioteca de 74 mil volumes, avaliada em 16: 818$300 rs. em 1819. Arrematou-a, num só lote, fr. Joaquim Dâmaso, bibliotecário da Biblioteca Pública, autorizado por D. João VI. Cf. J. Z. MENESES BRUM, "Do conde da Barca, de seus escritos e livraria", *Anais da Biblioteca Nacional*. Vol. II, 1877, pgs. 5 e 359.
299 Para esta coleção foi feita uma, folha de rosto impressa e gravada do teor seguinte: "Notícias históricas e militares da América, coligidas por Diogo Barbosa Machado, abade da Igreja de Sto. Adriano de Sever, e acadêmico da Academia Real. Compreende

por Southey, outros ele provavelmente não viu, mas não contêm nenhum fato de muita importância que não esteja em sua história. O estudo da História do Brasil desta manhã, na língua original, é uma grande vantagem que colho de minha mudança para a cidade; além disso falo agora menos inglês que português.

24 [de setembro]. — Tendo recebido, agora, o retrato que o Sr. Erle[300(*)], talentoso jovem artista inglês, pintou da Senhora Alferes Dona Maria de Jesus, tomei-o para mostrar a seu amigo e protetor José Bonifácio de Andrada e Silva.

Não há lugar em que possa passar meia hora com mais prazer e proveito do que na família deste ex-ministro. Sua mulher é de origem irlandesa, uma O'Leary, senhora da maior amabilidade e gentileza, realmente admiradora do valor e do talento do marido[301(*)]; e todos os sobrinhos e outros parentes que ali encontro, revelam-se superiores, em educação e conhecimentos, à maior parte das pessoas que vejo. Mas é o próprio José Bonifácio que me desperta maior interesse. É um homem pequeno, de rosto magro e pálido. Suas maneiras e sua conversa impressionam logo o interlocutor com a ideia daquela atividade mental incansável

"O'er — informs its tenement of clay,"

e que mais parece consumir o corpo em que habita. A primeira vez que o vi na intimidade foi quando deixou de ser ministro. Suas ocupações, antes desse tempo, deixavam-lhe pouco tempo para a sociedade privada. Estava curiosa por ver a retirada de um homem público. Encontrei-o cercado de moços e crianças, algumas das quais ele punha nos joelhos e acariciava; via-se facilmente que era muito popular entre a gente pequena. Para comigo, como estrangeira, foi da maior cerimônia ainda que delicadamente polido, e conversou sobre todos os assuntos e de todos os países. Ele visitou a maior parte dos da Europa.

---

do ano de 1579 até 1757". Contém vinte e quatro opúsculos, etc. O nome do abade Machado figura em quase todos os livros históricos que até agora vi na biblioteca. Não sei como a coleção do autor da *Biblioteca Lusitana* se tornou parte da Biblioteca Real[(*)].
(*) Entre 1770 e 1773 foram incorporadas à Biblioteca Real preciosas coleções do padre Diogo Barbosa Machado, abade de Santo Adrião de Sever, por ele oferecidas ao soberano. Vieram para o Rio, juntamente com a livraria do Rei, por ocasião da transferência da corte. Cf. J. A. TEIXEIRA DE MELO, *Ibid.* p. 221.
300 (*) Aliás Earl. Este desenho figura na obra de Maria Graham desde a primeira edição.
301 (*) D. Narcisa O'Leary de Andrada, natural da Irlanda.

Sua biblioteca estava bem provida de livros em todas as línguas. A coleção de química e de mineração é particularmente extensa e rica em autores suecos e alemães. Estes são realmente assuntos de peculiar interesse para o Brasil e foram naturalmente de primeira plana para ele. Mas seu encanto é a literatura clássica. Ele próprio é poeta, e não de ordem inferior. Talvez meu conhecimento de português não me dê autoridade para julgar quanto ao veículo da linguagem de sua poesia; mas se a elevação do pensamento, as combinações novas e belas, a aguda sensibilidade e o amor da beleza e da natureza são essenciais à poesia, os poemas que ele me leu hoje possuem tudo isso. Há um, particularmente, *A Criação da Mulher*, brilhante como o sol sob o qual foi escrito, e tão puro quanto sua luz[302(*)]. Talvez alguns de

---

302 (*) A CRIAÇÃO DA MULHER

Já tinha o mundo
Jove formado,
E rei de tudo
O homem criado.

Com mão profusa
A natureza
Em vão mostrava
Tanta beleza!

Florido o vale
Reverdecia:
De aromas mil
O ar se enchia.

Mas solitário
Este se achava:
Brusca tristeza
O dominava.

E todavia,
Qual duro tronco,
O homem jazia
Sisudo e bronco.

No sólio eterno
Jove sentado,
Então aos deuses
Fala pausado.

Só, pensativo
Se desalenta;
Do mundo inteiro
Nada o contenta.

Covas escuras,
Mata enredada,
Nelas fazia
Sua morada.

Cantavam aves,
Bulia o vento:
Tudo infundia
Contentamento.

Manhã serena
Leda brilhava:
Manto de estrelas
A noite ornava.

seus méritos derivem de sua maneira de ler, que não sendo aquilo que se chama uma bela leitura, é cheia de caráter e de inteligência.

José Bonifácio deu-me hoje uma tradução de Meleagro que me parece muito bonita. Foi escrita em Lisboa em 1816 e dois ou três

> Forma então Jove
> Nova criatura;
> De Venus bela
> Fiel pintura.
>
> De oiro madeixas,
> Ao vento soltas,
> Ameigam feras;
> Que andam revoltas.
>
> Covas da face
> Branca e rosada,
> Vós sois das graças
> Gentil morada!
>
> Ah! são seus beiços
> Fontes de vida!
> Em neve pura
> Romã partida.
>
> Carne mimosa
> Que a vista enleva,
> Onde o desejo
> Em vão se ceva!
>
> Quem és? és Deusa?
> (O homem lhe grita)
> Ah! se pudesses
> Trazer-me dita!
>
> Mortal soberbo
> co entendimento
> Sondar pretende
> Mistérios cento:

(*Poesias avulsas* de AMÉRICO ELÍSIO, Bordéus, 1825, pg. 72).

exemplares impressos por um de seus amigos. O último destes é agora meu[303](*).

Ninguém diga que ele está muito infeliz para poder receber qualquer consolo. Eu, por exemplo, estou sozinha, viuva, em terra estranha, minha saúde está fraca e meus nervos irritados, não tenho riqueza nem posição, sou forçada a receber favores dolorosos e chocantes com os meus hábitos e preconceitos antigos e topo muitas vezes com a impertinência dos que pretendem aproveitar-se de minha situação solitária; mas estou certa, contudo, de que tenho mais *meias horas*, não ouso mais dizer *horas*, de verdadeiro prazer, e menos dias de verdadeira miséria, do que a metade desses que o mundo considera felizes. Agradeço a Deus, que me deu um temperamento que

---

[303]   (*) IDÍLIO
Já do Éter fugiu ventoso Inverno,
E da florida Primavera a hora
Purpúrea rio: de verde erva mimosa
A terra denegrida se coroa.
Bebem os prados já líquido orvalho,
Com que medram as plantas, e festejam
Os abertos botões das novas rosas.
Com os ásperos sons da frauta rude
Folga o Serrano, o Pegureiro folga
com os alvos recentes cabritinhos.
Já sulcam Nautas estendidas ondas;
E Favônio inocente as velas boja
As Ménades, cobertas as cabeças
Da flor d'hera, três vezes enrolada,
Do uvífero Baco orgias celebram.
A geração bovina das abelhas
seus trabalhos completa; já produzem
Formoso mel; nos favos repousadas
Cândida cera multiplicam. Cantam
Por toda a parte as sonorosas aves;
Nas ondas o Alcião; em torno os tetos
Canta a Andorinha; canta o Cisne
Na ribanceira, e o Rouxinol no bosque.
Se pois as plantas ledas reverdecem;
Floresce a Terra; o Guardador a frauta
Tange, e folga co'as maçãs folhudas;
Se aves gorjeiam, se as abelhas criam,
Navegam Nautas, Baco guia os coros;
Por que não cantará também o Vate
A risonha, formosa Primavera?

(*Poesias avulsas*, de AMÉRICO ELÍSIO, Bordéus, 1925, pg. 133).

sente extranhamente os agravos, mas, ao mesmo tempo, dotou-me com igual capacidade para alegria. E é um prazer encontrar almas que podem compreender e comunicar-se com a nossa, travar conhecimento ocasionalmente com pessoa de hábitos de pensar semelhantes e que, quando os negócios do mundo dão um pouco de folga, procuram distração pelos mesmos caminhos. Este o prazer que eu tenho gozado mais frequentemente do que poderia esperar, tão longe da culta Europa. Um ou dois de meus amigos são, realmente, como joias caras — não para ser usadas todos os dias, mas há alguns de metal autêntico que, mesmo aqui, desarmam a maldade deste mundo cansativo de metade de seu ferrão.

26 de setembro de 1823. — Um casamento na alta sociedade ocupa muitos dos faladores do Rio. Um fidalgo, oficial que se distinguiu sob o comando de Beresford, Dom Francisco, cujo outro nome me esqueci, teve a felicidade de obter a mão de uma das mais lindas netas da baronesa de Campos, Maria de Loreto[304(*)], cuja extraordinária semelhança com a nossa princesa Carlota de Gales é tal, que estou certa de que nenhum inglês pode vê-la sem se impressionar com isso. Não é permitido aqui a nenhum solteiro comparecer a um casamento; a cerimônia se realiza na presença dos parentes próximos, desde que casados, de ambos os lados. A mãe da noiva comunica, em seguida, o fato à Corte, se ela pertence a uma categoria que exija isto; depois do que, as senhoras visitam-na e começam a cumprimentar os outros membros da família. Dizem que este caso presente foi daqueles em que o senhor todo poderoso nestas coisas, isto é, Cupido, teve maior papel do que geralmente se lhe permite no Brasil, mesmo depois da Independência. Realmente não é comum ver um par de fato tão belo. Estou contente com isso. Certamente que a livre escolha em um assunto tão importante é tão desejável como em qualquer outro. Nessa ocasião:

The god of love, who stood to shy them,
The god of love, who must be nigh them,

---

[304] (*) D. Maria de Loreto Fernandes Carneiro Viana, filha do conselheiro Paulo Fernandes Viana e D. Luísa Rosa Carneiro da Costa (esta filha da baronesa de São Salvador dos Campos das Goitacases). Casou-se com Dom Francisco da Costa de Sousa e Macedo, marquês de Cunha e mordomo-mor da Imperatriz D. Leopoldina. Nascido em Lisboa em 1788 foi ele general do exército brasileiro. Faleceu na cidade natal em 1852. Cf. *Anuário Genealógico Brasileiro*, I, 1939, pgs. 181 e 259, e Coronel LAURÊNIO LAGO, *Brigadeiros e generais de D. João VI e D. Pedro I no Brasil*, Rio, 1938, pg. 35.

Pleased and tickled at the sight
Sneezed aloud; and at his right
The little loves that waited by,
Bow'd and bless'd the augury;

como diz meu poeta favorito Cowley, e espero que teremos mais destes prélios livres em nosso livre Brasil onde, até aqui, o verdadeiro amor não tem autorização para correr livremente, se é verdade o que dizem meus informantes no assunto. Na verdade, talvez não tenha havido até agora refinamento bastante para florescer o delicado e metafísico amor da Europa, que, por ser mais racional e mais nobre que todos os outros, é menos facilmente desviado para outros canais. *Grandison* ou *Clarissa* não poderiam ser escritos aqui; mas penso que em breve tempo devemos procurar a prudente e polida moral de *Belinda*[305(*)].

29 [de setembro]. — Fui ao asilo de órfãos, que é também o hospital dos expostos. Os rapazes recebem instrução profissional em idade adequada. As moças recebem um dote de 200 mil reis que, apesar de pequeno, as ajuda a estabelecerem-se e é muitas vezes acrescido por outros fundos. A casa é extremamente limpa, como também o são as camas para as crianças expostas, das quais somente três estão agora sendo criadas por amas de leite dentro da casa. As demais estão colocadas fora, no campo. Até ultimamente têm morrido numa proporção apavorante em relação ao seu número[306]. Dentro de pouco mais de nove anos foram recebidas 10.000 crianças: estas eram dadas a criar fora, e de muitas nunca mais houve notícia. Não talvez porque todas tenham morrido, mas porque a tentação de conservar uma criança mulata como escrava deve, ao que parece, garantir o cuidado com sua vida; mas as brancas nem ao menos têm esta possibilidade de salvação. Além disso, as pensões pagas para a alimentação de cada uma eram, a princípio, tão pequenas, que as pessoas pobres, que as recebiam, dificilmente podiam proporcionar-lhes meios de subsistência. Um melhoramento parcial já foi feito e ainda maiores ampliações deverão ser realizadas. Há grande falta de tratamento médico. Muitos

---

305 (*) *Sir Charles Grandison*, cristão e cavalheiro ideal, e *Clarissa Harlowe*, "a mais doce mártir" no mundo da ficção, são os nomes de dois célebres romances de Samuel Richardson (1689—1761). *Belinda* é a heroína do poema heroi-cômico de Alexander Pope (1688—1774), *Rape of the lock*, em que toda a ação deriva do rapto, por parte de um cavalheiro, de uma madeixa do cabelo de certa senhora.
306 V. a fala do Imperador a 3 de maio.

dos expostos são colocados na *roda*[307], cheias de doenças, com febre, ou, mais frequentemente, com uma espécie terrível de comichão, chamada *sarna*, que lhes é frequentemente fatal. Por outro lado aparecem também crianças mortas, a fim de que sejam decentemente enterradas. Do asilo, atravessei a rua para ver o grande hospital da Misericórdia. É um belo edifício, bastante amplo, mas não está no bom estado que seria de desejar. Há geralmente quatrocentos doentes e o número de mortos é muito grande, mas não pude saber a proporção exata. O departamento médico está em grande carência de reforma. As celas dos loucos interessaram-me mais do que tudo. Ficam no andar térreo, muito frio e úmido, e muitos dos que são ali depositados morrem depressa de tísica. Encontrei aqui a negação da opinião generalizada de que a hidrofobia seja desconhecida no Brasil. Um pobre negro tinha sido mordido por um cão raivoso havia um mês. Não parecia muito doente até ontem de manhã, quando foi para ali mandado. Estava na grade da cela ao passarmos por ele, num estado deplorável. Ao reconhecer o meu acompanhante, teve a esperança de que este o soltasse de sua prisão, o que, naturalmente, não podia ser: expirou algumas horas depois que o vimos. O cemitério da Misericórdia é tão pequeno que chega a ser desagradável e, segundo creio, insalubre para a vizinhança. Há muito queria fazer o que fiz hoje. Acho que quanto mais pessoas demonstrarem interesse por tais estabelecimentos tanto melhor; isto chama a atenção para eles, e por si mesmo será um bem. Contudo até aqui não tivera coragem e devo a excursão desta manhã mais ao acaso que ao propósito.

Fui hoje a cavalo ao cemitério protestante, na Praia da Gamboa, que julgo um dos lugares mais deliciosos que jamais contemplei, dominando lindo panorama, em todas as direções. Inclina-se gradualmente para a estrada ao longo da praia; no ponto mais alto há um belo edifício constituído por três peças; uma serve de lugar de reunião ou às vezes de espera para o pastor; uma de depósito para a decoração fúnebre do túmulo; e o maior, que fica entre os dois, é geralmente ocupado pelo corpo durante as poucas horas (pode ser um dia e uma noite), que neste clima podem decorrer entre a morte e o enterro; em frente deste edifício ficam as várias pedras e urnas e os vãos monumentos que nós erguemos para relevar nossa própria tristeza; entre estes e a estrada, algumas árvores magníficas. Três lados deste campo

---

307 Roda ou caixa rodante, como a dos conventos, na qual são postas as crianças.

são cercados por pedras ou grades de madeira. Até a iminosa e delicada *Jane*, de Crabbe, poderia pensar sem mágoa em dormir aqui[308]. Na minha doença muitas vezes entristecia-me por não conhecer este cemitério. Estou agora satisfeita, e se a fraqueza, que ainda me resta, atirar-me aqui, os muito poucos que vierem ver onde jaz a amiga não sentirão o aborrecimento da prisão.

30 [de setembro]. — Visitei hoje a casa de uma senhora brasileira muito agradável, e vi, pela primeira vez na minha vida uma vulgar *bas bleu* da terra, na pessoa de D. Maria Clara: lê bastante, especialmente filosofia e política; é passável botânica e pinta flores extremamente bem. Além disso, é nesta terra aquilo que Maria Edgeworth, se não me engano, chama de "pesquisadora e carregadeira de louros", é um elemento útil na sociedade, que sem se fazer mal, ou aos outros, faz circular as necessárias novidades literárias. Seria de valor incalculável onde os novos autores estão precisando de animação e os novos poemas precisam ter as passagens mais belas postas em destaque, para vantagem das moças literatas. Aqui, pobre deles! Tais amáveis auxiliares limitam-se a comparar as passagens rivais do *Correio* e da *Sentinela*, ou a advogar a causa do editor do *Sylpho*, ou do *Tamoio*[309(*)]. Mas, afinal, gostei realmente de encontrar tal senhora. Sem pretender muito mais do que é devido ao sexo, sua ação pode produzir alguma influência, ainda que reduzida às ocupações e divertimentos da casa. A mulher que prefere os livros às cartas ou aos escândalos domésticos, em seu círculo de amizades, é capaz de promover uma cultura mais difundida, e um gosto mais refinado na sociedade a que pertence.

1.º de outubro de 1823. — Reina a alegria na corte e na cidade. Lorde Cochrane assegurou o Maranhão para o Imperador. Mais uma vez quebro a minha própria regra e copio parte de sua carta a mim:

"Maranhão, 12 de agosto de 1823

Minha cara senhora

---

308 V. [GEORGE CRABBE, 1754—1832] *Tales of the Hall.* "The Sisters".
309 (*) *Correio do Rio de Janeiro*, jornal aparecido em 1822, redigido por João Soares Lisboa; *A Sentinela da liberdade à beira do mar da Praia Grande* – jornal dos irmãos Meneses de Drummond, inspirado por José Bonifácio, aparecido em 1823;
O *Sylpho*, jornal aparecido em 1823;
O *Tamoio*, jornal redigido por José Bonifácio, surgido em 1823 – (V. GONDIM DA FONSECA, *Biografia do jornalismo carioca*, Rio, 1941, pgs. 285 e 286).

V. deve ter recebido umas poucas linhas que lhe escrevi ao largo da Bahia e também da altura de Pernambuco dizendo brevemente o que nos acontecia. Devo agora acrescentar que acompanhamos a esquadra portuguesa até o quinto grau de latitude norte e até que só restavam treze barcos juntos, dos setenta do comboio deles. Então, julgando melhor para os interesses de Sua Majestade Imperial, fiz-me de vento para o Maranhão, e tenho o prazer de contar-lhe que meu plano de incorporá-lo ao Império teve completo êxito. Passei com este navio em frente aos fortes, e após enviar uma notícia acerca do bloqueio e feito constar que a esquadra da Bahia e as forças imperiais estavam barra fora, a bandeira portuguesa foi arriada e tudo se processou sem derramamento de sangue, tal como V. gostaria. Encontramos aqui um brigue de guerra português, uma escuna e oito barcas canhoneiras, dezesseis navios mercantes e boa quantidade de propriedades pertencentes a portugueses residentes em Lisboa depositada na alfândega. O brigue de guerra, outrora *Infante Dom Miguel*, agora *Maranhão*, seguiu com Grenfell para intimar o Pará, onde está uma fragata recentemente lançada de cinquenta canhões que, não tenho dúvida, ele já terá tomado a estas horas. Assim, minha cara Senhora, na minha volta terei o prazer de levar ao conhecimento de Sua Majestade Imperial que entre os dois pontos extremos do Império não existe inimigo, seja em terra seja embarcado. Isto se dará provavelmente antes de seis meses de nosso embarque do Rio e no momento já é verdade".

Juntamente com esta carta o Lorde enviou-me as peças oficiais relativas à posse da praça em nome do Imperador, e o oficial que me trouxe os despachos favoreceu-me amavelmente com outros detalhes, de modo que acredito ser o seguinte uma narrativa exata, em geral, tanto quanto possível.

Logo que se percebeu a bordo da *Pedro Primeiro*, através das ordens dadas por Lorde Cochrane para a derrota do barco, que ele resolvera ir ao Maranhão, os pilotos ficaram perturbados por causa do perigo da navegação pela costa, e também, como se dizia, pela impossibilidade de entrar a barra com um navio tão grande. Senti muitas vezes que havia alguma coisa muito atrativa na palavra *impossível*. O almirante, contudo, tinha melhores motivos e era dotado de habilidade e competência para sustentar sua perseverança; assim, a 26 de julho, entrou na baía de S. Luís do Maranhão com a bandeira inglesa. Vendo um navio de guerra ao largo, mandou-lhe a bordo um escaler e, apesar de alguns marinheiros reconhecerem dois tripulantes do navio, o oficial, Shepherd, desempenhou tão bem o seu papel que obteve todas as informações de que precisava. O almirante então entrou com seu navio e ancorou sob o forte de S, Francisco. Enviou então a seguinte comunicação às autoridades:

"As forças de S. M. I. o Imperador do Brasil, tendo livrado a cidade e província da Bahia dos inimigos da sua independência, eu, conforme a vontade de S. M. I., desejo que a frutuosa província do Maranhão goze da mesma liberdade. Venho agora oferecer aos desgraçados habitantes o auxílio e proteção que precisarem contra o jugo estrangeiro, desejando acabar a sua libertação e saudá-los como parentes e como amigos. Porém se houver quem se oponha por motivos contrários à libertação deste país, fiquem tais pessoas na inteligência que as forças militares e navais, que do Sul deitaram fora os portugueses, serão prontas a desembainhar a espada em semelhante causa tão justa e, desembainhando-a, das consequências não se pode duvidar. Rogo às autoridades principais me participem as suas decisões para que não imputem, no caso de oposição, a responsabilidade das consequências à demasiada pressa de encetar a obrigação que hei de cumprir. Deus Guarde V. Exªs. muitos anos. A bordo da nau *Pedro I*, 26 de julho de 1823. *Cochrane*. À Ilustr. e Excel. Junta do Governo Provisório".

"*Proclamação* do Excelentíssimo Lorde Cochrane, almirante e comandante em chefe das forças navais de Sua Majestade Imperial. — O porto, rio e ilha do Maranhão, a baía de São José e as águas adjacentes declaro que se acham em estado de bloqueio enquanto os portugueses ali exercitarem as suas autoridades e religiosamente estão proibidas toda a saída e entrada sob as penas autorizadas pelas leis das nações praticadas contra os que violarem os direitos de beligerantes. — A bordo da nau *Pedro I*, em 26 de julho de 1823. *Cochrane*[310(*)]".

Estes papeis foram recebidos pela Junta provisória de Governo a cuja testa estava o bispo. Houvera antes algum movimento em favor da independência mas tinha sido abafado pelas tropas portuguesas, das quais havia cerca de 300 homens na cidade. A junta, naturalmente, aceitou todas as propostas de Lorde Cochrane. O dia 1º de agosto foi escolhido para a eleição de um novo governo sob o Império, e

---

310 (*) Ambos os documentos estão publicados no *Diário do Governo* de 6 de outubro de 1823.

os dias intermediários para se proceder ao juramento de adesão ao Imperador e embarque das tropas portuguesas, medida tanto mais necessária quanto elas já haviam revelado a disposição de oporem-se aos brasileiros, e até mesmo insultado o capitão Crosbie e outros, ao descerem para resolver os casos com o governo. Além disso elas esperavam, a qualquer momento, um reforço de 500 homens de Lisboa. Entrementes, como a ancoragem junto ao forte de S. Francisco foi julgada inconveniente para um navio tão grande como o *Pedro Primeiro,* o almirante conduziu-a em torno do grande banco de areia que forma o outro lado da baía e ancorou entre a ilha do Medo e o centro, em quinze braças de mar, onde o deixou e voltou à cidade na chalupa de guerra *Pombinha*; nessa embarcação podia ficar junto à própria cidade. Uma de suas primeiras medidas foi substituir as tropas portuguesas pelas brasileiras em todos os pontos em que os soldados eram absolutamente necessários para manter a ordem; mas não admitiu mais que um número muito limitado dentro dos muros. Fez com que fossem soltos todos os presos por motivo de opiniões políticas e enviou comunicações aos comandantes militares independentes do Ceará e Piauí a fim de que desistissem de hostilidades contra o Maranhão. A 27, publicou Lorde Cochrane a seguinte proclamação:

"*O Primeiro Almirante do Brasil aos habitantes do Maranhão*:

Tendo chegado o faustíssimo dia em que os dignos habitantes do Maranhão, desejosos do bem público, têm no seu poder declarar de um golpe a independência do seu país e sua adesão e agradecimento ao monarca patriota, o Imperador Pedro I (filho do Augusto Monarca D. João VI), cuja proteção lhes tem prestado o glorioso privilégio de serem homens livres e de escolherem a sua constituição e fazer suas leis por seus representantes ajuntados para tratar dos seus próprios negócios, no seu próprio país, que se não escureça a glória deste dia por qualquer excesso, ainda que proceda de entusiasmo na causa que temos abraçado, há de ser o desejo de todo o cidadão de honra e juízo. A estes é desnecessário dar conselho algum a respeito da conduta que devem seguir. Porém, se houverem [*sic*] indivíduos que, debaixo de qualquer pretexto sejam capazes de interromper a tranquilidade pública, agora os aviso que se tem dado ordens as mais rigorosas para que seja castigado aquele que fizer desordem alguma segundo merecer o seu crime. Tomar os juramentos acostumados e escolher o governo civil são ações que se devem fazer com deliberação e por essa razão o primeiro dia de agosto é o mais cedo que permite a importância das preparações para a execução de cerimônias tão solenes. Cidadãos! Adiante vamos, seriamente e com método, sem tumulto, pressa ou confusão, e a obra que temos em mão acabemos de tal maneira, que mereça a aprovação de S. M. I. e que não nos dê causa de nos arrependermos [sic], nem logar para a emenda. Viva o nosso Imperador! Viva a Independência e Constituição do Brasil! — A bordo da nau *Pedro I* em 27 de julho de 1823. *Cochrane*[311(*)]".

A 28 a Junta do Governo, a Câmara da cidade, os soldados, o capitão Crosbie representando Lorde Cochrane, que não estava bem e não pôde comparecer, reuniram-se para proclamar a independência do Brasil e jurar fidelidade ao Imperador Dom Pedro de Alcântara, após o que houve descarga das tropas e salvas de artilharia e repiques de sinos, como se costuma nessas ocasiões. Foi lavrada uma ata pública de fidelidade, assinada por tantos quantos o pudessem fazer com conveniência, e a bandeira brasileira foi içada. Desde a chegada da *Dom Pedro* até então, fora içada uma bandeira de tréguas.

No dia seguinte os habitantes procederam à escolha do novo Governo Provisório, que se instalou no dia 8 de agosto, como foi dito. Os seus membros são: Miguel Inácio dos Santos Freire e Bruce, *Presidente*; Lourenço de Castro Belford, *Secretário* e José Joaquim Vieira Belford.

O primeiro ato do novo governo foi publicar uma proclamação aos habitantes da província do Maranhão congratulando-se com eles por não serem mais uma nação de escravos de Portugal, mas um povo livre do Império do Brasil, exortando-os à confiança, fidelidade e tranquilidade e terminando com *vivas* à Religião Católica, ao nosso Imperador Constitucional e Defensor Perpétuo Dom Pedro I e sua dinastia, às Cortes do Brasil e ao povo do Maranhão.

A carta do novo governo a Sua Majestade Imperial é datada de 12 de agosto, quando tudo ficou afinal resolvido. Começa cumprimentando-o pelo feliz estado das coisas em geral no Brasil e proclama depois os votos do povo do Maranhão por reunir-se aos irmãos há tanto tempo, mas que esses desejos haviam sido obstados pelas tropas de Lisboa.

"Mas qual não foi o nosso júbilo e alegria quando inesperadamente nos apareceu a nau *Pedro I* demandando a nossa barra!!! Oh dia 26 de julho de 1823, dia três vezes feliz! Tu serás tão remarcável nos

---

311 (*) Publicado no *Diário do Governo* de 8 de outubro de 1823.

anais da nossa província quanto serão duráveis nos corações de seus habitantes e sua posteridade os sentimentos de gratidão e respeito que eles tributem às virtudes do ilustre almirante que, em seu auxílio, nos enviou o melhor e o mais amável de todos os monarcas! Sim, Augusto Senhor, a sabedoria, a prudência e as amáveis maneiras do Lorde Cochrane contribuíram ainda mais para o feliz êxito dos nossos negócios políticos, do que mesmo o temor das suas forças por mais respeitáveis que elas sejam. Ancorar no nosso porto, fazer proclamar a independência, prestar o devido juramento e obediência a V. M. I., suspender as hostilidades em toda a província, fazer eleger o novo governo da mesma, mandar entrar na capital as tropas do país e tão somente as necessárias para manter a ordem e tranquilidade pública, abrir todas as comunicações do interior com a capital, abastecendo-a de todo o necessário e fazendo restituir a navegação e o comércio ao seu primitivo estado; tudo isto, Senhor, foi a obra de mui poucos dias. O céu permita que, com igual sucesso e felicidade, aquele digno chefe termine a gloriosa carreira dos trabalhos militares e políticos, a fim que, ficando V. M. I. tão dignamente servido, nada reste àquele benemérito militar, para o imortalizar não só nos anais do Brasil, mas até na história do mundo inteiro[312(*)]".

E isto, creio eu, é tudo de importante que aprendi hoje com relação à conquista do Maranhão. É verdade que o brigue *Maria*, despachado pelo Lorde a 12 de agosto, só chegou hoje, de modo que muita coisa pode ter sucedido depois.

2 [de outubro].—Um amigo que compareceu hoje à Assembleia faz-me a seguinte narrativa do debate. Em primeiro lugar o Imperador comunicou o bom êxito de Lorde Cochrane no Maranhão e Martim Francisco Ribeiro de Andrada, erguendo-se, propôs um voto de gratidão ao Lorde. O deputado Montezuma[313(*)], da Bahia, opôs-se, baseando-se em que ele dependia do Poder Executivo e competia ao Governo agradecer-lhe. Ele se sentia grato a Lorde Cochrane, como qualquer membro da Assembleia, o bastante para provar sua gratidão, mas não votaria um agradecimento por parte da casa. O dr. França (conhecido pelo apelido de Franzinho) [Francinha] [314(*)] apoiou

---
312 (*) Publicado no *Diário do Governo* de 6 de outubro de 1823.
313 (*) Francisco Gomes Brandão, posteriormente chamado Francisco Gomes Brandão Montezuma e, finalmente, Francisco Gê Acaiaba de Montezuma, depois visconde de Jequitinhonha, deputado pela Bahia.
314 (*) Dr. Antônio Ferreira França, deputado pela Bahia.

Montezuma, e disse que era contra o decoro da Assembleia Legislativa do vasto, nobre e rico Império do Brasil votar agradecimentos a qualquer indivíduo. Ao que Costa Barros[315(*)], em um discurso eloquente e entusiasta, sustentou a conveniência de agradecer-se a Lorde Cochrane; que a via triunfal, como na antiga Roma, não mais existe, mas que o triunfo pode ser conferido pela voz dos representantes legislativos. O cavalheiro que pensava que não se deviam votar agradecimentos era um representante da Bahia, e falou de sua gratidão. Poderia dizer-lhe que grato como ele Costa Barros se sentia agora, estaria ele, se fosse baiano como Montezuma, dez vezes mais grato, e ávido de manifestar-se. Mas quem, senão Lorde Cochrane, havia libertado a Bahia dos portugueses, este enxame de zangões que ameaçavam devorar a terra? Mas que ele supunha que a imensidade da gratidão do Sr. Montezuma fosse tal que ele achara necessário abafar sua manifestação. Tal conclusão produziu uma gargalhada e, por isso, um desafio[316(*)] e, depois, os gritos de *ordem, ordem*.

O Sr. Ribeiro de Andrada[317(*)] então, aceitando a observação do Sr. França de que o lorde havia somente cumprido o seu dever, perguntou se não devia um homem receber agradecimentos por ter cumprido um dever importante? Além disso, ainda que o bloqueio da Bahia fosse um dever, a conquista do Maranhão foi alguma coisa a mais; foi procedida a seu critério exclusivo, ficando os riscos por sua conta. O senhor Lisboa[318(*)] observou, quanto a estar abaixo da dignidade da Assembleia representativa do Brasil o agradecer a um indivíduo, que o parlamento inglês não escrupulizava em agradecer a seus chefes navais e militares. E o que fazia o Parlamento Inglês poderia estar abaixo da Assembleia do Brasil? Quisesse Deus que a Assembleia pudesse um dia competir com o Parlamento Britânico! Depois disso houve mais debate entre Montezuma e Costa Barros; o primeiro retomando o assunto do desafio; Barros aceitando e afirmando que não se recusava a ele; ao que um deputado do mesmo partido observou sarcasticamente, erguendo-se somente pela metade ao falar,

---

315 (*) Pedro José da Costa Barros, deputado pelo Ceará.
316 (*) O incidente entre Costa Barros e Montezuma resultou, realmente, num desafio para duelo, acontecimento tão raro no Brasil. Felizmente os representantes dos dignos constituintes chegaram a uma solução "honrosa para ambas as partes". (Cf. A. J. Lacombe, "O visconde de Jequitinhonha", na *Revista Brasileira*, Rio, VI – 1947, n.º 19, pg. 91).
317 (*) Nome parlamentar de Martim Francisco Ribeiro de Andrada.
318 (*) José da Silva Lisboa, depois visconde de Cairu.

que os que desejassem realmente lutar não deveriam falar do assunto claramente na Assembleia Geral. Isto pôs termo à disputa, e o voto de agradecimento passou só com os votos de Montezuma e França em contrário. E assim se passou este dia de sessão.

Devo dizer, quanto ao povo daqui, que ele parece sentir que com Lorde Cochrane conseguiu um tesouro. Que alguns apontem suas faltas e outros demonstrem inveja, é bem verdade. Mas quando não foi assim? As vezes exclamo:

"*O, what a world is this, where what is comely Envenoms him that bears it!*"

E outras vezes encaro o assunto com mais facilidade, e digo friamente com o espanhol:

"*Envy was honour's wife, the wise man said Ne'er to be parted till the man was dead*".

Nem a inveja, nem qualquer outro sentimento injurioso, poderão diminuir o mérito real de um tão grande homem.

A aquisição do Maranhão é extremamente importante para o Império; é uma das províncias que desde o tempo dos primeiros tempos da colonização tem mantido o maior comércio exterior[319].

6 [de outubro]. — Tivemos três dias de regozijo público pela tomada do Maranhão e na sexta-feira, estando eu em palácio para mostrar alguns desenhos à Imperatriz, notei que a recepção do Imperador estava concorrida de modo fora do costume. Durante estes poucos dias, apesar de estar longe de me sentir bem, estreitei minhas relações com os amigos estrangeiros; mas, dos ingleses, só quero ver muito pouca gente, a não ser a Srª. May.

9 [de outubro]. — Resolvi tomar um feriado, e assim decidi gozá-lo com a Srª. May, na Glória, passando primeiro, só por meia hora, na Biblioteca. Esta Biblioteca é uma grande fonte de satisfação para mim. Todos os dias encontro meu gabinete tranquilo e fresco, provido dos meios de estudo, e geralmente passo ali quatro horas, lendo a história portuguesa e brasileira, para cujo estudo não terei, provavelmente, tão boa oportunidade de novo.

---

319 V. Apêndice I,

Hoje o debate na Assembleia foi do maior interesse. Já faz algum tempo que, ao discutir-se o trecho correspondente do projeto de Constituição que trata das pessoas que devam ser consideradas brasileiras, com direito à proteção das leis do Império e sujeitas a essas leis, o parágrafo 8.º do artigo 5.º foi aceito sem uma voz discrepante, e é assim redigido: — *Os estrangeiros naturalizados, qualquer que seja a sua religião.* Hoje 0 3.º parágrafo do art. 7.º entrou em discussão. Este artigo trata dos direitos individuais dos brasileiros e assim reza: *"A constituição garante a todos os brasileiros os seguintes direitos individuais, com as explicações e modificações seguintes:*

I — A liberdade pessoal

II — O juízo por jurados

III — A liberdade religiosa

IV — A liberdade de indústria

V — A inviolabilidade da Propriedade

VI — A liberdade da imprensa."

O art. 14 prossegue estabelecendo que todos os cristãos podem gozar dos direitos políticos do Império. O 15 assim dispõe: *"As outras religiões, além da cristã, são apenas toleradas, e a sua profissão inibe o exercício dos direitos Políticos"*. O 16 declara a religião Católica Romana "religião do Estado" e a "única manteúda por ele".

A discussão de hoje não foi meramente de forma, mas estabeleceu-se a tolerância em toda a extensão. O homem tem a liberdade de professar sua fé como quiser, e mesmo de mudá-la: até mesmo poderá ter a fantasia de virar turco; mas não tomará parte nas eleições, não será membro das Assembleias, nem gozará de um cargo público, civil ou militar; mas poderá sentar-se sob a sua vinha ou sua figueira, e exercer uma profissão honesta. Todos os cristãos são elegíveis para todos os ofícios e empregos; e eu só desejo que as nações mais velhas se dignassem aprender estas lições deste novo governo em sua nobre liberalidade. O *Diário da Assembleia* está tão atrasado com as atas das sessões, que não tenho naturalmente uma relação exata dos discursos, mas creio que não estou enganada em atribuir ao bispo os pontos de vista mais benévolos e esclarecidos acerca deste momentoso assunto, juntamente com aquela louvável adesão à Igreja de seus pais que distingue os homens bons de todos os credos.

12 [de outubro]. — Este é o dia dos anos do Imperador e o primeiro aniversário de sua coroação. Seria interessante ver-se a Corte do Brasil. Por isso acordei cedo, vesti-me e fui à Capela Real, onde o Imperador, a Imperatriz e a Princesa Imperial deveriam comparecer antes do cortejo. Em consequência pedi ao capelão que me obtivesse uma colocação. Indicaram-me a tribuna chamada *diplomática*, mas que é de fato destinada aos estrangeiros respeitáveis. Encontrei ali todo gênero de cônsules. Contudo a curiosidade que me conduzia à capela não me permitiu retirar-me quando os ditos cônsules o fizeram. Assim é que compareci ao cortejo a que, afinal, não deveria ter ido, por estar sozinha, se não fosse a isso levada pela maneira amável com que Suas Majestades Imperiais me saudaram, tanto na capela como no corredor que conduz aos apartamentos reais. Cheguei à sala interna do Palácio, onde estavam as senhoras, exatamente quando o Imperador tinha, com o mais amável dos cumprimentos, anunciado a Lady Cochrane que ela é agora marquesa do Maranhão, porque ele havia nomeado seu marido marquês, e lhe havia conferido o mais alto grau da Ordem do Cruzeiro. Sou às vezes distraída. Mas nesse momento, quando mais devia estar atenta, senti-me na situação que Sancho Pança descreve com tanto humorismo, de mandar meu juízo buscar lã e voltar tosquiado; porque estava tão entusiasmada pela honra conferida ao meu amigo e patrício, tão encantada em ver que, ao menos uma vez, seus serviços tivessem sido apreciados, que, quando encontrei o Imperador no meio do salão, e ele me estendeu a mão, quando todos os outros haviam apresentado seus cumprimentos e tornado aos lugares, esqueci-me de que estava de luvas e apertei com elas a Imperial Mão; creio que a beijei com demasiado ardor porque vi algumas das senhoras sorrirem-se antes que me pudesse ocorrer qualquer coisa a respeito. Se isto houvesse acontecido com qualquer outro príncipe, penso que teria disparado. Mas não há ninguém mais benigno que Dom Pedro. Percebi que não havia feito nada de mal e, assim, resolvi ficar atenta quando entrasse a Imperatriz e aproveitar então a oportunidade para contar-lhe minha falta. Fiquei quieta e comecei a falar com duas ou três moças que iam à corte pela primeira vez e que acabavam de ser nomeadas damas de honra da Imperatriz.

Sua Majestade, que se havia retirado com a Princezinha, voltou então e todas as senhoras apresentaram-lhe cumprimentos, enquanto o Imperador estava ocupado no salão de audiências, recebendo os cumprimentos da Assembleia e outras corporações políticas. Havia pouco formalismo e nenhuma rigidez. Sua Majestade a Imperatriz conversou livremente com todo o mundo, somente dizendo a todos que falassem português, o que, naturalmente, fizemos. Ela conversou um bom pedaço comigo sobre autores ingleses e especialmente acerca das novelas escocesas e ajudou-me muito amavelmente em meu português que eu, apesar de entender, tenho poucas oportunidades de praticar com pessoas cultas. Se é verdade que eu anteriormente lhe ficara grata, fiquei desta vez encantada. Logo que o Imperador recebeu as entidades públicas aproximou-se e conduziu a Imperatriz ao grande salão de recepção e ali, estando ambos de pé no degrau superior do trono, deram a mão a beijar aos funcionários da marinha, do exército, aos civis e aos particulares. Desfilaram assim, parece-me, alguns milhares. Era curioso, mas agradou-me, ver alguns oficiais negros tomar a pequenina e branca mão de D. Leopoldina em suas mãos grosseiras e aplicar os lábios grossos africanos em pele tão delicada; mas eles contemplavam *Nosso Imperador*[320](*) e a Imperatriz com tal reverência que isto me pareceu uma promessa de *confiança* nos soberanos e uma demonstração de delicadeza para com eles. O Imperador ostentava riquíssimo uniforme militar; a Imperatriz, um vestido branco bordado a ouro e um toucado correspondente de plumas, com as extremidades guarnecidas de verde. Seus diamantes eram soberbos, seu adorno de cabeça e brincos contendo opalas, tais como penso que não há no mundo, e os brilhantes, que circundam o retrato do Imperador que ela usa, são os maiores que já vi.

    Erraria se não mencionasse as damas da corte. Com olhos parciais preferiria minha bela patrícia, a nova marquesa; mas é preciso mencionar ainda a doce e jovem esposa Maria de Loreto, e um grupo de outras da mais atrativa aparência; depois havia as joias da baronesa de Campos e as da viscondessa do Rio Seco, inferiores somente às da Imperatriz. Mas não é possível enumerar todas as riquezas ou belezas presentes, nem interessaria aos meus amigos ingleses, para quem este jornal é escrito, se eu o pudesse fazer.

    Quando Suas Majestades Imperiais saíram do salão grande, percebi que a viscondessa do Rio Seco mantinha com eles viva conversa e em breve vi que tanto ela como Lady Cochrane lhes beijavam as mãos; percebi que ambas tinham sido nomeadas damas de honra da Imperatriz; a viscondessa contou-me então que estivera falando a

---

320 (*) Em português no original (N. T.).

meu respeito com a Imperatriz. Isto me surpreendeu, porque eu não pensava comprometer-me em coisa alguma fora da Inglaterra. Seis meses antes, de fato, eu havia dito que estava tão encantada com a Princesinha que gostaria de educá-la. Isto, em que eu não mais pensava por esse tempo, como tudo nesse lugar de tagarelice, foi contado a *Sir* T. Hardy; ele me falou a respeito e me disse que já havia falado a um amigo meu. Eu disse então que, se o Imperador e a Imperatriz concordassem comigo calorosamente, eu não acharia mal, mas que isto necessitaria maior exame e que, se eu me pudesse tornar bastante agradável à Imperatriz, solicitaria o cargo de governante da Princesa. Assim estavam as coisas quando *Sir* Thomas Hardy partiu para Buenos Aires. Confesso que quanto mais via a Família Imperial, mais queria servir a ela; assustava-me, porém, com a opinião da cidade, por causa do comportamento impertinente de alguns ingleses, de modo que provavelmente eu não tomaria a iniciativa do negócio. Tudo foi feito, contudo. A Imperatriz disse-me que fizesse um requerimento ao Imperador. Observei que ela estava cansada com a recepção e pedi permissão para escrever-lhe em outro dia. Ela disse: "Escreva se quiser, mas venha ver o Imperador às cinco horas amanhã". E assim retiraram-se, e eu fiquei admirada com a sorte que me oferecera uma oportunidade tão diversa de tudo que eu havia previsto, e vim para casa para escrever uma carta a Sua Majestade Imperial e imaginar o que deveria fazer em seguida.

Segunda-feira, 13 [de outubro]. — Escrevi minha carta à Imperatriz e fui pontual à hora da audiência com o Imperador[321(*)]. Ele recebeu-me muito amavelmente e mandou-me falar com Sua Majestade a Imperatriz que tomou minha carta e prometeu-me responder dentro de dois dias, acrescentando as expressões mais cortesas de delicadeza pessoal. E esta foi certamente a primeira carta que escrevi sobre o assunto, ainda que meus amigos ingleses me digam que eu tinha ontem um memorial em minhas mãos, e que eu fora ao paço só para entregá-lo, porque eles o haviam visto em minha mão. Ora, eu só tinha de fato um lenço branco e um lenço preto na mão e pensava tão pouco em falar de meus próprios interesses a Suas Majestades Imperiais quanto em fazer uma viagem à lua. Mas sempre as pessoas hão de saber melhor dos negócios dos outros.

---

321 (*) A minuta dessa carta, datada de 13 de outubro de 1823, pertence à Biblioteca Nacional e está publicada nos *Anais*, vol. XL, bem como na separata sob o título: *Correspondência entre Maria Graham e a Imperatriz d. Leopoldina*, Rio, 1940, pg. 33.

16 [de outubro]. — Tenho continuado a ir regularmente à biblioteca e tenho me tornado conhecida do chefe dos bibliotecários, que é também o confessor do Imperador[322(*)]. É um homem polido e bem informado. Mostrou-me a biblioteca do conde da Barca, que, como já sabia, fora comprada por 15:530$900 e incorporada à coleção pública. Hoje, voltando de meus estudos, recebi uma carta da Imperatriz, escrita em inglês, cheia de expressões amáveis, aceitando da maneira mais benévola, em nome do Imperador e no seu próprio, os meus serviços como governante de sua filha, e dando-me licença para ir à Inglaterra antes de assumir o cargo, visto como a princesa é ainda muito criança.

Fui a São Cristóvão para apresentar agradecimentos.

19 [de outubro]. — Vi a Imperatriz, que se apraz em me permitir viajar para a Inglaterra no paquete de depois de amanhã. Confesso que lamento partir antes da chegada de Lorde Cochrane. Havia determinado comigo mesma que havia de ver meu melhor amigo nesta terra após as suas façanhas e triunfo. Mas já agora pus mãos à obra e não posso voltar atrás.

21 [de outubro]. — Embarquei a bordo do paquete inglês para a Inglaterra. Mrs. May foi ao cais comigo. *Sir* Murray Maxwell emprestou-me seus barcos para levar-me, bem como minhas coisas, para bordo. Eu me havia previamente despedido de todo mundo conhecido, ingleses e estrangeiros.

Depois que embarquei, Mr. Anderson trouxe-me os últimos jornais. Os seguintes são os principais publicados no Rio: o *Diário da Assembleia*[323(*)], que não contém senão as atas da assembleia; aparece tão depressa quanto os taquígrafos podem publicá-lo; a *Gazeta do Governo*, que contém todos os assuntos oficiais, nomeações, informações navais e, às vezes, raros anúncios; o *Diário do Rio*, que não tem senão anúncios, notícias de navios e preços correntes; costumava imprimir uma tábua meteorológica[324(*)]; o *Correio*, jornal democrático, que o editor escrevia da prisão, só ocasionalmente, uma vez ou outra, mas

---

322 (*) Frei Antônio de Arrábida, franciscano; depois bispo de Anemúria in partibus infidelium. Foi depois o primeiro reitor do Colégio Pedro II.
323 (*) *Diário da Assembleia Geral Constituinte e Legislativa do Império do Brasil.*
324 (*) *A Gazeta do Rio de Janeiro*, fundada ao tempo de Dom João VI, passou a chamar-se em 1822 *Gazeta do Rio*. Em 1823 mudou o nome para *Diário do Governo*. (V. GONDIM DA FONSECA, *Biografia do Jornalismo Carioca*, Rio, 1941).

Carro de pedras no Rio de Janeiro

que ultimamente se tornou jornal Diário[325(*)]; a *Sentinela da Liberdade à Beira do Mar da Praia Grande*, editada por um genovês, auxiliado por um deputado e que é tida como puro *carbonarismo*[326(*)]; o *Silfo*, também jornal irregular, moderadamente ministerial e empenhado numa guerra de palavras com diversos outros[327(*)]; o *Atalaia*, que defende a monarquia limitada, e cujo editor é um deputado de considerável reputação[328(*)] é também um jornal irregular, como o é o *Tamoio*, inteiramente dedicado aos Andradas. Na minha opinião é este o mais bem escrito de todos[329(*)]

---

325 (*) O *Correio do Rio de Janeiro*, jornal dirigido pelo pasquineiro João Soares Lisboa, que realmente fora condenado pelo Supremo Tribunal e perdoado pelo Imperador. (Cf. HÉLIO VIANA, *Contribuição à história da imprensa brasileira*, Rio, 1945, pgs. 422, 433 e 515).

326 (*) A *Sentinela* tinha como responsável o genovês Giuseppe Stephano Grondona e, ao que parece, era realmente um ativo carbonário. (Cf. HÉLIO VIANA, Ibi. p. 498). Obedecia à orientação andradina.

327 (*) Mencionado por Gondim da Fonseca, *op. cit.*, pg. 286.

328 (*) O *Atalaia* não existe nas coleções da Bibl. Nacional. Atribuído a José da Silva Lisboa (visconde de Cairu), pelo jornal de Bernardo Pereira de Vasconcelos (O S*ete de Abril*), atribuição confirmada por Bento da Silva Lisboa, barão de Cairu (Cf. HÉLIO VIANA, *Op. cit.* pg. 396). Deve ser o visconde o deputado de "considerável reputação" a que se refere a Autora.

329 (*) Dele existem apenas 35 números, afirma Gondim da Fonseca. Foi redigido por José Bonifácio e *Antônio* de Meneses Vasconcelos de Drummond. (Cf. RODOLFO GARCIA, Catálogo da exposição promovida pelo Instituto Histórico em 1822, *Revista*, Tomo especial: *O ano da independência*, Rio, 1922, pg. 497).

A *Sentinela do Pão de Açúcar* é do mesmo partido. Seu editor publicava anteriormente o *Regulador*, mas este deixou de aparecer desde a mudança de ministério[330(*)]

O *Espelho* era um jornal do governo, mas o redator alterou-lhe a orientação desde que se tornou membro da assembleia[331(*)]. A *Malagueta* era um jornal cujo primeiro número atraiu grande atenção. Caiu muito depois e cessou por ocasião da independência do Brasil. Era notável por sua hostilidade em relação aos Andradas. De fato a guerra de palavras que o redator desencadeou contra a família era tão virulenta, que os Andradas foram suspeitados de serem os instigadores de uma tentativa de assassinato contra o mesmo. Eles negaram indignadamente e infirmaram as provas satisfatoriamente. Mas como o homem estava quase maníaco de paixão, acusou Deus e o mundo de responsabilidade no caso, e considerou-se, mesmo ferido como estava, em perigo. Foi em vão que todas as pessoas, até o próprio Imperador, visitaram-no para sua garantia. Seus terrores continuaram e retirou-se no momento em que já estava restabelecido dos ferimentos. Era português de nascimento, e suas fortes paixões haviam-no tornado objeto de ódio ou de inveja de alguma pessoa inferior. A vaidade levou-o a atribuir a origens mais elevadas suas complicações[332(*)].

Acredito que haja outros jornais irregulares, mas não os vi.

25 [de outubro]. — Felizmente para mim não há passageiros no navio e, mais felizmente ainda, a mulher e a filha do capitão estão a bordo, de modo que me sinto instalada em uma tranquila família inglesa; de tal modo tudo está tão decente, arrumado, e, acima de tudo, limpo. Estou sem nenhum constrangimento, mas ando, leio, escrevo e desenho como em casa; todo o mundo parece amável até mesmo o macaco de bordo, e recebo toda forma de atenção amigável, compatível com a perfeita liberdade.

---

330 (*) A *Sentinela do Pão de Açúcar* não figura nos catálogos que vimos consultando. O Regulador Brasílico-Luso, que depois do n.º 11 passou a se chamar *Regulador Brasileiro* (1822-1823) era redigido por Frei Francisco de Santa Teresa de Jesus Sampaio e Antônio José da Silva Loureiro. Entrou em luta com o *Revérbero* em defesa de José Bonifácio. Cf. GONDIM DA FONSECA, *Op. cit.* pg. 286.
331 (*) O *Espelho* durou de 1821 a 1823. Era redigido por Manuel Ferreira de Araújo Guimarães, brigadeiro, deputado pela Bahia.
332 (*) Sobre Luis Augusto May, redator da *Malagueta*, v. o magnífico ensaio de Hélio Viana em seu sempre louvado e citado livro, pg. 503.

1.º [de novembro]. — "O caminho mais longo é muitas vezes o caminho mais curto para casa", diz o provérbio, e, segundo este princípio, os navios demandam a Inglaterra, vindo do Brasil, nessa época do ano, conservando-se em direção leste. Estamos ainda na latitude do Rio de Janeiro, ainda que na longitude 29º Oeste, e permaneceremos provavelmente ainda mais perto da costa d'África antes que possamos demandar o norte. Hoje o termômetro está a 75º e a temperatura do mar a 72º.

9 [de novembro]. — Lat. 14º 19′ S. Long. 24º O. Termômetro 74º, mar a 74$^{1/2º}$.

17 [de novembro]. — Lat. N. 5º Long. 25º O. Há vários dias que o termômetro está a 80º. A temperatura do mar ao meio dia é 82º. Falamos com a *Pombinha*, a 60 dias do Maranhão. Disse que Lorde Cochrane havia seguido para o Pará, de onde pretendia partir diretamente para o Rio, de modo que a estas horas já deve estar lá, visto como a *Pedro Primeiro* navega bem. Não tive oportunidade de saber mais, já que o navio passou depressa.

Falando de modo geral, temos tido ventos quentes da África e há uma sensação sufocante no ar que o estado do termômetro dificilmente registra. Noto que as velas estão todas tintas com uma cor avermelhada, e logo que uma corda roça sobre elas adquire um aspecto de ferro. O capitão e os oficiais atribuem isso ao vento da África. Estavam perfeitamente brancas ao deixarmos o Rio, não foram ferradas nem afrouxadas. Qual será a natureza da poeira ou da areia que assim nas asas do vento atravessa tantas milhas do oceano e tinge as velas? Poderá esta areia miuda, que nos faz respirar como nas horas sufocantes que precedem uma tempestade, atingir os pulmões?

3 [de dezembro]. — Chegamos à vista de Santa Maria, a ilha mais oriental dos Açores. Queria muito ter tocado em algumas dessas ilhas, mas agora não é boa estação para isso, e os ventos que temos tido são desfavoráveis para esse fim. Esta tarde, quando passávamos bastante perto para ver ao menos a fisionomia da terra, o tempo estava pesado e chuvoso, e assim nada percebemos.

18 [de dezembro]. — Depois de passar os Açores, uma longa série de rajadas do nordeste conservou-nos longe da terra. Foram seguidas de três belos dias e o mar, que estivera pesado, ficou macio. Anteontem cedo, porém, começou a soprar muito forte do noroeste e ontem de manhã mudou para uma rajada do sul e sudoeste. Ficamos com as velas paradas em um mar tremendo. Há cerca de uma hora o capitão chamou-me e quis que eu fosse ao tombadilho para ver o que poderia não durar dez minutos e talvez nunca visse de novo. Corri para cima, tal como sua senhora e sua filha. Uma súbita mudança de vento havia sucedido. Antes que o sentíssemos vimo-lo aproximar-se empurrando o mar furiosamente diante de si, e erguendo enorme vaga. O encontro dos dois ventos ergueu o mar acima de qualquer ponta de mastro numa longa extensão, como as ondas numa linha de pedras. Foi o mais belo, ainda que medonho, espetáculo que jamais vi; o mar erguia-se por cima de nosso pequeno barco ameaçando enchê-lo. Mas as escotilhas estavam fechadas, estávamos à capa em rumo certo, e passáramos uma sirga pelas abitas a fim de sustentar o mastro do traquete, caso perdêssemos nosso gurupés, como esperávamos a cada momento. Mas em vinte minutos o tufão moderou e embicamos para Falmouth, que atingimos esta manhã, deixando o tombadilho de um navio que sem dúvida teria afundado na tempestade de ontem. Mais uma vez estou na Inglaterra, e para usar as palavras de um escritor venerável, apesar de apócrifo[333(*)], direi: "Porei aqui fim à minha narração. Se ela está bem, e como convém à história, isso é também o que eu desejo; mas se, pelo contrário, é menos digna do assunto, deve-se-me perdoar[334]"

---

333 (*) Como protestante, a autora não aceita a autenticidade dos livros dos Macabeus, que figuram em todas as Bíblias aprovadas pelas autoridades católicas.
A volta de Maria Graham ao Brasil e suas desventuras como governante da futura Rainha de Portugal D. Maria da Glória constituem objeto de outra obra, *Escorço biográfico de Dom Pedro I*, como acima foi referido.
334 2 *Macabeus*, cap. XV, vers. 38 e 40.

APÊNDICE I
(da autora)

Das inclusas tábuas de importação e exportação da Província do Maranhão de 1812 a 1821 transparece a importância da incorporação dessa província ao Império do Brasil. Juntaram-se algumas outras tábuas, que poderão servir para dar uma ideia mais clara do estado do país. O total dos direitos de importação de escravos pagos pelo Maranhão ao Tesouro do Rio de Janeiro durante estes dez anos foi de 30: 239$000rs.

Nada falta para a prosperidade dessa bela Província, senão um governo forte e uma regular administração da justiça. Sem estas duas coisas, será inútil esperar, quer prosperidade, quer tranquilidade. A população está se multiplicando depressa demais para ser dirigida pela antiga administração ronceira; e o intercâmbio com o resto do mundo ensinou-lhe a querer algo melhor.

Ainda que haja veios de metal no Maranhão, nunca foram verificados, mas algumas explorações de salitre foram instaladas. Há águas minerais e medicinais em alguns distritos, mas creio que não foram analisadas. Em resumo, até agora não se deu alguma atenção senão às madeiras, ao cultivo do café, algodão e açúcar, em que o Maranhão é extremamente rico.

APPENDIX

GENERAL STATEMENT OF THE IMPORTS

COUNTRIES WHENCE IMPORTED	1812	1813	1814	1815	1816
	Rees	Rees	Rees	Rees	Rees
Brazil	244,506,690	284,211,812	416,508,747	284,418,270	271,326,160
Portuguese ports in Africa	146,817,000	181,610,811	221,219,843	371,238,250	408,590,000
Lisbon	167,431,350	256,407,277	417,018,290	458,595,340	752,051,810
Oporto	69,103,210	74,842,710	70,429,900	98,399,750	173,794,080
England	581,682,700	654,891,057	696,425,620	465,997,240	550,217,190
Gibraltar	13,848,800		3,246,400		
United States	49,729,600			12,250,600	32,906,840
Western Isles		2,964,000			
France				60,662,700	55,459,000
Holland					
Spain					
Annual amount	1,273,119,350	1,454,927,667	1,824,848,800	1,751,563,150	2,244,245,080
Silk Goods Portuguese	8,694,300	9,836,200	8,880,920	11,622,780	22,217,900
Do. foreign	6,601,600	6,447,500	15,647,400	22,720,600	18,863,200
Linen Goods Portuguese	26,832,100	22,170,300	19,476,800	29,872,200	50,266,000
Do. foreign	69,031,100	125,357,220	172,292,860	74,989,100	162,170,280
Cotton Goods Portuguese	3,085,640	10,375,730	10,859,000	21,273,380	54,732,250
Do. foreign	349,295,440	324,792,020	316,213,050	377,886,820	444,593,640
Woollen Cloths Portuguese			198,720	272,000	774,000
Do. foreign	33,487,300	39,377,950	43,725,900	17,259,300	50,546,900
Fine Hats Portuguese	946	2,292	4,400	3,402	5,419
Do. foreign	4,228	5,140	8,795	3,193	7,422
Coarse Hats Portuguese	11,689	9,623	6,225	9,424	16,380
Do. foreign	3,774	2,735	4,976	17,836	14,555
Clothes and Shoes Portuguese	2,465,600	1,817,600	3,054,600	3,346,880	2,389,100
Do. foreign	1,232,000	500,000	2,200,000	1,729,200	1,080,800
Moveables Portuguese	4,494,600	3,360,000	8,700,000	10,600,000	18,600,000
Do. foreign	1,244,700	2,734,000	1,120,000	1,400,000	5,000,000
Portuguese brandy Pipes	45	48	139	104	220
Do. and Gin, foreign	46	11	20	21	38
Portuguese Wines	745	645	1,427	1,320	761
Do. foreign	247		81	4	55
Wheaten Flour, arrobas	10,228	26,524	18,538	25,872	21,838
Salt Fish, quintals	401	252	296	818	938
Butter, arrobas	5,785	4,628	4,220	5,198	4,625
Cheese, arrobas	1,179	642	1,243	1,750	2,229
Balance in favour of Maranham		190,867,692		325,175,700	1,090,305,135
Do. against	203,167,456		30,586,797		
Proceeds of the Customs	74,648,957	83,963,025	83,429,147	81,317,345	112,633,410
Portuguese Ships arrived	52	64	70	69	80
Do. foreign	34	29	12	43	58
Total Ships	86	93	82	112	138
New Slaves from Africa	992	1,221	1,592	2,692	2,615
Do. from Brazil	680	508	394	684	762
Total Slaves imported in the Year	1,672	1,729	1,986	3,376	3,377

Total Number of Slaves imported,

APPENDIX

TO MARANHAM, FROM THE YEAR 1812 TO 1820

1817	1818	1819	1820	MEAN OF FIRST FIVE YEARS	MEAN OF SECOND FIVE YEARS	1821
Rees	Rees	Rees	Ree	Rees	Rees	Rees
635,642,720	687,505,720	616,297,520	271,501,280	300,194,336	496,454,680	293,618,720
988,100,000	759,320,000	934,069,500	326,230,200	265,895,180	685,061,940	193,583,790
743,334,230	569,961,450	527,062,435	474,282,020	410,380,813	613,338,389	331,483,280
255,289,960	149,862,520	144,499,960	149,927,240	97,313,930	175,674,752	112,652,710
878,979,730	908,004,920	562,534,950	435,639,960	589,842,761	667,075,350	442,757,290
....	....	....	9,491,000	....	....	....
77,940,200	108,261,640	92,154,390	66,430,800	....	75,538,774	116,099,750
....	20,076,200	14,947,260	7,374,460	....	....	2,325,600
102,164,290	178,041,520	75,136,180	132,282,730	....	108,616,744	40,091,590
....	13,625,600	2,320,000	12,091,000	....	....	....
....	17,169,400	....	....	....	....	....
3,681,451,130	3,411,828,970	2,983,022,195	1,885,250,690	1,709,760,809	2,841,179,613	1,532,612,730
27,706,200	11,797,100	6,059,565	5,392,360	12,250,420	14,634,625	....
33,375,120	33,161,620	13,619,060	13,838,600	14,056,060	22,571,520	....
57,456,520	49,855,700	23,041,480	28,261,380	29,723,480	41,776,216	....
307,923,950	175,888,560	111,670,680	83,702,900	120,768,112	168,261,274	....
89,924,400	44,665,120	49,258,310	33,272,580	20,065,200	54,370,532	....
506,977,320	579,338,910	359,983,900	212,115,710	362,556,194	420,601,896	....
1,746,000	672,000	490,000	240,000	....	784,400	....
103,453,400	96,565,780	55,042,700	46,099,960	36,879,470	70,341,748	....
3,663	3,966	4,579	5,263	3,292	4,578	....
12,826	21,868	10,196	9,219	5,755	12,186	....
27,552	12,180	9,324	2,876	10,668	13,662	....
22,686	25,224	4,961	5,122	8,775	14,509	....
1,254,440	3,347,040	7,002,920	7,312,400	2,614,756	4,261,180	....
4,886,400	6,934,300	3,305,000	1,477,000	1,348,400	3,536,700	....
22,220,000	24,240,000	23,590,000	4,020,000	9,150,920	18,534,000	....
10,800,000	17,400,000	6,600,000	9,800,000	2,298,400	9,920,000	....
288	265	303	221	111	259	657
76	109	132	269	27	124	....
2,047	694	1,879	2,226	1,179	1,921	1,620
382	442	54	204	77	227	260
40,080	53,082	52,689	45,687	20,600	42,675	82,221
2,237	5,786	1,799	1,669	541	2,485	....
9,624	10,453	8,187	8,751	4,891	8,328	....
3,398	3,621	2,717	3,541	1,427	99	....
....	257,858,230	....	352,145,615	....	1,379,412,568	....
132,588,568	....	470,596,983	....	....	....	....
150,145,175	247,213,751	219,786,377	158,517,700	87,198,376	167,659,282	115,686,300
89	79	80	61	67	77	48
63	100	57	80	35	71	56
152	179	137	141	102	149	104
5,797	3,377	4,784	2,381	1,822	3,790	1,718
2,325	3,259	1,269	483	713	1,619	....
8,122	6,636	6,053	2,864	2,535	5,409	1,718

from 1812 to 1821, -- 45, 477.

DIÁRIO DE UMA VIAGEM AO BRASIL

GENERAL STATEMENT OF THE EXPORTS

YEAR		LISBON	OPORTO	COTTON ENGLAND	FRANCE	UNITED STATES	DIFFERENT PORTS	HIGH AND LOW PRICE	TOTAL	RICE LISBON	OPORTO
1812	N.º	3,305	562	36,523		150	30	2,700 to 3,400	40,570	47,780	17,150
	Arrobas	17,591	2,997	196,154		827	185		217,754	253,890	90,080
	Amount	56,087,050	9,298,293	598,742,727		2,317,787	519,925		666,965,782	247,719,470	94,777,550
1813	N.º	8,938	1,127	50,108				3,000 to 4,600	60,173	39,728	21,211
	Arrobas	48,003	5,960	272,730					326,693	206,787	112,453
	Amount	188,275,184	23,515,043	1,053,815,456					1,245,605,683	206,448,300	116,376,750
1814	N.º	12,144	1,204	31,236	2,087			4,100 to 5,000	46,671	45,615	24,444
	Arrobas	65,045	6,351	166,459	10,527				248,385	242,417	125,747
	Amount	401,063,336	36,790,539	913,032,959	63,692,999				1,414,579,833	219,802,820	111,238,700
1815	N.º	18,276	1,672	30,804			5	4,400 to 7,000	50,757	51,161	20,068
	Arrobas	100,000	8,977	168,877					277,879	272,607	104,738
	Amount	577,330,200	50,109,500	1,077,256,700			160,000		1,704,856,400	229,406,200	84,260,500
1816	N.º	19,040	2,082	38,835	3,570			4,500 to 8,500	63,527	57,585	24,550
	Arrobas	105,448	10,822	214,538	19,413				350,257	293,787	123,830
	Amount	892,691,100	93,221,455	1,857,112,006	166,226,425				3,003,250,986	248,658,750	98,699,085
1817	N.º	25,830	3,788	38,369	3,145			7,000 to 10,000	71,132	31,804	19,658
	Arrobas	144,904	20,925	218,343	17,557				401,729	168,565	103,668
	Amount	1,106,601,700	157,833,900	1,703,908,950	132,448,300				3,100,792,850	194,752,275	130,820,437
1818	N.º	16,294	3,251	49,083	4,899	33	170	7,000 to 9,000	73,730	43,252	25,037
	Arrobas	88,488	18,595	267,164	27,488	205	853		402,793	224,263	133,167
	Amount	680,206,400	145,041,000	2,083,879,200	233,313,800	1,599,000	6,653,400		3,150,692,800	260,115,600	158,600,400
1819	N.º	16,625	2,629	40,291	5,910		8	7,500 to 8,600	65,463	41,993	22,934
	Arrobas	91,074	14,212	222,623	31,326		45		359,280	220,562	116,184
	Amount	517,821,500	81,745,500	1,333,142,334	203,052,350		238,833		2,136,000,537	201,039,450	104,074,950
1820	N.º	12,799	2,311	48,279	2,915		315	4,900 to 5,500	66,619	43,034	21,205
	Arrobas	67,730	12,493	268,736	16,502		1,732		367,193	214,842	106,764
	Amount	357,766,700	66,169,900	1,406,080,282	36,508,600		9,006,400		1,925,531,882	159,720,609	79,813,814
1821	N.º	10,930	873	26,364	3,655			3,900 to 4,250	41,822	42,289	13,391
	Arrobas	58,836	4,592	143,771	18,899				226,118	212,824	68,969
	Amount	253,675,950	18,825,000	600,658,671	85,097,600				958,257,221	161,116,775	53,557,950

RECAPITULATION

DESTINATION	1812	1813	1814	1815	1816
Lisbon	329,129,250	431,940,360	657,262,706	850,902,450	1,207,011,150
Oporto	109,306,653	147,234,843	154,551,839	146,581,700	208,018,640
England	601,688,917	1,060,051,156	917,043,259	1,078,845,100	1,852,712,000
France			63,971,999		166,908,425
United States	10,304,419				
Different Ports	19,522,655	6,569,000	1,432,200	409,690	
Total of the Exports	1,069,951,894	1,645,795,359	1,794,262,003	2,076,738,850	3,434,650,215
Export Duties on Cotton	130,654,878	196,016,626	148,634,103	166,727,400	210,154,200
National Ships sailed	52	62	66	66	77
Foreign Ships sailed	35	27	14	39	54
Total Ships sailed	87	89	80	105	131

APÊNDICE

FROM MARANHAM, FROM 1812 TO 1821

RICE			TANNED HIDES				HIDES Dry and Green				SKINS				GUM Alqueires				SUNDRIES
DIFFERENT PORTS	HIGH AND LOW PRICE	TOTAL	LISBON	OPORTO	DIFFERENT PORTS	MEDIUM PRICE	LISBON	OPORTO	DIVERS PORTS	MEDIUM PRICE	LISBON	OPORTO	MEDIUM PRICE		LISBON	OPORTO	MEDIUM PRICE		DIVERS PORTS
2,099 10,676 11,811,200	800 to 1,300	67,029 354,646 354,308,220	1593	480	570 5,550,300	2100	5228	243	6811 9,457,140	770	3263	36 2,474,250	750		1903	834 5,610,850	2050		25,581,550
5,275 28,165 28,145,000	850 to 1,200	66,214 347,405 350,970,050	6671	300	14,639,100	2100	7353	1114	248 6,536,250	750	4769	5072 7,380,750	730		1752	563 6,946,500	3000		12,667,025
892 4,088 3,536,200	800 to 1,000	70,957 372,252 334,577,720	7380	758	16,276,000	2000	6785	1071	2277 9,919,700	900	7693	3554 10,122,300	900		1891	368 5,428,800	2400		5,585,250
50 270 249,600	800 to 1,000	71,279 377,605 313,916,300	8649	1785	26,085,000	2500	15288	2419	1282 22,786,800	1200	8235	5102 12,670,150	950		1743	4 3,144,600	1800		8,190,000
....	700 to 1,000	82,135 417,617 347,317,835	7085	1142	20,567,500	2500	22133	3867	235 31,482,000	1200	17268	8690 24,660,100	950		1547	104 2,971,800	1800		4,400,000
4,921 25,184 24,524,000	1,000 to 1,300	56,383 297,417 350,096,712	7456	1406	22,155,000	2500	1595	4287	496 24,889,200	1200	31449	7397 36,903,700	950		2577	684 5,869,800	1800		8,155,300
677 3,663 4,362,500	1,150 to 1,400	68,966 360,093 432,078,500	8342	720	50 24,602,400	2700	4531	1177	5669 14,221,250	1250	32460	6395 36,912,250	950		1994	202 3,952,800	1800		8,651,500
....	700 to 1,300	64,927 336,746 505,114,400	200	1977	3411 16,764,000	3000	150	55	27895 26,695,000	950	4385	3720 19,007,625	875		2883	500 6,596,850	1950		2,246,800
497 2,575 1,650,000	700 to 900	64,736 324,121 241,184,423	9843	1394	140 31,771,600	2800	3820	687	13795 27,453,000	1500	2241	3128 5,905,930	1100		1771	417 4,376,000	2000		1,173,500
590 1,428 1,071,000	500 to 640	56,270 284,721 216,765,975	9615	678	144 28,921,600	2800	4226	850	22306 41,073,000	1800	18414	850 19,264,000	1000		2845	357 6,404,000	2000		33,971,279

OF EXPORTS

1817	1818	1819	1820	MEAN OF FIRST FIVE YEARS	MEAN OF SECOND FIVE YEARS	1821
1,377,936,025	1,012,630,550	730,509,375	556,768,709	695,249,183	976,971,161	483,451,725
309,450,087	316,367,700	196,421,700	155,742,814	153,138,735	237,200,188	88,312,150
1,728,432,950	2,084,502,450	1,333,142,354	1,406,996,782	1,102,068,086	1,681,157,507	602,368,671
132,448,300	242,214,100	203,392,000	86,879,600	....	166,368,485	85,130,200
....	7,319,000	48,720,950	20,168,000	....	....	43,332,000
595,200	6,653,400	238,833	9,126,400	....	....	1,020,250
3,548,862,562	3,669,687,200	2,512,425,212	2,237,396,305	2,004,279,664	3,080,604,298	1,304,685,996
241,037,400	241,675,800	215,568,000	220,315,800	170,437,441	225,750,240	153,319,999
86	77	78	63	64	76	49
65	78	66	70	34	66	65
151	155	144	133	98	142	114

STATE OF INDUSTRY

ALL THE PROVINCES		WHERE	QUANTITY	DAILY MAXIMUM	DAILY MINIMUM	TOTAL
COMMERCE AND INDUSTRY	National houses	City of Maranhaó	54			
	Ditto foreign	Ditto	4			
	Men living by their own industry	All the provinces	29 580			
MACHINES, POTTERIES, FURNACES, AND FORGES	Steam engine for shelling rice	City of Maranhaó	1			
	Machines, with mules, for shelling rice	Ditto	22			
	Ditto for sugar	Interior	7			
	Ditto for bruising cane for distilling	Ditto	115			
	Hand machines for cleansing cotton	Ditto	521			
	Manufactory of	Isle of Maranhaó	1			
	Looms for weaving cotton	In the city	230			
	Potteries	Ditto	27			
	Lime kilns	Isle of Maranhaó	26			
	Saw pits	All the provinces	18			
	Forges	Ditto	132			
Taylors	Freemen	Ditto	61	1,000	320	157
	Slaves	Ditto	96	Ditto	Ditto	
Braziers	Freemen	Ditto	4	600	320	5
	Slaves	Ditto	1	Ditto	Ditto	
Carpenters	Freemen	Ditto	86	800	320	269
	Slaves	Ditto	183	Ditto	Ditto	
Wood-cutters	Freemen	Ditto	96	1,200	400	138
	Slaves	Ditto	42	Ditto	Ditto	
Ship Carpenters	Freemen	Ditto	80	800	320	118
	Slaves	Ditto	38	Ditto	Ditto	
Smiths	Freemen	Ditto	5	800	400	5
	Slaves	Ditto		Ditto	Ditto	
Black-smiths	Freemen	City of Maranhaó	37	700	320	60
	Slaves	Ditto	23	Ditto	Ditto	
Coopers	Freemen	Ditto	2	48	320	3
	Slaves	Ditto	1	Ditto	Ditto	
Joiners	Freemen	All the provinces	30	800	400	57
	Slaves	Ditto	27	Ditto	Ditto	
Goldsmiths	Freemen	Ditto	49	640	400	60
	Slaves	Ditto	11	Ditto	Ditto	
Masons and Stone-cutters	Freemen	City of Maranhaó	404	800	320	1,012
	Slaves	Ditto	608	Ditto	Ditto	
Painters	Freemen	All the provinces	10	640	400	15
	Slaves	Ditto	5	Ditto	Ditto	
Carpenters	Freemen	City of Maranhaó	92	800	400	235
	Slaves	Ditto	143	Ditto	Ditto	
Sadlers	Freemen	Ditto	4	800	400	5
	Slaves	Ditto	1	Ditto	Ditto	
Tanners	Freemen	Ditto	4	480	320	10
	Slaves	Ditto	6	Ditto	Ditto	
WORKWOMEN AND FEMALE SERVANTS	Free					1,800
	Slaves	Ditto	1 800	240	160	
SERVANTS AND FACTORS	Whites	All the provinces	560	Variable	Variable	760
	Free blacks	All the provinces	200	Variable	Variable	

APÊNDICE

STATEMENT OF PRODUCE

IN THE WHOLE PROVINCE		PRODUCE	CONSUMPTION	MEDIUM VALUE
New Cotton	arrobas	225518	11600	3900
Spirits	pipes	385	405	60000
Rice	alqueires	570079	380945	570
Sugar	arrobas	417	20000	3200
Oil	canadas	68386	30018	600
Potatoes	arrobas	2420	8600	1200
Currie	ditas	83	32	2500
Coffee	ditas	1020	880	3200
Dry Beef	ditas	48924	64200	2000
Wax	ditas	37	500	3200
Hides	numero	28876	2578	1800
Beans	alqueires	3128	3500	1400
Fruits	number	36	todas	variable
Ginger	arrobas	28	6	2400
Mandioc	alqueires	207899	198810	900
Treacle	barrels	6988	2381	170
Maize	alqueires	77172	todo	700
Salt Fish	arrobas	15254	todo	1000

STATEMENT OF AGRICULTURE

IN THE WHOLE PROVINCE		EMPLOYED	EXISTING	MEAN WORTH	DAILY
Persons	Freemen	19960	35618		de 240 a 326
	Slaves	69534	84434	200000	de 160 a 240
Cattle	Oxen	8811	130640	10000	
	Asses		28	20000	
	Goats	7400	1200		
	Sheep		1800	2000	
	Horses	600	12240	20000	
	Mares		9400	10000	
	Mules	1100	3200	45000	
	Ewes		890	1200	
	Cows		20400	12000	

Total Amount of Agriculture.................... 1,897,271,846
Capital employed................................. 27,813,600,000
Number of Farms.................................. 4,856
Number of Proprietors............................ 2,683

NOTE. — The worth is calculated in rees, the 1,000, or milree, being worth 5s. 2d. sterling.

APÊNDICE II

Acerca de um exemplar desta obra que pertencera à própria Maria Graham escreveu OLIVEIRA LIMA o artigo que se segue, e que transcrevemos da *Revista do Instituto Arqueológico e Geográfico Pernambucano* (Vol. XII – 1906, pg. 306[335](*).

Mrs. GRAHAM E A CONFEDERAÇÃO DO EQUADOR

Há de certo um deus para os bibliômanos. Nem vejo porque deixaria de existir, havendo-o para os borrachos, que são personagens mais ruidosos, mas menos interessantes. A esse deus, devo o ter adquirido recentemente um livro único: o exemplar, que pertenceu à autora, da *Viagem ao Brasil* de Mrs. Graham.

Esta senhora, que mais tarde desposou um artista célebre e se tornou *Lady* Callcott, foi casada em primeiras núpcias com um oficial da marinha de guerra inglesa, comandante da fragata *Doris*, estacionada por alguns anos na costa do Atlântico e depois na do Pacífico do nosso continente. Mrs. Graham acompanhou o capitão na sua residência sul-americana até ele falecer no Chile em 1822. Voltou então à Inglaterra, mas para logo regressar por algum tempo ao Brasil, em 1824, ao convite do imperador D. Pedro I, que, tendo-a conhecido em 1821, lhe quis confiar a guarda e educação da princesa D. Maria da Glória, posteriormente rainha D. Maria II de Portugal. Ao embarcar em obediência ao apelo imperial, Mrs. Graham trouxe consigo um exemplar entremeado de páginas em branco da sua obra sobre o Brasil (a qual teve por complemento outra sobre o Chile) que acabava de ser editada em Londres. Era seu intuito corrigi-la e aumentá-la com novas observações e novos fatos, com vista numa futura edição. Este exemplar, largamente usado pela autora, foi que me coube a boa fortuna de encontrar numa livraria de Londres, a Casa Edwards, ainda conservando dentro, como marca de página, um cartão de visita do

---

335 (*) Publicado anteriormente n'*O Estado de S. Paulo*, de 27 de novembro de 1906.

Barão de Maréschal, Encarregado de Negócios da Áustria no Rio de Janeiro, por ocasião da Independência e dos começos do Primeiro Reinado.

Os que possuem o amor do livro e o carinho pelas coisas do passado podem bem imaginar o júbilo que um tal achado me proporcionou.

Acresce que, além da preciosidade do autógrafo, as notas manuscritas de Mrs. Graham têm, muitas delas, verdadeiro valor histórico. O momento era, valha a verdade, dos mais agitados e interessantes da nossa história. Em Pernambuco, onde primeiro parou o paquete inglês de que era passageira, logo se lhe deparou o bloqueio motivado pela Confederação do Equador.

Mrs. Graham conhecera muito no Chile Lord Cochrane a quem estava confiada a missão de reduzir por mar a revolução, e que logo a foi visitar e almoçar com ela a bordo, incumbindo-a de entender-se em terra onde ia hospedar-se em casa de seu compatriota Stewarts com o chefe rebelde e aconselhar-lhe a sujeição. A viajante estivera anteriormente em Pernambuco, sendo hospede de Luís do Rêgo e assistindo às primeiras lutas constitucionais e à organização e vitória da Junta de Goiana. Conhecia por isso Manuel de Carvalho Pais de Andrade, presidente da Confederação, o qual, segundo ela nota no exemplar de que trato, falava bem inglês e parecia ser um homem notável.

Carregou Mrs. Graham consigo algumas cópias impressas da proclamação dirigida por Lord Cochrane, de bordo da nau *Pedro I*, aos insurgentes Pernambucanos; uma até ficou conservada entre as folhas do livro. Conscienciosamente desempenhou a sua missão, procurando convencer Manuel de Carvalho a ceder, já que eram tão superiores as forças legais e que só podiam resultar do conflito "derrota e miséria e um desperdício da vida humana que eu estava segura de que ele e qualquer homem de bem devia desejar evitar".

"Disse-lhe [rezam mais as notas manuscritas em questão] que não obstante a sentença antecipadamente pronunciada contra ele e seus partidários e as proclamações espalhadas pelo exército, eu contava inteiramente como certo que, se ele confiasse no almirante e se lhe entregasse imediatamente, poderia ter por garantidas a salvação e fuga de todos". E mais que provável que Mrs. Graham não fizesse aí mais do que repetir as palavras do Marquês do Maranhão, pouco afeiçoado por temperamento e educação e pouco inclinado, na sua qualidade de estrangeiro, a represálias políticas de tal natureza. Se o conselho houvesse sido seguido o primeiro reinado teria poupado aos seus anais uma página cruel de repressão que nunca ofereceu o segundo reinado. Nas folhas em branco que encheu no Recife, faz Mrs. Graham menção do "Espírito republicano que sempre distinguiu Pernambuco e que estava diariamente adquirindo forças; do sentimento federalista", queixando-se a província de ter-se esforçado e sofrido muito pela causa da Independência, haver sido a primeira a tornar a Bahia capaz de resistir e expulsar os "pés de chumbo", e, entretanto, de serem todos os seus rendimentos sugados pela capital, "ficando desprezados seus próprios trabalhos públicos, mantidos inativos na Corte ou bruscamente demitidos os seus funcionários e não cumpridas as promessas de reforma em todos os departamentos".

Lembra Mrs. Graham que Manuel de Carvalho se fizera revoltoso por motivo da dissolução da Constituinte, ocorrida "quando ele aconselhava o Imperador, em proclamações e outros documentos públicos, a excluir do seu conselho e valimento todos os portugueses europeus e modelar uma constituição liberal com a assistência da sua assembleia constituinte. A dissolução, porém, daquela assembleia, de um modo arbitrário, exacerbou os sentimentos do partido a um grau tal que o pôs fora dos eixos e acabou com toda a deferência para com o Imperador. Este e o seu poder entraram a ser desafiados e as províncias vizinhas chamadas a ajudar os Pernambucanos, a defenderem os seus direitos de homens e de cidadãos".

D. Pedro I, observava Mrs. Graham, era geralmente tido por português e a situação imperial não aparecia muito lisonjeira, sendo sérias as esperanças de adesão das províncias do Norte à causa republicana federativa; já Filgueiras marchava do Ceará, segundo no Recife avisaram à viajante, a Paraíba estava sob o influxo da força democrática de Goiana e o Piauí se manifestava bem disposto em prol da revolução.

Foi em 20 de agosto de 1824 que Mrs. Graham teve a sua segunda entrevista com Manuel de Carvalho "esperando, escreve ela, que as minhas representações pudessem ainda poupar o derramento de sangue". O Presidente da Confederação do Equador recebeu-a muito amavelmente, apresentou-lhe as filhas, fez servir frutas e vinho e comunicou-lhe suas esperanças referindo-se as suas forças — tropa, na expressão da autora, composta em parte de meninos de 10 anos e de negros de cabeça branca — afirmando que jamais cederia diante do poder central a não ser que a *mesma* Assembleia Constituinte fosse convocada de novo, não, porém, no Rio de Janeiro, em qualquer outro lugar fora do alcance dos regimentos imperiais. Ele pessoalmente achava-se resolvido a tornar o Brasil livre ou a morrer no campo da glória [*sic*].

"Tomei a liberdade", escreve Mrs. Graham nas referidas notas manuscritas, "de contradizê-lo e mostrar-lhe quão imprudente havia sido a assembleia, e como cabia ao soberano o direito de dissolvê-la pela circunstância dela se declarar permanente. Nossa conversação versou longamente sobre política abstrata".

Não se esqueceu a medianeira de mencionar o perigo que pessoalmente corria o presidente rebelde e as gravíssimas responsabilidades que ele assumira, ao que Manuel de Carvalho se mostrou, segundo ela relata, sensível, declarando que se visse perdida a causa que encarnava, se poria nas mãos de Lord Cochrane e aí se julgaria seguro. (*He would put himself in his power and fell safe*). Acrescenta Mrs. Graham ter deixado Manuel de Carvalho com um sentimento penoso.

Ao regressar para bordo procurou-a de novo Lord Cochrane a saber do resultado das suas entrevistas. A distinta senhora comunicou-lhe o ocorrido, mostrou-lhe as gazetas e proclamações que trouxera e nas quais Frei Caneca deixava transbordar o seu ardor antidinástico e o seu lirismo republicano, e desenganou-o de chegar a uma solução pacífica do movimento.

Almirante e escritora jantaram juntos em frente ao Recife percorrido pelos troços maltrapilhos de Manuel de Carvalho, palestraram horas, recordaram a luta pela independência do Pacífico, em que ele fora ator e ela espectadora, e cada um seguiu o seu rumo: Mrs. Graham para o Rio, onde a chamara tão honroso convite, Lord Cochrane para sua nau capitânia, a preparar-se para um ataque que desejaria poupar. Manuel de Carvalho regressava, entretanto, as suas ilusões ambiciosas, que achavam em redor a correspondência dos ódios nacionais e das veemências democráticas.

Oliveira Lima
Rio, Novembro de 1906.

APÊNDICE III

Aditamentos da autora constantes do exemplar de Oliveira Lima atualmente recolhido à Lima Library da Universidade Católica de Washington.

(Gentileza do prof, MANUEL DA SILVEIRA CARDOSO)

No verso da folha de rosto.

A verdade é que, de qualquer modo, só devo esperar alegria da posteridade: se escrevo mal, alegria por ser esquecida; se bem, alegria por ser lembrada com respeito.

Em frente às linhas 20 e 21 da pág. XIV (Prefácio).

Exemplo:

Quarterly Review, agosto.de 1824 — Art.: Chile e Peru.

Incluir no fim da pág. XIV (Prefácio).

Os fortes e castelos de Valdívia, defendidos pelo regimento espanhol de Cantábria — foram tomados por Lorde Cochrane na tarde de 4 de fevereiro de 1820, com os marinheiros do *O'Higgins* e um destacamento de 200 homens do primeiro batalhão do Chile. Na ocasião da luta o *O'Higgins* estava a 20 léguas no alto mar, com 7 pés de água no porão, por ter batido na ilha de Quinquina alguns dias antes.

A força veio da fragata na escuna *Montezuma*, entrou no porto sob a bandeira espanhola, e desembarcou bem abaixo de Aguada Inglis, em face de uma bateria de três canhões de 32 que dominavam a praia. Esta bateria, que ficava numa parte saliente do penhasco e era acessível somente por um lado, em que estava defendido por alta palissada, foi tomado galantemente, pelos marinheiros do *O'Higgins*. Daí perseguiram os espanhois por uma estreita passagem na floresta, de bateria em bateria, até alcançarem Coral, a uma distância de 5 milhas e, ao escurecer, entraram nesta fortaleza, a principal delas, nos calcanhares do inimigo que fugia.

Na manhã seguinte a *O'Higgins* entrou no porto e as baterias do lado norte, após disparar poucos tiros, arriaram bandeiras. O inimigo retirou-se, então, para o interior.

Incluir entre a folha de rosto e o prefácio.

JULHO DE 1824

Trouxe este exemplar de meu diário, com folhas em branco intercaladas, visando dois objetivos: primeiro corrigir a obra, fazendo-lhes úteis modificações, e, depois, usá-lo como um jornal de minha segunda viagem ao Brasil.

— Em obediência ao meu compromisso com a Imperatriz Leopoldina, ao cabo de seis agradáveis meses na Inglaterra em companhia de amigos, deixei Londres, com destino ao Brasil, a 23 de junho[336(*)]. Fui primeiro a Richmond, onde estavam meu tio, minha tia e os filhos Isabella, William e Fullertone. Meu tio, *Sir* David Dundas, é um dos homens mais notáveis que conheço, tanto pelo caráter quanto pela inteligência. Teve uma educação simples: o ensino de Humanidades em Edimburgo, no tempo em que Johnson dizia, com razão, que, na Escócia, todo mundo delas se fartava. Ainda em Edimburgo estudou os rudimentos de sua profissão e, ainda moço, fixou-se em Richmond, residindo com seu tio *Sir* William Robertson, cirurgião, que era então boticário da Casa Real em Kensington. Tinha meu tio um gosto marcado pela literatura, gosto que ele desenvolveu muito casando-se com sua prima, *Miss* Isabella Robertson, mulher de clara inteligência e fino gosto. Sua mãe, *Miss* Berry, era íntima amiga e companheira de Thomson. Era também parente próximo da outra *Miss* Berry, celebrada por Horace Walpole. Ao tempo do casamento de meu tio ainda subsistia uma grande intimidade entre ele e a família de Israel Wilkes, irmão de John Wilkes[337(*)] — a alta e viril mentalidade deste infeliz, as profícuas e nobres causas em que se empenhou sua família foram, sem dúvida, ponderáveis na formação do gosto pela leitura de meu tio, o que foi seu consolo em tantas e graves infelicidades domésticas. A ilustração do espírito, as maneiras polidas e a competência profis-

---

336 (*) V. Carta da A. à Imperatriz anunciando a próxima partida na *Correspondência entre Maria Graham e a Imperatriz D. Leopoldina e cartas anexas*, [Separata do vol. LX dos Anais da Biblioteca Nacional, pg. 38).
337 (*) Campeão da liberdade de imprensa na Inglaterra, que sofreu, por isso, várias perseguições.

sional de meu tio granjearam-lhe a benevolência de muitos homens eminentes: Lorde Mansfield, Sir Charles Stewart, lorde Bates e muitos outros, tanto da corte como do campo. Mas aquele de quem ele mais gostava, e que mostrava para com ele o maior apego, era Sua Majestade o rei Jorge III, não obstante seus princípios políticos conformarem-se com os dos liberais mais extremados. A primeira vez que o rei reparou nele foi durante a doença de S. M. em 1788. Seu comportamento foi então tal que, após a cura, disse o rei que Dundas fora o único que, durante o perigo, parecia lembrar-se de que ele era um rei e um cavalheiro. Pouco tempo depois, estando meu tio preso em seu quarto, em consequência de uma queda de cavalo, foi o rei vê-lo, e visitou-o durante uma hora, em que condescendeu em dizer a quem pagaria as visitas[338(*)]. Ao romper a Revolução Francesa, os princípios liberais de meu tio levaram-no a declarar muito calorosamente suas esperanças de que o evento contribuísse para melhorar as condições da humanidade. Foi isto contado ao rei pelo falecido lorde M., então secretário D., que insinuou ser altamente perigoso permanecer quem sustentava tais ideias em posição de confiança junto a Sua Majestade. Perguntou então o rei — "Recorre você a ele?" — "Sim", foi a resposta. "Então você é que é o imprudente, porque se ele lhe envenenar, Henrique, ele poderá vir a ser meu ministro, mas se envenenasse a mim, nunca seria rei". E, assim, esta afetuosa confiança, tão honrosa para ambos, continuou até o fim da vida do rei. Com o falecimento de Sir César Hawkins, meu tio tornou-se Cirurgião da Real Câmara e foi de grande eficiência na fundação do Colégio dos Cirurgiões, que chefiou muitas vezes. A Conferência sobre a caça que ali proferiu é das mais valiosas e admiráveis. Mas a bondade de coração era, afinal, a qualidade mais importante e admirável de Sir David. Na sua profissão, e entre os amigos, tinha amplas oportunidades de exercê-la.

Nesta qualidade seus filhos o igualam —, mas nenhum dele se aproxima em talento ou em conhecimentos. É um homem maravilhosamente belo e sua distinção, das mais perfeitas que já vi. O busto feito por Chantry dá uma boa ideia de seu aspecto. Os três dias que passei em sua companhia foram, talvez, os últimos em que nos encontraremos neste mundo; esta convicção levou-me a fixar-me um pouco na apreciação do seu caráter. De Richmond, fui, no sábado, com meu caro

---

338 (*) O original neste lanço não está claro:
"as he condescendingly said to whom the many visits he had paid to him".

irmão Ralph, a Bedfont, onde demorei quase dois dias com minha irmã, casada com D. Jones, pároco local. São pais de quatro crianças amáveis, mal educadas, mas muito prometedoras. Domingo segui para Salisbury onde encontrei-me com a Sr. a May e fomos para sua casa de Nole, ver os filhos de *Mister* William May, do Rio de Janeiro, a fim de poder dar notícias, a ele e a sua mulher, e dizer como vão sua mãe e sua família. Os amigos particulares são duplamente caros a distância. As crianças da família May são encantadoras e parece que estão sendo admiravelmente educadas pelos seus tios e tia, o Sr. e a Sra. Powel. Na quarta-feira fui a M.... lodge para ver a irmã de meu marido, a Sra. Brodrich e família. Encontro e despedida foram muito afetuosos. Deixando-a no sábado, fui ver Dr. Miller, em Exeter, e segui depois para Plymouth, onde fiquei até quarta-feira, com a condessa e *lady* Elisabeth Grey, e os quatro filhos menores desta admirável família. Vi diariamente *Sir* Alexander e *Lady* Cochrane, e apreciei-lhes as qualidades ainda mais, especialmente de *Sir* Alexander. Ele parece crer que eu fiz algum bem a Lorde Cochrane, e isto, se não for desfeito por amigos indiscretos, tornará mais fácil e agradável sua volta a casa. Deus permita que assim seja.

Incluir após o Prefácio.

Gostaria de saber se lorde Cochrane teve voto nos planos de invasão do Peru em sua primeira chegada.

Foi de acordo com seus planos que ele partiu primeiro para Callao? Porque foi Santo Antônio considerado objetivo digno de ser alcançado antes do ataque a Callao ? Quando lorde Cochrane entrou com os barcos e cinco navios, que aconteceu para que o resto da esquadra chilena não se fosse juntar a ele?

Quais eram as maquinações de Zenteno contra o lorde?

Quando e como Rodriguez foi ministro? Que promessa fez San Martin antes de deixar Valparaíso.

Preciso de dados desde o momento da chegada de lorde Cochrane até que este arvorou suas bandeiras no Chile. Quero saber os caracteres de Cienfuegos, Fuentessilla Perez, Alcalde, Rosas; que participação nos acontecimentos teve o bispo e como agiu a princípio.

Quem era e donde veio Monte Agudo.

Como foi recebido lorde Cochrane após Valdívias.

Pág. 12 – Parágrafo que começa pelas palavras: "A baía, ou recôncavo..."

É melhor começar pelo trecho: "A terra que a circunda é tão fértil...

Pág. 14 – Parágrafo que começa por: "Cabeza de Vacca..."

Passa a ser redigido assim: "No mesmo período Cabeza de Vacca realizou sua aventurosa travessia de Santa Catarina...

Pág. 46, acrescentar:

Este despacho [**de 29 de novembro**] foi redigido no Hotel Nerots de Londres, antes de ele ter deixado Lisboa. O lorde enviou Lorde C, a Londres com despachos para o Ministério do Exterior a fim de informar aos Ministros que o Príncipe Regente estava em vias de adotar todos os pontos da política continental, mas que ele ainda tinha esperanças de convencê-lo de ir para o Brasil. No Norte tinha havido uma demonstração de armamento da esquadra portuguesa etc. Penduravam-se couves etc., na popa e nas alhetas dos navios, para fingir que estavam carregados de provisões para a comitiva real. Contudo, como o exército francês estava se aproximando cada vez mais e o Príncipe continuava a obstinar-se, *Sir* James Gambier foi enviado a Londres, mas sua viagem foi inexplicavelmente lenta. Lorde Strangford, ao embarcar na *Hibérnia* queria que, mediante simples declaração dele, *Sir* Sidney bloqueasse Lisboa. Mas o almirante disse que não. "Ao embarcar nessas condições você é um homem como qualquer outro na esquadra sob meu comando —, mas se escrever de terra, na qualidade de ministro, atenderei naturalmente a uma requisição escrita".

Lorde Strangford foi, como ele disse, a terra, mas nesse dia não viu nem o Príncipe nem ministro algum, mas procurou Madame de ... e ficou desaparecido até a manhã seguinte, quando proclamou, que tinha estado com Madame, ... Casa dos Oeynhausens, onde mais tarde se instalou Junot, depois por e ... agora, penso, que por Beresford[339(*)]. No dia seguinte avistou-se com o ministro e foi informado de que o Príncipe já estava a bordo.

Lorde Strangford chegou a Londres antes de *Sir* James Gambier. Consequentemente, os despachos que continham sua narrativa de ter

---

339 (*) Não está claro no original que reza: "and was lost till next morning when he gave out that he had been whit Madame House (?) of the Oeynhausens afterwards kept by Junot then by ... and now I think by Beresford". Deve referir-se ao palácio da Ega, na Junqueira. A condessa de Ega, filha do conde de Oyenhausen, ali habitava.

deixado Lisboa desesperado de convencer o Príncipe de mudar-se, não foram recebidos. Sua reputação estava salva e foram escritos novos despachos no Hotel Nerots.

Acrescentar em frente à pág. 83.

A 16 de julho de 1824 embarquei no *Rinaldo* brigue de guerra de 16 canhões, comandado pelo tenente John Moore, da Marinha Real Inglesa, em Falmouth para o Brasil. Eram cerca de 3 horas da tarde quando levantamos âncora com fresca e boa brisa[340(*)].

A 14 ocorreu um singular acontecimento no porto: a maré que estava vazante, como de costume, subitamente voltou e subiu 23 polegadas, para depois, com a mesma rapidez, baixar. A 15 estava eu em Truro e aí W. W. Tweedy perguntou se havíamos presenciado alguma coisa de estranho em Falmouth porque em Truro a maré vazante havia voltado subitamente e eles haviam tido 5 pés de água sob a ponte quando deveria estar quase vazia.

23 [de julho de 1824]. — A primeira coisa que ouvi esta manhã foi a voz de W. Moore, dizendo: — "Lá está Porto Santo". Até que me vestisse já havíamos perdido de vista esta ilha e estávamos entre Madeira e as Desertas às 9 e meia perdemos nossa brisa e ficamos muito tempo a afastar-nos da praia com a corrente de terra.

Ao fim da pág. 83.

Bartolomeu Pelestrello [*sic*] chefe da primeira colônia de Porto Santo era pai ou tio (?) da mulher de Cristóvão Colombo, dona Filipa, cunhada de André Correia.

◊ ◊ ◊

Incluir entre as págs. 84 e 85.

24 [de julho de 1824]. — Desembarquei em Funchal (o correio foi para terra no barco ontem à noite) e passei um dia muito agradável com a família de N. Wardrope que desceu da montanha para encontrar-me. Ainda que a ilha esteja agora fiel ao partido do rei, as vantagens obtidas com a revolução constitucionalista não foram perdidas. Constroem-se casas e limpam-se plantações. Há uma praça do

---

340 (*) A data da partida não ocorre no *Escorço biogr. cit.* Rodolfo Garcia no prefácio daquela publicação supõe que tenha sido em "meados de julho" (pg.9).

mercado, bela e limpa, mas a capela de S. Sebastião não subiu uma só pedra acima do ponto em que estava quando aqui estive há três anos. O atual governador é Dom Manuel de Portugal, antigo governador da província de Minas Gerais. Teve algum trabalho para manter a ilha tranquila já que o povo está sempre pronto a tomar parte em qualquer movimento popular na mãe-pátria. Lamento dizer que a tranquilidade foi obtida a custa de prisões arbitrárias e outros processos violentos. Nos últimos três anos vários partidos tiveram aqui ascendência, e cada qual, por sua vez, saciou sua vingança sobre os inimigos; mas as vítimas de uns nem sempre foram libertadas pelos outros, de modo que o castelo do pico abriga ainda muitos presos de tendências e interesses diversos. É tempo da colheita do trigo, mas o vale de Santa Cruz estava verdejante de cana-de-açúcar e milho ao passarmos por ali. Aqui e ali há também uvas, maduras para se comerem, mas o momento da vindima será daqui a um mês. Os bosques de castanhas estão lindíssimos.

Quando o vento sopra do oriente produz o mesmo efeito que o siroco; empena as folhas e as capas dos livros, racha a madeira e atinge singularmente a compleição humana. O vento do oeste, contudo, anula estes males quase instantaneamente. Desenhei alguns esboços e vim para bordo às 6 horas. A diferença que noto na indumentária é que está mais refinada do que nas visitas anteriores. Termômetro: 75^0 a bordo. Desde que deixamos Falmouth, oscila entre 70 e 75.

Incluir na pág. 88.

O poder da superstição está diminuindo. Os conventos estão caindo em ruínas e não se pensa em restaurá-los. O de Santa Clara está em mau estado.

◊ ◊ ◊

24 [de julho de 1824]. — As árvores no jardim público cresceram maravilhosamente do lado da praça em que fica o teatro. Do outro lado fica o hospital. Ao fundo está o chafariz; junto dele o palácio e o convento.

◊ ◊ ◊

Incluir à pág. 89.

A imprensa decaiu muito sob o regímen dos monárquicos.

◊ ◊ ◊

Incluir após a pág. 90 [Tenerife].

26 [de julho]. — Temperatura 79⁰ na minha cabine.

27 [de julho de 1824]. — Desembarcamos aqui o correio, tendo permanecido afastados a noite inteira, por não podermos aportar a noite passada. Escrevi um bilhete a N. Galway. Foi esta a comunicação única que pude ter com a terra.

Incluir após a pág. 96.

27 [de julho de 1824]. — Passamos junto a Gomera, isto é, pelas regiões norte e oeste. O porto fica a sudeste. A região que vimos parecia totalmente inacessível e imaginei que não seria sequer habitável, a não ser num pequeno vale que, apesar de muito escarpado, continha algumas palmeiras e parece-me que videiras, ou ao menos, uns cachos verdes, que se espalhavam pelas rochas. Havia ali algumas casas esparsas; vimos três homens ao pé das rochas que pareciam catar conchas.

Entre a pág. 97.

29 [de julho de 1824]. — 24⁰ de latitude Norte, 19 a 21⁰ de longitude oeste. Cairam a bordo peixes voadores.

1.º [de agosto]. — Avistamos Santo Antônio, a ilha mais ocidental do grupo de Cabo Verde. A manhã estava tão enevoada que apesar da terra ser avaliada em 7 400 pés de altura não a vimos senão quando estávamos junto dela. Já vi muitas ilhas de aspecto árido e pedrento no oceano, mas nenhuma de aparência tão inóspita como esta. As pedras estão empilhadas umas sobre outras e os duros cumes erguem-se como os pináculos de um castelo gótico em ruínas. A ilha toda parece fendida em imensas rachaduras cujos flancos perpendiculares conduzem o olhar desde a praia até as mais elevadas altitudes sem uma solução. Nem uma árvore ou sequer arbusto cresce aqui, exceto alguns poucos num pequeno vale em que a declividade é mais suave. De um lado da montanha observei um fumo que desapareceu por poucos minutos e então reapareceu. Pouco a pouco, ao aproximarmo-nos, observei com o binóculo que a terra pedrenta em torno era mais escura e uma quantidade de pedras jazia confusamente nas vizinhanças. A coluna de fumaça jorrava periodicamente, subia de um modo especial até perto do alto píncaro e aí dispersava-se completamente. Havia em geral três jatos em cada dez minutos. Seguia-se uma interrupção pelo menos por dez minutos. Assim continuou o fenômeno enquanto o observei durante quatro horas. Ao aproximarmo-nos mais da praia, algumas rochas surgiram como se fossem os flancos de vastas cavernas que tivessem queimado. A substância de tais rochas, já que estávamos bastante perto para bem poder observá-las, pareceu-me lava muito dura e tinham o aspecto de muralhas saindo do mar. Só um vale tinha um campo verde, raras árvores e uma casa de campo, ou duas, com um caminho até o mar. Urna grama curta e queimada, cobria algumas elevações desta terra pedregosa e, aqui e ali, viam-se algumas manchas de areia branquíssima. Ainda que tivéssemos boa brisa, o termômetro marcava 75^0.

6 [de agosto]. — Latitude $9^o9'$ Norte — Longitude 25^0 $17'$ Oeste. Termômetro a 80^0. Mergulhamos uma garrafa com uma corda de quarenta jardas. A água que veio nela desceu o mercúrio do termômetro a 75^0, enquanto um balde d'água colhido à beira do navio fez com que subisse a 82^0.

8 [de agosto]. — Latitude $6^036'$. Sem descaídas, com calmarias quentes e mais quentes chuvas por 48 horas.

Junto à pág. 105.

18 [de agosto de 1824]. — Ao aproximarmo-nos de terra perto de Pernambuco, vimos um navio de guerra que logo revelou ser o *Pedro Primeiro*. Um guarda-marinha, o jovem Da Costa [João Manuel da Costa] veio a bordo. Enviei uma carta a lorde Cochrane.

Logo depois o capitão Grenfell abordou-nos e fui então com ele para a *Pedro Primeiro*, e vi o almirante que deixava o navio com o intuito de me buscar. Voltei e jantei. Tive uma conversa agradável. e proveitosa com Lorde Cochrane. Vi os jornais. A Imperatriz teve outro filho; se é homem ou mulher, não sei. Descarregamos o correio.

19 [de agosto de 1824]. O almirante veio a bordo do paquete para almoçar comigo e ficou até onze horas e meia. Não se pode ser mais amável; mais do que costumava ser em Quintero. Desembarquei à tarde e jantei na casa de campo de Ad. Stewart, depois do que procurei o presidente republicano Manuel de Carvalho Pais de Andrade, que fala bem inglês e parece ser homem notável. Entreguei-lhe um pacote de proclamações de Lorde Cochrane e procurei convencê-lo de que o número e poder das forças imperiais eram tais que nada se poderia esperar da persistência em seus planos, senão a derrota, a miséria e o desperdício da vida humana que, eu estava certo, ele e todos os homens de bem, desejariam evitar. Disse-lhe que não obstante a sentença previamente pronunciada contra ele e seus partidários e as proclamações espalhadas pelo exército, estava certa de que, se ele confiasse no almirante e se rendesse logo a ele, poderia ter por garantidas a salvação e fuga de todos. Despedi-me então dele e prometi procurá-lo na manhã seguinte.

Na casa de Ad. Stewart no campo encontrei minha agradável amiga sua irmã, com aspecto muito melhor que antes e muito contente em seu pequeno sítio. Um curioso caso revelador da esperteza dos pássaros aconteceu-me ali. A grande arara-azul reconheceu-me imediatamente e estendeu a mão para fora a fim de pousar no meu braço. Devo ainda dizer que Arica veio ver-me a bordo da *Pedro Primeiro*, beijou-me os pés e ficou muito contente. Parece que desde que aqui estive há três anos, houve raros dias de paz. Ao partir Luís do Rêgo, Gervásio Pires Ferreira, que tem uma bela casa perto da Soledade, foi eleito presidente. Mas logo depois a opinião pública forçou-o a fugir para o Rio de Janeiro e o partido elegeu Afonso de Albuquerque Maranhão, e o Morgado do Cabo (donde o nome de *morgadistas* dado aos seus partidários) foi feito membro do seu conselho. Albuquerque foi demitido e o Morgado tornou-se presidente interino. Os partidos, porém, tornaram-se muito fortes e violentos e o governador das armas, [Pedro da Silva] Pedroso, obrigou ambos a deixarem a cidade. Entrementes o sentimento republicano, que sempre distinguiu os pernambucanos, ganhava forças diariamente. A província queixava-se por ter feito e sofrido muito pela causa da independência; por ter sido a primeira a habilitar a Bahia a resistir e a expulsar os *pés de chumbo*, e, contudo, serem todas as suas rendas drenadas para a Capital, estarem suas obras públicas abandonadas, e seus funcionários, ou mantidos inativos na corte, ou demitidos bruscamente; enfim por não serem cumpridas as promessas de reforma em todos os seus departamentos.

Nestas circunstâncias Manuel de Carvalho Pais de Andrade, tornou-se presidente do Conselho de Governo. Durante muito tempo suas proclamações e seus documentos públicos só pediam ao Imperador que demitisse todos os portugueses da Europa do seu conselho e valimento e modelasse uma constituição liberal com assistência de sua Assembleia Constituinte. Mas a dissolução dessa Assembleia, de um modo arbitrário, exacerbou os sentimentos do partido a um grau tal que os levou a quebrar a prudência e desprezar as conveniências em relação ao Imperador. Ele e o poder imperial entraram a ser desafiados e as províncias vizinhas conclamadas a apoiar os pernambucanos na afirmação de seus direitos como homens e como cidadãos.

[José Pereira] Filgueiras, chefe cearense (que colaborou com lorde Cochrane na expulsão dos europeus do Maranhão) está em marcha para auxiliar a revolução. Dizem que a Paraíba está intimidada pela força republicana de Goiana e até o Piauí está disposto a aderir. Entrementes feriram-se escaramuças entre as tropas que marcham para o sul e os imperiais, nas quais os pernambucanos se declaram sempre vitoriosos e espalham algumas bandeirolas e estandartes, mas choram a perda de Pitanga, o mais bravo e o melhor comandante que tinham.

Entretanto o Governo Imperial estabelecera o bloqueio do porto por meio dos navios, sob o comando do capitão Taylor, e havia grande aflição devido à falta de farinha, que se tornara mais escassa neste ano por causa de uma enchente extraordinária do Capibaribe, que destruíra grande quantidade de plantações de mandioca.

Mas lamento dizer que provocou enorme indignação entre o povo o comportamento do capitão Taylor, num ataque noturno ao porto, utilizando o nome da *Doris*, depois aí permanecendo no dia seguinte. Diversas pessoas foram mortas.

Considera-se o Imperador um joguete nas mãos de seu pai e, portanto, em princípio, português. Por causa disso diversos pacíficos comerciantes portugueses foram mortos e se qualquer deles, assustado, corre na rua é tido como suspeito e perseguido, com poucas possibilidades de escapar.

Os barcos da *Doris* foram atacados ao virem para compras e todas as suas frutas etc., tomadas, já que o povo não quer acreditar que os ingleses não ajudam os imperiais.

Eis uma súmula e a essência de toda conversa sobre política que tive com ingleses em casa do cônsul e alhures.

Quanto à situação da sociedade de estrangeiros, está talvez melhor quanto às senhoras, isto é, conta com Mrs. Parkinson, senhora do cônsul inglês, e Mrs. Bennet, senhora do cônsul americano. As senhoras Pelly e a senhorita Stewart fazem de elementos de ligação, mas a saída da família de Luís do Rêgo foi uma perda para a sociedade, como também a de Caumont. Os demais não merecem e há agora menos intercâmbio do que nunca com os portugueses. A destruição do banco e a drenagem natural do pântano entre Olinda e Recife, plano elaborado pela Junta de 1822, para transformar aquele espaço em plantações de arroz, poderia ter sido facilmente levado a cabo. Mas o mau estado do governo tem-no impossibilitado.

Após a pág. 111.

A velha ponte de Maurício [de Nassau] está agora completamente mudada. Quando aqui estive pela última vez, possuía fileiras de lojas de cada lado, que pagavam uma porcentagem ao governo. Por isso, quando se soube que o estado da ponte oferecia perigo, por declaração do engenheiro, e que seria necessário mudar as lojas, o tesoureiro recusou-se a concordar por causa da baixa da renda. Começaram, assim, a brigar e discutir até que um dia ao cruzar a ponte, um carro, espatifou-se sob ela e arrastou mercadorias e tudo dentro d'água. Éagora uma ponte de madeira adequada.

Vi algumas raras casas particulares novas, especialmente uma, no fim da ponte da Boa Vista, construída por Antônio Coelho, mulato que há ainda poucos anos só possuía dois negros e um cavalo para transportar, a ele e à senhora, para o interior. E hoje um dos mais ricos plantadores do país.

Há vagos planos para se começar a fabricar potassa, para o que não há nada melhor do que os arbustos das florestas virgens deste país, e sua quantidade seria notável.

20 [de agosto de 1824]. Acordei às 6 horas e após uma pequena volta pelo jardim e pomar, almocei cedo e fui para a cidade com o Sr. Stewart. Caminhamos por uma longa extensão da terra e procurei de novo Carvalho, na esperança de que meus apelos pudessem ainda poupar o derramamento de sangue. Recebeu-me com a maior polidez, mandou chamar a filha para ver-me e fez servir frutas e vinho. Deu-me alguns mapas e planos, mostrou-me a posição das tropas, e disse-me que, dentro de um mês, esperava ter tudo pronto. Olhei para algumas de suas tropas, — meninos de dez anos e negros de cabeça branca. Declarou-me que ele e seu partido nunca cederiam senão nos seguintes termos: que a Assembleia constituinte, com os *mesmos* membros que a compunham, seria convocada de novo; que a reunião se daria em qualquer lugar menos no Rio de Janeiro, fora do alcance das tropas imperiais. Que ele estava resolvido a tornar o Brasil livre, ou morrer no campo da glória. Tomei a liberdade de contradizê-lo e mostrar-lhe quão imprudente havia sido a Assembleia e sustentei o direito do Soberano de dissolvê-la pela circunstância dela se declarar permamente etc. Discorremos longamente sobre política abstrata. Voltei ao assunto já tratado do perigo que *pessoalmente* corria o Presidente, e a responsabilidade que assumia etc., ao que, em geral, mostrou-se ele sensível, e profundamente impressionado com o caráter honrado do Almirante. Se visse perdida sua causa, se poria nas mãos de Lord Cochrane e aí se julgaria seguro. Apresentou-me então às filhas. Considerei como delicadeza e sentimento a sua maneira de proceder. Fiquei aflita por deixá-lo sem realizar o que esperava. Ai de mim, os homens serão sempre insensíveis ao sangue! Deixei Carvalho com um sentimento penoso, e não menos por vê-lo obrigado a ostentar a companhia de Zankee Rogers, miserável que começou por ofender-me, insultando as pessoas do Imperador, da Imperatriz e de Cochrane!!! Trouxe comigo jornais e proclamações de toda ordem. Voltando a bordo, vi que o lorde não havia chegado, mas não tardou em vir. Jantou e ficou comigo até quatro horas. Dei-lhe meus papeis e disse-lhe tudo que vira, disse-lhe também que toda noite, desde que ele está aqui, (ele ancorou logo depois de nós) os pernambucanos deram alarma na cidade, por lhes parecer que iam ser atacados, etc. Ele é certamente o melhor dos homens! Com um pequeno lance de sentimento delicado conquistou o pobre Reeves como seu criado e é muito bom para com ele[341(*)].

◊ ◊ ◊

Proclamação do Almirante do Brasil aos pernambucanos. [*Impresso*].

Pág. 142 — [Em frente ao período que começa por "Descreveu os enormes ossos"...]

Trata-se provavelmente do megatério — gigantesca preguiça — cujos ossos foram também encontrados em Buenos Aires.

Pág. 143, em frente à gravura.

Deve ser transferida para o Rio, porque a carreta não é usada em Pernambuco.

Pág. 144, linha 31 — [Após o período que termina pelas palavras... belo "como pelos entendidos"].

Agora *Constituição*.

---

341 (*) Os entendimentos com Carvalho estão resumidos no *Escorço biogr.* cit. págs. 96-97.

Entre a pág. 144.

Quarta-feira, 25 [de agosto de 1824]. — Ancoramos a, cerca de meia milha distante da praia, longe do Arsenal de São Salvador. A fragata francesa *La Magicienne* estava toda enfeitada e embandeirada em comemoração do dia de São Luís. A *Maria da Glória* ali estava com sua presa, a *Constituição ou Morte*, tomada ao partido de Carvalho. Vi que esperavam aqui de Cochrane coisas impossíveis: que desembarcasse na Barra Grande, por ex., e que, em uma noite, liquidasse o caso no Recife. Ele talvez assim pudesse fazer, sacrificando todos os neutros (que não poderiam deixar o porto antes de 25). Em primeiro lugar, eles desembarcaram em Massaião [Maceió][342(*)]

Deane chegou a bordo e começou a deblaterar. Fi-lo calar-se. Dormi em casa de Nicholson e ouvi muita coisa sobre Dundas e alguma sobre Joares (?), o bastante para verificar que ele era do partido de Taylor. Segundo ele haverá um artigo de um tratado qualquer com a Inglaterra pelo qual ele será reconduzido!!! O homenzinho, naturalmente, é considerado desertor pela Inglaterra e como tal, reclamado; e assim reforma-se com todos os vencimentos, mas está lançando suas vistas para o cargo do almirante – *Não!!*[343(*)]

Os subúrbios da cidade sofreram muito em beleza no sítio do ano passado, com a perda de várias árvores magníficas, mas ainda há bastantes para fazer da Bahia uma das cidades mais cheias de árvores do mundo. Uma boa área de terreno foi aberta, mas é destinada principalmente à produção de capim. Fizeram-se algumas tentativas de produção de batatas e cebolas. Creio que seria mais ajuízado promover o cultivo da mandioca também mais perto da cidade, para o caso de outro sítio.

Procurei o presidente [Francisco Vicente] Viana[344(*)] e fui recebida por ele com muita cortesia.

Quinta-feira 28 [de agosto de 1824]. — Fui com Mr. Moore e Mr. Mather ao convento da Soledade para comprar flores para Miss King. Não eram boas nem baratas, os doces *idem*. A superiora, Madre Maria Joaquina, está no convento desde criança. Ela se diz sexagenária. Eu a fazia quarentona; é muito distinta e de modos muito

---

342 (*) Aliás *Jaraguá* foi o porto de desembarque.
343 (*) V. nota sobre Taylor adiante.
344 (*) Depois barão do Rio das Contas, primeiro presidente da província da Bahia. Governou de 20 de janeiro de 1824 a 4 de julho de 1825.

delicados. Só há agora 37 freiras (Ursulinas). A lotação é de 60. Estão sofrendo miséria. A escola que mantinham para as classes superiores de moças para leitura, costura e doutrina não é mais frequentada.

Depois da Soledade fomos passear no mercado de cereais e verduras. Tudo está agora barato, bom e abundante. Provei a mistura africana de legumes, cozida com azeite de dendê, e penso que seria excelente com sal.

A tarde fui procurada pelo padre Marcos Antônio de Sousa[345](*), secretário do governo; conversou comigo meia hora muito amavelmente, agradecendo-me as cartas que eu trouxera de Pernambuco. Embarcamos cerca de 10 horas no Arsenal.

Sexta-feira, 29 [de agosto de 1824]. — Deixamos a Bahia. Trouxemos dois passageiros suíços: Meuron e de Costere.

Em frente à pág. 147, linha 28.

Cactus Mundata, consta na *Flora Exótica.*

Antes da pág. 176.

Extrato de uma carta de Lima, em 19 de fevereiro de 1825:

[Parágrafo em seguida riscado pela A.:]

Os seguintes artigos de boa qualidade alcançaram agora o preço que segue cada um embarcados e livres de direitos: manteiga, 2½rs. a libra; toucinho 2½rs. a libra; velas de espermacete 3½rs. a libra; cidra $ 5½; sabão amarelo... o galão; sebo $ 13 o galão; chá pérola $ 1½ a libra; cera branca $ 90 o galão; azougue $ 55; vinho Bordeaux $ 10 a dúzia; champanhe, $ 24; coqnac $ 1¼ o galão; linho alemão, 25% acima do preço da fatura; algodão americano 50% de acréscimo, atualmente cheio; fazendas finas; lenços de crepe, ¾; seda id.; lenços de seda para senhoras e massame, muito procurados e pedidos de bons preços.

Sábado chegou um transporte de Guaiaquil com 1500 homens. O governador dos castelos de Callao ainda se recusa a conformar-se com a capitulação do general Cantarai mas em breve deverá entregá-los visto como o general Bolívar terá, dentro de poucos dias, uma forte esquadra de bloqueio e uma força de 5 000 homens de Callao em frente aos castelos. A população de Callao já está sentindo a falta de

---

345 (*) Natural da Bahia, foi o primeiro bispo brasileiro do Maranhão. Deputado às Cortes de Lisboa e à Constituinte Imperial brasileira.

provisões frescas e legumes, a água será desviada dentro de poucos dias. Pode-se esperar então que o mau estado sanitário das tropas obrigue o general espanhol a render-se, visto como não há água boa em Callao. A 15 do corrente, nos postos avançados, que não ficam perto dos castelos, os patriotas destruíram 250 homens de infantaria e alguns da cavalaria espanhola. Esta infantaria era a força de confiança do general espanhol e era enviada diariamente para obter provisões, com a cavalaria.

Entre a pág. 174.

4 [de setembro de 1824]. — Volto ao Rio após 11 meses de ausência[346](*).

Pág. 213 — **[Em frente ao diário de 16 de fevereiro].**

O exame de um fragmento destinado a Mr. Thornton, aqui procedido (Bahia) deu resultado desfavorável: não se aproxima da proporção do níquel.

Pág. 238. — **[Em face do segundo parágrafo].**

Aqui se deve acrescentar o manifesto de Labatut.

Entre a pág. 239.

Os Andradas, compreendendo que o Brasil não poderia continuar sob o domínio de Portugal por mais tempo e de maneira nenhuma, mas desejosos de poupar a efusão de sangue e livrar sua terra de uma guerra civil e das atrocidades que desgraçaram a luta pela liberdade nas colônias espanholas da América, cultivaram ardorosamete a ambição do Príncipe de tornar-se o líder da grande revolução que se processava. Entenderam que por sua descendência dos antigos monarcas e por seus antepassados seria reconhecido por todos, e que seu nascimento lhe daria esta precedência sobre qualquer outro aventureiro na luta, e lhes permitiria uma base de regularidade nos procedimentos. A 7 de setembro, estando o Imperador em S. Paulo, declarou a Independência do Brasil nos famosos campos do Piranga [*sic*], aonde o partido o havia induzido a ir e mostrar-se aos paulistas, os mais briosos habitantes do Brasil, e aqueles cujos hábitos estão embebidos de mais liberdade que quaisquer outros habitantes do sul. Naqueles campos,

---

346 (*) Algumas minúcias da chegada ao Rio encontram-se no *Escorço biogr*. pg. 97 e segs.

situados na quinta de Amador Bereno [*Bueno*], o Príncipe falou ao povo e concitou-o a adotar uma divisa especial com o lema: *Independência ou Morte*, sobre uma roseta verde e amarelo. Uma placa com essas palavras gravadas tornou-se o sinal do patriotismo. O Príncipe, contente consigo mesmo e com seus ministros, com cuja energia e atividade ele no momento se contaminara, voltou ao Rio para celebrar seu aniversário e para dar um passo que, não só o tornaria especialmente culpado aos olhos paternos e de todos os soberanos legitimistas, mas também o havia de encaminhar como tanto se esperava, para a causa do Brasil, ligando-o inalteravelmente aos conselheiros que de fato o haviam colocado à testa da nação.

Colocar à pág. 238.

Proclamação de General Labatut datada de Cangurungu, 15 de maio de 1823.

Pág. 243, linha 15.

[Incluir após: "dentro de poucos minutos, o cap. Garção, do *Liberal*" ...]

... tendo sabido por Perez, quem estava a bordo...

Linha 23.

[com relação a *Carolina* acrescente-se] Paraguaçu

Linha 24.

[com relação a *União*] *Piranga*

Linha 27.

[com relação a *Maria da Glória*] em 1824 encontrei-a na Bahia, levando como presa a *Constituição ou Morte*.

Pág. 243.

Taylor, de Portsmouth, era tenente da marinha britânica, e, como tenente da *Doris*, em serviço e em pleno exercício, deixou o navio para entrar a serviço do Brasil, algum tempo antes de nossa chegada.

Após fazer uma barganha com o Imperador conseguiu vitaliciamente o montante de seus vencimentos ingleses. É extremamente esperto, mas não realmente capaz; muito ativo e bastante experimentado no serviço. É, porém, mesquinho e invejoso de todo talento ou condição superior. Em 18 de novembro casou-se numa família rica e influente no Brasil, [D. Maria Teresa da Fonseca Costa] mas não pode mais servir porque foi reclamado pela Inglaterra como desertor[347(*)].

Pág. 244, linha 26 — [Acerca da recepção a Cochrane].

Creio que todos os ministros estavam presentes. Sei que José Bonifácio estava.

Pág. 245 — [Acerca das negociações com o almirante Cochrane].

Quando lhe asseguraram, e aos oficiais trazidos por ele, pagamento igual ao do Chile, quiseram calcular o dólar a 800 reis [?]

Pág. 247. — Após o parágrafo que começa: "A Pedro 1 é um belo..."

... e Crosbie fazia experiências com os canhões grandes.

Pág. 276, linha 31 — Em frente à frase que começa por: "Lorde Cochrane, naturalmente, não escapa".

Isto se repetiu na cabala do Rio em 1824.

Acrescentar à pág. 291 [após a descrição do incêndio a bordo].

---

347 (*) John Taylor, nascido em Greenwich em 1796, passou ao serviço da armada do Brasil por decreto de 9 de janeiro de 1823, no posto de capitão de fragata, recebendo, além do soldo, a gratificação de 40$000rs, em atenção aos prejuízos sofridos pelo abandono da carreira em seu país. Na expedição contra Madeira, na Bahia, comandou a fragata *Niterói*.
Passou depois para a nau capitânea, a *Pedro I*, quando Cochrane resolveu selecionar para ela os melhores elementos. Tomou parte no ousado ataque noturno ao porto da Bahia. Reassumindo o comando da *Niterói*, realizou com ela um dos maiores feitos da marinha brasileira que foi a perseguição ao comboio português, com apresamento de unidades até a boca do Tejo. Foi em seguida enviado a Pernambuco, incumbido da reposição na presidência de Francisco Pais Barreto, morgado do Cabo. Fracassadas as tentativas de entendimento pôs em bloqueio o Recife a 8 de abril de 1824.. O bloqueio, porém, foi levantado por uma ordem geral de concentração da esquadra no Rio, em vista de uma possível invasão portuguesa. Nessa ocasião recebeu o Brasil do governo Britânico um pedido oficial de retirada de Taylor da marinha brasileira. A notícia de tal pedido provocou um honrosíssimo abaixo-assinado de altas personalidades baianas a favor da permanência de Taylor no Brasil. A 7 de agosto, não obstante, foi exonerado da marinha brasileira. Por via diplomática, porém, solicitou o governo Imperial ao britânico a sua aquiescência para a reintegração de Taylor, tendo em vista que se casara com brasileira e se achava em condições de naturalizar-se brasileiro. A 1.º de dezembro de 1825 foi ele reintegrado como capitão de mar e guerra, e ao mesmo tempo, graduado em chefe de divisão. Chegou a vice-almirante em 1851. Faleceu em 1855, V. HENRIQUE BOITEUX, *Os nossos almirantes*, vol. 11, Rio, 1917, pg. 159.

O quarto das bebidas era ao lado do grande depósito. A tripulação estava fora, e a maior parte dos oficiais doente, ou em serviço externo.

Incluir após a pág. 292.

O almirante partiu do Moro [Morro] e deu ordem à *Niterói*, ao *Coronel Allen* e a uma escuna para que o seguissem; a *Maria da Glória* e a *Niterói*, sem cumprir a ordem, tomaram do *Allen* o dobro do número dos melhores homens!!!

Acrescentar à pág. 294.

A história da carta, creio que é uma falsidade. A verdadeira causa do desprestígio de José Bonifácio estava na amante do Imperador e no Plácido. Foram eles que o forjaram. Suponho que estão vendidos ao partido português, sendo eles próprios *pés de chumbo*. O pretenso documento de São Paulo era, creio eu, uma queixa certamente assinada por muitos, mas que viera ter às mãos de José Bonifácio e nunca saíra delas. Quando os Andradas foram deportados, foi uma inglesa, Mrs. C.[348(*)] — que obteve licença para que suas esposas pudessem acompanhá-los.

Verso

O partido português havia assumido tal importância em setembro de 1824 que o mais leve sinal de inteligência num ministro brasileiro o derrubaria. Todos os oficiais do palácio, as mulheres inclusive são portugueses ou franco-lusitanos.

Corrigir à pág. 305.

A sentença, onde se lê, "not in the state le valliant des cubes", leia-se: "not in the state le Valliant describes".

Acrescentar à pág. 332.

Contou-me o bispo do Rio de Janeiro em novembro de 1824 que, em seus muitos anos de viagem no interior do país, observou que a maior parte das tribos come carne humana para vingar-se dos inimigos mortos, ou tomados na batalha. Que em nenhuma outra circunstancia o fazem.

---

348 (*) Deve ser *Mrs.* Chamberlain, senhora do cônsul inglês no Rio. (V. OCTÁVIO TARQUINIO DE SOUSA, *José Bonifácio*, Rio, 1945, pg. 247).

Pág. 341.

Mude-se o último período, que assim deve ser lido: "Foi escrito em Lisboa em 1816; aí se imprimiram dois ou três exemplares por um de seus amigos. Um desses é agora meu".

Pág. 348. [última linha].

Na frase começando por "O brigue de guerra outrora *Infante Dom Miguel*, agora *Maranhão*...., acrescente-se: "agora *Imperatriz*".

Incluir à pág. 352.

O Governador das Armas não compareceu e escreveu à Junta no mesmo dia excusando-se.

pág. 352. [Acrescente-se ao último parágrafo].

... gozando da independência nacional, que constituía o objeto de seus desejos por três séculos, e que devem agora ao ânimo de Pedro Primeiro. A carta começa por congratular-se com D. Pedro I de todas as maneiras — como o favorito da Providência destinado desde os primeiros tempos a herdar o patrimônio do primogênito do Brasil — por ter realizado seu destino, tornando-se o seu Defensor Perpétuo, e com o Brasil, por ter de ser um dos primeiros impérios do mundo.

"Correu com a rapidez do raio por toda esta parte do globo a fama das raras virtudes e singular merecimento de V. M. I. Há, em seguida, um mundo de cumprimentos as suas virtudes sociais e talentos militares.

Pág. 352.

O final do último período deve ter a seguinte redação: "... mas um povo livre do Império do Brasil exortando-os a que tivessem confiança, fidelidade, tranquilidade e harmonia com os irmãos portugueses, agora naturalizados brasileiros".

Com referência à frase da pág. 353. [após o primeiro parágrafo].

"Desejos que haviam sido obstados pelas tropas de Lisboa", acrescente-se: "especialmente por uma parte das forças de Madeira, chegadas depois a São Luís".

Pág. 355, linha 7.

Onde se lê — "... ficando os riscos por sua conta". Acrescente-se: "Foi um serviço voluntário e merece agradecimentos públicos".

Pág. 355, linha 9.

Depois de: "Abaixo da dignidade da Assembleia representativa do Brasil o agradecer a um indivíduo", acrescente-se: — "N. B. A impugnação resultou numa guerra de escritos entre os dois deputados como se vê na *Gazeta do Rio* de 13 de outubro, dia em que a assembleia decidiu que o voto de agradecimento deveria ser assinado pelo presidente e pelo secretario.

Pág. 355, linha 16.

Alencar opunha-se a Montezuma.

Pág. 355, linha 18.

O deputado referido foi Martim Francisco.

Pág. 356 [Após o segundo parágrafo].

Descobri depois, pelo relatório impresso, que diversos outros membros tomaram parte nesse debate, mas esses foram os principais oradores e os argumentos mais importantes.

Pág. 356.

[O parágrafo que começa por: "Resolvi tomar um feriado" — está cancelado].

Incluir à pág. 357.

Na sessão da Assembleia de 10 de outubro Montezuma serviu-se do pretexto dessa nomeação para atacar o Imperador, sustentando que só o Corpo Legislativo podia ter a competência para conferir título. Martim Francisco chegou a duvidar então do direito do Imperador de nomear os chefes militares! Estas questões agitaram ainda mais a Assembleia a 29 e 30 de outubro quando o título de Lorde Cochrane foi confirmado afinal, sob o fundamento de que o Imperador, ao conferi-lo, acreditava *bona fide* que nenhuma lei o impedia, mas que era de desejar que não o fizesse de novo.

Pág. 357.

Houve um discurso de alguma extensão, feito pelo presidente. da Assembleia Manuel Ferreira de Araújo Guimarães, congratulando-se com o Imperador pela independência do país e por ser ele o guia e o lider desse movimento e da promulgação de uma constituição liberal, títulos ainda mais ilustres que os derivados de sua nobre casa etc., e concluindo com os votos de boa vontade da Assembleia. S. M. I., fez um curto discurso de agradecimentos.

Pág. 397.

A 13 decidiu-se que a noção de agradecimentos a Cochrane seria assinada tanto pelo presidente quanto pelo secretário da Assembleia.

Pág. 397 [Verso].

A 20 o Sr. Estevan [Estêvão] Ribeiro de Regendi [Resende][349(*)] apresentou ao Imperador o projeto de Constituição redigido pela Assembleia com um pequeno discurso. O Imperador recebeu-o com um outro, antevendo a alegria do Novo Mundo e o respeito do Velho Mundo.

No fim

Carta de Mme. Bonpland[350(*)]

Muy apreciada y estimada Sra.

Doi a Vt. las gracias por el tierno interes que tiene la bondad de conservar-me. La noticia que Vt. tiene la bondad de dar-me era en mi conocimiento hace tres meses, pero como mis esperanzas por la libertad de Bonpland son unicamente conjecturas mi tristesas no tienen alivio!!!

He estado malissima y por esto no la he visto; todavia soy tirada en cama, y al momento que padre Solis, me manda el medico en la Playa Grande tomar los baños. Mi corazón es demasiado grato por no apreciar los votos que forma Vt. por mi felicidad. Dios queira que ellos se realisen! Emma devuelve a Vt. sus finos recuerdos, y yo me profeso, con toda la fuerza de la expresión,

Su grata y adicta amiga

Adélia Bonpland.

---

349 (*) Depois marquês de Valença.
350 (*) Sobre a estranha aventura de Mme. Bonpland, v. o *Escorço biogr.* pg. 125, bem como o prefácio de Rodolfo Garcia.

Este livro foi composto com a tipografia Times New Roman
e impresso pela Meta Brasil.